Die sieben Dämonen. Rätselhaftes Ägypten, voller Exotik, Magie und seit Jahrtausenden im Wüstensand verborgener Geheimnisse. Nicht nur die uralte Kultur und Geschichte dieses Landes übt eine ungeheure Faszination aus, sondern fast noch mehr das Bemühen der Archäologen, der Wüste ihre Geheimnisse zu entreißen.
Mark Davison, ein junger Ägyptologe, kann es nicht fassen: Die zugesicherte Professorenstelle wird ihm in letzter Sekunde doch entzogen. Seine Zukunft ist ungewiß. In dieser Situation wird ihm das verlockende Angebot gemacht, eine Ausgrabung in Ägypten zu leiten: Mark Davison erhält das Tagebuch eines Archäologen namens Ramsgate, der genau hundert Jahre zuvor eine Ausgrabung in Tell el-Amarna durchgeführt hatte. Das Tagebuch berichtet von unheimlichen, unglaublich erscheinenden Begebenheiten und bricht an der Stelle ab, als Ramsgate gerade fündig geworden war. Mark ist durch den Inhalt des Tagebuchs wie elektrisiert. Aber was ihn dann in Ägypten erwartet, hätte er sich nicht im Traum vorgestellt.

Barbara Wood, 1947 in England geboren, wuchs in Kalifornien auf. Sie arbeitete nach ihrem Studium zehn Jahre als OP-Schwester in einer neurochirurgischen Klinik, bevor sie ihr Hobby zum Beruf machte und Schriftstellerin wurde. Sie lebt in Kalifornien.

Im Fischer Taschenbuch Verlag ist das Gesamtwerk von Barbara Wood erschienen: ›Herzflimmern‹ (Bd. 8368), ›Sturmjahre‹ (Bd. 8369), ›Lockruf der Vergangenheit‹ (Bd. 10196), ›Bitteres Geheimnis‹ (Bd. 10623), ›Haus der Erinnerungen‹ (Bd. 10974), ›Spiel des Schicksals‹ (Bd. 12032), ›Die sieben Dämonen‹ (Bd. 12147), ›Das Haus der Harmonie‹ (Bd. 14783) ›Der Fluch der Schriftrollen‹ (Bd. 15031), ›Nachtzug‹ (Bd. 15032), ›Das Paradies‹ (Bd. 15033), ›Die Prophetin‹ (Bd. 15034), ›Rote Sonne, schwarzes Land‹ (Bd. 15035), ›Seelenfeuer‹ (Bd. 15036), ›Traumzeit‹ (Bd. 15037), ›Himmelsfeuer‹ (Bd. 15676). Ihr neuer großer Roman ›Kristall der Träume‹ ist im Krüger Verlag erschienen.

Unsere Adresse im Internet: www.fischerverlage.de

Barbara Wood

Die sieben Dämonen

Roman
Aus dem Amerikanischen
von Xénia Gharbi

Fischer Taschenbuch Verlag

Für Barbara Young

Limitierte Sonderausgabe
Veröffentlicht im Fischer Taschenbuch Verlag,
einem Unternehmen der S. Fischer Verlag GmbH,
Frankfurt am Main, Juli 2004

© Fischer Taschenbuch Verlag GmbH, Frankfurt am Main 1995
Die amerikanische Originalausgabe erschien unter dem Titel
›The Watch Gods‹ bei Dell Publishing Co., Inc., New York 1981
Copyright © by Barbara Wood 1981
Die Erstveröffentlichung erschien 1981 in Großbritannien
bei New English Library
Gesamtherstellung: Clausen & Bosse, Leck
Printed in Germany
ISBN 3-596-50786-3

Ägypten – die Gegenwart

Er hielt in dem dunklen Gang inne, um sich den Schweiß vom Gesicht zu wischen, und dachte: So ist es also, wenn man stirbt...
Er hatte bereits eine lange Strecke auf allen vieren zurückgelegt, wobei er sich, auf seinen unverletzten Arm gestützt, teils kriechend, teils rutschend den etwa dreißig Meter langen Schacht hinuntergearbeitet hatte. Auch ohne Taschenlampe wußte er, daß er der Vorkammer schon sehr nahe war, denn ein widerlicher Gestank erfüllte die Luft.
Er lag auf dem Bauch; Schweiß triefte ihm von der Stirn, und in der rechten Schulter verspürte er dort, wo sein Arm aufgerissen worden war, einen rasenden, stechenden Schmerz. Der Knochen war glatt durchtrennt worden, der Arm hing schlaff herab und schlug immer wieder gegen die grob behauenen Wände des engen Schachts. Er war der letzte, der von der Expedition übriggeblieben war; die anderen sechs waren alle tot. Er wußte, daß ihm nicht mehr viel Zeit blieb. Wahrscheinlich stand ihm ein langer, qualvoller Todeskampf bevor, aber das war ihm im Augenblick gleichgültig. Alles, worauf es jetzt ankam, war, in die Grabkammer zu gelangen, bevor er den Dämonen in die Hände fiel.
Dann wäre es endlich vorüber.
Da er wußte, daß die Zeit schnell knapp werden würde, biß er die Zähne zusammen, stemmte sich auf seinen intakten Arm und robbte mühsam die letzten paar Meter voran. Plötzlich endete der Gang, er fiel ein Stück weit in bodenlose Dunkelheit hinunter und schlug mit voller Wucht auf den kalten Steinboden der Vorkammer auf. Einen Moment lang lag er wie gelähmt auf der Seite, und vor Schmerz hätte er am liebsten aufgeschrien.
Ich werde einfach so liegenbleiben und sterben, dachte er. Es wäre so verdammt leicht...
Aber er wußte, daß er das nicht konnte, noch nicht, nicht bevor er das vollbracht hätte, was zu vollbringen seine Pflicht war. Dann erst wäre es an der Zeit, sich die letzte Ruhe zu gönnen.

Ein Schmerz im Oberschenkel ließ ihn aufstöhnen und sich zur Seite rollen. Er spürte etwas Hartes unter sich und zog einen länglichen metallenen Gegenstand hervor. Eine Taschenlampe, die wohl jemand fallen gelassen hatte, der in panischem Schrecken geflohen war.

Er knipste sie an, und ein bernsteinfarbenes Licht erhellte den kleinen Raum. Er sah, daß er nicht allein war. »Aha«, flüsterte er, sich mühsam aufrichtend, »hier seid ihr also.«

Sieben schaurige Gestalten starrten in kalter Unbeweglichkeit auf den Eindringling herab; ihre Gesichter waren im Profil gezeichnet, das Auge einer jeden auf ihn gerichtet.

»Ihr Dreckskerle«, stieß er keuchend hervor. Seine Kehle war völlig ausgetrocknet. »Noch habt ihr nicht gewonnen. Nicht, solange ich noch einen Funken Leben in mir habe. Ich bin noch nicht... besiegt...«

Die sieben Gestalten gaben keine Antwort, denn es waren nur an die Wand gemalte Figuren:

Amun der Verborgene, seine nackte und muskulöse Gestalt war ganz aus Gold.

Am-mut der Gefräßige, ein Untier mit den Hinterbeinen eines Nilpferds, den Vorderbeinen eines Löwen und dem Kopf eines Krokodils.

Apep der Schlangenartige, eine menschliche Figur, bei der sich anstelle eines Kopfes das Haupt einer Kobra erhob.

Akhekh der Geflügelte, eine Antilope mit Flügeln und dem Kopf eines phantastischen Vogels.

Der Aufrechte, ein auf den Hinterbeinen stehendes Wildschwein mit menschlichen Armen.

Die Göttin, die die Toten in Fesseln legt, eine zierliche, wohlgeformte Frau mit dem Kopf eines Skorpions.

Und schließlich Seth, der Mörder von Osiris, der gefürchtetste aller altägyptischen Dämonen, ein grauenerregendes Urtier mit flammend rotem Haar und glühenden Augen...

Grenzenlose Wut, die jede andere Regung in ihm erstickte, erfüllte den Mann. Ein Laut des Unmuts hallte von den kahlen Wänden wider. Er ließ die Taschenlampe fallen, warf den Kopf zurück und schrie: »Ihr werdet mich nicht besiegen!«

Blitzartig tauchten Schreckensszenen in seiner Erinnerung auf, Szenen, die er aus seinem Gedächtnis hatte verbannen wollen: wie sechs Menschen, jeder auf eine andere, unbeschreiblich grausame Weise, zu Tode gekommen waren. Einer nach dem anderen waren die Expeditionsteilnehmer von einer unsichtbaren, übernatürlichen Kraft niedergestreckt worden, jeder von ihnen das Opfer eines der sieben, die das Grab bewachten. Einer nach dem anderen. Alle waren sie tot. Alle waren sie umgebracht worden. Er allein war übriggeblieben. Er war als letzter an der Reihe.
Der Mann begann zu schluchzen. »Ich werde gegen euch kämpfen... Ich werde es bis zu den Särgen schaffen, und dann ist alles überstanden...«
Der Raum fing an, sich vor seinen Augen zu drehen; er wußte, daß er im Sterben lag. Das Entsetzen hatte die Blutung an seiner Schulter zum Stillstand gebracht.
Er fiel auf den Rücken und schlug mit dem Kopf gegen den Steinboden. Die Dunkelheit um ihn her nahm ab und wieder zu. Einen Augenblick lang befand er sich in einem Dämmerzustand, dann sah er wieder alles scharf. Verzweifelt schrie er: »Ihr Mistkerle, mußtet ihr unbedingt auch sie töten?«
Dann erinnerte er sich an die Sarkophage: der eigentliche Grund, warum er überhaupt hierhergekommen war – drei Wochen zuvor. Die hermetisch verschlossenen Pharaonensärge, welche die Antworten auf alle Rätsel enthielten. Drei schreckliche, ja verhängnisvolle Wochen lagen hinter ihm. Davor – viel ereignisreiche Monate, seitdem alles angefangen hatte, und mit jeder Sekunde war er diesem unglaublichen Augenblick unausweichlich näher gerückt; dem Augenblick, in dem er herausfinden würde, wer hier begraben lag und warum das Geheimnis dieser Toten so sorgsam, mit so furchtbar viel Mühe gehütet worden war...

Eins

»Das Sexualverhalten der alten Ägypter war einzigartig und läßt sich mit Verhaltensmustern der heutigen Gesellschaft in keiner Weise vergleichen. Die Weisheitsbücher der alten Ägypter predigten Rechtschaffenheit und Ehrlichkeit in einer Art und Weise, die zuweilen an urchristliches Gedankengut erinnert; die Totenbücher listeten die Sünden auf, für die einem Menschen das Recht auf das Himmelreich verwehrt werden konnte, aber Fragen der Sexualmoral waren niemals ein Thema der Auseinandersetzung. Das heißt jedoch nicht, daß die alten Ägypter wahllose Geschlechtsbeziehungen toleriert hätten, denn wir wissen, daß Ehebruch allgemein verurteilt und bestraft wurde. Doch entsprang diese Haltung nicht sittlichen Grundsätzen wie in unserer vom Puritanismus geprägten Gesellschaft, sondern der Notwendigkeit, die öffentliche Ordnung aufrechtzuerhalten. Mit anderen Worten, Mark Davison, du redest mal wieder das übliche Blech.« Mark nahm den Daumen vom Aufnahmeknopf seines Diktiergerätes und schaute einen Augenblick lang aus dem Fenster. Vor ihm erstreckte sich bis zum dunstigen Horizont der tosende Pazifik. Unter dem Boden seines auf Holzpfählen errichteten Strandhauses donnerte die Brandung gegen die Felsen und ließ das ganze Haus erzittern. Mark führte das Mikrofon wieder an die Lippen und diktierte leise: »Streichen Sie diesen letzten Absatz. Er ist miserabel.«

Nach einem letzten finsteren Blick auf den Ozean nahm Mark Davison sein leeres Glas und ging zur Bar hinüber, wo er sich einen Schuß Bourbon mit Eis einschenkte. Im Wohnzimmer wurde es zunehmend dunkel und trostlos, aber Mark schaltete das Licht nicht ein.

An diesem Nachmittag hatte es in Marks Leben eine entscheidende Wende gegeben. Leider nicht zum Besseren. Schuld daran war der Anruf von Grimm, diesem Mistkerl. Passender Name, Grimm.

»Bedaure, Mark«, seine Stimme hatte geklungen wie die eines Roboters, »sie haben gegen dich gestimmt. Es tut mir aufrichtig leid. Aber ich versichere dir, daß...«

Mark Davison hatte gar nicht mehr weiter zugehört. Grimm redete irgend etwas von wegen »du kannst ja deine Dozentenstelle behalten, und wenn vielleicht nächstes Jahr ein Lehrstuhl frei wird... bla, bla, bla...« Alles, was für Mark im Moment zählte, war der letzte, vernichtende Urteilsspruch, der am Ende von zwölf Monaten stetig gestiegener Hoffnungen stand. Als er an diesem Morgen mit Blick auf einen strahlenden, tiefblauen Februarhimmel aufgestanden war, hatte sich der sechsunddreißigjährige Ägyptologe Dr. Mark Davison ganz sicher gefühlt, daß er auf den Lehrstuhl berufen würde. Und noch gestern abend – Herrgott, erst gestern abend noch! – hatte Grimm hier auf diesem Sofa gesessen und gemeint: »Das kann ich dir sagen, Mark, der Lehrstuhl ist dir sicher. Es gibt keinen einzigen im Verwaltungsrat, der gegen dich stimmt.«

Und dann: *Peng!*, dieser unpersönliche Anruf, und für Mark Davison war eine Welt zusammengebrochen.

Er stürzte den Rest seines Drinks hinunter und schenkte sich nach, während er unverwandt auf den grollenden, dunklen Ozean starrte.

Mark dachte an den noch nicht fertig diktierten wissenschaftlichen Artikel für die Fachzeitschrift. Dann dachte er an die Jahre, die vor ihm lagen, und an die Hunderte von Fachartikeln, die er in jenen Jahren schreiben würde. Er beschwor die Bücher herauf, die er verfassen, und die Vorträge, die er halten würde – in Frauenklubs, Abendschulen und auf Wochenendseminaren. Pläne, um die Zeit auszufüllen, um seinen Lebensunterhalt zu verdienen und um sich selbst das Gefühl zu geben, etwas aus seinem Beruf zu machen.

Denn eines war sicher: Er würde kein Professor sein. Diese Professur an der Universität von Los Angeles hätte eigentlich ihm zufallen müssen. Er hatte hart dafür gearbeitet. Seit sechs Jahren lehrte er an der Universität. Bei dem letzten Buch, das er veröffentlicht hatte, hatte er der Universität die ganze Ehre daraus zuteil werden lassen, hatte sich politisch betätigt, mehrfach für verschiedene Ämter kandidiert und sich bei den akademischen Cliquen lieb Kind gemacht. Er hatte wirklich eisern darauf hingearbeitet, diese Professur zu erlangen.

Und dann sagte Grimm: »Tut mir leid, Mark...«

Erneut schenkte sich Mark Whisky ins Glas, ließ das Eis weg und trank den Bourbon in einem Zug hinunter.

Heutzutage bestand das Problem der Ägyptologie darin, sinnierte Mark, daß sie keine Möglichkeiten der beruflichen Weiterentwicklung und kaum Aufstiegschancen bot.
Mark ließ sein Glas auf der Bar stehen und schlenderte zum Sofa hinüber. Er knipste eine kleine Lampe an, die auf einem Beistelltischchen stand, und überlegte, ob er ein Feuer im Kamin anzünden sollte. Es wurde langsam kalt und klamm im Haus. Mark ging zum Kamin hinüber und hielt inne, als sein Blick auf die drei Gesichter fiel, die vom Kaminsims auf ihn herabstarrten. Rechts und links am Rand standen Gipsbüsten von Nofretete und Echnaton, natürlich keine Originale, dafür aber wirklich gute Nachbildungen. Das dritte Gesicht blickte ihn aus dem Spiegel an, der über dem Kamin hing: Mit den müden Augen und dem struppigen Bart wirkte es ein wenig älter, als es in Wirklichkeit war.
Man hatte Mark schon oft gesagt, er sei ein gutaussehender Mann, doch er selbst glaubte nicht daran. Der dunkle Bart verbarg die Sorgenfalten, die von den Nasenflügeln zu den Mundwinkeln verliefen. Mark fand seine Augen ganz passabel, ein wenig matt vielleicht, aber die Stirn war durchfurcht wie die eines älteren Mannes. Sein schwarzes Haar war an den Schläfen vorzeitig ergraut, doch Mark war sich nicht sicher, ob es für das Grauwerden überhaupt eine bestimmte Zeit gab.
Auf alle Fälle drohte er allzu rasch in die Anonymität der Durchschnittsakademiker abzugleiten. Allein diese Tatsache war für ihn von Bedeutung.
Grimm hatte ihm natürlich widersprochen. »Du bist doch ein erfolgreicher Mann, Mark. Du bist das, was man heute einen ›Populärwissenschaftler‹ nennt. Weißt du, so ähnlich wie Carl Sagan. Jemand, der die Wissenschaft auch für den normalen Bürger verständlich macht. Das Publikum liebt deine Bücher über Ägypten.«
Doch »das Publikum« war auch wankelmütig, und falls es Mark nicht gelang, alle paar Jahre ein Buch herauszugeben, würde er schnell in Vergessenheit geraten. Und wenn keine Grabungen stattfanden und keine neuen Entdeckungen gemacht wurden, wie es augenblicklich der Fall war, dann fiel es einem als Ägyptologe schwer, ständig mit etwas Neuem, noch nie Dagewesenem aufzuwarten.
Mark beugte den Kopf vor und ließ ihn auf seine verschränkten Arme

sinken. Er starrte in den Kamin, auf die Aschenschicht und die wenigen glühenden Treibholzstrünke und hatte das Gefühl, daß er am Ende seiner beruflichen Laufbahn angelangt war.
Das Klopfen an der Tür war so zurückhaltend, daß Mark es zuerst gar nicht hörte. Als er es endlich zur Kenntnis nahm, warf er einen Blick auf seine Armbanduhr; es war halb sechs am Nachmittag. Als es zum dritten Mal klopfte, ging er zur Haustür, um zu öffnen. Bei geöffneter Haustür konnte man recht deutlich den Autoverkehr auf dem oberhalb des Strandes entlangführenden Pacific Coast Highway vorbeirauschen hören. Auf der Schwelle stand ein Mann, den Mark noch nie zuvor gesehen hatte.
Er mochte Ende Fünfzig sein und wirkte recht vornehm mit seinem silbrig glänzenden, tadellos gekämmten Haar und seinem gepflegten Schnurrbart. Der hochgewachsene Fremde war mit einem dunklen Anzug mit Weste bekleidet und trug ein schwarzes Aktenköfferchen bei sich. Der Mann verbeugte sich kurz und fragte mit einer weichen, näselnden Stimme: »Dr. Davison? Dr. Mark Davison?«
Mark musterte ihn argwöhnisch. »Ja...«
»Ich habe hier etwas, das für Sie von Interesse sein wird.«
Mark blickte hinunter auf den Aktenkoffer. »Ich habe schon eine Grabstelle auf dem Friedhof, danke«, brummte er verärgert und wollte die Tür schon wieder schließen. Doch der Fremde ließ sich nicht abwimmeln.
»Verzeihen Sie, Dr. Davison, Professor Grimm sagte mir, daß ich Sie zu Hause antreffen würde.«
»Ich habe ihm nicht erlaubt, meine Adresse weiterzugeben.«
»Das hat er auch nicht, ganz sicher nicht. Dr. Davison, bitte, es braut sich ein Unwetter zusammen. Darf ich hereinkommen?«
»Nein.«
»Dr. Davison, ich heiße Halstead. Sanford Halstead.« Der Mann hielt inne, als erwarte er ein Anzeichen dafür, daß Mark mit dem Namen etwas anfangen konnte. Dann fuhr er fort: »Ich versichere Ihnen, daß ich hier etwas habe, das von großem Interesse für Sie ist...«
»Ich bin nicht in der Stimmung, Besuch zu empfangen, Mr. Sanford.«
»Halstead«, verbesserte der Fremde rasch. »Ja, ich kann Ihnen nachfühlen, daß Sie gerade jetzt niemanden sehen wollen, Dr. Davison.

Ich verstehe, wie Ihnen zumute sein muß, da Ihnen der Lehrstuhl entgangen ist.«

Mark runzelte die Stirn und musterte das Gesicht des Mannes, das von dem schwachen Licht der nackten Glühbirne über dem Eingang beleuchtet wurde, etwas eingehender. Halstead wirkte intelligent und keineswegs so, als ob er sich leicht einschüchtern ließe. Er hielt sich ungewöhnlich gerade und strahlte Unbefangenheit und freundliche Höflichkeit aus.

»Wie haben Sie davon erfahren?«

»Professor Grimm warnte mich, daß Sie wohl nicht gewillt wären, Besucher zu empfangen, und erklärte, warum. Aber ich bin überzeugt, Dr. Davison, wenn Sie erst einmal gesehen haben, was ich Ihnen zeigen will...«

»Also gut.« Da Mark plötzlich eine Vorstellung zu haben glaubte, warum der Mann hier war, trat er zurück, hielt die Tür auf und ließ ihn eintreten.

Der Fremde folgte ihm ins Wohnzimmer und nahm auf dem Sofa Platz. Mark setzte sich seinem Besucher gegenüber und bemerkte, daß der Regen angefangen hatte, gegen die großflächigen Fenster zu prasseln.

Sanford Halstead umklammerte seinen Aktenkoffer auf dem Schoß, während er sein Anliegen vortrug: »Ich bin zu Ihnen gekommen, Dr. Davison, weil ich den Rat eines Fachmanns benötige. Sie genießen hohes Ansehen, sogar über die Fachwelt hinaus, und Sie wurden mir von zwei Ihrer Kollegen an der Ostküste wärmstens empfohlen.«

Während der Fremde mit kultivierter, gleichmäßiger Stimme sprach, nahm Mark eine Pfeife und begann sie zu stopfen. Im helleren Licht in seinem Wohnzimmer fiel Mark noch deutlicher auf, daß sein Besucher tadellos gepflegt und sehr teuer und geschmackvoll gekleidet war.

»Ihre Referenzen sind beeindruckend, Dr. Davison. Im Jahre 1987 waren Sie Fulbright-Dozent. Sie haben vier Ausgrabungen im Niltal persönlich geleitet und an zwei weiteren als stellvertretender Leiter teilgenommen. Sie waren der führende technische Berater beim Dendur-Tempel-Projekt, und Sie haben in den letzten sechs Jahren an der Universität von Los Angeles Archäologie unterrichtet. Ich habe alle Ihre Bücher und Zeitschriftenartikel gelesen.«

Mark drückte den Tabak in seiner Pfeife fest, hielt eine Flamme daran und zog an der Pfeife, bis der Tabak rot aufglühte. Als blaue Rauchschwaden zur Decke emporstiegen, fuhr sein Besucher fort: »Der Grund, weshalb ich hier bin, Dr. Davison, ist der, daß ich Ihren Rat in einer Angelegenheit benötige, die für mich von größter Wichtigkeit ist.«

Marks Augen schweiften zu dem Aktenkoffer auf Halsteads Knien. Er wußte, was jetzt kommen würde. Es war eine Geschichte, die er schon hundertmal gehört hatte. Archäologen wurden ständig von Leuten aufgesucht, die felsenfest davon überzeugt waren, in den Besitz eines Fundstücks von unschätzbarem Wert gelangt zu sein. Eine Bronzestatue, eine Tontafel, zuweilen sogar ein Papyrus. Aber meistens waren es Fälschungen, oder es handelte sich um Gegenstände, die entweder in völlig ruiniertem Zustand oder so weit verbreitet waren, daß es nicht lohnte, sich damit zu befassen, wie etwa Skarabäen. Neugierig musterte Mark den Aktenkoffer, den Mr. Sanford Halstead auffällig behutsam festhielt, und versuchte zu erraten, was er wohl enthalten mochte.

»Ich will direkt zur Sache kommen, Dr. Davison. Es ist mein Wunsch, nach Ägypten zu fahren.«

Mark paffte gedankenverloren an seiner Pfeife und beobachtete, wie der Regen immer stärker gegen die Fenster trommelte. »Auf dem Sunset-Boulevard gibt es mehrere Reisebüros, Mr. Halstead.«

»Ich denke, Sie wissen, was ich meine, Dr. Davison. Was ich in meinem Besitz habe, ist ein Gegenstand, der Sie, glaube ich, ebenso wie mich dazu veranlassen wird, sofort nach Ägypten aufzubrechen.«

»Darüber möchte ich aber schon lieber selbst entscheiden.«

»Aber gewiß doch.«

»Das heißt, wenn ich mich überhaupt mit Ihrem ›Gegenstand‹ befassen will. Dessen bin ich mir jedoch gar nicht sicher. Sehen Sie, Mr. Halstead, ich bin ein vielbeschäftigter Mann. Ich habe keine Zeit...«

»Ich verstehe das, Dr. Davison«, unterbrach ihn der Fremde gelassen. Auf seinem strengen Mund mit den schmalen Lippen zeichnete sich ein leichtes Lächeln ab. »Sie sind gegenwärtig damit beschäftigt, einen Artikel über das Sexualverhalten der alten Ägypter für eine populäre Frauenzeitschrift zu verfassen.«

Mark hob überrascht die Augenbrauen.
»Und Sie arbeiten auch an dem ersten Entwurf Ihres nächsten Buches, das sich mit der Frage auseinandersetzen wird, wer der Pharao zur Zeit des Auszugs des Volkes Israel aus Ägypten war. Ich denke, Sie werden wohl der unbeliebten Echnaton-Theorie treu bleiben wie seinerzeit Sigmund Freud.«
Mark nahm die Pfeife aus dem Mund und beugte sich nach vorn.
»Wie haben Sie...«
»Ich weiß tatsächlich vieles über Sie, Dr. Davison. Es mag Sie überraschen, wieviel ich weiß. Zum Beispiel Ihre Unzufriedenheit mit der Situation, in der sich die Ägyptologie heutzutage befindet. Sie glauben, Ihre Wissenschaft stecke in einer Krise. Es ist in unserer Zeit nicht genug Interesse vorhanden, um sie am Leben zu erhalten; Geld, das in Ausgrabungen investiert werden könnte, wird verwendet, um Robbenschlächtern das Handwerk zu legen und gegen die Errichtung von Atomkraftwerken zu protestieren.«
Mark starrte den Mann verblüfft an.
»Ich wiederhole nur Ihre eigenen Worte, Dr. Davison, und ich versichere Ihnen, daß ich vollkommen mit Ihnen übereinstimme. Ich bin ein Mann, Dr. Davison, der willens ist, eine Ausgrabung zu finanzieren, etwas, von dem Sie schon glaubten, daß es Ihnen nie wieder vergönnt sein würde. Seit dem Bau des Assuan-Staudamms hat es kaum noch bedeutende Ausgrabungen im Niltal gegeben. Wie wir beide wissen, Dr. Davison, hat das wissenschaftliche Interesse am alten Ägypten stark nachgelassen. Heutzutage findet man keine Geldgeber wie Lord Carnarvon oder Davies mehr, von denen es vor einigen Jahrzehnten noch eine Menge gab. Der Ägyptologe von heute muß sich mit dem Hörsaal oder mit der Analyse von Objekten zufriedengeben, die vor langer Zeit ausgegraben wurden, und versuchen, neue Theorien über sie zu entwickeln.«
Mark versuchte, seinen wachsenden Unmut zu unterdrücken.
»Sie scheinen eine Menge über mich zu wissen. Sie geben sogar meine Meinungen exakt wieder, obwohl ich mir nicht vorstellen kann, wie Sie von diesen Dingen erfahren haben, da ich sie nur engen Freunden gegenüber geäußert habe. Wie dem auch sei«, Mark erhob sich mit einem Ruck, »ich bin nicht an dem interessiert, was Sie mir zeigen wollen.«

Sanford Halstead blieb gelassen. »Bitte, Dr. Davison, lassen Sie mich ausreden. Es ist zu Ihrem wie zu meinem Nutzen. Ich biete Ihnen die Gelegenheit, wieder Feldforschung betreiben zu können, was Sie sich meines Wissens nur zu sehr wünschen.«

»Nun, Mr. Halstead, ich habe eine Eigenschaft, die Sie vielleicht nicht kennen, nämlich der Umstand, daß ich es nicht mag, wenn Leute mir sagen, was ich denken soll oder was ich von einer Sache zu halten habe. Ich schlage daher vor, Sie nehmen Ihr kostbares Fundstück und machen, daß Sie wegkommen.«

Der Fremde stand auf, und sein Schatten fiel auf Mark, der sitzen geblieben war. »Dr. Davison«, entgegnete er kühl, »Sie können es sich nicht leisten, mich abzuweisen. Ich allein kann Ihnen auf absehbare Zeit das bieten, was Sie sich am meisten wünschen: die Arbeit im Gelände.«

»Bitte, gehen Sie, Mr. Halstead.«

»Gut, wie Sie wollen.« Doch anstatt sich zum Gehen zu wenden, tat der dubiose Sanford Halstead etwas Merkwürdiges. Er hielt inne, um einen Blick auf den schieferfarbenen, schäumenden Ozean zu werfen, setzte dann seinen Aktenkoffer behutsam auf dem aus Treibholz gefertigten Couchtisch ab, öffnete ihn und nahm ein in Papier eingeschlagenes viereckiges Päckchen heraus. Er legte es auf den Tisch, richtete sich auf und sagte, wobei er Mark Davison direkt in die Augen sah: »Ich werde morgen abend um sechs Uhr zurückkommen.« Dann verließ er das Haus.

Die Reaktion des Mannes war so unerwartet und verbluffend gewesen, daß Mark einfach stehenblieb und dem Fremden beim Weggehen zusah. Durch die geöffnete Haustür erhaschte er gerade noch einen flüchtigen Blick auf einen Rolls-Royce, der von seinem Haus wegfuhr.

Nachdem er die Tür hinter dem geheimnisvollen Mr. Halstead wieder geschlossen hatte, ging Mark hinüber an die Bar und schenkte sich noch einen Bourbon ein.

Um das Haus tobte ein heftiges Unwetter, in dem sich Marks Gemütszustand widerzuspiegeln schien. Regen klatschte in unbändiger Wut gegen die großflächigen Fensterscheiben. Wer auch immer Halstead war, Mark haßte ihn. Er haßte ihn dafür, daß er so gut über die Enttäuschung Bescheid wußte, die an ihm nagte.

Was Mark jedoch an diesem stürmischen Abend wirklich quälte, war der Gedanke an Nancy, seine Verlobte. Diese verdammte Professur hatte eigentlich ihr mehr bedeutet als ihm selbst. Es war genau das, was sie sich gewünscht hatte, damit sie heiraten, Kinder bekommen und ein Haus kaufen konnten wie jedes andere junge Paar auch. Im Augenblick verdiente er als Dozent nicht genug, als daß er sie und eine Familie damit hätte ernähren können. Jedes Jahr kletterte die Miete für seine wackelige Baracke am Strand von Malibu, einem Vorort von Los Angeles, ein wenig höher. Nancy, die erste Frau, der er je die Worte »Ich liebe dich« gesagt hatte, die erste Frau, für die er je zu Opfern bereit gewesen war.

Als er sie vor sieben Jahren kennengelernt hatte, war er ein Feldarchäologe gewesen, der zu langen Ausgrabungskampagnen oft sehr weit weg reisen mußte. Nancy hatte Unzufriedenheit mit seiner häufigen Abwesenheit bekundet. Und so hatte Mark aus Liebe zu ihr versucht, sich in die akademische Nische einzupassen, hatte gelehrt, Artikel und Bücher verfaßt und Vorträge gehalten, so daß er und Nancy mehr Zeit miteinander verbringen konnten. Nach seiner Berufung auf den Lehrstuhl wollten sie heiraten. Er war sich seiner Ernennung so sicher gewesen, daß er sogar schon einen Termin für die Hochzeit festgesetzt hatte. Nur, jetzt hatte er die Professur nicht bekommen, und er wußte nicht, wie er es Nancy beibringen sollte. Er murmelte »Verdammt!« und füllte sein Glas nach.

Das düstere, mit echten und nachgebildeten Antiquitäten vollgestopfte Wohnzimmer, in dem sich staubige Bücher unordentlich aufeinandertürmten, wurde ihm zum Käfig. Halstead hatte recht: Mark brauchte die Arbeit im Gelände. Wonach er sich sehnte, war die Herausforderung und die körperliche Anstrengung der Grabung: die sonnendurchglühten Tage, in denen er im Schweiße seines Angesichts den Sand nach Spuren antiker Geheimnisse durchkämmte, umgeben von den Ruinen, den Hinterlassenschaften eines Volkes, das er so sehr bewunderte und zu verstehen suchte.

Schließlich blieb sein Blick an dem in Papier eingeschlagenen Päckchen haften, das Halstead liegengelassen hatte.

Der Klang der Spitzhacke, wenn sie auf Stein traf, das Gefühl, wenn ein Spaten in den Sand eindrang, die Rufe der arabischen Arbeiter, wann immer etwas gefunden wurde...

Er starrte wie gebannt auf das Päckchen.
Wer zum Teufel war Halstead eigentlich? Ein Spinner, der glaubte, ein Fundstück von unschätzbarem Wert zu besitzen, das jeden Archäologen dazu veranlassen würde, mit der Schaufel in der Hand nach Ägypten zu eilen.
Mark stellte sein leeres Glas auf der Bar ab und näherte sich, ein wenig neugierig geworden, dem Couchtisch. Der Bourbon hatte ihn milder gestimmt und seine schroffe Ablehnung von allem, was mit Halstead zu tun hatte, gedämpft. In der Absicht, Halsteads läppischen Gegenstand mit einem raschen Blick abzutun, ließ sich Mark in der Couchecke nieder und entfernte langsam das braune Papier.
Zu seinem großen Erstaunen kam darunter ein breitformatiges Buch zum Vorschein, das im Stil des neunzehnten Jahrhunderts in Leder gebunden war.

Zwei

Mark erwachte kurz nach Sonnenaufgang und wandte seinen Kopf blinzelnd von den hellen Sonnenstrahlen ab, die sich ihren Weg durch die sich aufreißenden Regenwolken hindurchbahnten und ihm direkt ins Gesicht schienen. Benommen sah er sich in seinem Wohnzimmer um und erinnerte sich jetzt wieder, daß er im Lehnstuhl eingeschlafen war, nachdem er das Tagebuch von Neville Ramsgate zu Ende gelesen hatte. Mark rieb sich den Nacken, richtete sich auf und erhob sich schwerfällig. »Nicht zu glauben!« murmelte er, während er auf das schwere, in Leder gebundene Buch herabschaute, das zu seinen Füßen lag. »Das ist ja einfach nicht zu glauben...«
Mark tappte durch das düstere Wohnzimmer ins Bad, streifte seine Kleider ab und stellte sich unter die heiße Dusche. Während er sich die Haare wusch, erinnerte er sich an den Ablauf der Ereignisse des Vortages: Grimms niederschmetternder Anruf; sein halbherziger Versuch, den Artikel für die Frauenzeitschrift zu diktieren; der unerwartete Besuch von Sanford Halstead und schließlich – das Tagebuch. Mark ließ den Wasserstrahl noch eine Weile auf seinen Körper pras-

seln, dann stellte er die Dusche ab. Als er durch heftiges Frottieren versuchte, seinen Kreislauf wieder in Gang zu bringen, dachte Mark weiter über die bemerkenswerte Geschichte nach, die er in der Nacht gelesen hatte.

Nachdem er sich angezogen hatte und sich trotz eines leisen Pochens im Kopf und eines nagenden Hungergefühls etwas besser fühlte, griff Mark Davison ohne zu zögern zu dem Telefon in seinem Schlafzimmer und wählte die Nummer von Ron Farmer. Er ließ es ungefähr zwanzigmal klingeln und legte dann auf. Mark schaute zu den Panoramafenstern hinaus und stellte fest, daß der Regen irgendwann während der Nacht aufgehört hatte.

Kurz entschlossen machte er auf dem Absatz kehrt, lief durchs Wohnzimmer und schnappte sich seine Windjacke, die an einem Haken in der Nähe der Haustür hing. Draußen stand, Wind und Wetter schonungslos ausgesetzt, sein verbeulter Volvo. Die Buchstaben auf dem Kennzeichen ergaben zusammengesetzt das Wort NIL. Während Mark den Motor warmlaufen ließ, mußte er ständig an die unglaubliche Geschichte denken, die er bis in die späte Nacht hinein gelesen hatte.

Das Tagebuch von Neville Ramsgate enthielt die Aufzeichnungen eines der Pioniere unter den Ägyptologen, der im neunzehnten Jahrhundert gelebt hatte. Es handelte sich um den handgeschriebenen Bericht eines Mannes, der die alte Stadt Achet-Aton in Ägypten erforscht hatte. Mark hatte von Neville Ramsgate gehört und über die Expeditionen des alten Professors im Niltal gelesen. Es war bekannt, daß Ramsgate im Jahr 1881 eine Ausgrabung irgendwo in der Region von Tell el-Amarna geleitet und dort nach dem sagenumwobenen Grab des Pharaos Echnaton gesucht hatte. Doch es war nichts darüber bekannt, was aus Neville Ramsgate und seiner Expedition geworden war. Alles, was man heute wußte, war, daß der Forscher vor hundert Jahren irgendwo um Tell el-Amarna herum eine Grabungsstätte eingerichtet hatte, dort eine Weile gearbeitet hatte und dann unter mysteriösen Umständen verschwunden war. Niemand hatte mehr etwas von ihm gehört.

Das war alles, was Mark und jeder andere Archäologe auf der Welt über Neville Ramsgate wußten. Bis gestern nachmittag. Bis ein Fremder namens Sanford Halstead vor Dr. Mark Davisons Tür erschienen war und ein Tagebuch mitgebracht hatte, das von dem seltsamen Neville Ramsgate persönlich geschrieben worden war.

Nachdem er dem Volvo genügend Zeit zum Warmlaufen gegeben hatte, wartete Mark eine Lücke in dem starken morgendlichen Berufsverkehr auf dem Pacific Coast Highway ab und scherte Richtung Süden ein.

Eine halbe Stunde später hatte er Marina del Rey erreicht. Während er langsam an der Reihe parkender Autos an Kanal B entlangfuhr, erspähte Mark Ron Farmers alten Kombi mit dem riesigen Aufkleber: ARCHÄOLOGEN STEHEN AUF ÄLTERE FRAUEN und parkte daneben ein. Er stellte den Motor ab und wartete einen Augenblick, um seine Gedanken zu sammeln.

Ron Farmer war nie schwer zu finden. Er hielt sich fast immer nur an einem von drei Orten auf: in der Dunkelkammer in seinem Haus, in der Universitätsbibliothek oder auf seinem Boot. Da Mark bei seinem Anruf in Rons Haus keine Antwort erhalten hatte und da die Bibliothek noch nicht geöffnet war, wußte er, wo sein bester Freund zu dieser frühen Stunde anzutreffen wäre.

Das Tor zu dem Gelände der Marina, dem kleinen Yachthafen, stand offen, und so konnte Mark, ohne über den Zaun klettern zu müssen, zu den Liegeplätzen hinuntergelangen. Rons Liegeplatz befand sich ganz am Ende, so daß Mark zwischen zwei Reihen sanft schaukelnder, knarrender Boote hindurchgehen mußte, die allesamt im grauen Morgenlicht glänzten. Als er ganz hinten anlangte, sah Mark seinen Freund im Schneidersitz auf dem Steuerbord-Schwimmer seines Bootes sitzen, eines sechsundzwanzig Fuß langen Kreuz-Trimarans namens *Tutanchamun*

»Hallo!« rief Mark.

Ron blickte auf, winkte kurz und starrte dann wieder wütend in die Luke des Steuerbordrumpfes.

Mark sprang an Bord, hielt sich an einer Wante fest und fragte: »Hast du Probleme?«

Ron schaute nicht auf. »Regenwasser im Kielraum, verflucht noch mal!«

Mark zwang sich ein Lächeln ab und rieb sich ungeduldig die Hände.

Ron Farmer war fünfunddreißig Jahre alt, wirkte aber viel jünger. Er trug geflickte Bluejeans und ein fleckiges marineblaues Sweatshirt mit einer verwaschenen Aufschrift auf der Brust. Sein langes, blondes

Haar fiel nach vorne und verbarg den mißvergnügten Ausdruck auf seinem Gesicht. Mark warf einen Blick hinunter ins Cockpit und sah auf dem zerrissenen Vinylpolster die ihm so vertraute Ausstattung seines Freundes, Ron Farmers Erkennungszeichen: eine Korbflasche mit billigem kalifornischen Chianti, ein Roman von Stanislaw Lem und seine Spiegelreflexkamera. Mark kannte Rons Gewohnheiten: Er würde jetzt gleich durch die Fahrrinne hinaussegeln, beidrehen, die Segel reffen und sich auf der Dünung dahintreiben lassen, bis sein Wein zur Neige ging. Zuweilen verschwand er tagelang, wenn er sich urplötzlich entschloß, zu den Channel Islands oder zum Catalina-Island hinüberzusegeln. Dann sah Mark ihn oft eine ganze Woche lang nicht. Er war daher außerordentlich froh, daß er seinen Freund noch rechtzeitig abgefangen hatte.

»Ron?« Mark fröstelte ein wenig in der schneidenden Meeresbrise.

Schließlich zuckte der junge Mann mit den Achseln, ließ den Lukendeckel fallen und stand auf. Obwohl Ron genauso groß war wie Mark, wirkte er durch seine Schlaksigkeit und seinen hageren, knochigen Körperbau größer als sein Freund. Mit seinem bartlosen Gesicht, seinen kornblumenblauen Augen und dem platinblonden Haar, das ihm bis an die Schultern reichte, sah Dr. Ronald Farmer aus wie ein Surfer Mitte Zwanzig.

»Was gibt's?« fragte er. »Ich habe dich um diese Zeit noch nie hier unten gesehen. Lieber Himmel, du siehst ja furchtbar aus!«

»Ich fühle mich furchtbar, Ron. Ich bin die ganze Nacht aufgewesen. Ich will, daß du mit mir nach Hause kommst. Ich muß dir unbedingt etwas zeigen.«

»Jetzt? Ich bin beschäftigt. Ich muß das Wasser aus dem Kielraum pumpen, bevor es den Rumpf angreift.«

Mark raufte sich die Haare und sah sich auf der *Tutanchamun* um. Trotz all der Mühe, die Ron ständig auf sein Boot verwendete, erschien es doch immer ein wenig vergammelt. Aber andererseits legte Ron niemals Wert auf das äußere Erscheinungsbild. Wenn sie nahe am Wind segelte, konnte die *Tutanchamun* immerhin eine Geschwindigkeit von dreizehn Knoten erreichen.

»Ron, hast du jemals von Neville Ramsgate gehört?« fragte Mark.

Ron sprang hinunter ins Cockpit, bückte sich und begann dort herumzustöbern. »Ja«, rief er zurück, »einer der ersten Ägyptologen. Noch

vor Petrie, glaube ich. Er hat sich viel mit der Vermessung von Pyramiden beschäftigt.«
»Er hat auch in Tell el-Amarna Ausgrabungen durchgeführt.«
»Stimmt. Darüber habe ich auch mal was gelesen.« Ron wühlte in den Stauräumen, welche in die Schwimmer eingelassen waren, und murmelte: »Scheiße!«
»Was gibt's?«
»Ich kann die Pumpe nicht finden.«
»Ron, kannst du das nicht auf später verschieben?«
Ron Farmer richtete sich wieder auf. »Worum geht es eigentlich?«
Mark wollte es am liebsten herausbrüllen und die unglaubliche Aufregung, die ihm im Magen kribbelte, mit seinem Freund teilen. Aber er hielt sich zurück. »Ich möchte, daß du dir bei mir zu Hause etwas ansiehst.«
Ron strich sich die blonden Strähnen aus dem Gesicht. »Wieder einmal so ein sensationelles Fundstück?«
»Komm mit mir nach Hause.«
»Kann das nicht warten?«
Mark schüttelte verneinend den Kopf.
»Na ja...« Ron blinzelte hinauf zum Himmel und seufzte.
»Sieht so aus, als ob es ohnehin bald wieder anfängt zu regnen.«

Sie fuhren mit Marks Volvo. Unterwegs berichtete Mark über den kurzen, merkwürdigen Besuch von Sanford Halstead, wobei er versuchte, sich an alles, was der Mann gesagt hatte, genau zu erinnern. Dabei ließ er zwar anklingen, worum es sich bei Halsteads Päckchen handelte, verriet es aber nicht ganz und endete mit den Worten: »Ich fürchte, die Ablehnung meiner Bewerbung um den Lehrstuhl hat mich in eine furchtbar unruhige Stimmung versetzt, in der ich begierig nach allem greife, was sich mir bietet. Dieser Halstead will, daß ich nach Ägypten fahre, um dort Ausgrabungen vorzunehmen... Das alles hört sich einfach zu gut an. So dachte ich, es wäre besser, wenn du dir das Ganze mal ansiehst und mir sagst, was du davon hältst.«
Als sie aus dem Volvo stiegen und den ersten Nieselregen im Gesicht spürten, meinte Ron: »Als erstes brauche ich mal einen Kaffee. Ich bin auch fast die ganze Nacht aufgewesen.«

Mark suchte nach seinem Hausschlüssel. »Hast du an deiner Abhandlung über Echnaton gearbeitet?«
»Nein, ich habe den Film mit den Delphinbildern entwickelt, die ich vor Catalina-Island gemacht habe. Von sechsunddreißig Aufnahmen ist eine einzige gelungen.«
Ron schlang die Arme um seinen Körper, als ihm die klamme Feuchtigkeit entgegenschlug, die im Haus herrschte. »Wie hältst du das bloß aus?«
»Ich mache ein Feuer an, wenn du willst«, rief Mark, der sich bereits auf dem Weg in die unaufgeräumte Küche befand. Fünf Minuten später, während draußen der Regen niederzuprasseln begann, saßen die beiden Ägyptologen vor einem lodernden Kaminfeuer und schlürften heißen Kaffee. Mark reichte Ron wortlos das abgegriffene Buch.
»Sieht ziemlich alt aus!«
»Hundert Jahre, um es genau zu sagen. Lies die erste Seite.«
Ron überflog langsam die feingeschwungene, verschnörkelte Handschrift. »Neville Ramsgate, wie bist du...«
»Das hat mir Sanford Halstead gestern abend gebracht. Ich habe den ganzen Text gelesen, aber du brauchst das nicht. Im ersten Teil berichtet er in übertrieben stimmungsvoller Prosa über Kairo und seine Reise nilaufwärts mit einem Dampfboot. Überschlag die Seiten bis zum Juni; das ist ungefähr in der Mitte des Buches, und fang um den zwanzigsten herum an zu lesen.«
Ron richtete einen durchdringenden Blick auf Mark und fragte: »Steht darin, was er in Tell el-Amarna gefunden hat?«
Mark wich seinem Blick aus und starrte ins Feuer. »Lies es einfach...« erwiderte er leise.

Drei

»Nun?«
Ron Farmer schaute auf. Seine Miene spiegelte Verwirrung wider. »Er hat es nicht zu Ende geschrieben. Die letzte Eintragung bricht plötzlich mitten im Satz ab.«

»Was hältst du von Ramsgates Geschichte?«
Ron schloß das Tagebuch und legte es behutsam auf den Couchtisch. Dann stand er auf, streckte sich und ging hinüber zur Schiebeglastür. Während er beobachtete, wie sich die Wassermassen des grauen Ozeans unter dem schweren Regen langsam hoben und senkten, meinte er ruhig: »Ich würde sagen, Neville Ramsgate hat Echnatons Grab gefunden.«
Mark stand hinter ihm gegen den Kaminsims gelehnt und versuchte sich mit aller Macht zu beherrschen. Rons Urteil schürte die stille Hoffnung, die er selbst seit der Lektüre des Tagebuches hegte. »Vor einhundert Jahren«, begann er leise, wobei er sich zwang, seine Stimme ruhig klingen zu lassen, »vor einhundert Jahren leitete Neville Ramsgate eine siebenköpfige Expedition nilaufwärts nach Tell el-Amarna, wo er ein Lager aufschlug und in der Ebene Ruinen ausgraben wollte. Dann fiel ihm durch einen glücklichen Umstand ein Beweisstück für die Existenz eines unerforschten Grabes in die Hände. Von da an verlagerte sich sein Bestreben auf die Suche nach diesem Grab – von dem er vermutete, daß es Pharao Echnatons Grab war –, und indem er einer Reihe von Hinweisen folgte, fand er es schließlich. Aber...«, Mark senkte die Stimme, »das Tagebuch endet unmittelbar vor der Öffnung der Tür zur Grabkammer.«
Ron starrte auf die Regenschlieren, die an der Fensterscheibe draußen herunterrannen. Sein Blick verdüsterte sich, und sein Gesicht wurde fahl. Er drehte sich um und lehnte sich mit verschränkten Armen gegen das kalte Glas. »Ich gehe jede Wette ein, daß sich das Grab noch immer dort befindet und ungeöffnet ist. An der Stelle, wo die Tagebucheintragungen enden, berichtet Ramsgate davon, daß sie die letzte Stufe freigelegt hätten und die Tür zur Grabkammer vollständig sehen konnten...«
»...die noch immer mit den alten Siegeln der Priester versehen war.«
»Irgend etwas muß Ramsgate zugestoßen sein, bevor er sie öffnen konnte, denn erstens hat er das Tagebuch nicht zu Ende geschrieben, und zweitens habe ich nie von dem Grab gehört, das er darin beschreibt. Ich halte es für wahrscheinlich, daß er starb, bevor es geöffnet wurde, und daß nach ihm aus irgendeinem Grund niemand mehr die Gelegenheit hatte, das Grab zu öffnen.«

»Er muß das Geheimnis mit in den Tod genommen haben, Ron«, sagte Mark und blickte finster auf das schwere Buch auf dem Couchtisch.
»Alles, was wir eben gelesen haben, ereignete sich vor hundert Jahren. Die Ägyptologie steckte damals noch in den Kinderschuhen. Neville Ramsgate war durch Zufall auf das Grab gestoßen, dann war er gestorben, bevor er es öffnen konnte, und das Geheimnis um seine Fundstelle, ja überhaupt die Kenntnis von dessen Existenz, sind mit ihm dahingegangen.« Mark trat vom Kaminsims weg und ließ sich aufs Sofa fallen. »Dieses Grab existiert noch immer irgendwo im Gebiet von Tell el-Amarna, und es ist womöglich nach wie vor unberührt.«
Ron schaute Mark eine Weile nachdenklich an und meinte schließlich: »Glaubst du, man könnte es wiederfinden?«
»Allmächtiger, Ron«, flüsterte Mark. »Das Grab von Echnaton! Der berühmteste und berüchtigtste der ägyptischen Pharaonen. Sein Grab wäre eine aufsehenerregendere Entdeckung als das Grabmal von Tutanchamun. Und für den Mann, der es findet, bedeutet das...«
»... grenzenlosen Ruhm und Reichtum. Er wäre ein Held, berühmter als Howard Carter. Falls...« Ron steckte seine Hände in die Hosentaschen, durchquerte mit vier gemächlichen Schritten das Wohnzimmer und sank neben Mark auf das Sofa. »... falls es wiedergefunden werden kann.«
Mark musterte seinen Freund mit banger Miene. »Ramsgate hat es aber doch gefunden, oder?«
»Gewiß, doch dem Tagebuch zufolge hatte er die Entdeckung größtenteils glücklichen Umständen zu verdanken, zum Beispiel dieser alten Frau, die ihm das erste Steinfragment gab.«
»Aber Ron«, erwiderte Mark schnell, »alles, was wir tun müssen, ist, Ramsgates Schritte nachzuvollziehen.«
»Ich weiß nicht recht, Mark, es gibt in der Beschreibung so viele Lücken. Ramsgate schrieb dieses Tagebuch nicht für irgend jemanden, der einhundert Jahre nach ihm kommen würde. Es handelt sich vielmehr um die Niederschrift ganz persönlicher Erinnerungen. *Er* wußte, worüber er sprach, deshalb bestand für ihn keine Notwendigkeit, den Bericht durch Einzelheiten zu ergänzen, wie zum Beispiel Angaben über die genaue Lage des Grabes.«
»Aber er gibt uns doch genug Anhaltspunkte dafür. Immerhin wissen wir, daß es in Tell el-Amarna ist.«

»Und das wäre schon in etwa alles, was wir wissen. Verdammt noch mal, Mark, du sprichst von sechzig Quadratkilometern Wüste, die aus Sand, Tälern und Schluchten bestehen! Die Hinweise, die er gibt, sind doch nur knappe Angaben. Und auf diese ist er selbst lediglich durch Zufall gestoßen. Hör dir nur das an.« Ron nahm das Tagebuch hoch und durchblätterte vorsichtig die brüchigen Seiten. »Hier.« Er breitete es auf seinem Schoß aus und las weiter:

1. Juli 1881: Kurz nach Sonnenuntergang kam eine alte Frau in unser Lager, die einen Esel mit sich führte. Sie erzählte Mohammed, daß sie die Ruinen nach *sebbach*, alten Nilschlammziegeln, welche die Einheimischen als Dünger für ihre Felder benutzen, durchstöbert habe, als sie plötzlich auf etwas gestoßen sei, für das sich die ›Fremden aus dem Norden‹ gewiß interessieren würden. Mohammed wollte sie eben schon wegjagen, als ich dazukam und mich daran erinnerte, daß viele der heute im neuen Britischen Museum beherbergten kostbaren Fundstücke auf ebensolche Weise in europäische Hände gelangt waren. So sagte ich ihr, daß ich mir gerne ansehen wolle, was sie gefunden hatte.

Man stelle sich meine Überraschung vor, als diese knorrigen alten Hände aus dem Sack auf dem Eselsrücken das vollständig erhaltene Oberteil einer Stele hervorzogen, wie man sie in dieser Gegend in die Felsen gemeißelt findet. Aber leider war es nicht der ganze Stein, und ich schloß aus dem Verlauf der Bruchstelle, daß die Stele in drei Teile zerbrochen war. Während ich Gleichgültigkeit vortäuschte, um die alte Frau nicht auf den Gedanken zu bringen, einen unverschämten Preis dafür zu fordern, erkundigte ich mich danach, wo sie den Stein gefunden habe.

Mohammed dolmetschte für mich, da mir der Dialekt dieser Region nicht geläufig ist. Das Fragment hatte unweit der Mündung des großen Wadis im Sand der Ebene verborgen gelegen.

Ich fragte die Alte, wo sich die anderen Bruchstücke befänden, denn ich hegte den Verdacht, daß sie die alte arabische List anwenden wollte, die darin besteht, ein altes Fundstück auseinanderzubrechen, um es in mehreren Teilen für einen höheren Preis zu verkaufen. Wie überrascht war ich indessen, als sie angab, es nicht zu wissen.

Unser Gespräch brach an dieser Stelle ab, denn die Ziegelsammlerin schien es mit der Angst zu bekommen und schickte sich an, ihren Esel wegzuführen. Ich wies Mohammed an, ihr für dieses Fragment ein ägyptisches Pfund zu bieten (was für sie sicher ein Vermögen darstellte) und zwei Pfund, wenn sie uns helfen würde, die anderen beiden ausfindig zu machen. Doch sie lehnte ab und sagte, sie wolle überhaupt kein Geld! Sir Robert und ich vermuteten einen Trick, denn es gibt wohl kein habgierigeres Volk als die Araber. Aber Mohammed übersetzte weiter, daß die Dörfler froh seien, den Stein loszuwerden, denn seitdem ein heftiger Regenguß ihn vor Monaten aus dem Wadi heruntergeschwemmt habe, seien sie vom Unglück verfolgt. Während sich Mohammed weiter mit ihr unterhielt und immer wieder versuchte, die alte Frau zum Bleiben zu bewegen und weitere Auskünfte von ihr zu erhalten, nahm ich das, was ich da in Händen hielt, sorgfältig in Augenschein. Und als mir bewußt wurde, daß dieses Fragment Teil einer Grabstele war – das heißt ein Stein, der den Eingang zu einem Grab kennzeichnet – und sogar auf die Grabstätte einer Person königlicher Abkunft hinzudeuten schien, vermochte ich meine Erregung kaum noch zu verbergen.

›Stammt dies etwa von dem sogenannten Königlichen Grab?‹ ließ ich durch Mohammed fragen. ›Stand dieser Stein ursprünglich vor dem Grab, das sich vier Meilen wadiaufwärts befindet?‹

Sie schüttelte heftig den Kopf und äußerte etwas von einer ›verbotenen Zone‹.

Ich versuchte weiter in sie zu dringen, aber die Alte ließ sich durch nichts halten. Ich erhöhte mein Angebot, doch sie schlug es abermals aus, wobei sie aufgeregt in ihrer verworrenen Sprache drauflosplapperte. Nachdem die alte Frau gegangen war, übersetzte mir Mohammed, was sie zum Schluß gesagt hatte: Der Stein habe einen verbotenen Ort markiert, den ihre Leute seit Jahrhunderten wohlweislich gemieden haben. Doch jetzt hätten Gewitter und Regen den Markierungsstein, der unter dem Hund gestanden habe, auseinandergebrochen und die Fragmente aufs Geratewohl verstreut. »Jetzt seien die Teufel freigekommen.«

Dies waren Mohammed zufolge genau ihre Worte.

Ron blickte zu Mark auf. »Hinweis Nummer eins. Die Stele, die den Eingang zum Grab kennzeichnete, hatte unter einem Hund gestanden, was immer das ist, aber ein Blitzschlag hat sie in drei Teile zerbrochen, und ein plötzlich einsetzender heftiger Regenguß hat eines der Teile in die Ebene hinuntergeschwemmt. Nun machte sich Ramsgate auf, um dieses Grab zu finden, wobei er dieses Stelenfragment benutzte und nach dem Hund Ausschau hielt.«
»Und er hat ihn gefunden.«
»Ja, aber wieder einmal nur durch Zufall, nicht dank des Steinfragments. Seitenlang beschreibt er seine Suche nach diesem Hund, und als er ihn dann findet, sagt er nicht einmal, wo genau er sich befand, sondern nur: ›Ich habe den Hund endlich gefunden.‹«
»Ich stelle mir vor, daß es sich dabei um eine Felsformation handelt, die einem Hund oder einem Hundekopf ähnelt.«
Ron zuckte mit den Schultern. »Nun zu Hinweis Nummer zwei.«
Als er die vergilbten Seiten wendete, brach ein Blitzstrahl durch die dahinziehenden Wolken, auf den eine Sekunde später ein ohrenbetäubender Donnerschlag folgte.
»Das Gewitter ist jetzt direkt über uns«, murmelte Mark und blickte zur Decke auf.
»Hier«, fuhr Ron leise fort.

3. Juli 1881: Es gibt irgend etwas Eigenartiges an dieser Stele. Ich habe ihre Gravuren gestern abend einer eingehenden Prüfung unterzogen und machte die erstaunliche Entdeckung, daß diese Stele keiner bisher bekannten gleicht. Sie ähnelt weder der gewöhnlichen Gedenkplatte, die einen König auf dem Schlachtfeld zeigt, noch der Art von Grabstein, auf denen der Verstorbene Osiris und Anubis huldigt. Tatsächlich wird im oberen Teil des Steins kein einziges menschliches Wesen dargestellt, dafür aber sieben ziemlich seltsame und faszinierende Gestalten, von denen ich annehme, daß es Götter sind. Nur ein Name ist erkennbar, und dieser steht in der Kartusche eines unbekannten Pharaos namens Tutanchamun. Ich habe noch nie von ihm gehört und Sir Robert ebensowenig.
Es sieht aus wie eine Art Gedenktafel, und dennoch scheinen die Hieroglyphen, welche in waagerechten Reihen verlaufen und von rechts nach links gelesen werden, eine Warnung auszusprechen.

Ron blätterte die Seite um, und wieder ließ ein Donnerschlag das Haus bis in die Grundfesten erzittern.

4. Juli 1881: Ich habe die Inschrift auf dem Stein übersetzt. Es handelt sich, wie ich vermutet habe, um eine Bestattungstafel und bezeichnet die Lage eines Grabes, das jemandem gehört, auf den als »Er-der-keinen-Namen-hat« Bezug genommen wird. Unglücklicherweise ist die Stele hier entzweigebrochen, und ich kann die Identität von Er-der-keinen-Namen-hat nicht entziffern.

»Damit ist bestimmt Echnaton gemeint«, kommentierte Mark, während er auf den stürmischen Ozean hinausblickte. »Nach dem Ende seiner Herrschaft erklärten es die Amun-Priester zum Verbrechen, seinen Namen auszusprechen.« Ron blätterte flink weiter. »Dann fand Ramsgates Aufseher Mohammed am zehnten Juli das zweite Stelenfragment, aber Ramsgate gibt nicht an, wo. Und jetzt, Mark, hör dir das an.« Ron dämpfte die Stimme und las atemlos.

12. Juli 1881: Ein unwiderstehlicher Drang hat uns alle gepackt, diesen Hund und das dritte Fragment zu finden. Beim Übersetzen des zweiten Teilstücks ermittelte ich gerade noch Anfänge eines Abschnitts, von dem ich sicher bin, daß er die Lage des Grabes angibt.

Ron hielt das Tagebuch noch immer geöffnet auf seinem Schoß und schaute auf. »Auf all diesen Seiten berichtet Ramsgate in einem fort über die Ausgrabung – das Ziehen der Gräben, das Ausheben der runden Schächte und Testlöcher –, er beschreibt sogar das Leben im Lager, das zu jener Zeit äußerst beschwerlich war. Aber nirgends erwähnt er, wo genau er gräbt.«
»Lies weiter vorn, Ron. Lies den Absatz über das Rätsel.«
»Ach ja, das Rätsel. Hinweis Nummer drei.« Er blätterte weiter und klatschte mit der Hand flach auf die Seite.
»Die Schlüsselpassage.«

16. Juli 1881: Kurz nach Sonnenaufgang, als die Arbeitsgruppen bereits im Wadi ihrer Arbeit nachgingen, wurde das dritte Frag-

ment gefunden. Es ist kein loser Stein, sondern ein Sockel aus festem Fels, der aus dem Sand ragt. Die Stele war aus gewachsenem Fels herausgemeißelt worden. Der Sockel ist daher feststehend und unbeweglich. Obgleich sich das Fragment in schlechterem Zustand befindet als die übrigen dazugehörigen Stücke, ist die Inschrift doch noch lesbar, und ich habe den ganzen Tag hart gearbeitet, um das Ende des Hieroglyphentextes zu übersetzen. Während die arme Amanda unter ihren Decken unruhig schläft und von Alpträumen geplagt wird, sitze ich hier und zerbreche mit den Kopf über die rätselhaften Worte, die ich herausgebracht habe. Die Warnung setzt sich darin fort. Eine Mahnung an alle, die zufällig vorbeikommen, sich fernzuhalten. Bis zur letzten Hieroglyphenreihe, in der es heißt: »Wenn Amun-Ra stromabwärts fährt, so liegt der Verbrecher darunter; um mit dem Auge der Isis versehen zu werden.«
Sir Robert und ich haben uns den ganzen Abend bemüht, das Rätsel dieser Inschrift zu lösen. Es kann kein Zweifel bestehen, daß diese letzte Zeile auf die Lage des Grabes verweist, und doch finde ich darin keine Anspielung auf einen Hund. In welchem Zusammenhang steht dieser Absatz zu dem, was die alte Ziegelsammlerin uns erzählt hat?

»Verdammt«, brummte Mark und lief hinüber zur Bar, »er liefert uns genug, um uns zur Verzweiflung zu bringen!« Während Mark sich einen Schluck Bourbon einschenkte und dabei mit finsterem Blick auf den mit unverminderter Heftigkeit tobenden Regensturm starrte, las Ron weiter in dem Tagebuch. Nach ein paar Minuten des Schweigens, das nur gelegentlich durch einen Donnerschlag unterbrochen wurde, sagte Ron mit tonloser Stimme: »Das ist der Teil, der mich am meisten beschäftigt. Die Inschrift, die Ramsgate am Eingang zum Grab fand...«
Mark hörte nicht zu. Während er auf den schäumenden grauen Ozean hinabstarrte und spürte, wie sein Haus bei jeder Woge erzitterte, hielt ihn der quälende Gedanke an seine eigene Unentschlossenheit völlig gefangen.
Halstead hatte ihn gebeten, nach Ägypten aufzubrechen. Und nur eines hinderte ihn daran, sofort einzuwilligen: ein Versprechen.

Mark dachte wieder an Nancy, stellte sich ihr hübsches Gesicht vor, hörte ihr leises, befreiendes Lachen. Er war ihr vor sieben Jahren im Kunstmuseum von Los Angeles begegnet, als er dort einen Vortrag über Königin Nofretete gehalten hatte. Ihre Beziehung hatte sich anfangs auf gelegentliche Treffen beschränkt, war aber nach jeder seiner Ägyptenreisen enger geworden, bis ihnen nach seiner letzten Reise bewußt geworden war, daß sie sich liebten. Seitdem hatten sie sich nicht mehr für längere Zeit trennen wollen. Nancy reiste sehr ungern und sehnte sich nach Beständigkeit, und irgendwann im Verlauf der langen Liebesnächte, die sie in seinem Bett verbrachten, hatte Mark nachgegeben.

Er hatte ihr versprochen, daß die Zeit seiner Forschungsreisen vorüber sei, daß er nun zur Ruhe kommen und bei ihr bleiben wolle. Und bis gestern, bis zu Grimms Anruf, hatte Mark sich an sein Versprechen gehalten. Aber dann war Halstead erschienen und hatte ihm diese im Leben eines Ägyptologen einmalige Chance offeriert. Nur ein Narr, ganz gleich, wie sehr er auch in eine Frau wie Nancy verliebt sein mochte, würde sich diese Gelegenheit entgehen lassen. Rons Stimme schien aus weiter Entfernung zu ihm herüberzudringen. »Die sieben Dämonen und die sieben Flüche auf der Tür zur Grabkammer, Mark. Ich habe so etwas noch nie gehört, nicht in all den Jahren, die ich mich schon mit Ägypten befasse. Nun hör dir das an:

Hüte dich vor den Wächtern des Ketzers, die da wachen bis in alle Ewigkeit. Dergestalt ist die Rache der Schrecklichen:

Einer wird Euch in eine Feuersäule verwandeln und Euch vernichten.

Einer wird Euch Euer eigenes Exkrement essen lassen.

Einer wird Euch das Haar vom Kopf reißen und Euch skalpieren.

Einer wird kommen und Euch zerstückeln.

Einer wird als hundert Skorpione kommen.

Einer wird den Stechmücken gebieten, Euch zu verzehren.

Einer wird Euch eine schreckliche Blutung verursachen und Euren Körper austrocknen lassen, bis Ihr sterbet.«

Ron lehnte sich zurück und klappte das Tagebuch vorsichtig zu.

»Das kann doch wohl nicht stimmen. Ramsgate muß falsch übersetzt haben. Die Ägypter schrieben niemals dergleichen auf ihre Gräber...«

Ron schwieg wieder, während Mark weiter mit sich haderte. Er wußte, daß er kein Recht hatte, sein Versprechen Nancy gegenüber zu brechen; aber er mußte auch ehrlich zu sich selbst sein.

Mark faßte sein Glas so fest, daß seine Finger ganz weiß wurden. Er zitterte vor Unentschlossenheit.

Soweit er zurückdenken konnte, hatte ihm die Ägyptologie alles bedeutet.

Mark Davison entstammte einer Farmarbeiterfamilie und war in Bakersfield zur Welt gekommen. Sein Vater, ein grobschlächtiger, riesenhafter Mann, hatte seine Familie mit den vier Söhnen von dort bis ins San-Joaquin-Tal in Kalifornien geschleppt, wobei sie von einer Ernte zur nächsten gezogen waren. Mark hatte als Jugendlicher keine Auflehnung gekannt, sondern nur eine tiefsitzende Mischung aus Ehrfurcht und Haß für seinen Vater. Schon im Alter von fünf Jahren, als er sich auf den Feldern von Salinas mit seinem Vater und seinen drei Brüdern unter der heißen Sonne niederbeugte und in der Erde nach Artischocken grub, begriff Mark, daß er zu etwas Besserem bestimmt war. Er wußte nicht, wann seine Liebe zu den Altertümern begonnen hatte, aber er konnte sich an keinen Tag erinnern, an dem er keinen Schmutz unter den Fingernägeln gehabt hatte. Anfangs war es für den jungen Mark schwer gewesen, da sein Vater Bildung verachtete und die Familie nie lange genug an einem Ort blieb, als daß er ein ganzes Schuljahr dort hätte absolvieren können. Doch die Zeit verging, und George Davison wurde das Opfer seiner jahrzehntelangen Trinkerei. Und als die älteren Brüder einer nach dem anderen fortgingen und Mark mit seinem betrunkenen Vater und der ausgezehrten Mutter alleine ließen, packte ihn das verzweifelte Verlangen, etwas aus sich zu machen. Er jobbte an Tankstellen und besuchte die Abendschule. Er bewarb sich um ein Stipendium für die Universität von Chicago und erhielt es prompt. Ein Professor mit einem feinen Gespür und der Fähigkeit, andere zu begeistern, hatte in ihm eine fast zwanghafte Leidenschaft für das alte Ägypten entzündet. Mark mußte für die Verwirklichung seines Traums schwer arbeiten und viele Opfer bringen, hatte zwei Jobs und verwandte jede freie Minute darauf, zu studieren und seine Doktorarbeit zu schreiben, mit der er im Alter von fünfundzwanzig Jahren promoviert wurde. Vom lockeren Leben seiner Generationsgenossen hatte

Mark kaum etwas mitbekommen, hatte sich mit Leib und Seele der Ägyptologie verschrieben und sich ganz auf sich gestellt auf der akademischen Karriereleiter nach oben gekämpft. Die Selbstgenügsamkeit, die er in den entbehrungsreichen Jahren seiner Kindheit gelernt hatte, hatte ihn dabei in gewisser Weise geschützt. All die lehr- und opferreichen Jahre hindurch hatte er nur auf diesen Moment hingearbeitet... Plötzlich drehte Mark sich um und erklärte: »Ron, ich werde es tun.«
»Was ist mit Nancy?«
Mark drehte nervös das Glas in seinen Händen. Es konnte bedeuten, sie zu verlieren, das wußte er. »Ich weiß nicht. Ich kann nur hoffen, daß sie es verstehen wird. Ron, dieses Grab existiert, und es gehört mir.«
Ron lehnte sich gegen die Sofakissen und sah seinen Freund prüfend an. So entschlossen und voller Ehrgeiz hatte er Mark seit dem Dendur-Tempel-Projekt fünf Jahre zuvor nicht mehr erlebt. Und da Ron wußte, was sein Freund in diesem Augenblick empfand – die Aufregung über die Aussicht, einen sensationellen Fund zu machen –, sprang ein wenig von dieser Erregung auch auf ihn über.
Sie blickten einander durch den düsteren Raum hindurch an und hingen jeder seinen eigenen Gedanken nach.
Mark und Ron gehörten zu den geburtenstarken Jahrgängen der sechziger Jahre. Beide hatten als Heranwachsende in überfüllten Klassenzimmern sitzen müssen und hatten den Massenansturm auf die Universitäten miterlebt. Nach der Schule hatten diese jungen Leute die Hörsäle überschwemmt, und nachdem sie ihre Examen gemacht hatten, versuchten sie, sich eine Stelle auf dem ohnehin schon übersättigten Arbeitsmarkt zu erkämpfen. Es gab kaum Möglichkeiten, wo sie als frischgebackene Ägyptologen hätten hingehen können. Da keine Ausgrabungen im Gange waren und es keine Funde zu analysieren gab, blieb ihnen nur die Wahl zwischen dem Lehrberuf oder der Arbeit in Museen – und auf jede offene Stelle kamen zehn qualifizierte Ägyptologen. Viele mußten eine andere berufliche Laufbahn einschlagen, um Arbeit zu bekommen; so hatte einer ihrer gemeinsamen Freunde nach Beendigung des Studiums eine Autowerkstatt eröffnet und verdiente als Inhaber eines großen Betriebes inzwischen mehr als Ron oder Mark.

Dabei hatte Mark noch ziemliches Glück gehabt. Es war ihm gelungen, an den wenigen Ausgrabungen mitzuwirken, die nach dem Bau des Assuan-Staudamms noch durchgeführt wurden; er hatte ein paar populäre Sachbücher geschrieben und deswegen eine Dozentenstelle an der Universität Los Angeles erhalten. Ron dagegen hatte sein Fachgebiet verlassen müssen, um seinen Lebensunterhalt zu sichern. Damit er die Miete für seinen Kanalschuppen im kalifornischen Venice bezahlen konnte, betätigte sich Ron unter drei verschiedenen weiblichen Pseudonymen als Autor von Horrorgeschichten. Seine Honorareinnahmen reichten außer für den Lebensunterhalt gerade noch für seine Hobbys: das Fotografieren, einschließlich der Ausstattung für seine Dunkelkammer, und das Boot. Die Verbindung mit seinem Beruf erhielt er aufrecht, indem er wissenschaftliche Abhandlungen verfaßte, die von der archäologischen Fachwelt stets mit großem Beifall bedacht wurden. Drei seiner Arbeiten – »Homosexualität im alten Ägypten«, »Die Herrschaft des weiblichen Geschlechts im alten Ägypten – ein weitverbreiteter Irrtum« und »Bes: der phallische Gott« –, die er für das *Journal of Near Eastern Studies* geschrieben hatte, waren in ein neues Lehrbuch aufgenommen worden, das von Anthropologiestudenten im ganzen Land benutzt wurde.

Sein Spezialgebiet waren Mumien. Beginnend mit seiner Doktorarbeit über den »Einsatz der Röntgenfotografie zur Bestimmung verwandtschaftlicher Beziehungen zwischen den Pharaonen des Neuen Reichs«, hatte Ron es durch zahlreiche Veröffentlichungen geschafft, einen bescheidenen Ruf auf diesem Gebiet zu erlangen. Im Jahr zuvor hatte er auf Einladung der Wesleyan-Universität in Connecticut einer Gruppe von Medizinern beim Auswickeln und Analysieren einer Mumie aus der zwanzigsten Dynastie assistiert, die dem dortigen Museum für Naturgeschichte als Schenkung überlassen worden war.

Zu Anfang ihrer Bekanntschaft waren Mark und Ron erbitterte Gegner gewesen. Sie hatten sich acht Jahre zuvor bei einem Seminar in Boston kennengelernt, zu dem beide als Redner geladen worden waren. Mark hatte in seinem Vortrag die These von der gemeinsamen Herrschaft Echnatons und Amenophis' III. vertreten, während Ron diese zu widerlegen suchte. Nachdem sie sich zunächst bei einem Empfangsdinner über ihre unterschiedlichen Theorien gestritten hat-

ten, hatten sie ihre Auseinandersetzung in den Hörsaal hineingetragen, hatten sie bei den Cocktails vor dem Abendessen fortgesetzt und in der Bar bis zur Sperrstunde weiterdebattiert. Am nächsten Morgen waren sie einander nicht mehr von der Seite gewichen und hatten sich für den Rest der Woche ausführlich mit ihren gegensätzlichen Standpunkten beschäftigt, ohne sich besonders intensiv um den weiteren Verlauf des Seminars zu kümmern. Ihre Meinungsverschiedenheiten hatten sie unzertrennlich miteinander verbunden. Jeder war auf seine Weise ein besserer Ägyptologe als der andere, was jeder der beiden schließlich widerwillig hatte anerkennen müssen. Mark besaß ein Gespür für den Boden; er wußte, wo er suchen mußte und wo nicht, und konnte ein Fundstück freilegen, ohne auch nur ein Sandkorn in Unordnung zu bringen. Ron dagegen verfügte über ein ausgeprägtes Abstraktionsvermögen. Er sah die Geschichte, die sich hinter einem Fundstück verbarg. Er konnte anhand einer Hieroglyphe, eines Fetzen Leinwand oder einer Haarlocke auf das Drama schließen, das sich einst um diesen Gegenstand abgespielt hatte. Ron haßte den Schmutz, während Mark bei der Analyse nur der Zweitbeste war. Zusammen bildeten sie jedoch ein unschlagbares Team.
»Ron«, begann Mark leise, »ich möchte, daß du mitkommst.«
Sein Freund lächelte und schüttelte langsam den Kopf.
»Warum?«
»Zum einen werden wir einen Fotografen brauchen. Zum anderen bist allein du der richtige Fachmann, wenn wir tatsächlich eine Mumie finden sollten.«
»Das stimmt schon, Mark, aber«, Ron stand auf und streckte sich, »ich muß den Abgabetermin für meine Echnaton-Arbeit einhalten...«
»Das ist eine Ausrede, und du weißt es selbst ganz genau. Hier bietet sich dir eine einmalige Gelegenheit, mit der Mumie desjenigen Mannes in Berührung zu kommen, über den du schreibst. Du kannst selbst feststellen, ob Echnaton geschlechtslos war oder nicht. Verdammt noch mal, das ist doch die Chance«, Mark hieb mit der Faust auf sein Knie, »ein Buch zu schreiben, das wie eine Bombe auf der Bestsellerliste der *New York Times* einschlägt. Und alles, was dir dazu einfällt, ist der Abgabetermin für irgendein Fachmagazin mit einer Auflage von zweihundert Exemplaren.«

»He, jetzt werde doch nicht gleich sauer. Ich habe einfach keine Lust, nach Ägypten zu fahren, das ist alles.«
»Wovor hast du Angst, Ron?«
»Ich habe vor nichts Angst. Aber nur weil du insgeheim den Wunsch hegst, groß rauszukommen, heißt das noch lange nicht, daß auch ich mich danach sehne.«
»Du lebst in einer Baracke in Venice und trägst Klamotten, die jeder andere wegwerfen würde. Du schreibst Groschenromane, um dir was dazuzuverdienen, und segelst in einem morschen Kahn, bei dem du beten mußt, daß er nicht jeden Augenblick absäuft, und dabei weißt du verdammt gut, daß du in deinem Fach ganz an der Spitze stehen könntest!«
»Du siehst die Dinge anders als ich. Ich bin zufrieden, so wie ich lebe.«
»Ach, wirklich? Schau dich doch an, Ron, wie du dich in einem fort bemühst, alte Tatsachen zu verdrehen, damit sie zu deiner neuesten exzentrischen Theorie passen. Du glaubst doch wohl nicht im Ernst, daß Echnaton geschlechtslos war...«
»Na hör mal, das ist wirklich meine feste Überzeugung...«
»Natürlich. Bis vor einem Jahr noch wäre dir so etwas nie in den Sinn gekommen, obwohl du hundertmal Fotos von dieser Statue gesehen hattest. Aber jetzt muß dein Boot zum Entalgen aufs Trockendock, und das ist teuer. Da fällt dir plötzlich ein, daß noch niemals etwas über die Statue eines Königs geschrieben worden ist, die ihn nackt und ohne Geschlechtsteile zeigt! Du setzt dein fachliches Wissen für geradezu unlautere Zwecke ein, Ron.«
Ron schwieg und starrte in den erkalteten, schwarzen Kamin.
Nach einer Weile fuhr Mark fort: »Ron, wenn wir dieses Grab finden und wenn es eine Mumie darin gibt, möchte ich dich dabeihaben, damit du sie als erster in Augenschein nimmst.«
Er ging zu Ron hinüber und packte ihn fest an der Schulter. »Und ich brauche einen Fotografen. Bei einer Ausgrabung kommt dafür nur ein Ägyptologe in Frage. Jetzt bekommst du die Gelegenheit, deine teure Ausrüstung endlich einmal sinnvoll einzusetzen.«
»Ich habe keine Erfahrung im Gelände, Mark. Es ist ein großer Unterschied, ob du eine Dunkelkammer in deiner Wohnung hast oder ob du sie in einem Zelt einrichten mußt.«

»Du könntest eines der Gräber dafür benutzen.«
»Pfui, du Grabschänder!«
»Komm mit, Ron. Du wirst genug Geld verdienen, um deinen *Tutanchamun* abschaben zu lassen und dir überdies ein Boot zu kaufen, mit dem du die Transpazifikregatta gewinnst.«
Ron dachte einen Augenblick nach und meinte dann: »Glaubst du, daß du es finden kannst?«
»Ich habe keine Ahnung. Tell el-Amarna ist ein recht weitläufiges Gebiet, und man hat es schon ziemlich gründlich erforscht. Das Tagebuch gibt uns nicht viele Anhaltspunkte, wo wir weitermachen sollen.«
»Wo würdest du suchen?«
»Ich denke, ich würde zuerst versuchen, herauszufinden, wo sich Ramsgates Lagerplatz befand, und dann ein wenig Detektivarbeit leisten, um zu sehen, ob ich diese Stelenfragmente ausfindig machen kann. Sie müssen noch immer dort sein, irgendwo unter dem Sand verborgen. Danach würde ich nach diesem Hund suchen, was auch immer damit gemeint ist, um auf diesem Wege das Rätsel zu lösen. Ramsgate schreibt, daß alle Anhaltspunkte gegeben sind. Es geht also nur darum, sie richtig zu deuten.«
»Dieses Rätsel ergibt doch keinen Sinn, Mark. Erstens fährt Amun-Ra nicht stromabwärts. Die Sonne wandert von Osten nach Westen und nicht von Süden nach Norden, das gilt auch für Ägypten. Und ich habe noch nie von einem Auge der Isis gehört, und auch nicht davon, daß irgendeine ihrer Erscheinungsformen einem Hund glich. Ich vermute, daß Ramsgate falsch übersetzt hat.«
»Selbst wenn das so gewesen wäre, Ron, immerhin hat er das Grab gefunden.«
»Ja, das hat er wohl...«
»Und er ist niemals bis ins Innere vorgedrungen. Es ist immer noch da – vielleicht unberührt.« Mark wandte sich ab und ging wieder zur Bar. Er warf einen Blick aus dem Fenster und stellte fest, daß der Sturm sich allmählich legte. »Was glaubst du wohl, was in seine Arbeiter gefahren ist, das sie veranlaßte, am Ende alles stehen- und liegenzulassen und die Flucht zu ergreifen? Und diese beiden merkwürdigen Todesfälle...«
Ron zuckte mit den Schultern. »Ich vermute, die Einheimischen woll-

ten die Fremden loswerden, um den Schatz für sich alleine zu haben. Das kommt in ganz Ägypten auch heute noch vor; denk nur mal daran, was damals in Qurna los war. Ich könnte mir vorstellen, daß die Dorfältesten Ramsgates Fellachen entweder dafür bezahlten, daß sie sich davonmachten, oder daß sie sie einfach verjagten. Ich halte diese beiden Todesfälle für heimtückische Mordanschläge.«

»Aber wenn sich die Dorfbewohner wirklich so viel Mühe gemacht hätten, die Fremden loszuwerden, dann frage ich mich doch, warum sie das Grab niemals geöffnet haben. Wie dem auch sei«, Mark warf einen Eiswürfel in sein Glas, »zwischen den Bewohnern von El Till und Hag Qandil tobt schon seit Jahren eine blutige Fehde. Hoffentlich geraten wir da nicht ins Kreuzfeuer.« Ron entfernte sich vom Kamin, stellte sich breitbeinig ans Fenster und schaute auf den wogenden Ozean hinaus. »Was weißt du eigentlich über diesen Halstead?«

»Im Grunde gar nichts. Er war keine zehn Minuten hier.«

»Hat er Geld?«

»Ich glaube schon.«

»Woher weißt du, daß er seriös ist?«

»Das weiß ich nicht.«

»Woher hat er das Buch?«

Mark zuckte mit den Achseln.

»Es ist wahrscheinlich ein ziemlich aussichtsloses Unterfangen«, urteilte Ron.

»Kann schon sein.«

»Und außerdem«, Ron rieb sich die Arme, da ihm plötzlich bewußt wurde, wie kalt es in dem Raum war, »es ist schon hundert Jahre her. In Tell el-Amarna hat es eine Menge Vandalismus gegeben. Viele Diebstähle. Das Grab könnte geplündert worden sein, und wir wissen es nicht einmal.«

»Ron, ich möchte dich hierhaben, wenn Halstead heute abend wiederkommt.«

»Hast du Wein im Haus?«

»Nur eine Zweiliterflasche. Aber ich kann für dich schnell welchen holen.«

Ron lächelte seinem Freund zu. Dann wurde seine Miene wieder ernst. »Weiß Nancy, daß du den Lehrstuhl nicht bekommen hast?«

Mark starrte finster auf das Glas in seiner Hand und leerte es dann in einem Zug. »Ich werde wohl einen Weg finden müssen, wie ich es ihr beibringe.«
»Nimm sie doch mit nach Ägypten.«
»Nein, sie fährt nicht gerne so weit weg, und noch weniger mag sie die Wüste. Abgesehen davon wird es nicht gerade eine Vergnügungsreise werden...«
»Eins läßt mir noch immer keine Ruhe«, meinte Ron und vergrub nachdenklich die Hände in den Taschen seiner Jeans.
»Und was?«
»Was geschah mit Ramsgate? Warum hat man nie wieder etwas von ihm oder von irgendeinem Mitglied seiner Expedition gehört?«
»Ich weiß es nicht.«
»Und warum hat er sein Tagebuch mitten in einem Satz abgebrochen?«

Vier

»Das ist er!«
Ron sprang auf und schaute rasch auf seine Armbanduhr. »Auf die Minute genau. Es ist Punkt sechs.«
Ron und Mark hatten sich telefonisch Pizza bestellt und früh zu Abend gegessen. Danach hatten sie es sich in Marks Wohnung bequem gemacht.
Mark wünschte, er wäre nicht so aufgeregt. Er hatte feuchte Hände, und wie oft er sie auch an seiner Hose abwischte, sie blieben klamm.
Als er die Tür öffnete, sah er gerade noch, wie der Rolls-Royce sich langsam vom Haus entfernte. Hinter dem Steuer nahm er schemenhaft die Gestalt des Chauffeurs wahr. Vor ihm stand Sanford Halstead, ganz ähnlich gekleidet wie am Abend zuvor, nur daß er diesmal nichts in den Händen hielt. In einiger Entfernung hörte man den nicht abreißenden Verkehr über den glitzernden Asphalt des Pacific Highway rollen.

»Auf die Minute pünktlich«, begrüßte ihn Mark und hielt ihm die Tür auf.
Sanford Halstead nickte höflich und trat ein. Als Mark die Tür hinter seinem Gast schloß, fiel Halsteads Blick auf Ron Farmer, der sich gegen den Kamin lehnte, und er sagte mit ruhiger, näselnder Stimme: »Ah, Dr. Farmer, wie ich sehe, konnten Sie es einrichten, an unserer Unterredung teilzunehmen.«
Mark und Ron tauschten Blicke aus. Ron schüttelte sich, als ob ihm ein Schauer über den Rücken liefe. Sie hatten zuvor im Kamin wieder ein Feuer angemacht, aber die behagliche Atmosphäre des Wohnzimmers schien gleich beim Eintritt des hochgewachsenen, würdevollen Besuchers dahinzusein.
»Darf ich Ihnen etwas zu trinken anbieten, Mr. Halstead?«
»Nein, danke, Dr. Davison. Ich trinke weder Alkohol, noch rauche ich.«
»Nun, dann nehmen Sie doch bitte Platz, und lassen Sie uns zur Sache kommen.«
Als sie alle drei im Schein des Kaminfeuers saßen, ergriff Halstead das Wort: »Ich nehme an, Sie haben das Tagebuch gelesen?«
»Ja, wir haben es beide gelesen.«
»Und was halten Sie davon?«
»Ich will nichts versprechen, aber die Chancen stehen gut, daß das Grab tatsächlich existiert.«
»Und daß es noch nicht geöffnet worden ist?«
»Mr. Halstead, wenn ein Grab entdeckt wird, wird es entweder den Behörden gemeldet, oder es wird geheimgehalten, um die Grabbeigaben illegal verkaufen zu können. Im ersten Fall wird darüber in Fachzeitschriften berichtet werden, und die Fachwelt wird im allgemeinen sehr schnell Kenntnis davon erlangen. Im zweiten Fall kommt selbst eine streng geheimgehaltene Entdeckung durch den illegalen Verkauf von Antiquitäten, die bis dahin noch nie auf dem Markt waren, ans Tageslicht, besonders wenn es sich um Stücke handelt, die für Beisetzungen typisch sind. Grabbeigaben ziehen sofort die Aufmerksamkeit auf sich, weil sie auf ein neues, der Öffentlichkeit noch nicht bekanntes Grab hindeuten. In den letzten Jahren wurde aber auch auf dem Schwarzmarkt nicht viel Derartiges angeboten. Vielleicht ein paar kleinere Statuen, Schmuck und Skarabäen. Und auch davor ist

nichts aufgetaucht, von dem man hätte annehmen können, daß es aus einem Grab der achtzehnten Dynastie stammt.«
»Aber das Grab könnte von Anfang an leer gewesen sein.«
»Das bezweifle ich. Ramsgate berichtet, daß die Siegel der Priester noch unversehrt waren. Das bedeutet, daß, wer auch immer dort begraben liegt, noch im Besitz seiner gesamten Habe ist, denn die alten Ägypter bestatteten ihre Toten stets mit allem, was ihnen zu Lebzeiten gehörte.«
»Wie stehen unsere Chancen, das Grab zu finden?«
»Das hängt von vielen Faktoren ab. Zuerst müssen wir nach Amarna fahren und die Gegend erkunden. Wir müssen versuchen, den genauen Platz von Ramsgates Lager ausfindig zu machen, was nicht leicht sein wird. Dann gilt es, festzustellen, ob sich diese Stelenfragmente noch irgendwo dort befinden. Bedenken Sie, daß wir nicht wissen, was aus Ramsgates Expedition geworden ist. Ich muß erst nähere Auskünfte aus Kairo einholen, bevor ich abschätzen kann, wie unsere Chancen stehen, irgend etwas zu finden.«
»Wie werden Sie bei der Suche nach dem Grab vorgehen?«
Mark beugte sich vor, stützte seine Ellbogen auf die Knie und faltete die Hände. »Das Tagebuch liefert uns drei Anhaltspunkte: die verstreut liegenden Fragmente der Steinstele, welche den Eingang des Grabes bezeichnete; den Hund und das Rätsel der Hieroglypheninschrift auf dem Stelensockel.«
»Ist es Ihnen gelungen, dieses Rätsel zu lösen, Dr. Davison?«
Mark griff nach dem Tagebuch, legte es auf den Couchtisch und schlug die Seite mit der Eintragung vom 16. Juli 1881 auf. Dann las er laut vor: »Wenn Amun-Ra stromabwärts fährt, so liegt der Verbrecher darunter; um mit dem Auge der Isis versehen zu werden.« Er schloß das Buch und lehnte sich zurück. »Ramsgate zufolge befindet sich das Grab tatsächlich dort, wo die rätselhafte Inschrift es angibt. *Und* unter dem Hund, was immer damit gemeint ist.«
»Aber in der Inschrift ist nicht von einem Hund die Rede.«
Mark streckte seine Hände aus. »Vermutlich haben wir hier alle Fakten, die wir brauchen. Doch sie reichen offensichtlich doch nicht aus, da Dr. Farmer und ich beim besten Willen keinen Sinn in dem rätselhaften Hieroglyphentext erkennen können. Sehen Sie, Mr. Halstead, Amun-Ra ist die Sonne, und stromabwärts bedeutet nach Norden.

Die Inschrift besagt, daß, wenn die Sonne nach Norden wandert...«
»Dann kann da etwas nicht stimmen.«
»Das sollte man annehmen, nur erwähnt Ramsgate nichts von einem Fehler in seinem Tagebuch. Diese krasse Unstimmigkeit hätte ihm ja auch auffallen müssen. Aber er war sich seiner korrekten Übersetzung wohl sicher. Und als er den Hund endlich durch Zufall findet, schreibt er, daß alles genau dem Hieroglyphentext entspricht.«
Sanford Halstead dachte einen Moment nach, dann fragte er: »Dr. Davison, glauben Sie, daß es sich um Echnatons Grab handelt?«
»Ramsgate fand keine Namen am Eingang zum Grab, aber die Stele verweist auf ›den Verbrecher‹. Dies war der Name, den die Amun-Priester Echnaton nach dessen Tod gaben. Daraus können Sie ersehen, wie stark die Ägypter an die magische Kraft des Namens glaubten. Wenn sie einen Menschen bei seinem Namen nannten, wurde ihm dadurch Stärke und Macht verliehen. Wenn sie ihn aber seines Namens beraubten, nahmen sie ihm seine Identität und damit seinen Einfluß. Deshalb mußten alle Mumien und alle Gräber mit Namensinschriften versehen werden, andernfalls wäre es nach der Vorstellung der alten Ägypter dem Geist des Toten nicht möglich, seine Identität zu erkennen, und ohne Identität konnte er kein Leben nach dem Tod führen. Weil Echnaton versucht hatte, die vielen alten Götter zu beseitigen, und sein Volk zwingen wollte, nur einem Gott, nämlich Aton, zu huldigen, rächten sich die Amun-Priester, indem sie seinen Namen nach seinem Tod für verboten erklärten und seinen Geist dadurch seiner Identität beraubten. Ja, Mr. Halstead, ich glaube, daß Ramsgate Echnatons Grab gefunden hat.«
»Warum wurde er nicht in dem sogenannten Königlichen Grab beigesetzt, das 1936 in einem der Täler ausgegraben wurde?«
»Weil niemand in irgendeinem der Gräber in Tell el-Amarna beerdigt wurde«, erklärte Mark und griff nach seiner Pfeife. Er füllte den Pfeifenkopf, drückte den Tabak fest und fuhr dann fort: »Nachdem Echnaton gestorben war, verließen die Bewohner Echnatons neugebaute Hauptstadt, die damals Achet-Aton genannt wurde und heute auf arabisch Tell el-Amarna heißt. Familien, die ihre Toten in den Gräbern bestattet hatten, brachten sie weg und gaben ihnen in der alten Hauptstadt Theben eine neue Ruhestätte. Achet-Aton wurde von den

Priestern zu einem verfluchten Ort erklärt, so daß niemand seine Toten dort zurücklassen wollte. Sogar Echnatons Mutter und seine älteste Tochter wurden aus ihren Gräbern in Amarna entfernt und in Theben neu beigesetzt. Sein Vater, seine beiden Brüder, seine Schwester und weitere Töchter fanden ebenfalls in Theben ihre letzte Ruhestätte. Sicherlich wissen Sie, daß sein Schwiegersohn und Nachfolger der berühmte jugendliche Pharao Tutanchamun war.«
»Warum wurde Echnaton dann nicht mit der übrigen Familie in Theben bestattet?«
»Ich könnte mir vorstellen, daß die Amun-Priester ihren heiligen Boden nicht durch seinen Leichnam entweihen lassen wollten. Sie müssen bedenken, daß Echnaton in ihren Augen ein Ketzer war. Als er um dreizehnhundertfünfzig vor unserer Zeitrechnung, damals noch als Amenophis der Vierte, den Thron bestieg, hatte Ägypten eine zweitausendjährige Blütezeit hinter sich, und während dieser ganzen Zeit hatten seine Bewohner Hunderte von Göttern verehrt. Als der junge Amenophis an die Macht kam und seinen Namen in Echnaton änderte, beschloß er, der Vielgötterei ein Ende zu bereiten, und zwang sein Volk, nur einer Gottheit zu huldigen, nämlich Aton. Die Priester der anderen Götter tauchten während Echnatons Herrschaft unter, weil er ihre Tempel schloß, und sannen im Verborgenen auf Rache. Nachdem er dann in seiner heiligen Stadt Achet-Aton, also nahe dem heutigen Tell el-Amarna, gestorben war, traten die alten Priester wieder an die Öffentlichkeit, erklärten seinen Gott für falsch und stellten es unter Strafe, seinen Namen auszusprechen. Fortan hieß er nur noch ›der Verbrecher von Achet-Aton‹. Deshalb hätten es die Priester nicht gern gesehen, wenn sein Leichnam in der heiligen Erde des Tals der Könige begraben worden wäre, denn sie fürchteten, von seinem Geist heimgesucht zu werden. Ich denke, sie wollten ihn dort lassen, wo er war, nämlich auf seinem eigenen fluchbeladenen Boden.«
Sanford Halstead schürzte seine Lippen. »Dr. Davison, wenn die Amun-Priester Echnaton so sehr haßten und fürchteten, warum haben sie seinen Leichnam dann nicht einfach vernichtet? Soviel ich über ägyptische Religion weiß, kann die Seele ohne den Körper, womit auch der mumifizierte Körper gemeint ist, nicht existieren. Warum machten sie sich überhaupt die Mühe, ihn zu bestatten?«
»Weil sie strenggläubige Männer waren, Mr. Halstead, und nach der

altägyptischen Religion verkörperte der Pharao einen Gott, auch wenn er Echnaton hieß und überaus verhaßt war. Er war eine Gottheit, und die Priester wollten es nicht riskieren, den Zorn der anderen Götter auf sich zu ziehen, indem sie seinen Leichnam schändeten. Ich vermute, daß sie ihn zugleich fürchteten und haßten. So ließen sie ihn auf seinem eigenen Grund und Boden, um seinen Geist von sich selbst fernzuhalten, aber sie bestatteten ihn in der herkömmlichen Weise, um ihn versöhnlich zu stimmen.«

»Warum aber errichteten sie eine völlig neue Grabstätte? Warum benutzten sie nicht das bereits bestehende sogenannte Königliche Grab?«

Mark warf schnell einen Blick hinüber zu Ron und runzelte die Stirn. »Dies ist etwas, Mr. Halstead, was ich leider auch nicht nachvollziehen kann. Es ist wohl eines der vielen Geheimnisse, mit denen das verheerende Ende der achtzehnten Dynastie umgeben ist. Ich denke aber, daß wir auch darauf die Antwort erhalten werden, wenn wir das Grab finden.«

Sanford Halstead nickte bedächtig. Sein silberfarbenes Haar glänzte im Schein des Feuers. »Dr. Davison, meinen Sie, wir können eine Genehmigung für eine archäologische Ausgrabung von den ägyptischen Behörden bekommen?«

»Wenn dort im Augenblick keine anderen Grabungsarbeiten im Gange sind, ja.«

»Können Sie alles vorbereiten?«

»Wieviel Freiheit habe ich dabei?«

»Ich möchte, daß Sie alles Notwendige veranlassen, Dr. Davison. Stellen Sie ein, wen Sie wollen, besorgen Sie an Gerät, was Sie brauchen. Nun sagen Sie mir bitte, wann wir aufbrechen können.«

»Die beste Zeit für Ausgrabungen ist gewöhnlich von Oktober bis April. Ich werde mich erkundigen, wann der Ramadan in diesem Jahr stattfindet. Die Moslems richten sich nach dem Mondkalender, so daß ihre Monate nicht wie die unseren feststehen.«

»Ramadan?«

»Der heilige Fastenmonat. Vom Morgengrauen bis zum Sonnenuntergang ist den Arabern jegliche Nahrungs- oder Flüssigkeitsaufnahme untersagt. Sie schlucken nicht einmal ihren Speichel. Glauben Sie mir, in dieser Zeit geht die Arbeit so gut wie gar nicht voran. Am

besten fangen wir im Oktober an. Dann bleiben uns noch sieben oder acht Monate, um uns vorzubereiten.«
»Dr. Davison, ich möchte so bald wie möglich anfangen.«
Mark schüttelte den Kopf. »Vor Oktober würden auch Sie nicht nach Ägypten fahren wollen, glauben Sie mir.«
»Dr. Davison, sagen Sie mir nur, wie schnell Sie alles einrichten können.«
»Nach vorsichtiger Schätzung würde ich etwa drei, vielleicht auch vier Monate dafür anberaumen.«
»Ausgezeichnet, dann ist dies also unser Abreisedatum.«
Mark legte seine Pfeife in den Aschenbecher und beugte sich mit ernster Miene vor. »Mr. Halstead, niemand führt in Ägypten im Juni oder Juli eine Ausgrabung durch! Die Hitze ist unerträglich!«
»So bald wie möglich, Dr. Davison. Ich bestehe darauf.«
Während Mark versuchte, seine Verärgerung über diese im Befehlston gegebene Antwort zu unterdrücken, und Sanford Halstead wütend musterte, ergriff Ron Farmer mit ruhiger Stimme das Wort: »Sagen Sie, Mr. Halstead, hat irgend jemand außer uns dreien das Tagebuch zu Gesicht bekommen?«
»Nur meine Frau.«
»Woher haben Sie es denn eigentlich?« erkundigte sich Mark.
»Ich erwarb es vor einigen Monaten bei einer Nachlaßversteigerung. Ich bin ein Sammler von Antiquitäten und Altertümern, Dr. Davison. Die Frau, aus deren Nachlaß das Tagebuch stammt, war eine wohlhabende Witwe aus Beverly Hills, die im Alter von sechsundneunzig Jahren ohne Erben starb. Das Tagebuch gehörte zu dem Nachlaß, der für mehrere Millionen Dollar verkauft wurde. Ich erstand ihre Kunstsammlung und ein Sammelsurium von Andenkengegenständen und Kuriositäten aus dem neunzehnten Jahrhundert, das ich aber erst nach und nach im einzelnen in Augenschein nehmen konnte. Eine Anfrage bei ihrem Nachlaßverwalter ergab, daß das Tagebuch sich schon seit Jahrzehnten im Besitz der alten Dame befunden hatte.«
»Wissen Sie, wie es in ihren Besitz gelangt ist?«
»Nein, ich weiß nicht mehr über das Tagebuch als das, was ich darin gelesen habe, und zum Lesen kam ich erst kürzlich. Ich bin schließlich ein vielbeschäftigter Mann.«

»Aber als Sie es dann lasen«, fuhr Mark fort, wobei er die strengen Gesichtszüge seines Gastes eingehend musterte, »waren Sie sich über seine Bedeutung doch im klaren.«
»Ganz im Gegenteil, Dr. Davison. Nachdem ich das Tagebuch zu Ende gelesen hatte, war ich noch immer ziemlich ahnungslos, was ich da eigentlich mitgekauft hatte. Ich interessierte mich eigentlich nur für den antiquarischen Wert des Buches und nicht dafür, was darin stand. Ich wandte mich an einen alten Freund in Boston, einen Assyrologen, und beschrieb ihm das Tagebuch. Er meinte, es könnte sehr interessant sein, und legte mir nahe, einen Spezialisten auf diesem Gebiet zu Rate zu ziehen. Deshalb setzte ich mich mit einem Ägyptologen in New York, einem gewissen Dr. Hawksbill, in Verbindung. Kennen Sie ihn?«
Mark verzog spöttisch die Mundwinkel und griff wieder nach seiner Pfeife. »Allerdings, er ist derjenige, der diese verrückten Theorien verbreitet, denen zufolge die Ägypter mit Astronauten aus einer anderen Galaxie Verbindung gehalten haben sollen.«
»Nichtsdestoweniger ist er ein Ägyptologe.«
»Man könnte bestenfalls sagen, er befindet sich am entgegengesetzten Ende des Spektrums unseres Fachgebiets.«
»Ohne ihm den genauen Inhalt des Tagebuches zu verraten, erläuterte ich Dr. Hawksbill, um welche Art Buch es sich handelte, und er zeigte größtes Interesse. So erfuhr ich, daß Neville Ramsgate sozusagen ein Pionier der Ägyptologie gewesen war, so daß ein von ihm geschriebenes Tagebuch wohl von ungeheurem Wert sein dürfte. Ganz zu schweigen von dem Grab, über das er schrieb.«
»Und daher beschlossen Sie, selbst nach dem Grab zu suchen.«
»Nehmen Sie den Auftrag an, Dr. Davison?«
Mark erhob sich von der Couch und stellte sich vor das Panoramafenster. Ein neuer Sturm peitschte über den Ozean; dicke, schwarze Wolken wälzten sich langsam und bedrohlich auf die Küste zu. Mark wußte, daß es nur eine Frage von Minuten war, bevor das Unwetter über Malibu hereinbrechen würde.
»Sie wußten doch schon, bevor Sie heute abend hierherkamen, daß ich den Auftrag annehmen würde.«
»Dann müssen wir sofort mit den Vorbereitungen beginnen.«
»Wenn Sie tatsächlich im Juni mit der Grabung anfangen wollen«,

meinte Mark nach ein paar Zügen an seiner Pfeife, »dann muß ich mich schon morgen an die Arbeit machen. Ich muß mit einigen Leuten Kontakt aufnehmen. Ich muß in Erfahrung bringen, ob Abdul, mein Vorarbeiter von früher, frei ist. Ich muß mich mit der Behörde für Altertümer in Kairo in Verbindung setzen, Ausrüstung, Vorräte und Zelte kaufen...«

»Ich lasse Ihnen da völlig freie Hand, Dr. Davison.«

»Sie müssen sich aber darüber im klaren sein, daß alles, was wir dort vielleicht finden werden, in Ägypten bleiben muß.«

»Mir liegt nichts an dem Schatz, Dr. Davison. Es geht mir allein darum, die Wahrheit über den geheimnisvollen Echnaton zu erfahren.«

Mark blickte ihn erstaunt an.

Ein verhaltenes Lächeln hellte Halsteads ernste Miene ein wenig auf.

»Überrascht Sie das, Dr. Davison?«

»Nun, um ehrlich zu sein, ich vermutete andere Beweggründe.«

»Dr. Davison, ich bin ein ziemlich vermögender Mann. Ich habe kein Bedürfnis, mich an antiken Schätzen zu bereichern, besonders nicht, wenn sie illegal erworben sind. Mein Interesse gilt neuen Entdeckungen und, wenn Sie so wollen, der wissenschaftlichen Aufklärung. Ich möchte lediglich herausfinden, was sich hinter dem legendären Pharao verbirgt, der mehr Kontroversen unter den Gelehrten auslöste als irgendein anderer König in der ägyptischen Geschichte.«

Mark betrachtete gedankenversunken ein nachgebildetes Kalksteinrelief, das an einer der Wände seines Wohnzimmers hing. Es war eine Profilansicht von Pharao Echnaton bei der Verehrung seines revolutionären Gottes Aton. Mark musterte eingehend den seltsamen Körper des Königs, die weiblich anmutenden Brüste und runden Oberschenkel, den Hängebauch, das lange Gesicht mit dem vorstehenden Unterkiefer, die unübersehbare Häßlichkeit dieses Menschen. Wer oder was war er, dieser rätselhafte Mann, mit dessen Leben und Wirken sich die Wissenschaftler schon so lange beschäftigten, solange es die Ägyptologie gab, ohne daß es ihnen gelungen wäre, zu eindeutigen Ergebnissen zu kommen.

Einige, darunter auch Sigmund Freud, hielten ihn für den Mann, der das Volk Israel mit dem Monotheismus bekannt gemacht hatte; man vermutete, daß das Auftreten des jüdischen Religionsstifters Moses und der Exodus der Israeliten aus Ägypten in jene Zeit Echnatons fielen. Andere glaubten, Echnaton sei einfach das Opfer einer rätselhaften Krankheit gewesen, ein geistesgestörter König. Ron Farmer betrachtete ihn als geschlechtslos, weder männlich noch weiblich.

Mark Davison dagegen hielt ihn nur für einen äußerlich abstoßenden Träumer, den keiner verstanden hatte.

»Ich habe ein wenig über Pharao Echnaton gelesen«, fuhr Sanford Halstead fort, »und ich habe erfahren, daß niemand weiß, was mit dem ketzerischen König geschehen ist. Er herrschte siebzehn Jahre lang, eine bewegte Regierungszeit, bis er unter höchst mysteriösen Umständen verschwand. Echnaton war seinem Vater, Amenophis dem Dritten, auf den Thron gefolgt, aber er zog den Hofstaat von Theben ab und errichtete seine eigene Stadt, Achet-Aton, auf einem Flecken Ödland viele Meilen nilabwärts, um dort seinem neuen Gott ungestört huldigen zu können. Doch nach seinem Tod wurde seine prachtvolle Stadt aufgegeben, die Menschen kehrten zu ihren alten Gewohnheiten zurück, und Echnatons Name wurde verflucht. Aber was wurde aus seiner berühmten Frau Nofretete? Wer war sie, woher kam sie? Und warum wurde sein Schwiegersohn Tutanchamun nach wenigen Jahren auf dem Thron ermordet? Es ist meine Hoffnung, Dr. Davison, daß das Grab, zu dem Neville Ramsgate uns führt, die Antwort auf all diese Fragen in sich birgt.«

Mark wandte sich von der Betrachtung des Kalksteinreliefs ab, ging hinüber zur Bar und schenkte sich einen Bourbon ein.

Halstead erhob sich mit einer beinahe katzenhaften, elastischen Bewegung von seinem Platz. »Sie werden mich bitte über den Stand der Dinge auf dem laufenden halten. Meine Sekretärin wird sich jeden Montag um Punkt neun Uhr morgens mit Ihnen in Verbindung setzen. Sie werden ihr dann berichten, wie Sie vorankommen und wieviel Geld Sie benötigen. Ein Scheck, der Ihre Unkosten deckt, wird Ihnen jeden Montag gegen drei Uhr nachmittags zugestellt werden.«

Als Halstead sich zum Gehen anschickte, hielt Mark ihn zurück.

»Einen Augenblick noch, wir haben noch gar nicht über Honorar oder Ähnliches gesprochen.«

»Meine Sekretärin wird Ihnen Verträge zuschicken, die Ihnen über

Höhe und Zeitpunkt der Honorarzahlungen Aufschluß geben. Es wird alles zu Ihrer Zufriedenheit sein, das versichere ich Ihnen.«
»Aber wie kann ich Sie erreichen, wenn es nötig sein sollte?«
»Es wird für Sie keine Notwendigkeit bestehen, sich mit mir in Verbindung zu setzen, Dr. Davison. Wir werden uns erst kurz vor unserem Abflug nach Ägypten am Flughafen wiedertreffen.«
Mark begleitete Sanford Halstead zur Tür, wobei ihm auffiel, daß dieser für einen fast Sechzigjährigen in bemerkenswert guter körperlicher Verfassung zu sein schien. »Ich werde Sie so bald wie möglich wissen lassen, wann wir abfliegen.«
An der Tür wandte sich Halstead noch einmal um und sagte, als hätte er auf den richtigen Moment gewartet: »Es gibt noch etwas, das Sie wissen müssen, Dr. Davison: Meine Frau wird mich begleiten.«
Mark öffnete die Tür und sah im strömenden Regen den eleganten schwarzen Rolls-Royce vor seinem Haus stehen. Der Chauffeur, der sich einen großen Regenschirm über den Kopf hielt, öffnete gerade die hintere Wagentür. Mark konnte es sich nicht verkneifen, auf die letzte Bemerkung von Halstead zu erwidern: »Nur so lange, bis sie begreift, daß es kein Sonntagsausflug ist.«
»Ich versichere Ihnen, Dr. Davison, meine Frau ist der Sache voll und ganz gewachsen. Gute Nacht, meine Herren.«
Nachdem der Rolls-Royce weggefahren war, schloß Mark schnell die Tür. Ron empfing ihn im Wohnzimmer mit den Worten: »Es sieht so aus, als müßte ich unbedingt mit dir nach Ägypten fahren, Mark. Ich traue diesem Mann aber nicht.«
»Ich auch nicht, mein Freund«, murmelte Mark, »ich auch nicht.«

Ägypten – vier Monate später

Fünf

Mark Davison war froh über die lange, von keinem Zwischenhalt unterbrochene Zugfahrt. Dies bot ihm Gelegenheit, seine Gedanken zu ordnen und mit sich selbst ins reine zu kommen. Es gab vieles, worüber er nachdenken mußte.

Er saß mit der Schulter ans Fenster gelehnt und sah die endlosen Zuckerrohrfelder an sich vorbeiziehen, ohne sie richtig wahrzunehmen. Es war früh am Morgen, und die Bewohner des Niltales waren schon emsig bei der Arbeit. Esel trotteten auf lehmigen Pfaden unter riesigen Lasten von Zuckerrohr; halbnackte Kinder und bis auf die Knochen abgemagerte Hunde rannten in nahe gelegenen Dörfern an den Schienen entlang, um den vorüberfahrenden Zug zu begrüßen; schwarzgekleidete Frauen mit Wassergefäßen auf den Köpfen blieben stehen und gafften dem Zug nach. Schon eine Stunde war es her, daß der Zug die dichtbevölkerten Vororte Kairos passiert hatte, und als der Zug diese erst einmal hinter sich gelassen hatte, bot sich den Passagieren das seit alters kaum veränderte Szenarium des Niltales.

Doch Mark Davison stand der Sinn nicht nach Landschaftsbetrachtungen. Zusammen mit seinen fünf schweigsamen Gefährten saß er in einem Wagen erster Klasse, zog nachdenklich an seiner kalten Pfeife und versuchte, sich sachlich mit jeder Frage, die ihn beschäftigte, auseinanderzusetzen.

Das Problem mit Nancy, die Hauptursache seiner drei schlaflosen Nächte im Nil-Hilton-Hotel in Kairo, bereitete ihm das meiste Kopfzerbrechen. Sosehr er die Gedanken daran auch von sich schieben wollte, um sich auf die tausend Einzelheiten der Expedition zu konzentrieren – er konnte nichts dagegen tun, daß sich ihm die Erinnerung an jenen letzten Abend, den sie zusammen verbracht hatten, immer wieder aufdrängte. Als er Nancy gestanden hatte, daß die Berufung für die Professur nicht an ihn gefallen war, hatte sie freundlich und verständnisvoll reagiert. Es würden sich noch bessere Gelegenheiten bieten, hatte sie gesagt, und wenn nicht, so hätte er doch immerhin von seinem Verleger den Auftrag für ein neues Buch erhalten, bei dessen Niederschrift sie ihn mit allen Kräften unterstützen werde. Als sie das Gespräch dann wieder aufs Heiraten lenken wollte, hatte er ihr von der bevorstehenden Ausgrabung erzählt.

Mark kannte ihren hitzigen Charakter und hatte erwartet, daß sie sich aufregen würde. Nancy war teils irischer und teils lateinamerikanischer Abstammung, und Mark hatte es schon öfter erlebt, was es bedeutete, wenn diese zur Heftigkeit neigenden Temperamente sich gegenseitig hochschaukelten. Also hatte er sich auch diesmal auf eine Auseinandersetzung gefaßt gemacht. Um so verblüffter war er jedoch, als sie ihn zuerst nur einige Zeit entgeistert anstarrte, dann in sich zusammensank und schließlich traurig und resigniert zu ihm aufblickte. »Ich habe gewußt, daß es eines Tages so kommen würde. Es war kindisch von mir, zu glauben, ich könnte dich hierbehalten, oder zu erwarten, daß du dein Versprechen hältst.«

Als er widersprechen wollte, fuhr sie in einem vernichtend sanften Ton fort: »Ich liebe dich mehr denn je. Sogar so sehr, daß ich dich gehen lassen kann. Ich meine, nicht nur nach Ägypten, sondern für immer. Ich verstehe, wie sehr du die Arbeit im Gelände brauchst, Mark, aber ich brauche ein Zuhause und Kinder. Nein, ich werde nicht mit dir gehen, und ich werde dich auch nicht heute nachmittag heiraten. Das würde überhaupt nichts ändern. Tu, was du tun mußt, Mark, und wenn ich noch hier bin, wenn du zurückkommst...«

Sie hatte ihren Satz nicht beendet. Während der Zug jetzt an Bewässerungsgräben vorbeiratterte, kreisten Marks Gedanken unentwegt um jene letzte Nacht in ihren Armen, als er sie verzweifelt liebte und sie leise an seinem Hals schluchzte. Sie war nicht zum Flughafen gekommen, um sich von ihm zu verabschieden. Als er sie daraufhin von der Wartehalle aus anrufen wollte, erhielt er die Auskunft, der Anschluß sei gekündigt worden.

Das Geräusch von raschelndem Papier holte Mark in die Gegenwart zurück. Er wandte den Blick vom Fenster ab und sah Ron an, der ihm gegenüber mit dem Rücken zur Fahrtrichtung saß und eifrig etwas in sein Notizbuch kritzelte. Ron hatte den dreitägigen Aufenthalt in

Kairo sinnvoll genutzt. Er war ins Ägyptische Museum gegangen und hatte dort die Bekanntschaft des Museumsdirektors gemacht, der ihm erlaubte, die für die Öffentlichkeit nicht zugängliche Mumienkammer zu besichtigen. Er verbrauchte zwei Filme, um Aufnahmen von den Pharaonen und ihren königlichen Gemahlinnen zu machen. Danach verwandte er einen weiteren Film darauf, eine in der Fachwelt höchst umstrittene Echnaton-Statue von allen Seiten abzulichten.

Ron Farmers Spezialgebiet war die Anatomie der Menschen im alten Ägypten. Verschiedene Statuen und Reliefs von Echnaton dienten ihm als Grundlage für seine neue Theorie, derzufolge der König keine Geschlechtsteile besessen haben sollte. Ron hatte im Museum außerdem Fotos von bestimmten Flachreliefinschriften gemacht, über die man sich in Wissenschaftskreisen uneins war. Deren Wortlaut bestärkte ihn in seiner These, wonach die berühmten sechs Töchter Echnatons in Wirklichkeit gar nicht Töchter, sondern seine Schwestern waren.

Ron war im Augenblick so sehr mit sich selbst und mit seinen Notizen beschäftigt, daß er gar nicht bemerkte, daß der Zug bereits durch Mittelägypten fuhr und sich ihrem Ziel näherte.

Mark schaute zu den anderen Fahrgästen ihres Abteils hinüber. Sanford Halstead saß mit zurückgelehntem Kopf und geschlossenen Augen beinahe reglos da und schien kaum zu atmen. Er sah so heiter und ruhig aus, daß er fast den Anschein eines Toten erweckte. Neben Halstead saß dessen auffallend schöne Frau Alexis, die gerade eine Modezeitschrift durchblätterte, wobei die Armreifen aus Jade an ihren schmalen Handgelenken bei jeder Bewegung klirrten.

Mark war wirklich überrascht gewesen, als er Alexis Halstead drei Tage zuvor auf dem internationalen Flughafen von Los Angeles zum ersten Mal gesehen hatte. Er hatte im Aufenthaltsraum der ersten Klasse gewartet und sich gewundert, wer wohl die atemberaubende junge Dame war, die mit Sanford Halstead den Saal betrat. Alexis Halstead war etwa dreißig Jahre jünger als ihr Mann, war groß und schlank, sonnengebräunt und offensichtlich sportlich trainiert. Ihr wildes, ungezähmtes rotes Haar stand in eigenartigem Gegensatz zu dem kühlen Blick aus ihren moosgrünen Augen. Halstead hatte sie kurz, fast flüchtig, vorgestellt und sich dann mit seiner Frau schnell wieder von den beiden Ägyptologen abgesondert. Alexis Halstead hatte Mark dabei kaum eines Lächelns gewürdigt, sondern ihm nur knapp zugenickt und Ron anscheinend überhaupt nicht zur Kenntnis genommen.

Mark hatte ihr nachgestarrt, als sie an ihm vorbeirauschte, um auf der anderen Seite des Wartesaals Platz zu nehmen. Gleich bei dieser ersten flüchtigen Begegnung war sie ihm dennoch merkwürdig vertraut vorgekommen. Und als er jetzt ihr feingeschnittenes Profil betrachtete, das wie eine aus braunem Marmor gemeißelte Büste anmutete, da beschlich ihn wieder das Gefühl, daß er sie von irgendwoher kannte.

Er wandte seinen Blick von ihr ab und schaute über den Gang zu Hasim al-Scheichly hinüber, dem jungen Beamten von der Behörde für Altertümer, der seiner Expedition zugeteilt worden war.

Sie hatten sich zwei Tage zuvor in Kairo kennengelernt, als Mark sich ins Ministerium begeben hatte, um festzustellen, ob sich in dessen Archiven irgend etwas über die Expedition von Neville Ramsgate finden ließ. Dort gab es aber nur sehr wenige Unterlagen über die unglückliche Ramsgate-Expedition, und die wenigen neuen Fakten, die Mark entdeckte, gaben lediglich neue Rätsel auf. Dennoch hatte er zwei erstaunliche Dinge in Erfahrung gebracht.

Die erste Überraschung betraf einen 1881 vom Pascha unterzeichneten Regierungsbefehl. Darin hieß es, daß alle Mitglieder der Ramsgate-Expedition an Pocken gestorben seien. Die Gegend sei deswegen unter Quarantäne zu stellen und das Lager niederzubrennen. Einerseits brachte dies ein wenig Licht in das geheimnisvolle Schicksal von Ramsgates Gruppe, doch andererseits störte sich Mark an einigen sich widersprechenden Datumsangaben: Der Befehl des Paschas war mit dem Datum vom fünften August 1881 versehen, während die letzte Eintragung in Ramsgates Tagebuch vom ersten August stammte. Wie konnte ein ganzes Expeditionsteam, das am ersten August noch keinerlei Krankheitssymptome zeigte (denn Ramsgate hatte dies mit keinem Wort erwähnt), sich in so kurzer Zeit mit Pocken infizieren und vier Tage später daran sterben, ohne daß es auch nur einen einzigen Überlebenden gab?

Die zweite Überraschung erlebte Mark bei der genauen Prüfung der sieben vergilbten Totenscheine, die in arabischer Sprache ausgestellt und von einem gewissen Dr. Fouad unterzeichnet worden waren. Ne-

ville Ramsgate, seine Frau Amanda, der Vorarbeiter Mohammed und drei weitere Männer waren den Eintragungen zufolge an Pocken gestorben. Auf Sir Roberts Totenschein lautete die Todesursache dagegen Cholera.
Verwirrend war auch die Tatsache, daß sich in diesen traurigen Akten keinerlei Hinweis darauf fand, was mit den Leichen geschehen war.
Nach dem gutaussehenden jungen Beamten wandte Mark sich nun dem letzten Mitglied der Expedition zu. Unwillkürlich erinnerte er sich an die Unterredung, die er mit seinem Vorarbeiter drei Tage zuvor bei der Ankunft in Kairo geführt hatte.
Abdul Rageb hatte die vier Amerikaner hinter der Zollschranke im Flughafengebäude erwartet. Wie gewöhnlich war Marks alter Freund, ein hochgewachsener, hagerer Ägypter von aristokratischer Haltung und schwer bestimmbarem Alter, in einer makellos weißen *Galabia* erschienen, welche die beinahe ekstatische Magerkeit seines Körpers und den dunklen Teint seiner Haut noch stärker betonte. Abdul Rageb hatte Mark mit der für sein Land typischen Mischung aus Warmherzigkeit und Zurückhaltung umarmt und ihn in gebrochenem Englisch willkommen geheißen. Er empfing die Besucher, als sei er der König des Landes, und bei jeder Vorstellung neigte er nur leicht den Kopf, wobei er seine Hände in den weiten Ärmeln seines Gewandes verborgen hielt. Er redete Mark mit »Effendi« an, einem türkischen Titel aus längst vergangenen Tagen, woraus Mark schloß, daß Abdul viel älter sein müßte, als es den Anschein hatte.
Im Mercedes, auf der Fahrt zum Nil-Hilton, hatten sie die letzten Einzelheiten besprochen.
»Sind alle Vorbereitungen für unsere Reise nilaufwärts getroffen, Abdul?«
»Es ist alles in Ordnung, Effendi, wir werden in drei Tagen aufbrechen, *inschallah.*«
»Ist alles unbeschadet angekommen?«
»Ja, Effendi. Die Kisten sind unversehrt eingetroffen. Ich habe sie auf dem Ramses-Bahnhof in Verwahrung gegeben. Morgen werde ich mit der gesamten Ausrüstung den Nil hinauf vorfahren und das Lager einrichten, so daß alles für Ihre Ankunft vorbereitet ist. Ich habe auch ein ganzes Abteil im Zug für Sie und Ihre Begleitung reservieren lassen, damit Sie ungestört reisen können.«

»Ausgezeichnet. Vielen Dank.« Mark spürte, wie seine Aufregung wuchs, als sie den in der Wüste gelegenen Flugplatz hinter sich ließen und durch die Vororte von Kairo fuhren, vorbei an überfüllten Slums und verwahrlosten Wohnblocks. Ein Kamelkarren hatte an einer Straßenkreuzung einen Verkehrsstau verursacht, was sogleich ein wildes Hupkonzert auslöste. Es tat ihm so gut, wieder in Ägypten zu sein. »Jetzt berichte mir über die Lage in Tell el-Amarna. Gibt es dort Probleme?«

Abduls Gesichtsausdruck verdüsterte sich. »Es gibt nichts, womit man nicht fertig werden könnte, Effendi. Ich habe mich mit dem 'Umda von jedem Dorf zusammengesetzt und die Löhne ausgehandelt. Zehn Piaster am Tag für jeden Mann, wobei sie sich gruppenweise bei der Arbeit abwechseln, damit die Feldarbeit nicht vernachlässigt wird.«

»Aber irgendwelche Probleme gibt es schon...?«

»Keine Probleme, Effendi. Unruhe hat es in den Dörfern schon gegeben, als Sie das letzte Mal hier waren. Viele junge Männer haben ihre Gehöfte verlassen, um in den Erdölcamps und Phosphatminen am Roten Meer Arbeit zu suchen. In unserer heutigen Zeit gibt sich kein Mann mehr damit zufrieden, wie ein Fellache den Boden zu bestellen.«

Mark musterte eingehend das scharfe Profil des Mannes. Etwas Beunruhigendes lag in Abduls Verhalten. »Abdul, stimmt irgend etwas nicht?«

»Nein, Effendi.«

»Nun gut, wie steht es mit den Unterkünften in Amarna?«

»Wir werden Zelte aufschlagen. Sie wollen gewiß nicht in den Häusern der Dörfer wohnen.«

»Wie sieht es mit der Wasserversorgung aus?«

»Ich habe alles in die Wege geleitet, Effendi. Es wird ein Wasserbehälter aufgestellt, an den eine Pumpe angeschlossen ist. Ein Mann wird dafür sorgen, daß er immer gefüllt ist. Wenn wir in Amarna ankommen, werden wir zuerst bei dem 'Umda von El Till vorsprechen, da er der mächtigste ist. Später werden wir auch die anderen besuchen.«

»Elektrizität, sanitäre Einrichtungen und Kochgeräte?«

»Es ist alles vorhanden, Effendi, wie früher auch.«

Mark schaute den Ägypter aus den Augenwinkeln an. »Bist du sicher, daß unsere Anwesenheit nicht auf Ablehnung stoßen wird?«

»Im Gegenteil, die Leute freuen sich auf euer Kommen, denn ihr bringt ihnen Abwechslung und Geld. Wir arbeiten doch schon seit Jahren in den Ruinen von Amarna.«

Mark hob die Augenbrauen. »Wir? Soll das heißen, daß du schon einmal in Amarna gearbeitet hast?«

Abdul wich Marks Blick weiterhin aus. »Vor vielen Jahren, Effendi. Ich war Aufseher, als die Briten dort waren. Ich war dabei, als der Nordpalast ausgegraben wurde.«

»Das hast du mir nie erzählt! Du mußt zu dieser Zeit noch ziemlich jung gewesen sein. Nun, du wirst mir eine größere Hilfe sein, als ich dachte.«

Der Verkehr wurde immer dichter und chaotischer. Eine wahre Blechlawine ergoß sich in die Innenstadt von Kairo. Das schrille Gehupe und das Kreischen der Bremsen war ohrenbetäubend. Staubbedeckte überfüllte Busse, an deren Türen Trauben von Menschen hingen, schwankten vorüber. »Ich möchte, daß du das Camp am Fuß des östlichen Gebirgszuges, am südlichen Rand des Königlichen Wadis aufschlägst. Dr. Farmer wird die Ausgrabung als Fotograf dokumentieren und benötigt daher ein Zelt zur Einrichtung seiner Dunkelkammer. Wenn ich mich recht erinnere, weißt du ja, wie man ein solches Zelt aufbaut, Abdul.«

»Ja, Effendi.«

»Hast du dich auch um das besondere Essen für Mr. Halstead gekummert?«

»Alle Anweisungen, die in Ihren Briefen standen, sind ausgeführt worden, Effendi.«

»Ausgezeichnet!« Die Limousine bahnte sich vorsichtig einen Weg durch den dichten Verkehr des Tahrir-Platzes. Auf einer Seite des Platzes ragte der Komplex des Hilton-Hotels auf. Als die Limousine sich diesem näherte, rieb sich Mark aufgeregt die Hände. Er schätzte sich glücklich, Abdul Rageb wieder als Vorarbeiter zu haben. »Noch ein letzter Punkt. Wie steht es mit einem Arzt? Ich habe dir in meinen Briefen geschrieben, daß ich einen Arzt im Team haben wolle, weil wir uns mitten in einer gottverlassenen Gegend aufhalten werden und mein Auftraggeber ein sehr wichtiger Mann ist.«

»Dieser Wunsch hat mir einige Schwierigkeiten bereitet, Effendi, denn Ärzte, die sich bereit erklären, für längere Zeit in die Wüste zu gehen, sind schwer zu finden, selbst in Anbetracht der großzügigen Bezahlung, die Sie in Aussicht gestellt haben. Bald wird es Sommer, eine Zeit, in der kein vernünftiger Mensch in der sengenden Sonne arbeitet. Außerdem werden Ärzte in Ägypten immer rarer. Nach ihrer medizinischen Ausbildung gehen viele nach Europa oder Amerika, wo sie mehr verdienen.«
»Abdul, ich werde die Fahrt nach Tell el-Amarna nicht antreten, ohne einen...«
»Aber ich habe mich darum gekümmert, Effendi. Es gibt da eine Studentin, die ich gut kenne und die uns in den vorlesungsfreien Monaten begleiten würde. Sie studiert im letzten Jahr an der Universität und arbeitet bereits in einer Klinik in Kairo. Das einzige Problem könnte darin bestehen, daß sie eben kein Mann ist, sondern eine Frau. Sehen Sie darin einen Hinderungsgrund, Effendi?«
Mark hatte über diesen unerwarteten Umstand erst nachdenken müssen und sich gefragt, was Halstead wohl dazu sagen würde. Abdul hatte eilends hinzugefügt: »Die junge Dame ist mit archäologischen Forschungsreisen bestens vertraut und hat ein großes Interesse an Ägyptens historischer Vergangenheit. Ihre medizinischen Kenntnisse sind ausgezeichnet, und sie wird allseits sehr gelobt.«
»Also gut, ich vertraue deinem Urteil, Abdul. Wenn du meinst, daß sie für unsere Zwecke die Richtige ist, dann stell sie ein.« Der funkelnde Mercedes hatte vor dem Eingang zum Hilton angehalten, und ein Portier war herbeigeeilt, um die Türen zu öffnen. »Sie soll nur kommen«, hatte Mark nach einer Pause hinzugefügt. »Es ist vielleicht ganz gut, daß noch eine Frau dabei ist. So kann sie Mrs. Halstead Gesellschaft leisten.«
Als er jetzt im Zugabteil saß und die Medizinstudentin Jasmina Schukri ansah, da dachte Mark bei sich: Wie sehr ich mich doch in diesem Punkt getäuscht habe! Die Feindseligkeit in ihrem Blick war nicht zu übersehen gewesen, als sie einander an diesem Morgen auf dem Ramses-Bahnhof vorgestellt worden waren. Mit höflichen Worten hatte sie zwar gesagt: »Ich freue mich, Sie kennenzulernen, Dr. Davison«, aber ihr distanziert wirkendes Verhalten hatte eine ganz andere Sprache gesprochen. Offensichtlich haßte sie Ausländer.

Endlich verlangsamte der Zug seine Geschwindigkeit, und ein ausgebleichtes Schild mit der Aufschrift MELLAWI in Englisch und Arabisch kam in Sicht. Während seine Reisegefährten sich langsam erhoben und sich nach dem langen Sitzen die Glieder reckten, schnellte Mark empor und sprang auf den Bahnsteig, noch bevor der Zug völlig zum Stillstand gekommen war. Abdul trat aus dem Schatten eines baufälligen Fahrkartenhäuschens heraus, um ihn zu begrüßen. »*Ah-laan*, Effendi. Alles ist vorbereitet. Das Lager ist eingerichtet, und die Generatoren arbeiten bereits. Es ist alles, wie Sie es angeordnet haben, inschallah.«

Die drückende Sommerhitze schlug den Neuankömmlingen mit aller Macht entgegen, als sie nacheinander aus dem Zug stiegen. Ein sehr großer und breitschultriger Mann kam herbei und stellte sich neben Abdul. Mit hochmütiger Miene blickte er über die Köpfe der Besucher hinweg und verharrte in stocksteifer Haltung. Außer durch seine Größe fiel er vor allem durch seine Hakennase auf. Seine kupferfarbene Haut spannte sich straff über seine hohlen Wangen. Er trug eine blaue *Galabia*, das weite Obergewand der Araber, und einen Turban. An seiner Schulter hing ein Gewehr. Sein Anblick erinnerte Mark an die Mumie von Seti I. Abdul stellte ihn als den obersten *Ghaffir* vor, der für die Sicherheit der Expedition verantwortlich sei.

Mark warf einen flüchtigen Blick auf den Mann und bemerkte, daß sein eines Auge stark vom Trachom befallen war. »Du hast deine Sache gut gemacht, Abdul. *Schukran*. Sind die Autos da?«

»Hier entlang, Effendi.«

Abdul führte die Gruppe vom Bahnsteig weg zu einem unbefestigten Weg, der an einem Kanal entlangführte, in dem brackiges Wasser stand. Fliegen traten dort in solchen Schwärmen auf, daß ein ohrenbetäubendes Summen die Luft erfüllte. An dem morastigen Ufer saßen zwei Männer im Schneidersitz auf der Erde und spielten Tricktrack. Auf der »Straße« parkten drei verbeulte schwarze Chevrolets, auf deren Dach gerade das Reisegepäck der Amerikaner festgezurrt wurde. Mark verteilte die Gruppe auf die Fahrzeuge und stieg anschließend in den letzten Wagen ein, zusammen mit Ron, Hasim al-Scheichly, dem jungen Beamten der Altertumsbehörde, und dem *Ghaffir*, der sein Gewehr aus dem Fenster baumeln ließ, um mehr Platz zu schaffen.

Die Autos ratterten über die holprige Piste, vorbei an Bewässerungskanälen und Baumwollfeldern und unter schattenspendenden Dattelpalmen hindurch, wobei alle Insassen kräftig durchgerüttelt wurden, als die vollbeladenen Fahrzeuge von einem Schlagloch ins nächste donnerten. Scharen von Kindern rannten schreiend zum Straßenrand und winkten. Nachdem die Wagen vorbeigefahren waren, blieben sie unter der stechenden Mittagssonne in einer Wolke aus Staub zurück. Als der Konvoi schließlich das Ufer des Nils erreichte, hatte keiner der Insassen auch nur ein Wort gesprochen. Die Fahrer öffneten die Türen, und alle stürzten, hustend und sich den Staub von den Kleidern klopfend, heraus.
Mark rieb sich den Staub aus den Augen und warf schnell einen Blick über seine Gruppe. Die wie immer kühl und gelassen wirkende Alexis Halstead schlenderte langsam vom Wagen weg. Sanford Halstead, der mit beigefarbenen Khakihosen und einem weißen Poloshirt bekleidet war, beäugte mißtrauisch die herannahenden Feluken. Abdul, der *Ghaffir* und seine beiden Assistenten halfen unterdessen den Fahrern beim Abladen des Gepäcks und stellten es auf der hölzernen Landungsbrücke ab. Hasim al-Scheichly ging zu Jasmina Schukri hinüber, die gerade ihr langes schwarzes Haar in ein Tuch einband, und knüpfte leise eine Unterhaltung mit ihr an.
Mit seiner Kamera, die ihm von der Schulter herabbaumelte, trat Ron zu Mark und murmelte: »Mann, ist das eine Bullenhitze!«
Mark wandte den Blick nicht von den beiden Booten, die sich im Zickzack über den Fluß auf ihn zu bewegten. »Das ist erst der Anfang, mein Freund.«
Der Nil breitete sich vor ihnen aus wie ein braunes Feld, dessen Oberfläche vom Kielwasser der Feluken und von einem leichten Nordwind gekräuselt wurde. Die Expeditionsteilnehmer flüchteten sich in den spärlichen Schatten.
»Mark, was hältst du von Hasim al-Scheichly? Vertraust du ihm?«
»Er ist in Ordnung. Ich glaube, daß ich ihn richtig einschätze: Jung und unerfahren und ganz versessen darauf, sich zu bewähren. Die ägyptische Regierung versucht, den Mangel an ausländischen Grabungen im Niltal dadurch auszugleichen, daß sie eigene Leute schult. Nur funktioniert das nicht, weil niemand im Gelände arbeiten will. Die meisten Einheimischen sind nur an Büroarbeit und an möglichst

schneller Beförderung interessiert. Hasim wird uns aber keine Schwierigkeiten bereiten. Er kommt frisch von der Universität und steckt voller Idealismus. Er ist noch nicht so korrumpiert.«
»Wann willst du ihm von dem Tagebuch erzählen?«
»Heute abend.«
Ron verscheuchte eine Fliege aus seinem Gesicht. »Halstead scheint sich ziemlich gut zu halten.«
Der Neunundfünfzigjährige lehnte an einer Dattelpalme und preßte die Hände gegeneinander, eine Art Übung, um sich zu entspannen.
»Er ist gut in Form, das muß man ihm zugestehen«, erwiderte Mark und lachte leise auf.
»Seine Frau sieht ja wirklich blendend aus. Ich könnte wetten, sie hat ihn nur wegen seines Geldes geheiratet. Bin gespannt, wie lange sie es ohne Dienstmädchen aushält.«
Mark beobachtete, wie Alexis Halstead ans Flußufer hinunterging und dort stehenblieb. Das intensive Sonnenlicht ließ ihr dichtes, feuerrotes Haar aufleuchten. Sie trug die gleiche Kleidung wie ihr Mann und wirkte damit eher so, als ob sie an einem Polospiel teilnehmen wolle als an einer Wüstenexpedition. Seltsamerweise schienen weder die Hitze noch der allgegenwärtige Staub Alexis etwas auszumachen. Mark vermutete, daß ihre Selbstbeherrschung nur vorgetäuscht war, aber im Gegensatz zu ihr kam sich Mark plötzlich sehr verschwitzt und schmutzig vor.
»Ich glaube nicht, daß die andere uns mag.«
»Welche andere?«
Ron wies mit dem Kopf auf Jasmina Schukri, die sich mit Hasim angeregt unterhielt. »Sie hat uns nicht gerade freundlich empfangen.«
Jasmina Schukri war ebenfalls mit Khaki-Hosen und einer Bluse bekleidet und hatte ihr Haar in einem bunten Tuch hochgesteckt. Junge Ägypterinnen ihres Typs hatte Mark in den letzten Jahren immer häufiger gesehen. Durch Emanzipation und Bildung hatten sie sich von der überlieferten Lebensweise losgesagt und ein größeres Maß an Eigenständigkeit gewonnen. Jasmina Schukri sah kämpferisch aus, wie sie so mit verschränkten Armen und leicht seitwärts geneigtem Kopf dastand, während Hasim leise auf arabisch auf sie einredete. Ein Gewehr auf dem Rücken hätte ihr nicht schlecht gestanden.
»Ich verlasse mich auf Abduls Urteil. Er sagt, sie besteht alle Prüfun-

gen an der Universität mit Auszeichnung, und man habe ihr für die Zeit nach dem Studium bereits drei gute Stellen angeboten. Abgesehen davon war sie die einzige, die wir bekommen konnten.«

Ron zuckte mit den Schultern, murmelte etwas von ein paar Fotos, die er noch machen wolle, und ging davon.

Mark konnte nicht umhin, die beiden einzigen Frauen in der Gruppe miteinander zu vergleichen. Sie waren vom Alter her etwa zehn Jahre auseinander: Er schätzte Alexis auf Anfang Dreißig, Jasmina auf zweiundzwanzig oder dreiundzwanzig.

Alexis Halstead war kalt und strahlend schön wie ein Saphir; Jasmina dagegen wirkte warm und dunkel wie blankes Ebenholz. Beide waren sie attraktiv, jede auf ihre Weise.

Die Verachtung in Alexis Halsteads grünen Augen rührte von Hochmut und Selbstgefälligkeit her; der Groll in Jasminas glühenden Augen zeugte von ihrem Haß auf Fremde. Im Umgang mit beiden Frauen, so vermutete Mark, war aus unterschiedlichen Gründen die größte Vorsicht geboten.

Er wandte sich ab und schlenderte hinunter ans Ufer, wo das Wasser den lehmigen Boden berührte. Er blickte auf die Palmen, die auf der anderen Seite wuchsen und hinter denen sich die sandige Hochebene mit den Ruinen von Achet-Aton ausbreitete.

Während er seine Stiefelspitzen in das Wasser tauchte, faßte Mark die riesige gelb-braune Einöde ins Auge, die sich vom Rand des fruchtbaren Ackerlandes hinter El Till bis an den Fuß eines Gebirgszuges in der Ferne erstreckte. Er dachte wieder an die frustrierend knappen Angaben, die Ramsgate über die Lage seines Camps gemacht hatte, und fragte sich, ob seine Entscheidung, die Zelte am Eingang zum Königlichen Wadi aufzuschlagen, wohl die richtige gewesen war. Ramsgate konnte sein Camp überall in diesem sechzig Quadratkilometer großen Gebiet gehabt haben. Und wo sollten sie überdies mit der Suche nach dem Sockel der Stele beginnen? Und was war mit diesem Hund gemeint, und wo konnte er sein? Denn Ramsgate zufolge befand sich dort Echnatons Grab.

Mark schloß die Augen, und während er den warmen Wind im Gesicht spürte, versuchte er, sich die blendendweißen Tempel und Paläste vorzustellen, die einst auf diesem öden Wüstenplateau gestanden hatten. Er stellte sich vor, wie Pharao Echnaton und Königin Nofretete damals wohl in ihrem glitzernden, mit Gold und Silber beschlagenen Wagen durch die Straßen gefahren waren, und meinte die Hochrufe von Tausenden von Menschen zu hören, die ihrem lebendigen Gott zujubelten.

Achet-Aton, der »Horizont von Aton«, die romantischste und rätselhafteste aller alten Städte, erinnerte heute nur noch durch Steinhaufen an die hehren Gebäude, die ehedem dort gestanden hatten.

Irgend etwas war dort vor dreitausend Jahren geschehen, etwas Gewaltsames und Unerklärliches, das die Priester von Amun dazu veranlaßt hatte, diesen Flecken Ödland zu einem verfluchten Ort zu erklären und den Leichnam des Ketzerkönigs in einem unbekannten Grab zu verschließen...

»Effendi?«

Mark fuhr herum.

»Verzeihung, Sie haben mich wohl nicht gehört.«

Jetzt vernahm auch Mark das Geschrei im Hintergrund, und auf der Landungsbrücke gewahrte er ein wildes Durcheinander von fuchtelnden Armen und wütenden Gesichtern. »Was ist los, Abdul?« fragte er.

»Effendi, es gibt Ärger.«

Sechs

Zwischen den beiden Felukenbesitzern war es zum Streit gekommen, weil beide für sich das Recht beanspruchten, die Gruppe über den Nil zu transportieren. Mark legte die Auseinandersetzung zu jedermanns Zufriedenheit bei, indem er Passagiere und Fracht zwischen den zwei Booten aufteilte und jedem Fährmann fünf Pfund bezahlte. Abdul nahm seine beiden Assistenten, den *Ghaffir* und alles Gepäck an Bord der einen Feluke, während Mark den Amerikanern, Jasmina und Hasim die andere zuwies.

Die Feluken brauchten eine halbe Stunde, um den breiten Fluß zu überqueren. Alle saßen in gedankenvollem Schweigen, während die veralteten Fährboote gemächlich übers Wasser glitten. Sie kauerten

in dem schmutzigen, mit Zigarettenkippen und ausgekauten Enden von Zuckerrohr übersäten Schiffsrumpf und lauschten auf das Plätschern des Nilwassers gegen die Bordwand.
Als sie am gegenüberliegenden Ufer anlegten, hatte sich dort bereits eine Menschenmenge versammelt.
Die Dorfbewohner, die wegen des besonderen Anlasses die Feldarbeit ruhen ließen, beobachteten schweigend, wie die Fremden nacheinander das lehmige Ufer betraten. Das einzige, was man hörte, waren Abduls knappe Befehle, als das Gepäck unter seiner Aufsicht auf Esel geladen wurde. Als Alexis Halstead, unterstützt von ihrem Mann, als letzte von Bord ging, zerriß plötzlich eine Gewehrsalve die flimmernde Mittagshitze. Der Knall brach sich an den umliegenden Felshängen und hallte in hundertfachem Echo wider, das wie Donner klang. Als der Lärm verebbt war, kam Abdul auf Mark zu und sagte: »Damit hat man Sie und Ihre Gruppe offiziell willkommen geheißen, Effendi.«
Die Menschenmenge teilte sich, um die Fremden durchzulassen. Auf den Gesichtern der Bauern spiegelte sich unverhohlene Neugierde. Und als Mark die Hand hob und sie mit einem deutlich vernehmbaren »*Ah-laan!*« begrüßte, da ertönte es von allen Seiten »*Ah-laan wa sahlaan!*« Dann schloß sich der Kreis der Dorfbewohner wieder, und alle folgten den Neuankömmlingen nach.
Abdul führte die Gruppe längs eines Pfades, der zwischen zwei frischgepflügten Feldern verlief. Es waren flache Bodenparzellen, die von einem Netz von Bewässerungsgräben durchzogen wurden, hie und da unterbrochen von ein paar Dattelpalmen. Der Winterweizen war bereits eingebracht, und der Boden wurde nun für die Bohnenanpflanzung im Sommer bearbeitet. Eine junge Fellachin hockte auf der Erde und formte Maisteig zu flachen, runden Fladen, die sie auf großen Holztellern in der Sonne trocknen ließ. Als die Gruppe vorüberkam, lächelte sie schüchtern und hielt sich ihren Schleier vor den Mund. In der Nähe knarrten die Räder der Dorf-*Sakije*, des Göpelwerks, das von einem abgemagerten Ochsen angetrieben wurde, der in endlosen Runden den Balken drehte. Wasser schöpfende Frauen hielten inne, um die vorbeiziehenden Fremden zu begaffen, wobei sie ihre Gesichter hastig mit ihren schwarzen Schleiern verhüllten.
Das Dorf glich einem wirren Haufen von Erdhügeln an der Grenze

zwischen fruchtbarem Ackerland und trockener Wüste. Seine armseligen, dicht aneinandergebauten und mit Reisig gedeckten Nilschlammziegelhütten lagen ein wenig versteckt hinter umgebenden Palmen, Akazien und Platanen. Die Besucher schlugen jetzt einen staubigen Weg ein, der an der Dorf-*Birka* vorbeiführte, einem grünlichen Tümpel mit abgestandenem Wasser, der als Tränke für das Vieh und als Schwimmteich für die Kinder diente. Außerdem lieferte er das Wasser für die Herstellung von Schlammziegeln und zum Wäschewaschen. Ein fauliger Gestank stieg aus dem Tümpel auf. Die Fremden rümpften die Nase und wandten sich rasch ab.

Neben der *Birka* befand sich die gemeinschaftliche Tenne, ein mit festgestampftem Sand und Kuhdung bedeckter Platz. Ein schwerer hölzerner Häckselschlitten, der zum Zerkleinern des Strohs mit scheibenförmigen Klingen ausgestattet war, wurde von einem Büffel über die frischen Halme gezogen; ein Fellache auf dem Kutschbock lenkte das Tier. Andere Männer stützten sich auf ihre Heugabeln und musterten die vorüberziehende Gruppe mit gleichgültigen Blicken.

Überall wimmelte es von Fliegen, und die Luft war angefüllt von üblen Gerüchen. Mark warf kurz einen Blick über seine Schulter und sah, daß Alexis Halstead sich ein parfümiertes Taschentuch vor die Nase hielt.

Der Mann, dem es zuerst einen Besuch abzustatten galt, war die höchste Autorität im Dorf. Während jede Provinz in Ägypten von einem Kommissar, dem sogenannten *Ma'mur*, regiert wurde, dem eine bewaffnete Polizeitruppe unterstand, war es doch letztendlich der *'Umda*, ein unter den Fellachen gewählter Dorfältester, der die wahre Macht innehatte. Der *'Umda* war ein hochgeachteter Mann, um so mehr, als er gewöhnlich über das einzige Telefon im Dorf verfügte. Bei dem *'Umda* von El Till, dem größten Dorf in Tell el-Amarna, handelte es sich um einen Mann im Greisenalter, dessen Haus als einziges im Dorf weiß angestrichen war.

Die Besucher wurden eine staubige »Straße« entlanggeführt, die so schmal war, daß sie hintereinander laufen mußten.

Nunmehr unbefangen und munter schwatzend, folgte die Menge ihnen nach, warf bewundernde Blicke auf Alexis Halsteads flammend rotes Haar und machte Bemerkungen über die Qualität ihres

Hennas. Aus engen Hauseingängen strömten ihnen die unterschiedlichsten Düfte entgegen, wobei der scharfe Geruch nach verbranntem Büffelmist alles andere überlagerte. Mark und seine Begleiter versuchten ständig mit den Händen die Fliegen abzuwehren, und als sie endlich den kleinen, sonnenüberfluteten Platz erreichten, an dessen Ende das weißgetünchte Wohnhaus des *'Umda* stand, waren sie alle verschwitzt und wünschten nichts sehnlicher, als so schnell wie möglich ins Camp weiterzufahren.

Doch das Ritual mußte eingehalten werden, und sie durften sich nicht einfach über die Anstandsregeln hinwegsetzen.

Lange Teppiche waren als Sitzgelegenheit für die Gäste auf dem Boden ausgebreitet worden. Barfüßige Kinder reichten den Fremden schüchtern Palmwedel, die als Fächer und als Fliegenklatschen dienten.

Mark nahm geduldig seinen Platz auf dem Teppich ein und ließ sich im Schneidersitz nieder, was die anderen ihm nachtaten. Dann lächelte er ringsum in die Menge, wobei er herauszufinden versuchte, ob irgendein Anzeichen von Feindschaft zu verspüren war. Doch er konnte nichts dergleichen feststellen.

Er war aus seinen früheren Expeditionen nur allzu vertraut mit dem allgegenwärtigen Problem der Fehden zwischen den Dörfern längs des Nils. Streit um Wasserrechte, Ackergrenzen oder die verletzte Ehre einer Tochter konnten zu Rivalitäten führen, die in Mord und Totschlag ausarteten. Vor fünf Jahren, als Mark im Delta eine Ausgrabung leitete, hatte sich eine Ziege aus einem nahe gelegenen Dorf verlaufen und war auf den Dreschplatz eines Nachbardorfes geraten. Der gekränkte Fellache war wütend zu dem Besitzer der Ziege gerannt und hatte eine Flut von Beschimpfungen auf ihn losgelassen. Auf den Lärm hin waren Freunde und Verwandte herbeigeeilt, von denen viele noch ihre Erntegeräte in den Händen hielten. Ein Mann war zufällig angerempelt worden und hatte den Stoß erwidert. Es war zu einem Handgemenge gekommen, und der *Ma'mur* hatte seine Polizei schicken müssen, um die Leute auseinanderzutreiben. Später, während der Nacht, als sich alles wieder beruhigt hatte, war jemand ins erste Dorf geschlichen und hatte der Ziege den Hals aufgeschlitzt. Tags darauf wurde der Büffel des ursprünglich geschädigten Bauern vergiftet. Es folgten zwei Tage blutigen Kampfes, während deren beide Dörfer ihre Männer zur Verteidigung der Familien- und Stammesehre zusammentrommelten. Zwei Männer waren getötet, drei weitere lebensgefährlich verletzt worden, und die Polizei des *Ma'mur* hatte so lange in den beiden Dörfern stationiert werden müssen, bis die Feindseligkeit in Vergessenheit geraten war, was ein Jahr gedauert hatte.

Mark schaute die Bauern an, die sich um die Besucher scharten, die dunkelhäutigen, kräftig gebauten Fellachen von El Till. Die Männer trugen lange, schmutzige *Galabias*, liefen barfuß und entblößten beim Grinsen ihr lückenhaftes Gebiß. Die Frauen trugen ausgebleichte Kattunkleider, die ihnen bis zu den Knöcheln reichten, bunte Plastikringe an den Handgelenken und lange, schwarze Schleier auf den Köpfen, die sie schnell vors Gesicht ziehen konnten, um es vor Fremden zu verbergen. Viele von ihnen waren schwanger oder hielten Kleinkinder auf dem Arm, während sich weitere Kinder an ihre Rockzipfel klammerten. Die meisten Frauen hatten ihrem Haar mit Henna einen rötlichen Ton verliehen und ihre Augen mit schwarzem *kohl* dick umrandet.

Mark achtete darauf, keine der Frauen zu lange anzusehen, denn ein Vater, ein Ehemann oder ein Bruder hätte dies als Beleidigung auffassen und seinen Zorn sowohl an Mark als auch an der Frau auslassen können.

Er betrachtete aufmerksam die Gesichter der Leute. Die Mehrheit der Ägypter, gerade die Fellachen auf dem Lande, so wußte Mark, gehörten einer uralten Rasse an, die sich seit Jahrtausenden, von der Wüste und den Bergen abgeschirmt, in ihrer Ursprünglichkeit weitgehend erhalten hatte. Ihre typischen Merkmale – breite Schädel und Gesichter, schmale Stirnen, vorstehende Backenknochen, starke Nasen und kräftige Unterkiefer – hatten sich seit fünfzig Jahrhunderten wenig verändert. Sie hatten sich nicht mit Griechen, Römern, Arabern oder Türken vermischt. Diese Menschen, denen es trotz des Eindringens von Islam und Christentum gelungen war, ihre alten Traditionen fortzuführen, arbeiteten und lebten nicht nur in der gleichen Weise, wie ihre Vorväter es schon in der Antike getan hatten, sie waren auch vom Äußeren her gleich geblieben. Als direkte Abkömmlinge der Niltalbauern aus alter Zeit gehörten die Fellachen von El Till demselben Volk an, das einst hier für sich und für den Hof des Pharaos das

Land bestellt hatte. Sie waren das Volk Echnatons, unverändert und unveränderlich.
Ein aufgeregtes Getuschel ging durch die Menge, als ein alter Mann mit dem längsten, weißesten Bart, den Mark je gesehen hatte, auf der Schwelle des Hauses erschien. Er war mit einer weißen Galabia und Sandalen bekleidet und stützte sich beim Gehen auf einen Holzstock. Auf dem Kopf trug der *'Umda* ein weißes gehäkeltes Käppchen, was bedeutete, daß er die Pilgerreise nach Mekka unternommen hatte. Die Menschenmenge verstummte und blickte ehrfürchtig zu dem alten Mann auf, als er, einem biblischen Patriarchen gleich, ins Sonnenlicht hinaustrat, einen Moment innehielt und sich dann steif in einem Korbstuhl niederließ, der neben dem Hauseingang stand. Der *'Umda* war hier eine Art König.
»*Ah-laan wa sahlaan*«, rief er mit einer alten, krächzenden Stimme.
Mark erwiderte den Gruß und fügte hinzu: »*Sabbah in-nuur.*«
Der alte Mann lächelte wohlwollend und hob seine knorrige Hand. Sogleich trat aus dem Innern des Hauses eine junge Frau mit verschleiertem Gesicht und Messingreifen an Hand- und Fußgelenken. Sie trug ein Messingtablett, auf dem Teegläser standen.
Als man ihm das Tablett demütig darbot, nahm Mark seinen Tee, der in einem schlichten Wasserglas serviert wurde, und wußte, bevor er ihn gekostet hatte, daß er gräßlich süß sein würde. Eine Zuckerschicht hatte sich auf dem Boden des Glases abgesetzt. Mark nahm einen kleinen Schluck, leckte sich die Lippen und lobte auf arabisch: »Der Tee schmeckt köstlich. Er ist der beste, den ich je getrunken habe.«
Der *'Umda* lächelte verschmitzt, wobei seine dunkelbraunen Zähne hinter seinem weißen Bart zum Vorschein kamen, und antwortete: »Allah möge mir vergeben, daß ich meinem hochverehrten Gast einen Tee vorsetzen muß, der nicht einmal eines Esels würdig wäre, aber es ist alles, was ich habe.«
Mark, der wußte, daß der Tee aus einem Spezialvorrat des *'Umda* stammte und daß seine Frau den ganzen Morgen damit verbracht hatte, ihn nach allen Regeln der Kunst zuzubereiten, erwiderte: »Ich bin nicht würdig, ihn zu trinken.«
Eine Frau kam aus dem Haus und stellte sich hinter den Greis. Sie war klein und ebenfalls recht alt, ihr rotes Haar war am Ansatz weiß, ihr

Gesicht wirkte wie verknittertes Pergament, doch ihre Hände waren orangefarben bemalt, und an ihren Handgelenken klirrten Goldarmreife. Sie war die geachtetste Frau in El Till, die von allen anderen Frauen beneidet wurde.

»Das ist meine Frau, Achmeds Mutter«, stellte der *'Umda* sie vor.

Mark nickte der alten Fellachin höflich zu, ohne ihr übermäßige Aufmerksamkeit entgegenzubringen. Bei den Fellachen war es Sitte, eine Frau nicht mit ihrem eigenen Namen zu nennen, sondern mit dem Namen ihres ältesten Sohnes.

Der *'Umda* ging nun dazu über, jeden der Männer in Marks Gruppe namentlich willkommen zu heißen, wobei er die beiden Frauen, Alexis und Jasmina, überhaupt nicht beachtete, und schloß mit den Worten: »Möge Allah euch bei der Arbeit wohlgesonnen sein und euch viel Erfolg bescheren.«

Dies war das Zeichen für den Beginn des geschäftlichen Teils. Abdul begann damit, dem *'Umda* zu erklären, daß Mark zwei Arbeitsgruppen von je zehn Mann benötigte, die sich alle zwei Wochen, oder dann, wenn die Arbeit auf den Feldern es erforderlich machte, ablösen sollten. Der *'Umda*, den Abdul mit *Hadsch*, dem arabischen Wort für Pilger, anredete, hörte ihm gnädig zu. Dann wandte er sich an Mark und meinte in seinem gedehnten mittelägyptischen Tonfall: »Eure Anwesenheit nützt uns allen, Dr. Davison. Unsere Leute brauchen Arbeit, ihr braucht unsere Hilfe, und wir alle verehren das, was *qadim* ist. Zu lange schon ist es her, daß in den Ruinen gearbeitet wurde.«

Mark nickte und versuchte, ohne das Gesicht zu verziehen, seinen unerträglich süßen Tee auszutrinken. »Qadim« bedeutete »alt«, und in ihrem Aberglauben und ihrer Ehrfurcht vor der Vergangenheit ihrer Vorfahren verehrten die Fellachen längs des Nils alles, was Jahrhunderte alt war. Sie glaubten, daß Gegenständen aus ihrer fernen Vergangenheit eine starke Zauberkraft innewohne.

Sanford Halstead neigte sich zu Mark hin und murmelte:

»Würden Sie uns all dies freundlicherweise übersetzen?«

»Es handelt sich nur um eine Formsache, Mr. Halstead. Abdul hat sich schon vor Wochen um alles gekümmert, es ist alles vorbereitet. Wir spielen hier lediglich ein kleines Theaterstück, weil die Sitten und Gebräuche hier es so erfordern.«

»Das ist doch Zeitverschwendung.«

»Da stimme ich Ihnen zu, aber wir müssen es wohl oder übel über uns ergehen lassen. Andernfalls würden wir den alten Mann kränken und uns dadurch eine Menge Ärger einhandeln. Er mag vielleicht nicht danach aussehen, aber der *'Umda* ist der höchste Gebieter über das Land hier, und die Leute tun, was er sagt.«

Sanford Halstead richtete sich wieder auf und blickte finster in seinen Tee. Er hatte ihn nicht angerührt.

»Und ich würde Ihnen raten, das hier zu trinken.«

»Lieber nicht.«

»Das wird ihn beleidigen, und niemand nimmt Beleidigungen so ernst wie diese Leute. Die Gastfreundschaft eines Ägypters abzulehnen ist ebenso schlimm, als hätte man ihm ins Gesicht gespuckt. Bitte trinken Sie es.«

Als Sanford Halstead widerstrebend und mit steinerner Miene das Glas mit dem lauwarmen Tee zu den Lippen führte, sagte Mark zu dem Greis: »Mein Freund läßt fragen, ob er wohl noch ein Glas davon haben könnte.«

Der Alte grinste zufrieden und erteilte seiner Tochter einen kurzen Befehl, worauf diese eilends ins Haus lief.

Die Verhandlung wurde fortgesetzt. »Es wird kein Problem sein, euch mit willigen Arbeitern zu versorgen, Dr. Davison. Eigentlich möchte jeder hier gerne für die Amerikaner arbeiten. Ich mußte in den letzten paar Wochen ernsthafte Entscheidungen treffen. Es ist nicht leicht, unter den Männern auszuwählen, wer sich euch anschließen darf und wer auf den Feldern bleiben muß.«

Mark wußte, daß dies der kritischste Teil der Unterredung war, denn es bestand eine berüchtigte Rivalität zwischen El Till und dem südlich davon gelegenen Dorf Hag Qandil. Beide *'Umda* mußten milde gestimmt werden. Mark vertraute darauf, daß Abdul aus jedem Dorf eine gleich große Anzahl Männer eingestellt hatte.

»Was die Bezahlung angeht, Dr. Davison, so sind zehn Piaster pro Mann und Tag immerhin ausreichend. Dafür können sie sich Zucker und einen neuen Pflug kaufen. Jeder Mann hat seine Gründe, für Sie arbeiten zu wollen. Samis Sohn möchte heiraten, aber er hat kein Geld für den Brautpreis. Mohammed hat Schulden beim Geldverleiher und muß dafür fünfzig Prozent Zinsen bezahlen. Rahmi hat Zwillingssöhne, die beschnitten werden müssen. Wir alle brauchen zu-

sätzliche Einnahmen, Dr. Davison, denn wie Sie sehen, sind wir arm wie die Nadel, die andere kleidet, aber selbst unbekleidet bleibt.«
Mark wartete ungeduldig. Er wußte schon, was jetzt kommen würde. Deshalb überraschte es ihn nicht, als der *'Umda* fortfuhr: »Man möchte daher fast meinen, daß zehn Piaster doch nicht genug sind.«
»Was würde die Arbeit für Euch lohnend machen, *Hagg*?« Mark sprach den Titel *Hadsch* in mittelägyptischem Dialekt aus.
»Wir möchten, daß Sie den zehn Piastern noch ein Maß Tee für jeden Mann hinzufügen.«
Mark blickte zu Abdul hinüber, der sich leicht zur Seite neigte und auf englisch erklärte: »Das habe ich schon vorausgesehen, Effendi. Unter den Kisten, die ich vor zwei Tagen hierherbrachte, befinden sich auch einige mit dem reinsten Tee, den man in Ägypten finden kann. Zwei *Ghaffir* haben ihn seit seiner Ankunft Tag und Nacht bewacht.«
Mark nickte. Er hatte schon früher erlebt, wie verrückt die Fellachen auf Tee sind. Da sie den Genuß von Alkohol aufgrund ihres Glaubens ablehnen, haben die Nilbauern schon seit langem Zuflucht zu anderen Formen der Anregung genommen. Und weil Haschisch teuer ist und die Arbeit auf den Feldern beeinträchtigte, ist Tee unter den Millionen von Bauern zum Genußmittel Nummer eins geworden. Mark wußte, daß kein Fellache ohne sein Kännchen mit starkem, reichlich gesüßtem Tee aufs Feld gehen würde. Er machte ihn »high« und bereitete ihm körperliches Vergnügen. Er war sein einziger Luxus und somit ein unverzichtbarer Bestandteil seines Lebens. Die Ägypter tranken literweise dicken, schwarzen Tee, gesüßt mit reichlich Zucker.
»In Ordnung, *Hagg*, Ihr sollt Euren Tee haben.«
»Und Zucker, Dr. Davison.«
»Und Zucker.«
»Ich habe erfahren«, sprach der *'Umda* weiter, »daß Sie auch Männer aus Hag Qandil einstellen werden. Ich muß Sie darauf aufmerksam machen, daß es sich bei diesen um unzuverlässige Halunken handelt. Wir haben zur Zeit keinen Streit mit ihnen, aber trotzdem schiebe ich nachts einen Balken vor meine Haustür.«
»Was schlagt Ihr vor, *Hagg*?«
»Ich werde versuchen, zwischen Ihnen und den Männern von Hag

Qandil als Vermittler zu fungieren. Wenn ich mich selbst erniedrige...«, er spreizte seine knochigen Hände und hob seine hageren Schultern, »kann ich mich bei ihnen vielleicht für Sie einsetzen.«
»Was geht da eigentlich vor?« zischte Halstead ärgerlich.
»Es ist das alte Versicherungsspiel. Du bezahlst uns, dann brechen wir dir nicht die Beine.« Mark wandte sich wieder an den *'Umda*: »Was kann ich tun, um Euch dabei behilflich zu sein, *Hagg*?«
»Ich bin ein alter Mann, Dr. Davison, und ach, meine Tage sind gezählt. Wie viele Sonnenaufgänge ich noch erleben werde, weiß nur Allah. Es wäre mir ein Trost in meinem hohen Alter und meiner Armut, mich an einem kleinen, unbedeutenden Luxus zu erfreuen. An etwas, das für einen großen und wohlhabenden Mann, wie Sie es sind, völlig ohne Belang wäre.« Sein Grinsen verbreitete sich. »Ich hätte gern Coca-Cola.«
Mark warf einen ungeduldigen Blick zu Abdul hinüber, der rasch auf englisch versicherte: »Es ist zusammen mit dem Tee eingetroffen, Effendi. Eine ganze Kiste davon.«
»Weiß der *'Umda* von Hag Qandil davon?«
»Nein, Effendi.«
»Dann wollen wir es auch so belassen. Was wir am wenigsten brauchen können, ist eine verdammte Fehde um unser Cola.« Er zwang sich zu einem Lächeln und meinte, zum *'Umda* gewandt: »Abgemacht!«
Der alte Patriarch wurde sichtlich gelöster und lehnte sich in seinem Stuhl zurück, während ein befriedigtes Lächeln sein Gesicht in tausend Falten legte.
Sanford Halstead, der eben eine Frau dabei beobachtet hatte, wie sie das Haar eines kleinen Jungen nach Läusen durchsuchte, flüsterte Mark zu: »Wie lange dauert das denn noch?«
»Nicht mehr lange. Lächeln Sie dem Alten zu und stürzen Sie den Tee hinunter. Wenn Sie danach laut rülpsen, wird er ein Leben lang Ihr Freund sein.«
»Das ist doch wohl nicht Ihr Ernst!«
»Man sollte sich immer seiner Umgebung anpassen, Mr. Halstead.«
»Ich kann diesen Gestank nicht mehr lange ertragen, Davison, und ich denke nicht, daß dieser Ort für meine Frau sehr passend ist.«

»Ihre Frau, Mr. Halstead, ist im Augenblick so unwichtig, daß der *'Umda* eine höhere Meinung von Ihrem Esel hätte, wenn Sie einen besäßen. Noch ein paar Minuten, dann werden wir zum Camp aufbrechen. Ich will ihm nur ein oder zwei Fragen über Ramsgate stellen.«

Als er den letzten Rest seines widerlich süßen Tees hinunterspülte, erblickte Mark einen Mann, der am Rand der Menge stand und nicht dazuzugehören schien. Klein, feist und ölig, hob er sich in krasser Weise von den Dorfbewohnern ab, insbesondere durch sein weißes Hemd, das bis an seinen dicken Hals zugeknöpft war, und durch seine dunkle Hose. Er hatte ein pausbäckiges Gesicht und langes, gewelltes, von Fett glänzendes Haar. Das Hemd war um Kragen und Ärmelaufschläge herum schmutzig und vorne mit Essensflecken gespickt. Der Mann lehnte an einer mit Urin besudelten Mauer und bohrte mit dem Finger in seinem Ohr herum. Seine vermeintlich gleichgültige Haltung ließ Mark aufmerksam werden.

Mark wußte, wer er war. Er war der Dorf-Grieche, der einzige Krämer, der Schieber, der Tuchhändler, der Geschäftemacher, der Kredithai. In jedem Dorf, vom Delta bis zum Sudan, gab es einen davon: Vor langer Zeit waren die Griechen ins Niltal gekommen und hatten Profit in der Ausbeutung der Bauern gewittert, die sich für ihre materiellen Bedürfnisse nirgendwo hinwenden konnten. Das Geschäft wurde vom Vater an den Sohn weitergegeben. Sie gingen selten Mischehen mit der einheimischen Bevölkerung ein, und zogen es vor, sich eine Braut aus Griechenland kommen zu lassen. Sie lebten am Rande des Dorfes, nahmen am gesellschaftlichen Leben nicht teil und führten auf Kosten der einfältigen Fellachen ein angenehmes Leben.

Mark prägte sich das aufgequollene Gesicht des Mannes ein und wandte sich wieder dem *'Umda* zu. »Ich brauche einige Auskünfte, *Hagg*.«

»Und ich habe die Antworten, *inschallah*.«

»Vor hundert Jahren kam ein Engländer hierher, um in den Ruinen zu graben. Das war noch vor Petrie, *Hagg*. Er starb an einer Krankheit, und die Gegend um sein Lager und seine Arbeitsstätte herum wurde unter Quarantäne gestellt. Kennt Ihr diesen verbotenen Ort?«

Zum ersten Mal, seit er aus dem Haus getreten war, verdunkelten sich die klugen kleinen Augen des *'Umda*. »Das war vor langer, langer Zeit, Dr. Davison, und heute gibt es keinen Sperrbezirk mehr. Auch aus meiner Erinnerung ist mir kein solcher Ort bekannt, und ich bin immerhin über achtzig Jahre alt.«
»Es war in der Zeit des letzten türkischen Paschas, bevor die Briten die Regierung übernahmen. Damals wurde ein Dokument veröffentlicht, das jedermann untersagte, ein bestimmtes Gebiet zu betreten. Ich glaube, es lag in den Hügeln.«
»Mein Großvater war damals *'Umda* in diesem Dorf, Dr. Davison. Als ich noch ein kleiner Junge war, erzählte er mir von den ersten Fremden, die hierherkamen, um Ausgrabungen durchzuführen. Sie nannten sich Wissenschaftler, doch sie waren nichts weiter als Schatzsucher. Sie legten die Ruinen unserer Ahnen frei und entwendeten die schönen Dinge, die sie dort fanden. Sie teilten nichts mit uns.«
Nichts, dachte Mark bei sich, außer die englischen Pfunde, die sie euch dafür bezahlten, daß ihr ihnen beim Graben halft. »Erinnert Ihr Euch an einen namens Ramsgate?«
Fast unmerklich zögerte der *'Umda*, bevor er die Frage verneinte.
»Erinnert Ihr Euch an irgend etwas, das mit der verbotenen Zone in Zusammenhang steht?«
»Ich weiß nicht, warum Ihr mich diese Dinge fragt. Von welchem Belang können sie sein, wenn sie sich schon vor hundert Jahren ereignet haben?«
»Sie sind von Belang, *Hagg*. Wißt Ihr, wo sich der Sperrbezirk befand? Oder läßt Euch in Eurem hohen Alter Euer Gedächtnis im Stich?«
Seine lebhaften kleinen Augen flackerten auf. »Das Alter hat mein Gedächtnis nicht getrübt, Dr. Davison! Ja, ich entsinne mich, daß mein Großvater mir von einem britischen Forscher erzählte, der mit seiner Frau und seinen Freunden in den Ruinen starb. Sie seien krank gewesen, so sagte er mir. Und dann verbot die Regierung unseren Leuten, das Gebiet zu betreten.«
»Wo war das, *Hagg*?«
»Ich weiß es nicht. Mein Großvater hat es mir gegenüber niemals erwähnt. Als ich alt genug war, um die antiken Stätten selbst zu besu-

chen, galt das Verbot nicht mehr, denn eine neue Regierung mit neuen Gesetzen und einer neuen Polizei hatte die Macht im Land übernommen. Die alten Regeln waren vergessen.«
»Wann war das?«
Der '*Umda* wandte den Blick ab. »Als ich jung war.«
Mark betrachtete nachdenklich das Muster des Teppichs, auf dem er saß, und fuhr sich mit der Hand über den verschwitzten Nacken. »Ist der Name Ramsgate bekannt?«
»Nein.«
»Dann gibt es also keine verbotenen Orte mehr in der Nähe?«
»Nein.«
»Und Ihr würdet Eure Enkel überall dort spielen lassen, wo sie wollen?«
»Ja.«
»Ihr seid uns eine große Hilfe gewesen, *Hagg*, und ich bin Euch sehr dankbar. Einer meiner Männer wird heute abend drei Flaschen Coca-Cola zu Eurem Haus bringen.«
Schlagartig änderte sich die Stimmung des Greises. Seine Miene hellte sich auf, und er strahlte wie die aufgehende Sonne. »Dr. Davison, Ihr beschämt mich mit Eurer Großzügigkeit!«
Die Frau des '*Umda*, die an dieser Stelle eine Gesprächspause wahrnahm – denn die Unterhaltung der Männer zu unterbrechen hätte für sie eine Tracht Prügel zur Folge gehabt –, beugte sich nun dicht zu ihm herunter und flüsterte ihm etwas ins Ohr. Sichtlich vergnügt, hob der '*Umda* seine weißen, buschigen Augenbrauen und verkündete: »Achmeds Mutter bittet Sie, an einer Feier teilzunehmen, die wir heute abend abhalten.«
»Was für eine Feier, *Hagg*?«
»Es ist die Beschneidung von Hamdis Tochter.«
Halstead tippte Mark an die Schulter. »Worum geht es da?«
Als Mark für ihn dolmetschte, meldete sich die hinter ihrem Mann sitzende Alexis Halstead verwundert zu Wort: »Was, seine Tochter?«
Mark mußte sich ein wenig umdrehen, um sie anzusehen. »Hier ist es Sitte, daß sowohl kleine Jungen als auch kleine Mädchen beschnitten werden.«
»Aber was können sie bei Mädchen schon beschneiden?«

»Sie entfernen ihnen die Klitoris.«
Sie hob entsetzt ihre schmalen Augenbrauen, und Mark wandte sich wieder seinem Gastgeber zu. »Ihr erweist uns eine große Ehre, *Hagg*, aber wir haben eine weite Reise hinter uns und möchten uns gerne in unserem Camp ausruhen. Sagt Achmeds Mutter, daß wir von ihrer Gastfreundschaft überwältigt sind und daß es uns schmerzt, die freundliche Einladung ablehnen zu müssen.«
Der *'Umda* nickte wohlwollend.
Als die erforderlichen Höflichkeitsfloskeln ausgetauscht waren, standen alle auf und reckten sich. Jasmina Schukri, die während des ganzen Besuchs regungslos wie eine Statue dagesessen hatte, tat nun etwas Merkwürdiges. Sie trat zu dem *'Umda* hin, fiel vor ihm auf die Knie und berührte mit den Fingern der rechten Hand Brust, Lippen und Stirn. Als sie sich wieder erhob, blickte Mark sie verwundert an, um so mehr, als der *'Umda* ihre Huldigung mit einem gönnerhaften Lächeln erwiderte und nicht im geringsten überrascht schien. Schließlich erhob sich auch der *'Umda*, und die Umstehenden begannen langsam, sich zu zerstreuen. Mark rieb sich den Rücken, während er den Blick über den kleinen Platz schweifen ließ. Er hielt nach dem Griechen Ausschau, doch der Mann war verschwunden.

Sieben

Gedankenverloren starrten die Expeditionsteilnehmer auf die Ruinen der antiken Stadt, die sich links und rechts von ihnen erstreckten, während die drei Landrover, die untergehende Sonne hinter sich lassend, über die holprige Ebene jagten und dabei Unmengen von Sand und Staub aufwirbelten.
Sie sahen eine Ebene von solcher Kahlheit und Trostlosigkeit, daß die Seele verzweifelt aufschrie. Sie betrachteten die Wälle von Schotter, das einzige, was von Echnatons einst so prächtiger Stadt übriggeblieben war, und versuchten im Geiste, aus den zerfallenen Mauern und Sanddünen das Bild von weißen Palästen und mit Bäumen gesäumten Alleen heraufzubeschwören. Aber es wollte ihnen nicht gelingen.

Je weiter sie den Nil und das fruchtbare Ackerland hinter sich ließen, um so mächtiger türmten sich die jähen Wände des Kalksteingebirges vor ihnen auf. Die Felsen waren urzeitliche Steilabfälle aus nacktem Schichtgestein, die wie eine Miniaturausgabe des Grand Cañon wirkten; eine prähistorische, bis auf die geologischen Schichten abgetragene Landschaft. Als die Zelte des Camps in Sicht kamen, wischte Mark sich den Schweiß von der Stirn und dachte: Hier scheint die Zeit stehengeblieben zu sein.
Endlich hielten die Fahrzeuge an, und alle warteten darauf, daß sich der Staub legte. Durch die Wolke konnten sie sehen, daß sie das ausgetrocknete Flußbett des Königlichen Wadis passiert und danach ein steiniges Vorgebirge umfahren hatten, das am Südrand des Wadis in die Ebene vorsprang. Am Fuße des Vorgebirges konnte man in der Nachmittagssonne eine Reihe hüfthoher Mauern erkennen, die einem Irrgarten glichen. Es waren die Überreste einer Stätte, die von den Ägyptologen als »die Arbeitersiedlung« bezeichnet wurde – eine kleine Kolonie, in der in pharaonischer Zeit die Grabarbeiter und ihre Familien etwas abseits der eigentlichen Stadt untergebracht worden waren. Es deutete alles darauf hin, daß einige der »Räume« wieder bewohnt wurden. Die von Abdul angeworbene Mannschaft hatte es vorgezogen, ihr eigenes zeitweiliges Lager in den Ruinen aufzuschlagen, um sich den täglichen Weg von den einige Kilometer entfernt liegenden Dörfern zu ersparen.
Auf der anderen Seite des Vorgebirges waren sieben geräumige, weiße Zelte im Kreis errichtet worden. Sie duckten sich am Fuß der aufragenden Felswand, die Schutz vor dem Wind bot und in der ersten Tageshälfte Schatten spendete. Generatoren summten in einem provisorischen Schuppen, und Stromkabel führten von dort in alle Zelte. Etwa dreißig Meter vom Camp entfernt befanden sich zwei Duschkabinen und zwei Latrinen.
Es war die heißeste Zeit des Tages. Träge kletterten die Expeditionsteilnehmer aus den Landrovern, klopften sich den Staub von den Kleidern und sahen sich mißtrauisch im Camp um. Ron, der tatkräftigste unter ihnen, brachte sofort seine Kamera zum Einsatz. Er lief hin und her und machte von allen Schnappschüsse, um die Stimmung beim Bezug des Camps auf Fotos festzuhalten.
Abdul begann, zwei Fellachen, die aus dem Arbeiterdorf herbeigeeilt

waren, in harschem Ton Befehle zu erteilen. Vom Camp aus konnte man ihr zusammengerolltes Bettzeug und ihr Lagerfeuer zwischen den Ruinen sehen. Mark ging langsam umher, nahm das Camp näher in Augenschein und überprüfte alle Vorrichtungen.

Die übrigen wurden in ihre Zelte geführt. Vier davon waren als private Unterkünfte gedacht: die Halsteads in einem Zelt, Ron und Mark in einem anderen, Hasim und Abdul im dritten und Jasmina Schukri mit ihrer medizinischen Ausrüstung allein im letzten. Ein fünftes Zelt diente Ron als Dunkelkammer, das sechste war als Arbeitsraum eingerichtet worden und enthielt Ausgrabungs-, Labor- und Meßgeräte, während das siebte und größte Zelt als Gemeinschaftsraum vorgesehen war, in dem vor allem die Mahlzeiten eingenommen werden sollten.

Mark beobachtete, wie Sanford und Alexis Halstead zu ihrer Unterkunft geführt wurden, während sich drei Fellachen hinter ihnen mit dem Gepäck abmühten. Halstead hatte bezüglich seiner Unterbringung und der seiner Frau ganz präzise Forderungen gestellt, und Mark hoffte insgeheim, daß Abdul sie hatte erfüllen können.

Als sie im Inneren ihres Zeltes verschwanden, ging Mark langsam weiter. Ein Insekt streifte sein Gesicht. Er schlug danach und schaute auf, um besser zielen zu können, doch da hielt er plötzlich inne. Er hob die Hand, um seine Augen vor dem Sonnenlicht zu schützen, und blickte hinauf zur Spitze des Felsens, der das Camp mehrere hundert Meter überragte. Dort oben stand eine stumme Gestalt, die sich gegen den blauen Himmel abzeichnete und auf das rege Treiben hinabstarrte.

Mark schaute eine Weile hinauf und versuchte, die Person auf dem Felsen deutlicher zu erkennen. Dann ließ er die Hand sinken und hielt nach Abdul Ausschau.

Er wußte, daß auf der Hochebene über dem Wadi noch eine alte Straße existierte, eine Straße, die einst von den Soldaten Echnatons gebaut worden war und von den örtlichen *Ghaffir* noch gelegentlich auf ihren Wachgängen benutzt wurde. Doch dieser Mann hatte nicht wie ein *Ghaffir* ausgesehen. Zum einen hatte er kein Gewehr gehabt, zum anderen hatte er weder Maultier noch Kamel mit sich geführt. Mark konnte nicht einmal mit Bestimmtheit sagen, ob es überhaupt ein Mann war.

Abdul hatte gerade eine Auseinandersetzung mit einem seiner Helfer. Offensichtlich ging es darum, die Duschreservoirs mit ausreichend Wasser zu versorgen, damit sich sechs Personen waschen konnten. Der Helfer fuchtelte mit den Armen und erklärte etwas, das Mark nicht recht hören konnte.
Als er wieder zum Gipfel aufschaute, war die dunkle Gestalt verschwunden.

Jasmina sagte leise »*Schukran*« zu einem der Fellachen, der ihr Gepäck getragen hatte und wartete, bis er das Zelt verlassen hatte. Dann drehte sie sich um, entrollte das engmaschige Netz über dem Zelteingang und zog es mit dem Reißverschluß zu. Jasmina kannte die Probleme, die es mit Insekten hier geben würde. Sie warf einen prüfenden Blick auf die Zelteinrichtung. Abdul hatte gute Arbeit geleistet. Das Feldbett schien bequem zu sein; ein Moskitonetz hing, von einem Knäuel an der Decke ausgehend, in bauschigem Fall über das Bettgestell bis auf den Boden. Ein farbenfroher Teppich war davor ausgebreitet. Es gab einen Stuhl und einen kleinen Schreibtisch, außerdem den Labortisch und die Regale, die sie für die medizinische Ausrüstung benötigte. An einer Zeltwand stand eine Kiste mit Instrumenten und Medikamenten.
Von der anstrengenden Fahrt ziemlich ermattet, ging Jasmina im Zelt umher und versuchte, ihre Gedanken zu ordnen. Es gab so viel, worüber sie nachdenken mußte, und sie war so erfüllt von den widerstreitendsten Gefühlen, über die sie sich klarwerden mußte. Jasmina ließ sich auf dem Rand des Feldbetts nieder und knotete erschöpft das Tuch in ihrem Haar auf. Als ihre langen, dichten Haare auf Schultern und Rücken herabfielen, seufzte sie erleichtert auf.
Ihre Einsamkeit war das erste, wogegen sie ankämpfen wollte, auch wenn es sich um ein beinahe schon alltägliches Problem handelte, an das sich Jasmina Schukri schon seit langem gewöhnt hatte. Die Einsamkeit hatte sie durch Schul- und Collegejahre hindurch begleitet, war auch in Gesellschaft von Freunden immer da gewesen, und daran würde sich erst recht nichts ändern, wenn sie die Doktorwürde erlangte und praktizierende Ärztin wurde.
Sie war sich nicht sicher, warum sie sich dieser Expedition angeschlossen hatte, wenn man einmal davon absah, daß die Entlohnung gut war

und daß der Vorarbeiter, Abdul Rageb, ihr versichert hatte, es sei leicht, für die Amerikaner zu arbeiten.

Jasmina saß vornübergebeugt auf dem Feldbett und ließ ihre Hände kraftlos im Schoß ruhen. Einen Augenblick lang dachte sie über die Fremden nach, wobei sie die Halsteads geflissentlich überging. In ihren Augen war dieses Ehepaar es nicht wert, daß sie überhaupt einen Gedanken an sie verschwendete. Mit den beiden Ägyptologen verhielt es sich da schon etwas anders. Der blonde schien ganz nett zu sein, wenn auch nicht besonders ernst zu nehmen; dem anderen, dem Leiter der Expedition, traute Jasmina Schukri jedoch nicht so recht. Sie hatte in ihrem Leben schon genug Leute von der Art wie Mark Davison kennengelernt, um zu wissen, was seine Beweggründe waren und was sie von ihm zu erwarten hatte. Er würde sein wie die anderen, die Ausbeuter, für die sie schon seit langem Verachtung empfand. So würde sie Distanz wahren und ihn für ihre Zwecke benützen.

Jasmina spürte, wie etwas an ihrer Wange vorbeistreifte, und verscheuchte es geistesabwesend mit der Hand.

Abdul Rageb hatte ihr nicht gesagt, wonach die Ägyptologen suchten, und Jasmina war nicht sicher, ob es sie überhaupt interessierte. Alles, worauf es ankam, war die gute Bezahlung, die man ihr versprochen hatte. Außerdem hatte der großzügige Geldgeber, Mr. Halstead, ihr völlige Freiheit beim Einkauf ihrer medizinischen Ausstattung gelassen. Welch ein Unterschied zu einem staatlichen Krankenhaus!

Wieder berührte etwas ihre Wange. Sie fegte es weg.

Dann fiel Jasmina wieder Hasim al-Scheichly ein, mit dem sie sich bereits länger unterhalten hatte. Obgleich er sich vielleicht ein wenig zu sehr um die Amerikaner bemühte – aber schließlich bestand darin seine Aufgabe –, war er ein junger Mann, den zu mögen Jasmina nicht schwerfiel. Er war gutaussehend und tatkräftig und schien im Umgang mit ihr selbstsicher genug zu sein, um sich nicht von ihr bedroht zu fühlen. So viel von Jasminas Einsamkeit rührte von den archaischen Traditionen des Islam her, in denen sich die Frau dem Mann unterzuordnen hatte. Selbst ihre Mitstudenten fühlten sich unbehaglich in ihrer Gegenwart und schreckten vor engeren Beziehungen zu ihr zurück. Bald wäre sie Ärztin, und die

Aussichten, in diesem muslimischen Land einen Mann zu finden, der ihr eine Karriere und einen eigenen gesellschaftlichen Rang erlaubte, waren praktisch gleich Null. Hasim al-Scheichly war seit langem der erste Mann, der...
Schon wieder streifte es vorüber, und diesmal riß es Jasmina aus ihren Gedanken. Sie fuhr sich mit der Hand an die Wange und schaute sich im Zelt um, das im Augenblick dank der schräg einfallenden Nachmittagssonne gut beleuchtet war. Sie suchte nach dem lästigen Insekt, und als sie es nicht fand, tastete sie ihr Gesicht nach einem verirrten Haar ab.
Jasmina hoffte, daß die Expedition den ganzen Sommer über dauern würde, obwohl Abdul Rageb dies nicht hatte versprechen können. Wenn sie sich tatsächlich über den gesamten Sommer hinzöge, würde sie genug Geld verdienen, um...
Diesmal fühlte es sich an wie ein winziger Klaps, wie ein Nachtfalter, der gegen eine Fensterscheibe flattert. Jasmina stand auf und ging hinüber zum Toilettentisch, der mit einem Krug, einer Waschschüssel, Seife und Handtüchern ausgestattet war und über dem ein Spiegel hing. Sie beugte sich vor, um zu sehen, wo das Insekt sie gestochen hatte, und entdeckte auf ihrer Wange einen kaum hervortretenden roten Punkt. Jasmina überprüfte sofort die beiden Fenster auf Löcher, doch bei beiden waren die Moskitonetze unversehrt. Dann öffnete sie die Kiste mit dem medizinischen Material und nahm ein Päckchen Fliegenpapier und eine Insektenspraydose heraus. Das war es wohl, worauf sich ihre ärztliche Tätigkeit in diesem Sommer beschränken würde: auf die Behandlung von Insektenstichen.

Hasim al-Scheichly packte mit peinlicher Sorgfalt seinen Waschbeutel aus und stellte die Toilettenartikel in Reih und Glied auf seinen Nachttisch. Er bewegte sich in einer disziplinierten, pedantischen Art und Weise, da er verhindert wollte, daß seine Aufgeregtheit ihn zur Nachlässigkeit verleitete. Hasim hielt sich einiges auf seine Ordentlichkeit zugute und hoffte, daß der Mann, mit dem er dieses Zimmer teilen sollte, ebensoviel Ordnungssinn besaß. Hasim vermutete dies. Abdul Rageb war seiner Erscheinung und seinem Auftreten nach ein gewissenhafter Mensch und stand wegen seiner Geschicklichkeit und Tüchtigkeit bei allen in großem Ansehen. Hasim war beeindruckt gewesen, als er bei seiner Berufung für den Posten erfahren hatte, daß er mit dem vielbewunderten und geachteten Abdul Rageb zusammenarbeiten sollte.

Überhaupt war die Teilnahme an der Expedition mehr, als der übereifrige Hasim sich hätte träumen lassen. Es war wie ein Hauptgewinn in einer Lotterie. Etliche seiner Kollegen strebten schon seit langem nach so einer Gelegenheit, sich zu bewähren. Doch die Tatsache, daß er einen ranghohen Onkel im Ministerium hatte, war ihm zugute gekommen. Die Expedition konnte für Hasim al-Scheichly, der erst vor zwei Jahren das College abgeschlossen hatte und seitdem mehr oder weniger untätig in seinem Büro saß, eine glückliche Wende bedeuten. Wenn die Amerikaner mit einer bahnbrechenden Entdeckung aufwarteten – obgleich Allah allein wußte, was in dieser öden Wüste noch übrig sein mochte –, konnte das Hasim die gewünschte Beförderung eintragen.

Er blickte auf und drehte sich um. »Ja bitte?« fragte er. Doch das Zelt war leer. Gelbe, staubbeladene Sonnenstrahlen drangen durch den offenen Eingang.

Er schüttelte den Kopf und fuhr mit dem Auspacken fort. Er hätte schwören können, daß für einen Moment jemand mit ihm im Zelt gewesen war.

Ron hatte genug Aufnahmen von dem gemacht, was er als das »anfängliche Durcheinander« bezeichnete, und war nun begierig darauf, sein »Fotolabor« zu inspizieren. Also steuerte er auf das Zelt zu, das ihm als Dunkelkammer dienen sollte.

Obwohl die spätnachmittägliche Brise vom Nil herüberwehte und die hellen Zeltplanen das Sonnenlicht reflektierten, herrschte im Innern eine Bullenhitze. Ron blieb im Eingang stehen, um seine Augen an die Dunkelheit zu gewöhnen, und sah sich dann um.

Es war fast nicht zu glauben. Abdul hatte alles haargenau so ausgeführt, wie er es angegeben hatte. Er hatte sogar darauf geachtet, das Zelt in einen »Feuchtraum« und einen »Trockenraum« zu unterteilen. Direkt vor ihm an der hinteren Zeltwand stand die hölzerne Laborbank. Darunter waren die Kisten, die er daheim in Los Angeles persönlich gepackt und versandt hatte, fein säuberlich aufeinandergesetzt worden. Über der Werkbank hingen drei Fassungen mit eingedrehten Glühbirnen. Ron ließ sich auf ein Knie nieder und überprüfte

die Kisten anhand von darauf geschriebenen Nummern auf ihre Vollständigkeit. Zu seiner Zufriedenheit waren sie alle unbeschadet angekommen.
Er machte sich sofort daran, sie in der Reihenfolge ihrer Wichtigkeit zu öffnen, und fand die schwere Kiste mit der Nummer 101, auf der in fetten, roten Buchstaben geschrieben stand: ZERBRECHLICH! MIT ÄUSSERSTER VORSICHT BEHANDELN! Er brach mit seinem Taschenmesser die obersten Leisten auf und schöpfte mit beiden Händen das Schaumstoff-Füllmaterial heraus. Dieser Kiste kam eine ganz besondere Bedeutung zu.
Ron entspannte sich und grinste zufrieden. Er griff hinein, zog eine Vierliterflasche Chianti heraus und tätschelte sie liebevoll.

Alexis Halstead stemmte die Hände in die Seite und musterte kritisch ihre Unterkunft. Die beiden mit Satinlaken und Daunensteppdecken ausgestatteten Feldbetten waren so weit wie möglich auseinandergerückt. Dazwischen standen zwei mit Elfenbein eingelegte Mahagoni-Nachttische. Zwischen beiden Schlafstätten verlief ein leinener Vorhang an einer Stange, die Abdul an den Zeltstäben befestigt hatte. Der Vorhang, der jetzt zurückgezogen und an der Wand zusammengebunden war, würde später als Raumteiler dienen, um in dem Zelt zwei kleinere »Zimmer« zu schaffen.
Während sie ihrem Mann, der in einem Koffer voller Joggingkleidung und Adidasschuhen herumkramte, nicht die geringste Beachtung schenkte, bemerkte Alexis die kleinen Annehmlichkeiten und Luxusgegenstände, die Abdul der Zelteinrichtung beigefügt hatte.
Glasierte Keramikkrüge und Waschschüsseln standen auf getrennten Toilettentischen, die jeweils mit einem Stoß gestärkter Handtücher, einer Seifenablage und mehreren flauschigen Badetüchern versehen waren. Über jedem Bett hing eine verzierte Messinglampe, die durch einen Schalter am Nachttisch ein- und ausgeschaltet werden konnte. Die Wände waren mit Fotografien von Blumen und Sonnenuntergängen geschmückt. Auf jedem Nachttisch befand sich ein kleiner elektrischer Ventilator. Der Fußboden war mit Teppichen bedeckt.
Als einer der Fellachen das letzte Gepäckstück neben ihrem Bett abgestellt hatte, wandte sich Alexis um und zog die Eingangsklappe des Zeltes herunter. Das Innere lag nun im Halbdunkel, wobei nur das

trübe Nachmittagslicht durch die mit Gaze bespannten Fenster drang. Sie knipste das Licht über ihrem Bett an, löste wortlos den Vorhang von der Wand und zog ihn entlang der Betten ganz vor.
Als sie im Schein der Messinglampe über ihrem Koffer stand, hörte sie plötzlich die Stimme ihres Mannes auf der anderen Seite des Vorhangs: »Wie bitte, Alexis?«
»Was?«
»Was hast du gesagt, Alexis?«
»Ich habe gar nichts gesagt.«
Er erschien mit nacktem Oberkörper am Vorhangende. »Du hast etwas gesagt, und ich habe es nicht richtig verstanden.«
»Sanford, ich habe kein Sterbenswörtchen mehr von mir gegeben, seit wir in diesem abscheulichen Dorf saßen! Wenn du noch joggen willst, dann beeile dich. Die Sonne geht bald unter.«
Er verzog sich rasch hinter den Vorhang. »Ich hätte schwören können...«

Nachdem er einen Pappbecher bis zum Rand gefüllt hatte, legte Ron die Flasche behutsam in die Kiste zurück und schob sie wieder unter seinen Labortisch. Er wußte, daß er mit seinem Wein sparsam würde umgehen müssen, denn es gab keine Möglichkeit, sich Nachschub zu beschaffen.
Er öffnete die zweitwichtigste Kiste, diejenige, welche seinen batteriebetriebenen Kassettenrecorder und seine Doug-Robertson-Kassetten enthielt. Er wählte seine Lieblingskassette, legte sie in den Recorder ein, drückte einen Knopf, und gleich darauf erfüllten die sanften Klänge der klassischen Gitarre die stickige Luft.
Als er aufstehen wollte, spürte er etwas über sein Schienbein huschen. Er schlug danach und suchte dann rasch den Boden ab. Was auch immer es war, es war zu schnell für ihn gewesen.

»Wie bitte?« Alexis richtete sich ungeduldig auf. »Sanford, was hast du gesagt?«
Jenseits des Vorhangs blieb es still.
»Willst du mich zum Narren halten?« rief sie gereizt.
Als noch immer keine Antwort kam, zog Alexis den Vorhang zurück.
Ihr Mann war nicht da.

Die Entwicklerbecken hierher, das Unterbrecherbad dorthin, das Vergrößerungsgerät da drüben in die Ecke, die Dunkelkammerlampen in einer Reihe hier an die Decke... Ron summte mit Doug Robertson und nahm hin und wieder einen Schluck Wein.
»Verdammt!« zischte er, als das Ding ihm wieder über die Füße lief. Dies war schon das dritte Mal.

Mark spürte die untergehende Sonne im Rücken, als er dastand und Sanford Halstead dabei beobachtete, wie er schwitzend und schnaufend, aber in beneidenswert guter Form, joggend das Lager umrundete.

Ron ließ sich auf alle viere herab und leuchtete mit der Taschenlampe in jeden Spalt und hinter jede Kiste. Was immer es auch gewesen sein mochte, es hatte sich ziemlich groß angefühlt. Groß genug, um es mühelos zu finden.
Doch er fand es durchaus nicht.

Mark sah sich vor dem Einbruch der Finsternis noch ein letztes Mal im Lager um. Aus dem Dunkelkammerzelt drangen schwach Melodien von Gitarrenmusik von Vivaldi zu ihm herüber. Mark wußte, daß sein Freund schon an der Arbeit war und nicht eher herauskommen würde, als bis er mit dem Entwickeln fertig wäre. Durch die gazeartigen Eingänge dreier der Wohnzelte konnte Mark die schattenhaften Umrisse derjenigen erkennen, die dabei waren, sich häuslich einzurichten. Jasmina Schukri, nur schwach sichtbar, war dabei, ihr Zelt in eine kleine Krankenstation zu verwandeln. Hasim al-Scheichly saß an seinem kleinen Schreibtisch und setzte bereits einen Bericht an seine Vorgesetzten auf. Und Alexis Halstead, ein sich auf der Zeltwand abzeichnender verschwommener Schatten, schien überhaupt nichts zu tun.
Mark beschloß, das Gemeinschaftszelt in Augenschein zu nehmen.
Man konnte es riechen, spüren, schmecken, bevor die Augen dazu imstande waren, es richtig wahrzunehmen; denn im Innern war es dunkel und rauchig. Beim Eintreten schlugen Mark Essensgerüche entgegen, und er hörte das Brutzeln und Zischen von bratendem Fleisch. Nach wenigen Augenblicken hatten sich seine Augen der Dunkelheit angepaßt, und was er sah, überraschte ihn.

Sie war die älteste Frau, die Mark Davison je gesehen hatte. Die Fellachin schaute zunächst nicht von ihrer Arbeit auf, sondern hantierte weiterhin emsig mit ihren Töpfen und Pfannen. Sie war von Kopf bis Fuß in Schwarz gekleidet, und der gebeugte Rücken und die abgearbeiteten Hände der dunkelhäutigen Greisin waren nicht zu übersehen. Im nächsten Augenblick jedoch, als sie den Kopf hob und ihn mit einem unerwartet klaren Blick fixierte, da dachte er unwillkürlich an die *Sebbacha*, die alte Ziegelsammlerin in Ramsgates Tagebuch.

»Wie heißen Sie?« fragte er und wunderte sich, warum er sich unter ihrem Blick plötzlich unwohl fühlte.

Die alte Fellachin starrte ihn noch einen Moment lang an. Ein seltsam undurchdringlicher Ausdruck lag auf ihrem pergamentartigen, faltenreichen Gesicht, dessen Stirn und Augenbrauen hinter ihrem schwarzen Schleier verborgen waren. Dann wandte sie sich wortlos wieder ihren Kochtöpfen zu.

Er wiederholte die Frage, diesmal auf arabisch, doch sie gab keine Antwort.

Eine Gestalt erschien im Eingang und verdunkelte für einen Augenblick das Zeltinnere. Gleich darauf stand Abdul neben ihm. »Wer ist sie?« fragte Mark.

»Sie heißt Samira, Effendi.«

»Ist sie taub?«

»Nein, Effendi.«

Mark musterte aufmerksam die kleine hagere Gestalt, die gichtigen Hände, die unter weiten, schwarzen Ärmeln sichtbar wurden, und den goldenen Ring in ihrem rechten Nasenloch. Sie sah aus wie eine abgezehrte Einsiedlerin.

»Wo kommt sie her?« erkundigte sich Mark.

»Sie wohnt in Hag Qandil, aber sie leistet ihre Dienste in allen Dörfern.«

»Dienste?«

Abdul zögerte ein wenig. »Sie ist eine *Scheicha*, Effendi.«

Mark nickte verständnisvoll. Jedes Dorf im Niltal besaß eine *Scheicha* oder ihr männliches Gegenstück. Die Männer wurden als *Scheich* bezeichnet, was soviel hieß wie Magier oder Zauberer. Die *Scheicha* war diejenige unter den Frauen, die in die Geheimnisse der alten Magie

eingeweiht worden war. Diese wurden meist von der Mutter an die Tochter weitergegeben. Sie allein kannte die alten Zaubersprüche, die Formeln, um den bösen Blick abzuwenden, um Frauen zur Empfängnis zu verhelfen, um Feinde mit einem bösen Zauber und die Ernte mit einem guten Zauber zu belegen. Die *Scheicha* wußte, wie man die Hilfe der *Dschinn* erlangte, wie man Liebestränke braute und wie man die Geburt eines männlichen Kindes sicherstellte. Die *Scheicha* praktizierte einen unbegreiflichen Hokuspokus, und je komplizierter und exotischer ihr Zauber wirkte, desto mehr Kraft wurde ihm zugesprochen.
»Warum hast du gerade sie eingestellt?«
»Es ist nicht leicht, in dieser Gegend eine Frau zu finden, die für Amerikaner kochen kann, Effendi. Sie versteht sich auf Ihre empfindlichen Mägen und Geschmackserwartungen. Ich habe sie persönlich ausgesucht, weil sie einen guten Ruf genießt. Und weil sie vor vielen Jahren schon für die britischen Ägyptologen arbeitete, als diese die Paläste freilegten.«
Mark blickte seinen zurückhaltenden Vorarbeiter von der Seite her an und stellte sich einen Moment lang die Frage, ob er wohl einen gewissen Aberglauben aus der Kindheit bewahrt hatte. Dann meinte er: »Mir ist es gleich, was ich esse, solange sie nur begreift, daß Mr. Halstead spezielles Essen haben muß.«
»Jawohl, Effendi.«
Mark trat aus dem Zelt, blickte in die untergehende Sonne und atmete in vollen Zügen die warme Wüstenluft ein. Vor ihm erstreckte sich als schmales grünes Band am Horizont der Fluß, der träge seinem uralten Lauf folgte. Mark konnte in der Ferne die Dattelpalmenhaine sehen, die sich dunkel gegen den sinkenden Sonnenball abhoben. Er schloß für einen Moment die Augen.
»Alle Mann aufstellen!« ertönte plötzlich eine Stimme durch das stille Camp.
Mark schlug die Augen auf und sah Ron durch den Sand auf ihn zustapfen. Hinter ihm kamen Hasim al-Scheichly, Jasmina Schukri und Sanford Halstead heran. Rons Kamera baumelte ihm beim Gehen um den Hals. »Zeit für ein letztes Foto!« Er hatte ein Stativ mitgebracht.
Mark lachte leise auf und entfernte sich vom Gemeinschaftszelt.

»Jetzt bitte zusammenrücken! Wo ist Mrs. Halstead? Ich möchte ein schönes Bild von uns allen an unserem ersten Abend hier machen. Und gerade jetzt sind die Lichtverhältnisse besonders günstig. Ja, dort drüben ist es ausgezeichnet!« Ron fuchtelte mit den Armen wie ein Filmregisseur. »Näher zusammen! Ja, genau so! Wo bleibt nur Mrs. Halstead?«

Sie schob ihre Zeltplane beiseite und trat wie eine Wüstenkönigin ins verlöschende Tageslicht hinaus. Mark konnte nicht umhin, sie einen Augenblick lang anzustarren. Alexis hielt kurz inne, bevor sie mit geschmeidigem Schritt auf die Gruppe zukam, wobei sich ihr kupferfarbenes Haar im Abendwind hob und senkte. Nach sieben Jahren mit der ein Meter sechzig großen Nancy hatte Mark ganz vergessen, wie lang Frauenbeine sein konnten. Mit Tennis-Shorts und Bluse bekleidet, wirkte Alexis Halstead wie ein einschüchterndes Sexidol. Sie bewegte sich mit vollkommener Grazie, und selbst das gelegentliche Zurückwerfen ihres Kopfes wirkte nicht ruckartig oder affektiert, sondern herrlich verführerisch.

Und wie bei ihrer ersten Begegnung am Flughafen von Los Angeles wunderte sich Mark abermals, wie unerklärlich vertraut ihm ihr Gesicht vorkam...

»Dieses Foto ist für das *National Geographic*-Magazin!« verkündete Ron, während er Hasim am Arm faßte und ihn näher an Jasmina heranrückte. »Wir wollen versuchen, so zu wirken, als ob wir genau wüßten, was wir hier vorhaben. Wo ist Abdul?«

»Vergiß es, Ron«, erwiderte Mark und gesellte sich zu der Gruppe, indem er sich neben Sanford Halstead stellte. »Ich habe noch nie erlebt, daß Abdul sich fotografieren ließ. Beeile dich jetzt, die Sonne ist schon fast untergegangen.«

Ron nahm die letzten Einstellungen am Stativ vor, schaute durch den Sucher, legte die Klappe vor den Zeitschalter und konnte noch rechtzeitig seinen Arm um Hasims Schulter legen, bevor die Kamera klickte.

»Noch eines!« rief er, als die Gruppe schon auseinanderlaufen wollte.

»Ach komm, Ron, wir sind müde und hungrig.«

»Es ist das letzte Bild auf dem Film, Mark. Ich kann ihn heute abend entwickeln.«

Mark lachte gequält und wollte Einspruch erheben. Doch er bekam keine Gelegenheit dazu, denn auf einmal wurde die abendliche Stille von einem gellenden, markerschütternden Schrei zerrissen.

Acht

»Meinen Sie, daß er daran gestorben ist? An einem Herzinfarkt?«
Jasmina Schukri saß allein an dem kleineren der beiden Tische im Gemeinschaftszelt und nippte an einer Tasse Kaffee. Sie nickte und dachte dabei an den Mann, den sie in den Ruinen der Arbeitersiedlung gefunden hatten. Er war in einer kauernden Haltung gestorben; vermutlich hatte er gerade mit der Zubereitung von Tee über seinem Lagerfeuer beginnen wollen. Er war alleine gewesen.
»Sind Herzinfarkte eine häufige Todesursache unter den Menschen hier?« fragte Mark.
»Nein«, murmelte sie. Sie konnte die Erinnerung an den Gesichtsausdruck des armen Mannes nicht loswerden. Er mußte ganz plötzlich und unter fürchterlichen Schmerzen gestorben sein. Sie hatten ihn mit weit aufgerissenen Augen und furchtbar verzerrtem Mund gefunden.
Mark wandte den Blick von Jasmina ab und starrte finster in seinen Kaffee. Das ließ sich ja alles großartig an! Und jetzt, da sie eigentlich eingehend die Karten studieren sollten, befand sich Abdul in El Till und tröstete die Witwe des Toten.
»Wie sieht der Plan für morgen aus, Dr. Davison?«
Mark schaute zu dem Mann auf, der ihm gegenüber am Tisch saß, und zwang sich, so freundlich wie möglich zu sein. »Abdul und ich werden die Hochebene erkunden, um zu bestimmen, wo wir mit der Suche beginnen werden. Sie erinnern sich vielleicht, daß Ramsgates Tagebuch von einer Grabstele berichtet, die den Eingang zum Grab markiert. Sie ist aus gewachsenem Felsen herausgemeißelt worden – das heißt, aus einem Felsen, der aus dem Sand aufragt.
Irgendwann schlug der Blitz in die Stele ein und zerbrach sie in drei Teile. Vor etwa hundert Jahren wurde der oberste Teil dann von einer

plötzlich einsetzenden Regenflut in die Schlucht hinabgerissen und in die Ebene hinausgeschwemmt. Eine alte Frau, eine *Sebbacha*, brachte ihn in Ramsgates Lager. Sie sagte ihm, er habe eine Grabstätte bezeichnet, die sich »unter dem Hund« befinde. Einige Tage später fand Ramsgate den Stelensockel, dann diesen Hund und schließlich das Grab. Wir werden unsere Suche daher auf den Stelensockel und auf etwas, das wie ein Hund aussieht, konzentrieren.«

Sanford Halstead hörte höflich zu. Er kümmerte sich nicht um die Hitze und die Stickigkeit im Speisezelt. Ein paar Fliegen waren eingedrungen und summten irritierend. Vom Herd stiegen Essensgerüche zur Decke auf und bildeten über den Köpfen der sechs Leute, die gerade mit dem Abendessen fertig waren, eine schwüle Dunstglocke.

Halstead hatte einen Salat aus rohem Gemüse mit Joghurt gegessen, während sich die anderen begeistert über Samiras Mahl hergemacht hatten: geröstetes Lamm und Reis in einer würzigen Bratsoße mit in Butter geschwenkten dicken Bohnen, eiskalter Minzetee und ein köstliches Hirsebrot, das am Nachmittag gebacken worden war, und zum Nachtisch süße *Muhallabeya*, die ägyptische Reispuddingspezialität.

»Wie werden Sie bei der Suche genau vorgehen, Dr. Davison?«

»Abdul und ich besitzen detaillierte Karten von dieser Region. Morgen werden er und ich die ganze Gegend in Augenschein nehmen und ein Gitternetzsystem ausarbeiten. Die Ebene und das Plateau werden in Quadrate eingeteilt, wobei jedem Mann ein Quadrat zugewiesen wird. Ich beabsichtige, unsere anfängliche Suche um die Wasserläufe herum zu konzentrieren, die von der über uns liegenden Hochebene herunterführen.«

»Und was ist mit dem Hund?«

Mark konnte seinen Ärger nicht genau bestimmen, aber er hatte für diesen sich aristokratisch gebenden Herrn, der in cremefarbenen Freizeithosen und Polohemd nach Ägypten gekommen war, wenig übrig.

»Ich denke, der Hund wird rein zufällig gefunden werden. Abdul und ich werden die Fellachen anweisen, auf alles zu achten, was einer Hundegestalt ähneln könnte.«

»Sind sie vertrauenswürdig? Wie können Sie sicher sein, daß einer dieser Araber nicht einfach ein Nickerchen macht, anstatt sein Quadrat zu erkunden?«

Mark schaute zu Samira hinüber, die sich schweigend über ihr Gemüse beugte. Während des Essens hatte er einmal zufällig aufgeblickt und bemerkt, daß ihr Schleier an ihrer Stirn hochgerutscht war und etwas enthüllte, das wie eine Tätowierung aussah. Die alte Fellachin hatte sich schnell umgedreht und ihren Schleier wieder zurechtgerückt.
»Das regeln wir über ein Belohnungssystem, Mr. Halstead. Jeder Mann, der etwas findet, was für uns von Wert ist, erhält eine stattliche Belohnung. Glauben Sie mir, es funktioniert.«
»Um wieviel Uhr werden wir beginnen?«
»Sehr früh. Bei Sonnenaufgang. Bevor es zu heiß wird.«
»Dr. Davison.«
Mark wandte sich um und erblickte Alexis Halstead. Er war etwas überrascht, sie sprechen zu hören. Mit ihren grünen Augen schien sie ihn dreist zu taxieren. »Ich würde gerne die Felsengräber sehen.«
Mark hob erstaunt die Augenbrauen und meinte: »Natürlich, wir können Sie bei unserer Besichtigung der Ebene mit einschließen.«

Mit einem erleichterten Seufzer entledigte sich Mark seiner juckenden Socken und wackelte in der kühlen Abendluft mit den Zehen. Das Feldbett fühlte sich unter seinen Hinterbacken bequem an, und er wußte, daß er tief und fest schlafen würde, bis ihn Abdul am nächsten Morgen weckte. Während er vorsichtig ein wenig Bourbon aus seinem Fläschchen in das Glas auf seinem Nachttisch goß, spürte Mark, wie ihn ein Gefühl der Zufriedenheit durchströmte. Ja, dies war wirklich das Land, in das er gehörte!
Er brachte im Geist einen Toast auf Nancy aus, deren Foto auf dem Tischchen stand, und dachte bei sich: Ich verspreche dir Hochzeitsglocken und Kinder, wenn das hier erst vorbei ist. Dann stürzte er den Whisky in einem Zug hinunter.
Die Zeltplane wurde zur Seite geschoben, und Ron Farmer trat ein. In der einen Hand hielt er einen Pappbecher mit Chianti, in der anderen frisch entwickelte Bilder.
»Es sind einige gute dabei«, verkündete er, indem er sich auf seinem eigenen Feldbett niederließ und Mark die Abzüge hinhielt. Er gähnte laut. »Mir scheint, ich könnte jetzt vierundzwanzig Stunden durchschlafen!«

»Du arbeitest zu hart. Das hätte doch bis morgen warten können.«
»Ich hatte aber Lust, es jetzt zu tun. Es ist viel Arbeit, eine Dunkelkammer einzurichten. Aber ich werde das Zelt morgen nach Löchern absuchen müssen. Heute ist irgendein Tier auf dem Fußboden herumgekrabbelt.«
Mark breitete die Bilder vor sich aus. »Um Gottes willen, sehe ich wirklich so aus?«
»Schau dir doch mal Halstead an. Ich wette, er bohrt sich mit einem Ohrenstäbchen in der Nase.«
Mark betrachtete eingehend das letzte Foto, die Gruppenaufnahme. Sechs erschöpfte, staubbedeckte Leute, die versuchten, vor der Kamera ihr Bestes zu geben. Rons Grinsen war das breiteste, als er sich auf Hasim stützte, während die neben ihm stehende Jasmina Schukri etwas unentschlossen den Mund verzog. Dann kam Alexis Halstead, die ein überaus gelangweiltes Gesicht machte. Und Sanford Halstead, der trotz des Lauftrainings, das er kurz zuvor absolviert hatte, ganz gelassen wirkte. Schließlich Mark.
Er runzelte die Stirn. »Was ist das?«
»Was ist was?«
Mark reichte Ron den Abzug. »Auf dem letzten Bild, dieser Schatten hinter mir.«
Ron hielt sich das Foto dicht vor die Augen. »Du hast mich ertappt. Wahrscheinlich liegt es an einer schadhaften Stelle im Film.«
»Nun ja«, sagte Mark, während er sein T-Shirt abstreifte, »ich werde mal einen kleinen Abstecher zu den Duschen machen, wenn nach den Halsteads überhaupt noch ein Tropfen Wasser übrig ist. Und dann werde ich in ein Koma versinken.«
Ron blinzelte mit den Augen. »Das will ich meinen!«
Doch Mark täuschte sich, denn als es soweit war, konnte er durchaus nicht schlafen. Er war von der Dusche zurückgekommen und hatte Ron in T-Shirt und Jeans mit offenem Mund schlafend vorgefunden. Mark hatte vorsichtig das Moskitonetz über das Feldbett seines Freundes gebreitet und es an den Ecken befestigt. Dann war er nackt in seinen eigenen Schlafkokon geschlüpft, hatte sich zurückgelegt und darauf gewartet, daß die Müdigkeit ihn übermannen würde.
Doch plötzlich überkam ihn eine große Besorgnis, und er wurde das

beklemmende Gefühl nicht los, daß jeden Augenblick irgend etwas passieren könnte...

Er lag auf der Decke und starrte durch das hauchdünne Gewebe des Moskitonetzes nach oben an die Zeltdecke. Ron atmete ruhig in der Dunkelheit. Dann wurde das Zelt mit einem Mal von einer merkwürdigen Kälte erfüllt, die über Marks nackte Haut strich und ihn frösteln ließ. Die gelben Fliegenfänger, die über dem Eingang und vor den Fenstern hingen, bewegten sich leicht schaukelnd hin und her.

Mark lag bis spät in die Nacht hinein unbeweglich da, so lange, bis nicht das leiseste Geräusch mehr aus der Wüste zu ihm drang. Dann fiel er allmählich in einen Dämmerschlaf, nicht ahnend, daß ein Eindringling, der keine Fußspuren im Sand hinterließ, durch das Lager schlich.

Sanford Halstead warf sich unruhig hin und her und konnte auf dem Feldbett einfach keine bequeme Position finden. Er probierte erst diese Stellung aus, dann jene, stützte sich dann auf einen Ellbogen und bearbeitete das Satinkopfkissen mit der Faust. Auf der anderen Seite des Vorhangs, der ihn von Alexis trennte, lag seine Frau in tiefem Schlummer.

Halstead warf sich auf den Rücken, strampelte die seidene Tagesdecke von sich, streckte die Arme vor und schloß die Augen.

Es bestand kein Zweifel, daß er erschöpft war und dringend Ruhe brauchte, und doch wollte sich der ersehnte Schlaf nicht einstellen. Vielleicht sollte er versuchen, sich auf etwas Langweiliges zu konzentrieren, seinen Geist dazu zwingen, an etwas ganz Banales zu denken, um ihn auf diese Weise einzulullen – denn anders als seine Frau, die an Schlaftabletten gewöhnt war, lehnte Halstead es ab, ohne Not Tabletten zu nehmen.

Er dachte an seine Wertpapiere und Aktien, hörte im Geiste die näselnde Stimme seines Börsenmaklers, der monoton Zahlen und Ziffern, Kursgewinne und Dividenden herunterratterte...

Endlich nickte er ein.

Es begann als unterschwelliges Geräusch wie aus weiter Ferne: das Stapfen schwerer Tritte im kalten Sand.

Sanford schlief, während die Tritte von draußen immer näher herankamen und bald von leisem, rhythmischem Atmen begleitet wurden.

Die Schritte umrundeten das Zelt und hielten am Eingang inne. Dann schien sich die Zeltplane wie von selbst zu heben, und eine Silhouette zeichnete sich gegen den Sternenhimmel ab.

Sanford stöhnte leise im Schlaf. Er hatte einen Alptraum. Eine riesenhafte, hagere Gestalt drang geräuschlos ins Zelt ein und blieb am Fußende von seinem Bett stehen. Im Traum schlug Sanford die Augen auf und starrte einen Moment auf das Moskitonetz, das über ihm wie die Spitze eines Zirkuszeltes zusammenlief. Plötzlich spürte er, daß er nicht allein war, und hob erschreckt den Kopf.

Durch das gazeartige Netz hindurch konnte er den Eindringling kaum sehen, doch es reichte aus, um zu erkennen, daß es sich um einen Mann handelte, groß und kräftig mit nackter, glänzender Haut. Seine sehnigen Arme hingen an seinen Hüften herab. Es waren vor allem die Augen, die Sanford in seinem Alptraum sah.

Sie leuchteten wie blendendweiße Ovale. Es waren körperlose Augen, die in der Luft schwebten und mit geweiteten Pupillen auf ihn herabstarrten wie die Augen eines Monsters in einem Horrorfilm. Sie zwinkerten nicht und hielten Sanford in ihrem Bann, als ob er in einem Schraubstock festgehalten würde. Der Schweiß trat ihm aus den Poren, und sein Körper zitterte so heftig, daß das Feldbett wackelte.

Die Augen brannten auf ihn nieder, und als der nackte, glänzende Oberkörper sich hob und senkte und die Brustmuskeln das schwache Sternenlicht zurückwarfen, da bemerkte Sanford Halstead, daß der Eindringling ganz aus Gold beschaffen war. Sein glatter, kraftstrotzender Körper erstrahlte im einfallenden Mondschein: goldgelb, metallisch und von verschwenderischer Pracht. Das Traumbild bestand aus reinem Gold mit zwei Elfenbeinaugen, die in der Dunkelheit wie Signalfeuer leuchteten.

Halstead gab einen erstickten Kehllaut von sich und versuchte sich zu rühren, aber es gelang ihm nicht.

Da hob das Monster seinen gewaltigen rechten Arm und deutete mit einem glänzenden Goldfinger direkt auf ihn, und in einem heiseren Flüstern, das nur in Halsteads Traum zu hören war, stieß es hervor: »Na-khempur. Na-khempur...«

Halstead wollte etwas sagen, brachte aber kein Wort heraus. Gefangengehalten von den lichtsprühenden Augen, hörte er immer und immer wieder: »*Na-khempur, na-khempur, na-khempur*...«, bis er in völliger Erschöpfung zurückfiel und in eine traumlose Ohnmacht versank.

Mark wachte auf, weil jemand schnaufend und keuchend um das Camp trottete. Er blinzelte ein paarmal, stöhnte und schaute auf. Ron saß auf der Kante seines Feldbetts und frottierte mit einem Handtuch sein feuchtes Haar.
»Die Sonne ist schon aufgegangen!« begrüßte er ihn.
»Was? O verdammt! Wo ist Abdul?« Mark befreite sich aus dem Moskitonetz und stellte fest, daß er von hämmerndem Kopfweh geplagt wurde.
»Er war vor ein paar Minuten hier. Ich habe ihm gesagt, daß ich dich wecken würde.«
Mark hielt sich mit beiden Händen den Kopf. »Gott, mein Schädel...«
Vom Zelteingang her war ein höfliches Räuspern zu vernehmen. »Verzeihung, Effendi.«
»Bin schon wach, Abdul!« rief Mark und verzog das Gesicht vor Schmerz. »Ich komme gleich heraus.« Er erhob sich schwankend und tastete sich zu dem Wasserkrug und der Waschschüssel auf seinem Toilettentisch vor. »Ich kann gar nicht glauben, daß ich so tief geschlafen habe. Ich habe nicht einmal geträumt. So ein Mist, ich hatte vor, bei Sonnenaufgang bereits draußen im Gelände zu sein...« Er beugte sich mutig über die Schüssel und leerte den Krug kalten Wassers über seinen Kopf. Als er sich aufrichtete und die Haare schüttelte, hörte er die dumpfen Schritte wieder herannahen.
»Das ist Halstead«, erklärte Ron und zog sich ein Greenpeace-T-Shirt über den Kopf.
Mark verzog das Gesicht. »Er ist besser in Form als ich, und dabei könnte er mein Vater sein.«
»Ich nehme heute beide Kameras mit«, fuhr Ron fort und schlüpfte in seine Stiefel. »Ich packe auch das Zoomobjektiv ein. Sag mir nur, was ich aufnehmen soll.«
Mark nickte, während er sich das Gesicht mit einem Handtuch trok-

kenrieb. Er wollte eben in seine Jeans schlüpfen, als er von draußen plötzlich Lärm hörte und aufschaute. »Was ist das?«
»Klingt wie eine Auseinandersetzung.«
Sie rannten beide aus dem Zelt, hasteten über den noch kühlen Sand und erreichten das Gemeinschaftszelt noch rechtzeitig, um einen aufgeregten Schwall von Beschimpfungen auf arabisch zu vernehmen. Drinnen fanden Mark und Ron Jasmina Schukri, die mit wutverzerrtem Gesicht dastand und sich mit der alten Fellachin ein schrilles Wortgefecht lieferte.
Ohne vom Eintreten der beiden Männer auch nur die geringste Notiz zu nehmen, fuhr die alte Samira fort, ihre Gegnerin mit wüsten Beleidigungen zu traktieren. Dann packte sie einen leeren Topf, riß ihn jäh in die Höhe und schmetterte ihn mit aller Wucht auf den Tisch.
»Was geht hier eigentlich vor?« rief Mark.
Nur Jasmina reagierte auf seine Frage. Die Fellachin starrte ihre Gegnerin weiter mit vor Zorn funkelnden Augen an.
»Dr. Davison«, sagte die junge Frau, sichtlich bemüht, die Fassung zu bewahren, »sie weigert sich, das Trinkwasser abzukochen.«
»Na, großartig!« Mark rieb seine bloßen Arme, um die morgendliche Kälte abzuwehren, und wandte sich auf arabisch an die alte Fellachin. Zu seinem Ärger mußte er aber feststellen, daß sie ihn überhaupt nicht beachtete, sondern ihren giftigen Blick weiterhin auf Jasmina geheftet hielt. Er wiederholte seine Worte ein wenig lauter und langsamer, aber noch immer nahm die Alte keine Notiz von ihm.
»Was soll das heißen? Versteht sie mich nicht?«
»Sie versteht Sie, Effendi.« Mark und Ron fuhren herum. Abdul stand im Eingang. »Die alte Frau meint, das Nilwasser sei gesund. Wenn man es abkoche, vertreibe man die guten Geister daraus.«
Mark massierte sich sanft die Schläfen. »Abdul, das Wasser zum Trinken und Kochen muß unter allen Umständen vor Gebrauch abgekocht werden. Sorge dafür, daß sie sich daran hält.« Er wandte sich an Jasmina. »Miss Schukri, haben Sie zufällig etwas gegen Kopfweh?«
Er folgte ihr in eine helle Morgendämmerung, die ihn unwillkürlich zusammenzucken ließ. Da die Sonne noch nicht hinter den Felsen emporgekommen war, lag das Camp im Schatten, und der Sand un-

ter seinen nackten Füßen war noch kalt. Doch vor ihm breitete sich ein goldener Schleier aus, der sich langsam hob und die uralten Hügel in ein gelbliches Licht hüllte.

Jasmina trat in ihr Zelt, und Mark folgte ihr, ohne zu bemerken, daß sein Verhalten sie mit Unbehagen erfüllte.

Sie nahm ein unbeschriftetes Röhrchen von einem Regal über ihrem Arbeitstisch und leerte daraus zwei weiße Tabletten auf ihre Handfläche. Mark blickte sich flüchtig in der »Krankenstation« um und war beeindruckt.

Ein gestärktes weißes Tuch bedeckte die Arbeitsfläche, auf der sich in hübscher Ordnung Zungenspatel, Scheren, Flaschen mit verschiedenfarbigen Flüssigkeiten, ein Stethoskop, Metallschalen mit sterilem Einwegmaterial und zu seinem Erstaunen ein kleines Mikroskop aneinanderreihten. Auf den darüberhängenden Regalbrettern standen Flaschen mit Arzneien und Antibiotika neben Verbandszeug, Nahtmaterial, Operationshandschuhen, Narkosemitteln, Nadeln und Spritzen. An einem Haken hing ein Blutdruckmesser.

Jasmina goß Wasser aus einem Krug in einen kleinen Becher und gab ihm die Tabletten.

Mark spülte sie mit einem Schluck Wasser auf einmal hinunter und reichte den Becher zurück. Er versuchte zu lächeln. »Wollen wir hoffen, daß sie die bösen Geister vertreiben werden!«

Doch Jasmina antwortete ihm nur mit einem äußerst kühlen, distanzierten Blick. Da wurde Mark plötzlich bewußt, daß er kein Hemd anhatte und sich allein im Zelt mit einer unverheirateten Muslimin befand. Während er noch schnell versuchte, Jasmina Schukri zur Entschuldigung warmherzig anzulächeln, schalt er sich im stillen einen Dummkopf und verließ schnurstracks das Zelt.

Es war unvermeidlich, die 'Umda der drei südlich gelegenen Dörfer zu besuchen, aber da keiner von ihnen so mächtig war wie der 'Umda von El Till, beschränkten sich die Besuche nur auf den kurzen Austausch von Höflichkeiten. Die Hauptarbeit an diesem Morgen bestand in der Erkundung der Ebene und des Plateaus innerhalb der alten Stadtgrenzen von Achet-Aton und in der Aufstellung eines Ausgrabungsplanes. Die gesamte Gruppe brach in zwei Landrovern mit Abduls Helfern am Steuer auf. Im ersten Wagen saßen Mark,

Ron, Abdul und Hasim, im zweiten Alexis Halstead und Jasmina Schukri mit ihrer Umhängetasche mit medizinischer Notfallausrüstung und der *Ghaffir* mit der Hakennase, mit seinem Gewehr. Sanford Halstead blieb im Camp zurück. Sein morgendliches Lauftraining hatte bei ihm zu Nasenbluten geführt.
Sie folgten zunächst dem parallel zum Nil verlaufenden geraden Rand der D-förmigen Ebene und legten zwei Stunden später am nördlichen Ende, wo die Felsen eine Biegung zum Fluß hin machten, eine Rast ein.
Während Ron im Schatten einer Dattelpalme hockte, um neue Filme einzulegen, sah Mark sich in der näheren Umgebung um. Vor ihm lag ein zerstörter Irrgarten aus niedrigen braunen Mauern. Dies war alles, was von Echnatons berühmtem Nordpalast noch übrig war. Mark suchte mit seinem Nikon-Fernglas die Ebene ab, und als er konzentriert die Schichtung der fünf Kilometer entfernt aufragenden Kalksteinfelsen betrachtete, spürte er, daß jemand zu ihm trat. Im nächsten Augenblick stieg ihm der Duft von Gardenien in die Nase.
»Darf ich einmal durchschauen?« fragte Alexis Halstead.
»Da gibt es nicht viel zu sehen.« Er reichte ihr den Feldstecher, ohne sie anzublicken.
»Werden wir alle besichtigen?« fragte sie, während sie das Fernglas vor ihre getönte Fliegerbrille hielt. Sie betrachtete aufmerksam eine Reihe gähnender schwarzer Löcher, die auf halber Höhe in die Vorderseite des Gebirgszuges gemeißelt waren.
»Alle? Wovon sprechen Sie?«
»Von den Gräbern.«
»Wenn es uns zeitlich möglich ist, ja. Wir müssen dort hinaufklettern, und es fängt schon an, heiß zu werden.«
Sie blickte eine ganze Weile durch das Fernglas, wobei ihr rotes Haar in der Wüstensonne wie ein Feuerkranz leuchtete. Mark wunderte sich, was sie wohl so lange anstarrte, und wurde allmählich ungeduldig. Er bemerkte nicht, daß Alexis Halsteads Atemrhythmus sich verändert hatte.
Sie setzte das Fernglas ab und richtete ihren kalten, undurchdringlichen Blick auf ihn. »Das Grab des Mahu«, stieß sie atemlos hervor, »werden wir dafür Zeit haben?«

Er runzelte die Stirn. »Wenn Sie wollen. Warum ausgerechnet das Grab des Mahu?«

Sie gab ihm das Fernglas zurück. »Wegen der Wanddarstellungen, Dr. Davison. Ich will die... Wandgemälde sehen...«

Außerstande, seine Augen von ihr zu wenden, kam es Mark plötzlich mit aller Deutlichkeit zum Bewußtsein, wie dicht sie bei ihm stand, und der süße Gardenienduft ihres Parfums machte ihn ganz benommen.

Er suchte nach einer Antwort, als er hinter sich ein metallisches Klikken vernahm. Mark fuhr herum und gewahrte Ron, der ihm zuwinkte.

»Ein großartiger Schnappschuß!« Nicht allzuweit von Ron entfernt, gegen eine mächtige, ausladende Palme gelehnt, standen Jasmina und Hasim, die sich leise unterhielten.

»Ist das der ehemalige Nordpalast?« erkundigte sich Alexis, wobei sie mit einer schlaffen Geste über die Erdwälle und Gräben deutete.

»So nennen es die Ägyptologen.«

Sie hielt ihren Blick starr geradeaus gerichtet; ihre Stimme klang merkwürdig. »Was wollen Sie damit sagen?«

Mark trat von ihr weg und bahnte sich einen Weg durch den Schutt und die zerbrochenen Lehmziegel, welche die Umrisse von dem bildeten, was einst das Fundament des Palastes gewesen war. »Niemand kann mit Gewißheit sagen, wofür diese Gebäude einst dienten. Man kann darüber nur mutmaßen.« Er ging an einer zerfallenen Mauer in die Hocke und fuhr mit der Hand über das brüchige Gestein. Weiße Ameisen waren schon vor langer Zeit in die Nilschlammziegel eingedrungen und hatten auch das letzte bißchen Stroh herausgefressen. Dann hatten sich die stacheligen Wurzeln des Halfa-Grases hindurchgebohrt. Man konnte sogar Wurzeln von Palmen sehen, die sich durch den Schuttboden des Palastes einen Weg nach oben sprengten.

»Tell el-Amarna ist einzigartig in der Archäologie, Mrs. Halstead. Es ist nämlich nicht wirklich ein ›Tell‹. Ein Tell ist ein antiker Hügel, der sich aus verschiedenen Schichten zusammensetzt. Jede Schicht zeugt von einer bestimmten Zeit der Besiedlung an dem betreffenden Ort. Wenn eine Stadt aus irgendeinem Grund, etwa durch Feuer, Seuchen oder Krieg, untergegangen war, dann baute man oft auf ihren Ruinen eine neue auf. Troja ist ein gutes Beispiel dafür. Die verschiedenen Ausgrabungsschichten geben Aufschluß über die aufeinanderfolgenden Besiedlungszeiträume, wobei die unterste Schicht die früheste Periode darstellt. Aber Achet-Aton wurde in weniger als zwei Jahrzehnten errichtet, bewohnt und wieder aufgegeben. Seine Bewohner verließen es und kehrten nie wieder zurück.« Mark stand auf und klopfte sich die Hände an seinen Jeans ab.

Ihre Stimme klang mittlerweile beinahe geistesabwesend und ein wenig traurig. »Dann sollte mehr von der Stadt übrig sein, als es nun tatsächlich der Fall ist...«

Mark schüttelte den Kopf und starrte auf den Schutt, der einst vielleicht ein prächtiger Marmorboden gewesen war. »Als die Menschen fortzogen, nahmen sie alles mit. Ihre Möbel, die Türen, sogar die Säulen. Und dann eroberte sich die Natur das Gelände zurück. Die ungeschützten Schlammziegelbauten waren dem Wind und den schwachen Regenfällen dreier Jahrtausende ausgesetzt. Und den Touristen, die über Jahrhunderte hinweg hierherkamen, haltmachten und sich ein Andenken für zu Hause mitnahmen. Nicht zu vergessen die Fellachen aus der näheren Umgebung, die die Nilschlammziegel fortschafften, um sie als Dünger zu benutzen. Es ist ein Wunder, daß hier überhaupt noch etwas übrig ist.«

Mark lief zwischen den Mauerresten umher; seine Stiefel knirschten auf dem Schotter. Alexis wich ihm nicht von der Seite. »Warum sind Sie sich nicht sicher, daß hier ein Palast stand? Ich dachte, jedes Gebäude sei genau identifiziert worden.«

Sie blieben an einer Treppe stehen, die ins Nichts hinaufführte. »Alles beruht auf Vermutungen, Mrs. Halstead. Eine Handvoll Fachleute einigt sich auf etwas, das keiner von ihnen genau weiß. Ein gutes Beispiel dafür ist das Bauwerk, das wir Echnatons Tiergarten nennen. Wir bezeichnen es nur so, weil seine winzigen fensterlosen Räume für Schlafzimmer eine zu kleine Grundfläche aufweisen und mit Tierfresken bemalt sind. Außerdem fand man darin seltsame Steinwannen, die als Krippen gedient haben könnten. Da wir uns nichts anderes darunter vorstellen können, nennen wir es einen Zoo.«

Alexis richtete ihre hinter der dunkelgrün getönten Brille verborgenen Augen auf Mark und musterte ihn lange. Obgleich er nicht genau wußte, warum, fühlte er sich unbehaglich. »Glauben Sie selbst denn

daran, daß dies einst ein Palast war, Dr. Davison?« fragte sie mit sanfter Stimme.
Er wandte den Blick von ihr ab. »Ich bin nicht sicher. Zum einen gibt es weder Küchen noch Unterkünfte für die Bediensteten. Zum anderen sind hier zwar Badewannen vorhanden, aber sie besitzen keine Abflußrohre, wie es in anderen Privathäusern der Fall ist. Diesem sogenannten Palast mangelt es an vielen Annehmlichkeiten und Notwendigkeiten eines herrschaftlichen Wohnsitzes. Es scheint fast so, als ob dieses riesige Gebäude nicht errichtet worden sei, um bewohnt zu werden, sondern nur, um ein Haus zu symbolisieren.«
Mark drehte sich um und beobachtete, wie der Rest der Gruppe sich ungeduldig wartend um die Fahrzeuge scharte. »Was stand nun wirklich früher an diesem Ort, Mrs. Halstead? Ein Palast oder etwas anderes? Sicher etwas, von dem sich der moderne Mensch keinen Begriff machen kann, etwas, das einem Volk eigen war, das hier vor über dreitausend Jahren lebte und dessen Geheimnisse mit ihm gestorben sind.«
Alexis hörte aufmerksam zu, ohne die Augen von seinem Gesicht zu wenden.
»Wie der sogenannte Palast auf Knossos«, fuhr Mark fort, »von dem die Archäologen allmählich glauben, daß er überhaupt kein Palast ist, sondern ein gewaltiges Grabmal, das nicht von Lebenden, sondern von Toten bewohnt wurde. Was werden Archäologen wohl in dreitausend Jahren, im Jahr viertausendneunhundertneunzig von Karussells und Münztoiletten denken?«
»He, ihr beiden!« Mark drehte sich um. Ron winkte sie zu den Landrovern zurück.

»Die Statue im Ägyptischen Museum zeigt ihn nackt und ohne Geschlechtsteile. Sie sehen ihn hier in einem Gewand, das aussieht wie ein Frauenkleid. Er scheint Busen und breite Hüften zu haben. Und doch trägt er den Titel ›König‹.«
Rons Stimme erfüllte die kühle Stille des aus dem Felsen gehauenen Raumes. Sie standen allesamt dichtgedrängt im Grab des Huje und starrten, als sich ihre Augen an die Düsterkeit gewöhnt hatten, auf ein großes, gemeißeltes Relief, das fast die ganze Wandfläche einnahm. Vor ihnen, beleuchtet durch das vom Eingang hereinströmende Son-

nenlicht, lehnte sich Pharao Echnaton in seinem Sessel zurück, während er zufrieden an einem Knochen kaute. Hinter ihm saß seine Frau Nofretete und nippte an einem Becher Wein. Das Relief war durch die Jahrhunderte hindurch von den Fackeln zahlloser Besucher leicht geschwärzt worden.

»Eine Erklärung für die umstrittene Statue im Museum«, fuhr Ron fort, »liegt darin, daß Echnaton sich symbolisch als ›Vater und Mutter der Menschheit‹ darstellen ließ, und er wurde niemals auch nur annähernd als männlicher Mann gezeigt. Das hat aber insofern nicht allzu viel zu bedeuten, da Thutmosis III. ebenfalls diesen Titel ›Vater und Mutter der Menschheit‹ trug; es gibt jedoch nur ausgesprochen männlich wirkende Darstellungen von ihm. Diese Theorie wird jedoch vollends widerlegt, wenn man sich Echnatons revolutionären Kunststil vor Augen führt. Zum ersten Mal in der Geschichte mußte das Leben so dargestellt werden, wie es wirklich war, und Echnaton bestand darauf, daß sogar die Häßlichkeit seines Gesichts, den Maßstäben seiner neuen Kunst folgend, wahrheitsgetreu wiedergegeben wurde. Die radikale Kunstform während Echnatons Herrschaft hat an sinnbildlichen Darstellungen nur wenig hervorgebracht. Und da auch sein Körper genau so wiedergegeben wurde, wie er in Wirklichkeit aussah, muß man stark annehmen, daß Echnaton tatsächlich keine Geschlechtsorgane besaß.«

Sechs Augenpaare blickten gebannt auf den überlebensgroß dargestellten, merkwürdig aussehenden Pharao. Ron war sich nicht sicher, ob ihm irgendwer zuhörte, aber das bekümmerte ihn wenig. »Einiges deutet darauf hin, daß die sechs angeblichen Töchter Echnatons überhaupt nicht seine Töchter waren, sondern seine Schwestern. Wo immer auch der Name einer der Prinzessinnen erscheint, wird er stets von dem Titel ›Königstochter‹ begleitet. Der König wird jedoch niemals namentlich erwähnt, wohingegen der Name der Mutter durchaus genannt wird. Zum Beispiel hier.« Ron hob den Arm und deutete auf eine senkrechte Hieroglyphenreihe. »Es wird hier folgendes über Prinzessin Baket-Aton ausgesagt: ›Baket-Aton, Königstochter aus seinen Lenden, geboren von der Hauptfrau Teje‹. Wir wissen, daß Baket-Atons Vater Amenophis war und daß sie Echnatons Schwester war. Und Teje war ja schließlich auch die Hauptfrau von Amenophis und auch Echnatons Mutter. Doch auf seine sogenannten Töchter

wird ebenfalls als ›Prinzessin Soundso, Königstochter, geboren von der Hauptfrau Nofretete‹, Bezug genommen. In allen Fällen werden sie nur als die Töchter des Königs bezeichnet, als ob die Identität des Königs unklar wäre, während die der Mutter genauer bestimmt werden mußte.«
Hasim räusperte sich. »Dann sind Sie also der Meinung, Dr. Farmer, daß der ungenannte König in allen Fällen Amenophis ist?«
»Meiner Ansicht nach regierte Echnaton mehrere Jahre lang gemeinsam mit seinem Vater – Amenophis in Theben, Echnaton hier. Als Amenophis der einzige Pharao war, sprach man von seinen Töchtern als ›Töchter des Königs‹. Als jedoch die beiden Pharaonen gemeinsam regierten, wurden die von Nofretete geborenen Töchter weiterhin als ›Töchter des Königs‹ bezeichnet, während Nofretete namentlich erwähnt ist. Wenn also die Mutter genannt wurde, wenn sie eine andere war, dann könnte man doch daraus schließen, daß auch der Vater genannt würde, wenn er sich änderte. Szenen, die Echnaton mit den sechs Prinzessinnen zeigen, sind als wundervolle Beispiele väterlicher Zuneigung gepriesen worden. Ich denke, man könnte sie ebensogut als Darstellung geschwisterlicher Liebe deuten.«
Ungeachtet der schalen Luft fuhr Ron in seinem Vortrag weiter. »Ein anderes Geheimnis, das die Statue Echnatons umgibt, ist die Tatsache, daß seine ihm treu ergebene Frau Nofretete ihn kurz vor dem Ende seiner Herrschaft verließ und in einen anderen Palast zog. Niemand weiß, warum.«
Alexis' Stimme war nur noch als Flüstern zu vernehmen. »Hat sie ihn wirklich verlassen? Ich dachte, sie gelten als eines der berühmtesten Liebespaare der Geschichte?«
»Es besteht kein Zweifel, daß sie ihn verlassen hat, denn nach dem zwölften Jahr seiner Herrschaft erscheint Echnaton auf bildlichen Darstellungen nicht mehr zusammen mit Nofretete, sondern mit seinem Bruder Smenkhara, der Nofretetes Kleider trägt und mit ihren königlichen Titeln versehen wurde. Wir wissen aber, daß die Königin noch lebte, denn in einem der Paläste finden sich Beweise, daß sie dort mit dem kleinen Tutanchamun wohnte. Auf einer Stele sind die Brüder in inniger Umarmung dargestellt und scheinen sich zu küssen.«
»Ist das wahr?« Alexis' Augen weiteten sich. »Können wir die Stele sehen?«

Ron fuhr sich mit der Hand über die Stirn; er schwitzte heftig. »Die Stele befindet sich im Museum in Berlin.« Er warf einen Blick zu Mark hinüber, der sich mit verschränkten Armen lässig gegen eine Wand lehnte.
»Ich kann Ihrer Theorie nicht zustimmen, Dr. Farmer«, meldete sich Hasim al-Scheichly zu Wort. »Nur weil der König im Gegensatz zur Mutter nicht genannt wird...«
Ron wandte seine Aufmerksamkeit dem jungen Ägypter zu und ärgerte sich, daß der Mann zu leise sprach, um richtig verstanden zu werden.
»...es gab zu dieser Zeit nur einen König, und zwar Echnaton, aber er hatte viele Frauen. Jedermann wußte, wer der König war, aber...«
Ron runzelte die Stirn. »Würden Sie bitte etwas lauter sprechen. Ich kann Sie nicht...«
»...die Frau mußte zur Unterscheidung von den anderen mit ihrem Namen genannt werden.«
Schweißtropfen lösten sich von Rons Stirn und rannen ihm in die Augen. Für einen Augenblick sah er alles verschwommen. Die Hitze im Raum nahm stetig zu. Er hörte sich selbst sagen: »Aber es gab zwei Könige in dieser Zeit, Mr. Scheichly...« Ron wollte sich an die Stirn fassen, aber er hatte nicht die Kraft dazu. »In der achtzehnten Dynastie war es durchaus nicht unüblich, daß zwei Herrscher gemeinsam regierten. Da der Sohn zeugungsunfähig war, ist es wahrscheinlich, daß der alte Pharao... die Aufgabe übernommen hat, den Thron... mit Nachkommen zu versorgen...« Während er sich den Schweiß aus den Augen wischte, sah Ron, wie seine Gefährten ihn mit ausdruckslosen Gesichtern anstarrten. Im trüben Dämmerlicht fiel ihm auf, daß Mark plötzlich von der Wand weggetreten war.
Ron spürte, wie sein Mund immer trockener wurde, als er weitersprechen wollte. »Einer anderen Theorie zufolge war Echnaton homosexuell...« Ron fuhr sich mit seiner trockenen Zunge über die Lippen. Fünf blasse Augenpaare waren auf ihn gerichtet. Eine bärtige Gestalt trat aus der Gruppe heraus und bewegte sich langsam auf ihn zu.
»Die Stele...«, Rons Stimme war nur mehr ein Flüstern, »die Echnaton in einer vertraulichen Pose mit seinem Bruder zeigt, wurde von einigen Ägyptologen dahin gehend gedeutet, daß er doch nicht völlig geschlechtslos war... Gott, ist das vielleicht heiß hier drinnen!«

Hasim öffnete den Mund, aber kein Ton kam heraus.
Ron spürte, wie der Boden unter seinen Füßen ins Wanken geriet.
»Ich brauche frische Luft...«
Dann hörte er ein lautes Krachen, sah einen Sternenhagel und sank wie ein Betrunkener zu Boden.

Neun

»Wie fühlst du dich?«
Ron blinzelte zu Mark auf und stellte fest, daß er auf seinem Feldbett saß. Am Oberarm trug er die Manschette eines Blutdruckmessers.
»Was ist passiert?«
»Erinnerst du dich nicht?«
»Bin ich ohnmächtig geworden?«
Mark nickte. »Erinnerst du dich an irgend etwas?«
Ron schlug die Hände vors Gesicht und kniff die Augen zusammen, während er sein Gedächtnis anstrengte. »Wir waren in dem Grab. Ich erinnere mich undeutlich, daß Abdul und der *Ghaffir* mich den Berg hinuntertrugen.« Er nahm seine Hände vom Gesicht und schaute in die orangefarbene frühabendliche Glut, die das Zelt durchflutete. »Wie lange war ich ohne Bewußtsein?«
»Nur etwa zwei Minuten.«
»Aber das ist doch Stunden her! Habe ich die ganze Zeit geschlafen?«
»Du kannst es glauben oder nicht, aber du hast die letzten vier Stunden hier gesessen und geredet wie ein Wasserfall...«
»Hallo.«
Sie schauten auf, als Jasmina Schukri ihren Kopf zum Eingang hereinstreckte. »Wie geht es dem Patienten?«
Mark stand auf und trat zur Seite, um ihr Platz zu machen. Jasmina hatte ihre Schultertasche umgehängt. Sie setzte sich auf die Bettkante und legte wortlos ihre kühlen Finger um Rons Handgelenk.
»Werde ich noch eine Weile leben?« fragte er, als sie seinen Pulsschlag gezählt hatte.

Jasmina lächelte und erwiderte mit sanfter Stimme: »Das werden wir gleich feststellen.« Sie zog ihr Stethoskop aus der Tasche, pumpte die Manschette auf und maß ihm den Blutdruck. Sie wiederholte dies zweimal, bevor sie das Stethoskop beiseite legte und behutsam die Manschette entfernte. Was sie befürchtet hatte – langsame Herztätigkeit, erweiterter Pulsdruck und erhöhte Zusammenziehung des Herzmuskels –, lag nicht vor. Dann nahm sie eine kleine Taschenlampe heraus und untersuchte Rons Pupillen auf den Lichtreflex. Sie waren gleich groß und zeigten eine normale Reaktion.

Sie setzte sich nun in einigem Abstand von ihm hin und beobachtete mit ihren feuchten braunen Augen sein Gesicht.

»Wie fühlen Sie sich?«

»Ich denke, es ist alles in Ordnung, wenn man von dieser Beule an meinem Kopf absieht.«

»Können Sie mir sagen, wie Sie heißen?«

»Nur wenn Sie mir sagen, wie Sie heißen.«

»Ron«, schaltete sich Mark ein, »jetzt zeige dich doch der Dame gegenüber ein wenig kooperativ.«

»Also gut, Ron Farmer.«

»Wissen Sie, welchen Wochentag wir heute haben?«

»Freitag.«

»Und das Datum?«

»Der zehnte Juli 1991. Werden Sie mir jetzt sagen, was passiert ist?«

»Das möchte ich gerne von Ihnen wissen.«

»Mark behauptet, ich habe den ganzen Nachmittag hier gesessen und geredet.«

Jasmina nickte mit geduldigem Lächeln. »Nach einer Kopfverletzung und einer mehr als ein paar Sekunden andauernden Ohnmacht kommt das häufig vor. Sie waren wach, ohne sich dessen bewußt zu sein, und redeten in unverständlichen Sätzen. Sie litten unter einem vorübergehenden Gedächtnisschwund und konnten sich nicht darauf besinnen, in dem Grab gewesen zu sein. Aber jetzt erinnern Sie sich wieder, nicht wahr?«

»Ja. Und auch an den Monolog, den ich dort führte. Von der warmen Luft in dem Grab bin ich ohnmächtig geworden.«

»Können Sie bitte einmal beide Arme heben? So ist es gut. Und nun«, sie streckte ihre Hände aus, »drücken Sie meine Hände, so fest Sie können.«

Er tat, wie ihm geheißen, und drückte so fest, daß Jasmina ein wenig das Gesicht verzog. Dann strich sie vorsichtig Rons lange Haare an den Seiten zurück und schaute in seine Ohren.

»Wonach suchen Sie? Nach meinem Gehirn?«

»Ich überprüfe Ihre Ohren auf zerebrospinale Flüssigkeit.«

»Ach, du lieber Himmel!«

»Aber es ist alles in Ordnung. Jetzt, da Sie wieder bei vollem Bewußtsein sind, denke ich, daß keine Gefahr mehr besteht. Sie haben sich ganz schön den Kopf aufgeschlagen.«

»Das kann man wohl sagen!« Er tastete vorsichtig seinen Hinterkopf nach der Beule ab. »Ich habe den Bums gehört.«

Jasmina legte ihre Geräte in die Umhängetasche zurück und stand auf. Zum ersten Mal bemerkte Mark, wie klein sie war. Sie reichte ihm kaum bis zu den Schultern. »Dr. Farmer wird bald wiederhergestellt sein. Aber er braucht Ruhe. Und wenn irgendeine Veränderung eintritt, wie zum Beispiel Verwirrtheit, Übelkeit oder eine laufende Nase, dann rufen Sie mich bitte sofort.«

»Laufende Nase!«

Sie lächelte Ron zu. »Das könnte darauf hindeuten, daß zerebrospinale Flüssigkeit austritt. Es besteht immer noch die Möglichkeit, daß sich ein Ödem gebildet hat. Aber ich glaube, es handelt sich nur um eine leichte Gehirnerschütterung.«

»Danke, Miss Schukri«, sagte Mark, als er ihr die Zeltplane aufhielt. Als sie gegangen war, wandte er sich kopfschüttelnd wieder seinem Freund zu. »Du würdest auch alles tun, um auf dich aufmerksam zu machen, was?«

Ron grinste und versuchte, seinen Kopf gegen die Zeltplane zu lehnen, doch er zuckte zusammen und setzte sich schnell wieder auf. »Ich hatte mal einen Freund, der in einen Motorradunfall verwickelt war. Er war nur eine Minute lang bewußtlos, aber hinterher gab er fünf Stunden lang nur unzusammenhängendes Zeug von sich. Er redete und redete, und wir konnten ihn einfach nicht zum Schweigen bringen. Und dann, ganz urplötzlich, wurde sein Kopf wieder klar, und er erinnerte sich an alles. Ich hatte schon geglaubt, er spiele nur Theater, um die Voraussetzungen für eine Invalidenrente zu erfüllen.«

Mark ließ sich auf dem Rand des Feldbetts nieder und musterte seinen Freund aufmerksam. »War es wirklich die Hitze, Ron?«
»Ich weiß nicht, was es war, und ich weiß, was du denkst. Keine Sorge, Mann, ich werde schon nicht wieder umkippen.«
Er warf die Decke zurück und schwang seine Beine über die Bettkante und stand auf.
»Darf ich erfahren, wo du hinwillst?«
»Wir haben eine Menge Arbeit, Mark. Das Plateau wartet auf uns.«
»Abdul und ich machen uns in ein paar Minuten auf den Weg. Ich schätze, wir haben noch drei Stunden Zeit, während der wir bei Tageslicht arbeiten können. Aber du kommst nicht mit.«
»Du wirst Bilder brauchen!«
»Niemand begleitet uns diesmal. Es wird eine harte Fahrt, und ich will keine Zeit verlieren.« Mark stand auf. »Ron, dir ist Bettruhe verordnet worden. Ich erwarte, dich immer noch hier zu finden, wenn ich zurückkomme, sonst werde ich dir den Kopf zurechtsetzen.«

Bei dem Plateau, das hundertdreißig Meter über der Ebene aufragte, handelte es sich um eine rauhe, lebensfeindliche Landschaft, die unter dem heißen, grellen Licht der Nachmittagssonne noch bedrohlicher und abweisender wirkte. Abduls Helfer, der den Wagen fuhr, mußte sich jeden Meter auf der alten Straße, die zu den Alabasterbrüchen von Hatnub führte, bergan erkämpfen. In dem gefährlich zerfurchten und zerklüfteten Gelände durfte er keine Sekunde die Kontrolle über das Lenkrad verlieren. Während er sich ganz darauf konzentrierte, den Landrover nicht in eine der jähen, dreißig Meter abfallenden Schluchten stürzen zu lassen, die das Tafelland durchzogen, verglichen Mark und Abdul ihre topographischen Karten mit dem, was sie sahen, machten sich Notizen und unterhielten sich über die Stellen, die für die Suche und die Ausgrabungen in Frage kamen.
Als sich der Nachmittag hinzog und die Hitze immer stärker wurde, nahm die Hochebene das Aussehen einer Mondlandschaft an: Die tief eingeschnittenen Wadis verwandelten sich in furchterregende, schwarze Schlünde; schroff aufragende Hügel glänzten von Alabasterablagerungen oder kristallartigen Kalksteinmassen; Bergspitzen und ausgetrocknete Wasserrinnen glitzerten von Riefen aus durch-

scheinendem Spat. Keinerlei Spuren von pflanzlichem oder tierischem Leben zeigten sich in dieser gnadenlosen Einöde, die nur von kreuz und quer verlaufenden purpurfarbenen Schluchten und steil aufragenden Spitzen durchbrochen wurde, an denen sich die Sonnenstrahlen in wilden Lichtreflexen brachen.
Mit dem Landrover war es möglich, den alten Schotterstraßen zu folgen, auf denen ehemals Echnatons Polizei patrouilliert hatte. Hügel aus Kalksteinen und Feuersteinen markierten den Verlauf der Pisten. Von hier oben hatte man einen einzigartigen Blick auf die Ebene von Tell el-Amarna, die dahinter liegenden Bauernhöfe, den Nil und die landwirtschaftlich genutzten Gebiete auf der anderen Seite des Stromes. Jenseits davon begann wieder die Wüste, die sich wie der Grund eines Meeres, dessen Wasser verdunstet war, bis ans Ende der Welt zu erstrecken schien.
Die Sonne war schon im Begriff, hinter dem Horizont zu verschwinden und die Welt in abendliches Dämmerlicht zu tauchen, als die drei völlig erschöpft ins Camp zurückkehrten.
»Was haben Sie in Erfahrung bringen können, Dr. Davison?« fragte Sanford Halstead, der im Speisezelt über einer Schüssel mit Luzernen und Mandeln saß und ganz frisch nach Eau de Cologne duftete. Er hielt sich ein gestärktes weißes Taschentuch vor die Nase.
Mark saß auf der Bank ihm gegenüber und verbarg sein Gesicht in den Händen. Die alte Fellachin beeilte sich, ihn zu bedienen, da die anderen bereits aßen, aber Mark hatte keinen rechten Appetit. Er hatte ein Gefühl, als sei sein Magen voller Sand. »Nicht viel«, antwortete er, während er dicke Sahne in seinen Kaffee goß, »aber ich habe auch gar nicht erwartet, irgend etwas zu sehen. Wir haben nur die Einteilung in Quadrate vorgenommen, so daß die Teams morgen früh mit der Arbeit beginnen können. Ich möchte mir dann auch kurz das Königsgrab ansehen.«
»Was ist das Königsgrab?« erkundigte sich Alexis Halstead, die lustlos in ihrem Essen herumstocherte.
»Es ist das Grab, das Echnaton ursprünglich für sich selbst und seine Familie bauen ließ, aber es wurde nie fertiggestellt, und Ägyptologen bezweifeln, daß es jemals benutzt wurde. Ich werde morgen früh einen Blick hineinwerfen, obgleich ich nicht annehme, daß es uns Anhaltspunkte auf die Lage von Ramsgates Grab gibt.«

Alexis schaute nicht von ihrer gebratenen Ente auf. »Ramsgate schreibt, er habe eine Treppe freigelegt, die zum Grab des Verbrechers hinunterführte. Wäre diese Treppe nicht auch heute noch sichtbar?«
Mark schüttelte den Kopf und murmelte »*Schukran*«, als Samira einen Teller vor ihn hinstellte. »Hundert Jahre in der Wüste werden alles begraben und keine Spuren hinterlassen haben. Es ist ein ständiger Kampf in diesem Land, den Sand fernzuhalten.«
»Wo werden die Männer zuerst suchen?«
»Auf der Hochebene, an den Mündungen der Wadis und in einigen der Schluchten, die am ehesten in Frage kommen.«
Der Duft von Ente und gewürztem Reis machte Mark plötzlich heißhungrig. Während er aß, schaute er ein- oder zweimal zu Jasmina auf, die allein am anderen Tisch saß. »Hat jemand einen Teller mit Essen zu Ron gebracht?«
Als niemand antwortete, drehte sich Jasmina zu Mark um und sagte: »Er ließ sich durch nichts dazu bewegen, im Bett zu bleiben, Dr. Davison. Er hält sich in seiner Dunkelkammer auf. Er meinte, er wolle später essen, nachdem seine Fotos entwickelt sind.«

Sie sahen aus wie Leichname aus Konzentrationslagern. Ihre Gesichter waren schreckenerregend und erweckten den Eindruck, als wären sie verbrannt worden. Schwarze Löcher klafften dort, wo die Augen im Zuge der Verwesung in den Schädel zurückgetreten waren. Breite, lippenlose Münder entblößten furchteinflößende Zahnstummel, wobei ihr makabres Grinsen in grausiger Weise an den Tod erinnerte. Knochige Schultern ragten aus eingesunkenen Brustkörben hervor, während sich teerige Haut über die ausgemergelten Bauchhöhlen spannte. Arme und Beine glichen blattlosen Ästen verkohlten Holzes. Die Hände waren starr ausgestreckt und zeugten vom Entsetzen über den plötzlich eintretenden Tod. Ron lächelte zufrieden. Dies war der Film, den er in der Mumienkammer des Ägyptischen Museums aufgenommen hatte, und jedes Bild stellte für sich allein ein Glanzstück dar. Er wandte sich nun den Fotos zu, die er am Morgen in der Ebene gemacht hatte.
Ron löste die Klammern von dem Filmstreifen, der an dem quer durch das ganze Zelt verlaufenden Draht hing, und legte ihn auf den

Arbeitstisch. Dann löschte er alle Lichter, mit Ausnahme der gelben Dunkelkammerlampe, die einen Meter über der Laborbank angebracht war, zog ein Blatt Fotopapier aus der betreffenden Schachtel auf dem Regal und breitete es auf dem Entwicklungstisch aus. Anschließend legte er die Negative mit der stumpfen Seite nach unten auf das Papier und deckte sie mit einer dünnen Glasplatte ab. Er schaltete die Sieben-Watt-Birne ein, die fünfzig Zentimeter über der Glasplatte hing, und zählte langsam bis zehn. Danach löschte er das Licht, zog das Papier vorsichtig unter der Glasplatte hervor und tauchte es in die Entwicklerflüssigkeit. Während er das Entwicklerbecken vorsichtig hin und her bewegte, beugte er sich vor und versuchte, das Thermometer auf dem Regal abzulesen. Der Abend war die beste Tageszeit zum Entwickeln. Die Temperatur war niedriger, obgleich sie im Augenblick ein wenig zu hoch zu sein schien, und es bestand ein geringeres Risiko, daß durch irgendeine undichte Stelle Licht einfiel. Er hatte eine ganze Stunde damit zugebracht, die Zeltwände nach Löchern abzusuchen, dann hatte er die Fenster mit schwarzem, lichtundurchlässigem Papier und Kreppband verklebt. Ein schwarzes Tuch, das er über dem Eingang aufgerollt ließ, wenn er gerade nicht entwickelte, war nun heruntergezogen und an allen Ecken sorgfältig befestigt. Vor das Zelt hatte er ein englisch-arabisches BITTE NICHT STÖREN-Schild gehängt, das er aus dem Nil-Hilton hatte mitgehen lassen.

Während er sich mit der freien Hand den Schweiß von der Stirn wischte, hob er das Blatt aus dem Entwicklerbad, ließ es einige Sekunden abtropfen und tauchte es ins Unterbrecherbad. Er schwenkte das Becken sieben Sekunden lang und legte das Blatt dann ins Fixiermittel. Zwei Minuten später schaltete er alle Lichter wieder ein.

Prüfend betrachtete er nun die fertig entwickelten Bilder, murmelte gleich darauf »Scheiße« und nahm einen großen Schluck aus seinem mit Wein gefüllten Pappbecher.

Irgend etwas stimmte nicht mit den Fotos. Er mußte wohl noch einmal von vorne beginnen.

Mark fühlte sich wieder viel besser. Abdul hatte recht behalten: Samira war trotz ihres wenig vertrauenerweckenden Äußeren eine ausgezeichnete Köchin. Jetzt kühlte die Luft merklich ab, der Mond ging auf, und eine heitere Ruhe legte sich über das Camp.

Vor zehn Jahren hatte Mark noch nicht geraucht, aber ein erfahrener »Schatzgräber« hatte ihm den Tip gegeben, daß eine Pfeife die Insekten fernhalte. So hatte Mark sich das Pfeiferauchen angewöhnt und festgestellt, daß es ihn wirklich einigermaßen vor den Fliegen und Stechmücken schützte, die im Nahen Osten eine Plage waren. Heute abend jedoch, als er sich langsam vom Speisezelt entfernte, wollte er aus reinem Vergnügen und zur Entspannung rauchen. Er trat aus dem Lichtkreis der rund um das Lager aufgehängten Laternen heraus und schlenderte über den steinigen Boden zu einer alten Nilschlammziegelmauer, die etwa einen halben Meter aus dem Sand aufragte. Er ließ sich darauf nieder, zog seinen Tabaksbeutel hervor und begann, seine Pfeife zu stopfen.

Rechts von ihm lagen in ein paar hundert Metern Entfernung hinter einem leicht abschüssigen Geländeteil die im Mondlicht kaum erkennbaren Ruinen der Arbeitersiedlung. Vor dreitausend Jahren waren die Arbeiter und ihre Familien in diesen Irrgarten von winzigen Behausungen gepfercht worden, hatten in überfüllten, stickigen Unterkünften ihr Dasein gefristet, während sie in den Gräbern des Adels zur Sklavenarbeit verdammt waren. Allem Anschein nach hatte die Struktur des Lagers, das mit hohen Mauern und Wachhäusern umgeben gewesen war, viel Ähnlichkeit mit dem eines Gefängnisses gehabt. Es gab auch Hinweise darauf, daß viele von den Arbeitern die alten Götter insgeheim weiter verehrt hatten und nicht Echnatons alleinigen Sonnengott Aton.

Jetzt wurden die Ruinen zum ersten Mal seit dreißig Jahrhunderten wieder bewohnt. Mark konnte den Schein der Lagerfeuer sehen, und der leichte Abendwind trug den Klang der Stimmen der Fellachen bis zu ihm herüber. Abdul war gerade bei ihnen und erklärte ihnen, wonach sie am nächsten Tag suchen sollten und wie sie dabei vorzugehen hätten.

Als Mark seine Pfeife anzündete, bemerkte er eine dunkle Gestalt, die sich zwischen den schwach erleuchteten Zelten leise davonmachte. Es war Samira, die nach Erledigung der Küchenarbeit zu dem abgeschiedenen Quartier eilte, das sie in einer Ecke der Arbeitersiedlung bezogen hatte. Mark beobachtete sie einen Augenblick lang neugierig, wie sie, einer schwarzen Motte gleich, ins Licht hinein und wieder heraus huschte.

Als die *Scheicha* in der Dunkelheit verschwand, schweiften seine Gedanken wieder zu Nancy. Er fragte sich, was sie im Augenblick, sechzehntausend Kilometer von ihm entfernt, wohl tat, warum sie ihr Telefon abgemeldet hatte, ob sie auf ihn warten würde. Er hoffte immer noch, daß sie sich mit ihm über seinen Erfolg freuen würde, wenn er überhaupt welchen haben sollte, daß sie ihn heiraten und ihn so annehmen würde, wie er war.

Das Geräusch von Schritten, die hinter ihm im Sand knirschten, riß Mark aus seinen Gedanken. Ron stapfte mit einem Pappbecher Wein in der einen und einem Probeabzug in der anderen Hand auf ihn zu. Der Platz auf der zerfallenen Mauer reichte gerade aus, so daß er sich neben Mark setzen konnte.

»Wie geht es deinem Kopf?«

»Ist schon in Ordnung. Ich werde in diesem Zelt etwas zur Verbesserung der Belüftung tun müssen.«

»Nimm einfach einen Ventilator aus dem Arbeitszelt. Was hast du hier?«

»Ich weiß nicht recht. Vielleicht kannst du dir einen Reim darauf machen.«

Mark schnippte an seinem Feuerzeug und warf im Schein der Flamme einen prüfenden Blick auf die Reihen der Fotos. Er schwieg eine Weile, bevor er fragte: »Was sind das für Schatten?«

»Genau das kann ich mir auch nicht erklären. Schau, hier, in Hag Qandil, wie du aus dem Landrover steigst. Und hier, wie du dich mit dem 'Umda von El Hawata unterhältst. Und hier«, mit seinem schmalen Finger tippte Ron auf jedes Foto, »und hier, am Nordpalast. Und hier, wie du gerade Hujes Grab betrittst. Auf jedem einzelnen von ihnen ist es zu sehen. Und niemand anderes ist davon betroffen, immer nur du. Auf allen Bildern erscheint neben dir ein Schatten.«

Mark nahm die Aufnahme, die ihn im Nordpalast zeigte, näher in Augenschein. Er stand in dem Raum, der als Thronsaal bezeichnet wurde, und unterhielt sich, den Rücken zur Kamera gewandt, mit Alexis. Die Schatten, die die Morgensonne von ihnen warf, streckten sich dabei in den Vordergrund. Doch der andere Schatten, derjenige, der auf jedem Foto von Mark auftauchte, befand sich auf seiner Linken und schien, wie eine optische Täuschung, nicht am Boden zu

liegen, sondern senkrecht zu verlaufen, als stünde er aufrecht neben ihm.
»Irgend etwas stimmt nicht mit diesem Film. Oder mit deiner Kamera.« Er gab Ron den Probeabzug zurück.
»Am Film kann es nicht liegen. Sieh doch her, auf jedem Bild hat der Schatten dieselbe Größe und Form und erscheint immer in derselben Entfernung zu dir, egal wo du stehst...«
Mark schaute auf und legte eine Hand auf Rons Arm. »Hör mal... ich glaube, wir bekommen gleich Gesellschaft.«
Ron setzte sich kerzengerade auf und drehte sich in die Richtung, in die Mark blickte. In der Dunkelheit gewahrte er eine merkwürdige Gestalt, die langsam auf sie zuschwankte, und man vernahm das Geräusch von schwerfälligen Tritten.
»Was zum Teufel ist das?«
Mark sprang auf.
Als das ungeschlachte Wesen näher heranrückte, hörten die beiden Amerikaner keuchende Atemgeräusche und ein unheimliches Brummen. Dann wurden die Umrisse allmählich erkennbar, bis das Kamel schnaubend neben ihnen stand und eine Stimme von oben rief: »Guten Abend, Gentlemen!«
Das Kamel, das von einem Jungen in einer *Galabia* geführt wurde, ließ sich mit widerwilligem Gebrüll auf die Knie nieder, und sein Reiter rutschte auf eine etwas unelegante Weise von seinem Rücken herunter. »Guten Abend«, grüßte er abermals in gestelzt klingendem Englisch.
Mark nahm seinen Platz auf der zerbrochenen Mauer wieder ein und schickte sich an, seine erloschene Pfeife wieder anzuzünden.
Das Licht, das vom Camp herüberdrang, genügte ihm, um den Fremden zu identifizieren. Es war der Grieche aus El Till.
»Ich heiße Constantin Domenikos«, stellte der stämmige Mann sich vor und baute sich vor den beiden sitzenden Ägyptologen auf. »Einen schönen guten Abend wünsche ich.«
Mark senkte den Kopf. »Unsere Namen kennen Sie ja wohl schon.«
»Gewiß, jedermann in Amarna spricht von den amerikanischen Wissenschaftlern Davison und Farmer.« Sein Grinsen verriet Habgier. »Ich bin gekommen, um Ihnen meinen Respekt zu bekunden.«
Ron musterte den Mann mißtrauisch, wobei er sich vage daran erin-

nerte, ihn tags zuvor auch in der Menschenmenge in El Till gesehen zu haben. Was an Constantin Domenikos besonders auffiel, waren sein plumper Körper, seine öligen Haare und die hervortretenden Augäpfel mit den schweren Lidern.
»Gibt es einen Ort, wo wir uns ungestört unterhalten können, Gentlemen?«
»Warum?« entgegnete Mark.
»Um Ihnen ein Geschäft vorzuschlagen, Dr. Davison. Ich glaube, ich kann Ihnen nützlich sein. Ich würde übrigens eine Einladung zum Tee nicht ausschlagen.«
»Welche Art von Geschäft, Mr. Domenikos?«
Die reptilienhaften Augen des Griechen flackerten leicht, aber das Lächeln blieb unverändert. »Es wäre mir eine große Ehre, Ihrer Expedition behilflich sein zu können. Aber bitte«, er spreizte seine wurstigen Finger, »können wir uns nicht an einem... äh, geeigneteren Ort unterhalten?«
»Dieser Ort ist so gut geeignet wie jeder andere. Nehmen Sie Platz, Mr. Domenikos.«
Der Grieche sah sich um und ließ sich dann auf einem großen Stein den Amerikanern gegenüber nieder.
»Meine Expedition ist mit allem Notwendigen versorgt«, erklärte Mark.
»Die Vorräte könnten zur Neige gehen, Dr. Davison.«
»Mein Vorarbeiter wird darauf achten, daß dies nicht geschieht.«
»Er kann aber nicht alle, wie soll ich sagen, Mißlichkeiten voraussehen, die eintreten können.«
»Zum Beispiel?«
Der Grieche holte tief Luft. »Es gehen Gerüchte um, Dr. Davison, daß in diesem Land bald Krieg ausbricht. Wir leben in unruhigen Zeiten. Das zerbrechliche Friedensabkommen zwischen Ägypten und Israel könnte in Gefahr geraten. Extremistische Palästinenser... Ich bin ein Mensch, der im Hinblick auf die Zukunft lebt, Dr. Davison. Ich rechne mit dem Schlimmsten und bereite mich darauf vor.«
»Könnten Sie bitte zur Sache kommen?«
»Nun, Dr. Davison, ich denke, daß in nächster Zeit folgendes geschehen wird: Die palästinensischen Freiheitskämpfer werden einen Angriff auf die Ägypter durchführen und dem Ganzen den Anschein

geben, als handele es sich um einen Anschlag der Israelis. Der ägyptische Präsident wird zum Gegenangriff auf Israel übergehen, und das empörte Israel wird mit seiner ganzen Streitmacht zurückschlagen. Ihr Land, Dr. Davison, wird Israel in dem Glauben, daß Ägypten den Krieg angezettelt hat, zu Hilfe eilen. Die diplomatischen Beziehungen werden abgebrochen, Präsident Carters Friedensabkommen wird untergraben, und dieses Land wird auf einen Schlag in den blutigsten Kampf verwickelt sein, den es seit den Tagen der Pharaonen erlebt hat.«

Mark klopfte seine Pfeife gegen die Schlammziegelmauer und meinte, während er seinen Tabaksbeutel hervorholte: »Das ist wohl ein bißchen weit hergeholt, Mr. Domenikos, aber selbst wenn Sie recht behielten, warum kommen Sie deswegen zu uns?«

»Wenn der Krieg ausbricht, werden Sie in Ägypten Freunde brauchen.«

»Wir haben Freunde.« Mark drehte an seinem Feuerzeug und hielt die Flamme an den Tabak. In dem kurz aufleuchtenden Lichtschein sah er den berechnenden Blick in den Augen des Griechen.

»Aber Sie werden auch welche in der näheren Umgebung brauchen«, fuhr der glattzüngig fort. »Sicherlich sind Ihnen die Feindseligkeiten zwischen El Till und Hag Qandil nicht unbekannt. In den letzten paar Jahren herrschte in diesem Tal ein unstabiler Friede, aber es ist nur eine Frage der Zeit, bevor es wieder zu Zusammenstößen kommt. Sie könnten dabei leicht zwischen die Fronten geraten, Gentlemen, denn sie werden Sie als Schachfigur benutzen, und jede Seite wird Sie zu ihrem Verbündeten machen wollen. Sie werden Arbeitskräfte verlieren, und dann werden die streitenden *'Umdas* Ihnen Forderungen stellen.«

»Die Polizei des *Ma'mur* weiß, wie sie mit diesen Leuten zu verfahren hat.«

»Gewiß, aber sie schreitet üblicherweise erst dann ein, wenn schon beträchtlicher Schaden angerichtet worden ist.«

»Und Sie, Mr. Domenikos, bieten uns selbstverständlich Ihre Hilfe an, weil Sie eine neutrale Partei sind. Mit Ihnen auf unserer Seite kann uns gar nichts passieren. Richtig?«

»Sie beeindrucken mich, durch Ihre schnelle Auffassungsgabe, Dr. Davison.«

Mark stand auf und streckte sich. »Nun, wir brauchen Ihren Schutz nicht, Mr. Domenikos, und auch nicht Ihre Drohungen.«
»Aber bitte, Dr. Davison, nicht doch. Setzen Sie sich wieder. Sie haben mich ja noch gar nicht zu Ende gehört. Bei meiner Seele, ich bin nicht hergekommen, um Ihnen Angst einzujagen oder Ihnen zu drohen! Ich habe mich wohl völlig falsch dargestellt!« Domenikos schlug sich gegen seine faßartige Brust. »Bitte lassen Sie mich ausreden, Dr. Davison.«
Mark blieb stehen. »Sie haben genau drei Minuten Zeit.«
»Ich wollte mich eigentlich mit Ihnen über geschäftliche Angelegenheiten unterhalten, Dr. Davison. Darin kann ich Ihnen wirklich nützlich sein. Das andere«, er winkte mit seiner dicklichen Hand ab, »das war doch nur müßiges Gerede. Natürlich, wenn es Schwierigkeiten gibt und Sie Hilfe brauchen, dann kann ich Ihnen helfen. Aber eigentlich bin ich heute abend gekommen, um Sie wissen zu lassen, daß ich Ihnen jederzeit zur Verfügung stehe, um Ihnen... ähm, sagen wir, beim Vertrieb Ihrer Ware behilflich zu sein.«
Es herrschte einen Augenblick Stillschweigen. Dann ließ Mark sich langsam wieder auf seinem Platz nieder. »Ware?« fragte er verblüfft.
Constantin Domenikos beugte sich vor, wobei er fast von dem Stein rutschte, und senkte die Stimme. »Sie haben doch schon früher in Ägypten Ausgrabungen durchgeführt, Dr. Davison. Sie brauchen mir nichts vorzuspielen. Sie wissen ganz genau, wovon ich spreche.«
Mark spürte, wie Ron unruhig auf seinem Platz hin und her rutschte. »Ganz recht, Mr. Domenikos, ich habe schon früher in Ägypten gearbeitet, und ich bin auch schon früher mit Menschen Ihres Schlages zusammengetroffen. Ich sage Ihnen daher klipp und klar, daß Sie bei mir keinen Erfolg haben. Ich lasse mich nicht auf derartige Geschäfte ein. Und außerdem wissen Sie nicht einmal, wonach ich suche. Sie wissen nicht, daß es gar keine Ware geben wird.«
Der Grieche ließ sich nicht beirren. »Dr. Davison, mein Vater lebte in diesem Tal, bevor ich geboren wurde, und sein Vater vor ihm. Ich habe die Erzählungen der Alten gehört. Es sind Mythen und Legenden daraus entstanden. In meiner Jugend hielt ich sie vielleicht noch für Ausgeburten blühender Phantasie, doch heute denke ich anders

darüber. Es gab hier einmal vor langer Zeit eine verbotene Zone. Vielleicht weiß ich doch, wonach Sie suchen, Dr. Davison, und vielleicht weiß ich auch, daß Sie gute Aussichten haben, etwas sehr Wertvolles ans Tageslicht zu bringen.«

Mark gab sich alle Mühe, seine Abscheu zu unterdrücken.

»Erstens einmal, Mr. Domenikos, geht Sie das, wonach wir suchen, nicht das geringste an. Zum zweiten, falls wir wirklich irgend etwas finden, wird es ganz bestimmt nicht auf dem Schwarzmarkt für Antiquitäten enden. Sie sind an den falschen Mann geraten.«

»Dr. Davison, ich bin nur ein armer Grieche, aber ich kann Ihnen eine Menge Geld einbringen. Es gibt Leute in Paris und Athen, die . . .«

Mark stand unvermittelt auf. »Sie sind eine schleimige Kröte, Domenikos. Gehen Sie zurück unter den Felsen, unter dem Sie hervorgekrochen sind.«

Den Mund des Griechen umspielte ein frostiges Lächeln.

»Verzeihung, Dr. Davison, aber es stimmt nicht, daß ich an den falschen Mann geraten bin. Ich weiß, daß Wissenschaftler jämmerlich unterbezahlt sind und daß Ihr Gehalt unmöglich Ihrem Ehrgeiz entsprechen kann. Wir haben alle unseren Preis, Dr. Davison, auch Sie, und ich weiß, daß Sie mir zustimmen werden, wenn Sie den Inhalt des Vertrages hören, den ich Ihnen gerne unterbreiten möchte.«

Mark sah zu Ron hinunter, der sitzen geblieben war. »Wie sagt man ›Verpiß dich‹ auf griechisch?«

Constantin Domenikos erhob sich gewandt, noch immer lächelnd und mit zermürbender Selbstgefälligkeit. Auf seinen Wink hin sprang der Junge in der *Galabia* auf und faßte den Zügel des Kamels.

»Ich denke, es ist nur recht und billig, Sie davor zu warnen, Dr. Davison, daß es im Tal auch Leute gibt, die Ihr Kommen alles andere als begrüßen.«

»Wer zum Beispiel?«

»Die Alten, diejenigen, die sich noch an den Schrecken erinnern, der vor vielen Jahren in dieser Gegend umging. Ich halte die Ohren offen, Dr. Davison. Die Alten sprechen leise und furchtsam, wenn sie unter sich sind. Vor hundert Jahren fanden hier sieben Ausländer unter grausigen Umständen den Tod. Auch sie versuchten, das zu finden, wonach Sie jetzt suchen. Und Ihre Gruppe besteht ebenfalls aus sieben Mitgliedern, nicht wahr?«

Mark spürte, wie er stocksteif wurde. »Ich weiß nicht, wovon Sie sprechen.«
»Ich denke schon, daß Sie es wissen. Was mich betrifft, so bin ich Geschäftsmann und schenke den Legenden keinen Glauben. Aber die Alten sind abergläubisch. Sie munkeln, daß Sie die Dämonen wieder freisetzen werden und daß alles wie zuvor in einer Katastrophe enden wird.«
»Verschwinden Sie, Domenikos.«
»Ich werde nicht wiederkommen, Dr. Davison«, erklärte der Grieche, als er das Reittier bestieg, »denn das nächste Mal werden Sie mich aufsuchen. Sie werden meine Hilfe noch einmal dringend benötigen, das kann ich Ihnen versichern.«
Ron und Mark sahen ihm nach, wie er auf dem Rücken seines Kamels gemächlich in die Nacht hinaus schwankte. Dann blickte Mark wieder zum Lager hinüber. »Komm, Ron, wir wollen uns noch ein paar Stunden aufs Ohr legen. Morgen beginnen wir mit der Suche.«

Hasim al-Scheichly tat sich schwer damit, seinen Bericht zu verfassen. Er wußte, daß seine Vorgesetzten in Kürze eine Nachricht über den Verlauf der Expedition erwarteten. Es war ihm aber auch klar, daß ein solcher Bericht die Ankunft wichtigerer Männer, als er selbst es war, herbeiführen konnte. Er hatte dergleichen schon früher erlebt. War es nicht auch seinem besten Freund Mustafa beim Sonnentempelprojekt im Nildelta so ergangen?
Hasim trommelte ratlos mit seinem Kugelschreiber auf den kleinen Schreibtisch und nahm daher ein leises, trippelndes Geräusch nahe bei seinen nackten Füßen nicht wahr.
Der arme Mustafa, der damals ins Delta geschickt worden war, um die Fortschritte einer britischen Grabungsexpedition zu überprüfen, hatte dort zu seiner großen Freude festgestellt, daß ein antiker Sonnentempel freigelegt worden war. Schon hatte er geglaubt, daß ihm eine glanzvolle Beförderung sicher sei. Doch seine Vorgesetzten hatten ihm einen dicken Strich durch die Rechnung gemacht, denn als sie nach Erhalt seines Berichtes vor Ort eintrafen, räumten sie ihm lediglich den Rang eines Feldsekretärs ein.
Etwas Kleines, Gelbes, Glänzendes bewegte sich langsam auf Hasims nackten Fuß zu.

Nun, das würde ihm nicht passieren. Er war froh, daß Dr. Davison dem Ministerium gegenüber nichts von dem Tagebuch erwähnt hatte, denn sonst hätte Dr. Fausi diese Expedition höchstpersönlich geleitet, und Hasim säße noch immer in seinem Büro in Kairo.
Er rutschte auf dem Stuhl hin und her und bewegte dabei die Füße. Erschreckt hielt der Skorpion inne. Als Hasim sich wieder zurechtgesetzt hatte, lief er zielstrebig weiter. Die dort oben hielten dies hier für ein unbedeutendes Projekt, ein wahrhaft törichtes Unterfangen, denn was konnte in der Wüste von Amarna schon übrig sein? Nun, Hasim al-Scheichly war jedenfalls kein Narr, auch wenn er gerade erst vom College kam. Sein Bericht würde...
Der Skorpion, der nun fast Hasims nackten Fuß berührte, richtete seinen Hinterleib auf...
... so unbestimmt wie möglich und voller Zweideutigkeiten sein. Erst wenn das Grab entdeckt wäre, und er sich seiner Stellung als einziger Regierungsvertreter sicher sein konnte, würde er...
Hasim verlagerte abermals seine Sitzposition. Dabei nahm er flüchtig die Bewegung an seinem Fuß wahr. »*Ya Allah!*« Mit einem Satz sprang er auf, so daß der Stuhl rückwärts umkippte. Der Skorpion blieb unbewegt sitzen. Sein Schwanz war zum Angriff erhoben. Schaudernd wich der junge Ägypter langsam zurück und starrte dabei wie gebannt auf den abscheulichen segmentierten Leib.
Als er an die Zeltwand stieß, rüttelte er sich aus seiner Erstarrung und sah sich rasch nach etwas um, womit er dem Untier zu Leibe rücken konnte.
Er packte einen Stiefel und bewegte sich vorsichtig auf den Skorpion zu, der noch immer in derselben Stellung verharrte. Hasim spürte, wie sich ein Schweißfilm auf seine Stirn legte und eine Gänsehaut über seinen Körper zog. Die Nachtluft kam ihm plötzlich merkwürdig klamm vor.
Er senkte den Stiefel auf den Skorpion herab und schlug kurz darüber treffsicher zu.
Zitternd und mit klopfendem Herzen hielt Hasim den Stiefel einige Sekunden lang darauf gepreßt. Dann hob er ihn vorsichtig vom Zeltboden auf.
Der Skorpion war verschwunden.

Sie betrachtete einige Augenblicke lang prüfend die ruhende Gestalt ihres Mannes. Als sie sich sicher war, daß er fest schlief, erhob sie sich lautlos von ihrem Feldbett, schob das Moskitonetz beiseite und schlich auf leisen Sohlen durch das Zelt.

Ein Ganzfigurspiegel war neben ihrem Toilettentisch angebracht worden, und als Alexis Halstead sich davor stellte, trat sie in schimmerndes Mondlicht. Es fiel über sie wie ein silberner Mantel und ließ ihre sonnengebräunte Haut wie milchigen Kalkspat aussehen. Sie bot einen Anblick von strahlender Weiße und Reinheit. Alexis starrte hingerissen auf die Vollkommenheit ihres nackten Körpers. Sie bewunderte die üppige rote Lockenpracht, die ihr über die blassen Schultern auf die großen, festen Brüste herabfiel. Ihre Wespentaille ging in perfekt gerundete Hüften über. Ihre Beine waren lang und wohlgeformt und ebenso ungewöhnlich weiß wie ihr übriger Körper.

Alexis legte eine Hand auf ihren straffen Bauch und spürte einen immer stärker werdenden Pulsschlag unter dem Muskel. Ihre Haut war seltsam fiebrig und kühl zugleich. Es kam ihr so vor, als glühe sie.

Sie begegnete ihrem Blick im Spiegel und lächelte verträumt, denn obgleich ihre Augen geöffnet waren, befand sich Alexis Halstead in einem Zustand tiefen Schlafs.

Mitten in der Nacht schlug Mark plötzlich die Augen auf. Er spitzte die Ohren, lauschte in die Stille und fragte sich, wodurch er wohl aufgewacht sein könnte. Irgend etwas hatte ihn jäh aus einem tiefen, traumlosen Schlaf gerissen und ihn mit einem Mal hellwach werden lassen. Während er auf dem Rücken lag und in die Dunkelheit starrte, spürte er, wie sein Herz klopfte, doch nicht in seiner Brust, sondern in seinem Bauch – ein schwerer, rhythmischer Pulsschlag.

Erstaunt setzte er sich auf. Ein leichter Schweißfilm bedeckte seinen Körper und ließ ihn die Nachtluft als kalt empfinden. Ein schmerzhaftes Pochen setzte in seinem Kopf ein.

Dann hörte er es. Das sanfte, herzzerreißende Klagen einer weinenden Frau.

Leise erhob er sich von seinem Lager und spürte dabei eine starke nervliche und körperliche Anspannung. Er meinte, sein Körper müßte jeden Augenblick zerspringen. Barfuß stahl er sich zu dem mit einem Fliegennetz bespannten Eingang, und während er auf Rons gleichmäßige Atmung lauschte, zog er langsam den Reißverschluß auf und trat ins Freie.

Die schneidend kalte Luft schlug ihm entgegen wie eine Flut Eiswasser. Als er zu frösteln anfing, rieb er sich die Arme und horchte. Das sanfte, schmerzerfüllte Weinen war noch immer zu hören, jetzt sogar noch deutlicher.

Auf leisen Sohlen schlich er zu den anderen Zelten hinüber, lauschte zuerst an dem der Halsteads, dann an dem von Jasmina Schukri. Nichts. Alles war dunkel und still.

Mark massierte sich zerstreut die Schläfen. Das Kopfweh wurde immer schlimmer. Dann drehte er den Kopf hierhin und dorthin und streckte die Nase in den Wind, als nähme er Witterung auf. Wie unter Zwang folgte er der Richtung, aus der das Wimmern kam.

Ein wenig abseits vom Lager sah er sie anmutig auf dem Stein kauern, auf dem ein paar Stunden zuvor der Grieche gesessen hatte. Sie hielt ihr Gesicht in der Armbeuge verborgen, und ihr zarter Rücken hob und senkte sich mit jedem Schluchzer. Mark betrachtete sie hingerissen. Eine Art Aura umgab die Frau, ein schwaches Leuchten, das von ihrem geschmeidigen Körper auszugehen schien. Sie trug ein wallendes, weißes Kleid, das wie Milch an ihrem zarten Körper herabfloß.

Irgendwie kam sie ihm vertraut vor und dann doch wieder nicht. Sie war eine Fremde, von der er dachte, daß er sie eigentlich kennen sollte.

Wie gebannt starrte Mark sie an. Er betrachtete die schlanken Beine, die sie sittsam unter sich gezogen hatte, die überaus femininen Rundungen ihrer Arme und der Krümmung ihres Rückens.

Dann fiel Mark auf, daß er sowohl den Stein, auf dem sie saß, als auch die Kalksteinfelsen im Hintergrund problemlos wahrnehmen konnte.

Die Frau war durchsichtig.

Zehn

Mark rührte gedankenlos in seinem kalten Kaffee. Er wartete darauf, daß die Aspirintabletten endlich wirkten.
Außer ihm hielten sich noch Jasmina Schukri und Hasim al-Scheichly im Zelt auf. Sie saßen an dem anderen Tisch und beendeten gerade ihr Frühstück.
Mark war wieder mit Kopfschmerzen und dem unbestimmten Gefühl aufgewacht, geträumt zu haben. Aber der Traum war jetzt wie weggeblasen – er konnte sich nicht einmal mehr daran erinnern, worum es darin gegangen war – und alles, was er davon zurückbehalten hatte, war das lästige, heute wirklich üble Kopfweh.
Samira versuchte, ihm einen Teller mit Rührei aufzudrängen, aber er schob ihn von sich. Als sie sich von ihm abwandte, bemerkte er einen Lederbeutel, der von ihrem Gürtel herabbaumelte, und überlegte kurz, ob der unangenehme Geruch, der sie stets zu umgeben schien, wohl von diesem Lederbeutel herrührte. Er wußte, daß eine *Scheicha* stets allerlei Pülverchen mit sich führte, und es war ihm auch nicht unbekannt, daß sie halluzinogene Pflanzen kaute. Doch in diesem Geruch lag etwas Menschliches, was ihn vermuten ließ, daß er von der Frau selbst ausging. Mark nahm sich daher vor, Abdul daraufhin anzusprechen und ihn dafür sorgen zu lassen, daß sie sich wusch.
Das Fliegennetz am Eingang wurde angehoben, und Alexis Halstead trat ein.
»Wo ist Ihr Mann?« erkundigte sich Mark. »Wir werden gleich aufbrechen.«
»Sanford wird uns nicht begleiten. Er ist unpäßlich.«
»Was fehlt ihm denn? Ich habe ihn doch bei Sonnenaufgang joggen hören.«
»Er hat schon wieder Nasenbluten.«
Jasmina schaute von ihrem Tee auf. »Soll ich nach ihm sehen?«
Ohne die junge Frau anzublicken, erwiderte Alexis Halstead: »Nicht nötig. Es wird ihm bald wieder bessergehen.« Sie nahm Mark gegenüber Platz, verschränkte die Arme auf dem Tisch und sah ihn erwartungsvoll an. Samira kam herbeigeschlurft und stellte ein Glas Tee vor Alexis hin. Dabei fiel ihr stechender Blick zufällig auf Mrs. Hal-

steads Gesicht. Für einen kurzen Moment weiteten sich ihre winzigen Augen vor Schrecken. Ein stummer Aufschrei schien ihren trockenen Lippen zu entweichen. Dann wich die alte Fellachin zurück, stieß gegen den nächsten Tisch und stolperte blindlings zurück zum Herd.

»Wie sieht der Plan für heute aus, Dr. Davison?« fragte Alexis, die die Reaktion der *Scheicha* nicht bemerkt hatte. Mark zog ein zusammengerolltes Blatt Papier aus der an seinem Gürtel befestigten Hüfttasche, breitete es auf dem Tisch aus und beschwerte die Ecken mit Salz- und Pfefferstreuern. »Das ist eine topographische Karte von der Gegend, und diese Linien hier«, er fuhr sie mit dem Finger nach, »bilden das Gitternetz, das Abdul und ich ausgearbeitet haben. Die Teams werden heute die Topographie erforschen, das heißt, jeder Mann wird sich einen genauen Überblick über das Quadrat verschaffen, das ihm zugeteilt wurde. Morgen werden wir dann auffällige Stellen näher untersuchen, und damit werden wir fortfahren, bis wir einen Hinweis finden.«

»Bekommen wir auch Quadrate zugeteilt, Dr. Davison?«

»Ich habe für mich selbst eines ausgewählt, aber die übrigen Expeditionsteilnehmer werden an der eigentlichen Grabungsarbeit und ihrer Vorbereitung nicht beteiligt sein. Sie werden uns noch später hier im Camp wertvolle Hilfe leisten, wenn wir erst einmal fündig geworden sind.«

Jasmina und Hasim standen von ihrem Tisch auf, um ebenfalls einen Blick auf die Gitternetzkarte zu werfen.

»Und diese rot umrandeten Buchstaben hier«, fuhr Alexis fort, »was haben die zu bedeuten? Und warum haben Sie sie mit einer roten Linie miteinander verbunden?«

»Sie bezeichnen die Stellen, die Pharao Echnaton dazu benutzte, um die Grenzen seiner heiligen Stadt abzustecken. Einige von ihnen wurden in den Felsen gemeißelt und können heute noch besichtigt werden. Bei anderen handelte es sich um Steinplatten, die in den Boden eingelassen wurden und sich jetzt in Museen befinden. Als Echnaton mit seinem Hofstaat aus Theben wegzog und dieses Gebiet als Standort für seine neue Stadt wählte, ließ er seine Steinmetze rund um die Stadt Grenzmarkierungen aufstellen. Danach fuhr er zu jeder einzelnen in einem Streitwagen heraus und gelobte seinem neuen Gott an jeder Stelle, daß er seinen Fuß nie mehr außerhalb dieses Gebietes setzen wolle. Weder in diesem Leben noch im nächsten.«

»Warum sind sie mit Buchstaben bezeichnet?«

»Die ersten Ägyptologen taten dies, als sie die Stelen um die Jahrhundertwende herum entdeckten. Sie bezeichneten sie in der Reihenfolge ihrer Fundorte mit einem Buchstaben, wobei manche Buchstaben im Alphabet bewußt übersprungen wurden. So werden Sie bemerken, daß es keine Stele O oder T gibt. Dies geschah für den Fall, daß man in Zukunft noch weitere fände, denen man dann ihrer Lage nach entsprechende Buchstaben würde zuordnen können.«

»Sie haben das Gitternetz außerhalb der Grenzlinie nicht fortgeführt.«

»Wenn die Amun-Priester sich derart vor dem rächenden Geist Echnatons fürchteten, daß sie ihn deswegen in einem besonderen Grab bestatteten, so nehme ich an, daß sie ihn besänftigen wollten, indem sie ihn innerhalb seines geheiligten Gebietes beerdigten. So...« Mark rollte die Karte wieder zusammen und schob sie in seine Hüfttasche. »Von jetzt an müssen wir versuchen, uns ganz in die Denkweise der Amun-Priester zu versetzen. Wo würden Sie an ihrer Stelle das Grab ausgehoben haben?«

Sie folgten Mark aus dem verräucherten Zelt hinaus in die helle Morgensonne, wo sich Ron zu ihnen gesellte. Er trug ein Greenpeace-T-Shirt und hatte sich zum Schutz gegen die Sonne ein großes Tuch um den Kopf gewickelt. Mark ging voraus zu den beiden offenen Landrovern und teilte die Gruppe zwischen ihnen auf. Bewaffnete *Ghaffir* waren als Fahrer eingeteilt. Zusätzlich angeforderte *Ghaffir* postierten sich inzwischen mit Gewehren vor dem großen Arbeitszelt, wo gerade ein Nachschub an Tee und Cola gelagert wurde. Constantin Domenikos hatte Mark doch etwas beunruhigt.

Die Fahrt das Königliche Wadi hinauf war alles andere als erholsam. Die *Ghaffir* traten hemmungslos aufs Gaspedal und schienen Gräben und Geröllbrocken geradezu als Herausforderung zu empfinden. Mit ihrer getönten Fliegerbrille saß Alexis Halstead in gelassenem Schweigen neben Mark. Rote Haarsträhnen lösten sich wie Feuerstrahlen aus ihrem Kopftuch und peitschten ihr ins Gesicht. Auf dem Rücksitz bemühte sich Ron, Stativ und Kameras vor den Erschütterungen zu bewahren, was ihm jedoch nicht gelang, denn bei jedem Ruck wurde er von seinem Sitz hochgerissen. Hinter ihnen, im zweiten Wagen, klammerten sich Jasmina und Hasim blaß vor Schrecken ans Armaturenbrett.

Das Wadi, das an seiner Mündung zur Ebene noch weit und flach war, verengte sich allmählich zu einer tief ins Plateau eingeschnittenen Spalte, die nach sechs Kilometern zum Eingang des Königsgrabes führte. Als sie sich ihm näherten, hob Mark die Hand und bedeutete seinem eigenen Fahrer und dem Fahrer dahinter, anzuhalten. Er faßte nach der Stange über der Windschutzscheibe und zog sich daran hoch, um sich einen Überblick über das Gelände zu verschaffen. Als der Staub sich gelegt hatte, sprang er aus dem Wagen. Seine Stiefel verursachten auf dem Schutt des Wadis ein knirschendes Geräusch.

Die Sonne schien in dieser nackten Schlucht noch stärker herunterzubrennen. Jetzt, da kein Fahrtwind mehr für Kühlung sorgte, drückte die Hitze mit unglaublicher Macht von dem dünnen Streifen blauen Himmels nieder. Beim Aussteigen suchte Hasim-al-Scheichly argwöhnisch den Sand ab, bevor er einen Fuß nach unten setzte. Nach dem Erlebnis der vergangenen Nacht hatte er nicht gut geschlafen. Alpträume hatten ihn geplagt, von riesenhaften Skorpionen und einer feingliedrigen Frau, die auf ihn zugekommen war, um ihn zu küssen, und deren Kopf sich im letzten Augenblick in die Scheren eines Skorpions verwandelt hatte. Zu erschöpft, um der Besichtigung des Grabes beizuwohnen, beschloß Hasim, zurückzubleiben und bei den Landrovern zu warten.

Der Regierungs-*Ghaffir*, der den Grabeingang bewachte, hockte im Staub und hatte zum Schutz gegen die Sonne eine vergilbte Ausgabe der Tageszeitung *El Ahram* über seinen Turban gebreitet. Er hob die Hand zum Gruß, stand langsam auf und hantierte mit den Schlüsseln an seinem Gürtel.

Als das Eisentor aufsprang, fragte Alexis: »Nützt das etwas?«
»Nein. Die Wächter sind bestechlich.«

Gleich nach dem Betreten des Grabes wurde offensichtlich, was gemeint war: Wandschmierereien und Spuren von Vandalismus fielen einem überall ins Auge. Das Innere wirkte unheimlich und bedrückend. Über einen schräg abfallenden Korridor und eine steile Treppe gelangte man in die Sargkammer, wo einst der Sarkophag gestanden hatte. Drinnen herrschte eine düstere, muffig-schwüle Atmosphäre. Mark führte seine Begleiter, die kaum ein Wort sprachen, durch diesen Raum in eine Halle, deren Wände mit stark beschädigten Reliefs verziert waren, die die königliche Familie bei der Verehrung des Sonnengottes Aton zeigten.

»Als dieses Grab 1936 entdeckt wurde«, erklärte Mark, während er seine Taschenlampe auf die Wandmalereien richtete, die schemenhaft vor ihnen auftauchten, »enthielt es nicht mehr als einen zerschlagenen Sarkophag und ein paar Kanopen. Das sind dickbauchige Krüge, in denen die Eingeweide des Verstorbenen beigesetzt wurden. Die Kanopen, die man in diesem Grab fand, waren nie benutzt worden, und der Sarkophag war leer. Man kann sicher davon ausgehen, daß niemand je hier begraben wurde.«

Ron entfernte sich von der Gruppe und begann, sein Stativ aufzubauen.

»Warum wurde es nie benutzt?« murmelte Alexis. Sie hob eine Hand zu dem nächstgelegenen Wandgemälde empor, ohne es jedoch zu berühren. Mark blickte auf Alexis' nach oben gerichtetes Profil und wunderte sich erneut über die merkwürdige Vertrautheit, die er beim Anblick ihres Gesichtes immer wieder feststellte. Das Spiel von Licht und Schatten in dem Grab unterstrichen ihre einzigartige Schönheit, die vorspringenden Backenknochen, den sinnlichen Mund und die gerade, klassische Nase. In dem schummrigen Licht des Grabes schien sich Alexis' Gesicht zu verändern. Ein bei Tageslicht nicht wahrnehmbarer Ausdruck schien nun darauf hervorzutreten. »Ich weiß nicht«, murmelte Mark vor sich hin.

»Wird das Ramsgate-Grab so aussehen wie dieses hier?« Alexis Halsteads Stimme hatte sich ein wenig verändert; sie klang nun tiefer, rauher.

»Ich weiß nicht...«

Alexis drehte sich etwas zur Seite und starrte mit halbgeschlossenen Augen auf die bizarren Gestalten an der Wand: Echnaton und Nofretete, die ihrem Gott huldigten. Ihre Stimme klang wie ein seltsam heiseres Flüstern. »Warum sind diese Wanddarstellungen absichtlich verunstaltet und verwischt worden?«

Mark versuchte, seine Lippen mit der Zunge zu befeuchten, mußte jedoch feststellen, daß sein Mund ungewöhnlich trocken war. »Die

Amun-Priester wollten Echnaton und Nofretete kein Leben nach dem Tod ermöglichen.«
»Was meinen Sie damit...?«
Der Duft ihres Gardenien-Parfums stieg ihm zu Kopf. Hinter ihnen ertönte ein Klicken von Rons Kamera, das sich in der kahlen Steinkammer unnatürlich laut ausnahm.
Ohne sich dessen bewußt zu sein, senkte Mark die Stimme. »Für die alten Ägypter besaßen auf Wände gemalte oder eingemeißelte Figuren lebendige Kraft. Tiere konnten sich bewegen, Vogelsymbole konnten von der Wand wegfliegen.«
»Und die Menschen?«
Mark spürte, wie sich sein Magen zusammenzog. Vielleicht überkam ihn eine Art Platzangst. Plötzlich hatte er den Wunsch, so schnell wie möglich aus dem Grab herauszukommen. »Für Menschen galt dasselbe. Einmal auf eine Wand gemalt, hatten auch menschliche Gestalten sozusagen magische Kräfte. Sie konnten jederzeit heruntersteigen und umhergehen...«
Alexis wandte sich von ihm ab; sie wirkte jedoch gelassen und ein wenig matt, als bewege sie sich in einem Traum, und trat in die Dunkelheit einer Türöffnung. Vor ihr tat sich ein scheinbar grenzenloser schwarzer Abgrund auf. »Was ist da drinnen?«
Mark blieb wie angewurzelt vor dem Wandgemälde stehen und versuchte Alexis' milchigweißen Körper richtig zu erkennen. Hielten seine Augen ihn zum Narren? Alexis schien zu glühen.
»Die Grabkammern der Töchter Echnatons.«
»Wurden sie je benutzt?«
Wieder erfüllte ein metallisches Klicken die Grabkammer – das anhaltende Summen bei einer langen Belichtungszeit.
»Nein.«
Alexis drehte sich um und sah ihn aus der pechschwarzen Umgebung der Türöffnung an. Ihr Gesicht lag im Dunkeln. »Wo wurden seine Töchter bestattet?«
Mark wollte einen Finger unter seinen Hemdkragen schieben, doch er hatte keine Gewalt über seinen Arm. »Niemand weiß es...«
»Niemand weiß es? Sind alle sechs verschwunden?«
Mark zwang sich dazu, seinen Blick von Alexis abzuwenden, und starrte statt dessen auf das Wandgemälde. Wie gebannt hielt er seinen

Blick auf das Gesicht von Nofretete geheftet, auf ihr Profil, ihr Profil...
Rons Stimme schien aus weiter Ferne zu kommen. »Ihre Gräber wurden zweifellos bereits vor Jahrtausenden geplündert« – klick – »und ihr Goldschmuck zur Herstellung von Münzen eingeschmolzen« – klick – »und ihre Mumien für Arzneipulver zermahlen.«
Das Profil, Nofretetes Profil, es war unverwechselbar ihr Profil...
Sein Hemdkragen schien ihm den Hals zuzuschnüren. Er konnte nicht mehr schlucken. Mark hatte das Gefühl, daß ihm irgend etwas im Bauch herumkrabbelte, und er konnte sich plötzlich kaum noch auf den Beinen halten.
»Tolle Bilder!« verkündete auf einmal Ron mit dröhnender Stimme, während er das Stativ geräuschvoll zusammenklappte. »Aufregende Motivzusammenstellungen, schlichte menschliche Wesen zu Füßen des riesenhaften lebendigen Gottes!«
Mark starrte mit offenem Mund hinauf zu der überlebensgroß dargestellten Königin, die für alle Zeiten in der Kalksteinwand des Grabes verewigt war, im Profil... Alexis Halsteads Profil...
Mark gab einen kurzen, dumpfen Laut von sich, taumelte rückwärts, machte auf dem Absatz kehrt und meinte mit fester Stimme: »Wir verschwenden nur unsere Zeit. Machen wir, daß wir hier herauskommen!«

Im Gemeinschaftszelt war es unangenehm warm, und die Luft darin war rauchgeschwängert, aber die Alternative hätte darin bestanden, draußen bei den Fliegen zu essen. Zwei tragbare Ventilatoren, die von einem der Benzingeneratoren angetrieben wurden, hielten die Luft in ständiger Bewegung, aber es gab nicht genug Licht, und die Essensgerüche beherrschten den ganzen Raum.
Samira hatte die Ärmel bis zu den Ellenbogen hochgerollt und knetete Maismehl zu einem Teig. Hin und wieder hielt sie inne, um der Masse ein wenig Wasser und Kümmel beizumengen. Mehrere runde Holzteller standen für den fertigen Teig bereit, der darauf zu Fladen geformt wurde und in dem Steinofen im hinteren Teil des Zeltes gebakken werden sollte. Schmackhafte, goldbraune Brotfladen aus zwei weichen, nicht krümelnden Krusten wären das Ergebnis. Sie wurden als *Pitta*-Brot bezeichnet, im mittelägyptischen Dialekt als *Bettaw*,

nach dem alten pharaonischen Wort für Brot, *Ptaw*. Mark war sich nicht bewußt, daß er Samira, während er seinen Tee trank, die ganze Zeit über anstarrte. Einmal rutschte ihr schwarzer Schleier nach oben und ließ abermals die rote Tätowierung auf ihrer Stirn erkennen, aber die Fellachin hatte sie im Handumdrehen wieder verhüllt, ohne ihre Arbeit zu unterbrechen.

Ron war der einzige, der aß, wobei er seinen *Ful* kräftig mit Pfeffer würzte. Neben seinem Teller stand ein Becher Chianti.

»Wann wird Abdul Ihnen über die Ergebnisse des Tages Bericht erstatten?« erkundigte sich Sanford Halstead, der vor einer Tüte mit Rosinen und Mandeln saß.

»In etwa einer Stunde.« Mark zwang sich, seinen Blick von Samira zu wenden.

»Glauben Sie, daß sie etwas gefunden haben?«

Mark bemühte sich, freundlich zu bleiben. Halstead, der ihm in einem modischen, enganliegenden Sporthemd und weißen Freizeithosen gegenübersaß, wirkte so beneidenswert jugendlich und kraftvoll. Mark fragte sich, was wohl das Geheimnis dieses Mannes war. Verjüngte ihn Alexis mit ihrer sexuellen Vitalität? »Wenn irgend etwas Bedeutendes gefunden worden wäre, dann hätte Abdul mir sofort davon berichtet.«

»Sagen Sie mir, Dr. Davison«, mischte sich Alexis in die Unterhaltung, »warum wurde Echnatons Monotheismus eigentlich so erbittert bekämpft?«

In der alltäglichen Umgebung des Gemeinschaftszelts und bei besserem Licht kam ihm Alexis Halstead nicht mehr gespenstisch und unheimlich vor. Sie war nichts anderes als eine bemerkenswert schöne Frau. Und doch mußte Mark zugeben, daß sich die Ähnlichkeit auch jetzt nicht leugnen ließ. Sie war ganz eindeutig vorhanden. Hätte sie ihr Haar zurückgesteckt und sich altägyptische Schminke aufgelegt, so hätte man Alexis Halstead für die Reinkarnation von Königin Nofretete halten können.

»Weil er damit die bestehende Staats- und Gesellschaftsordnung über den Haufen warf. Die alten Ägypter glaubten, daß die Welt sich niemals wandeln dürfe. Was gestern war, mußte auch heute so sein und sollte auch morgen noch Gültigkeit haben.«

»Warum waren sie so sehr gegen Veränderungen?«

Mark blickte auf Sanford und bemerkte, daß aus einem seiner Nasenlöcher langsam ein Tröpfchen Blut hervorzuquellen begann. »Weil die Ägypter in einem Land lebten, das selbst keinerlei Veränderungen durchmachte. Die Naturkräfte im Niltal sind jahraus, jahrein gleichbleibend und voraussagbar; das Klima ist beständig. Es gibt weder sintflutartige Regenfälle noch sonstige plötzliche Witterungseinbrüche. In ihrer Religion und Philosophie ahmen die Ägypter die Natur nach. Für sie hatte sich die Welt seit ihrer Erschaffung nicht verändert.
Deshalb mußten auch die Menschen bleiben, wie sie waren. Aus diesem Grund gibt es im ägyptischen Pantheon auch keine wirklich zornigen oder feindseligen Gottheiten.«
Mark schaute wieder zu Halstead hinüber, der sich diskret eine Stoffserviette vor die Nase hielt. An der Stelle, wo das Blut durchging, bildete sich nach und nach ein purpurroter Fleck.
»Vergleichen Sie die ägyptischen Götter mit den Göttern der Sumerer, der Babylonier und der Assyrer in Mesopotamien«, fuhr Mark fort. »Die Menschen dort lebten in einem Land mit unberechenbaren Jahreszeiten, in dem sie jederzeit von Überschwemmungen und Erdbeben heimgesucht werden konnten. Auch deren Götter spiegelten die Natur wider. Sie waren düster und geheimnisvoll, zornig und rachsüchtig wie der Jahure der Hebräer. Dagegen machten sich die Ägypter stets nur eine Vorstellung von fröhlichen und wohlwollenden Göttern, weil sie an die milde Beständigkeit eines Landes gewöhnt waren, das keine ausgeprägten Jahreszeiten kennt.«
Abermals schweifte Marks Blick zu Halstead hinüber. Frisches Blut kam auf seiner Oberlippe zum Vorschein und versickerte in seinem silbergrauen Schnurrbart.
»Die einzige Ausnahme bildete der Gott Seth, der seinen Bruder Osiris ermordete. Er war der Gott der Finsternis, verkörpert durch einen rothaarigen Dämon. Zweifellos hatte er seinen Ursprung in irgendeinem furchterregenden Urtier. Es gab auch noch ein paar weniger bedeutende Gottheiten, die ebenfalls Teufeln ähnelten, aber sie kamen ihrem Wesen nach eher lästigen Poltergeistern gleich.«
»Woher nahm Echnaton die Idee zum Monotheismus?« fragte Halstead, der sich die blutbefleckte Serviette nun fest gegen die Nase preßte.

»Das kann niemand mit Bestimmtheit sagen. Es gibt eine Menge Theorien zu dem Thema, aber nichts wirklich Greifbares. Einige Leute halten ihn für die erste Inkarnation von Jesus und meinen, er sei gescheitert, weil die Welt damals noch nicht reif genug gewesen sei, um seine Botschaft zu empfangen. Dazu muß man wissen, daß Echnaton sich selbst als den Sohn Gottes bezeichnete.«

Halstead entfernte die Serviette von seiner Nase und verbarg sie taktvoll unter dem Tisch. »Ich habe die Hymne auf die Sonne gelesen. Es ist bemerkenswert, wie ähnlich sie dem hundertvierten Psalm in der Bibel ist. Die Entdeckung von Echnatons Grab und möglicherweise sogar seines Leichnams und seiner Grabbeigaben wäre zweifellos ein Segen, sowohl für die Geschichtsschreibung als auch für die Theologie...« Halstead brach mitten im Satz ab und erstarrte. Ein Ausdruck der Verwunderung trat auf sein Gesicht. Im nächsten Augenblick brach ein Blutstrom aus seiner Nase hervor und ergoß sich über den Tisch.

»Allmächtiger!« schrie Ron, der vor Schreck aufsprang und dabei rückwärts über die Bank fiel.

Alexis stieß einen Schrei aus, und bevor Mark irgend etwas tun konnte, war Jasmina schon auf den Beinen. Sie schlang einen Arm um Halsteads Schulter, packte die Tischdecke an einem Ende und zerrte sie hoch an sein Gesicht.

Wie benommen stand Mark langsam auf. Vor Staunen blieb ihm der Mund offenstehen. Blut strömte aus Sanford Halsteads Nase auf den Boden.

»Eis!« rief Jasmina, die Halsteads Kopf jetzt gegen ihren Bauch gepreßt hielt. Das Blut durchtränkte den Stoff ebenso schnell, wie sie ihn, zu immer neuen Bäuschen zusammengerafft, gegen seine Nase hielt. »Bringt mir doch Eis!«

Endlich löste sich Mark aus seiner Erstarrung. In einer Ecke stand unter mehreren Kisten ein kleiner Kühlschrank. Er riß die Tür auf und fand neben Fleischkeulen, Butter, Gemüse und einer Sechserpackung Bier in dem winzigen Eisfach eine flache Schale mit Eiswürfeln. Seine Hände zitterten, als er die Würfel herausbrach und in seiner Serviette sammelte. Als er an den Tisch zurückkehrte, fand er sowohl Jasmina als auch Halstead blutüberströmt. Sie hielt ihn in den Armen wie ein Kind. Er war ohnmächtig geworden.

Hastig griff Jasmina nach dem Eisbeutel und schleuderte das blutige Tischtuch von sich. Während Halsteads Kopf in ihrer Armbeuge ruhte, kniff sie seine Nase mit den Fingern der einen Hand fest zusammen und preßte mit der anderen das Eispaket gegen sein Gesicht.

Für einen Augenblick schien die Zeit stillzustehen. Irgendwo im Hintergrund hörte man Ron leise aufstöhnen. Mit weit aufgerissenen Augen verfolgte Hasim die schreckliche Szene und zitterte dabei so heftig, daß er sich bei Mark anlehnen mußte. Alexis verharrte, stumm vor Verblüffung, auf ihrem Platz.

Mark starrte einen Augenblick auf Halsteads blutdurchtränkte Kleidung, dann auf Jasminas Hände und Arme, die so aussahen, als wären sie in einen Eimer voll roter Farbe getaucht worden. Schließlich blickte er auf und sah sich im Zelt um.

Samira war nicht mehr da.

Die Hitze wälzte sich wie in schweren Schwaden von der felsigen Hochebene herunter. Als Mark durch das Lager auf Jasminas Zelt zuging, spürte er, wie ihm sein frisches Hemd am Körper klebte. Er blieb am Zelteingang stehen und rief: »Hallo! Miss Schukri?«

Ihre Umrisse wurden jenseits der dünnen Plane sichtbar.

»Ich wollte Sie fragen, ob wir uns wohl einmal miteinander unterhalten könnten. Darf ich hereinkommen?«

Sie zog das Moskitonetz zur Seite. »Bitte treten Sie ein, Dr. Davison.«

Er folgte Jasmina ins Zeltinnere und wartete, bis seine Augen sich den veränderten Lichtverhältnissen angepaßt hatten, bevor er sich auf einem der beiden Klappstühle niederließ. Er sah sich im Zelt um und stellte fest, daß er sie bei einer Arbeit am Mikroskop unterbrochen hatte. »Wie geht es Halstead?«

Jasmina nahm auf dem anderen Stuhl Platz und verschränkte ihre Hände im Schoß. »Es wird ihm bald bessergehen«, antwortete sie mit sanfter Stimme. »Ich habe ihm ein Beruhigungsmittel gegeben, so daß er jetzt schläft.«

»Was ist die Ursache für seine ständigen Blutungen?«

»Ich glaube, daß die Aussicht auf die Entdeckung des Grabes ihn zu sehr in Aufregung versetzt hat und daß dies wiederum seinen Blut-

druck hochgetrieben hat. Vielleicht reagiert seine Nase aber auch empfindlich auf den Sand. Vorsichtshalber werde ich ihn von jetzt an einen Atemschutz tragen lassen.«
»Er hat eine Menge Blut verloren.«
»Nicht mehr als einen halben Liter. Wenn es überall verspritzt ist, sieht es nach viel mehr aus, als es in Wirklichkeit ist. Der Blutverlust wird ihn nur ermüden.«
»Gott, ich dachte schon, er würde verbluten.«
»Darf ich Ihnen eine Tasse Tee anbieten?« fragte Jasmina nach kurzer Überlegung.
Mark schüttelte den Kopf. Er versuchte, seinen Blick nicht im Zelt umherschweifen zu lassen, konnte seine Neugierde aber nicht recht im Zaum halten. Unwillkürlich starrte er auf einen Streifen Fliegenpapier, der über ihrem Bett hing und mit Insekten gespickt war. Manche von ihnen zappelten noch. Er schaute weg und deutete mit dem Kopf auf das Mikroskop. »Darf ich fragen, wozu Sie das Mikroskop benötigen?«
»Ich brauche es für Arbeiten in meinem Spezialgebiet, Dr. Davison. Ich befasse mich mit Parasitologie. In dieser Gegend leiden viele Menschen an schrecklichen Krankheiten, die durch im Boden lebende Parasiten übertragen werden. Durch angemessene Aufklärung könnten sie leicht davor geschützt werden. Im Augenblick gilt mein besonderes Augenmerk der Bilharziose. Sie wird durch einen Saugwurm hervorgerufen, dessen Larven im Boden leben und durch die Haut in den menschlichen Körper eindringen. Die Fellachen verrichten ihre Notdurft, wo immer sie sich gerade aufhalten, und mit dem Urin der Infizierten gelangen die Parasiten in den Boden. Später laufen andere Leute barfuß über denselben Boden. Die Larven dringen in die Blutbahn ein und verzehren die roten Blutkörperchen. Ein an Bilharziose Erkrankter kann im Alter von fünfundzwanzig Jahren sterben und nicht wissen, wie leicht er seinen frühen Tod hätte verhindern können.«
Jasmina senkte den Blick. Ihr Wortschwall machte sie plötzlich verlegen. »Ich möchte ein Heilmittel gegen all diese Krankheiten finden und einen Weg, wie man die Leute aufklären kann. Aber sie sind ungebildet und für moderne medizinische Erkenntnisse nur schwer zugänglich.«

»Kommen Sie deswegen so schlecht mit der alten Frau aus?«
Jasmina schaute auf; ihr Blick flackerte unruhig. »Sie verachtet mich meiner westlichen Einstellung wegen.«
»Wissen Sie, was die Tätowierung auf ihrer Stirn zu bedeuten hat?«
»Samira ist Koptin. Die Tätowierung erinnert an das Jahr, in dem sie eine Pilgerfahrt nach Jerusalem machte.«
»Koptin...«
»Dr. Davison«, der Anflug eines Lächelns umspielte Jasminas Mund, »ich habe zufällig mitbekommen, was Sie zu Mr. Domenikos sagten. Ich fand Ihre Reaktion einfach großartig.«
»Hm, na ja...« Mark fuhr sich mit den Händen über die Knie und dachte verlegen darüber nach, wie er die Unterhaltung beenden könnte. »Sie brauchen dringend einen Ventilator hier im Zelt. Vielleicht wird das die Fliegen draußen halten.«
Ihre Miene verdüsterte sich ein wenig. »Sie bringen da einen Punkt zur Sprache, Dr. Davison, der mir ziemlich große Sorgen bereitet. Wenn ich nämlich die Eingangsplane öffne, um eine Fliege herauszulassen, kommen zehn andere herein. Anscheinend werde ich besonders von ihnen heimgesucht, denn außer mir hat sich noch niemand darüber beschwert.«
Marks Blick schweifte wieder zu dem spiralförmigen Band, das von der Zeltdecke herabhing. Es war nun dicht mit Fliegen besetzt. »Großer Gott! Wie lange hängt der Fliegenfänger schon hier?«
»Seit heute morgen.«
Mark runzelte die Stirn. »Die Biester sind wohl scharf auf Medikamente.«
»Und nachts, wenn die Fliegen schlafen, plagen mich die Stechmücken. Die Moskitonetze scheinen überhaupt nichts zu nützen.«
»Ich werde Abdul danach sehen lassen.«
Jasmina lächelte erneut, und das überraschte Mark. In dem sanften Licht und der Wärme ihres Zeltes fühlte er sich genötigt, ihren Blick freundlich zu erwidern. Sie hatte eine ganz besondere Art, ihn anzusehen: Es kam ihm vor wie eine Bewertung, als wäre er ein Mann, dem sie einerseits mißtraute, zu dem sie sich andererseits aber hingezogen fühlte; der sie faszinierte und doch gleichzeitig mit Verachtung erfüllte.
Ihre Augen waren unbeschreiblich schön. Es kam ihm aber so vor, als

ob ein Schleier die untere Hälfte ihres Gesichtes verbarg; der Schleier, den zu tragen ihre Mutter und Großmutter gezwungen gewesen waren. Seit den Tagen Mohammeds hatten Generationen von Frauen darunter zu leiden gehabt, daß ihre Wangen, Nasen und Münder verhüllt sein mußten, und vielleicht hatten sie deshalb im Laufe der Zeit sinnliche Augen entwickelt, mit denen sie einen Mann beglücken oder vernichten konnten.

Mark vermutete, daß sie sich nicht bewußt war, wie sie ihn ansah und daß Jasmina nicht ahnte, welche Wirkung ihre Augen auf ihn hatten. Aber ganz sicher war er sich nicht.

»Ich denke, ich sollte mir jetzt Abduls Bericht anhören. Bitte teilen Sie mir mit, wenn Mr. Halsteads Zustand sich verändert.«

Jasmina erhob sich mit ihm. »Jawohl, Dr. Davison.«

Er schritt auf den zugehängten Ausgang des Zeltes zu und drehte sich im letzten Moment noch einmal um. »Hören Sie, wir werden wahrscheinlich den ganzen Sommer über hier sein und eng zusammenarbeiten. Warum wollen wir uns jetzt nicht gleich mit dem Vornamen anreden?«

Jasmina stand ein paar Schritte von ihm entfernt und ließ eine Hand auf dem Arbeitstisch ruhen. Eine ziemlich lange Weile verging, bevor sie leise erwiderte: »Ich werde es versuchen.«

Sie hatten nichts gefunden. Sechs Stunden Erkundungsarbeit im Gelände hatten absolut nichts ergeben. Aber im Grunde war Mark nicht überrascht. Erst die Arbeit der nächsten paar Wochen, die eingehende Erforschung jedes Gitterquadrats und vielleicht das Ausheben einiger Probelöcher an besonders vielversprechenden Stellen, würde zu Ergebnissen führen. Er saß an seinem kleinen Schreibtisch und las beim Schein des unbeständigen Generatorlichts Ramsgates Tagebuch, wobei er jeden Satz, jedes Wort, in der Hoffnung, etwas zu entdecken, was er übersehen hatte, einer eingehenden Prüfung unterzog. Am 1. Juli war die alte *Sebbacha* mit dem obersten Fragment einer Stele, in das sieben wunderliche Figuren gemeißelt waren, in Ramsgates Lager gekommen und hatte erklärt, das Grab befinde sich »unter dem Hund«. Am 16. Juli hatte Ramsgate den Sockel der Stele gefunden, auf dem die Lage des Grabes in Form eines Rätsels beschrieben war: »Wenn Amun-Ra stromabwärts fährt, so liegt der Verbrecher dar-

unter; um mit dem Auge der Isis versehen zu werden.« Und dann, endlich, am 19. Juli, schrieb er: »Wo mein Auge schon hundertmal achtlos vorbeistreifte, hat es den Hund schließlich wahrgenommen. Jetzt weiß ich, wie kinderleicht die Antwort auf das Rätsel ist...«
Mark lehnte sich zurück und rieb sich den Hals. Es war zwecklos. Ramsgate drückte sich bei der Beschreibung des Grabungsortes einfach zu ungenau aus. Da hieß es lediglich: »...kreisförmige Gräben im Sand... Mohammed überwachte die Gruppen bei der Arbeit.«
Mark schlug das Buch zu, nahm Pfeife und Tabaksbeutel und ging nach draußen.
Er durchquerte das Camp und blickte zu den Ruinen der Arbeitersiedlung hinüber, die von den Lagerfeuern der Fellachen erleuchtet wurden. Von ferne hörte er Männerstimmen, die, begleitet von einfachen Holzblasinstrumenten, traurig klingende Lieder sangen.
Mark ließ sich auf der alten Schlammziegelmauer nieder und zündete seine Pfeife an. Er dachte an Nancy und überlegte, ob er ihr nicht einen Brief schreiben und ihn von El Minia aus abschicken sollte. Er wünschte, sie hätte ihn begleitet. Es wäre schön, sie jetzt hier zu haben, sich mit ihr zu unterhalten, mit ihr zu schlafen und noch einmal zu versuchen, ihr begreiflich zu machen, was ihm die Arbeit im Gelände bedeutete...
Plötzlich stieg ihm der Duft von Gardenien in die Nase.
»Darf ich mich zu Ihnen setzen?«
Aufgeschreckt fuhr er herum und schaute auf. Wie eine Walküre hob sich Alexis gegen den Sternenhimmel ab. Sie hielt etwas in den Händen.
»Bitte sehr.« Mark rückte ein wenig zur Seite, um ihr Platz zu machen. »Wie geht es Ihrem Mann?«
»Wir mußten das Hemd und die Hose verbrennen, weil sich das Blut nicht herauswaschen ließ. Trinken Sie ein Glas mit mir?«
Mark blickte hinunter auf die Flasche und die beiden Gläser, die sie mitgebracht hatte, und erkannte flüchtig das Etikett.
Glenlivet. Schottischer Malt-Whisky. »Ja, gerne.«
Alexis goß ein wenig in jedes Glas, reichte eines davon Mark und stellte die Flasche zwischen ihre Füße in den Sand.
Für eine Weile nippten beide schweigend an ihrem Glas. Immer wieder warf Alexis ihr Haar zurück. Mark fühlte sich unwohl in ihrer

Gegenwart. Die Kälte, die Alexis Halstead ausstrahlte, ließ sich wohl am ehesten mit einem Bad in eisigem Wasser vergleichen – belebend, aber nicht unbedingt angenehm.
»Dr. Davison, wann werden wir die anderen Gräber besuchen?«
»Ich fürchte, dazu werden wir keine Zeit haben. Mit Besichtigungsfahrten ist jetzt Schluß. Wir sind hier, um zu arbeiten, und mit jedem Tag, den wir vergeuden, rückt der Ramadan und die heißeste Zeit des Sommers näher heran.«
»Wie schade!«
Sie verstummten wieder. Obwohl sie so dicht nebeneinander saßen, daß sie sich fast berührten, sahen sie einander nicht an.
»Ich rieche Haschisch«, meinte Alexis.
»Es kommt von der Arbeitersiedlung. Sie rauchen es jeden Abend.«
Alexis lachte kurz und bitter auf. »Ich kann die Lebensweise dieser Leute nicht begreifen. Sie erscheint mir so menschenunwürdig und freudlos. Wenn man sich vorstellt, daß sie einem Mädchen die Klitoris wegschneiden! Die Frauen ahnen nicht einmal, was ihnen dadurch entgeht!«
Mark gab keine Antwort. Er grübelte über das arabische Wort dafür nach. Dann fiel es ihm ein: *barda*. Es bedeutete »kalt, eisig«.
»Dr. Davison?«
»Ja?«
»Sehen Sie mich an.«
Er gehorchte.
Alexis öffnete den Mund, um zu sprechen, hielt aber im letzten Augenblick inne. Ihre feuchten, roten Lippen klafften ein wenig auseinander. Ihre grünen Augen schienen sich zu verschleiern, und ihr Gesichtsausdruck erstarrte. Dieser Zustand dauerte nur ein paar Sekunden, dann verging er wieder, und sie sagte leise: »Erzählen Sie mir wieder über ägyptische Gräber, Dr. Davison.«
»Was wollen Sie wissen?« fragte er verwirrt.
Sie wandte den Blick von ihm ab und starrte ausdruckslos in die Ferne.
»Die Ägypter setzten alles daran, um die Körper ihrer Toten zu erhalten. Sie scheuten keine Mühe und wandten die ausgeklügeltsten Listen an, um die Grabstätten vor Entdeckung zu schützen. Warum?«

»Weil die alten Ägypter glaubten, daß es nur dann ein Leben nach dem Tod geben konnte, wenn der Körper unversehrt war. Solange der Körper vollständig erhalten blieb, konnte die Seele das Jenseits genießen, das nach Vorstellung der Ägypter in den Gebirgswüsten des Westens lag. Die Kunst der Einbalsamierung ist niemals wiedererschaffen worden und sucht in der Geschichte ihresgleichen. Bis heute sind uns die Geheimnisse der alten Ägypter, den Leichnam vor Verwesung zu bewahren, nur unvollständig bekannt. Und was das Verstecken der Toten anbelangt, Mrs. Halstead, so geschah dies, um sie vor Grabräubern zu schützen. Damit die Seele ein Leben nach dem Tod führen konnte, mußte der Name des Verstorbenen irgendwo auf seinem Körper geschrieben stehen. Üblicherweise benutzte man dazu goldene Amulette und Armbänder, auf die Grabräuber natürlich besonders erpicht waren. Wenn diese Gegenstände gestohlen und damit vom Leichnam entfernt wurden, hörte die Seele auf zu existieren.«
Alexis holte tief Atem und hielt ihn lange an, bevor sie ihn herausließ und flüsterte: »Ist das der Grund, warum... ist das der Grund, warum...«
Er wartete.
Alexis verfiel in ein leeres Starren, wobei sie weder atmete noch blinzelte.
»Ist das der Grund... *wofür*, Mrs. Halstead?«
Sie regte sich kaum merklich, sah dann schließlich zu Mark auf und runzelte die Stirn. »Wie bitte?«
Mark betrachtete sie einen Augenblick. »Fühlen Sie sich nicht ganz wohl?«
»Doch, doch... Es ist nur...«
»Nur was?«
Sie schaute auf das Glas in ihrer Hand und schien überrascht, es dort zu sehen. »Ich bin müde, Dr. Davison. Ich hatte letzte Nacht Alpträume und bin mit dem Gefühl aufgewacht, überhaupt nicht geschlafen zu haben.« Sie erhob sich etwas schwankend und nahm die Flasche Glenlivet an sich.
»Entschuldigen Sie, ich werde mich jetzt zurückziehen...«
Mark sah Alexis nach, die über den Sand zu schweben schien. Ihre sonnengebräunten Arme und Beine wirkten im Mondlicht seltsam weiß. Als er den letzten Rest seines Whiskys hinunterstürzte, hörte

er schwere Schritte hinter sich. Kurz darauf stand Ron Farmer vor ihm.

»Was ist los?«

»Ich habe die Schnauze voll!«

»Setz dich und erzähl mir, was passiert ist.«

Ron ließ sich auf die Mauer plumpsen und starrte mit hängenden Schultern vor sich in den Sand. »Was trinkst du da?«

»Whisky. Was gibt's?«

»Hier, schau dir das an.« Ron warf Mark einen Filmstreifen zu.

»Was ist das?«

»Negative der Aufnahmen, die ich im Königsgrab gemacht habe.«

Mark versuchte, im Mondlicht auf dem Film etwas zu erkennen. »Und?«

»Sie sind verschwommen, verdammt noch mal, allesamt verschwommen.«

»Vielleicht ist Licht in die Kamera eingedrungen.«

»Dann müßten aber auch die anderen Bilder auf dem Film verschwommen sein. Aber das ist nicht der Fall. Die Fotos, die ich machte, bevor wir hineingingen, und die, die ich später draußen aufnahm, sind alle einwandfrei. Nur die im Grab, die, auf denen du zu sehen bist, sind verschwommen.«

»Vielleicht gab es im Grab nicht genügend Licht...«

»Das ist ein Vierhunderter-Film, Mark, und noch dazu in einer automatischen Kamera! Bei einer OM-2 können solche Fehler einfach nicht auftreten!«

»Ich gebe mich geschlagen.« Mark gab ihm den Film zurück. »Leg dich ein wenig aufs Ohr, Ron. Jasmina sagte mir, du hättest dir schon wieder den Kopf aufgeschlagen, als du über die Bank fielst.«

»Ich konnte es nicht vermeiden. Dieser Lackaffe hat sein Blut über meine Bohnen gespritzt!« Ron stand auf. »Werden wir morgen dein Planquadrat erkunden?«

»Ich habe das vielversprechendste für mich selbst aufgehoben... Gute Nacht, Ron.«

Mark wartete, bis die Schritte seines Freundes nicht mehr zu hören waren, bevor er sich ebenfalls erhob. Allmählich spürte er die Auswirkungen des anstrengenden Tages und hoffte, in dieser Nacht besser zu schlafen.

Er wollte sich eben zum Gehen wenden, als er plötzlich wie angewurzelt stehenblieb.
Vor sich in der Dunkelheit sah er eine geisterhafte Frauengestalt, die ihn beobachtete.

Elf

Mark ließ sich auf ein Knie nieder, entfernte den Sand von dem Gegenstand und musterte ihn von allen Seiten. Dann sah er sich nach Ron um.
Sein Freund hielt sich in der Nähe auf, wo er mit einem Stock im Sand herumstocherte und den Boden des Cañons mit einem Vergrößerungsglas untersuchte. Sanford Halstead und Jasmina saßen mit ausgestreckten Beinen im Schatten des Steilhangs und lehnten sich gegen die Felswand. Sanford Halstead hatte darauf bestanden, Mark an diesem Morgen zu begleiten, und da sich der Mann durch nichts davon abbringen ließ, hatte Mark Jasmina gebeten, ebenfalls mitzukommen. Sanford Halstead ging es heute wieder gut, und seine Nase spielte ihm keine üblen Streiche mehr. Aber vorsichtshalber trug er die weiße Operationsmaske, die Jasmina ihm aufgenötigt hatte.
Das Gebiet, das Mark für sich ausgewählt hatte, lag zehn Kilometer wadiaufwärts, an der Stelle, wo ein Arm der Schlucht sich zu einem sandigen Cañon verbreiterte, der auf drei Seiten von steil abfallenden Felswänden umgeben war. Mark hatte sich dieses Gebiet ausgewählt, weil sich bei ihm eine zunächst vage Idee und einige daran anschließende Überlegungen zu einer bestimmten Vorahnung verdichtet hatten. Es lag doch nahe, sich vorzustellen, daß die Amun-Priester das neue Grab Echnatons nicht allzuweit von dem alten ausgehoben hatten, jedoch am äußersten Rand von dessen Herrschaftsgebiet.
Nach vier Stunden Suche wurde er fündig.
»Ron! Bring den Fotoapparat her!« rief er. Seine Stimme wurde von den Cañon-Wänden zurückgeworfen.
Im Nu war sein Freund neben ihm und beugte sich zu ihm hinunter.
»Was hast du da gefunden? Laß es mich einmal näher ansehen...«

»Ich will ein Foto davon *in situ*, so, wie wir es vorgefunden haben, bevor ich es vollständig ausgrabe.« Mark zog ein fünfzig Zentimeter langes Lineal aus seiner Feldtasche und legte es längs des Gegenstandes auf den Boden.
»Denkst du, es ist von Bedeutung?« fragte Ron, während er die Blende scharf einstellte.
»Es sieht alt aus.«
»Aber jeder x-beliebige könnte es hier hinterlassen haben. Ein Mitglied der Peet-Woolley-Expedition ist vielleicht bei einem Jagdausflug so weit heraufgekommen.«
»Das würde mich wundern...« Mark verharrte in kniender Stellung, bis Ron seine sechs Aufnahmen gemacht hatte. Dann hob er die Pistole vorsichtig aus dem Sand.
Er hatte jeden Quadratzentimeter des Cañonbodens systematisch abgesucht. Er hatte seine Stiefel in den Sand gegraben, Felsbrocken beiseite gewälzt, sich über ein riesiges Vergrößerungsglas gebeugt und sich immer wieder hingekniet, um den Sand mit den Händen zu untersuchen. Endlich war er mit den Fingerkuppen auf etwas Hartes gestoßen.
»Kennst du dich mit Pistolen aus?«
»Das fragst du mich? Ich habe zwar einmal den Pacific Coast Highway mit vierundzwanzig Autos blockiert, um die Laster von Dow Chemical am Durchfahren zu hindern, aber von Waffen habe ich nun wirklich keine Ahnung.«
Mark wog die Pistole in den Händen. »Ich frage mich, ob es etwas zu bedeuten hat.«
»Was haben Sie da?« rief Halstead.
Mark hängte seine Feldtasche um und ging mit großen Schritten zu dem Platz, wo Sanford Halstead saß. Er hielt ihm die Schußwaffe hin.
»Kennen Sie sich mit so etwas aus?«
Halstead machte große Augen. Er sprang auf, packte die Pistole und drehte sie prüfend nach allen Seiten. »Ich bin ein Waffenexperte, Dr. Davison. Ich sammle alte Pistolen.«
»Können Sie mir den Typ und das Alter von dieser hier sagen?«
»Es handelt sich um einen Beaumont-Adams-Doppelaktions-Revolver. Er wurde Mitte des neunzehnten Jahrhunderts in England entwickelt und war sehr beliebt, weil durch die einfache Abzugsbewe-

gung gleichzeitig der Hahn gespannt und der Schuß abgefeuert wurde. Wenn ich mich recht entsinne, wurde er bereits mit Zentralfeuerpatronen geladen.« Halstead versuchte, die sechskammerige Revolvertrommel zu öffnen, was ihm jedoch nicht gelang.
»Wie alt ist er?«
»Das ist schwer zu sagen, Dr. Davison, denn er ist durch die Witterung stark beschädigt worden.« Er drehte und wendete die Waffe in den Händen und unterzog jedes Teil einer aufmerksamen Prüfung, bis er zum Kolben kam. Das Holz war ausgebleicht und angegriffen, doch mit einiger Mühe konnte man noch immer eine Gravur darauf erkennen. »Gestatten Sie?« Halstead nahm das Vergrößerungsglas und studierte schweigend die Buchstaben.
»Was steht darauf?«
»Leider kann ich nicht den vollständigen Namen ausmachen, aber wie es scheint, gehörte die Pistole Sir Robert.«
Mark nahm die Waffe und das Vergrößerungsglas und untersuchte sie mit derselben Sorgfalt. »Sie haben recht«, murmelte er. »Zumindest sieht es so aus.« Er fuhr herum. »In Ordnung, Ron, machen wir uns wieder an die Arbeit!«

Der Sack-Cañon war trapezförmig, wobei seine breiteste Stelle am hinteren Ende lag. Er verengte sich am Eingang auf ungefähr fünfzig Meter und schrumpfte dann zu einem schmalen Durchlaß, der sich zum Hauptwadi zurückschlängelte. Die Landrover mußten langsam hintereinander herfahren. Dann wurde die Arbeitsgruppe nach einem neu entworfenen Gitternetz auf das Wadi verteilt. Diesmal bekam jeder Mann ein Quadrat zugewiesen, das nur ein Fünftel so groß war wie das, das er vorher erkundet hatte. Trotzdem war es noch immer ein ausgedehntes Gebiet – der Cañon hatte die Größe von zwei Fußballfeldern –, und sie würden Tage brauchen, um alles gründlich abzusuchen.
Während Abdul und seine beiden Helfer die Fellachen beaufsichtigten und sicherstellten, daß sie gewissenhaft jeden Stein und jeden Felsen genau unter die Lupe nahmen und den Boden gründlich absuchten, als gälte es, ein verlorenes Goldstück aufzuspüren, verweilten Mark und Ron bei den Landrovern, wo sie ihr zeitweiliges Hauptquartier aufgeschlagen hatten. Mark hatte seine neue Karte auf der Motor-

haube ausgebreitet und mit Steinen beschwert. In regelmäßigen Abständen suchte er den Cañon mit seinem Fernglas ab. Jasmina Schukri saß unterdessen in einem der Fahrzeuge und hielt sich in der Mittagshitze für die Behandlung von Skorpionstichen und Schlangenbissen bereit. Hasim al-Scheichly lief umher und machte sich Notizen. Alexis hatte es vorgezogen, im Lager zu bleiben; sie hatte über starke Kopfschmerzen geklagt.

Es war Sanford Halstead, der die Feuerstelle entdeckte. Er hatte darauf bestanden, an der Suche teilzunehmen, und hatte sich eine Parzelle im Schatten der Felswand ausgesucht. Eine halbe Stunde hatte er schon damit verbracht, mittels einer Brechstange Felsen beiseite zu stemmen, als er fündig wurde.

Auf sein erregtes Rufen hin eilten alle herbei. Abdul befahl den Fellachen, eine Ruhepause einzulegen, und lief mit großen, steifen Schritten über den Sand. Jasmina, die meinte, Halstead sei einer Schlange begegnet, kam mit ihrer Arzttasche angerannt. Mark ließ sich vor der Fundstelle auf die Knie fallen, und Ron begann sofort, Aufnahmen zu machen.

»Löffel und Gabeln«, stellte Mark aufgeregt fest, »alle geschwärzt und verbrannt, aber erkennbar. Dort drüben liegt eine Brille vom alten Drahtgestell-Typ. Was ist das? Es sieht aus wie ein Füllfederhalter. Ein Stoffetzen...« Mark sprach schnell und atemlos, berührte aber nichts.

Dann sah er zu den anderen auf und meinte: »Das hier ist mehr als eine Kochstelle. Es ist der Ort, wo die Soldaten des Paschas alles verbrannt haben.«

Ein Wind wehte von der Hochebene herunter und fegte pfeifend durch den Cañon. Eine furchteinflößende Stille legte sich über die Gruppe der drei Amerikaner und drei Ägypter, als sie auf die jämmerlichen Überreste von Ramsgates Expedition hinunterblickten. Dann entdeckte Ron etwas, das ihn trotz der Mittagshitze erschauern ließ.

»Schaut mal dort. Was ist das...?«

Alle fuhren herum und starrten in die Richtung, in die er deutete. »Es sieht aus wie ein Knochen«, sagte Hasim.

»Ob er wohl von einem Menschen stammt?« flüsterte jemand anders.

Aber niemand antwortete. Der Wind frischte auf und peitschte so stark durch die Gruppe, die um die verkohlte Feuerstelle herum stand, daß Haare und Kleidung flatterten. Nach einer ganzen Weile stand Mark endlich auf und erklärte: »Ich will, daß wir hier eine Grabung durchführen.«

Nun wurde es allmählich notwendig, das Laborzelt für die bevorstehenden Analysen herzurichten, und Mark war froh, daß ihm diese Aufgabe keine Zeit zum Nachdenken ließ. Nachdem er und Ron Löcher in den Sand gegraben und die betreffende Parzelle durch ein Seil abgesperrt hatten, waren die Fellachen beim Wegrollen der Felsbrocken auf weitere verkohlte Knochen gestoßen. Alle stammten von Menschen.
Es bestand kein Zweifel mehr darüber, was mit den Leichnamen der Ramsgate-Expedition geschehen war.
Mark konnte sich nicht erklären, warum ihm diese Entdeckung so naheging. Sein ganzes Leben war dem Studium der toten Dinge gewidmet, und das Ausgraben von Leichen gehörte zu seinem Beruf. Aber diesmal stellte sich alles ganz anders dar. Es ging hier um die Überreste von Leuten, die vor gar nicht so langer Zeit gelebt hatten und die sich in ihrer Denkweise nicht allzusehr von ihm selbst unterschieden haben mochten. Beim Umgang mit ihren Knochen spürte er eine vertraute Nähe, die er bei der Zerlegung dreitausend Jahre alter Mumien niemals empfunden hatte.
Hasim al-Scheichly hatte ihn in diese nachdenkliche Stimmung versetzt. Nachdem er einen Schädel freigelegt hatte, an dem noch immer weiße Haarbüschel klebten, hatte der junge Araber gefragt: »Wollen Sie den Toten ein christliches Begräbnis geben?« Mark hatte nicht gewußt, was er darauf erwidern sollte. Er war Atheist und glaubte nicht an ein Leben nach dem Tod. Mark wußte zunächst gar nicht, was er von Hasims Vorschlag halten sollte, und so ließ er die Frage unbeantwortet. Im Augenblick sorgte Abdul dafür, daß die Knochen vorsichtig in eine Kiste gelegt wurden und daß alles, was von der Ramsgate-Expedition übriggeblieben war, von dem Scheiterhaufen wegtransportiert wurde. Später, nachdem man die Kiste versiegelt und eingelagert hätte, würde Mark sich überlegen, was damit geschehen sollte.

Als Abduls Helfer mit den ersten ausgegrabenen Gegenständen ankamen, war Mark fertig mit der Vorbereitung des Laborzelts.
Dieses Zelt war größer als die übrigen, denn es diente zugleich als Lagerraum für alle Vorräte mit Ausnahme der Lebensmittel. Sperrige Ausrüstungsgegenstände – Spitzhacken, Schaufeln, Kellen, Eisenspitzen und Stangen – lagen in ungeöffneten Kisten unter den Arbeitstischen. Ein kleiner Ventilator surrte in einer Ecke, um die Luft in Bewegung zu halten, während Mark arbeitete. Auf der »schmutzigen« Arbeitsplatte hatte er die Reinigungsgeräte angeordnet: Pinsel, Lappen, Bürsten, Paraffinwürfel, Wasserschalen, Pinzetten und Messer verschiedener Größen. Hier legten die Fellachen behutsam die eingesammelten Gegenstände nieder: geschwärzte und verbogene Metallstücke, angesengte Stoff- und Papierfetzen, Tonscherben und Holzsplitter.
Nachdem Mark jedes Stück gereinigt und katalogisiert hatte, schob er es auf den »sauberen« Tisch hinüber, auf dem Zeichenblöcke, Bleistifte, Kugelschreiber, Winkelmesser, Lineale, Geodreiecke, ein Vergrößerungsglas, ein Mikroskop und ein Logbuch lagen. Er arbeitete schweigend und konzentriert.
Jasmina kehrte mit der nächsten Fuhre ins Camp zurück. Ron, Hasim und Halstead waren am Ausgrabungsort geblieben und gingen dort ihren jeweiligen Tätigkeiten nach: Ron fotografierte, Hasim protokollierte den Fortgang der Arbeit, und Halstead sah ihnen dabei zu. Jasmina erschien im Eingang des Arbeitszelts und räusperte sich höflich.
Mark, der auf einem hohen Hocker saß und gerade einen Elfenbeinkamm von Ruß befreite, schaute auf. »Hallo, kommen Sie doch herein. Was macht die Arbeit?«
»Mr. Rageb ist schon beim letzten Stück angekommen.«
»Prima. Dann können wir ja morgen damit beginnen, die Gräben auszuheben. Wie geht es Halstead? Sind wieder Probleme mit seiner Nase aufgetreten?« Sie zuckte mit den Schultern, was sonst gar nicht ihre Art war, und blieb weiterhin zögernd im Eingang stehen.
Mark griff unter die Werkbank und zog einen weiteren Hocker darunter hervor. »Ich fürchte, Sie nehmen mir mein bestes Licht.«
»Entschuldigung.« Jasmina trat ein und zog den Hocker zu sich heran. Sie kletterte darauf, stellte ihre Füße auf eine Sprosse und

fragte dann: »Dr. Davison, darf ich mich mit Ihnen über etwas unterhalten, das mir Sorgen bereitet?«
Er legte den Kamm beiseite und wischte sich die Hände an seinen olivgrünen Arbeitshosen ab. »Natürlich. Worum geht es?«
Die junge Frau sah sich im Zelt um und wußte offenbar nicht, wie sie beginnen sollte. »Es ist wegen der Knochen, Dr. Davison. Irgend etwas stimmt nicht mit ihnen. Es muß da etwas ganz Schreckliches passiert sein.«
»Ach ja?«
Sie vermied es, ihn anzusehen, während sie mit gedämpfter Stimme weitersprach. »Als die Fellachen die Knochen aus dem Sand zogen und in die Kiste legten, habe ich sie untersucht. Die Knochen weisen Wunden auf, Dr. Davison, Brüche und Risse. Ein Schädel ist völlig verbeult, was von massiver physischer Einwirkung zeugt.«
»Wahrscheinlich ist das auf die Felsbrocken zurückzuführen. Entweder wurden sie von den Soldaten des Paschas über die Leichen gerollt, oder sie sind vom Plateau heruntergestürzt...«
»Nein, Dr. Davison. Daran habe ich auch zuerst gedacht, doch dann verglich ich die Verletzungen an den Knochen mit der Form der Steine, die darüber lagen, und konnte keine Übereinstimmung feststellen. Außerdem liefern die Felsbrocken keine Erklärung dafür, daß die Knochen überall verstreut sind. Schädel liegen meterweit von Rippen und Armen entfernt. Dr. Davison«, Jasmina blickte zu ihm auf, »die Körper wurden zerstückelt, bevor sie verbrannt wurden.«
Mark spürte, wie sich seine Nackenhaare sträubten. »Das ist offensichtlich das Werk von Aasfressern, wahrscheinlich Hunden.«
»Dr. Davison, wenn ein Hund einen Kadaver zerreißt, dann schleppt er das Beutestück weit weg, um ungestört fressen zu können. Wenn diese Leichname von Aasfressern angerührt worden wären, so hätten wir die Knochen über den ganzen Cañon-Boden verstreut gefunden. Es ist aber vielmehr so, als ob...«
»Als ob was?«
»Als ob die Leichen zerhackt und danach Stück für Stück ins Feuer geworfen worden wären.«
»Das ist doch absurd! Warum sollten die Männer des Paschas so etwas tun?«
»Vielleicht haben sie sie schon so vorgefunden.«

Mark starrte Jasmina verwundert an und wollte eben etwas erwidern, als seine Überlegung durch ein Geräusch unterbrochen wurde.
Jasmina wandte den Kopf. »Was ist das?«
Mark lauschte. Es war ein tiefes, vibrierendes Summen, das wie ein Rohrblattinstrument, etwa ein Fagott, in den niedrigen Tonlagen klang. Es spielte vier Noten in einer sich ständig wiederholenden, rhythmischen Tonfolge, wobei es von weit her und doch ganz aus der Nähe zu kommen schien. »Ein Fellache, der auf einer Hirtenflöte spielt«, meinte Mark stirnrunzelnd.
Sie schüttelte den Kopf. »Da singt doch jemand, Dr. Davison. Hören Sie, das sind Wörter.«
Neugierig geworden, glitt Mark von seinem Hocker herunter und trat nach draußen; Jasmina folgte ihm. In der sengenden Nachmittagssonne liefen sie um das Camp herum, bis sie die Rückseite des Gemeinschaftszeltes erreichten. Dort fanden sie die alte Samira, die neben dem Steinofen im Schneidersitz auf dem Boden kauerte und mit geschlossenen Augen und wiegendem Oberkörper sang.
»Was hat das zu bedeuten?«
»Sie scheint in Trance zu sein.«
Die alte Frau setzte ihren magischen Sprechgesang unbeirrt fort. Mark beugte sich zu ihr herunter und sah, daß ihr glänzender, brauner Speichel aus dem Mundwinkel tropfte. Als ein Schatten über ihn fiel, schielte Mark nach oben und erkannte Abdul, der sich ein bißchen herunterbeugte. »Wir sind fertig, Effendi. Die Männer haben die letzten Fundstücke ins Arbeitszelt gebracht.«
Mark richtete sich auf und stemmte die Hände in die Hüften. »Ich möchte, daß Samira durch jemand anderes ersetzt wird.«
»Hat sie etwas Unrechtes getan, Effendi?«
»Sie ist völlig berauscht, Abdul. Offensichtlich kaut sie irgendwelche Blätter. Es ist mir egal, was sie während ihrer freien Zeit tut, aber wenn sie für mich arbeitet, soll sie gefälligst einen klaren Kopf haben. Stell jemand anderes für sie ein!«
Als Mark sich zum Gehen wandte, erhob die alte Fellachin plötzlich ein markerschütterndes Geheul, und als er zu ihr hinunterblickte, bemerkte er, daß sie ihn mit glühenden, schwarzen Augen anstarrte. Samira hatte aufgehört, ihren Körper hin und her zu wiegen, und sprach nun laut und nachdrücklich.

»Was sagt sie? Ich verstehe sie nicht.«
»Sie warnt Sie vor drohender Gefahr, Effendi.«
Mark blickte finster auf Samiras faltiges Gesicht herab. Er beobachtete, wie sich die dünnen Lippen rasch über zahnlose Kiefer bewegten und dabei Worte hervorstießen, die ihm fremd waren und doch einen seltsam vertrauten Klang besaßen.
»Sie spricht nicht arabisch.«
»Nein, Effendi, sie spricht die alte Sprache.«
»Koptisch?« Mark drehte sich zu Abdul um. »Bist du sicher? Ich habe diesen Dialekt nie zuvor gehört.«
Samiras Stimme schnarrte weiter. Jetzt wiederholte sie Sätze, und Mark schnappte ein paar Worte auf, die er kannte. Im Rahmen seiner Doktorarbeit über die gesprochene Sprache des alten Ägypten hatte Mark sich auch mit der koptischen Sprache auseinandergesetzt. Niemand wußte, wie die Sprache der Pharaonen geklungen hatte, weil die Ägypter in ihrer Schrift Vokale ausließen. Die Hieroglyphen waren eine Konsonantenschrift. Die Kopten, ein christliches Volk, dessen Kirche der Legende nach vor zweitausend Jahren vom heiligen Markus gegründet worden war, waren Nachfahren der alten Ägypter und behaupteten von sich, die alte pharaonische Sprache weitergeführt zu haben. So hatte Mark Davison in seinem Bemühen, die Sprache in ihrem ursprünglichen Klang wiederherzustellen, die Entwicklung koptischer Wortstämme bis in uralte Zeiten zurückverfolgt und hatte viele von ihnen in hieroglyphischen Texten wiedergefunden. Die Schwierigkeit bestand darin, daß das Koptische jahrtausendelang durch fremde Einflüsse überlagert worden war, so daß Marks Theorie über den Klang der alten Sprache nicht restlos bewiesen werden konnte.
Mark schaute auf die Greisin herab. Durch aufmerksames Hinhören war er imstande, Schlüsselwörter zu erhaschen, und während er auf ihre Worte lauschte, spürte er, wie ihn ein prickelndes Gefühl durchfuhr. »Woher kommt sie?«
»Sie wohnt in Hag Qandil, Effendi.«
»Nein, ich meine, woher kommt sie ursprünglich? Wo ist sie geboren? Wo hat sie ihre Kindheit verbracht?«
»Ich weiß es nicht, Effendi.«
Fasziniert kniete Mark sich abermals vor die Fellachin hin; ihre winzi-

gen, tiefschwarzen Augen folgten jeder seiner Bewegungen. »Alte Frau«, wandte er sich auf koptisch an sie, »ich möchte Euch etwas fragen.«
Doch Samira zeigte keinerlei Reaktion und fuhr in ihrem Sprechgesang unbeirrt fort.
»Sie versteht Sie nicht, Effendi.«
»Du meinst wohl, sie hört mich nicht. Das muß ein verdammt starkes Zeug sein, was sie da kaut. Ich könnte wetten, sie pflanzt es in einem geheimen Kräutergärtchen an. Alte, ich spreche mit Euch.«
»Machen Sie sich keine Mühe mit ihr, Effendi. Ich werde eine andere Frau einstellen.«
Mark hob die Hand. »Übersetze mir, was sie sagt. Ich verstehe immer nur die Zahl sieben, die sie ständig zu wiederholen scheint.«
»Sie warnt Sie vor Gefahr. Sie spricht von zwei Kräften, die hier einen Kampf miteinander austragen, und meint, Sie befänden sich genau in der Mitte...«
»Sprich weiter.«
»Es ergibt keinen Sinn, Effendi.«
»Übersetze trotzdem weiter, Abdul.«
»Sie sagt, es gibt eine böse Kraft hier, aber es gibt auch eine gute, und Sie müßten lernen, die beiden voneinander zu unterscheiden, und der guten erlauben, Ihnen zu helfen. Es ist Unsinn, Effendi.«
Mark blickte hingerissen auf die alte Frau hinab. »Das ist ja unglaublich! Ich kann etwa die Hälfte von dem, was sie sagt, verstehen! Und dabei spricht sie in einem Dialekt, der weit älter ist als irgendeiner, den ich bis jetzt gehört habe. Hör nur...« Er starrte sie mit ernster Miene an und wagte kaum zu atmen. »›Einer wird in Flammen aufgehen‹. Ist das richtig, Abdul, hat sie das eben gesagt?«
»Jawohl, Effendi.«
»›Einer wird in eine Feuersäule verwandelt werden, und einer wird...‹« Er blickte argwöhnisch zu Abdul auf.
»... langsam verbluten, Effendi.«
»... ›seinem Körper wird das Wasser entzogen, bis er stirbt‹. Das ist ja sagenhaft, Abdul! Sie spricht wirklich einen Dialekt, in dem sich die alte Sprache fast vollständig erhalten hat! Das muß ich unbedingt aufschreiben!«
Abdul Rageb starrte mit unbewegtem Gesicht und halb geschlossenen

Lidern vor sich hin, während Jasmina stirnrunzelnd abwechselnd Mark und die alte Frau anblickte.
»Wovon redet sie?«
Er winkte ab. »Das ist ohne Belang. Sie befindet sich in einem Rauschzustand und halluziniert. Wichtig ist, daß sie einen Dialekt spricht, der mit der alten Sprache eng verwandt zu sein scheint, und daß ich fast alles verstehen kann!«
Die Alte redete weiter, und Mark hörte aufgeregt zu.
»Dämonen«, murmelte er, »dieses Wort wiederholt sie ständig. Wenn die Dämonen freigesetzt werden...« Plötzlich verfinsterte sich seine Miene. Mit einem Mal wurde ihm bewußt, was er da hörte. Das war doch Ramsgates Tagebuch! Die alte Fellachin zitierte aus Ramsgates Tagebuch!
Mark schüttelte ungeduldig den Kopf. »Abdul, ich möchte wissen, woher sie kommt. Ihre Familie, ihr Dorf. Es könnte sein, daß sie in einer entlegenen Region Oberägyptens aufwuchs, deren Bewohner in solcher Abgeschiedenheit leben, daß sie die alte Sprache bewahrten. Sie könnte mir eine große Hilfe sein.«
»Sie wollen sie also doch nicht ersetzen?«
»Im Augenblick nicht. Ich habe noch Verwendung für sie.«

Mark rieb sich die Schläfen und nahm sich dabei fest vor, mit Abdul über die Belüftung des Zeltes zu reden. Obwohl alle Fensterplanen aufgerollt waren und drei Ventilatoren liefen, nahmen Rauch und Essensgerüche derart überhand, daß man kaum mehr atmen konnte. Mark schob seinen Teller von sich. Während seine Gefährten sich begeistert an würzigem Lamm-Kebab und Reis gütlich taten, litt er selbst unter Appetitlosigkeit. Seitdem ihm am Abend zuvor in der Dunkelheit eine Frau erschienen war, was sich später als optische Täuschung herausgestellt hatte, wurde er den Kopfschmerz nicht mehr los. Und auch Alexis Halsteads intensives Gardenien-Parfum trug kaum zur Linderung bei. Mark beobachtete Samira, wie sie die Teller abräumte und Schalen mit *Muhallabeya* auf den Tisch stellte. Sie schien sich nicht daran zu erinnern, was am Nachmittag vorgefallen war, und sie schien auch nicht mehr unter Drogen zu stehen. Sie war wieder ihrer alten Gewohnheit verfallen, mit niemandem zu sprechen.

»Dr. Davison«, ließ sich Sanford Halstead über seinen Teller mit Nüssen und grünem Gemüse hinweg vernehmen, »können wir uns über den heutigen Fund unterhalten?«
Mark verspürte ein heftiges Verlangen nach einem starken Drink und fragte sich insgeheim, ob ihm Alexis wohl wieder ein wenig von ihrem Glenlivet abgeben würde. Doch als er sie ansah, wie sie schweigend ihr Essen verzehrte, da fiel ihm auf, wie blaß sie war, und er überlegte, was sie veranlaßt haben mochte, den ganzen Tag über in ihrem Zelt zu bleiben. Seltsamerweise schien sie zusehends weißer zu werden, während alle anderen durch den Aufenthalt in der Sonne ständig an Bräune zunahmen...
»Also gut, reden wir. Was haben Sie auf dem Herzen?«
»Ich habe den ganzen Cañon heute gründlich mit dem Fernglas abgesucht und nichts entdeckt, was auch nur im entferntesten einem Hund ähnelt. Ich bin Meter um Meter am Horizont entlanggegangen, doch da gibt es keine Felsformation, die wie ein Hund aussieht. Vielleicht hat Neville Ramsgate die *Sebbacha* falsch verstanden. Gibt es in Arabisch ein anderes Wort, das so klingen könnte wie das Wort für Hund?«
Mark dachte einen Augenblick nach. Dieser Gedanke war ihm noch gar nicht gekommen. »Das arabische Wort für Hund ist *Kalb*. Die einzigen Wörter, die so ähnlich klingen, sind *Qalb*, was Herz bedeutet, und *Kaab*, was Ferse heißt. Nun schreibt Ramsgate aber, daß er den Hund fand. Er sagt nicht, daß es sich schließlich als etwas anderes herausstellte, zum Beispiel als ein herzförmiger Felsen, oder daß er sich in der Tatsache, daß es sich um einen Hund handelte, getäuscht hatte.«
»Nichtsdestoweniger habe ich meine Bedenken. Ich halte es für übertrieben, einfach anzunehmen, daß sich das Grab im Cañon befindet.«
»Das habe ich nie behauptet, Mr. Halstead, aber die Stelle eignet sich ebensogut wie jede andere, um mit der Suche zu beginnen. Wir haben Ramsgates Hinterlassenschaften und höchstwahrscheinlich auch Ramsgate selbst gefunden. Im Tagebuch berichtet er, daß er sein Camp verlegte, um in der Nähe des Grabes zu sein. Nun, sein Camp haben wir ja gefunden, und ich nehme daher an, daß wir auch nicht weit vom Grab entfernt sind.«

»Eines läßt mir noch immer keine Ruhe«, meinte Ron, während er den Rest seines Reispuddings vom Löffel ableckte.
»Und was wäre das?«
»Das Tagebuch«, antwortete er. »Wenn die Männer des Paschas wirklich alles, einschließlich der Leichname, verbrannten, wie gelangte dann das Tagebuch unversehrt außerhalb Ägyptens?«

Mark trat hinaus in den kupferfarbenen Sonnenuntergang und atmete tief ein. Dann reckte er die Arme und stellte sich auf Zehenspitzen, als wollte er nach dem lavendelfarbenen Himmel greifen. Ein paar Meter entfernt, am Rand des Lagers, knieten Abdul und die *Ghaffir* auf Gebetsteppichen und verbeugten sich gen Osten. Vor seinem Zelt, ebenfalls auf einer dünnen Matte kniend, verrichtete auch Hasim al-Scheichly das vierte Gebet des Tages. Vom Dunkelkammerzelt her ertönten leise und beruhigend die Klänge aus Rons Kassettenrecorder. Zwischen den Ruinen der Arbeitersiedlung sah man den Schein von Lagerfeuern.
Mark lächelte zufrieden und machte sich auf den Weg zum Arbeitszelt. Die Dinge liefen gut, besser, als er erwartet hatte. Er war voller Zuversicht.
Mark nahm seinen Platz auf dem Hocker wieder ein und sortierte die letzten Gegenstände, die an der Feuerstelle geborgen worden waren. Sie bestanden hauptsächlich aus persönlicher Habe: ein Handspiegel, ein Manschettenknopf, der Absatz eines Stiefels... Alles verkohlt und rußig und kaum erkennbar. In seiner peinlichen Genauigkeit hatte Abdul dafür gesorgt, daß alles, aber auch alles, was seine Arbeiter an dieser Stelle gefunden hatten, in die Kiste gepackt worden war. So stieß Mark beim Durchsehen immer wieder auf unbedeutende Stein- oder Holzkohlestücke, die nach kurzer Prüfung in den Abfalleimer wanderten. Es war eine langwierige, ermüdende Arbeit, und während er sich emsig über die Fundsachen beugte, merkte er gar nicht, daß die Nacht bereits über das Tal hereingebrochen war.
Von der Arbeitersiedlung her drang unterschwellig die Stimme eines Geschichtenerzählers durch die Zeltwände.
Während er sich selbst auf der *Rababa* begleitete, einer einseitigen Geige mit durchdringendem Ton, fesselte der *Scha'ir* seine Zuhörer mit einer Ballade über die Taten des heldenhaften Abu Said al-Hilali

und seiner tapferen Gefährten. Die Stimme des *Scha'ir* klang voller Wehmut durch die purpurne Nacht und besang in bildreichen Sätzen den Liebreiz von Abu Saids Frau Alia. Der Wind trug die rührseligen Klänge über die Schlammziegelmauern hinweg in das stille Camp.
Mark war so in seine Arbeit vertieft, daß er das Lied des Geschichtenerzählers gar nicht richtig wahrnahm. Er hörte nicht einmal die gelegentlichen Beifallsrufe der Fellachen, wenn der Sänger über Heldentaten berichtete, die ihnen besonders gefielen. Mit einer Bürste entfernte Mark sorgfältig den Ruß von einem großen, flachen Stein, den Abdul mit in die Kiste gepackt hatte. Es handelte sich um ein Kalksteinfragment, das etwa dreißig Zentimeter lang, zwanzig Zentimeter breit und sechs Zentimeter dick war. Mark unterzog es der routinemäßigen Säuberung, wie er dies mit allen Fundsachen tat, bevor er sie mit dem Vergrößerungsglas flüchtig begutachtete und dann meist wegwarf.
Der *Scha'ir* hielt seine Zuhörerschaft mit Legenden über den Mut von 'Antar in Bann, und als die sitzenden Fellachen vor Begeisterung »*Allah! Allah!*« riefen, nahm Mark die Lupe zur Hand und begann den Stein näher zu untersuchen. Er fühlte sich glatt an.
Der *Scha'ir*, der sein Heldenepos beendet hatte, erging sich nun in hochtrabenden Lobgesängen auf Mohammed und Jesus, wobei er die Tugenden beider Propheten in ein übermenschliches Szenarium kleidete. Die Fellachen, die im Kreis um ihn herum saßen, begannen im Takt des Liedes zu klatschen.
Mark drehte den Stein herum. Er beugte sich dicht über das Vergrößerungsglas. Dann stand er auf und hielt den Stein näher ans Licht.
Als der *Scha'ir* den Höhepunkt seiner Lobpreisungen erreichte, stießen die Fellachen Freudenschreie aus und warfen ihre Mützen in die Luft.
Mark Davison starrte mit offenem Mund auf das Steinfragment in seiner Hand.

Zwölf

»Puh!« machte Ron. »Die Hitze wird allmählich unerträglich. Wie lange wollen wir noch weitermachen?«
Mark sah von seiner Arbeit auf, wischte sich den Schweiß von der Stirn und warf einen raschen Blick über den Cañon. In der halben Stunde, die er sich nun schon über die Fotografien beugte, war auch das geringste Fleckchen Schatten verschwunden. Die Sonne stand im Zenit; in dem Cañon mit seinen ausgebleichten, blendendweißen Wänden und hellem Boden war es heiß wie in einem Backofen. Abduls Teams hatten sich in langen Reihen aufgestellt, und die Fellachen arbeiteten langsam aber ausdauernd. In ihren langen Gewändern und mit Turbanen und Käppchen auf dem Kopf schwangen sie unermüdlich Äxte und Schaufeln. Zuerst war der Verlauf der Gräben abgesteckt worden, jetzt wurden sie ausgehoben. In einer anderen Reihe standen Knaben und Männer, die die Kübel mit Schutt von Hand zu Hand weiterreichten und sie am Ende der Kette entleerten. Der hochgewachsene, schlanke Abdul Rageb schritt würdevoll zwischen ihnen einher.
Mark rückte seine Sonnenbrille zurecht. »Wir hören bald auf. Noch eine Stunde oder so.« Er studierte weiterhin die Fotos, die auf der Motorhaube des Landrovers ausgebreitet lagen. Es handelte sich um Aufnahmen von den Kalksteinfragmenten, die er am Abend zuvor entdeckt hatte. Nachdem Mark beim Sichten der Fundstücke auf ein weiteres Fragment gestoßen war, hatten er und Ron die halbe Nacht damit verbracht, die Steine zu reinigen und zu untersuchen. Erst im Morgengrauen hatten sie die Arbeit enttäuscht niedergelegt. Zwar hatte es sich herausgestellt, daß die beiden Steine tatsächlich Teile von Ramsgates erstem Fragment waren, doch sie befanden sich bei weitem nicht in dem Zustand, in dem Ramsgate sie gefunden hatte. Früh am Morgen hatte Mark die Feuerstelle nochmals mit seinem eigenen Gittersieb durchkämmt und war zu der bitteren Erkenntnis gelangt, daß diese geschwärzten Bruchstücke und eine Handvoll Ruß alles waren, was von Ramsgates wunderschönen Stelenfragmenten übriggeblieben war. Trotzdem waren sie sich darüber im klaren, daß sie damit ein bemerkenswertes Fundstück in Händen hielten.

In einer Hinsicht hatte Ramsgate recht mit seiner Behauptung, daß »mit der Stelle irgend etwas nicht stimmte«. Sie war in der Tat mit keiner bisher bekannten vergleichbar. Durch eine sorgfältige und langwierige Untersuchung war es Mark und Ron gelungen, die Umrisse von sieben in den Stein gemeißelten Figuren zu erkennen. Bis dahin hatten sie jedoch nur vier davon genau bestimmen können: Amun, der Schutzgott von Theben, der auch unter dem Namen »der Verborgene« bekannt war; Am-mut, ein Untier, das sich aus Teilen unterschiedlicher Tiere zusammensetzte und »der Gefräßige« genannt wurde; Akhekh, eine Antilope mit einem Vogelkopf; und schließlich, ganz deutlich erkennbar, Seth, der Teufel unter den Göttern.

Amun, der Verborgene, befand sich in der Mitte des Fragments, die anderen sechs huldigten ihm. Keine der dargestellten Gestalten hatte Ähnlichkeit mit einem Menschen. Die Kartusche von Tutanchamun war gut leserlich und lieferte die Erklärung dafür, warum die Figuren nicht in dem revolutionären Amarna-Stil gemeißelt waren. Nach Echnatons Sturz war Tutanchamun ihm auf den Thron gefolgt, und die Kunst war zu ihren alten Ausdrucksformen zurückgekehrt, als ob es den Ketzerkönig nie gegeben hätte. Diese Stele war offensichtlich von den Amun-Priestern in Auftrag gegeben worden, nachdem die alte Ordnung wiederhergestellt worden war.

Mark rückte seine Sonnenbrille auf die Stirn, damit er sich die Schweißtropfen aus den Augen wischen konnte. »Wir brauchen diesen Stelensockel, Ron. Ohne ihn haben wir keinen Anhaltspunkt, wo wir nach dem Grab suchen sollen.«

Hasim al-Scheichly kletterte aus dem Landrover, wo er sich Notizen für seinen Bericht gemacht hatte, und gesellte sich zu den beiden Ägyptologen. »Ich habe beschlossen, mit dem Bericht an meine Vorgesetzten in Kairo noch ein wenig zu warten, bis wir etwas Greifbareres zu melden haben.«

Mark nickte verständnisvoll. Seine Aufmerksamkeit wurde von Hasim abgelenkt, als er Jasmina durch den Sand auf sie zukommen sah. Hinter ihr lehnten mehrere Fellachen mit geschlossenen Augen und hängenden Köpfen an der Felswand. Als sie näher kam, bemerkte Mark, daß ihre kaffeebraune Haut mit einer dünnen Schweißschicht überzogen war. Er stellte auch fest, daß ihr Anblick – ihr zierlicher

Körperbau und ihre exotischen Gesichtszüge – ihm gefiel. Er lächelte sie freundlich an.
»Es gibt keinen Schatten mehr, Dr. Davison. Diese Männer müssen ins Lager zurückgebracht werden. Sie haben sich einen Sonnenstich zugezogen.«
Mark nickte. Dann wandte er sich um und rief nach Abdul. Als dieser auf das Rufen aufmerksam wurde, schwenkte Mark die Hände über dem Kopf. Zu Jasmina sagte er: »Wir hören für heute auf.«

Sanford Halstead betrachtete die Einhaltung einer mittäglichen Ruhepause als reine Zeitverschwendung, selbst wenn im Cañon Temperaturen von weit über vierzig Grad herrschten. Waren diese Leute etwa nicht daran gewöhnt?
Er blickte auf den Vorhang, der sein Zelt in zwei Hälften teilte, und hörte, wie sich seine Frau im Schlaf ruhelos hin und her warf. Dann wandte er sich ab und starrte wieder mit über dem Bauch gefalteten Händen an die Zeltdecke. Abermals grübelte er über das Problem nach, das ihn schon den ganzen Tag über beschäftigte. An diesem Morgen hatte Halstead in seinem Urin Blut entdeckt. Vielleicht hatte es gar nichts zu bedeuten, vielleicht machte er sich grundlos Sorgen. Doch wenn die Beschwerden anhielten, würde er mit Dr. Davison unter vier Augen über die Sache reden.

Der *Ghaffir* verlagerte sein Gewicht vom rechten auf den linken Fuß, nahm sein Gewehr von der einen Schulter und hängte es über die andere. Seine Aufgabe, die darin bestand, das Laborzelt mit den Tee- und Colavorräten zu bewachen, war eine stumpfsinnige, aber durchaus einträgliche Plackerei. Er verdiente mit dieser Arbeit sieben Pfund in der Woche und wußte auch schon, wofür er das Geld verwenden würde.
Die Sonne hatte ihren höchsten Stand erreicht, so daß die Zeltwand nicht den geringsten Schatten warf. Die Expeditionsteilnehmer hatten sich allesamt zur Ruhe begeben, was er auch gerne getan hätte, und es gab außer den endlosen Sandhügeln nichts, was seinem Auge Abwechslung geboten hätte. Als die quälende Hitze und die tödliche Langeweile an ihm zu zehren begannen, dachte er wieder an das Geld.

Als der *Ghaffir* hinter sich ein Geräusch vernahm, blickte er über die Schulter. Die weiße Zeltwand blendete ihn. Er hielt den Atem an und horchte. Irgend etwas bewegte sich leise und huschend im Innern des Zeltes.

Er warf einen raschen Blick über das Lager. Niemand hielt sich draußen auf, und nichts rührte sich. Der einzige Laut unter dem riesigen Meer wolkenlosen Himmels war das schwache Summen der Generatoren.

Nur im Zelt kratzte und scharrte es weiter.

Der *Ghaffir* starrte mit leicht zusammengekniffenen Augen auf den Eingang. Er konnte sich nicht vorstellen, daß irgend etwas an ihm vorbei ins Zelt gelangt war. Es mußte irgendwo ein Loch geben.

Er hielt sein Gewehr im Anschlag und ging langsam um das Zelt herum, wobei er mit seinem gesunden Auge die Plane nach Löchern absuchte und immer wieder stehenblieb, um auf die kratzenden Geräusche im Innern zu lauschen. Was es auch sein mochte, es war entweder sehr groß, oder es gab eine beträchtliche Anzahl davon.

Als der *Ghaffir* wieder am Ausgangspunkt anlangte, verzog er den Mund zu einem hämischen Grinsen. Er hatte schon lange den Wunsch gehabt, sein Gewehr einmal richtig auszuprobieren, und sei es nur an ein paar Wüstenratten.

Vorsichtig, damit sie ihm nicht entwischten, schob er die Eingangsplane zur Seite und trat in das in trübes Licht getauchte Innere. Durch die Öffnung fiel ein wenig Tageslicht hinein und erhellte die Kisten, die Hocker mit den hohen Sitzflächen und die Werkbänke. Er ließ seinen Blick über den Boden schweifen, konnte aber nichts erkennen. Plötzlich gab es einen Ruck, und ihm wurde die Plane aus der Hand gerissen. Sie fiel über den Eingang, und schlagartig wurde es im Zeltinnern dunkel. Der *Ghaffir* konnte gerade noch entsetzt aufschreien, da wurde ihm schon das Gewehr entwunden, und eine schwarze Gestalt, dunkler noch als das Innere des Zeltes, ein so furchterregendes, riesenhaftes Wesen, daß ihm ganz schwach in den Beinen wurde, bäumte sich vor ihm auf.

Mit vor Schrecken verzerrtem Gesicht fiel der Ägypter auf die Knie. Der Eindringling stand drohend über ihm und starrte mit ovalen Augen auf ihn herab. Er hob seine gewaltigen Arme. Der *Ghaffir* murmelte »Allah...«, dann verstummte er.

Mark hielt Nancys Foto in Armeslänge von sich und betrachtete es lange. Vor seinem geistigen Auge wurde es ganz lebendig, und er ließ die glückliche Zeit mit ihr in seiner Erinnerung vorbeiziehen: ihre erste Begegnung, die Wochenenden in Santa Barbara, die nächtlichen Bäder in der Brandung des Ozeans an der südkalifornischen Küste. Er wünschte, sie wäre jetzt hier und würde statt Ron auf dem Feldbett neben ihm liegen. Sie könnten sich lieben, wenn die anderen schliefen. Marks Arm wurde müde, und er ließ ihn sinken.

Nein, es wäre überhaupt nicht so, wie er es sich in seinen Träumereien ausmalte. Nancy würde hier nicht mit ihm schlafen. Sie empfände das Feldbett als unbequem, könnte das Leben im Camp nur schwer ertragen, würde ständig an allem herumnörgeln.

Da kam ihm Jasmina in den Sinn, er sah ihre dunklen, feuchten Augen, ihre braune Haut. Wie zierlich und verletzlich sie doch wirkte. In letzter Zeit mußte Mark immer häufiger an Jasmina Schukri denken.

Ein hoher, gellender Schrei riß Mark aus seiner Mittagsruhe. Es hatte wie eine Eule oder wie ein Falke geklungen. Doch als der Schrei sich wiederholte, erkannte Mark, daß es sich um einen menschlichen Schrei handelte. Im Nu waren Ron und er auf den Beinen.

Als sie ins Sonnenlicht hinaustraten, das sie vorübergehend blendete, nahmen Mark und Ron andere Personen wahr, die an ihnen vorbeirannten. Sie hörten Halsteads aufgeregte Stimme und dann wieder den durchdringenden, vogelartigen Schrei.

Mark und Ron liefen hinter den anderen her und fanden die alte Samira, die ihre Arme und ihr weites Gewand wie schwarze Flügel ausgebreitet hatte und mit zum Himmel gerichtetem Blick ein markerschütterndes Geheul ausstieß. Zu ihren Füßen lag ein menschlicher Körper.

»Um Gottes willen!« schrie Ron. »Was ist das?«

Mark blieb jäh stehen. Er war vor Entsetzen wie gelähmt. Im Sand, direkt vor dem Laborzelt, das er bewachen sollte, lag der gekrümmte, nackte Körper des *Ghaffir*. Sein Gesicht, mit den starren, weit aufgerissenen Augen und dem angstvoll verzerrten Mund, war mit einer braunen Paste bedeckt, die ihm aus dem Mund quoll und sich auf den Sand ergoß. Dieselbe Substanz war auch über seine Hände und sein Gesäß verschmiert.

Einen Augenblick lang meinte Mark, der Boden gäbe unter seinen Füßen nach. Dann faßte er sich wieder und gewahrte die anderen, die, zumeist nur halb bekleidet, in schockiertem Schweigen dastanden.
Halstead wandte sich ruckartig ab, faßte sich an den Magen und begann sich zu übergeben.
Hasim al-Scheichly, der wie Ron und Mark kein Hemd trug, fiel gegen die Zeltwand und sank langsam zu Boden.
Mark sah sich nach Abdul um. Der düstere Ägypter war gerade hinzugekommen. Er stand etwas abseits und starrte mit verschleiertem Blick auf den übel zugerichteten Körper des *Ghaffir*.
»Mark!« flüsterte Ron. »In Ramsgates Tagebuch...«
»Ach, halt den Mund!« Mark wandte sich seinem Vorarbeiter zu. »Abdul!«
Abdul Rageb trat zu ihm hin. »Ja, Effendi?«
»Was ist hier passiert?«
»Ich weiß es nicht.«
Mark begann, vor Wut zu zittern. »Du hast keine Ahnung, wer das hier getan hat?«
Die Miene des Ägypters blieb undurchdringlich. »Nein, Effendi.«
»Schaff die Leiche weg, Abdul, mach seine Familie ausfindig, und sieh nach, ob im Zelt irgend etwas gestohlen wurde.«

»Ich will wissen, wer das getan hat, verdammt noch mal!« brüllte Mark und schlug mit der Faust auf den Tisch.
Abdul, der ihn durch seine Gelassenheit fast zur Weißglut brachte, schwieg beharrlich.
»Es war nicht wegen der Colas, im Zelt ist alles unberührt! Der Mann wurde folglich aus persönlichen Motiven umgebracht! Jemand muß einen Groll gegen ihn gehegt haben! Nun, ich will, daß damit Schluß ist, und zwar sofort! Ist das klar?« Mark starrte seinen Vorarbeiter an und verspürte zum ersten Mal in der langen Zeit ihrer Bekanntschaft das Verlangen, den Mann zu erwürgen. Die anderen im Zelt saßen schweigend und mit ausdruckslosen Gesichtern da. Nur die alte Samira lief hin und her und verrichtete mit mechanischen Handbewegungen ihre Arbeit. Die Entdeckung der Leiche hatte sie so aus der Fassung gebracht, daß alle Mühe gehabt hatten, sie zu beruhigen. Erst der Anblick einer Spritze aus Jasminas Arzttasche hatte sie zum Ver-

stummen gebracht. Der einzige, der sich nicht unter ihnen befand, war Sanford Halstead, der wieder von heftigem Nasenbluten befallen worden war.

Abduls Stimme klang ruhig und gemessen. »Er war kein beliebter Mann, Effendi. Es gab viele Leute, die ihm mißgünstig gesonnen waren. Ich glaube, er hat die Ehefrau eines Mannes beleidigt.«

»Hör zu, Abdul, ich will nicht, daß mein Lager für diese Leute zum Schlachtfeld wird! Sie sollen ihre Fehden anderswo austragen, aber nicht hier! Verstehst du das?«

»Ja, Effendi.«

Mark sackte auf der Bank zusammen und bedeckte sein Gesicht mit den Händen. Der Duft von dampfenden Linsen auf dem Herd reizte ihn zum Würgen. »Hat es seine Familie schon erfahren?« fragte er gequält.

»Der Mann hatte nur einen betagten Onkel in Hag Qandil. Ich werde dafür sorgen, daß er benachrichtigt wird und daß sein Neffe ein ordentliches Begräbnis bekommt. Ich werde dem alten Mann außerdem eine Hinterbliebenenentschädigung zahlen.«

»Ja, tu das. Und, Abdul...«, Mark schaute zu seinem alten Freund auf, »...danke.«

Nachdem Abdul gegangen war, saßen alle für eine Weile stumm und regungslos da und vermieden es, einander in die Augen zu sehen. Statt dessen starrten sie trübsinnig auf ihre Hände oder ihren Tee. Drei Stunden waren seit dem grausigen Vorfall vergangen, doch der Schrecken saß ihnen allen noch in den Knochen.

Schließlich brach Ron das Schweigen. »Was ich nicht verstehe, ist... es ging alles völlig geräuschlos ab. Ich meine, einige von uns waren doch wach, aber man hörte keinen einzigen Laut.«

»Das will nichts heißen«, entgegnete Mark mit dumpfer Stimme. »Sie könnten ihn irgendwo anders ermorden und den Leichnam hierher zurückgebracht haben.«

»Aber warum?«

O Gott, dachte Mark, wenn ich das nur wüßte!

»Warum würde jemand so etwas tun? Ich meine, es sah wirklich so aus, als ob er...«

Mark stieß einen tiefen Seufzer aus und sah seinem Freund direkt ins Gesicht. »Laß uns nicht länger bei dem schrecklichen Thema verwei-

len, Ron. Wir wollen den Vorfall so schnell wie möglich vergessen.«
»Mark, einen Menschen zu töten ist eine Sache. Aber ihn Scheiße essen zu lassen...«
»Ron, bitte...«
»Es kommt mir fast so vor...«, ließ sich Hasim al-Scheichly mit sanfter Stimme vernehmen, »als wollte uns jemand Angst einjagen.«
Mark, der spürte, daß er wieder zu zittern begann, ballte krampfhaft die Fäuste. Er mußte sich selbst in die Gewalt bekommen und gleichzeitig auch die anderen beruhigen. »Wir wollen kein Wort mehr über den Zwischenfall verlieren. Der Mann war ein Opfer einer Fehde innerhalb seines Volkes. Hoffen wir, daß es bei diesem einen Toten bleibt, denn ich lege keinen Wert darauf, daß die Polizei des *Ma'mur* unsere Arbeit durch Ermittlungen unterbricht. Was die... Art seines Todes betrifft, so war sie nicht dazu bestimmt, uns Angst einzujagen. Sie ist als Warnung an seine Freunde oder an irgendeine andere Person zu sehen, die darauf sinnt, seinen Tod zu rächen. Jetzt schlage ich vor«, Mark erhob sich mühsam, »daß wir uns alle bis zum Abendessen ausruhen.«

Mark hatte den Abend damit verbracht, im Labor abermals die kläglichen Überreste der Ramsgate-Expedition zu untersuchen. Irgendwann hatte sich Jasmina zu ihm gesellt. Sie sei unruhig und könne nicht schlafen, hatte sie fast entschuldigend erklärt. Sie hatten sich auf die hohen Hocker gesetzt und bei einer Tasse Zimttee ruhig miteinander geplaudert. Sie hatte ihn Mark genannt und war ihm gelöster vorgekommen als je zuvor.
Jetzt war er müde und stapfte schwerfällig zurück zu dem Zelt, das er mit Ron teilte. Zu seiner Überraschung brannte dort noch immer Licht.
Drinnen fand er seinen Freund, der im Schneidersitz auf seinem Feldbett saß und Ramsgates Tagebuch aufgeschlagen in seinem Schoß hielt. Neben seinem linken Knie lag eine Fotografie des obersten Stelenfragments. Er blickte nicht auf, als Mark eintrat.
»Was machst du da?« fragte Mark, während er sein Hemd aufknöpfte.
Neben Rons rechtem Knie lag ein Schreibblock, auf den er hastig Notizen kritzelte. »Ich versuche diese Götter zu identifizieren.«
Mark drehte sich um, zog sein Hemd aus seinem Hosenbund und

streifte es über den Kopf. Dann knipste er die Glühbirne über seinem eigenen Bett an, ließ sich darauf plumpsen, griff nach der Bourbon-Flasche und dem Glas auf seinem Nachttisch und schenkte sich ein wenig ein. »Und was hast du herausgefunden?«
Ron ließ den Kugelschreiber sinken und schaute auf. »Ich habe mich daran erinnert, daß Ramsgate die sieben Gestalten identifizierte, als er den Eingang zum Grab fand, und daß er sie in dem Tagebuch aufführt. Wir beide waren in der Lage, vier der Götter zu bestimmen: Amun der Verborgene, der in der Mitte steht; Am-mut der Gefräßige, erkennbar an seinem zusammengesetzten Körper – den Hinterbeinen eines Nilpferds, den Vorderbeinen eines Löwen und einem Krokodilskopf; Akhekh der Geflügelte, der sich ebenfalls durch seinen einzigartigen Körperbau, nämlich den einer Antilope mit Flügeln und Vogelkopf, von anderen unterscheidet; und schließlich dieses häßliche Ungeheuer namens Seth, der Mörder des Osiris. Das Feuer hat die anderen unkenntlich gemacht. Es sind nur noch Umrisse zu erkennen. So schaute ich im Tagebuch nach, und da ich feststellte, daß Ramsgates Identifizierung der vier mit der unseren übereinstimmt, gehe ich davon aus, daß er auch die anderen richtig erkannt hat.«
Mark schenkte sich Whisky nach. »Wer sind die anderen?«
Ron las laut aus dem Tagebuch vor: »Apep der Schlangenartige, ein Mensch, der eine Sichel trägt und zwischen dessen Schultern sich anstelle des Kopfes eine Kobra emporwindet; der Aufrechte, ein auf den Hinterbeinen stehendes Wildschwein mit menschlichen Armen; und zuletzt die Göttin, die die Toten in Fesseln legt...«, Ron blickte auf, »... eine Frau mit dem Kopf eines Skorpions.«
Mark zog die Mundwinkel herunter und hob die Augenbrauen. »Eine ziemlich beeindruckende Aufstellung.«
»Dergleichen man in fünftausend Jahren ägyptischer Geschichte kein zweites Mal findet.«
Mark stellte sein Glas ab und zog mit großem Kraftaufwand seine Stiefel aus. »Es sieht so aus, als ob die Amun-Priester alles daransetzten, daß niemand dieses Grab betrat.«
Ron blickte seinen Freund einen Moment an, dann begann er aus dem Tagebuch vorzulesen: »Einer wird Euch in eine Feuersäule verwandeln und Euch verbrennen. Einer wird Euch eine schreckliche

Blutung verursachen und Euren Körper austrocknen lassen, bis Ihr sterbet. Einer wird...«
»Ach hör schon damit auf, Ron, das ist doch kein Frankenstein-Film.«
Ron ließ sich nicht beirren. »Einer wird Euch das Haar vom Kopfe reißen und Euch skalpieren. Einer wird kommen und Euch zerstükkeln. Einer wird als hundert Skorpione kommen. Einer wird den Stechmücken der Lüfte gebieten, Euch zu verzehren. Und einer...«
Er blickte zu Mark auf. »... einer wird Euch Euer eigenes Exkrement essen lassen...«
Ein Windstoß kam aus der Wüste herangefegt, heulte durch das Camp und peitschte die Zeltwände. Mark und Ron sahen sich lange an und lauschten, wie der feine Sand draußen auf die dünne Leinwand niederprasselte. Schließlich winkte Mark ab und begann seine Socken auszuziehen.
»Ich habe ein ganz ungutes Gefühl, Mark.«
Mark vermied es, in Rons große, blaue Augen zu sehen, und griff wieder zur Flasche. Sein Kopf fing an zu pochen.
»Die Ramsgate-Expedition, Mark... wir haben alle daran Beteiligten zerstückelt und mit eingeschlagenen Schädeln gefunden...«
»Hör jetzt auf mit dem Unsinn!«
»Was haben die Soldaten des Paschas entdeckt, als sie diesen Cañon betraten, Mark? Bestimmt keine Pockenopfer, soviel ist sicher. Der Mann, der diese Totenscheine ausfüllte, war so verängstigt, daß er nicht mehr klar denken konnte. In seiner Panik schrieb er ›Cholera‹ als Todesursache für Sir Robert.«
Mark, der eben das Glas zum Mund führen wollte, hielt inne. Als das Pochen in seinen Schläfen sich verstärkte, bekam er für einen Moment glasige Augen. Er erinnerte sich an etwas.
Die seltsame Frau, die er vor vier Tagen auf dem Felsen hatte weinen sehen. Die durchsichtige Frau.
»Ich fühle mich hier überhaupt nicht wohl, Mark. Der ganze Ort verursacht mir eine Gänsehaut. Und wenn ich in der Dunkelkammer bin und die Lichter ausschalte, habe ich das Gefühl, nicht allein zu sein...«
Mark sprang verärgert auf. Er griff nach seinem Hemd, streifte es wieder über und meinte: »Diese Sache mit dem *Ghaffir* hat dich völlig

aus dem Gleichgewicht gebracht, mein Freund. Und außerdem trinkst du zuviel Rotwein. In deiner Einbildung siehst du Dinge, die überhaupt nicht existieren. Es gibt hier nichts Beunruhigendes.«
Doch da kam ihm eine andere Erinnerung. Die alte Samira, wie sie hinter dem Gemeinschaftszelt gekauert hatte und in einem Wortschwall auf koptisch immerfort die Zahl sieben wiederholte. »Einer wird in eine Feuersäule verwandelt werden, und einer wird langsam verbluten«, hatte sie gesungen.
»Mark?«
Er hielt mit dem Zuknöpfen des Hemdes inne. Wie konnte Samira etwas von den sieben Flüchen wissen? Sie hatte doch niemals das Tagebuch gelesen...
»Mark, ist dir gut?«
»Ich habe ekelhafte Kopfschmerzen. Ich gehe noch ein wenig frische Luft schnappen.«
»Es ist kalt heute nacht, Mark, nimm besser eine...«
Aber sein Freund war schon gegangen.

Als Mark sich auf den Rand des Lichtkegels zubewegte, hinter dem sich die grenzenlose Wüstennacht ausbreitete, traf er zu seiner Überraschung auf Alexis Halstead. Aber noch mehr erstaunte ihn, daß sie nur mit einem dünnen, durchscheinenden Morgenrock bekleidet war.
»Mrs. Halstead!«
Sie drehte sich langsam um. Ihre roten Lippen öffneten sich, aber kein Laut entwich ihnen.
Vorsichtig näherte er sich ihr. »Mrs. Halstead? Ist mit Ihnen alles in Ordnung?«
Obgleich sie ihm direkt ins Gesicht schaute, schien sie ihn gar nicht wahrzunehmen. Ihr Blick ging ins Leere.
»Ich... ich bin auf der Suche nach etwas.«
»Es ist kalt hier draußen, Mrs. Halstead. Kommen Sie, ich begleite Sie zurück zu Ihrem Zelt.« Unter den transparenten Falten ihres Negligés traten ihre großen, festen Brüste mit aufgerichteten Warzen hervor. Mark streckte seine Hand aus und berührte sie sanft am Arm, doch zu seiner Bestürzung stellte er fest, daß ihre Haut heiß und fiebrig war.
»Kommen Sie mit mir, Mrs. Halstead.«

»Nein... Sie verstehen nicht. Ich muß mit Ihnen reden.«
Sie leistete jedoch nur schwachen Widerstand.
»Wir können drinnen reden. Bitte, Mrs. Halstead.«
Der eisige Wüstenwind wirbelte um seine nackten Füße, und feiner Sand stach mit tausend Nadeln an seinen Knöcheln. Mark begann unwillkürlich zu zittern. »Es muß Ihnen furchtbar kalt sein.«
»Es ist doch Sommer...«
Mark faßte sie behutsam am Arm und führte sie aus der Dunkelheit zurück ins Camp. Obwohl sie ihm langsam, aber willig folgte, hörte sie nicht auf, mit schwacher Stimme dagegen zu protestieren. »Ihr müßt wissen... Wie kann ich Euch sagen... Wir müssen reden...«
Als sie an Jasminas Zelt vorüberkamen, wurde die Eingangsplane zur Seite geschoben, und die junge Frau trat im Bademantel heraus. »Was ist los, Mark?«
»Sie schlafwandelt.«
Jasmina stellte sich vor Alexis hin und beobachtete deren ausdruckslose, wie hypnotisiert wirkende Augen. »Sie hat schon seit einiger Zeit Alpträume. Ich habe ihr ein paar Schlaftabletten gegeben.«
Mark schaute Jasmina stirnrunzelnd an. Sie trug ein frisches Pflaster am Hals. »Was ist das?«
»Ein Insektenstich. Nicht der Rede wert.«
»Ist es mit den Stechmücken schlimmer geworden?«
»Wir müssen Mrs. Halstead in ihr Zelt bringen. Hier draußen ist es zu kalt für sie.«
Sie nahmen Alexis in ihre Mitte und brachten sie ohne Schwierigkeiten in ihr Bett. Brav wie ein Kind legte sie sich hin und schloß langsam die Augen.
Nachdem sie Alexis' Moskitonetz an den Ecken des Bettes festgestopft hatten und sich zum Gehen wandten, streifte Marks Blick zufällig Sanford, der so fest schlief, daß er kaum atmete.
Auf seinem Satinkopfkissen breitete sich ein roter Fleck aus.

Dreizehn

Das Tal war erfüllt von dem düsteren *Walul* der Frauen von Hag Qandil. Das schrille, schauerliche Wehklagen, das den Leichnam des *Ghaffir* zu seinem Grab begleitete, war bis ins Gebirge hinein zu hören, wo es sich an den Kalksteinwänden der Schluchten brach und hundertfach widerhallte. Mark befürchtete, daß es seine Arbeiter unruhig machen würde. Doch Abdul hatte ihm versichert, daß niemand außer seinen beiden Helfern, auf deren Verschwiegenheit man sich verlassen konnte, wußte, unter welchen Umständen der *Ghaffir* zu Tode gekommen war. Die Fellachen arbeiteten ebenso hart wie am vorhergehenden Tag, und die Gräben wurden zusehends tiefer.

Hin und wieder nahm Mark einen Landrover und fuhr damit durch den Cañon, um zu sehen, wie die Arbeit voranging. Ron, Jasmina und er waren heute als einzige aus dem Camp ins Gelände hinausgefahren. Die Halsteads waren im Lager geblieben. Sanford hatte eine kleine Verletzung, die nicht aufhören wollte zu bluten, und Alexis hatte eine Schlaftablette genommen, um den Tag zu überstehen. Hasim war in seinem Zelt mit dem Schreiben von Briefen beschäftigt.

Um die Mittagszeit wurde die Arbeit eingestellt, und als sie ins Camp zurückkamen, sah Mark dort einen schmutzigen kleinen Jungen kauern, der auf sie wartete. Der etwa Zwölfjährige hatte ein braunes, rundes Gesicht mit einem vom Trachom befallenen Auge. Sein Gebiß war lückenhaft. Als er gesehen hatte, daß Fahrzeuge herannahten, hatte er sich aufgerappelt.

»Der *'Umda* schickt mich«, erklärte der Junge in schnellem Arabisch. »Ich komme aus El Till, und man hat mir gesagt, ich solle mit dem Bärtigen sprechen. Sind Sie der Sohn von David, Sir?«

»Ich bin Dr. Davison, ja, was gibt es, Junge?«

»Iskanders Mutter braucht die *Scheicha*. Sie steht kurz vor der Entbindung.«

»Warum braucht sie dazu die *Scheicha*? Gibt es etwa keine Hebammen?«

»Allah! Iskanders Mutter ist in großen Schwierigkeiten! Seit drei Tagen schreit sie, aber das Baby will einfach nicht herauskommen. Die Hebammen wissen sich nicht zu helfen. Sie braucht die *Scheicha*.«

»Hat niemand den Doktor aus El Minia gerufen?«
Der Junge spuckte in den Sand und wischte sich mit dem Ärmel über den Mund. »Iskanders Vater will nicht, daß der staatliche Arzt den Intimbereich seiner Frau sieht. Wir müssen uns beeilen, Dr. Davison!«
Mark wandt sich zu Jasmina und fragte auf englisch: »Kann Samira hier wirklich helfen?«
»Alles, was die alte Hexe tun wird, ist, sich über die Frau zu beugen und zu singen. Mutter und Kind werden beide dabei umkommen. Ich habe es schon oft erlebt.«
Mark kratzte sich nachdenklich am Bart. »Wie steht es mit Ihnen? Sie sind eine Frau. Die Leute werden gewiß nichts dagegen einzuwenden haben, wenn eine Frau der Gebärenden hilft. Können Sie es tun?«
»Ich kann es versuchen, Dr. Davison, aber die Leute werden nicht erfreut darüber sein. Sie haben kein Vertrauen in Ärzte.«
Er lächelte. »Vielleicht wenn Sie singen, während Sie das Baby holen...«
Jasmina erwiderte sein Lächeln. »Ich brauche noch einige Sachen aus meinem Zelt.«
Als sie forteilte, sah der Junge ihr verwirrt nach. »Jasmina wird Iskanders Mutter helfen«, erklärte Mark.
»Allah! Ich bin geschickt worden, um die *Scheicha* zu holen! Ich werde Prügel beziehen!«
Mark wollte dem Burschen eben einen beruhigenden Klaps auf die Schulter geben, als ihm seitwärts eine dunkle Gestalt ins Auge fiel. Als er sich umdrehte, gewahrte er die alte Samira, die ihn vom Eingang des Gemeinschaftszeltes finster anstarrte. Ihr Blick war so durchdringend, daß er wegsehen mußte.
Als Jasmina kurz darauf mit ihrer Arzttasche zurückkam, kreischte die alte Fellachin wie ein Papagei und deutete mit einem knorrigen Finger auf ihre Rivalin. »Du ziehst dich an wie ein Mann und stellst deine Schamlosigkeit offen zur Schau!« rief sie in schrillem Arabisch. »Du verleugnest deine Abstammung, aber wenn du dich auszichst, bist du noch immer Fellachin!«
Jasmina erstarrte für einen Moment und blieb wie versteinert stehen. Dann spürte sie, wie Mark sie sanft am Ellbogen berührte, und hörte ihn sagen: »Gehen wir.«

Der Junge stürmte ihnen voraus, sprang in den Landrover und stellte sich auf den Rücksitz, von wo aus er das Camp wie ein siegreicher General überblickte. Nachdem Mark ein paar Worte mit Ron gewechselt hatte, setzte er sich hinter das Steuer, und sie fuhren los.

Die Leute starrten dem Paar nach, das dem Jungen durch die engen Gassen folgte, aber niemand sprach ein Wort. Jasmina erntete mißtrauische und verächtliche Blicke, als sie in Khaki-Bluse und Hosen an Marks Seite einherging. Gelegentlich drangen aus finsteren Hauseingängen dumpfe Beschimpfungen an ihr Ohr.
Als sie sich einem Viehschuppen näherten, hörte Mark die rauhe Stimme von Umm Kulthum, der berühmtesten Sängerin Ägyptens, aus einem Radio dröhnen und ahnte, daß sie sich nicht weit von dem weißgetünchten Haus des *'Umda* befanden.
Gleich darauf wurden sie von dem *'Umda* persönlich empfangen. Er stand auf seinen Stock gestützt vor dem türlosen Eingang des Schlammziegelhauses und sah den beiden Besuchern mit herabhängenden Mundwinkeln entgegen. Der Junge verdrückte sich schnell.
»Guten Tag, *Hagg*«, grüßte Mark, wobei er lächelnd die Hand hob. »Friede sei mit Euch und mit Eurem Hausstand.«
»Ich habe nach der *Scheicha* verlangt.«
Mark war sogleich auf der Hut. »Die *Scheicha* arbeitet für mich und kann nicht kommen. Ich habe an ihrer Stelle jemand anderes mitgebracht...«
»Sie sind alleine gekommen, Dr. Davison.«
Mark pfiff leise zwischen den Zähnen hindurch und merkte, wie Jasmina einen Schritt zurückwich. Aus dem Innern des Hauses hörten sie eine Frau leise stöhnen.
»Ihr braucht Hilfe, *Hagg*.«
»Wir brauchen die *Scheicha*.«
»Ich habe eine Ärztin mitgebracht.«
Der *'Umda* spuckte in derselben Weise, wie der Junge es zuvor getan hatte, und erwiderte: »Die *Scheicha* gehört nicht euch.«
Mark wußte nicht, was ihm größeren Verdruß bereitete, der starrsinnige Alte oder die unerträgliche Hitze. Doch als er eben seinem Ärger Luft machen wollte, kam eine vierte Person um die Ecke und gesellte sich zu ihnen.

Es war ein kleiner, rundlicher Mann in schwarzen Hosen und einem weißen Hemd, dessen Ärmel hochgerollt waren. Er lehnte sich gegen die schmutzige Wand und musterte die Fremden mit einem Gesicht voller Überdruß. »Sie wollen ihre Zauberei«, sagte er auf englisch. »Wer sind Sie?«

»Ich bin Dr. Rahman vom staatlichen Krankenhaus in El Minia.«

Mark bemerkte, daß der junge Mann eine ähnliche schwarze Tasche bei sich trug wie Jasmina und sehr erschöpft wirkte. »Sind Sie von den Dorfbewohnern gerufen worden?«

Dr. Rahman schüttelte den Kopf. »Ich machte gerade einen meiner Routinebesuche. Ich versehe meinen Dienst in dreißig Dörfern und komme einmal im Monat nach El Till. Ich fand die Frau unten am Fluß. Sie stand kurz vor der Entbindung und versuchte, Schlamm zu essen. Die Leute hier glauben nämlich, daß ihnen dadurch ein Sohn geboren wird. Ich wollte sie ins Dorf zurückbringen, aber als ich versuchte, sie zu berühren, bedrohten mich die Männer mit Mistgabeln. Ich habe mit der Hebamme gesprochen. Das Baby befindet sich in einer Steißlage. Aber die Mutter würde lieber sterben, als mich an sie heranzulassen. Was kann ich da schon machen?«

»Miss Schukri ist Medizinstudentin. Ich dachte, sie könnte vielleicht helfen.«

Dr. Rahman sah sie flüchtig an und wirkte gleichgültig.

»Diese Bauernhammel verdienen es nicht anders«, meinte er dann.

»Allah!« flüsterte Jasmina.

Dr. Rahman trat von der Hauswand weg und rieb sich müßig den Arm. »Ich spiele hier nicht den Retter. Ich habe meinen Idealismus schon lange verloren. Die Träume, die ich hatte, als ich damals studierte, sind nach einem Jahr im staatlichen Krankenhausbetrieb alle verflogen. Ich bekomme fünfzig Pfund im Monat und muß mich dafür um zweitausend Bauern kümmern, die mir allesamt mißtrauen und mir grollen. Sie sind ungebildet, und ich muß jedesmal mit ihnen kämpfen, wenn ich ihnen helfen will.«

»Sie haben das Recht, Ihnen zu mißtrauen«, meldete sich Jasmina plötzlich zu Wort, was Mark überraschte. »Sie werden sich einen kranken Fellachen doch nicht einmal ansehen, bevor er Ihnen nicht fünf Pfund bezahlt hat. Und wenn seine Familie das Geld nicht aufbringen kann, dann lassen Sie ihn einfach sterben.«

Dr. Rahman zuckte mit den Schultern. »Das habe ich zwar nie getan, aber ich kann es meinen Kollegen, die so handeln, nicht verübeln. Die Regierung lastet uns zu große Bürden auf, ohne uns angemessen zu bezahlen. Warum sollten wir diese Tiere kostenlos behandeln, wo wir doch hart für unsere Ausbildung gearbeitet haben und es verdienen, wie jeder andere bezahlt zu werden? Der Fellache wird sein Getreide nicht verschenken, warum sollte ich ihn dann umsonst behandeln?«

»Wo ist die Frau?« erkundigte sich Mark.

»Ihr Mann wird Sie nicht hereinlassen. Ich kenne diesen Habib und kann Ihnen sagen, was für eine Sorte Mann er ist. Letztes Jahr kam er in meine Klinik, um sich behandeln zu lassen, und ich schickte ihn mit einer Arznei nach Hause. Als ich ihn das nächste Mal sah, litt er noch immer unter denselben Beschwerden. So fragte ich ihn: ›Hast du die Medizin, die ich dir gab, eingenommen?‹ Da erwiderte er: ›Ich konnte nicht, Doktor. Der Löffel ist zu groß. Ich komme damit einfach nicht in die Flasche hinein!‹«

Mark wandte sich an den *'Umda*. »Laßt Miss Schukri nach der Frau sehen. Vielleicht kann sie helfen.«

»Habib ist mein Neffe«, antwortete der Alte. »Sein Kind wird zu meiner Familie gehören. Ich muß vorsichtig sein.«

»Was wollt Ihr, *Hagg*? Tee? Coca-Cola?«

»Was ist das nur für eine verdrehte Welt!« schnaubte Dr. Rahman. »Jetzt sind wir schon so weit, daß der Doktor den Patienten bezahlen muß!«

Doch der *'Umda* wurde seltsam still; er blickte ganz konzentriert und schien zu überlegen. Schließlich meinte er: »Wir beten zu Allah für Iskanders Mutter.«

In diesem Augenblick erschien eine Gestalt im Eingang, ein grauhaariger Fellache, der abwechselnd die Hände rang und sich Tränen von den Wangen wischte. Er redete so schnell auf den *'Umda* ein, daß Mark nichts verstehen konnte. Und wieder war er überrascht, als Jasmina das Wort ergriff: »Ich hatte letzte Nacht einen Traum, *Hagg*, in dem mir ein Engel erschien. Er verkündete mir, daß ich heute einen Sohn bekäme und daß alle Leute im Tal frohlocken würden. Ich habe den Traum als Unsinn abgetan, aber jetzt sehe ich, daß es eine Prophezeiung war. Laßt mich Habibs Frau helfen, *Hagg*.«

Mark wartete drei Stunden lang vor dem Haus. Viele der Männer von El Till leisteten ihm dabei Gesellschaft. Der Duft von Tee und Haschisch stieg auf, die Luft schwirrte von der beiläufigen Unterhaltung der Fellachen und den ständig wiederkehrenden Schreien der Gebärenden. Mehrmals rannte eine verschleierte Fellachin mit einer Schüssel voll blutiger Flüssigkeit aus dem Haus, um kurz darauf mit frischem Wasser vom Nil zurückzukommen. Während er mit angewinkelten Knien im Schatten der Mauer hockte, hoffte Mark inständig, daß das Martyrium bald ein Ende nähme.

Kurz vor Sonnenuntergang trat Jasmina mit einem schleimigen, schreienden Baby in den Armen aus dem Haus, und die Männer sprangen auf. Sie legte das Kind, das zum Schutz gegen den bösen Blick eine blaue Gebetsschnur um den Hals trug, vor Habib nieder. Dann schlug sie das Tuch zur Seite, um zu zeigen, daß es sich um einen Jungen handelte. Während die Männer schrien und lachten und sich gegenseitig auf die Schulter klopften, kam eine Fellachin mit einem Säckchen in der Hand aus dem Haus, das ein paar Getreidekörner und die Nabelschnur des Kindes enthielt und das sie auf Habibs Feld vergraben würde. Drinnen im Haus hatte sie bereits die Nachgeburt bestattet.

Mark war erschüttert, als er Jasmina sah. Ihre kupferbraune Gesichtsfarbe war einer fahlen Blässe gewichen, und ihre dunklen Augen hatten ihren Glanz verloren und wirkten trübe und ausdruckslos. Ihre Bluse war vorne ganz mit Blut beschmiert.

»Geht es Ihnen gut?« fragte er.

»Ja«, seufzte sie, »aber wir müssen jetzt gehen.«

Sie fuhren durch die Ebene zurück, während die Sonne unterging und die Landschaft immer mehr in Dunkel gehüllt wurde. Die hüfthohen Ruinen von Achet-Aton schienen sich auszudehnen und über den Sand zu gleiten, als der Landrover vorüberratterte. Jasmina saß gegen die Wagentür gelehnt und preßte ihre Stirn ans Fenster. Sie hielt die Augen geschlossen.

»Sie waren einfach großartig«, bemerkte Mark, nachdem sie lange geschwiegen hatten. »Hatten Sie diesen Traum wirklich?«

»Nein.«

Während er den Geländewagen über Hügel und um hervorspringende Ruinen herum lenkte, riskierte Mark einen Blick auf die junge

Frau neben ihm. Sie wirkte in sich gekehrt und beinahe trübsinnig.
»Jasmina, was ist denn los? Sie haben das Baby doch gerettet!«
»Ja, Mark, aber die Frau hat es nicht überstanden.«

Die Dämmerung war seine Lieblingstageszeit. Das Abendessen war vorüber, die Hauptarbeit getan, und die schlimme Hitze des Nachmittags ging allmählich in milde, tropisch warme Luft über. Mark konnte hören, wie die Fellachen in der Arbeitersiedlung in die Hände klatschten und sangen. Er vernahm auch Doug Robertsons klassische Gitarre, die aus Rons Dunkelkammer zu ihm herüberdrang. Am Geklapper von Geschirr und Pfannen erkannte er, daß Samira dabei war, die letzten Handgriffe in der Küche zu verrichten.
Als Mark sein Feuerzeug an den Tabak in seiner Pfeife hielt, nahm er sich vor, die alte Fellachin heute abend auf ihrem Weg aus dem Lager anzusprechen. Vielleicht ließe sie mit sich handeln; ein *Kadah* Haschisch gegen ihre koptischen Verbformen.
Er saß wieder ein paar Schritte vom Camp entfernt auf der zerbrochenen alten Mauer und paffte zufrieden seine Pfeife. Da merkte er, daß er gleich Gesellschaft bekommen würde. Zuerst roch es nach Gardenien, und gleich darauf ließ sich ihre Stimme vernehmen: »Darf ich mich zu Ihnen setzen?« Mark schaute zu ihr auf und musterte sie argwöhnisch. »Bitte sehr. Wie geht es Ihrem Mann?«
»Sanford geht es wieder gut. Im Augenblick macht er Gymnastik.«
Mark überlegte angestrengt, was er noch sagen könnte. »Haben Sie bis jetzt noch Gefallen an dem Leben in der Wüste?«
Sie hob ihre Augenbrauen. »Ich habe diese Reise nicht zum Vergnügen unternommen, Dr. Davison. Ich bin hergekommen, um das Grab zu finden.«
»Trotzdem ist es doch bestimmt langweilig für Sie.«
Sie saß so dicht neben ihm, daß sie ihn fast berührte, aber Mark konnte keine Wärme an ihrem Körper spüren. »Dr. Davison, woher wollen Sie wissen, was mich langweilen würde?«
Ihr Blick war streng, und ihre Stimme klang eisig. Mark zitterte beinahe. »Nun, die meisten Leute, die an Expeditionen teilnehmen und nicht direkt an der Arbeit beteiligt sind, verlieren für gewöhnlich nach einer Weile das Interesse. Unser Aufenthalt hier kann sich noch lange hinziehen, Mrs. Halstead.«

»Ich bin geduldig.«
Mark erinnerte sich, wie sie in der Nacht zuvor ausgesehen hatte, als sie wie hypnotisiert in einem leichten Morgenmantel durchs Camp gewandelt war. Er suchte krampfhaft nach Worten, um die immer länger währende Stille auszufüllen. »Ich muß schon sagen, Mrs. Halstead, das ist wirklich ein... starkes Parfum, das Sie da tragen.«
»Wie bitte?«
»Ihr Parfum. Gardenien, nicht wahr?«
»Dr. Davison, ich trage kein Parfum. Ich benutze niemals welches, weil ich nichts davon halte. Parfum ist künstlich und unnatürlich. Ich besitze nicht einmal eine Flasche.« Er blickte sie entgeistert an, drehte aber gleich wieder den Kopf weg. Warum sollte sie etwas so Offenkundiges wie diesen intensiven Duft, von dem sie geradezu durchtränkt war, abstreiten?... Nun, im Grunde ging es ihn ja auch nichts an. »Ach übrigens. Dr. Davison, ich hatte heute morgen eine hochinteressante Unterhaltung mit Mr. Domenikos.«
Mark wandte ruckartig den Kopf. »Was!«
»Der abscheuliche Mensch kam heute morgen ins Camp, während Sie an der Grabungsstelle waren. Er hat meinem Mann ein Geschäft vorgeschlagen.«
»Verdammt noch mal! Wie ist er an den *Ghaffir* vorbeigekommen? Machen Sie sich keine Mühe. Die Antwort darauf weiß ich schon. Und wie verhielt sich Ihr Mann?«
»Unterschätzen Sie uns nicht, Dr. Davison! Domenikos könnte uns mit nichts auf der Welt dazu bewegen, uns auf einen Handel mit ihm einzulassen. Mein Mann hat nicht die leiseste Absicht, unsere Funde in die Hände eines Gauners gelangen zu lassen.«
»Und Sie, Mrs. Halstead?«
Sie sah ihn mit ihren grünen Augen eindringlich an, und es kam Mark so vor, als ob ihr Blick etwas weicher wäre als sonst. Er wünschte plötzlich, daß sie nicht so dicht neben ihm säße. Doch da schaute sie unvermittelt weg, zuckte leicht zusammen und fuhr sich mit den Fingerspitzen an die Schläfe. »Stimmt etwas nicht?«
Sie antwortete nicht sofort, sondern neigte den Kopf, als ob sie sich konzentrierte. Schließlich ließ sie ihre Hand sinken und wandte sich wieder Mark zu. Sie lächelte warmherzig. »Es ist der Sand. Ich bin nicht daran gewöhnt...«

Als Mark ihr ins Gesicht sah, fragte er sich, ob er sich nur einbildete, daß ihre Stimme jetzt sanfter klang.

»Sie vermuten, daß sich das Grab in dem Cañon befindet, nicht wahr?«

»Ja, das ist richtig...« Es entsprang nicht seiner Einbildung, daß Alexis sich nun an ihn lehnte. »Ramsgate schrieb, er habe sein Camp verlegt, um näher am Grab zu sein, und ich bin ziemlich sicher, daß die schwarze Feuerstelle der Ort ist, wo Ramsgates Zelte standen.«

»Wozu dienen die Gräben?«

»Ich hoffe, daß wir dadurch entweder auf den Stelensockel mit dem Rätsel stoßen, das die Lage des Grabes enthält, oder daß wir die Treppe finden, die zum Grab führt. Nach Ramsgates Angaben hatte sie dreizehn Stufen. Mrs. Halstead...« Mark schnellte hoch. »Sie müssen mich entschuldigen, aber ich habe noch zu arbeiten.«

Als sie zu ihm aufschaute, bemerkte er einen Anflug von Verwirrung auf ihrem Gesicht. Dann sagte sie: »Es ist spät, Dr. Davison. Mein Mann und ich wollen morgen früh mit Ihnen zur Ausgrabungsstelle fahren.« Sie erhob sich und schwankte ein wenig, als sie vor ihm stand. »Ich... ich habe nicht gut geschlafen...«

Mark beobachtete sie, wie sie über den Sand lief und in ihrem Zelt verschwand. Dann begann er langsam zu seinem eigenen Zelt zurückzugehen.

Als Mark den Rand des Lichtkreises erreichte, spürte er plötzlich, daß er nicht allein war. Er blieb stehen und lauschte. Im Camp war kein Laut zu hören. Rons Dunkelkammer war still und verlassen, und während seiner Unterhaltung mit Alexis hatte die alte Samira das Gemeinschaftszelt wohl verlassen. Die Dämmerung war finsterer Nacht gewichen, und alles schlief.

Mark drehte sich um und sah wenige Meter entfernt eine Frau stehen, die ihn beobachtete. Er erkannte sie; er hatte sie früher schon zweimal gesehen. Doch diesmal verschwand die Frau nicht, als er sich ihr vorsichtig näherte.

Als er auf drei Meter an sie herangekommen war, hob sie langsam die Hand und gab ein einziges Wort von sich.

Mark hielt den Kopf schräg. »Wie bitte?«

Sie wiederholte es.

»Ich verstehe Sie nicht. Wer sind Sie?«

Ein Zögern ging ihrer Antwort voraus, und als es endlich soweit war, gebrauchte sie Worte, deren Sinn Mark nicht erfassen konnte. Während sie sprach, bemerkte er, daß sie dasselbe wallende, weiße Gewand trug wie früher. Wieder kauerte sie sich weinend auf den Felsen und sah aus der Dunkelheit zu ihm herüber, so daß er sich fragte, ob er jetzt wieder träumte. Während die Frau immer wieder denselben Satz wiederholte, fiel ihm auch auf, daß sich zwar ihre Lippen bewegten, daß der Klang ihrer Stimme aber nur in seinem Kopf existierte. Es war ein sanftes Flüstern in seinem Gehirn, und die Worte entstammten einer völlig fremden Sprache.
»Wer sind Sie?« fragte er noch einmal und spürte das Hämmern von aufziehendem Kopfweh in seinen Schläfen.
Geduldig und langsam begann sie wieder zu sprechen, und derselbe weiche Flüsterton klang abermals in ihm auf. Da bemerkte Mark, daß ihre Füße den Boden nicht berührten und daß sie sich leicht auf und ab bewegte, als ob sie auf einem Meer triebe.
»Dr. Davison!«
Er fuhr herum.
»Ach, hier sind Sie, Davison!« Sanford Halstead kam über den kalten Sand auf ihn zu. »Ein Glück, daß Sie noch wach sind. Ich muß mit Ihnen reden. Mir ist etwas ganz Peinliches passiert!«
Mark blickte den Mann verständnislos an. Er spürte ein Prickeln im Nacken und wußte, ohne sich umzudrehen, daß die Frau verschwunden war.

Vierzehn

Mark rutschte ungeduldig auf seinem Sitz hin und her und strengte sich an, bei der Sache zu bleiben. Hasim redete ununterbrochen über eine Ausgrabung im Nildelta, bei der ganz unerwartet ein Sonnentempel freigelegt worden war, und Mark hatte Mühe, interessiert zu erscheinen.
Es war zehn Uhr. Die Arbeitsgruppen kamen gut voran. Fünf lange, gerade Gräben durchzogen nun den Talboden; der abgetragene

Schutt wuchs langsam zu stattlichen Hügeln. Am oberen Ende jedes Grabens stand eine Holzkiste, die alles aufnehmen sollte, was an Interessantem in den Gittersieben hängenblieb – bis jetzt waren die Kisten noch leer.
Ron hatte die Ärmel hochgekrempelt und fotografierte systematisch die Gräben. Die Halsteads saßen auf Holzstühlen im Schatten der Felswand und tranken kalten Tee aus einer Thermosflasche. Jasmina verarztete einen Mann wegen eines Skorpionstichs. Mark wurde sich plötzlich bewußt, daß die Sonne schon ziemlich intensiv auf das Dach des Landrovers herunterbrannte.
»Wie lange beabsichtigen Sie, in diesem Cañon zu arbeiten, Dr. Davison?«
Mark blickte Hasim mit leichtem Stirnrunzeln an. »Was meinen Sie bitte?« »Haben Sie schon eine zeitliche Grenze festgesetzt?«
»Hmm... noch nicht.« Mark versuchte sich zu erinnern, was er über Sinnestäuschungen als Folge starker Sonneneinstrahlung gelesen hatte. Da war doch gestern abend wieder diese durchsichtige Frau gewesen...
»Wenn Sie mich bitte entschuldigen wollen, Dr. Davison. Ich werde einmal nachsehen, wie weit die Arbeit gediehen ist.« Mark spürte, wie das Fahrzeug ein wenig wackelte, als der junge ägyptische Beamte heraussprang. Einen Augenblick später sah er, daß Jasmina zu den Landrovern geeilt kam. Als sie neben ihm einstieg und sich den Staub von ihren Hosenbeinen klopfte, stellte Mark fest, daß er seine Konzentrationsfähigkeit wiedererlangt hatte.
»Wie geht es ihm?«
»Der Mann wird bald wiederhergestellt sein. Ich konnte ihm den Arm rechtzeitig mit einer Aderpresse abbinden und ihm eine Schlangenserum-Injektion verabreichen. Trotzdem wird er ein paar Tage lang nicht arbeiten können.«
»Bis jetzt haben wir Glück gehabt. Es gab nicht viele Verletzungen.«
Jasmina sah Mark etwas seltsam an, öffnete den Mund, um etwas zu erwidern, überlegte es sich dann doch anders und schwieg. Die beiden saßen eine Weile stumm nebeneinander und schauten den Fellachen durch die Windschutzscheibe bei der Arbeit zu. Schließlich fragte Mark: »Was ist mit Ihrer Hand los?«

Jasmina strich über ein frisches Pflaster an ihrem Handgelenk. »Ich habe schon wieder einen Insektenstich. Dieser will einfach nicht verheilen.«
»Die Stechmücken haben wohl eine besondere Vorliebe für Sie.«
»Es sieht ganz danach aus.«
»Ich weiß, daß ich es schon einmal gesagt habe, aber ich war gestern wirklich von Ihnen beeindruckt, wie Sie mit den Leuten in dem Dorf bei der Entbindung umgegangen sind. Die haben es Ihnen nicht gerade leichtgemacht.«
»Dr. Davison, die haben mich gehaßt.«
»Warum haben Sie sich dann so dafür eingesetzt, ihnen zu helfen?«
Ihr Achselzucken wirkte nicht überzeugend.
»Gestern haben Sie mich mit Mark angeredet.«
Sie gab keine Antwort.
Er betrachtete sie einen Augenblick und spürte, wie sehr er es genoß, in ihrer Nähe zu sein. Dann meinte er: »Dieser Dr. Rahman wirkte nicht sehr engagiert.«
»In gewisser Hinsicht kann ich es ihm nicht verübeln. Er hat eine undankbare und aussichtslose Aufgabe. Es kommt häufig vor, daß ein Fellache, der schon geheilt war, sich unwissentlich wieder infiziert. Obgleich man ihn davor warnt, daß der Schlamm Krankheiten in sich birgt, wird er auch weiterhin barfuß hindurchlaufen und jung sterben. Die staatlichen Ärzte müssen gegen eine Mauer der Unwissenheit anrennen. Für jeden Schritt, den sie nach vorne tun, werden sie zwei Schritte zurückgeworfen.«
Mark betrachtete Jasminas Gesicht, als sie sprach. Wie hübsch sie doch war und wie wohl er sich in ihrer Gegenwart fühlte. »Ich bin froh, daß Sie sich unserer Expedition angeschlossen haben. Sie werden einmal eine hervorragende Ärztin abgeben.«
»Danke.«
Mark überlegte einen Augenblick, dann meinte er: »Darf ich Sie etwas Persönliches fragen?«
Sie zögerte. »Ja.«
»Was meinte die alte Frau gestern damit, als sie sagte, Sie seien eine Fellachin?«
Jasmina zupfte an den Enden ihres hellen Pflasters, das sich deutlich

von ihrer dunklen Haut abhob. Die Antwort kam leise, fast wie ein Flüstern: »Weil ich eben eine Fellachin bin. Ich wurde in einem sehr kleinen Dorf in Oberägypten geboren und bin dort aufgewachsen. Der Name wird Ihnen bestimmt nichts sagen, denn es ist noch kleiner als El Till. Ich war das einzige Kind meines Vaters, der sich immer einen Sohn gewünscht hatte. So lehrte er mich Lesen und Schreiben und den Umgang mit Zahlen. Der *'Umda* meines Dorfes merkte bald, daß ich nicht so dumm war wie andere Kinder, und sorgte dafür, daß ich auf eine Missionsschule in der Nähe von Assuan geschickt wurde. Als mein Vater und der *'Umda* von den Schwestern hörten, daß ich ihre beste Schülerin sei, machte mein Vater den *Mudir* unserer Provinz auf mich aufmerksam. Ich war damals vierzehn und sehr vertraut mit dem Umgang mit Büchern, aber weniger gewandt im Umgang mit... Menschen.«

Jasmina hielt den Kopf gesenkt, während sie sprach; sie schien Marks Gegenwart völlig vergessen zu haben. »Der *Mudir* erzählte mir von Kairo und seinen wunderbaren Schulen. Er stellte mir in Aussicht, eine solche Schule zu besuchen und eine der wenigen Gelehrten meines Dorfes zu werden. Vielleicht eine *Scheicha*. Doch zuvor müßte ich mir die Ausbildung verdienen. Natürlich verlockte mich dieses Angebot sehr. Er traf eine Vereinbarung mit meinem Vater, und ich blieb ein Jahr lang im Hause des *Mudir*.« Sie zupfte wieder mit ihren schlanken, braunen Fingern an dem Pflaster. »Nach dieser Zeit waren meine Verpflichtungen erfüllt, und der *Mudir* löste sein Versprechen ein. Er schickte mich nach Kairo und kam für meine Ausbildung auf.«

Jasmina hob den Kopf und sah Mark herausfordernd an. »Mein Vater ist jetzt tot, und ich habe keine Angehörigen mehr. Sogar der fette, alte *Mudir* ist gestorben, und so ist niemand mehr übrig, der sich an diese Zeit erinnert. Aber ich werde sie ewig im Gedächtnis behalten. Ich habe für das, was ich jetzt bin, gekämpft, so wie die staatlichen Ärzte um jeden Piaster kämpfen müssen. Aber mein Kampf ist ein anderer. Ich möchte die Fellachen von ihren Fesseln befreien.«

Als sie verstummte, trat eine peinliche Stille ein, aus der Mark sich nicht zu lösen vermochte. Jasminas Blick aus ihren dunkel glühenden Augen hielt ihn in seinem Bann. Da überkam ihn eine plötzliche Regung, ein elementarer Drang, den er seit seinen ersten Tagen mit Nancy vor sieben Jahren nicht mehr verspürt hatte.

Das Geräusch von Spitzhacken, die auf Fels trafen, riß ihn aus seiner Erstarrung. »Hören Sie«, begann er und räusperte sich, »bevor wieder irgend jemand herkommt, möchte ich noch eine Sache mit Ihnen bereden. Es geht um Mr. Halstead. Er hat ein Problem.«
Sie hörte schweigend zu, als Mark ihr von dem Gespräch berichtete, das er in der Nacht zuvor mit Halstead geführt hatte. Er endete mit den Worten: »Er weigert sich, nach El Minia zu fahren, um einen Arzt aufzusuchen. Und er lehnt es auch ab, daß Sie ihn untersuchen.«
»Was dachte er, daß Sie für ihn tun könnten?«
»Mit Ihnen darüber reden. Er hoffte, Sie könnten ihm etwas dagegen verabreichen.«
»Er muß erst untersucht werden. Ich kann ihm keine Medikamente verordnen, ohne die Ursache seiner Beschwerden zu kennen. Mr. Halstead sagt, er habe Blut im Urin. Das ist nur ein Symptom. Möglicherweise handelt es sich um eine Blaseninfektion, aber Sie sagen, daß er nicht über Schmerzen oder Brennen beim Wasserlassen klagt. Dann ist es vielleicht eine Niereninfektion oder ein Nierenstein. Es könnte durch die Anstrengung bei seinem täglichen Lauftraining hervorgerufen worden sein. Womöglich braucht er Antibiotika. Vielleicht ist auch ein operativer Eingriff nötig. Ein Mann in seinem Alter kann sich unzählige Harnwegserkrankungen zuziehen. Wenn er nicht zuläßt, daß ich ihn untersuche, dann muß er einen Spezialisten in Kairo aufsuchen.«
»Das habe ich ihm auch gesagt, aber er weigert sich, die Ausgrabungsstätte zu verlassen.«
»Was bleibt ihm anderes übrig?«
»Er meinte, wenn Sie ihm kein Mittel geben können, werde er einfach abwarten, ob es von allein weggeht. Wenn dies nicht der Fall sein sollte oder wenn es sich verschlimmern sollte, will er einen Arzt aus Kairo einfliegen lassen...«
»Juhu!«
Mark und Jasmina schauten auf und sahen, wie Ron ein rotes Tuch über dem Kopf schwang. Am unteren Ende des Grabens, der am weitesten von den Landrovern entfernt war, herrschte ein aufgeregtes Durcheinander, und Mark konnte Abdul auf Händen und Knien über den Grabenrand spähen sehen.
Die Halsteads waren schon auf den Beinen und liefen mit Hasim um

die Wette. Die Fellachen sahen von der Arbeit auf und schauten dem Treiben zu.

Als Mark und Jasmina herbeigerannt kamen, hatte Ron bereits den oberen Teil eines verschütteten Kalksteinfragments freigelegt. Es war sechzig Zentimeter breit und acht Zentimeter dick und ragte etwa drei Zentimeter über den Boden des Grabens hinaus. Oben befand sich eine Bruchstelle, die sich rauh anfühlte. Wie weit der Stein nach unten reichte, konnte man so nicht feststellen. Er bewegte sich nicht, als Mark daran rüttelte.

»Es ist der Stelensockel!« jubelte Ron und griff nach seiner Kamera.

Mark stand auf und wischte sich die Hände ab. »Ron, du und ich werden es ausgraben. Abdul, laß die Fellachen dort weiterarbeiten, wo sie gerade sind.«

»Jawohl, Effendi.«

»Wir brauchen Bürsten und Messer, eine Kelle, Spieße zum Aufstecken von Fähnchen, zwei Gittersiebe, eine Wasserwaage...« Er wandte sich zu Jasmina um und legte eine Hand auf ihren Arm. »Ich möchte, daß Sie das Feldbuch übernehmen und die Eintragungen für mich machen, ja? Oh, und Abdul«, Mark sprach so rasch, daß er den plötzlichen Ausdruck des Mißfallens in den Augen des Vorarbeiters gar nicht bemerkte, »ich werde eine Schiefertafel und starken Bindfaden benötigen. Spanne einen Sonnenschirm auf. Wir werden den ganzen Nachmittag durcharbeiten. Und stelle jetzt gleich einen bewaffneten *Ghaffir* an diesen Felsen!«

»Verdammt noch mal, schon wieder dieselbe Scheiße!«

Mark sah nicht von seiner Arbeit auf. Obwohl sein Rücken vor Anstrengung schmerzte und das über ihm aufgespannte Segeltuch die Hitze nur wenig milderte und obwohl sein Freund vor Wut mit dem Stiefel Sand aufwirbelte, ließ Mark sich durch nichts von seiner Arbeit ablenken. In zwei Stunden hatte er fünfzehn Zentimeter von dem Stein freigelegt.

»Ich weiß einfach nicht, woran es liegt!« fuhr Ron fort und starrte auf den Probeabzug in seiner Hand. »Schon wieder vernebelt!«

»Besorg dir eine andere Kamera.«

»Sieh her!« Ron sprang neben Mark in den Graben hinunter. »Diese Aufnahmen sind entstanden, kurz bevor der Stein gefunden wurde.

Allesamt einwandfrei. Und hier, zwölf Bilder weiter, eine Weitwinkelaufnahme vom Cañon, ebenfalls tadellos. Doch diese zwölf in der Mitte des Films sind verschleiert, Mark. Nur die Fotos von dem Stein. Ich kann mir das nicht erklären!«
»Dein Film muß beim Weitertransportieren beschädigt worden sein.«
»Unmöglich. Dann gäbe es nicht diese klare Abgrenzung. Ein Negativ scharf und makellos und das nächste völlig vernebelt.«
Schließlich setzte Mark sich auf die Fersen zurück und fuhr sich mit dem Ärmel über die Stirn. Seine Augenbrauen und sein Bart glitzerten von Schweiß. »Ron, du bist der Fotograf. Ich bin nur ein Artischockenpflücker, okay? Schau her, du hast noch gar nicht gesehen, wie weit ich inzwischen gekommen bin.«
Ron ließ sich auf die Knie nieder. Die Vorderseite des breiten, flachen Steins, der jetzt etwa achtzehn Zentimeter aus dem Sand aufragte, war mit waagerechten, sauber eingemeißelten Hieroglyphenreihen bedeckt.
»Donnerwetter«, flüsterte er, »das ist wirklich ein Volltreffer.«
»Zweifellos. Lies das hier.« Mark tippte mit der Spitze eines Pinsels auf die rechte Spalte. »›Der Verbrecher von Achet-Aton.‹ Meine Güte...«
»Ich weiß nicht, wie weit hinunter dieses Ding hier geht, aber wir müßten eigentlich bald das Rätsel lesen können, das auf die Lage des Grabes verweist. Dann können wir selbst entscheiden, ob Ramsgate einen Fehler gemacht hat oder nicht.« Ron fuhr sich mit der Zunge über die Lippen. »Ich kann es nicht glauben...« Er ließ sich nach hinten auf sein Gesäß fallen. Jetzt nahm er auch die anderen wahr, die im Schatten von Abduls flatternder Zeltleinwand saßen. Jasmina, die mit übergeschlagenen Beinen im Sand hockte, war dabei, ein minuziöses Protokoll über den Verlauf der Arbeit zu verfassen. Sanford und Alexis Halstead, die wie Fürsten auf ihren hölzernen Klappstühlen thronten, erweckten den Eindruck, als wohnten sie einem Tennismatch bei, so ausdruckslos waren ihre Gesichter. Hasim machte sich seine eigenen Notizen, und Abdul Rageb stand gelassen neben dem bewaffneten *Ghaffir*. Das einzige Geräusch im Cañon rührte von dem heißen Wind her, der von dem Hochplateau herunterfegte. Die Fellachen waren in die Arbeitersiedlung zurückgebracht worden.

»Ron, wir brauchen Fotos, und zwar gute, scharfe und klare. Wenn diese Stele wirklich aus gewachsenem Fels herausgemeißelt wurde, werden wir nicht in der Lage sein, sie wegzutransportieren. Wir können die Inschriften daher nur anhand von Fotos studieren.«

Ron nickte. »Gut, ich habe neues Filmmaterial mitgebracht, das in bleigefütterten Beuteln verpackt ist. Ich werde auch ein paar Experimente mit der Kamera durchführen. Aber klare, deutliche Aufnahmen, das wird nicht einfach werden. Die Schriftzeichen sind nicht tiefer als zwei Millimeter in den Stein eingeschnitten. Der Kontrast wird unerheblich sein. Ich muß sehen, ob ich Sonnenlicht bekommen kann, das aus einem ganz bestimmten Winkel einfällt...«

Marks Rücken schmerzte so sehr, daß er meinte, sich nie wieder aufrichten zu können, aber es war ein guter Schmerz. Er hatte ihn schon früher gespürt, wenn er stundenlang über einem vergrabenen Fundstück kauerte und so sehr in seine Arbeit vertieft war, daß er seinen Körper darüber vergaß. Als er jetzt mit hochgelegten Füßen vor seinem leer gegessenen Teller im Gemeinschaftszelt saß, genoß er sogar das Stechen und Ziehen in seinem Rücken, weil es ihn ständig an seinen Grabungserfolg erinnerte.

Er vermutete, daß etwa die Hälfte der Stele freigelegt worden war.

»Tut mir leid, daß die Aufnahmen nichts geworden sind«, sagte Ron. Mark winkte ab und griff zu seinem Weinbecher. »Ach, mach dir nichts draus. Wir werden uns die Hieroglyphen für morgen vornehmen. Ich hoffe nur, daß die untere Hälfte ebensogut erhalten ist wie das, was wir bis jetzt zutage gefördert haben. Wenn es so ist, dürften wir eigentlich keine Schwierigkeiten haben, den Inhalt zu entschlüsseln.«

»Ich kann mir nur nicht erklären, warum eine so einzigartige und wertvolle Stele von anderen Ägyptologen noch nicht weggeschafft wurde.«

»Ganz einfach, mein Freund, sie haben sie niemals entdeckt. Durch den Befehl des Paschas war dieses Gebiet mehrere Jahrzehnte lang sozusagen unter Quarantäne gestellt. In dieser Zeit hat es niemand gewagt, den Cañon zu betreten, und so wurde die Stele unter Treibsand begraben, und die Erinnerung an Ramsgate verblaßte.«

»Und das Tagebuch?«

»Wie ich schon neulich abends sagte, hat es vielleicht ein Fellache an

sich genommen, noch bevor die Soldaten des Paschas anrückten. Wer weiß? Im Grunde ist es auch nicht wichtig.«
Ron starrte düster in sein Weinglas. Er und Mark waren allein im Zelt. Nur Samira schlurfte leise in der Kochecke hin und her. »Ich habe ein ungutes Gefühl wegen meiner Fotos, Mark.«
»Was willst du damit sagen?«
»In Ramsgates Tagebuch heißt es, Sir Robert habe Schwierigkeiten mit seinem ›Kamerakasten‹ gehabt. Als die Platte entwickelt war, kamen die Bilder schwarz heraus. Dann benutzte er einen Magnesiumblitz und machte eine Aufnahme von Ramsgate und seiner Frau. Das fertige Bild, so berichtet Ramsgate, sei mit einem merkwürdigen Defekt behaftet gewesen. Ein unerklärlicher Schatten, der wie eine Rauchsäule aussah, habe sich neben Amanda gezeigt. Kommt dir das nicht bekannt vor?«
Mark gab keine Antwort. Er erinnerte sich an eine andere Stelle im Tagebuch, wo es hieß: »Meine Amanda hat angefangen, schlafzuwandeln. Sie wird von seltsamen Alpträumen geplagt und plappert in einer unverständlichen Sprache. Wenn sie bei klarem Verstand ist und anscheinend die Berührung zur Wirklichkeit wiedergefunden hat, behauptet sie, das Gespenst einer durch das Camp wandelnden Frau in strahlend weißen Gewändern gesehen zu haben...«
»Laß uns ein wenig Schlaf tanken«, sagte Mark unvermittelt. »Morgen wird der entscheidende Tag sein.«
Die Nachtluft hatte sich während der Unterhaltung der beiden empfindlich abgekühlt. Die Sterne bedeckten den Himmel wie zerstäubte Eiskristalle. Mark und Ron zitterten vor Kälte, als sie das Lager durchquerten.
»Es ist ein Wunder, daß das Land bei diesen raschen Temperaturschwankungen nicht zerspringt. Wohin gehst du, Ron?«
»Ich bleibe noch ein Weilchen in der Dunkelkammer. Ich muß herausfinden, was mit meinem Film passiert ist.«
»Laß dir den Wein nur schmecken, mein Freund«, murmelte Mark, während er Ron nachschaute.
Als er eben sein Zelt betreten wollte, spürte Mark, wie ihm ein eiskalter Schauer den Rücken hinunterlief. Seine Schulterblätter zogen sich reflexartig zusammen, als ob jemand ihm einen Eiswürfel in den Hemdkragen gesteckt hätte. Er blieb stocksteif stehen, während er

mit einer Hand noch die Zeltplane hielt. An seinen Schläfen begann es heftig zu pochen.
Dann hörte er es.
Das dumpfe Geräusch schwerer Schritte.
Es kam von außerhalb des Lichtkreises der Lagerlaternen, irgendwo aus der tiefschwarzen Finsternis hinter seinem Zelt, ein dumpfes, rhythmisches Tock–tock. Ein unheimliches Geräusch wie der schleppende Gang eines riesigen, schlaftrunkenen Tieres.
Seine Nackenhaare sträubten sich. Er wollte nachschauen, was es war, aber er wagte es nicht. Mit den Fingern hielt er die Plane krampfhaft umfaßt; er klammerte sich daran fest, um nicht zu Boden zu stürzen.
Tock–tock. Tock–tock.
Ein Fellache im Haschischrausch. Aber nein, das klang viel schwerer; es hatte mindestens das Gewicht eines Pferdes. Vielleicht war es das Kamel des Griechen. Am Ende kam der Kerl zurück, um noch einmal mit ihm zu verhandeln.
Mark begann zu zittern. Er spürte, wie ihm in den Achselhöhlen der Schweiß ausbrach. Das war kein Kamel; es handelte sich nicht um einen Vierbeiner. Was auch immer sich da auf ihn zuschleppte, es stand aufrecht auf zwei Füßen... Ein strammer, eisiger Wind erhob sich und fauchte durch das Zelt. Die draußen aufgehängten Laternen schaukelten, und ihr Lichtschein verursachte bizarre Schattenspiele. Mark fühlte eine grausige Angst in sich hochsteigen. In seinem Kopf hämmerte es zum Zerspringen.
Tock–tock. Immer lauter, immer näher. Tock–tock.
Heilloser Schrecken und panische Angst überkamen ihn, ein plötzliches, unerklärliches Bedürfnis, auf die Knie zu fallen und sich die Seele aus dem Leib zu heulen. Was immer aus der Tiefe der Finsternis auf ihn zukam, es war... Und dann, ganz urplötzlich, nahm er ein seltsames Leuchten wahr. Vor sich sah er seinen eigenen Schattenriß, der sich scharf gegen die Zeltwand abzeichnete. Das weiße Glühen, das das Lager in ein unnatürliches Licht tauchte, kam von hinten und nicht aus der Richtung des herannahenden Unheils. Mit einem Mal legte sich der Wind, und die Dunkelheit senkte sich lautlos und ruhig auf das Camp herab. Das Tock–tock verebbte.
Noch immer wie gelähmt, drehte sich Mark ungeschickt und mühsam

um und wandte dem Zelt und dem in der Finsternis lauernden Schrecken den Rücken zu. In der Mitte des Lagers gewahrte er, wie eine Vision, wieder diese Frau.
Sie erschien genauso, wie sie ihm die letzten drei Male erschienen war: in phosphoreszierendem, milchigweißem Schimmer. Sie blickte ihn aus traurigen, großen und sanften Augen an und bewegte langsam ihre beerenroten Lippen. Und als Mark sie durch die eisige Nacht verblüfft anstarrte, hörte oder vielmehr fühlte er wieder ihre leise Stimme in seinem Kopf.
»*Entek setemet er anxui-k.*«
Mark bemerkte, daß sein Hemd von Schweiß durchnäßt wurde. Die kalte Nachtluft ließ ihn erstarren.
»*Sexem-a em utu arit er-a tep ta.*«
Sein Atem verlangsamte sich. Ein Zittern durchlief seinen Körper. Dann stand er wie versteinert und hatte plötzlich keine Gewalt mehr über sich, konnte nichts mehr aus eigenem Antrieb tun.
Die Lippen der Frau bewegten sich, und im Geiste hörte er ein merkwürdiges Gemurmel: »*Un-na! Nima tra tu entek? Nuk ua em ten. Nima enti hena-k?*«
Mark öffnete den Mund, aber seine Zunge wollte ihm nicht mehr gehorchen.
»*Nima tra tu entek?*«
Er atmete keuchend und mühsam. Ich kann es fast verstehen! Ich kann es fast verstehen! dachte Mark überwältigt.
»*Nima tra tu entek?*«
Die Worte kommen mir bekannt vor. Ich kann sie fast...
»*Nima tra tu entek?*«
Er bebte am ganzen Leib, und sein Hemd war patschnaß. Wie gebannt starrte er auf die Lippen der Frau. Und wieder hörte er: »*Nima tra tu entek?*«
Ja! Jetzt habe ich es beinahe verstanden! Beinahe...
Da wurde ihre Stimme plötzlich von einer anderen Stimme übertönt, die mit solcher Wucht an seine Ohren geschmettert kam, daß er fast das Gleichgewicht verlor. Die Frau in Weiß verschwand, und mit einem Mal blitzten von allen Seiten Lichter auf. Mark legte eine Hand über seine Augen. Ein Aufschrei versetzte das Camp in Aufruhr.
Mark rannte mit den anderen zu Jasminas Zelt. Ihre Schreckens-

schreie gellten durch die Nacht. Mark und Ron rissen die Eingangsplane auf und öffneten hastig den Reißverschluß des Moskitonetzes. Drinnen herrschte völlige Dunkelheit, aber sie hörten, wie Jasmina um sich schlug und um Hilfe rief.
Als er hineinstürzte, spürte Mark, wie ihm etwas ins Gesicht flog. Es war, als hätte jemand eine Handvoll groben Sand nach ihm geworfen. Ein durchdringendes Summen erfüllte die Luft, und seine bloßen Arme wurden wie mit tausend Nadelstichen traktiert.
Ron tastete im Dunkeln nach dem Licht, und als er es anschaltete, schrie er entsetzt auf. Jasminas Zelt wimmelte von dichten, brummenden Insektenschwärmen. Sie schwirrten durch die Luft und krochen über jede freie Fläche, und in der Mitte kauerte, nur mit einem dünnen Nachthemd bekleidet, Jasmina, die wild mit den Armen fuchtelte und verzweifelt schrie.
Die Insekten bedeckten jedes Fleckchen ihrer Haut, krabbelten in ihrem Haar und legten sich wie eine schwarze Maske über ihr Gesicht: Stechmücken, Wespen, Fliegen und Heuschrecken, die durcheinanderbrummten und gnadenlos auf ihr Opfer einstachen.
Mark faßte sie um die Taille herum und schleifte sie aus dem Zelt. Als er auf die dichte Insektenwolke im Zeltinnern zurückblickte, sah er, wie auch Ron, schreiend und um sich schlagend, sich nach draußen durchkämpfte. Die anderen hatten sich vor dem Zelt versammelt und gafften verblüfft und sprachlos, als Mark die weinende junge Frau in den Armen hielt.
Er wischte ihr mit raschen Bewegungen über Gesicht und Haar, worauf die Insekten von ihr abließen und ins Dunkel wegflogen. Mark lauschte voller Ekel auf das Gebrumm des Ungeziefers. Dann wandte er sich an Abdul und befahl: »Sorge dafür, daß das Zelt von den Biestern befreit wird!«
»Jawohl, Effendi.« Die Miene des hochgewachsenen Ägypters verriet keine Regung, aber sein Blick war plötzlich voller Feindseligkeit.
»Ron, du und ich werden heute nacht im Laborzelt schlafen. Jasmina kann mein Bett haben.«
Ihr Schluchzen ließ allmählich nach, aber sie klammerte sich weiterhin an Mark. Im Nachthemd wirkte Jasmina sehr zart und schutzbedürftig, wie ein kleines Mädchen. Sie vergrub ihr Gesicht in seiner Brust, und als er sie weiter an sich gedrückt hielt, konnte er die zahllo-

sen Schwellungen und Stiche auf ihrem Rücken und ihren Armen spüren.
Als er schließlich erneut einen Blick ins Zelt warf, waren die Insekten verschwunden.

Die Hitze lag flimmernd über dem Sand und ließ die Felsen auf der anderen Seite in verzerrten Proportionen erscheinen. Wie Quecksilber, das sich beim Nähertreten in Nichts aufzulösen schien, bedeckte die flirrende Luft den Cañonboden. Noch immer warteten alle gespannt auf das entscheidende Ergebnis, doch ihre Aufmerksamkeit ließ allmählich nach. Sie wollten zwar die Ausgrabungsstätte nicht verlassen, aber sie waren des Wartens müde.
Nach fünf Stunden Arbeit legte Mark endlich die letzte Hieroglyphenreihe frei.
Seine eigene Konzentrationsfähigkeit hatte ebenso nachgelassen wie die seiner Gefährten. Der Schrecken des nächtlichen Insektenüberfalls auf Jasmina steckte ihm noch in den Gliedern, und gleichzeitig ging ihm die Frau in Weiß nicht aus dem Sinn. Er hatte sich den größten Teil der Nacht auf dem Boden des Arbeitszeltes hin und her gewälzt, war immer wieder aus Alpträumen emporgeschreckt und hatte Ron neben sich ruhig atmen hören. Selbst jetzt, als er den Stein vom letzten Staub befreite, um seine rätselhafte Inschrift zu enthüllen, spürte Mark, wie ihn eine furchtbare Vorahnung beschlich.
Jasmina hatte in der Frühe darauf bestanden, mit zur Ausgrabungsstätte zu fahren. Sie saß jetzt über ihm und schrieb mit verbundenen Fingern das Ausgrabungsprotokoll. Ihr Gesicht, das bei Tageslicht ganz verschwollen gewesen war, fing an, besser auszusehen. Alles, was von dem nächtlichen Unglück übriggeblieben war, waren ein paar Kratzer und Stiche. Ron hockte mit angezogenen Knien neben ihr und machte ein düsteres, besorgtes Gesicht. Er beobachtete eine Eidechse, die im Sand nach Skorpionen grub, doch in Gedanken beschäftigten ihn seine erfolglosen Versuche, auch nur ein einziges Foto von der Stele zu machen.
Alexis Halstead saß abseits von den anderen im Sand. Ein seltsamer Ausdruck lag auf ihrem Gesicht. Sie hielt den Kopf schief, als lausche sie auf ein Flüstern im Wind.
Ihr Mann, der in einiger Entfernung von ihr saß, schien an diesem

Morgen völlig verändert zu sein. Er hatte wieder den Alptraum gehabt: Ein riesenhafter Mann aus Gold hatte am Fußende seines Bettes gestanden und mit funkelnden Augen auf ihn herabgestarrt, während von allen Seiten gleichzeitig eine Stimme ertönte, die immer dieselben Worte wiederholte: »*Na-khempur, na-khempur*...«

Hasim al-Scheichly war der einzige, der Marks Arbeit mit wirklichem Interesse verfolgte. Mit jeder Hieroglyphe, die von Schmutz befreit wurde, verdrängte er ein wenig mehr die Erinnerung an seinen eigenen, immer wiederkehrenden Alptraum, in dem er von einer skorpionköpfigen Frau verführt wurde, und konzentrierte sich auf den sensationellen Fund, der ihm eine beachtliche Beförderung verschaffen würde.

Mark ließ die Kelle fallen, wischte sich Gesicht und Nacken mit einem Tuch ab und setzte sich ächzend zurück. »Das wäre geschafft! Die letzten Zeilen, die uns Aufschluß über die Lage des Grabes geben, sind freigelegt...«

Fünfzehn

»Wenn Amun-Ra stromabwärts fährt, so liegt der Verbrecher darunter; um mit dem Auge der Isis versehen zu werden.«

»Sind Sie ganz sicher?«

Ron warf mit finsterem Blick den Bleistift weg. »Ron und ich haben es bis ins kleinste Detail untersucht. Die Aussage stimmt.«

»Sie müssen sich irren.«

»Mr. Halstead, die Sprache der alten Ägypter war Gegenstand meiner Doktorarbeit. Ich kann Hieroglyphen ebenso mühelos lesen wie Englisch. Ich kenne meine Arbeit.«

»Aber es ergibt keinen Sinn!«

»Wem sagen Sie das?«

Hasim räusperte sich und meinte ruhig: »Wir alle werden langsam ungeduldig, meine Herren. Aber es gereicht der Expedition nicht zum Nutzen, wenn wir uns streiten. Vielleicht sollten wir die Inschrift zunächst einmal außer acht lassen, bis...«

»Dazu haben wir keine Zeit«, fiel ihm Halstead ins Wort. »Die Tage werden immer heißer und unerträglicher. Nächsten Monat ist Ramadan. Wir müssen dieses Grab jetzt finden.« Mark überflog das große Blatt Papier, das vor ihm ausgebreitet lag und auf dem er eine fast fehlerfreie Kopie der Stele angefertigt hatte. Da es Ron nicht gelungen war, die Stele zu fotografieren, hatte Mark schließlich ein Butterbrotpapier über den Stein gelegt und es mit Holzkohle eingerieben. Dieses Verfahren hatte er schon früher bei der Untersuchung von Wandreliefs angewandt, wenn der Kontrast für die Fotografie nicht ausreichte, um die feinen Einzelheiten hervortreten zu lassen. Er hatte die Pause dann zu Studienzwecken auf ein frisches Blatt kopiert und war mit dem Ergebnis zum Abendessen erschienen. Niemand war erfreut darüber. »Sind Sie sicher, daß die Inschrift keinen weiteren Hinweis enthält, Dr. Davison?« fragte Halstead.
Mark breitete die Hände aus. »Ich habe Ihnen doch alles vorgelesen. Eine Warnung, sich fernzuhalten, die Namen dieser sieben Wächtergötter, ein paar Zauberformeln und am Ende dieses Rätsel.«
»Sie sagen, daß Amun-Ra für die Sonne steht und daß stromabwärts Norden heißt.«
»Ja, Mr. Halstead.«
»Nun, an dieser Stelle muß ein Irrtum vorliegen. Entweder ist es nicht Amun-Ra, oder es ist nicht stromabwärts.«
Mark seufzte und schüttelte den Kopf. »Es stimmt beides, Mr. Halstead. Glauben Sie mir, ich bin ebenso ratlos wie Sie.« Ron nahm seinen Becher, trank ihn in einem Zug leer und schenkte sich aus der Weinflasche, die er an den Tisch gebracht hatte, nach. »Worauf ich mir keinen Reim machen kann, ist das Auge der Isis. Wie soll der Verbrecher damit versehen werden und warum?«
Mark wandte seine Aufmerksamkeit der unteren Hieroglyphenreihe zu und starrte auf die fraglichen Schriftzeichen. Da war ganz deutlich das große, dreieckige Symbol, das als *sept* ausgesprochen wurde und für das Verb »versehen werden mit« stand, gefolgt von der sitzenden Figur der Isis und dem Wort *üdjat* für »Auge«.
»Und was ist mit dem Hund?« fragte Halstead. »Ein Hund wird darin überhaupt nicht erwähnt.«
»Nein, nicht einmal unter Aufbietung aller Phantasie läßt sich etwas Derartiges herauslesen.«

»Dr. Davison.« Halstead faltete seine Hände und legte sie auf den Tisch. Er wirkte nervös und zittrig. »Neville Ramsgate schreibt, er habe aufgeschaut und dort, ›wo sein Auge schon hundertmal achtlos vorbeigestreift war‹, den Hund entdeckt. Dann meint er, er wisse jetzt, wie kinderleicht die Antwort auf das Rätsel sei. Warum kommen Sie nicht darauf?«
»Dieselbe Frage könnte ich Ihnen stellen, Mr. Halstead.«
»Verdammt noch mal, Davison, wer ist denn hier der Ägyptologe?«
Mark verbarg seine Hände unter dem Tisch und ballte seine Fäuste, so fest er konnte. Scheinbar ruhig und gelassen, lenkte er das Gespräch auf ein anderes Thema. »Abdul hat zwei Frauen aus Hag Qandil zum Wäschewaschen bestellt. Sie werden morgen früh hier sein. Sie alle werden gebeten, Ihre schmutzige Wäsche zusammenzusuchen und sie morgen früh, bevor wir zum Cañon aufbrechen, für die Frauen bereitzuhalten. Wenn Sie irgendwelche speziellen Kleidungsstücke haben, Mrs. Halstead, vielleicht besonders empfindliche Sachen... Mrs. Halstead?«
Alexis, die ihm direkt ins Gesicht geschaut hatte, blinzelte und fragte: »Wie bitte?«
Nachdem er seine Frage wiederholt hatte, runzelte sie ein wenig die Stirn und erwiderte zerstreut: »Oh, ja, ja... ich habe schon... ein paar Sachen...«
Mark erhob sich und rollte das Blatt mit den Hieroglyphen zusammen. Als die anderen ebenfalls langsam aufstanden, meinte er: »Bis wir das Rätsel entschlüsseln können, heben wir weiter Gräben aus. Niemand von Ihnen muß mit zur Grabungsstelle kommen, wenn er nicht will...«
»Wir werden dabeisein, Dr. Davison.« Sanford Halstead faßte seine Frau am Ellbogen und geleitete sie zum Zeltausgang, wo er kurz stehenblieb und ihr etwas ins Ohr flüsterte. Doch Alexis schien es gar nicht wahrzunehmen, denn ihre Miene blieb weiter ausdruckslos. Sie nickte mechanisch und trat hinaus in den Sonnenschein.
Als Halstead kehrtmachte und mit einem leicht hinkenden Gang zurückkam, war Mark überrascht. Und noch mehr überraschte es ihn, als Halstead sich mit gespielter Lässigkeit an ihn wandte: »Davison, ich bin gespannt, ob Sie mir weiterhelfen können. Ich... ähm...

neulich schnappte ich zufällig ein Wort auf und frage mich nun die ganze Zeit, was es wohl bedeutet.«
»Wie lautet das Wort?«
»*Na-khempur.*«
Mark schürzte die Lippen, dachte kurz nach und drehte sich schließlich zu Ron um, der gerade aufstand. »Weißt du, was *na-khempur* heißt?«
Ron schüttelte den Kopf.
»Ist es...« begann Halstead zögernd. »Ist es modern oder alt?«
Mark hob die Augenbrauen. »Nun, wenn Sie es erst kürzlich von jemandem gehört haben, muß es wohl modern sein. Doch jetzt, wo Sie die Sprache darauf bringen, fällt mir auf, daß es tatsächlich wie Altägyptisch klingt.«
»Aber Sie wissen nicht, was es bedeutet?«
»Ich habe keinen Schimmer, tut mir leid.«
»Na, macht nichts. Es war ohnehin nicht so wichtig.«
Halstead drehte sich auf dem Absatz und marschierte hinaus. Gleich darauf kam Hasim zu Mark und meinte leise: »Ich denke, es wird wohl am klügsten sein, das Ministerium noch nicht zu verständigen. Ich werde warten, bis das Grab selbst gefunden ist, Sie verstehen.«
Mark nickte matt.
Statt wegzugehen, blieb der junge Mann etwas unschlüssig neben ihm stehen und schien über etwas nachzugrübeln. Dann fragte er mit gedämpfter Stimme: »Dr. Davison, hatten Sie oder die anderen Probleme mit Skorpionen?«
»Nein, überhaupt nicht. Haben Sie denn welche?«
»Hm, ja ein wenig. Bisher waren es zwei oder drei. Was können Sie mir dagegen empfehlen?«
»Nun, zuallererst untersuchen Sie Ihr Zelt auf Löcher. Achten Sie dann stets darauf, daß die Eingangsplane immer fest zu ist. Es könnte auch ganz nützlich sein, die Pfosten Ihres Bettes in Gefäße mit Kerosin zu stellen. Reden Sie mit Abdul darüber.«
»Ja, ja. Danke.« Hasim wirkte zwar immer noch etwas zerstreut, aber er schien sich damit zufriedenzugeben und eilte aus dem Zelt. Ron folgte ihm mit der Weinflasche in der Hand nach und murmelte etwas davon, daß er seine Kameras mit einem Vorschlaghammer

vernichten wolle. Nun blieben nur noch Mark, Jasmina und die alte Fellachin im Gemeinschaftszelt zurück.
Es war ungewöhnlich, daß Samira zu so später Stunde noch da war. Das Abendessen war schon lange beendet, die Kochflammen waren erloschen und das Geschirr weggeräumt. Trotzdem blieb sie und hantierte in ihrer dunklen Ecke mit etwas, das man aus der Entfernung nicht erkennen konnte.
Mark sah Jasmina an. Ihre Hände und Arme waren noch immer mit Mullbinden umwickelt; Nacken und Gesicht waren mit winzigen roten Schwellungen übersät. Ihm fiel ein, wie schön es gewesen war, sie in seinen Armen zu halten. »Wie fühlen Sie sich?« erkundigte er sich behutsam.
»Es geht mir schon wieder ganz gut.«
Seit der letzten Nacht hatten sie nicht mehr über den Vorfall mit den Insekten gesprochen. Jetzt sagte Jasmina leise: »Ich weiß nicht, wie das passieren konnte. Ich bin plötzlich aufgewacht, und die Luft war voll von...« Ihre Stimme erstarb.
Mark legte eine Hand auf ihre Schulter. »Es wird nicht wieder vorkommen. Abdul hat Ihr Zelt genauestens überprüft. Es ist ausgeschlossen, daß wieder solche Insektenschwärme hineingelangen.« Er zögerte. Irgendwie schien er an seinen eigenen Worten zu zweifeln. »Jedenfalls haben die Männer Ihr Zelt versetzt, so daß es jetzt dicht neben meinem steht. Wahrscheinlich war es ursprünglich über einer Stelle aufgeschlagen, die die Insekten aus irgendeinem Grund anlockte. Ich habe Abdul angewiesen, die Öffnungen mit Insektenvernichtungsmittel zu besprühen. Jetzt werden Sie Ihre Ruhe haben.«
Sie blickte ihn mit ihren dunklen, ausdrucksvollen Augen an. »Danke«, flüsterte sie und verließ das Zelt.
Als Mark in seiner Hemdtasche nach dem Gummiband suchte, mit dem er die Papierrolle zusammenhalten wollte, beobachtete er die alte, schwarzgewandete Frau, die in der Ecke mit mechanischen Bewegungen ihren Verrichtungen nachging. Während er mit dem zusammengerollten Blatt gegen seine Handfläche schlug, dachte er wieder über die Erscheinung nach, die ihm den ganzen Tag über nicht aus dem Sinn gegangen war, ihn auf Schritt und Tritt verfolgt und von seiner wissenschaftlichen Arbeit abgelenkt hatte. Die Frau in Weiß...

»Alte Frau«, sprach er Samira auf arabisch an.
Sie schien nicht zu hören. Ihre Hände bewegten sich flink hin und her.
»*Scheicha*, ich will mit dir reden.«
Sie drehte sich nicht um.
»Du sprichst koptisch, *Scheicha*. Möglicherweise einen Dialekt, der mir nicht geläufig ist. Ich möchte ihn gerne lernen.«
Die alte Frau antwortete nicht.
»Wenn du eine Bezahlung dafür willst, so kannst du sie haben. Soviel Tee wie du willst.«
Noch immer erfolgte keine Reaktion. Samira hatte ihm den Rücken zugewandt und drehte sich nicht um. Mark wurde langsam ärgerlich. Er überlegte einen Augenblick und meinte: »*Nima tra tu entek?*«
Jetzt fuhr Samira herum. Ihre Augen waren vor Schrecken geweitet.
»Du hörst mich also doch«, stellte er auf arabisch fest. Sie preßte ihre dünnen Lippen zusammen und fragte schließlich argwöhnisch: »Wo haben Sie diese Worte gehört, Herr?«
»Ist es Koptisch?«
»Nein, es stammt aus der alten Sprache.«
»Ist Koptisch nicht die alte Sprache?«
»Nein, das ist älter als Koptisch, Herr. Es ist die Sprache der *Qadim*.«
Mark hob die Brauen. *Qadim*, die Alten. Die Fellachin fixierte ihn mit ihren kleinen Augen. »Was bedeuten die Worte?«
Samira verbarg ihre Hände in den weiten Ärmeln ihres Gewandes, trat näher zu ihm heran und beäugte ihn mißtrauisch. »Die Worte bedeuten: Wer seid Ihr?«
»Wer seid Ihr... Natürlich, jetzt erinnere ich mich...« Ihre Augen blitzten auf. »Wo haben Sie diese Worte gehört, Herr?«
»Ich... in einem Traum.«
Ihr Blick begann unruhig zu werden. »Sie haben es schon gesehen! Es hat angefangen! Es hat angefangen!«
»Wovon redest du?«
Sie ließ ihre faltige, braune Hand vorschnellen und umfaßte sein Handgelenk mit beängstigender Kraft. »Sie müssen das Grab finden, Herr, und Sie müssen es schnell finden, bevor wir alle vernichtet werden!«

Mark schüttelte ihre Hand ab und lachte nervös. »Was schwatzt du da?«

»Die Dämonen, Herr, sie werden Sie und Ihre Freunde vernichten, jeden von ihnen in der ihm zugedachten Weise. Doch wenn Sie das Grab gefunden haben und wenn Sie getan haben, was Sie tun müssen, so werden die Dämonen verschwinden...«

Ihre Stimme wurde zu einem heiseren Flüstern, und sie neigte sich zu Mark hin. Der üble Geruch ihres Körpers ließ ihn zurückweichen. »Die sieben müssen euch alle zerstören, Herr, denn so wurde es bestimmt. Jeder von euch wird ein schreckliches Ende nehmen. Falls es Ihnen nicht gelingt, das Grab zu finden und das zu tun, was Sie tun müssen, denn darin liegt eure einzige Rettung! Aber Sie müssen sich beeilen!« Ihre Stimme klang flehentlich, sie zwinkerte heftig. »Am Ende wird die Entscheidung bei Ihnen liegen, Herr. Es wird einen Kampf geben, einen Kampf auf Leben und Tod. Gut und Böse werden um Sie kämpfen, und Sie müssen das Gute erkennen und das Böse besiegen.«

»Du redest Unsinn...«

»*Na-khempur!*«

»Wie bitte?«

»Der Hochnäsige«, sagte sie in verächtlichem Ton, »er fragte Sie doch nach der Bedeutung des Wortes.«

»Kennst du die Bedeutung?«

»Es ist wirklich ein altes Wort, Herr. Es stammt aus der Sprache der Götter, die einst das Niltal bevölkerten. Es ist älter als das geschriebene Wort, sogar älter noch als die Zeit.«

»Was bedeutet *na-khempur*?«

»Es bedeutet ›bluten‹, Herr...«

Mark starrte sie wie vom Donner gerührt an. Sein Herz klopfte zum Zerspringen. »Er... er hat gewiß falsch verstanden. Mr. Halstead hat nur etwas gehört, das so ähnlich klang...«

Samira verzog spöttisch den Mund. Ihr Blick wurde wieder fester, und sie schaute ihn verächtlich an. »Finden Sie das Grab, Herr, bevor es zu spät ist!«

Als der Landrover langsamer wurde und der Staub sich zu legen begann, sah Mark, wie Abdul Rageb durch den Sand auf ihn zugerannt kam. In all den Jahren, die er den asketisch und stets beherrscht wirkenden Ägypter nun schon kannte, hatte Mark ihn niemals so schnell laufen sehen.

»Effendi«, stieß Abdul hervor – über seinem braunen Gesicht lag ein seltsamer Schatten –, »es ist etwas passiert. Sie müssen die anderen fernhalten.«

Mark sprang aus dem Wagen und spähte über die Schulter des Vorarbeiters zu dem Platz hin, wo die Stele stand. Ein paar wenige Fellachen waren um den Graben herum versammelt. »Wo sind die anderen Arbeiter?«

»Ich habe sie weggeschickt, Effendi. Ich habe ihnen erzählt, es sei ein amerikanischer Feiertag.«

»Warum?«

»Sie werden es gleich sehen. Kommen Sie mit, aber lassen Sie die anderen hier.«

Mark wandte sich zu Ron um, der gerade aus dem zweiten Landrover kletterte, und sagte, als er nahe genug herangekommen war: »Sorge dafür, daß alle im Wagen bleiben. Abdul meint, daß es Ärger gibt. Laß dir irgendeinen Vorwand einfallen.«

Mark stapfte hinter Abdul durch den Sand und blickte mißgelaunt auf die verlassenen Gräben. Er wollte dem Ägypter eben seinen Unmut bekunden, als sie das untere Ende des Grabens erreichten. Er brauchte einen Augenblick, um zu begreifen, was geschehen war. Dann wankte er und mußte sich auf seinen Vorarbeiter stützen.

Der *Ghaffir*, der die Stele während der Nacht bewachen sollte, lag, in zwei Hälften zerteilt, im Graben. Er war in der Mitte durchgehackt worden.

»O mein Gott, Abdul...«

»Ich habe ihn als erster gefunden, Effendi. Deshalb konnte ich die Arbeiter ins Lager zurückschicken. Nur diese Männer hier wissen Bescheid. Auf ihre Verschwiegenheit kann man sich verlassen.«

Mark nahm die aschfahlen, angsterfüllten Gesichter von Abduls Helfern kaum wahr. Er konnte seine Augen nicht von dem Toten wenden. »Warum, Abdul?« hörte er sich selbst fragen. »Warum ist das geschehen?«

»Ich weiß es nicht, Effendi. Nichts ist angerührt worden. Die Stele befindet sich in demselben Zustand, wie wir sie gestern verließen.«

Mark war endlich imstande aufzublicken. Er hatte Abdul noch nie so erschüttert gesehen. »Abdul, hier ist eine grausame Fehde im Gange.«
»Das könnte man glauben, Effendi.«
Als Mark Schritte herrannahen hörte, drehte er sich um, aber es war schon zu spät. Halstead preßte seine Hände bereits krampfhaft auf den Bauch, und Alexis starrte mit weit aufgerissenen Augen in den Graben. »Ich konnte sie nicht aufhalten, Mark«, erklärte Ron entschuldigend. »Sie wollten unbedingt sehen, was los ist...« Er erblickte nun seinerseits die Leiche und erstarrte.
Plötzlich bemerkte Mark dunkle Schatten auf dem Sand, und als er aufschaute, sah er Geier, die über ihren Köpfen kreisten.
»Abdul, du und deine Männer heben den Leichnam heraus! Verdammt! Der Graben ist blutgetränkt!«
»Ich kann mich darum kümmern, Effendi.«
»Himmel noch mal!« brach es aus Mark hervor. Eine verzweifelte Wut stieg in ihm hoch. »Ich will, daß das endlich aufhört! Wer hat das getan, Abdul?«
»Meine Männer sagen, von unseren Arbeitern ist es keiner gewesen. Niemand hat gestern nacht die Arbeitersiedlung verlassen.«
»Sie hätten sich ja auch heimlich davonschleichen können.«
»Meine Männer sind sich sicher, Effendi. Sie kennen sich untereinander. Sie sagen, es gibt keine Fehde unter ihnen.«
»Aber es muß doch eine geben! Von dem ersten *Ghaffir* hast du mir gesagt, er habe die Frau eines anderen beleidigt.«
»Das schon, Effendi, aber ich habe keinen der Arbeiter damit in Verbindung gebracht. Die Ermordeten sind *Ghaffir*, und als solche verkehren sie nicht mit einfachen Arbeitern.«
»Kann es jemand aus den Dörfern gewesen sein?«
»Möglicherweise, Effendi.«
Mark versuchte, nicht mehr in den Graben zu sehen, aber er konnte nicht anders. Noch schreckenerregender als die verstreut liegenden Eingeweide und die Blutlachen war der Ausdruck auf dem Gesicht des Toten. Die Augen waren weit aufgerissen, der Mund schien auch jetzt noch zu schreien. Der gebrochene Blick spiegelte nacktes Grauen wider. »In Ordnung, heute wird nicht gearbeitet. Beseitige die Spuren dieses Massakers so schnell du kannst. Ich fahre nach El Till.«

Mark ließ die Halsteads in Jasminas Obhut und nahm Ron und Hasim als Begleitung mit. In einer Wut, wie er sie selten verspürt hatte, steuerte Mark den Landrover rücksichtslos über Felsbrocken und Bodenwellen. Bevor sie vom Camp losfuhren, hatte er die *Scheicha* im Schatten einer Zeltwand kauern sehen und bemerkt, wie sie ihn aus pechschwarzen Augen fast anklagend anstarrte. Und als er jetzt über die Ruinenfelder der alten Stadt jagte, hallte ein Satz aus Ramsgates Tagebuch wie das Läuten einer Totenglocke in seinem Gedächtnis wider: »Mohammeds treuer Helfer, Gott sei seiner Seele gnädig, wurde in zwei Hälften gehackt gefunden...«

Als sie den Rand des Dorfes erreichten, wo sie nicht weiterfahren konnten, stiegen die drei Männer aus und marschierten hintereinander durch die engen Gassen. Die meisten Häuser standen leer, und die kleinen Kinder, die man sonst im Schmutz spielen sah, waren verschwunden. Weiter vorn hörten sie Singen.

»Was ist da los?« fragte Ron.

Wenig später stießen sie auf eine Menschenmenge, die hinter einem mit Möbeln beladenen Eselskarren herlief. Die Leute klatschten in die Hände und schrien Lobpreisungen.

»Es ist eine Hochzeit«, erklärte Hasim.

Die drei folgten der Menge hinter dem Eselskarren und hielten gleich darauf vor einem Schlammziegelhaus an. Junge Männer mit Schädelkäppchen und *Galabias* standen dichtgedrängt im Eingang. Sie schnalzten mit der Zunge und sangen derbe Liebeslieder. Mark kämpfte sich durch die Menge nach vorn und konnte im düsteren Innern des Hauses Vorbereitungen für ein bäuerliches Festmahl erkennen. Ein junger Fellache, der sich mit gespielter Schüchternheit ein Taschentuch vors Gesicht hielt, stand im Kreise seiner Freunde, die ihm anerkennend auf den Rücken klopften. Seine Hände waren mit Henna gefärbt, und er trug eine neue *Galabia*.

Mark bahnte sich einen Weg durch die Gruppe und hielt nach dem *'Umda* Ausschau. Unverrichteter Dinge kehrte er einen Moment später zu seinen Begleitern zurück und meinte: »Laßt uns das Haus der Braut finden!«

Sie wanden sich durch die schmutzigen, engen Dorfstraßen, immer dem schrillen Geschrei der Frauen folgend. Als sie das Haus schließlich fanden, trafen sie dort, wie erwartet, alle Frauen und Kinder des

Dorfes an, die damit beschäftigt waren, das junge Mädchen für die Hochzeitsnacht herzurichten. Sie hatte bereits das einzige Bad ihres Lebens genommen, und ihre Freundinnen waren nun dabei, ihre Hände und Füße mit Henna rot zu färben und ihr hin und wieder in die Oberschenkel zu kneifen, was Glück bringen sollte. Als von ferne Gewehrschüsse ertönten, wurden rote und weiße Schleier über den Kopf des Mädchens gebreitet, und ihre Freundinnen besprengten sie mit Salz.

Mark, Ron und Hasim entfernten sich von der Menge und sahen den von dem Eselskarren angeführten Zug des Bräutigams, der sich die enge Straße hinabwand. Unter den Männern befand sich auch der *'Umda*.

»Da ist er«, murmelte Ron.

»Warte. Noch nicht.«

Sie traten in den Schatten zurück, um nicht gesehen zu werden. Der Bräutigam und seine Freunde betraten das winzige Haus und machten den Weg frei für den *'Umda*. Während die übrigen Dorfbewohner sich draußen drängten, überwachten die engen Freunde und Verwandten den Jungfräulichkeitstest. Er wurde schnell und auf primitive Weise durchgeführt. Die Braut schrie vor Schmerz auf, und ihr Blut ergoß sich auf ein weißes Tuch. Alle klatschten Beifall und ließen die Braut hochleben. Die Ehre war gerettet. Jetzt würden die Festlichkeiten beginnen.

»Das wird nicht einfach werden«, bemerkte Ron, als sie aus dem Schatten der Wand heraustraten.

»Ist mir völlig egal. Ich werde jetzt mit dem Alten reden, ob er will oder nicht.«

Als Mark sich eben einen Weg durch das Gedränge bahnen wollte, wichen die Bauern zu seiner Überraschung zurück, und der *'Umda* erschien im Eingang des Hauses. Als die Menge sich hinter ihm schloß, trat er auf die drei Männer zu und begrüßte sie mit überaus freundlichem Lächeln. »Ihr bereitet uns heute eine große Ehre. Kommen Sie herein und feiern Sie mit uns.«

»Wir müssen uns unterhalten, *Hagg*.«

Das Lächeln schwand aus dessen Gesicht. »Wir haben nichts miteinander zu bereden, Dr. Davison. Der Mann kam aus El Hawata. Sprechen Sie also mit dem *'Umda* von El Hawata.«

Marks Augenbrauen schnellten in die Höhe. »Ihr wißt davon?«
»Es gibt nichts in dieser Gegend, was ich nicht weiß.«
»Dann wißt Ihr wohl auch, wer den Mann getötet hat.«
Die Miene des Alten verdüsterte sich. »Das ist eine Sache, die ich nicht weiß.«
»Hört zu, *Hagg*...«
»Dr. Davison, es gibt keine Fehde. Unsere Dörfer leben seit Jahren im Frieden, und wir beabsichtigen, dies auch weiterhin zu tun. Ich bin kein solcher Narr, wie Sie vielleicht glauben. Ich würde es niemals zulassen, daß Ihre archäologische Arbeit durch eine *Tha'r* behindert wird. Sie beschäftigen viele meiner Männer und geben uns Tee von guter Qualität. Und ich bin nicht so dumm, daß ich nicht wüßte, was eine *Tha'r* bei einem so einträglichen Geschäft anrichten könnte. Wer immer den Mann getötet hat, Dr. Davison, er kam nicht aus El Till. Ich erlaube keine Blutrache.«
»*Hagg*, Ihr seid der mächtigste Mann in diesem Tal. Ihr könnt den anderen *'Umdas* gebieten...«
Der Alte hob warnend die Hand. »Jetzt kränken Sie mich, Dr. Davison. Ihr *Ghaffir* ist verunglückt, nichts weiter.«
»Jetzt hört Ihr mir mal zu!« schrie Mark plötzlich, so daß alle zusammenzuckten. »Und Ihr hört mir gut zu! Zwei Tote in meinem Camp sind genug! Ich hab die Nase voll! Das Gemetzel hört jetzt sofort auf! Wenn nicht, werde ich die Polizei des *Ma'mur* alarmieren, und dann werde ich Arbeiter aus El Minia einstellen, und Eure Leute werden leer ausgehen!«
Marks Wutausbruch verblüffte den *'Umda*, der ihn mit offenem Mund angaffte.
»Tragt Eure kleinen Streitigkeiten auf Eurem eigenen Boden aus, *Hagg*! Wenn es in Zukunft noch einen Zwischenfall gibt, und sei es nur ein blaues Auge, dann wird die Polizei kommen, und *meine* Arbeit wird weitergehen! Das verspreche ich Euch, und ich meine es bitter ernst, *Hagg*!«
Als Mark auf dem Absatz kehrtmachte und davonmarschierte, mußten Ron und Hasim rennen, um mit ihm Schritt zu halten. Sie eilten von dem *'Umda* weg, der, auf seinen Stock gestützt, stehenblieb und ihnen verwirrt nachstarrte. »Das ist nicht der Weg zum Landrover!« rief Ron.

»Wir müssen noch woandershin!«
Sie erreichten den westlichen Rand des Dorfes, wo die Felder anfingen. Ein paar Männer hielten die *sakije* in Gang, und eine alte Frau stand knietief in dem schlammigen Tümpel und entlauste sich. Ringsumher herrschte tiefe Stille.
Das Haus, auf das sie zusteuerten, lag etwas abseits des Dorfes und war größer und schöner als die Hütten der Fellachen. Kinder spielten mit Ziegen und Hühnern vor der offenen Haustür, und als die drei Besucher näher kamen, stieg ihnen der herzhafte Duft von gebratenem Lamm in die Nase. Mark blieb in einiger Entfernung vom Eingang stehen und rief auf englisch: »Domenikos! Kommen Sie heraus, ich will mit Ihnen reden!«
Die Kinder hörten auf herumzutollen und starrten die Fremden verwundert an. Fliegen ließen sich auf ihren Gesichtern nieder und überschatteten ihre Augen. Gleich darauf erschien eine Gestalt auf der Türschwelle. Der Grieche lächelte und knöpfte sein Hemd zu.
»Welch eine Ehre für mich und mein Haus! Bitte kommen Sie herein, und trinken Sie Tee mit mir.«
»Ich bin nicht hergekommen, um ein Schwätzchen mit Ihnen zu halten. Domenikos, ich bin gekommen, um Sie zu warnen.«
Constantin Domenikos war so erstaunt, daß seine kleinen Augen vorzutreten schienen. »Wie bitte?«
»Zwei meiner Leute sind in den letzten vier Tagen getötet worden. Es ist mir völlig egal, ob eine Stammesfehde dahintersteckt oder ob es das Werk eines einzelnen war. Ich will, daß es sofort aufhört. Deswegen bin ich hier.«
»Dr. Davison, ich verstehe nicht...«
»Vielleicht werden Sie mich gleich besser verstehen.« Mark trat zu ihm hin und tippte ihm mit dem Finger auf die Brust. »Noch ein weiterer Vorfall, und die Regierungspolizei wird hier anrücken. Es ist mir egal, ob meine Ausgrabung dadurch beeinträchtigt wird, es ist mir egal, ob alles zum Stillstand kommt! Das Morden hört auf, Domenikos!«
Der Grieche blinzelte verwirrt. »Ich weiß beim besten Willen nicht, wovon Sie sprechen. Was habe ich damit...«
»Nur für den Fall, daß Sie dachten, ich würde mir Ihren Schutz erkaufen.«

»Aber ich habe die Männer doch nicht getötet...«
»Es interessiert mich nicht, ob Sie es waren oder nicht. Sorgen Sie nur dafür, daß es nicht wieder vorkommt! Klar?«
»Aber Dr. Davison...«
»Merken Sie sich eins, Domenikos«, Marks Stimme klang drohend, »noch ein Zwischenfall, und ich zeige Sie bei den Behörden an. Ich werde ihnen von dem kleinen Handel erzählen, den Sie mir vorgeschlagen haben, und ich glaube nicht, daß Ihre Freunde in Athen sehr erfreut darüber wären.«
Mark drehte sich ruckartig um und ließ den verblüfften Mann einfach stehen. Dieser starrte ihm ungläubig nach, als er und seine Begleiter sich mit großen Schritten entfernten. Als sie wieder im Landrover saßen, fragte Ron: »Und was jetzt?«
»Jetzt werden wir die Vorstellung in Hag Qandil und El Hawata wiederholen.«

Die frische Wäsche war an langen Leinen aufgehängt worden und flatterte in der abendlichen Brise, während Essensgerüche aus Samiras Kochtöpfen das ganze Camp erfüllten. Die Amerikaner, Jasmina und Hasim saßen draußen im Schatten des Laborzelts auf Klappstühlen und tranken kalten Tee. »Sie haben das Richtige getan«, meinte Sanford Halstead, nachdem er Marks Bericht gehört hatte. Er wirkte blaß in dem orangefarbenen Licht des Sonnenuntergangs. Nach dem Schock am Morgen hatte Halstead sich den ganzen Tag übergeben. In dem Erbrochenen war Blut gewesen, aber er hatte zu niemandem etwas darüber gesagt.
»Das wird sich noch zeigen. Ich weiß nicht, auf wessen Rechnung die Morde gehen oder warum sie begangen wurden, aber ich denke, es wird jetzt Schluß damit sein.«
»Was ist, wenn Sie doch die Polizei des *Ma'mur* rufen müssen?« fragte Hasim.
»Diese Frage könnten Sie mir wohl besser beantworten. Hat sie die Befugnis, unsere Arbeit zu stoppen?«
Der junge Ägypter schüttelte betrübt den Kopf. »Ich weiß nicht. Es kommt wohl immer darauf an...« Seine Begeisterung für die Expedition hatte spürbar nachgelassen. Er hatte schon wieder einen Skorpion in seinem Bett gefunden. Sie schienen immer nur nachts zu

kommen und immer nur dann, wenn Abdul nicht im Zelt war. Außerdem hatte ihn dieser eigenartige Alptraum wieder heimgesucht: Die verführerische, langbeinige Frau hatte nackt vor ihm gestanden, ihm ermunternd zugewinkt und ihn in ihre Arme genommen. Doch gleich darauf hatte sich ihr hübscher Kopf in die häßlichen Scheren eines Skorpions verwandelt. Nein, Hasim fühlte sich hier nicht mehr wohl. Er überlegte schon, ob er nicht auf diese Abordnung verzichten und nach Kairo zurückkehren sollte, um einen Beherzteren seinen Platz einnehmen zu lassen.

»Und wie geht es nun mit der Arbeit weiter?« erkundigte sich Halstead.

»Wir fahren fort, die Gräben ausheben zu lassen, und in der Zwischenzeit soll sich jeder von uns die Felsformationen genau ansehen und nach etwas Ausschau halten, das einem Hund ähneln könnte.«

Mark konnte nicht schlafen. Selbst nach drei Bechern von Rons Chianti und einem Glas Bourbon war er hellwach. Er wußte, daß Ärger und Frustration ihn nicht mehr zur Ruhe kommen ließen. Außerdem spürte er aufziehende Kopfschmerzen. Marks Blick folgte der gespenstischen Bahn des Mondes, der langsam über dem Zelt aufging. Dessen blasser Schein schimmerte durch den dünnen Stoff des Zeltdachs.

Er konnte nicht glauben, daß er noch vor zwei Wochen in Los Angeles gewesen war, wo er Nancys Nummer gewählt und als Antwort die Ansage: »Kein Anschluß unter dieser Nummer« gehört hatte. Er konnte es auch kaum glauben, daß es erst vier Monate her sein sollte, daß Halstead an jenem verhängnisvollen, regnerischen Abend in Malibu an seine Tür geklopft hatte.

Da hörte Mark außen an der Zeltwand ein Geräusch. Er stützte sich auf den Ellbogen und spähte durch das Moskitonetz nach draußen. Eine schwach leuchtende weiße Säule erhob sich dort, kaum wahrnehmbar, gegen den Zeltstoff. Es war wie ein senkrecht einfallender Mondstrahl, eine Säule übernatürlichen Lichts, die Mark als optische Täuschung empfand. Bestimmt rührte es von einigen Fellachen her, die um ein Feuer herum saßen, oder von einem *Ghaffir*, der mit einer Taschenlampe um das Camp patrouillierte. Trotzdem fesselte es seine Aufmerksamkeit. Es hielt ihn gefangen und zwang ihn, sein Bett zu verlassen und durch das Zelt zum Ausgang zu schleichen. Er hob die Plane und schaute hinaus.

Da war sie wieder. Sie stand etwas abseits und schaute über das Camp. Durch ihren hauchdünnen Körper hindurch konnte er die Lichter des drei Kilometer entfernten El Hawata sehen.

Mark trat aus seinem Zelt und ließ die Plane hinter sich herunterfallen. Er starrte sie lange an, während er versuchte, den unwillkürlichen Reaktionen seines Körpers keine Beachtung zu schenken. Und doch waren sie unleugbar vorhanden: das plötzliche Klopfen in seinem Kopf, die feuchten Handflächen, der trockene Mund und der Schweiß auf seiner Stirn, der wie Eis prickelte. Die optische Täuschung erregte Marks Neugierde. Sein wissenschaftlicher Forscherdrang trieb ihn zu ihr hin.

Und schon setzte das leichte Pochen in seinem Gehirn wieder ein, wie eine Motte, die gegen ein Fenster fliegt. »*Per-a em ruti. Bu pu ua metet enrma-a. Erta na hekau apen.*«

Das Hämmern in seinem Kopf nahm zu; das Kopfweh wurde stärker. Mark fühlte sich magisch zu ihr hingezogen. Er lief über den Sand wie in Trance – doch er war es nicht. Sein Geist war voller Energie, und seine Wahrnehmungsfähigkeit schien ins Unendliche gesteigert zu sein. »*Speru ti erek tu em bak. Petra? Petra? An au ker-nek er-s. Petra?*«

Mark blieb wenige Meter vor ihr stehen. Während er auf die fremdartigen Laute in seinem Kopf lauschte, erfreute er sich an ihrer erstaunlichen Schönheit. »*Speru ti erek tu em bak.*«

Er wollte schlucken, war jedoch außerstande dazu. Jeder Atemzug schmerzte ihn. Mark preßte die Lippen zusammen und versuchte, seinen Körper wieder unter Kontrolle zu bringen. Sie war ein Traum, eine Sinnestäuschung, nichts weiter... »*Petra?*« flüsterte sie. »*Petra?*«

Und dann dachte Mark: Ich weiß! Ich verstehe!

Diese plötzliche Erkenntnis traf ihn so heftig, daß er einen Schritt zurückwich. Was auch immer sie war – Traum oder Sinnestäuschung –, sie faszinierte ihn und flößte ihm zugleich Angst ein; er wollte stehenbleiben und hatte doch den Wunsch davonzurennen.

Die Frau schien zu spüren, daß er sie plötzlich verstand, denn sie verstummte und blickte ihn mit traurigen Augen an. Mark öffnete den

Mund und versuchte zu sprechen, brachte aber nur ein heiseres Krächzen hervor.
Sie wartete, ohne den Blick von ihm zu wenden.
Er fuhr sich mit der Zunge über die Lippen und schluckte. Dann bewegte er langsam den Mund, wobei er sich so sehr konzentrierte, daß sein ganzer Körper bebte. »Nima...« flüsterte er. »*Nima tra tu entek?*«
Und im Geist hörte er: »Ich warte...«
Mark taumelte rückwärts, wie vom Schlag getroffen. Es war, als ob sich ihm mit einem Mal das ganze Universum erschlösse. Sein Puls ging nun so heftig, daß sein Hals ihm davon schmerzte. Er wiederholte: »*Nima tra tu entek?*« Wer seid Ihr?
Und das Traumbild erwiderte: »Ich habe geschlafen... ich wartete...«
Doch was er hörte, war keine Sprache, die Mark kannte. Plötzlich traten die fremdartigen Laute zurück, und er konnte Begriffe wahrnehmen. Er hörte ihre Stimme, ihre Worte und verstand – als ob sie eine Sprache spräche, die er schon immer beherrscht hatte.
Die Frau schien nun Schwierigkeiten zu haben. »Ich bin... ich bin die, die aus dem Schlaf erwacht ist... ich bin...« Das Warten wurde Mark zur Qual. Er stand steif und zitternd da, während der Schweiß ihm in Strömen über Rücken und Brust rann. Er beobachtete, wie die Traum-Frau mit ihrem Gedächtnis rang, als versuche sie sich zu erinnern. Und schließlich hörte er es.
Es war jetzt mehr als ein Flüstern, eine deutlich vernehmbare Stimme, die sagte: »Ich bin... ich bin... ich bin Nofretete...«

Sechzehn

Mark beobachtete, wie die Sahne in seiner Kaffeetasse gerann, und hörte undeutlich Rons Stimme, der Samira um einen Nachschlag *Muhallabeya* bat. Er hing seinen eigenen Gedanken nach und achtete nicht darauf, was im Zelt gesprochen wurde.
Sie ging ihm nicht aus dem Kopf. Nofretete, hatte sie gesagt. Nofre-

tete, Königin Nofretete. Ein Traum, eine Sinnestäuschung, eine Ausgeburt eines überanstrengten Hirns. Nichts weiter. Trotzdem konnte er nicht aufhören, daran zu denken.

»He!«

Jemand rüttelte an seinem Arm. Geistesabwesend schaute Mark zu Ron auf.

»Hör auf, dir Gedanken zu machen, Mark. Wir werden den Hund schon finden. Mach dir keine Sorgen, du mußt mal abschalten.« Ron sprach weiter, aber Mark hörte nicht mehr zu. In Gedanken war er schon wieder woanders.

Acht zermürbende Stunden hatten sie damit verbracht, jede Felsspitze und jede Gesteinsformation des Plateaus genau in Augenschein zu nehmen. Am Ende dieses langen Tages waren sie nur mit Sonnenbränden und schlechter Laune ins Camp zurückgekehrt. Aber Mark dachte nicht über diesen Tag nach, und niemand konnte ahnen, was ihn jetzt beschäftigte, denn er hatte mit keinem darüber gesprochen. Nur der *Ghaffir* hatte ihn auf seinem Rundgang durchs Camp in der Nacht zuvor halbnackt, vor Schweiß triefend und mit sich selbst redend, in der Wüste stehen sehen. Der *Ghaffir* hatte geglaubt, der Amerikaner sei betrunken. Er hatte den Strahl seiner Taschenlampe auf Mark gerichtet und die unglaubliche Frau in Weiß dadurch vertrieben. Sie hatte gerade noch Gelegenheit gehabt, diesen Namen zu sagen.

Als die anderen sich geräuschvoll erhoben und das Zelt verließen, wurde Mark jäh aus seinen Gedanken gerissen. Alexis Halstead, das wußte er, würde gleich in ihr Zelt zurückkehren und die größte Hitze des Tages in einem durch Tabletten erzeugten Schlaf überstehen. Hasim würde sich zurückziehen, um Briefe an seine zahlreichen Verwandten zu schreiben. Ron würde sich in der Dunkelkammer aufhalten, und Sanford Halstead würde wahrscheinlich seine üblichen Freiübungen durchführen.

Nur Jasmina blieb zurück.

»Sie sind heute nicht sehr gesprächig«, sagte sie zu ihm. Mark schob sein unberührtes Essen weg und stand auf. »Es gibt eine Menge Dinge, über die ich nachdenken muß.«

»Sie sollten etwas essen. Sie haben schon stark abgenommen.«

»Ach ja?« Mark faßte sich an den Bauch und stellte fest, daß die Fettpölsterchen und der Rettungsring über seinem Hosenbund verschwunden waren. Sein Körper war straff und schlank geworden.

Er verließ mit Jasmina das Zelt, und seine Gedanken schweiften wieder ab. Schweigend liefen sie nebeneinander her. Als sie Jasminas Zelt erreichten, blieb die junge Frau stehen und blickte zu Mark auf.

»Mark, ich mache mir Sorgen.«

»Worüber?«

Sie sah sich um und senkte die Stimme. »Es geht um Mr. Halstead. Er leidet unter starken Blutungen, will sich aber nicht von mir behandeln lassen. Warum nur?«

»Sanford Halstead ist ein ausgesprochener Machotyp. Es fällt ihm schwer, eine Schwäche offen zuzugeben, insbesondere einer Frau gegenüber.«

»Machotyp?«

»So nennt man einen Mann, der sich übertrieben hart und männlich gibt. Ich denke, er muß sich seine Männlichkeit ständig selbst beweisen. Er gibt sich den Anschein von eiserner Gesundheit und kann niemandem eingestehen, daß er doch nicht ganz so perfekt ist.«

»Das ist doch töricht. Er braucht einen Arzt.«

»Können Sie ihm helfen?«

Sie schüttelte den Kopf.

»Ist es schlimm?«

»Das kann ich nicht sagen, ohne ihn untersucht zu haben. Hat er mit Ihnen noch einmal über seine Beschwerden gesprochen?«

»Nein. Ich hatte es auch schon völlig vergessen.«

»Nun ja...« Sie schaute hinunter auf ihre Füße und wühlte mit einer nackten Zehe im Sand.

»Wie steht es mit Ihrem Zelt? Haben Sie noch irgendwelche Insekten bemerkt?«

»Nur ein paar...«

»Hm.« Mark blickte auf ihren gesenkten Kopf und betrachtete die dicken, schwarzen Locken, die ihr über Rücken und Schultern fielen. Sie war so klein, so ruhig, so sanft und dabei doch so aufregend sinnlich. Er fragte sich, was sie wohl von ihm hielt. Aber eigentlich konnte er es sich schon denken. Die Kluft zwischen muslimischer und abendländischer Kultur war einfach zu groß. Er bezweifelte, daß sie für ihn dasselbe empfand wie er für sie: das Verlangen, sie in seine Arme zu schließen, sich an ihren Küssen zu berauschen und mit ihr ins Bett zu gehen...

Jasmina hob den Kopf, und Mark schämte sich augenblicklich seiner Gedanken. Sie sah mit leicht geöffneten Lippen zu ihm auf, als wartete sie darauf, daß er etwas sagte. »Nun, dann also gute Nacht«, meinte er schließlich.

Nachdem sie im Innern ihres Zeltes verschwunden war und den Reißverschluß des Moskitonetzes zugezogen hatte, schlenderte Mark von den Zelten weg und beschloß, vor dem Zubettgehen noch in aller Ruhe eine Pfeife zu rauchen.

In der Nähe der alten Mauer stieß er auf Alexis Halstead, die unbeweglich wie eine Statue dastand und zu horchen schien.

»Mrs. Halstead?« Als er sich ihr näherte, roch er wieder den vertrauten Duft von Gardenien, aber diesmal kam noch etwas anderes hinzu. Da war ein eigenartiger, kaum wahrnehmbarer Geruch... Er trat vor sie und sah, daß Alexis mit blanken und glasigen Augen starr geradeaus blickte. Unter dem süßlichen Duft von Gardenien lag ein anderer, schaler, leicht abstoßender Geruch, den Mark nicht bestimmen konnte. »Mrs. Halstead?«

Ihr Blick flackerte, und dann richtete sie ihre Augen auf ihn. Es war so, als wäre sie gerade aus einem Traum gerissen worden. »Hören Sie das Rauschen des Windes in den Bäumen?« Mark schaute sich in der windstillen Wüstennacht um. »Es gibt hier keine Bäume, Mrs. Halstead.« Dann fiel es ihm plötzlich ein. Es war der Geruch von abgestandenem Alkohol. »Aber ich höre es ganz deutlich...«

»Das ist unmöglich, Mrs. Halstead. Sie bilden es sich nur ein.«

»Gewiß.« Alexis stieß einen langen, bebenden Seufzer aus.

»Ist Ihnen nicht kalt?«

Sie rieb sich ein wenig die Arme und schüttelte gleich darauf heftig den Kopf. »Nein, ich fühle mich pudelwohl. Diese Wüstenluft ruft die seltsamsten Träume in mir wach...«

»Warum gehen Sie nicht zu Bett?«

»Ich bin nicht müde. Setzen Sie sich doch, und plaudern Sie ein Weilchen mit mir.«

Nachdem sie sich auf der Schlammziegelmauer niedergelassen hatten, griff Mark in seine Hemdtasche und zog die Pfeife und den Tabaksbeutel heraus.

»Trostlos, nicht wahr?« bemerkte Alexis.
Mark nickte, stopfte seine Pfeife und zündete sie an. »Wie können Archäologen das nur aushalten?«
Mark zog an seiner Pfeife und starrte vor sich hin. Er spürte, wie Alexis näher an ihn heranrückte. »Dr. Davison...«
»Ja?«
Sie legte eine Hand auf seinen Arm. »Fragen Sie sich nicht manchmal...?«
»Was?«
»Wie es vor dreitausend Jahren hier ausgesehen haben mag?«
Er lachte gezwungen. »Natürlich. Es ist schließlich mein Beruf, mich das zu fragen, Mrs. Halstead. Ich bin Ägyptologe.«
»Nennen Sie mich ruhig Alexis.«
Mark fühlte sich unbehaglich. Sie schien ihn mit dem verschleierten Blick ihrer grünen Augen streicheln, ausziehen und vergewaltigen zu wollen. Es war Alexis Halstead, und doch war sie es nicht, als ob etwas Fremdes sich ihrer bemächtigt hätte. Und wieder wunderte er sich, wie bekannt ihm ihr Gesicht vorkam, das von betörender Schönheit war. Wie ein antikes, in Kalkstein gemeißeltes Profil...
Er fröstelte. »Es ist kalt hier draußen, Mrs. Halstead. Warum gehen Sie nicht zurück zu Ihrem...«
»Ich meine nicht den Ägyptologen, sondern den Menschen in Ihnen. Welche Gedanken machen Sie sich als Mensch über diese Stadt und die Leute, die hier vor so langer Zeit lebten?«
»Mrs. Halstead...«
»Alexis. Bitte behandeln Sie mich nicht wie eine Fremde. Lassen Sie uns Freunde sein.« Ihre Stimme klang sehr sanft, und sie lehnte sich an ihn.
Mark überlegte einen Moment, klopfte dann seine Pfeife an der Mauer aus und meinte: »Mrs. Halstead, es ist doch wohl selbstverständlich – und jedenfalls gehört es zu meinen Grundsätzen –, mich niemals mit der Frau eines Arbeitgebers oder Vorgesetzten einzulassen.« Er wollte aufstehen.
Sie lachte leise, faßte nach ihm und hielt ihn zurück. »Haben Sie auch irgendwelche Grundsätze, die Ihnen verbieten, sich mit Ihrem Arbeitgeber einzulassen?«
»Wie darf ich das verstehen?«

»Dr. Davison, nicht mein Mann hat Sie für diese Expedition engagiert, sondern ich.«
»Wie bitte?«
»Ich habe Ihre Bücher gelesen, und war von Ihnen beeindruckt. Als Sanford mit dem Tagebuch nach Hause kam, da wußte ich sofort, daß Sie für die Sache der Richtige wären. Ich habe einige Nachforschungen über Sie angestellt und kam zu dem Ergebnis, daß Sie unser Angebot nicht ausschlagen würden, oder besser gesagt, nicht ausschlagen könnten.«
Während sie sprach, nahm Alexis Halsteads Stimme einen schroffen Ton an. Ihre Augen funkelten wieder so kalt wie sonst. Sie lehnte sich nach hinten und rückte dabei ein wenig von Mark ab. »Mein Mann besitzt selbst keinen Pfennig, Dr. Davison. Er ist ein Niemand. Als ich ihn vor neun Jahren kennenlernte, war ich eine reiche Erbin, während er in einem Kaufhaus Krawatten verkaufte. Ich traf ein Abkommen mit ihm, und es hat bis jetzt sehr gut geklappt.«
»Abkommen?«
»Ich brauchte einen Ehemann, Dr. Davison, aber ich wollte keinen Bewacher. So engagierte ich Sanford für die Rolle. Er macht einen guten Eindruck und spielt ausgezeichnet Theater, wenn es darauf ankommt.« Sie schlang ihre Hände um ein Knie und schaukelte leicht hin und her. »Ich hatte noch nie das Verlangen nach einem Mann, Dr. Davison. Die Vorstellung von Sex mit einem Mann ist mir zuwider, und ich betrachte es als reine Zeitverschwendung. Ich finde es ekelhaft, wenn ein Mann mich anfaßt. Doch absurderweise brauchte ich gleichwohl einen Mann. Als unverheiratete, vermögende Frau war ich ein ideales Ziel für Mitgiftjäger. Und ebenso für Schürzenjäger, die mich sozusagen aus sportlichem Ehrgeiz erobern wollten. Ich konnte nirgendwohin gehen und nichts tun, ohne ständig der Anmache, Zudringlichkeiten und heuchlerischem Geschwätz ausgesetzt zu sein. Einige Männer waren so beharrlich, daß ich am Ende einen Ehemann engagierte – einen Schauspieler, der in die Rolle des von mir benötigten Gatten schlüpfte, im Grunde aber nichts mit mir im Sinn hatte. Sanford, der Krawattenverkäufer, erfüllte diese Voraussetzungen.«
Alexis richtete einen verschlagenen Blick auf Mark. »Wissen Sie, Sanford ist nämlich impotent...«
»Mrs. Halstead...«

»Er hat nicht das geringste Interesse an meinem Körper. Und für Geld würde er alles tun. Ich habe ihn zum Vorstandsvorsitzenden einer Firma gemacht, ihm Autos, schicke Anzüge und Taschengeld gegeben. Dafür leiht er mir seinen Familiennamen und begleitet mich, wann immer ich es von ihm verlange.«

Du meine Güte, dachte Mark und sah sich in der trostlosen Wüste um, als suche er nach einem Ausweg aus seiner Lage.

»Ich bekomme immer, was ich will, Dr. Davison. Es fiel mir nicht schwer, die Entscheidung der Berufungskommission in meinem Sinne zu lenken. Ich habe mächtige Freunde an der Universität von Los Angeles...«

Er starrte sie verständnislos an. »Wie bitte? Was sagen Sie da?«

»Nun kommen Sie schon, Dr. Davison, machen Sie mir nicht weis, daß Sie die beiden Ereignisse nie miteinander in Verbindung gebracht haben. Sie verlieren den Lehrstuhl, und im nächsten Augenblick steht Sanford mit einem verlockenden Angebot vor Ihrer Tür. Da können Sie doch unmöglich an einen Zufall geglaubt haben!«

»Sie? Sie haben das getan?«

Belustigt kräuselte sie die Lippen. »Sie hatten tatsächlich keine Ahnung? Sie enttäuschen mich, Dr. Davison! Natürlich hätten Sie den Lehrstuhl bekommen. Das wußten Sie doch. Haben Sie sich wirklich nicht gefragt, warum plötzlich alle gegen Sie stimmten, nachdem die Sache doch so sicher erschienen war?«

Marks gesamter Körper verkrampfte sich. Er biß die Zähne zusammen, bis die Sehnen an seinem Hals hervortraten.

»Es war übrigens ein sehr knappes Abstimmungsergebnis, Dr. Davison. Ich glaube, wenn Sie diese Stelle bekommen hätten, hätten Sie sich nicht so leicht davon überzeugen lassen, mit uns nach Ägypten zu kommen. Sie wären nicht das Risiko eingegangen, den Lehrstuhl wieder zu verlieren. Doch zu diesem Zeitpunkt hatten Sie überhaupt nichts zu verlieren. Dafür hatte ich schon gesorgt.«

»Es gibt doch noch andere Ägyptologen«, entgegnete Mark mühsam.

»Warum ausgerechnet ich, um Himmels willen?«

»Weil ich den Entschluß gefaßt hatte, Sie zu engagieren, nur aus diesem Grund. Sie besitzen eine Zielstrebigkeit, die mir gefällt. Ihre unerschütterliche Hingabe an Ihre Wissenschaft, selbst auf die Gefahr hin, die Frau zu verlieren, die Sie lieben...«

»Was?«
»Ich weiß alles über Nancy. Es ist Ihnen schwergefallen, zwischen ihr und Ihrem Beruf zu wählen, nicht wahr? Einen solchen Mann habe ich gesucht. Jemanden, der vor nichts haltmacht, der sich durch nichts aufhalten läßt, um das zu bekommen, was er will, nicht einmal durch eine Frau. Darin sind Sie und ich uns ganz ähnlich.«
Mark stand auf und suchte den Horizont ab, ob er vielleicht trotz der Dunkelheit den Nil erkennen konnte. Er brauchte etwas, worauf er seinen Blick richten konnte. Es war ihm unmöglich, diese Frau anzusehen, deren Worte ihn wie Messerstiche trafen. »Wir sind uns nicht im geringsten ähnlich, Mrs. Halstead«, erwiderte er steif. »Sie befinden sich über mich im Irrtum.«
»Wirklich?« Sie erhob sich schwungvoll. »Sie hatten die Wahl, Dr. Davison, und Sie kannten das Risiko. Sie haben sich für Ägypten entschieden. Glauben Sie wirklich, daß Nancy warten wird, bis Sie zurückkommen?«
Ihre Stimme klang schneidend scharf. Mark sah in der Ferne den Fluß, schwarz in schwarz, und erstarrte innerlich.
»Das ist auch etwas, das mir an Ihnen gefällt«, hörte er sie sagen, »Sie geben sich nicht geschlagen. Sie setzen sich zur Wehr, und unter diesen Voraussetzungen werden Sie dieses Grab für mich finden, Dr. Davison, jetzt erst recht.«
Mark ließ sich an der alten Mauer zu Boden sinken und vergrub sein Gesicht in den Händen. Das Vernichtende an diesen Worten war, daß sie der Wahrheit entsprachen.
Siegesbewußt lächelnd blieb Alexis Halstead vor ihm stehen und genoß den Anblick seiner Niederlage. Doch im nächsten Augenblick schwankte sie, als wäre sie einer Ohnmacht nahe, und fuhr sich mit den Fingerspitzen an die Schläfen. Die grüne Iris ihrer Augen wurde glasig, ihr Blick trüb, ihr Gesichtsausdruck erstarrte, und für einen Moment glich Alexis wieder einer Marmorstatue.
Dann zwinkerte sie, holte tief Luft und lächelte erneut auf Mark herab. Jetzt hatten ihre Augen wieder eine warme Ausstrahlung, ihre Gesichtszüge wirkten sanft und ihr Körper geschmeidig. »Ja, Sie werden das Grab für mich finden, Mark«, sagte sie mit weicher Stimme, »ich weiß es. Und... Sie sind... auch gar nicht mehr so weit entfernt. Sie sind... schon fast... da.« Überrascht blickte Mark auf.

Alexis wirkte jetzt ebenso sinnlich und verführerisch wie am Anfang des Gesprächs. Sie atmete schwer. Mark sah sie verwirrt an. Diese Stimme war nicht mehr die ihre. Das Grün ihrer Augen hatte eine merkwürdige dunkle Tönung angenommen. Sie schaute ihn an, schien ihn jedoch nicht wahrzunehmen.
»Was meinen Sie damit?« fragte er argwöhnisch.
»Ich meine, das Grab ist dort im Cañon, und Sie werden es bald finden. Aber Sie... folgen augenblicklich dem falschen Weg... Sie müssen umkehren...«
Sie schwankte wieder. Da er fürchtete, sie würde stürzen, sprang Mark auf und packte sie an den Armen. »Gehen Sie zu Bett, Mrs. Halstead.«
»Nein, nein«, widersprach sie atemlos mit halb geschlossenen Augenlidern. »Ich muß reden... Ich muß mit Euch reden. Ihr müßt zuhören. Ich bin nicht diese, sondern jene, und muß Euch Dinge sagen, die Euch verraten werden, wo er liegt...« Er schüttelte sie vorsichtig.
»Mrs. Halstead, bitte gehen Sie in Ihr Zelt zurück. Es ist spät. Wir sind alle müde.«
Sie verzog das Gesicht. »Ich muß mit Euch reden! Warum wollt Ihr bloß nicht zuhören?«
Mark sah sich verzweifelt nach Hilfe um. Vielleicht würde Jasmina...
Plötzlich riß Alexis sich los, trat zurück und starrte ihn wütend an. »Was fällt Ihnen ein, mich anzufassen?«
»Mrs. Halstead...«
»Unterschätzen Sie mich nicht, Dr. Davison! Ich bin nicht käuflich, um keinen Preis!« Sie machte auf dem Absatz kehrt und eilte zurück ins Camp; ihr leuchtendrotes Haar waberte dabei wie ein Feuerschein um ihren Kopf. Mark starrte ihr verblüfft nach, und gleich darauf spürte er einen kalten Hauch im Nacken.
Als er sich umdrehte, sah er sich der Frau in Weiß gegenüber.
Sofort war er wieder bei klarem Verstand, und die Verwirrung über Alexis' Verhalten war wie weggeblasen. Die engelhafte Erscheinung der Frau nahm ihn völlig gefangen und ließ ihn alles um sich her vergessen.
Dann hörte er: »*Nima tra tu entek?*«
Und er flüsterte: »Ich bin Davison.«

Später erinnerte sich Mark auch noch an andere Dinge: daß der Wind sich plötzlich gelegt hatte, daß der sternenklare Himmel sich mit Wolken überzogen hatte und daß die Frau unter ihrem durchsichtigen Gewand nackt gewesen war. Doch im Augenblick empfand er nur eine unstillbare Neugierde, wie jeder Wissenschaftler, der mit einem verblüffenden, neuen Phänomen konfrontiert wird.

Sie sprachen zunächst nur stockend und versuchten, sich auf die gedanklichen Muster der anderen einzustellen. Die altägyptischen Wörter der Frau übersetzten sich für Mark wie von selbst, und sein geflüstertes Englisch schien sich zu verändern, während er sprach, so daß die beiden sich in einer universellen Sprache verständigten.

»Was seid Ihr?« fragte er.

»Ich bin Nofretete.«

»Nein, ich will nicht wissen, wer Ihr seid, sondern *was* Ihr seid.«

»Ich bin Nofretete.«

»Träume ich? Bilde ich mir nur ein, daß ich Euch sehe?«

Sie schwebte dicht über dem Boden, und in ihrem überirdisch schönen Gesicht spiegelte sich tiefe Trauer wider. »Ich habe geschlafen, doch jetzt bin ich wach.«

»Gibt es Euch wirklich, seid Ihr lebendig?«

»Ja...«

Mark setzte sich wieder auf die Mauer und stützte seine Arme auf die Knie. Sie stand näher bei ihm als je zuvor, so daß er jede Einzelheit ihrer erstaunlich fein geschnittenen, vollkommenen Gesichtszüge erkennen konnte. »Warum seid Ihr hier?« fragte er.

»Ich habe geschlafen! Seht, ich habe geschlafen, jahrtausendelang...«

Sie hob ihre schlanken Arme und streckte ihre Hände zum Himmel. »Ich habe großen Kummer und warte sehnsüchtig! Ich bin einsam! So allein...«

»Was seid Ihr? Seid Ihr ein Traum? Ein Geist? Wie kommt es, daß wir uns verständigen können?«

Nofretete ließ die Arme sinken und blickte Mark hilflos an.

»Ihr sprecht in seltsamen, fremden Worten, und doch verstehe ich sie«, murmelte er.

»Ihr... Ihr habt sie studiert, Davison. Ihr habt meine Sprache studiert, und sie schlummert noch immer tief in Eurem Innern. Ich habe sie wieder zum Leben erweckt.«

Er schaute verwundert zu der Gestalt auf. »Sie studiert...« flüsterte er. Da tauchten plötzlich wieder die Schriftzeichen und Bilder von damals vor ihm auf. Er sah die Hieroglyphenreihen, mit denen er sich vor vielen Jahren beschäftigt hatte, und hörte seine eigene Stimme auf einen Kassettenrecorder sprechen, um die Überzeugungskraft seiner Theorie zu testen. Die Worte, die sie jetzt äußerte – *petra* (was), *tennu* (wo), *tes-a* (ich) –, waren ihm alle während dieses dreijährigen Studiums mehrfach begegnet.

»Ihr sagt, Ihr seid Nofretete. Habt Ihr einen Gemahl?«

»Ja.«

Mark rutschte bis zur Mauerkante vor. »Wo ist er?«

»Er schläft...«

»Wo?«

»Im Cañon...«

Mark hatte ein Gefühl, als ob sich ihm der Hals zuschnürte. »Wie ist sein Name?«

»Er ist der, welcher Aton wohl gefällt. Er heißt ›Khnaton‹.«

Mark fuhr sich mit dem Ärmel über den Mund. Er versuchte krampfhaft, sich zu beherrschen und nicht durch eine vorschnelle Handlung alles zunichte zu machen. Die Gestalt schien so zerbrechlich, so zart, und die Verbindung zwischen ihnen schien nicht stabiler als das Fädchen einer Spinne zu sein. »Können andere Euch sehen?«

»Nein.«

»Können sie Euch hören?«

»Nein.«

»Warum nicht?«

»Ich weiß nicht, Davison. Wenn ich Euch ein Rätsel bin, so seid Ihr mir nicht minder eines.«

»Wann lebt Ihr?«

»In der Jetzt-Zeit.«

»Ist das Eure Zukunft oder meine Vergangenheit?«

»Ich weiß es nicht.«

Mark wußte nicht, ob er dabei war, den Verstand zu verlieren oder ob er träumte. Ich rede mit einer Halluzination! »Wißt Ihr irgend etwas über mich?«

»Nein.«

»Ich suche nach einem Grab. Wißt Ihr, wo es sich befindet?«

»Pst!« Nofretete hob ihren milchigweißen Arm und hielt ihre Hand an die Wange. »Da kommt jemand.«
Mark sah sich um. Im Camp war es dunkel und still. »Wir sind allein.«
»Nein, mein Lieber, da ist jemand. Ich muß gehen. Aber ich werde wiederkommen, Davison. Hört auf die Alte...«
Während er sie noch anschaute, verschwand sie, und ihr Glanz verblaßte langsam wie ein erlöschender Stern. Da vernahm Mark ein Rascheln hinter sich. Er sprang auf und sah, wie Samira durch die Dunkelheit auf ihn zukam. Als sie sich ihm bis auf ein paar Schritte genähert hatte, blieb sie stehen und funkelte ihn an.
»Was geht da vor sich?« fragte er auf arabisch. »Erklär es mir.«
»Es beginnt, Herr. Und jetzt müssen Sie schnell handeln.«
»Habe ich geträumt? Ist sie nur ein Produkt meiner Einbildungskraft, oder werde ich langsam wahnsinnig?«
»Die Zeit ist gekommen, Herr. Der Kampf steht kurz bevor. Wir müssen uns beeilen!« Ihre schwarzen Gewänder flatterten im Nachtwind. »Sie müssen mir jetzt folgen, Herr.«
»Wohin?«
»Ich muß Ihnen etwas zeigen.«
Bevor er ihr noch weitere Fragen stellen konnte, wandte sich die Alte von ihm ab und schlurfte über den Sand davon.
Verwirrt folgte Mark ihr nach.

Samira führte ihn das Königliche Wadi hinauf und eilte die ganze Zeit voraus, ohne sich ein einziges Mal nach ihm umzudrehen. Der Vollmond und die Sterne leuchteten ihnen, aber es war trotzdem furchtbar dunkel, und Mark mußte sich sputen, um sie nicht aus den Augen zu verlieren. Dreimal – einmal sogar auf koptisch – rief er ihr zu, sie möge einen Moment stehenbleiben, doch Samira schien ihn gar nicht zu hören. Wie eine alte Krähe flatterte sie das langsam ansteigende Wadi hinauf und rutschte zweimal auf dem Geröll aus.
Die Luft wurde immer kälter. Sie bogen in eine schmale Schlucht ein, die kurz vor dem Königsgrab vom Wadi abzweigte. Die nackten Felswände ragten bedrohlich neben ihnen auf. Mark folgte dem Beispiel der alten Frau und stützte sich rechts und links an den Felswänden ab, um das Gleichgewicht nicht zu verlieren.

Diese tiefe Kluft führte vom Hauptwadi steil bergauf, und es wurde stellenweise so gefährlich, daß Mark und Samira sich auf allen vieren vorwärtsbewegen mußten. Sein naßgeschwitztes Hemd klebte ihm wie ein eisiges Leichentuch am Körper. Er atmete in kurzen, dampfenden Stößen. Die alte Frau strebte unermüdlich vorwärts. Leichtfüßig erklomm sie die Felsen, ohne ein einziges Mal zurückzublicken.
Es war ein langer, tückischer Aufstieg, und als sie den hochgelegenen Teil des Wüstenplateaus endlich erreicht hatten, sank Mark auf die Knie und schnappte keuchend nach Luft. Ein rauher, schneidender Wind blies über ihn hinweg, und seine Lungen schmerzten in der eisigen Luft. Als Mark sich übers Gesicht fuhr, stellte er fest, daß seine Handflächen zerkratzt waren und bluteten.
Samira, die ebenfalls nach Luft rang und dabei so stark schwankte, daß Mark dachte, sie würde zusammenbrechen, setzte ihren Weg jedoch unbeirrt fort. Er versuchte ihr nachzurufen, hatte aber weder die Kraft noch den Atem dazu. Dann stolperte er und fiel der Länge nach in den Sand. Als er kurze Zeit später wieder zu sich kam und aufblickte, sah er Samira wenige Meter entfernt mit angezogenen Knien im Staub kauern. Sie wiegte den Oberkörper hin und her und sang leise, wie sie es getan hatte, als er und Jasmina sie hinter dem Gemeinschaftszelt gefunden hatten. Und als Mark mühsam aufstand und zu ihr hinüber taumelte, bemerkte er im silbernen Schein des Mondes, daß die Fellachin schon wieder Blätter kaute.
»Was soll das eigentlich alles?« fragte er. Seine Stimme zerriß die Stille der Wüste und hallte zu den Sternen empor.
Rings um ihn erstreckte sich eine kahle Mondlandschaft. Die Oberfläche der Hochebene hatte bei Nacht ein ganz anderes Aussehen als am Tag. Jetzt wirkten die unheimlichen, steil aufragenden Felsspitzen wie fremdartige Ruinen. Man hätte sie für zerbrochene Säulen und zerfallene Schlösser einer außerirdischen Zivilisation halten können. Die Schluchten und Klüfte durchzogen das Tafelland wie riesenhafte Schlangen. Es war eine unheimlich bedrohliche Welt.
Er hockte sich vor die Alte hin. »Warum hast du mich hierhergebracht?«
Obwohl ihre Augen weit geöffnet waren, schien Samira ihn nicht zu sehen. Sie schaukelte weiter hin und her und fuhr unbeirrt mit ihrem Singsang fort.

»Verdammt noch mal!« schrie Mark. »Du verrückte alte Hexe!«
Mark richtete sich auf und sah sich in der Dunkelheit nach einem Pfad um, der nach unten führte. Er wußte, daß er den Weg, den sie heraufgekommen waren, niemals wiederfinden würde. Zu viele dieser engen Schluchten mündeten in tiefe Abgründe oder in Cañons ohne Ausgang, in denen er hoffnungslos gefangen wäre. Am nächsten Tag würde Abdul ihn möglicherweise nicht schnell genug finden, und dann würden sich wilde Tiere auf ihn stürzen.
»Hör zu!« rief er. »Führt mich zurück zum Camp!«
Samira setzte ihr monotones Summen fort, während sie die Augen auf einen Punkt im Osten gerichtet hielt.
Wütend beugte Mark sich hinunter und packte sie an ihren knochigen Schultern. »Ich weiß nicht, wo wir sind! Bring mich zurück!«
Als er anfing, sie zu schütteln, ließ die Alte ihre Hände vorschnellen und umklammerte seine Unterarme mit überraschend festem Griff.
»Warten Sie, warten Sie, Herr. Fast, fast.«
»Warten, warten! Worauf soll ich warten? Allmächtiger!« Mark schüttelte ihre Hände ab und wich zurück. Er drehte sich einmal im Kreis herum, um sich zu orientieren, und versuchte, sich zu beruhigen. Wir können eigentlich gar nicht weit gegangen sein, überlegte er. Und doch kommt es mir vor, als seien wir stundenlang geklettert. Warum bin ich ihr nur gefolgt? Abdul... Abdul wird morgen früh mit der Suche nach mir beginnen. Wie lange wird er brauchen? Tage...
»Herr!«
Als er zu ihr hinunterblickte, streckte Samira ihren rechten Arm aus und deutete mit ihrem krummen, braunen Finger nach oben. Sie wies auf einen Punkt am Horizont.
»Jetzt, Herr!« rief sie.
Mark drehte sich um. Er sah den Beginn der Morgendämmerung, die ersten dünnen Streifen eines pastellfarbenen Sonnenaufgangs. Und knapp über dem Horizont, auf der Linie, wo sich Wüste und Himmel zu berühren schienen, entdeckte er einen winzigen Lichtpunkt.
Während die morgendliche Brise auffrischte und sein Haar zauste, beobachtete Mark mit angehaltenem Atem, wie der helle Fixstern über den Rand der Welt schwebte. Wie gebannt folgte er dessen Bahn, während der Himmel immer heller wurde. Plötzlich gewahrte er die

goldene Krone der Sonne als ein schwach schimmerndes Band am Horizont und hielt den Blick darauf gerichtet, bis das Licht zu grell wurde und er sich abwenden mußte.

Er blieb noch lange auf dem Plateau stehen, während die Dunkelheit allmählich einer lohfarbenen Morgendämmerung wich, und lauschte dem Gesang der Fellachin. »Nicht zu glauben«, flüsterte Mark, als die Sonne ganz aufgegangen und der Stern nicht mehr länger zu sehen war. Er hatte den Hund gefunden.

Siebzehn

»Sirius...« wiederholte Ron, während er geistesabwesend mit seinem leeren Pappbecher auf den Tisch klopfte.

»Wie Ramsgate schrieb: kinderleicht.« Mark fühlte sich ein wenig besser. Nachdem er völlig entkräftet ins Camp zurückgekehrt war, hatte er eine belebende Dusche genommen und ein herzhaftes Mittagessen verzehrt. In frisch gewaschenen Bluejeans und dunkelgrünem Hemd saß er nun mit hochgelegten Füßen im Gemeinschaftszelt und ruhte sich aus. Er hatte zweiunddreißig Stunden lang nicht geschlafen.

»Während ich dort stand und den Sonnenaufgang beobachtete, wurde mir plötzlich alles klar. Als ich bemerkte, was das für ein Licht am Himmel war, fiel mir auch ein, daß wir heute den neunzehnten Juli haben. Bei dem Stern handelt es sich um Sirius, dessen alljährlicher heliakischer Aufgang den alten Ägyptern den Beginn der Nilflut ankündigte.«

»Was meinen Sie mit heliakischem Aufgang?« wollte Jasmina wissen.

»So nennt man den Aufgang mit der Sonne. Man kann den Stern nur kurz in der Morgendämmerung sehen, danach ist die Sonne zu hell.«

»Aber warum ausgerechnet heute?« fragte Alexis. Ihre Stimme klang desinteressiert. »Das will ich Ihnen gern veranschaulichen. Hasim, darf ich mir für einen Augenblick Ihren Notizblock ausleihen?« Neugierig beugten sich alle vor, während Mark eine grobe Skizze zeichnete. »Diese Linie ist der Horizont. Dieser Kreis ist die Sonne. Nun, wie wir alle wissen, geht die Sonne im Osten auf und im Westen unter. Was wir dabei aber nicht bedacht haben, ist, daß die Sonne sich auch längs des Horizonts in Süd-Nord-Richtung bewegt. Während sie täglich von Osten nach Westen wandert, beschreibt sie übers Jahr gesehen eine Bahn, die von Süden nach Norden verläuft. Die Hälfte des Jahres aber geht die Sonne irgendwo hier unten auf. Aber da die Erdachse schräg steht, beobachten wir, daß die Sonne sich leicht nordwärts bewegt.«

»Stromabwärts«, bemerkte Ron.

»Genau. Hier haben wir nun Sirius.« Er malte mit dem Bleistift einen Punkt neben den Kreis, der die Sonne darstellte. »Einen Teil des Jahres tritt Sirius nicht in Erscheinung, weil er hinter der Sonne versteckt ist. Doch da die Sonne sich nordwärts ›bewegt‹, erscheint Sirius zu einem bestimmten Zeitpunkt südlich von ihr und wird am Horizont sichtbar. Wie heute morgen.«

»Immer am neunzehnten Juli«, staunte Jasmina.

»Ja, immer. Die Ägypter wußten das. Sie waren großartige Sternforscher. Sie beobachteten, daß dieser Stern alle dreihundertfünfundsechzig Tage an derselben Stelle zum ersten Mal erscheint. Daran richteten sie ihr Jahr aus. Den alten Ägyptern war Sirius heilig.«

»Und wie läßt sich dann die Sache mit dem Hund erklären?«

»Ganz einfach. Daß ich nicht gleich darauf kam, ist zum Teil meine Schuld, weil ich das Rätsel falsch übersetzt habe. Zum Teil liegt es aber auch daran, daß uns mehr als drei Jahrtausende von den Männern trennen, die die Stele gemeißelt haben.« Mark zeichnete die Hieroglyphen, die in der letzten Zeile der Stele erschienen. »›Amun-Ra, stromabwärts fährt, liegt der Verbrecher, darunter, das Auge der Isis, versehen werden mit.‹ Im Grunde denkbar einfach, nur bin ich demselben Irrtum verfallen wie Ramsgate seinerzeit. Ich kann es mir nur so erklären, daß sich seine Übersetzung in meinem Kopf bereits so festgesetzt hatte, daß ich für andere Möglichkeiten nicht mehr offen war. Dieses Symbol hier« – er tippte auf das große Dreieck – »hat wie die meisten Hieroglyphen zwei Bedeutungen. Es ist das Verb ›versehen werden mit‹, steht aber auch für den Stern Sirius. Weil ich eine vorgefaßte Meinung darüber hatte, was diese Zeile aussagt, bevor ich

sie selbst gelesen hatte, versäumte ich es, die zweite Bedeutung dieses Symbols heranzuziehen.«
»Was macht Sie so sicher, daß die zweite Bedeutung die richtige ist?«
»Ich weiß es, denn als mir erst klar war, daß damit der Stern gemeint ist, erinnerte ich mich auch daran, daß der Stern Sirius zuweilen als ›Auge der Isis‹ bezeichnet wurde. So lautet die neue Übersetzung: ›Wenn die Sonne am Horizont nordwärts wandert, liegt der Verbrecher unter Sirius, dem Auge der Isis.‹«
Halstead schniefte und hielt sich ein Taschentuch vor die Nase. »Das ist immer noch keine Erklärung für den Hund.«
Mark gab Hasim Notizbuch und Kugelschreiber zurück. »Mr. Halstead, Sirius ist der hellste Stern am Firmament. Er ist der einzige Fixstern im Sternbild *Canis Maior*. Wir kennen ihn auch unter dem Namen Hundsstern.«
Halstead ließ das Taschentuch langsam sinken. »Hundsstern...«
»Die Menschen des Altertums hatten nicht unsere heutige Bezeichnung dafür. Die *Sebbacha* sagte zu Ramsgate, er solle unter dem Hund nachsehen. Sein Fehler und der meinige bestand darin, daß wir den Wandel des Sprachgebrauchs über einen Zeitraum von dreitausend Jahren hinweg außer acht ließen. Was die alten Ägypter als das Auge der Isis bezeichneten, ist für uns der Hund.«
»Aber wie können Sie sich da so sicher sein?« fragte Hasim.
»Kurz nach Sonnenaufgang führte mich Samira an den Rand des Plateaus. Ich blickte hinunter und sah, weit unter mir, unseren kleinen, von drei Seiten eingeschlossenen Cañon. Die Sonne warf gerade ihre ersten Strahlen über die Gräben. Dann sah ich, wie mein Schatten siebzig Meter unterhalb genau über den Sockel der Stele fiel.«
Der junge Ägypter riß erstaunt die Augen auf.
»Wir werden nun folgendes tun, Mr. Scheichly: Morgen steigen wir noch vor Tagesanbruch mit den Meßinstrumenten hinauf aufs Plateau, und wenn Sirius aufgeht, benutzen wir den Durchgang, um seine Bahn in Richtung auf die Stele zu berechnen. Von dort aus bestimmen wir ein Dreieck, und anhand der Koordinaten, die wir vom Stein und vom Stern erhalten, müßten wir das Grab irgendwo in der Felswand des Cañons lokalisieren können.«
Einen Augenblick lang waren alle in andächtiges Schweigen versun-

ken. Schließlich murmelte Jasmina: »Wir nähern uns dem Ende...«
Mark lächelte ihr zu und erinnerte sich daran, wie sie ihm seine zerschrammten Hände gewaschen und mit Salbe verarztet hatte.
»Nur schade, daß wir damit bis morgen früh warten müssen...« meinte Alexis, während sie auf ihre Finger hinabstarrte.
»Ich fürchte, wenn wir schon heute nachmittag damit beginnen würden und die Lage des Sterns nur annähernd bestimmen, könnten wir um viele Meter danebenliegen. In diesem Fall würden wir das Grab völlig verfehlen und womöglich bis nach China graben, ohne es zu finden.«
»Ist der Stern nachts nicht sichtbar?« fragte Hasim.
»Doch schon, jetzt, nachdem er zum ersten Mal aufgegangen ist. Aber wir können unmöglich im Dunkeln arbeiten.« Mark stand auf und streckte sich. »Bis morgen früh ist es nicht mehr allzu lange hin, und ich denke, wir können alle noch ein wenig Ruhe gebrauchen. Mr. Halstead? Halstead, geht es Ihnen gut?«
»Sanford?« rief Alexis und stand ebenfalls auf.
Halstead hob den Kopf und enthüllte ein mit Blut getränktes Taschentuch.

Mark saß ohne Hemd und Schuhe auf seinem Feldbett. In der glühenden Nachmittagshitze konnte er nicht schlafen. Er hatte eine Gitternetzkarte von der Hochebene vor sich ausgebreitet und suchte darauf den Cañon.
Ron, der im Schneidersitz auf seinem eigenen Bett saß und Wein trank, beobachtete Mark eine ganze Weile. Dann meinte er: »Es tut mir leid, Mark, aber es gefällt mir nicht.«
Ohne aufzuschauen, erwiderte Mark: »Was gefällt dir nicht?« Er hatte den Cañon gefunden und kreiste ihn mit dem Bleistift ein.
»Die ganze Sache hier. Ich habe so ein Gefühl, Mark, ein ganz merkwürdiges Gefühl.«
Mark blickte auf und runzelte die Stirn. »Wobei?«
»Du weißt, wobei. Bei diesem ganzen Projekt.«
Mark wandte sich ab. Den bohrenden Blick seines Freundes konnte er im Moment nicht aushalten. »Ich weiß nicht, wovon du redest.«
»Natürlich weißt du es. Wir alle wissen, daß es hier nicht mit rechten

Dingen zugeht, nur hatte noch keiner den Mumm, darüber zu sprechen.«

»Wovon redest du eigentlich?«

»Zunächst mal wären da die Alpträume, die wir alle haben. Und dann dieses sonderbare Verhalten von Mrs. Halstead. Sie läuft die meiste Zeit herum wie eine Schlafwandlerin. Nur wenn sie dich anschaut, Mark, dann liegt ein irrer, gieriger Blick in ihren Augen, als wäre sie ausgehungert oder auf Entzug. Und dann ist da noch Halstead mit seinen Blutungen. Und Hasim, der in seinem Zelt einen Skorpion nach dem anderen tötet. Und...«

»Ach, hör schon auf damit, Ron!«

»Es sind die sieben Wächtergötter, Mark, sie dulden uns hier nicht.«

Mark blickte seinen Freund finster an. »Ich kann nicht glauben, was ich da höre. Du, ein Wissenschaftler...«

»Und was ist mit dir? Was beunruhigt dich? Schau dir doch nur die dunklen Ringe unter deinen Augen an. Du bist hier um zehn Jahre gealtert.«

Mark starrte auf die Karte und überlegte wieder, ob er Ron von der Erscheinung (oder was immer es war) Nofretetes erzählen sollte. Doch jetzt war wohl nicht der rechte Zeitpunkt, wenn Ron die antiken Flüche in einem romantischen Licht sah und rational erklärbare Vorkommnisse in den Bereich des Parapsychologischen erhob. Wenn man in der Wüste war, mußte man schließlich damit rechnen, auf Skorpione und Insektenschwärme zu stoßen. Sanford Halstead litt offensichtlich unter einer Blutanomalie. Und seine Frau war bekanntlich tablettensüchtig...

»Ich will hier weg, Mark.«

Mark riß den Kopf hoch. »Was?«

Ron blieb ruhig und gelassen. »Wir liefern uns sehenden Auges schrecklichen Vorkommnissen aus. Je näher wir der Entdeckung des Grabes kommen, desto schlimmer werden die Alpträume. Und dieses... dieses Gefühl, das ich habe. Gewiß bin ich Wissenschaftler, Mark, ein Ägyptologe. Und als Ägyptologe kann ich besser als jeder andere die Macht der alten Ägypter erkennen.«

Mark sah seinen Freund verwirrt an. »Das kann doch nicht dein Ernst sein!«

»Es ist mein voller Ernst. Und ich denke, die anderen empfinden genauso. Mark«, er streckte seine langen Beine aus und rutschte zur Bettkante vor, »diese beiden *Ghaffir* sind auf die gleiche Weise zu Tode gekommen wie Ramsgates *Ghaffir*. Und seine Frau Amanda fing an schlafzuwandeln. Sein Dolmetscher litt plötzlich an Blutungen. Mark, das alles passiert jetzt wieder!«
Mark schob die Landkarte beiseite und griff nach seiner Flasche.
Was ihn am meisten verrückt machte, war die Tatsache, daß er Ron in allem zustimmen mußte. Er merkte ja auch, daß etwas Unheimliches im Gange war. Aber das Grab war da, und der Ketzerkönig lag darin, und der Mann, der das Grab entdeckte, würde größeren Ruhm erlangen als Howard Carter.
»Sieh dich doch nur selbst an«, fuhr Ron fort. »Du trinkst jetzt mehr als je zuvor.«
Aber noch stärker als der Hunger nach Anerkennung war die Verlockung durch die geisterhafte Frau, die sich selbst Nofretete nannte. Er konnte nicht von ihr ablassen, bevor er nicht hinter ihr Geheimnis gekommen war...
»Was ist das?«
Mark schaute auf. »Da schreit jemand. Es ist Jasmina!«
Die beiden waren sofort auf den Beinen und rannten aus dem Zelt. Draußen begegneten sie Abdul, der ebenfalls in die Richtung eilte, aus der das Geschrei kam. Fast zeitgleich erreichten sie das Zelt der Halsteads. Mark schob die Plane beiseite und stürmte als erster hinein.
Er blieb wie angewurzelt im Eingang stehen.
Auf dem Bett saß die alte Samira, die Sanford Halsteads Kopf auf ihrem Schoß hielt. Sie führte ihm eben einen Becher zum Mund. Dann bemerkte Mark Jasmina und Alexis, die sich in den Haaren lagen, wobei die jüngere Frau so laut schrie, daß ihr Gesicht puterrot angelaufen war.
»He!« brüllte Mark.
Die drei Frauen blickten überrascht zu ihm auf. Samira ließ den Becher sinken.
»Was zum Teufel geht hier vor?«
»Die alte Hexe will ihn vergiften!« rief Jasmina und riß sich von Alexis los.

»Das ist kein Gift«, entgegnete Alexis keuchend. »Es ist Medizin. Sie wird die Blutungen stoppen.«

Prüfend musterte Mark das Paar auf dem Bett: die schwarzgekleidete alte Samira und Sanford Halstead, der wie betäubt in ihren Armen lag. »Was will sie ihm geben?«

»Es ist etwas aus dem Beutel, den sie am Gürtel trägt«, erklärte Jasmina. »Ich bin zufällig hereingekommen, um nach ihm zu sehen, und ertappte sie dabei, wie sie ihm das Zeug in den Tee mischte. Ich habe versucht, sie davon abzuhalten, aber...«

»Es geht ihm nicht gut!« ließ sich eine krächzende Stimme vom Bett her vernehmen. »Das wird ihm helfen. Es ist gute Medizin, Herr.«

»Was ist es?«

Sie sah ihn aus ihren runden, glänzenden Augen argwöhnisch an. »Ein wirksamer Zaubertrank, Herr.«

»Mach bitte den Beutel auf, *Scheicha*.«

Ihre Augen weiteten sich. »Nein! Das dürfen Sie nicht!«

»Ich will doch nur sehen, was du ihm gibst«, erwiderte Mark geduldig. Er machte ein paar vorsichtige Schritte auf sie zu, und Samira wich augenblicklich zurück. Sie stellte den Becher ab und drückte den benommenen Mann an sich wie ein Beuteltier. »Nein, Herr! Er enthält gute Zauberkräfte, aber niemand darf ihn berühren! Er ist nur für den Kranken bestimmt! Er blutet!«

Niemand bemerkte, daß Ron hereinkam. Er stürzte vom Eingang auf die Alte los und packte sie, ehe irgend jemand begriff, was geschah. Sie kreischte wie ein Affe und setzte sich mit ihren Krallen zur Wehr, doch als Ron von ihr abließ, hatte er den Lederbeutel in der Hand.

»Ich will nur sehen, was darin ist, *Scheicha*«, sagte Mark besänftigend.

Ron leerte den Inhalt in seine Hand: ein dürrer Zweig von einem Baum und schwarzes Pulver.

»Was ist das?« fragte Mark und klaubte den dünnen Zweig aus dem Pulver.

»Es ist eine heilige Reliquie, Herr. Sie stammt von dem Baum, unter dem die Heilige Jungfrau Rast machte, als sie mit dem Jesuskind nach Ägypten floh.«

»Und dieses schwarze Pulver?«

Samira preßte die Lippen zusammen und schob ihr Kinn vor.

»Ich weiß, was das ist...« murmelte Ron, während er ein wenig Pulver zwischen Daumen und Zeigefinger rieb. »Es ist zerstoßene Mumie.«
»Was!«
»Es besitzt große Zauberkraft, Herr! Dieser Mann hier blutet nicht, weil er krank ist, sondern weil er von Teufeln heimgesucht wird!«
»Das kannst du ihm nicht geben, *Scheicha*.«
Da schnellte Samiras Hand wie eine Schlange aus ihrem Ärmel hervor und bewegte sich so rasch, daß Mark dem Geschehen kaum folgen konnte. Sie hatte den Becher schon an Halsteads Lippen gesetzt, als Mark sich nach vorne warf und ihr den Becher aus der Hand schlug.
»*Ya Allah!*« schrie sie.
»*Scheicha*«, Mark gab sich Mühe, seinen Ärger im Zaum zu halten; er wußte, daß die Frau keine schlechten Absichten hegte, »er kann das nicht trinken.«
Sie funkelte ihn wutentbrannt an. »Sie machen einen schweren Fehler, Herr. Ich kann Ihnen helfen, die Dämonen zu bekämpfen...«
Mark blickte finster und ratlos auf sie hinunter. Er hatte sie nicht vor den Kopf stoßen wollen; schließlich hatte sie ihn zu dem Hund geführt. »Bitte, *Scheicha*, überlaß die Sache uns.«
Als Abdul vortrat, gebot ihm die Fellachin mit erhobener Hand Einhalt. Dann zwängte sie sich vorsichtig unter Halsteads Körper hervor, legte seinen Kopf sanft auf das Kissen nieder und erhob sich mit königlicher Würde. »Ich kann Ihnen fortan nicht mehr helfen, Herr. Ich habe alles getan, was in meiner Macht steht. Jetzt seid Ihr auf Euch allein gestellt.«
Mark öffnete den Mund, um etwas zu erwidern, aber schon stellte sich Abdul leise hinter Samira, um sie zum Ausgang zu geleiten. Verächtlich schnaubend nahm sie Ron den Beutel und den Zweig aus der Hand.
Mark beobachtete, wie sich Jasmina über Halstead beugte und seinen Puls fühlte. Dann blickte er zu Alexis hinüber, die auf ihrem Feldbett saß und verwirrt auf ihre Hände starrte. Jasmina versuchte, dem halb ohnmächtigen Halstead das Hemd abzustreifen. »Ich sollte ihn nach Kairo zurückschicken.«
»Nein!« Alexis warf den Kopf zurück; ihre Augen funkelten. »Das

wäre überhaupt nicht in seinem Sinne. Sanford bleibt hier bei der Ausgrabung.«
»Er braucht stationäre Behandlung in einem Krankenhaus...«
Alexis blitzte Mark drohend an. »Sanford bleibt hier, Dr. Davison. Das ist sein Wunsch.«
Als Jasmina ihre Arzttasche nahm und sich zum Gehen wandte, wollte Mark noch etwas sagen, doch an Alexis' Blick erkannte er, daß seine Worte nichts fruchten würden. So machte er auf dem Absatz kehrt und folgte Jasmina hinaus in die drückende Mittagshitze.
»Es tut mir leid, Mark«, meinte sie auf dem Weg zu ihrem Zelt. »Ich habe mich in dieser Situation wohl ziemlich dumm verhalten.«
»Sie haben das Richtige getan. Ich glaube zwar nicht, daß der Mumienstaub allein ihm geschadet hätte, aber wer weiß, was sie sonst noch darunter gemischt hat.«
Sie blieben vor Jasminas Zelt stehen. »Ich habe etwas Tee, den ich selbst zubereitet habe«, begann sie verlegen. »Hätten Sie Lust, eine Tasse mit mir zu trinken?«
»Lassen Sie mich noch rasch ein Hemd anziehen.«

Abdul mußte das Abendessen kochen, weil Samira nirgends zu finden war. Er bereitete einen schmackhaften Eintopf aus Reis, Lammfleisch und Bohnen, dem aber die besondere Würze fehlte, die die alte Fellachin ihren Speisen zu geben verstand.
Schweigend nahmen sie das Abendessen ein. Halstead, blaß, aber wohlauf, hatte nach dem Aufwachen darauf bestanden, dem gemeinsamen Abendessen beizuwohnen. Die neben ihm sitzende Alexis wirkte geistesabwesend und distanziert. Sie schien vor sich hin zu träumen und rührte ihr Essen nicht an. Ron, der Mark gegenübersaß, kaute die Lammstücke ohne rechten Appetit und spülte sie mit reichlich Chianti hinunter. Am anderen Tisch saßen Hasim, der während der Mahlzeit ständig etwas in sein Notizbuch kritzelte, und Jasmina, die lustlos in ihrem Teller herumstocherte. Während er aß, dachte Mark über die junge Frau nach. Er hatte es genossen, mit ihr Tee zu trinken und zu plaudern. Sie war ihm gegenüber ein wenig zugänglicher gewesen, hatte ihm von ihren Schwierigkeiten im Berufs- und im Privatleben erzählt, von ihrem verzweifelten Wunsch, als Frau in einer Männergesellschaft als ebenbürtig anerkannt zu werden, was in

einer islamisch geprägten Kultur jedoch beinahe aussichtslos sei. Sie hatte leidenschaftlich von ihren Emanzipationsversuchen gesprochen, und doch sonderte sie sich jetzt, während des Abendessens, von den anderen ab, wie ihre muslimischen Schwestern in Kairo es tun würden. Wie es die Sitte verlangte, aß sie getrennt von den Fremden und beteiligte sich nicht an ihrer Unterhaltung. Mark erinnerte sich daran, wie sie zurückgezuckt war, als er zufällig ihren Arm gestreift hatte.

Dann fiel ihm Abdul ein, der ihn gesucht hatte und etwas pikiert war, als er ihn schließlich in Jasminas Zelt antraf. Diesmal war es Mark nicht entgangen, und er wußte, was er davon zu halten hatte: Abdul war traditionell eingestellt und mißbilligte diese Art von vertrautem Gespräch zwischen Moslems und Christen, zwischen Mann und Frau, auch wenn die Beteiligten, oder wenigstens einer, ein alter, geachteter Freund war.

Noch andere Dinge beschäftigten Mark. Er dachte an die Erscheinung der vergangenen Nacht, kurz bevor Samira ihn auf das Plateau geführt hatte. Wie war es möglich, daß er sich mit diesem... unerklärlichen... Geist in der alten Sprache unterhalten konnte? Und wie sollte man sich Alexis Halsteads anomales Verhalten erklären? Es schien fast, als sei sie eine gespaltene Persönlichkeit. Doch was ihm am meisten Sorge bereitete, war der Weggang der alten Samira. Seitdem er mit ihr auf das Plateau gestiegen war, hatte er einen neugewonnenen Respekt für die alte Frau empfunden und war um so entschlossener gewesen, ihre Hilfe beim Studium der alten Sprache in Anspruch zu nehmen. Aber jetzt war sie verschwunden, und niemand wußte, wohin.

Ein schwaches Rumpeln in der Ferne riß Mark aus seinen Gedanken. Er blickte zu seinen Gefährten auf, sah, wie Abdul am Herd hantierte, und glaubte, das Geräusch käme von dort. Mark aß weiter.

Da ertönte zum zweiten Mal dieses Rumpeln, und diesmal hob auch Jasmina den Kopf. Die beiden starrten sich an.

Ein drittes, lauteres Geräusch, das sich wie ein Krachen anhörte, ließ nun auch die anderen im Kauen innehalten. Alle sahen sich um.

»Was war das?« fragte Alexis.

Mark zuckte die Achseln. »Ich weiß nicht...«

Ein plötzlicher Knall, wie ein dumpfer Schlag, zerriß die Stille der Nacht, und im nächsten Augenblick waren alle auf den Beinen.

»Es klingt wie Donnergrollen«, meinte Ron.

»Das ist doch unmög...«
Ein weiteres Krachen erschütterte das gesamte Zelt. Alle rannten nach draußen.
Der Himmel war klar und mit Sternen übersät, der Mond gerade aufgegangen. Als es abermals polterte, blickten alle in Richtung der Felswand. »Es hört sich nach einem Unwetter auf der Hochebene an«, sagte Hasim.
»Regen?« fragte jemand anders.
Mark hielt die Augen auf den Gebirgskamm gerichtet. Der Donner klang wie Kanonenschläge. Ron neben ihm murmelte: »Das gefällt mir überhaupt nicht...«
Wie gebannt starrten die sieben hinauf zu den schroffen Felsspitzen, während das Donnergrollen immer näher rückte. Es hörte sich an wie schwere Eisenbahnwaggons, die über die Hochebene rumpelten. Plötzlich schlug sich Hasim mit der Hand an die Stirn und rief: »Es regnet!«
Er ließ die Hand sinken: Sein Gesicht war naß. Dann spürten auch die anderen das leichte Kribbeln der ersten Regentropfen.
»Welch eine Wohltat!« rief Halstead, der zum ersten Mal seit Tagen wieder lächelte. »Das wird die Luft abkühlen!«
Der Regen wurde schnell stärker und prasselte wie Trommelfeuer auf die Zelte nieder. Als er sich auf einmal in einen wahren Sturzbach verwandelte, schrien alle auf und rannten lachend ins Innere. Nur Mark und Abdul blieben draußen im Platzregen stehen und sahen unverwandt nach oben.
»Das kommt von dem Staudamm, Effendi. Er hat unser Wetter aus dem Gleichgewicht gebracht.«
Mark starrte weiter zum Nachthimmel hinauf. Er wußte, wovon Abdul sprach. Der Nasser-Stausee besaß eine so große Wasseroberfläche, daß seine gewaltigen Verdunstungsmassen ein neues Klima im Niltal geschaffen hatten: Pflanzen wuchsen nun an Stellen in der Wüste, wo sie früher nicht hätten überleben können; die jährliche Niederschlagsmenge war stark angestiegen; eine heimtückische Feuchtigkeit setzte sich langsam in den alten Monumenten fest und begann sie zu zersetzen, wie die Grabgemälde im Tal der Königinnen, die über drei Jahrtausende hinweg durch Ägyptens natürliche Trokkenheit erhalten geblieben waren.

Aber konnte man in diesem Fall wirklich den Nasser-See dafür verantwortlich machen? Heftiger Regen und Gewitter an einem wolkenlosen, sternklaren Himmel?
Schließlich eilte auch Mark ins Zelt zurück. Er war patschnaß. »Hast du noch nie etwas davon gehört, daß man sich bei Regen unterstellt?« fragte Ron spöttisch.
Drinnen war der Lärm ohrenbetäubend, als spiele der sintflutartige Regen eine donnernde Sinfonie auf dem Zeltdach. Die Planen flatterten beängstigend stark, und als das Unwetter immer heftiger toste, die Donnerschläge direkt über ihnen zu hören waren und ein furchtbarer Wind durchs Lager brauste, da erstarb das Lachen im Zelt.
Die sieben standen in angstvollem Schweigen und lauschten den entfesselten Naturgewalten. Der Erdboden bebte bei jedem Donnerschlag, während der Regen immer heftiger niederging. Die sieben sahen einander furchtsam an. Mark warf einen Blick auf Abdul, und die Miene des Ägypters erschreckte ihn. In seinen Augen spiegelte sich nacktes Entsetzen wider.
Da fiel Mark ein, daß sie sich ja an der Mündung des Königlichen Wadis befanden, und er dachte: Auch das noch!
»He«, fragte Ron zwischen zwei Donnerschlägen, »was geschieht jetzt mit den Generatoren? Bei dieser Nässe...« Genau in diesem Moment gingen die Lichter aus, und die Ventilatoren surrten langsamer, bis sie ganz zum Stillstand kamen. Den Bruchteil einer Sekunde lang starrten alle wie versteinert in die Dunkelheit. Dann schrie jemand auf, ein anderer kreischte, und ein panisches Gedränge und Geschiebe setzte ein.
»Bewahren Sie Ruhe!« schrie Mark. »Wir haben Taschenlampen und Laternen! Bleiben Sie ruhig, und verlieren Sie nicht gleich den Kopf! Setzen Sie sich hin, wenn Sie können!«
Mit einem Schlag herrschte absolute Dunkelheit. Mark hatte noch nie eine so vollkommene Finsternis erlebt, eine so rabenschwarze, undurchdringliche Nacht. Nur in Gräbern war er schon mit einer ähnlichen Schwärze konfrontiert worden. Er unterdrückte seine eigenen Anwandlungen von panischen Gefühlen, als er über die an der Zeltwand stehenden Kisten fiel, die er gleich darauf hektisch durchwühlte. Er fand vier Taschenlampen und zwei batteriebetriebene Laternen, die er unter seinen Gefährten verteilte. Sieben gespenstische

Gestalten, deren Gesichtszüge in dem unnatürlichen Licht verzerrt wirkten, horchten mit Grauen auf das tobende Unwetter.
Jasmina mußte schreien, um gehört zu werden. »Die Fellachen in der Arbeitersiedlung! Sie haben keinen Schutz!«
»Wir können nichts tun!« Mark hielt sich die Ohren zu. Er kam sich vor wie unter einer umgedrehten Plastikschüssel, über die das Wasser rauscht.
»Und die Dorfleute!« rief sie. »Ihre Häuser werden sich auflösen!«
»Dort hat es auch schon früher geregnet, Jasmina!«
»O Gott«, entfuhr es Ron, »meine Ausrüstung! Was, wenn das Zelt undicht ist? Mein ganzes Fotopapier, mein Filmmaterial!«
Ein krachender Donnerschlag ließ eine der Laternen umkippen. Als Mark nach vorne langte, um sie wieder aufzurichten, schloß sich eine schlanke, braune Hand um sein Handgelenk. Der Griff war so fest, daß es ihn schmerzte. Er schaute in Abduls Gesicht. Der Ägypter wirkte wie eine Gestalt aus einem Horrorfilm. Das Licht trieb unheimliche Schattenspiele mit seinen Zügen, seine Wangen erschienen noch hohler, seine Augen verschwanden beinahe, und seine Nase und Backenknochen traten hervor. Abduls Kopf sah aus wie ein Totenschädel.
»Effendi«, sagte er so ruhig er konnte, »haben Sie das Wadi vergessen?«
»Nein, verdammt noch mal, habe ich nicht.«
»Wir müssen hier weg.«
»Wie denn? Sollen wir etwa durch den Regen und die Schlammfluten rennen? Es gibt kilometerweit keinen Zufluchtsort! Wir würden keine fünfhundert Meter weit kommen, ohne uns zu verirren und voneinander getrennt zu werden. Nicht einmal die Geländewagen kommen bei diesem Unwetter durch!«
»Wenn wir hierbleiben, Effendi...«
Mark starrte seinen Vorarbeiter wütend an und riß sein Handgelenk los. Tiefe Druckstellen hatten sich in seinem Fleisch gebildet. »Wir können sowieso nichts tun. Also brauchen wir die anderen gar nicht erst damit verrückt zu machen.«
Mark blickte zum Zeltdach auf. Im Geiste sah er das Wadi – den Wasserlauf, der nur wenige Meter vom Camp entfernt in die Ebene mündete. Eine Schlucht, die sich durch Jahrhunderte launenhafter Wü-

stenstürme und blitzartiger Überschwemmungen in die Hochebene eingegraben hatte. Deshalb war keines der Dörfer in der Nähe des Wadis gebaut worden: Eine wahre Sintflut würde sich plötzlich in das ausgetrocknete Flußbett ergießen, wie bei einem Dammbruch ins Tal hinabstürzen und alles, was im Weg lag, mitreißen. Nichts würde dem Ansturm des Wassers standhalten.

Hör schnell wieder auf, beschwor Mark das Unwetter in Gedanken. Panik ergriff ihn. Hör bald auf! Zieh weg vom Plateau. Laß es nur hier unten regnen, damit das Wadi nicht zur Bedrohung für uns wird...

Eine andere Hand tastete nach seiner. Jasmina, die neben ihm saß, rückte dicht an ihn heran. Mit kleinen, kalten Fingern suchte sie bei ihm Schutz. Er hielt ihre Hand fest umklammert, während sie alle starr vor Schrecken dasaßen.

So rasch wie es begonnen hatte, hörte das Gewitter tatsächlich wieder auf. Das Aussetzen von Regen und Donner hüllte das Zelt in eine plötzliche Stille, die fast so laut war wie zuvor das Walten der Elemente. Einen Augenblick lang rührte sich niemand. Dann flüsterte Hasim: »Ist es vorbei?«

»Alles hiergeblieben«, befahl Mark. »Abdul, laß uns nachsehen.«

Vorsichtig zogen sie den Reißverschluß auf und spähten nach draußen. Dann setzte Mark einen Fuß hinaus. Abdul folgte ihm. Stumm und reglos standen sie in der lautlosen Wüstennacht.

»Wie groß ist der Schaden?« erkundigte sich Ron von drinnen.

Bevor Mark antworten konnte, flackerten die Lichter auf, und die Generatoren begannen wieder zu summen. »He!« rief Ron. »Das ist doch nicht möglich!«

Mark trat zur Seite, als er seinen Freund durch die Öffnung kommen hörte. Ron holte tief Luft und atmete langsam wieder aus. »Großer Gott!«

Jetzt wagten sich nacheinander auch die anderen heraus, bis die ganze Gruppe vor dem Zelt versammelt war und sprachlos vor Erstaunen auf den Schauplatz des Geschehens starrte.

Der Boden unter ihren Füßen war trocken und staubig, und die unwirtliche Wüste, die sich vom Camp bis zum Nil und den Lichtern von El Hawata erstreckte, schien keinen Tropfen Wasser aufgenommen zu haben.

Mark fuhr den Landrover selbst. Er hatte das Steuer keinem anderen überlassen wollen, denn die Vorsicht eines anderen hätte ihn bloß noch ungeduldiger gemacht. Er raste über den Schotter und prallte an Felsbrocken ab, als habe er es darauf angelegt, sich selbst und die Maschine ins Verderben zu lenken. Eine Besessenheit hatte ihn gepackt, von der er sich nur durch eine rücksichtslose, ja wahnsinnige Fahrweise befreien konnte. Weit hinter ihm bahnten sich die anderen Landrover einen Weg die enge Schlucht hinauf. Die Staubwolke, die Mark hinter sich aufwirbelte, behinderte ihre Sicht. Einmal konnte sich Abdul gerade noch am Armaturenbrett festhalten und rief: »*Ya Allah!*« Der *Ghaffir* klammerte sich mit aschfahlem Gesicht an seinen Sitz und kniff die Augen zusammen. Doch Mark behielt den Fuß auf dem Gaspedal, jagte krachend über Felsen und Schiefergestein und sprengte sich einen Weg nach oben. So versuchte er die quälenden Gedanken zu vertreiben, die ihn auf Schritt und Tritt begleiteten.

Auch ohne Samiras Hilfe war Mark kurz vor Tagesanbruch imstande gewesen, die Stelle ausfindig zu machen, an der er zum ersten Mal den Stern gesehen hatte. Er hatte Sirius aufgehen sehen und ausreichend Zeit gehabt, seine Koordinaten mit dem Stelensockel zu berechnen, bevor die Sonne seine Helligkeit trübte. Mit Hilfe der Meßgeräte und der Landkarte war es ihm schließlich gelungen, die Lage des Grabes zu bestimmen. Trotzdem mußte er immerfort an das schockierende Erlebnis des nächtlichen Unwetters denken.

Es war nur der Wind, so hatte er den anderen gesagt, ein heftiger Wind, der sich angehört habe wie Donner und Regen. Doch an ihren ausdruckslosen Gesichtern erkannte er, wie hohl seine Worte klangen. Alle hatten den Regen gespürt, hatten das Tosen gehört und die Zeltwände flattern sehen. Das war kein gewöhnlicher Wind gewesen.

Die Stimmung unter den Teilnehmern der Expedition verschlechterte sich zusehends. Niemand war mit großer Begeisterung dabeigewesen, als sie in der eisigen Morgendämmerung den Aufgang des Sirius beobachtet hatten. Mark hatte bereits seit einundfünfzig Stunden nicht geschlafen. Nur die Wut trieb ihn noch vorwärts.

Die Schlucht verengte sich, bis Mark eine Stelle erreichte, wo er wirklich gezwungen war, die Geschwindigkeit zu drosseln. Der Staub legte sich ein wenig, und vor ihnen tat sich der Cañon auf. »Effendi«, sagte Abdul und wies auf die Erde.

Mark hielt das Fahrzeug an. »Was ist das?«
»Ich werde nachsehen.«
Mark hielt das Lenkrad umklammert, bis seine Knöchel weiß wurden, und beobachtete, wie Abdul aus dem Wagen sprang und etwas vom Boden aufhob. Er warf einen flüchtigen Blick darauf und reichte es Mark...
»O mein Gott...« Es war Samiras Lederbeutel, an dem frisches Blut klebte. »Abdul, ich gehe zu Fuß vor. Du hältst die anderen hier zurück. Sorge dafür, daß sie diesen Landrover nicht von der Stelle bewegen.«
Mark war eigentlich froh über das unvorhergesehene Ereignis, half es ihm doch, das Unwetter aus seinem Bewußtsein zu verdrängen. Er hastete über das kahle Gestein, als renne er um sein Leben.
Als er am Eingang des Cañons anlangte, blieb er stehen und suchte das Gelände mit dem Fernglas ab. Er wußte nicht, wonach er eigentlich suchte... vielleicht nach einem zerknitterten, schwarzen Haufen. Aber auf dem sandigen, sonnenbeschienenen Cañonboden war weit und breit nichts zu sehen. Er schaute zum Himmel auf und stellte fest, daß dort oben auch keine Geier kreisten.
Als er zum Landrover zurückkam, sah er die anderen in aller Ruhe auf ihn warten. Er bemerkte, daß Abdul den Beutel der Fellachin versteckt hatte.
»Was haben Sie gemacht?« erkundigte sich Sanford Halstead.
»Ich habe mich nur vergewissert, daß meine Koordinaten stimmen«, antwortete Mark, dem Blick des Mannes ausweichend. »Hier ist ein guter Ausgangspunkt. In Ordnung, alle Mann wieder einsteigen, wir fahren weiter!«

Sie arbeiteten nun schon seit drei Stunden. Die Sonne stand schon fast im Zenit, und der Cañon verwandelte sich zusehends in einen Backofen. Abduls Fellachen waren in einer Biegung am Fluß der östlichen Steilwand eingesetzt worden; der Klang ihrer Äxte und Schaufeln hallte durch das ganze Tal.
Mark fühlte, wie seine Kräfte nachließen. Die anderen, denen der mangelnde Schlaf und die Hitze schwer zu schaffen machten, saßen teilnahmslos in den Geländewagen. Acht Testlöcher, immer vier nebeneinander, wurden von den Fellachen ausgehoben. Mark arbeitete

in demjenigen, von dem er sich am meisten versprach. Es lag genau im Mittelpunkt seiner Koordinaten. Die anderen wurden gegraben, um einer möglichen geringfügigen Verschiebung von Himmel und Erde in dreitausend Jahren Rechnung zu tragen.
Mark kniete über einem Gittersieb. Schweiß tropfte ihm in die Augen, und sein Rücken schmerzte heftig. Er legte sich mit aller Macht ins Zeug. Mark brauchte einen Fund, und er wußte, daß auch die anderen dringend Ergebnisse brauchten, die sie aus ihrer Verwirrung herausrissen und wieder auf den Boden der Tatsachen brachten. Wenn sie das Grab jetzt fänden, würde das alle Sorgen wegen des »Unwetters« zerstreuen.
»Effendi.« Ein langer Schatten beugte sich über ihn. »Sie verausgaben sich zu sehr. Wir haben genug Zeit, Effendi, bitte, legen Sie jetzt eine Pause ein.«
»Abdul, kümmere dich um deine eigenen Angelegenheiten!«
Der Ägypter schwieg gekränkt, dann meinte er nur: »Jawohl..., Effendi.«
Mark schleuderte die Kelle von sich, streifte die Handschuhe ab und begann mit bloßen Händen zu graben. Ein Skorpion huschte aufgeschreckt davon, doch Mark nahm ihn gar nicht zur Kenntnis. Von ferne hörte er undeutlich einen Fellachen aufschreien, der auf eine Schlange gestoßen war, aber Mark grub unbeirrt weiter.
Die Sonne stand senkrecht über ihren Köpfen, und unter ihren Strahlen war es mörderisch heiß. Die Temperatur lag über vierzig Grad, und die Luft zirkulierte überhaupt nicht. Einige Fellachen brachen zusammen. Jasmina und Ron eilten ihnen zu Hilfe. Doch Mark sah und hörte nichts und arbeitete wie besessen weiter. In seinem Kopf begann es zu hämmern. Winzige Hitzepickel bildeten sich an seinem ganzen Körper und juckten ihn schrecklich. Aber er hörte nicht auf zu graben.
»Effendi...«
»Sieh zu, daß sie weiterarbeiten!«
»Mark...« ertönte Jasminas Stimme.
»Gehen Sie zu Ihren Patienten zurück!«
Er hielt lange genug inne, um sich sein T-Shirt vom Körper zu reißen, und grub weiter. Seine Bewegungen wurden immer wilder und hektischer. Er vergaß das Gittersieb, tauchte in den Sand ein und buddelte

wie ein Hund nach einem Knochen. Es war keine Wut mehr, auch keine Frustration oder der Traum vom großen Ruhm. Er trieb sich selbst in manischer Verzweiflung vorwärts und dachte an gar nichts mehr. Vor seinen Augen blitzten leuchtende Farben auf. Ein dumpfes Dröhnen erfüllte seine Ohren. Mark hörte nicht, daß Ron vom Landrover her laut schrie, sah nicht, daß Jasmina auf ihn zurannte, und spürte auch nicht, wie Abdul ihn mit seinen kräftigen Händen an den nackten Schultern packte. Blutig und mit Blasen bedeckt, schienen sich Marks Hände automatisch zu bewegen.

»Nein«, brüllte er, als mehrere Arme ihn zurückzogen. Ein Feuerwerk detonierte am Himmel; Indigoblau und Zinnoberrot und die leuchtendsten Farben des Spektrums schossen von der explodierenden Sonne auf ihn herab. Dann hörte Mark einen metallischen Klang, wie das Läuten einer Glocke, und merkte, wie er langsam rückwärts über den Sand gezogen wurde.

»Was ist passiert?«

»Gute Frage«, erwiderte Ron.

Mark blinzelte zu seinem Freund auf. »Bin ich... bin ich ohnmächtig geworden?«

»Sie haben sich überanstrengt«, antwortete eine andere Stimme.

Mark hob ächzend den Kopf und sah Jasmina am Fußende seines Bettes sitzen. Er bemerkte auch, daß seine Hände mit weißen Mullbinden umwickelt waren.

»Was ist das?«

»Das kommt von der Stufe. Du kannst froh sein, daß du überhaupt noch Finger hast.«

»Stufe? Was für eine Stufe?«

»Soll das heißen, daß du dich an gar nichts erinnerst? Gott, wir können von Glück sagen, daß wir es noch rechtzeitig schafften, dich herauszuziehen. So, wie du gegraben hast. Sand ist ja noch in Ordnung, aber hartem Fels kannst du nicht mit bloßen Händen zu Leibe rücken.«

»Ron! Wovon redest du eigentlich?«

»Von der Stufe, Mark. Du hast die erste Stufe der Treppe freigelegt, die hinunter zum Grab führt.«

Achtzehn

Eigentlich hätten sich nun alle freuen müssen und allen Grund zum Feiern gehabt. Statt dessen herrschte aber nur Niedergeschlagenheit und Schwermut in der Gruppe. Niemand konnte den Anblick von Samiras gräßlich geschändetem Körper vergessen, den man in der Nacht gefunden hatte.

Mark blickte unter dem Sonnendach hervor, das Abdul in der Nähe der Ausgrabungsstätte errichtet hatte, und sah, daß die siebte Stufe gerade freigelegt wurde. Mit dem Bleistift in der verbundenen Hand skizzierte er den Grundriß der Treppe aus allen möglichen Blickwinkeln. Er ging dabei so exakt vor, daß Rons Unvermögen, Fotos davon anzufertigen, wieder wettgemacht wurde. In den zwei Tagen seit der Freilegung der ersten Stufe hatten die Arbeiter nach Marks Einschätzung gut die Hälfte der Treppe ausgegraben. Er sah ihnen zu, wie sie in ihren strahlend weißen *Galabias* unter der sengenden Sonne arbeiteten. Mit ihren braunen Händen siebten und gruben sie und schwangen die archäologischen Werkzeuge. Zwei von Abduls fähigsten Männern halfen Ron bei jeder Stufe, denn Mark konnte wegen seiner verbundenen Hände an den Grabungsarbeiten nicht teilnehmen. Die übrigen standen in einer Reihe, siebten den ausgehobenen Sand aus und reichten ihn in Eimern von Hand zu Hand weiter, wie Ameisen. So legten sie allmählich die alte Treppe frei, die in den Berg hineinführte.

Unter den Fellachen machte sich eine ungewöhnliche Nervosität bemerkbar. Sie unterhielten sich nicht, wie sie es sonst zu tun pflegten, und aus heiterem Himmel brachen immer wieder grundlose Streitigkeiten zwischen ihnen aus. Der Grund war die tote *Scheicha*.

»Einige von ihnen möchten in ihr Dorf zurückkehren, Effendi«, hatte Abdul zu Mark gesagt, »der Ort hier ist ihnen nicht geheuer.«

»Laß sie gehen. Wir haben jetzt ohnehin mehr Männer, als wir benötigen.«

Mark konnte es den Fellachen nicht verübeln – der Anblick von Samiras Leiche hatte bei allen großes Entsetzen hervorgerufen.

Der entblößte Leichnam der alten Fellachin war in der Nacht zuvor unweit des Camps gefunden worden. Aus ihrem Mund floß die gleiche braune Substanz, die auch dem ersten *Ghaffir* aus dem Mund gequollen war. Ihr Gesicht war geschwollen und blau angelaufen, ihre Hand- und Fußgelenke waren gequetscht, was von ihrem Kampf gegen eine schreckliche Übermacht zeugte. Ihr ausgemergelter Körper lag verkrümmt im Sand, als habe sie sich im Todeskampf gedreht und gewunden.

Die dunkelblaue Färbung ihres Gesichts deutete darauf hin, daß sie noch gelebt hatte, als ihr die braune Masse in den Mund gestopft worden war.

»Viele Leute waren aufgebracht gegen sie«, flüsterte Abdul Mark ins Ohr. Sein Gesicht war kreidebleich. »Als sie der Aufforderung des *'Umda*, Iskanders Mutter zu helfen, nicht nachkam, meinten die Dorfbewohner, sie habe ihnen den Rücken gekehrt. Iskanders Mutter starb; deshalb forderten sie Gerechtigkeit.«

Mark hatte ein Hämmern im Schädel gespürt und mit tonloser Stimme gesagt: »Ja, natürlich, so wird es gewesen sein. Wirst du sie... beerdigen, Abdul, und die üblichen Gebete für sie sprechen?«

»Ja, Effendi. Werden Sie mit dem *'Umda* darüber reden?« Mark hatte nur den Kopf geschüttelt. »Dies ist ihr Land, Abdul. Es war ihre Art von Gerechtigkeit...«

Er war nicht imstande gewesen, wegzusehen, trotz des widerlichen Gestanks, der von Samiras verfaulendem Leichnam ausging. Wie gebannt hatte er auf ihr verzerrtes Gesicht gestarrt, in dessen hervorquellenden, glasigen Augen sich das nackte Grauen bewahrt hatte. Was hatte die *Scheicha* so in Angst versetzen können? Sie, die stets den Eindruck erweckt hatte, sich vor nichts zu fürchten?

»Effendi.«

Mark blinzelte zu Abdul hinüber. »Ja?«

»Wir haben die Oberkante der Tür erreicht.«

Alle knieten sich um Mark herum in den Sand, als dieser vor der Steinwand in die Hocke ging. Sie kauerten am Fuße des östlichen Cañon-Felsens und starrten hinunter auf die Stelle, die von den Fellachen freigelegt worden war. Die natürlichen Kalksteinschichten der Felswand hörten jäh auf, und unmittelbar darunter erschien ein glatter, gemeißelter, weißer Steinblock, der waagerecht im Kalkstein lag

und unter dem Sand verschwand. In der Mitte waren zwei Falkenaugen eingemeißelt, welche üblicherweise den Abschluß von Grabstelen bildeten.
»Was bedeutet das?« flüsterte Halstead.
Mark streckte die Hand aus und fuhr mit den Fingerspitzen vorsichtig über die Meißelung. »Das sind die Augen von Horus. Der Verstorbene sollte durch sie hindurchblicken können, um das Tageslicht zu sehen.«
»Aber sie sind...«
»Verstümmelt, ja. Und zwar absichtlich. Das war kein Versehen. Hier können Sie deutlich die Spuren des Meißels erkennen.«
»Aber warum?«
»Auf den ersten Blick würde ich sagen, es geschah, um sie blind zu machen.«
Alle standen auf und wischten sich den Staub von den Händen. »Wie lange wird es dauern, um die ganze Tür freizulegen?« wollte Halstead wissen.
Mark betrachtete die steinerne Treppe, die unter die Erde führte. »Die Schwelle befindet sich etwa drei Meter unter uns. Ich schätze, noch etwa ein, zwei Tage.«

Das Wehklagen der Trauernden von Hag Qandil erfüllte das Tal und drang bis ins Gemeinschaftszelt vor, wo die sieben schweigend beim Abendessen saßen. Sie lauschten auf das Jammern und mußten wieder an den erschütternden Anblick der *Scheicha* denken.
Sanford Halstead schob seinen kaum berührten Salatteller von sich und fragte steif: »Ist es Ihnen jetzt schon möglich, zu sagen, ob das Grab unversehrt ist?«
Mark wandte ruckartig den Kopf. Der Tod der alten Frau war auch ihm nahegegangen. Der Schmerz darüber saß tief. Er hatte sie noch so viel fragen wollen.
»Diese verstümmelten Augen auf der Tür zum Grab«, fuhr Halstead fort, »könnten sie das Werk von Grabräubern sein?«
Mark versuchte, mit seinen Gedanken bei dem Grab zu bleiben. Schließlich war das das Ziel all ihrer Bemühungen. Die betroffenen Gesichter seiner Gefährten erinnerten ihn daran, daß er hier die Hauptverantwortung trug. Sie brauchten seine Stärke und Standfe-

stigkeit. Wenn er jetzt Schwäche zeigte, könnte das ganze Unternehmen fehlschlagen. »Grabräuber hätten keinen Grund und auch keine Zeit gehabt, so etwas zu tun. Nein, das ist das Werk der Priester.«
»Warum hätten sie sich die Mühe machen sollen, die Augen zuerst in den Türsturz zu meißeln, um sie danach zu entstellen?«
»Weil man zunächst einmal Augen haben muß, um blind zu werden.«
»Wie meinen Sie das?«
»Wer immer in diesem Grab bestattet ist, die Priester wollten ihm den Blick nach draußen verwehren. Um ganz sicherzugehen, daß der Betreffende wirklich nichts sehen konnte, gaben sie ihm Augen und schlugen sie ihm gleich darauf wieder aus.«
Alle hörten auf zu essen und starrten Mark an.
Er musterte seine Hände. Die Verbände hatten sich gelöst, aber seine Fingerspitzen waren noch immer wund. Da sah er ein Insekt unter seinem Teller hervorkriechen. Er schlug kräftig zu.
»Kann man gegen dieses Ungeziefer nicht etwas tun, Davison?« fragte Halstead und verscheuchte eine Fliege.
»Das sind eben die unangenehmen Begleiterscheinungen des Lebens in der Wüste.«
Hasim al-Scheichly, der die ganze Zeit auf seinem Notizblock herumgekritzelt hatte, räusperte sich und sagte: »Dr. Davison, ich werde Sie morgen nicht zur Ausgrabungsstätte begleiten. Ich werde eine Feluke nach El Minia nehmen, weil ich meine Vorgesetzten anrufen muß.«
Mark drehte sich abrupt zu ihm um.
»Es ist an der Zeit, Bericht zu erstatten. Bis die Regierung weitere Beamte zu uns heruntergeschickt hat, wird der Grabeingang freigelegt sein. Meine Vorgesetzten müssen bei der Öffnung des Grabes zugegen sein.«
Marks Miene verdüsterte sich. »Ich hatte gehofft, man würde uns noch ein paar Tage Freiheit zubilligen, bevor...« Niemand bemerkte, daß Hasims leinene Serviette, die zusammengeknüllt neben seinem Teller lag, leicht zitterte. Und niemand hörte das feine Schaben von acht mit spitzen Häkchen besetzten Beinen auf der Tischdecke.
»Sehen Sie, Dr. Davison, wir sind nun schon seit zwei Wochen hier. Das Ministerium erwartet einen Tätigkeitsbericht...«

Die Ecke der Serviette hob sich ein wenig, und ein kleiner, gelber Kopf kam darunter zum Vorschein. Ein Paar rote, lidlose Augen erkundeten die Lage. Zwei knochenharte Scheren öffneten und schlossen sich versuchsweise.
»Und wir haben zweifellos eine außerordentliche Entdeckung gemacht. Ich stimme natürlich mit Ihnen überein, Dr. Davison, daß es aus Ihrer Sicht besser wäre, noch ein paar Tage länger freie Hand zu haben, aber ich darf die Neuigkeiten nicht mehr zurückhalten...«
Ein schlanker, gelb-glänzender, segmentierter Hinterleib wölbte sich unter der Serviette zu einem Bogen.
»...ich würde einen Verweis bekommen.«
Mark zuckte resigniert mit den Schultern. »Hoffentlich können wir wenigstens die Presse noch eine Weile fernhalten.«
»Das werde ich meinen Vorgesetzten in meinem Bericht nahelegen.«
Hasim steckte den Notizblock in seine Jackentasche und ließ seine Hand auf die Serviette sinken. »Allah!« Er riß den Arm so heftig zurück, daß er hinterrücks über die Bank fiel und zu Boden stürzte.
Als der Skorpion auftauchte und mit noch immer erhobenem Schwanz über den Tisch huschte, schrien alle auf und sprangen hoch. Mark packte seinen Teller und ließ ihn mit aller Wucht auf das Tier niedersausen, bevor es über die Tischkante entfliehen konnte. Während alle anderen noch starr vor Schrecken dastanden, rannte Jasmina sofort zu Hasim und öffnete ihre Arzttasche.
»Ich muß ihn sehen!« rief sie, während sie seinen Arm rasch mit einer Aderpresse abband. »Ich muß diesen Skorpion sehen!«
Mark schauderte, als er vorsichtig den Teller anhob. Die Tischdecke war sauber.
»He!« rief Ron. »Er ist entwischt!«
»Unmöglich«, entgegnete Mark. Er trat zurück und suchte hastig den Fußboden ab. »Ich weiß genau, daß ich ihn getroffen habe.«
»O Scheiße, Mann, er ist weg!«
Sanford Halstead fuhr herum und stürmte aus dem Zelt hinaus ins Freie.
»Na los, zeig dich schon!« Ron hatte eine Taschenlampe in der Hand und ließ den Lichtstrahl unter dem Tisch umherkreisen.
Hasim lag stöhnend am Boden und murmelte auf arabisch vor sich hin, während Jasmina seine Hand untersuchte. »Ich brauche Eis.«

Mark warf einen flüchtigen Blick auf Alexis, die wie in Trance auf die saubere Tischdecke starrte. Dann lief er zum Kühlschrank. Nachdem er die Eiswürfel in eine Serviette eingeschlagen hatte, kniete er sich neben Jasmina und legte das Eispaket auf Hasims Hand. »Ich muß wissen, um welche Art von Skorpion es sich handelte, Mark«, drängte sie. »Ich habe ihn nicht gesehen.«
»Ich kenne mich mit Skorpionen nicht aus.«
»War er dick oder schlank?«
»Ich glaube schlank.«
»Behaart?«
»Ich bin mir nicht sicher.« Mark schaute zu Ron hinüber, der sich auf ein Knie niedergelassen hatte und den Strahl der Taschenlampe noch immer über den Boden gleiten ließ.
»War er gelb?«
»Ja.«
Jasmina griff in ihre Tasche und holte eine Nadel und eine Fünf-Kubikzentimeter-Spritze heraus. Als sie den Zylinder aus einem Glasfläschchen füllte, meinte sie leise: »Die lebensgefährliche Art.«
Mark sah, daß Hasim der Schweiß ausgebrochen war. Er lag mit geschlossenen Augen da und murmelte vor sich hin.
»Wird er wieder gesund?«
»Das Serum wirkt schnell, aber er wird sich noch ein paar Stunden lang schlecht fühlen.« Jasmina rollte Hasims Ärmel hoch und spritzte in seine Armbeuge. »Jetzt müssen wir ihn in sein Zelt bringen.«

Mark rieb sich den Nacken, als er und Jasmina in die kühle Abendluft hinaustraten. Es hatte Probleme mit Hasim gegeben. Nachdem sie ihn ins Bett gebracht hatten, wurde der junge Mann plötzlich von Fieberphantasien heimgesucht und warf sich unruhig hin und her. Sein Puls hatte sich fast verdoppelt, und seine Temperatur kletterte rasch auf vierzig Grad. Mark mußte Hasim mit aller Gewalt auf dem Bett festhalten, während Jasmina ihm ein fiebersenkendes Mittel injizierte. Dann saßen sie bei ihm, bis die Krämpfe nachließen und das Fieber nachgelassen hatte.
»Die zu erwartenden Symptome äußern sich bei ihm ungewöhnlich heftig«, bemerkte Jasmina, als sie das Lager durchquerten. »Es wird ihm noch etwa zwölf Stunden schlechtgehen. Danach wird er sich

besser fühlen. Aber er wird seine Hand eine Weile nicht gebrauchen können.«
»Abdul wird ein Auge auf ihn haben.«
Als sie sich Jasminas Zelt näherten, trafen sie Ron, der ihnen kopfschüttelnd entgegenkam. »Es ist mir ein Rätsel, wo sich das Mistvieh verkrochen hat. Ich habe mit vier Mann das ganze Zelt abgesucht.«
»Es muß irgendwo ein Loch geben.«
»Wir konnten aber keins entdecken.« Ron schlang fröstelnd seine langen Arme um sich. »Ich konnte spinnenartiges Getier noch nie leiden! Jetzt brauche ich einen Drink!« Er stapfte an ihnen vorbei in sein Dunkelkammerzelt.
Mark schaute Jasmina prüfend an. »Fühlen Sie sich wohl?«
Sie blickte überrascht zu ihm auf. »Ja, warum sollte ich mich nicht wohl fühlen?«
Er faßte sie an den Schultern. »Sie sehen müde aus.«
»Ich konnte nicht schlafen. Die *Scheicha*...«
»Ich weiß.«
Tränen traten ihr in die Augen, und als der erste Tropfen an ihrer Wange herunterlief, wischte Mark ihn behutsam weg. »Hasim hat mir erst gestern gestanden, daß er weg wolle«, begann sie mit ängstlicher Stimme. »Er sagte, er wolle nach Kairo zurückkehren und den Posten hier einem anderen überlassen.«
»Warum?«
»Er kann hier nicht schlafen. Er wird von schlimmen Träumen verfolgt, und er wird von Skorpionen regelrecht heimgesucht.«
»Und Sie? Wie denken Sie darüber?«
»Ich werde dort bleiben, wo ich gebraucht werde, aber...«, ihre Miene verfinsterte sich, »ich fürchte mich hier. Wenn Hasim die Krise überstanden hat und wieder reisen kann, werde ich vielleicht mit ihm nach Kairo zurückkehren.«
Unwillkürlich grub Mark seine Finger in ihre Schultern. »Haben Sie so große Angst?«
Sie senkte den Kopf. »Auch ich habe Alpträume gehabt...«
»Aber ich brauche Sie hier!«
Jasmina sah ihn erstaunt an.
»Bitte gehen Sie nicht weg«, bat Mark unbeholfen.

»Seien Sie unbesorgt, Mark. Ich werde mit der Abreise warten, bis ein Ersatz für mich eingetroffen ist. Vielleicht kann Dr. Rahman...«

»Darum geht es nicht. Ich brauche nicht irgendeinen Arzt, ich brauche Sie...«

Sie wich zurück und entwand sich seinem Griff. »Nein«, erwiderte sie sanft. »Wenn Sie mich brauchen, werde ich bleiben, aber als Ärztin, aus keinem anderen Grund.« Dann drehte sie sich um und verschwand in ihrem Zelt. Kurze Zeit später trat Mark in das warme Licht seines eigenen Zeltes, setzte sich auf die Bettkante und zog seine Stiefel aus. Von ferne hörte er schwach Vivaldi-Klänge aus Rons Kassettenrecorder.

Als Mark gerade seine Socken abstreifen wollte, vernahm er von draußen ein Geräusch. Er hielt inne und lauschte. Es war kaum zu hören und klang merkwürdig nah und fern zugleich: ein Zischen wie von einem riesigen Pendel, das die Nachtluft durchschnitt. Mark setzte seinen Fuß auf die Erde und saß wie erstarrt auf dem Rand des Feldbetts. Ein Windhauch drang durch die Zeltwand, ein kühler Luftzug wie beim raschen Öffnen und Schließen einer Kühlschranktür. Mark schauderte unwillkürlich.

Dann zuckte er zusammen. Ein dumpfer Schmerz breitete sich in seinem Kopf aus. Er starrte mit weit aufgerissenen Augen auf die Zeltwand und hielt seine Hände untätig auf den Knien. Angestrengt lauschte er auf das zischende Geräusch, das aus der furchterregenden Finsternis jenseits der Lagergrenze immer näher rückte.

Panik und Grauen durchfuhren ihn, und der stechende Schmerz in seinem Kopf verstärkte sich zusehends. Mark schluckte schwer und fing an, heftig zu zittern.

Es kam wieder...

Die Eingangsplane wurde beiseite geschoben.

Er fuhr herum und stieß einen erstickten Schrei aus.

»Dr. Davison?«

Ängstlich blickte er auf und sah Alexis Halstead vor sich stehen. Ihr flammend rotes Haar war zerzaust, ihre Kleidung unordentlich.

»Darf ich hereinkommen?«

Er musterte sie aufmerksam. »Ja...«

Alexis sah sich im Zelt um und zog den Stuhl von Marks kleinem

Schreibtisch hervor. Als sie sich darauf niederließ, meinte sie: »Was für eine seltsame Kälte da draußen!«
Mark schaute ihr forschend ins Gesicht. Sie hatte wieder diese abweisende, verwirrte Art an sich. »Mrs. Halstead... haben Sie draußen gerade etwas gesehen oder gehört?«
Sie richtete ihren merkwürdig verschleierten Blick auf ihn. »Nein...« Mark dachte einen Augenblick nach und lauschte auf die nächtliche Stille jenseits der Zeltwand. Dann zog er seine Socken aus. Mit ihren verführerisch grünen Augen folgte Alexis jeder seiner Bewegungen. »Ich habe zufällig mitbekommen, wie Sie zu Ihrem Freund sagten, Sie hätten Bourbon.«
»Ja, das stimmt.«
»Kann ich ein wenig davon haben?«
Er griff unter das Bett und holte eine noch verschlossene Literflasche *Wild Turkey* hervor. »Ich habe die Flasche eigentlich mitgebracht, um die Entdeckung des Grabes zu feiern.« Er füllte zwei Gläser auf seinem Nachttisch und reichte eines davon Alexis.
Sie nippte versuchsweise daran und verzog leicht das Gesicht.
»Stimmt etwas nicht mit dem Bourbon?«
»Nein...«
Alexis faßte sich an die Schläfe und rieb mit den Fingern darüber.
Mark musterte besorgt ihr Gesicht. Jasmina hatte ihm erzählt, daß Alexis nach mehr Schlaftabletten verlangt hatte. »Können Sie nicht gut schlafen, Mrs. Halstead?«
Ihr Blick schweifte im Zelt umher. »Ich habe die ganze Zeit Träume...«
Mark wartete darauf, daß sie weitersprechen würde, und als nichts mehr kam, fragte er: »Träume? Was für Träume?«
»Seltsame Träume...« Alexis nahm einen kräftigen Schluck aus ihrem Glas und sprach weiter, wobei ihre Augen zunehmend glasig wurden. »Ich habe früher nie geträumt. Und wenn es wirklich einmal vorkam, so war es in Schwarzweiß. Doch seit wir hier in Tell el-Amarna sind, habe ich Nacht für Nacht die lebhaftesten, buntesten Träume. Ich wache davon auf und kann danach nicht mehr einschlafen.«
Mark nahm einen Schluck Bourbon. Sein Kopfweh wurde immer stärker. »Wovon handeln die Träume?«
Alexis holte tief Luft und atmete langsam wieder aus. Ihre Augen

wirkten noch entrückter, und ihre Stimme schien von noch weiter her zu kommen. »Ich sehe Dinge. Und ich fühle Dinge. Unerklärliche Gemütsbewegungen. Manchmal erwache ich und stelle fest, daß ich im Schlaf geweint habe.«
Mark beugte sich vor und stützte die Ellbogen auf die Knie. Das Licht im Zelt schien schwächer zu werden; der ganze Raum wirkte beengter. »Was für Dinge sehen Sie?«
»Türme... hohe, weiße Türme. Und Mauern. Und Gärten. Und ich sehe Menschen. Ich gehe mit ihnen umher. Ich bin ein Teil von ihnen. Ich träume, ich sei eine andere Frau und gehörte zu diesen dunkelhäutigen Menschen. Da ist auch ein Mann, ein häßlicher Mann...« Alexis blickte finster in ihr Glas. Ihre Stimme wurde brüchig. »Und in meinen Träumen verspüre ich dieses dringende Bedürfnis... nach etwas zu suchen.«
Mark starrte wie gebannt auf ihr Profil, ihr Haar schien zu leuchten wie glühende Lava.
»Im Schlaf... spüre ich, wie ich mich verändere. Ich werde diese andere Frau, und sie... gibt mir sonderbare Gedanken ein, läßt mich Dinge fühlen, die ich nie zuvor...«
Mit einem Ruck warf Alexis den Kopf zurück und zog ärgerlich die Brauen zusammen. »Dummes Zeug! Träume!«
Sie lehnte sich zurück und stürzte den Rest ihres Bourbons in einem Zug hinunter. Mark trank einen kleinen Schluck und beobachtete sie über den Rand des Glases hinweg. Als sie wieder zu ihm aufschaute, erschreckte ihn der irre Blick in ihren Augen.
»Kann ich noch ein Glas haben?«
»Ja, natürlich...«
Als er ihr nachgeschenkt hatte, wurde Alexis augenblicklich entspannter. Sie schüttelte ihr Haar von den Schultern. »Sie sind noch immer böse auf mich, nicht wahr?«
»Weswegen?«
»Wegen der List, mit der ich Sie engagierte.« Sie brach in ein verrücktes, überspanntes Gelächter aus. »Männer sind doch komische Geschöpfe! Am glücklichsten sind sie, wenn sie sich einer Frau überlegen fühlen. Ich gehe jede Wette ein, daß Sie nicht annähernd so verärgert wären, wenn Sanford Sie um den Lehrstuhl gebracht hätte.« Alexis bog ihren langen, weißen Hals nach hinten. »Männer haben mich seit

jeher gelangweilt. Sie sind wie Kinder, so unzuverlässig und unsicher. Ständig verlangen sie Selbstbestätigung, um sich stark zu fühlen. Das ist auf die Dauer ermüdend!« Sie griff wieder nach ihrem Glas. »Frauen sind da ganz anders. Auf sie kann man sich verlassen. Sie sind nicht albern oder eitel. Und sie verstehen mehr von der Kunst des Liebens, als Männer es je tun werden!«

Mark nahm die Flasche und füllte sein Glas nach. Dabei sahen sie einander zufällig in die Augen, und Mark fiel auf, daß ihr Blick viel warmherziger und auch erotischer war als sonst. Ein besonderes Licht funkelte in ihren Augen.

»Ich bin noch nie einem Mann begegnet, der richtig lieben konnte«, meinte sie mit kokettierender Miene. »Die denken doch alle nur ans Stoßen und an ihre eigene Befriedigung. Die Berührung einer Frau ist sanft und voller Magie. Wenn man es sich recht überlegt, kann eigentlich nur eine Frau eine andere Frau wirklich befriedigen. Es überrascht Sie nicht, daß ich weibliche Liebhaber habe, oder?«

Er gab keine Antwort.

»Kein Rollenspiel, kein Imponiergehabe, keine Beweihräucherung des Egos. Nur gleichberechtigte Liebe und geteilter Genuß.« Alexis schüttete den Rest ihres Bourbons hinunter und hielt Mark ihr Glas hin.

»Mrs. Halstead, meinen Sie wirklich, Sie sollten...«

»Es hilft mir beim Einschlafen, Mark, bitte...«

Er schenkte ihr Glas voll und stellte die Flasche neben sich auf den Boden. »Mrs. Halstead, warum gehen Sie nicht zu Bett?«

Sie lächelte ihn an. »Ist das ein Angebot?«

Mark riß erstaunt die Augen auf.

Alexis lachte heiser und begann, sich vor ihm zu räkeln. »Na, komm schon, Mark, erzähl mir nicht, daß du nicht darüber nachgedacht hast. Ich habe genau bemerkt, wie du mich ansiehst. Würde es dir etwa nicht Spaß machen?«

»Mrs. Halstead...«

Sie setzte ihr Glas ab und ließ sich neben ihm auf dem Feldbett nieder. Alexis legte ihre Hand auf seinen Oberschenkel und fuhr fort: »Mein Mann schläft, und Mr. Farmer ist in seiner Dunkelkammer. Mark, du bist der erste Mann, der mich je erregt hat.«

Er versuchte, gegen den überwältigenden Gardenienduft anzukämpfen, gegen die Feuchtigkeit in ihren Augen und die Berührung ihrer festen Brüste an seinem Arm.

»Laß uns experimentieren«, flüsterte sie. »Ich tue alles, was du willst.«

Ihr Atem schlug warm und feucht an sein Gesicht. Ihre Hand kroch langsam an der Innenseite seines Oberschenkels hinauf. »Hören Sie, Alexis...«

Mit der freien Hand begann sie, ihre Bluse aufzuknöpfen.

»Kommen Sie, ich bringe Sie in Ihr Zelt zurück.«

»Dort können wir es nicht machen.« Ihre Lippen berührten sein Ohr. »Mark, sag mir, willst du es?«

Ihre Bluse war bereits offen, und ihre nackten Brüste traten hervor. Mark fuhr mit den Fingern durch ihr üppiges Haar. »Ja«, murmelte er und preßte seine Lippen auf ihren Mund.

Alexis reagierte mit entfesselter Leidenschaft. Sie legte die Arme um seinen Hals, während sie gierig ihren Mund öffnete. Sie saugte an seiner Zunge und ließ ihm kaum Zeit zum Luftholen. Mark stöhnte auf, als seine Hand nach ihren Brüsten tastete. Er berührte sie, streichelte sie und kniff in ihre festen Warzen, bis auch Alexis aufstöhnte. Als sie sich auf dem Bett wanden, stieß Mark mit seinem nackten Fuß gegen die Bourbonflasche. Sie fiel um, und der teure Whisky ergoß sich auf den Fußboden.

»Verdammt!« zischte er. Er machte sich frei und langte hinunter. Dabei fiel sein Blick zufällig auf den Metallkasten, der Ramsgates aufgeschlagenes Tagebuch enthielt, und für einen Augenblick lang starrte er wie hypnotisiert darauf.

> *18. Juli 1881:* Meine arme Amanda ist verhext, besessen! Sie macht unglaubliche Annäherungsversuche bei Sir Robert! Meine Amanda, die stets der Inbegriff von Anstand und Keuschheit war, bietet sich Sir Robert an! Welcher Wahnsinn hat sich ihrer bemächtigt?

In einer Mischung aus Schrecken und Abscheu riß er den Kopf hoch und starrte Alexis fassungslos an.

»Was ist los?« hauchte Alexis mit halbgeschlossenen Augen und streckte ihre Arme nach ihm aus.

»Mrs. Halstead«, sagte er, während er sich schwankend erhob. »Das geht nicht. Sie müssen in Ihr Zelt zurückgehen.«
»O Mark, Mark!« Sie wand ihm ihre Arme entgegen. »Was willst du? Sag es nur, und ich werde es tun.«
»Ich hätte es gar nicht so weit kommen lassen dürfen. Ich werde Sie zurückbegleiten.«
»Willst du, daß ich ihn in den Mund nehme? Ist es das?«
Mark packte sie an den Handgelenken und riß sie hoch. »Mrs. Halstead!« Sie lächelte verträumt, als er sie an den Schultern faßte und schüttelte. »Alexis! Kommen Sie, lassen Sie das sein! Sehen Sie, ich weiß nicht, was für Tabletten Sie eingenommen haben, bevor Sie hierherkamen, aber es ist meine Schuld, wenn ich die Situation außer Kontrolle geraten lasse.«
»Ihr versteht mich nicht!« rief Alexis mit fester Stimme. »Sie widersetzt sich mir, sie will mir nicht gestatten, mit Euch zu sprechen! Das Ende naht, Davison, ich muß Euch die Geheimnisse des ewigen Lebens verraten!«
Mark knöpfte ihr hastig die Bluse zu und versuchte, sie zum Ausgang zu lotsen, doch sie sträubte sich. »Ihr seid ein Narr, Davison! Hört mich an! Ich kenne die Geheimnisse! Ihr müßt Euch sputen, denn die Zeit läuft ab! Aber sie ist... aber ich...« Alexis blickte verständnislos drein und schüttelte den Kopf wie in einem Rauschzustand. »Sie tut nicht, was ich will. Ich muß mit Euch sprechen, aber sie denkt nur daran, ihre Lust zu befriedigen. Sie will mich nicht durchlassen, Davison.«
Mark packte Alexis fest um die Hüfte und schob sie aus dem Zelt. Alles war dunkel und verlassen. Er führte sie durch das Lager und sagte, als sie an ihrem Zelt anlangten: »Gehen Sie schlafen, Mrs. Halstead.«
Ihre Augenlider flatterten; sie runzelte die Stirn.
»Mrs. Halstead?«
»Ja... ich bin schläfrig...«
»Ist alles in Ordnung?«
»Ja... ich brauche Sie jetzt nicht...« Alexis wandte sich von ihm ab und ging schwankend durch die Zeltöffnung. Mark wartete, bis er das Feldbett unter ihrem Gewicht knarren hörte. Dann kehrte um ihn herum wieder Stille ein.

Ein Wind erhob sich plötzlich und fegte durch das Camp, wobei er feinen Sand in Wirbeln vor sich her trieb. Mark zitterte und kniff die Augen zusammen, damit ihm die Sandkörner nicht hineinflogen. Als der Wind sich legte, kam ihm die Nachtluft kälter und schneidender vor.
Sein Kopf schmerzte zum Zerspringen.
Mark entfernte sich vom Zelt der Halsteads und sah hinaus auf die dunkle Weite der Wüste. Da hörte er jemanden singen. Zuerst vernahm er es nur schwach, als käme es aus großer Ferne, doch allmählich wurde die Stimme – eine Frauenstimme – lauter, und er konnte die Worte verstehen.
»*Ta em sertu en maa satel-k. Uben-f em xut abtet ent pet.*«
Mark fühlte sich von dem süßen, wehmütigen Lied unwiderstehlich angezogen und bewegte sich in die Richtung, aus der es kam. Die betörende Melodie schien nach ihm zu greifen, ihn zu umfangen und ihn sanft vorwärts zu drängen.
Schließlich fand er sie. Sie saß auf dem zerfallenen, alten Mauerstück und ließ die Hände in ihrem Schoß ruhen. Ihr Kopf war vornübergebeugt. Nofretete schien ihn nicht zu bemerken. »Körper vergehen seit der Zeit der Götter, und junge Menschen nehmen ihren Platz ein. Ra zeigt sich in der Morgendämmerung. Atum begibt sich in den Westlichen Bergen zur Ruhe.«
Ihr geschmeidiger Körper wiegte sich im Takt der Melodie. Sie sang mit hoher, bezaubernder Stimme. »Männer zeugen, und Frauen empfangen. Jeder Nasenflügel atmet die Luft. Wenn die Morgendämmerung kommt, liegen alle Kinder schon im Grab.«
Sie hob ihre Hand und schaute Mark lange an. »Sei gegrüßt, Davison.«
Er blickte sie stirnrunzelnd an und spürte den Pulsschlag in seinen Schläfen.
»Mache ich Euch unsicher?«
»Ihr laßt mich an meinem Verstand zweifeln.«
»Glaubt Ihr noch immer nicht an mich?«
»Ihr seid bloß ein Produkt meiner Einbildungskraft.«
Ihr Gesicht wirkte diesmal konturierter und fester. Mark konnte nicht mehr durch ihren Körper hindurch die fernen Lichter des Dorfes sehen. Doch sie schimmerte noch immer, als wäre sie außen aus Phos-

phor. Und heute abend trug der Wind einen Parfumduft von ihr zu ihm herüber. Es roch intensiv nach Gardenien.
»Deshalb versuche ich durch *sie* zu sprechen. In dieser Gestalt glaubt Ihr nicht an mich! Was soll ich tun, Davison?«
Mark studierte die Erscheinung mit nüchternem Blick. Diesmal konnte er das Muster auf ihrem lotosförmigen Halsband ausmachen. Er konnte den Geier und die Kobra auf ihrem Stirnband und die Lapislazuli-Skarabäen auf ihrem Armreif erkennen. Unter ihrem Gazegewand schimmerten rosafarbene Brustwarzen und eine glatte, makellose Haut.
»Habe ich das Grab gefunden, nach dem ich suche?« fragte er spontan.
»Ihr habt ein Grab gefunden, Davison.«
»Habe ich Echnatons Grab gefunden?«
»Ja.«
Seine Augen waren fest auf ihr Gesicht gerichtet, das wie eine unbewegliche Maske aus Kalkspat anmutete. Sie blitzte ihn aus unergründlichen, mandelförmigen Augen herausfordernd an. Mark wischte sich die Hände an seiner Hose ab. »Und...«, Schweiß rann ihm zwischen den Schulterblättern über den Rücken, »wenn ich das Grab öffne, werde ich ihn dort finden?«
»Ja.«
Seine Knie wurden weich. Er sank zu Boden und blickte zu der strahlend schönen Frau auf. »Ich glaube, mein Gehirn spielt mir einen Streich. Ich höre das, was ich hören will.«
Die Aura um die Frau leuchtete kurz auf. »Wie könnt Ihr es wagen, an meinen Worten zu zweifeln? Beantworte ich nicht alle Eure Fragen? Davison, ich bin gekränkt.«
»Es tut mir leid, aber wie soll ich wissen, daß mein Verstand mir keinen Streich spielt? Woher soll ich wissen, daß ich nicht phantasiere?«
»Ihr seid stur wie ein Maulesel, mein Lieber, aber ich will geduldig sein. Ich werde Euch etwas erzählen, was Ihr nicht wissen könnt. Ich kann Euch sagen, wie die Hexe gestorben ist. Wird Euch das zufriedenstellen? Es war das Werk des Aufrechten.«
»Was...?«
»Sie forderte die Götter heraus und verlor den Kampf. Die Hexe starb

eines langen, schrecklichen Todes. Dergestalt ist die Macht des Aufrechten.«
»Diese Substanz in ihrem Mund...«
»Einer wird Euch Euer eigenes Exkrement essen lassen.«
Er schüttelte heftig den Kopf. »Nein!«
»Könnt Ihr nicht sehen, mein Lieber, daß Euch Gefahr droht?«
»Von wem?«
»Von den sieben, die das Grab bewachen. Ihr müßt sie kennen, Davison, und Ihr müßt sie bekämpfen. Es sind sieben, und jeder von ihnen wird gemäß seiner Bestimmung strafen. Ihr müßt Euch vor den sieben in acht nehmen, Davison, denn jeder wird auf seine Weise töten. Und Euch, Davison, der Ihr der Anführer Eurer Gefährten seid, Euch wird die schrecklichste Strafe treffen...«, ihre Stimme hallte durch die Wüstennacht, »... langsame Zerstückelung.«
Mark rieb sich mit beiden Händen übers Gesicht. »Ich habe Halluzinationen!«
»Hegt Ihr noch immer Zweifel an mir? Ich verfüge über großes Wissen, mein Lieber. Ich kenne alle Geheimnisse der Alten.« Nofretete erhob sich anmutig; ihr Gewand schimmerte, als sie sich bewegte. »Kommt mit mir, mein Lieber, und ich werde Euch wundersame Dinge zeigen!«

Mark erwachte, weil ihm ein Lichtstrahl in die Augen stach, und er stellte fest, daß er völlig angekleidet im Bett lag und die Morgensonne bereits durch das Moskitonetz des offenen Fensters ins Zelt strömte. Verwirrt rappelte er sich auf und ächzte, als er das Pochen in seinem Kopf spürte. Er setzte seinen nackten Fuß auf den Boden und schrie auf. Als er nach unten blickte, entdeckte er, daß seine Sohlen zerschnitten und mit eingetrocknetem Blut bedeckt waren.
Mark blieb auf der Bettkante sitzen und barg seinen Kopf in den Händen.
Er erinnerte sich zunächst nur bruchstückhaft, dann kam ihm immer mehr ins Gedächtnis zurück, bis er wieder alle Einzelheiten der vergangenen Nacht vor sich sah. Er war ihr zu den Ruinen gefolgt. Er wanderte durch die eisige Nachtluft, aber die Kälte konnte ihm nichts anhaben; er lief barfuß über scharfkantigen Schotter, doch er spürte es nicht. Ihre Ausstrahlung hielt ihn in Bann. Sie ging ihm voraus

und wies ihm mit ihrem ausgestreckten, schlanken Arm die Richtung. Nofretete hatte ihn phantastische Alleen entlanggeführt, wo mit Federbüschen geschmückte Pferde gold- und silberglänzende Wagen zogen, Palmen in gepflegten Reihen standen, Häuserfronten mit bemalten Säulen in leuchtenden Farben verziert waren und Papyrus in Lotostümpeln wuchs. Nackte Kinder rannten umher, und schöne Frauen und Männer in wallenden Gewändern lustwandelten zufrieden unter den Strahlen von Aton.

Sie hatte ihn an eindrucksvollen Palästen vorbeigeführt, wo an der Spitze gewaltiger Pylonen bunte Fahnen wehten; vorbei an Tempeln, zu denen heilige Männer in weißen Roben und mit rasierten Häuptern strömten. Sie betraten prachtvolle Höfe, die mit exotischen Pflanzen und Gazellen bevölkert waren. Mark sah Kreter in den Straßen, feingliedrige Menschen, die Waren von ihrer jenseits des großen Meeres liegenden Insel feilboten. Und es gab rauhe, bärtige Babylonier, die mit lebhaften Gebärden feilschten. Aus Tavernen ertönten die Klänge von Musikinstrumenten und das Grölen Betrunkener. Wohin sie sich auch wandten, egal welchen Weg sie einschlugen, überall fanden sie gepflasterte Straßen, frisch getünchte Bauten, Bäume, Lärm und Leben.

Sie wanderten durch trostlose Ruinen, deren Mauern nicht höher als einen halben Meter waren, aber Mark sah nur die Herrlichkeit des großen Sonnentempels. Er folgte der Erscheinung Nofretetes über Sand und Gestein, doch unter seinen Füßen spürte er entweder Glas oder glatten Marmor. Der Himmel war schwarz und mit Sternen übersät, aber Mark sah ihn tiefblau und fühlte eine warme Sonne auf dem Rücken.

Sie waren kilometerweit gelaufen, hatten die Ebene durchquert und dann wieder kehrtgemacht. Sie waren die ganze Nacht unterwegs gewesen, und Nofretete hatte ihm die ganze Zeit über erzählt und ihm die Pracht von Achet-Aton vor Augen geführt.

Jetzt hielt er seinen Kopf in den Händen und fühlte sich völlig erschlagen.

Plötzlich strömte mehr Licht ins Zelt ein, und er hörte Ron sagen: »Wie gut, daß du auch schon wach bist!«

Mark hob mühsam den Kopf. »Was ist los...?«

»Du siehst ja fürchterlich aus! Hast dir gestern abend wohl ganz

schön einen hinter die Binde gekippt was? Nun, ich störe dich nur ungern, aber du wirst draußen ganz dringend gebraucht.«
»Warum?«
»Es ist etwas im Gange, was dir nicht besonders gefallen wird.«

Neunzehn

Mark blickte verwirrt auf die herannahende Delegation, doch seine Überraschung verwandelte sich schnell in Ärger.
»Die Sache gefällt mir überhaupt nicht«, murmelte Ron neben ihm.
Mark gab keine Antwort. Er stand mit verschränkten Armen vor seinem Zelt und sah den Besuchern mit äußerstem Mißvergnügen entgegen. Gerade jetzt konnte er solche Störungen gar nicht gebrauchen. Er wollte allein sein und in aller Ruhe über den Traum der letzten Nacht nachdenken. Er wollte bei der Erinnerung an Nofretete verweilen, seinen »Spaziergang« mit ihr noch einmal genießen und sich die unglaublichen Dinge, die er »gesehen« hatte, ins Gedächtnis zurückrufen. Aber auf einen Besuch der Dorfbewohner war er nun ganz und gar nicht eingestellt.
Der 'Umda wurde von drei jungen Männern in gestreiften *Galabias* begleitet. Dahinter folgten zwei verschleierte Frauen, die in Stoff eingeschlagene Bündel trugen, und Constantin Domenikos, der Grieche. Der gebrechliche alte 'Umda ritt auf einem Esel; die anderen gingen zu Fuß. Niemand sprach ein Wort, als sie langsam näher kamen. Das leise Tappen der Hufe und Schritte war das einzige Geräusch, das die morgendliche Ruhe störte. Zu Mark und Ron hatten sich inzwischen Jasmina, Abdul und die Halsteads gesellt. Als der Esel stehenblieb, half einer der jungen Männer dem 'Umda beim Absteigen und geleitete ihn vor das Zelt. »*Ahlaan*«, grüßte der 'Umda und hob die Hand, aber Mark sah Mißgunst in dem alten Gesicht.
»Willkommen, *Hagg*, was führt Euch her?«
»Eine unangenehme Pflicht, Dr. Davison. Ich komme als Sprecher für alle vier Dörfer. Wir müssen uns unterhalten.«

»Worum geht es denn? Ich stehe zu Eurer Verfügung.«
Der Alte kaute an seinen dünnen Lippen. »Können wir uns nicht irgendwo hinsetzen und bei einem Tee darüber sprechen?«
»Wir haben viel zu tun, *Hagg*. Bringt Euer Anliegen vor.«
Dessen winzige Augen flackerten zornig auf. »Ihr enttäuscht mich, Dr. Davison, ich hatte Euch für zivilisierter gehalten.«
»Zivilisiert!« stieß Mark verächtlich hervor. »Und wie nennt Ihr Euch selbst, *Hagg*? Wie nennt Ihr das, was Ihr und Eure Leute der *Scheicha* angetan habt?«
Der Greis bebte. »Sie ist nicht durch unsere Hand gestorben! Wir verehrten die *Scheicha*, wir brauchten sie! Und jetzt geben die Leute von Hag Qandil uns die Schuld an ihrem Tod, obwohl Ihr sie in Wirklichkeit auf dem Gewissen habt!«
»Sagt, was Ihr zu sagen habt, *Hagg*.«
»Jahrelang haben wir *qadim* in Ehren gehalten!« rief der *'Umda* mit zitternder Stimme. »Und seit Jahren unterstützen und achten wir die Arbeit der ausländischen Wissenschaftler in unserem Tal. Doch jetzt ist alles auf Abwege geraten, und wir wünschen, daß Ihr diesen Ort verlaßt.«
Mark ließ die Arme sinken. »Das ist doch nicht Euer Ernst!«
»Ihr habt uralte Tabus gebrochen, Dr. Davison. Ihr habt bösen Zauber ins Tal gebracht. Jetzt wünschen wir, daß Ihr geht.«
»Wovon zum Teufel redet Ihr?«
Der *'Umda* machte mit seinem Stock ein Zeichen, worauf die beiden schwarzgekleideten Frauen schüchtern vortraten. Die erste breitete die Arme aus und enthüllte den Inhalt des Bündels. Ein totes Tier fiel vor Mark und seinen Gefährten auf den Boden.
Mark warf einen raschen Blick auf das Tier und meinte dann: »Ihr habt schon früher Kälber mit zwei Köpfen gehabt, *Hagg*. Dafür könnt Ihr uns nicht verantwortlich machen.«
Da kniete die zweite Frau nieder und wickelte behutsam ihr Bündel aus. Mark wich einen Schritt zurück, und Alexis stieß einen erstickten Schrei aus.
»Das sollte mein Enkel werden«, erklärte der *'Umda* betrübt. »Aber er wurde vier Monate zu früh geboren. Durch den bösen Zauber hat meine Tochter eine Fehlgeburt erlitten.«
Mark sammelte sich und entgegnete: »Der Fötus ist mißgebildet. Die

Natur hat ihn abgetrieben, nicht ich, Eure Tochter ist fast fünfzig Jahre alt. Sie ist zu alt, um noch weitere Kinder zu bekommen.«
»Unser Wasser ist schlecht geworden! Unsere Bohnenfelder sind von einem Schädling befallen! Unsere Frauen schreien nachts auf, weil sie schlimme Träume haben! Ihr müßt von hier weggehen!«
»Wir werden nicht gehen, *Hagg*.«
»Ich verlange, mit dem Mann von der Regierung zu sprechen.«
Mark wandte sich an Jasmina. »Wo ist Hasim?«
»Es geht ihm noch immer nicht gut, Mark.«
»Ich bedaure, *Hagg*, Mr. al-Scheichly ist im Augenblick unpäßlich. Aber das macht nichts. Wir haben eine offizielle Genehmigung, hier zu arbeiten.«
»Ich werde zum *Mudir* gehen.«
»Ihr könnt meinetwegen auch zum Präsidenten gehen. Wir bleiben.«
Die Wangen des Alten liefen dunkelrot an, und seine Augen funkelten vor Zorn. Einen Augenblick lang befürchtete Mark, den 'Umda könnte der Schlag treffen, doch gleich darauf ging der Anfall vorüber, und der Alte fuhr in demütigerem Ton fort: »Ich bitte Euch inständig, Dr. Davison. Bitte verlaßt uns.«
Mark sah dem dicklichen Constantin Domenikos ins Gesicht, der eine erstaunliche Gleichgültigkeit zur Schau trug. Zu dem *'Umda* gewandt, sagte Mark: »Ihr laßt Euch von überholtem Aberglauben einschüchtern, *Hagg*. Es gibt hier keine bösen Kräfte. Wir sind nur Wissenschaftler, die ihrer Arbeit nachgehen. Wir können gewiß alle in Frieden zusammenleben.«
»Nicht in Frieden, Dr. Davison.« Der Alte schien zu resignieren. »Ich weiß, daß Ihr an Eurem Plan festhalten und dadurch Unglück über Unglück heraufbeschwören werdet«, fuhr er niedergeschlagen fort. »So muß ich alles tun, was in meiner Macht steht, um das Schlimmste zu verhindern. Meine Männer werden ins Dorf zurückgerufen.«
»Wollt Ihr eine höhere Bezahlung? Mehr Tee? Coca-Cola?«
Der Alte wiegte den Kopf von einer Seite zur anderen. »Wie sehr Ihr mich doch mißversteht!«
»Dann seid Ihr wohl hinter den Grabbeigaben her! Mit Drohungen werdet Ihr nichts erreichen, *Hagg*. Ich werde persönlich dafür Sorge tragen, daß alles, was aus dem Grab zutage gefördert wird – und tut

bloß nicht so, als ob Ihr von dem Grab nichts wüßtet –, ins Ägyptische Museum nach Kairo gelangt.«
»Oh, was ist das bloß für eine unselige Stunde! Dr. Davison, meine Leute wollen nur Frieden, und da Ihr ihn uns nicht gewähren wollt, werde ich die Arbeiter ins Dorf zurückholen. Sie werden auf mich hören.«
»Ich kann Arbeiter aus Luxor kommen lassen.«
»Wir werden sehen, Dr. Davison, wir werden sehen.«
Mark sah zu, wie der Alte zu seinem Esel zurückhumpelte und mühsam aufstieg. Bevor er sich wieder auf den Weg machte, hob der 'Umda seinen Finger und rief: »Ich habe Euch gewarnt!«
Die Amerikaner, Jasmina und Abdul blieben vor dem Zelt stehen und sahen der mitleiderregenden kleinen Prozession schweigend nach. Nach einer Weile sagte Mark zu Abdul: »Schaff diese Kadaver von hier weg.«
»Effendi, was werden wir in bezug auf die Arbeiter unternehmen?«
»Ich weiß nicht. Er hat gewiß nicht die Macht, sie alle zurückzurufen.«
»Nein, Effendi, ich denke, ich kann die Männer aus Hag Qandil für einen höheren Lohn zum Bleiben überreden. Aber erinnern Sie sich, Effendi, daß wir bei der Versorgung mit Wasser und frischen Lebensmitteln auf den 'Umda angewiesen sind.«
»Sobald es Hasim bessergeht, wird er Kairo Bericht erstatten. Wenn weitere Regierungsbeamte kommen, können sie ein neues Team mitbringen. In der Zwischenzeit brauchen wir ohnehin nur eine Handvoll Männer, um den Grabeingang völlig freizulegen. Nachschub an Lebensmitteln können wir uns vom gegenüberliegenden Nilufer aus Mellawi besorgen. Jetzt laß das bitte fortschaffen, Abdul.«
Der hagere Ägypter nickte und hob mit düsterer Miene selbst die beiden Bündel auf. Als er wegging, fragte Ron leise: »Glaubst du, wir werden Ärger bekommen?«
»Keine Ahnung. Immerhin haben wir die Behörden auf unserer Seite, besonders jetzt, wo wir das Grab entdeckt haben. Der Alte kann uns nicht aus dem Tal vertreiben. Vielleicht wird es ungemütlich für uns werden, aber er wird gewiß nicht so dumm sein, sich den

Zorn der Regierungsbeamten zuzuziehen. Vergiß nicht, was seine Leute mit der *Scheicha* gemacht haben. Das ist Mord, Ron.«
Als die anderen zum Gemeinschaftszelt strebten, aus dem es nach Kaffee und brutzelndem Fett roch, trat Jasmina auf Mark zu. »Sie hinken ja. Tun Ihnen die Füße weh?«
»Ich habe vergessen, meine Schuhe anzuziehen.«
»Lassen Sie mich einen Blick darauf werfen.«
Sie gingen in ihr Zelt, wo Mark sich auf einem Klappstuhl niederließ und Jasmina sich vor ihn hinkniete. »Das muß ziemlich schmerzhaft sein.«
»Hm, ja.«
Jasmina streckte die Hand aus und in das Medikamentenregal, das hinter Mark stand. »Rollen Sie bitte Ihren Ärmel hoch«, forderte sie ihn auf.
»Warum?«
»Ich gebe Ihnen eine Tetanusspritze.« Als sie sich mit einer Schale Seifenwasser wieder seinen Füßen zuwandte, fragte sie: »Wie ist denn das passiert?«
»Ich... ich habe einen Spaziergang gemacht und meine Schuhe vergessen. Wie geht es Hasim?«
Sie wusch ihm sanft Blut und Sand aus den Wunden und antwortete: »Ich verstehe es nicht. Abdul weckte mich heute morgen, um mir mitzuteilen, daß Mr. al-Scheichly wieder unter Krämpfen leidet. Sein Gesicht war geschwollen und hochrot, was beim Stich des gelben Skorpions ungewöhnlich ist. Ich habe ihm Morphium gegeben, und jetzt schläft er, aber ich bin etwas ratlos.«
»Und wie steht es mit Halstead?«
»Es ist noch alles beim alten. Er kam heute morgen zu mir und fragte mich, was er tun könne, um die Blutungen zu stoppen. Als ich fragte, wo er denn blute, wollte er es nicht sagen. Ich kann nichts für ihn tun.«
Mark schüttelte den Kopf. Er schaute sich im Zelt um und bemerkte den Strauß vertrockneter Blumen, der das Foto eines älteren Mannes schmückte, den Koran auf ihrem Nachttisch und das kleine Stück Lavendelseife in einer dünnen Porzellanschale. Dann richtete er den Blick auf ihre schlanken, braunen Hände, mit denen sie seine Wunden verarztete. »Sind Sie unglücklich hier?« fragte er leise.

Sie trocknete ihm mit einem weichen Handtuch die Füße ab und rieb sie mit einer orangefarbenen Salbe ein. Jasmina sah nicht auf, als sie antwortete: »Unglücklich ist nicht das richtige Wort, Mark. Ich fürchte mich hier. Der '*Umda* hat recht. Es sind böse Kräfte am Werk, und wir legen uns mit ihnen an.«
Mark beobachtete sie weiter bei ihrer Arbeit. Er erinnerte sich an seine Nacht mit Nofretete und überlegte, ob er Jasmina von seinen Visionen erzählen sollte. Sie würde ihn verstehen.
»Ich denke, wir sollten alle von hier fortgehen, Mark«, fuhr sie fort, während sie seine Füße mit Binden umwickelte. »Ich will Sie nicht im Stich lassen, und ich will keinesfalls Hasim ohne ärztlichen Beistand zurücklassen. Wir sollten daher alle zusammen gehen, so wie wir kamen, als geschlossene Gruppe.«
Mark saugte an seiner Unterlippe. Bittere Enttäuschung machte sich in ihm breit. Nein, vielleicht würde sie es doch nicht verstehen. Keiner von ihnen würde es verstehen...

Im Gemeinschaftszelt erwartete Sanford Halstead ihn in gereizter Stimmung. »Es ist außer Kontrolle geraten, Davison!« rief er in höchster Erregung, wobei er mit großen Schritten durchs Zelt lief und sich mit der Faust in die Hand schlug. Ron und Abdul waren ebenfalls anwesend. Jasmina stand hinter Mark.
»Wovon reden Sie eigentlich?«
»Ich will abreisen, Davison. Ich will zusammenpacken und fort.«
»Das kann doch nicht Ihr Ernst sein!«
»Was erlauben Sie sich, mir sagen zu wollen, womit es mir Ernst ist und womit nicht, Davison!« Halstead hielt sich ein dickes, wattiertes Tuch vor die Nase. »Ich habe keine Lust, so zu enden wie Neville Ramsgate!«
Mark schaute in die Gesichter von Ron und Abdul, beide ernst und undurchdringlich. »Sie werden doch wohl nicht an diese Dämonen glauben, Mr. Halstead...«
»Es ist mir egal, ob es sich um Dämonen oder Fellachen handelt, Davison. Ich habe nicht die Absicht, mich abschlachten zu lassen. Dieser alte '*Umda* meint es ernst. Zuerst wird er alle Arbeiter und Wächter abziehen, und wenn wir dann schutzlos sind, wird er jemanden schikken, der uns im Schlaf umbringt!«

Wie vor den Kopf geschlagen, blickte Mark von Halstead zu Abdul – der ausdruckslos vor sich hin starrte – und von Abdul zu Ron, der leise sagte: »Ich stimme ihm zu, Mark.«
Mark sank auf die Bank nieder. »Aber warum?«
»Ich kenne mich mit Dämonen und Flüchen nicht aus; alles, was ich weiß, ist, daß wir hier nicht erwünscht sind und daß es bereits drei grausige Morde gegeben hat. Dasselbe ist Ramsgate vor hundert Jahren passiert. Gerade als er die Tür zum Grab öffnen wollte, starb er, und ich glaube nicht, daß Pocken die Ursache waren. Mark, diese Leute wollen, daß wir von hier verschwinden, und sie werden vor nichts zurückschrecken, um uns loszuwerden.«
Mark raufte sich die Haare. »Das ist doch Wahnsinn! Da stehen wir kurz vor einer sagenhaften Entdeckung, und du läßt dich von ein paar abergläubischen Einheimischen ins Bockshorn jagen!«
»Mark...« Ron legte seinem Freund eine Hand auf den Arm. »Sieh der Wirklichkeit ins Auge. Wir sind in Gefahr hier...«
»Nein!« Mark schlug mit der Faust auf den Tisch.
»Dann laß uns einfach in sicherer Entfernung warten, bis Beamte aus Kairo eingetroffen sind. Mehr verlangen wir gar nicht. Wir fahren nach El Minia, schicken ein Telegramm, und bleiben dort, bis die Leute vom Ministerium kommen.«
»Nein!« Mark riß seinen Arm los. »Wir arbeiten weiter!«
»Was du tust, ist absolut irrational! Mein Gott, Mark, du wirst jeden Tag unvernünftiger! Was ist aus dem kühlen, sachlichen Wissenschaftler geworden? Schau dich doch an, Mensch!«
Mark wich dem anklagenden Blick seines Freundes aus. Sie verstanden ihn nicht! Wie konnte er ihnen begreiflich machen, daß er hierbleiben mußte, daß er nicht wegkonnte, ganz egal, was auch passieren würde? Das Grab war zu wichtig, und dann gab es auch noch sie... Wie konnte er abreisen, bevor er herausgefunden hatte, was sie war und woher sie kam, diese Frau, die sich Nofretete nannte...
»Mark!«
Er blickte Ron verständnislos an.
»Sei vernünftig, Mann. Das ist alles, was ich verlange. Laß uns auf der Stelle nach El Minia fahren, gleich heute nachmittag...«
»Ich habe nein gesagt. Hör zu, Ron«, sprudelte Mark hervor, »wie lange, glaubst du, würde das Grab in unserer Abwesenheit unbehel-

ligt bleiben? Sobald wir den Fuß ans andere Ufer setzen, werden diese Dorfbewohner in Schwärmen dort einfallen und es aufbrechen. Sie werden es plündern, die empfindlichen Mumien, die Kunstgegenstände zerstören und das Gold an Domenikos verkaufen. Und derweil sitzen wir in El Minia und warten darauf, daß die Behörden einschreiten!«

Ron starrte Mark lange an und gab schließlich stirnrunzelnd zu: »Ich weiß nicht... Das hatte ich gar nicht bedacht.«

»Nein!« eiferte sich Halstead, dessen Taschentuch bereits blutgetränkt war. »Ich sage, wir gehen. Dies ist meine Expedition, und ich bestimme, was hier gemacht wird...«

»Sanford!«

Alle fuhren herum.

Groß und majestätisch stand Alexis Halstead im Eingang, wie eine triumphierende Königin. »Wir werden nicht wegfahren.«

»Aber Alexis...«

»Sanford, noch ein Wort, und ich schicke dich dorthin zurück, wo du hergekommen bist.«

Er sah sie entsetzt an und schien unter ihrem herrischen Blick ganz klein zu werden.

»So ist das also«, sie betrat entschlossen das Zelt und stellte sich, die Arme in die Hüften gestemmt, breitbeinig vor die anderen hin, »langsam werden alle hysterisch! Wir werden nicht zulassen, daß ein paar rückständige Bauern uns das vorenthalten, was uns gehört. Das werde ich nicht dulden. Dies ist meine Expedition, und ich sage, wir bleiben.«

Alle starrten zu ihr empor und waren beeindruckt von ihrem todesverachtenden Blick und ihrer herausfordernden Pose.

»Wenn Sie Hilfe von der Regierung anfordern wollen, Dr. Davison, so tun Sie das. Was auch immer Sie brauchen, ich lasse Ihnen freie Hand dafür. Aber wir bleiben, und damit ist das Thema für mich beendet.«

Mark kniete auf dem Boden und reinigte den oberen Teil der Grabtür mit Schwämmchen und weichen Pinseln. Ein halber Meter war vom Sturz aus nach unten hin freigelegt worden, und die Inschriften im Stein waren deutlich lesbar. Mit seiner Pfeife zwischen den Zähnen

und einem schweißgetränkten Tuch um den Kopf arbeitete Mark unermüdlich und gewissenhaft unter der heißen Sonne, um die Hieroglyphen vom Schmutz zu befreien.
Die wenigen Fellachen, die sich von Abdul hatten bestechen lassen, arbeiteten weiter an der Freilegung der Treppe. Neun Stufen waren bereits zutage gefördert worden. Immer tiefer stießen sie ins Erdreich vor, und immer näher kamen sie dem Eingang. Halstead saß mit Alexis unter einem flatternden Sonnensegel und beschäftigte sich damit, Fliegen zu erlegen, während Ron mit Stativ und Kameras experimentierte. Jasmina hatte es vorgezogen, bei Hasim im Camp zu bleiben.
Als er das letzte Schriftzeichen der untersten Reihe freigelegt hatte, lehnte Mark sich zurück und rieb sich die Schulter. Jetzt konnte er sich darauf konzentrieren, zu lesen, was er ans Tageslicht gebracht hatte.
Er überflog es zunächst und übersetzte es grob im Kopf. Dann nahm er seinen Schreibblock zur Hand und begann, den Hieroglyphentext genauer zu übertragen. Er mußte nicht viel überlegen; die Worte schienen ihm in die Feder zu fließen.
»Hier ruht der Ketzerkönig, der Verbrecher, Er-der-keinen-Namen-hat, und verflucht sei der Reisende, der den Namen dieses Mannes ausspricht und ihm Leben gibt, denn er wird den Inbegriff von Seth sehen; er wird die Verkörperung der Mächte des Bösen, der Finsternis und der Gewalten des Wassers sehen, die Licht und Ordnung widerstehen.
Hüte dich vor den Wächtern des Ketzers, die da wachen bis in alle Ewigkeit!«
Die sieben Figuren, die sich auf dem oberen Teil der Stele befanden, waren hier ebenfalls eingemeißelt. Unter ihnen ging die Inschrift weiter:
»Wehe dem Reisenden, der nilaufwärts wandert, auf daß er die Bewohner dieses Hauses nicht störe noch es betrete, noch irgend etwas daraus entferne. Und wehe dem Reisenden, der nilabwärts zieht, auf daß er den Namen des Ketzers nicht ausspreche, denn dergestalt ist die Rache der Schrecklichen.«
Mark ließ den Bleistift fallen und wich von der Tür zurück. Schweißtropfen perlten unter seiner Kopfbedeckung hervor und rannen ihm

in die Augen. Als die Hieroglyphen vor ihm verschwammen, kam es Mark vor, als ob die Hitze des Tages sich in eine beißende Kälte verwandelte, und einen Augenblick lang fröstelte er. »Ron, komm mal her...«
Ron hockte sich neben ihn und betrachtete die Inschrift. »So«, murmelte er außer Hörweite der anderen, »Ramsgate hat also doch nicht falsch übersetzt. Hier sind sie, genau so, wie er sie in sein Tagebuch schrieb. Die sieben Flüche...«

Jasmina klappte das Buch zu und sah Mark mit dunklen Augen an. Sie sagte nichts.
Um ihrem Blick auszuweichen, spielte Mark mit seiner Pfeife, reinigte sie, stopfte sie, zündete sie aber nicht an. Während der Nachtwind klagend durchs Lager heulte, suchte er angestrengt nach Worten.
»Und Sie hatten geglaubt, daß Neville Ramsgate sich irren könnte?« fragte sie endlich.
Sie saßen in ihrem Zelt und tranken Pfefferminztee. »Die Ägyptologie steckte Ende des vorigen Jahrhunderts noch in den Anfängen. Es gab damals noch nicht einmal den Namen dafür. Begreifen Sie, Jasmina«, er wagte endlich, zu ihr aufzusehen, »das ist keine gewöhnliche Grabtür. Als ich zum ersten Mal darüber im Tagebuch las, war ich sicher, daß Ramsgate nicht richtig übersetzt hatte.«
Er schaute auf seine Pfeife. »Ägyptische Gräber wurden immer von Gottheiten des Lichts und der Auferstehung bewacht, niemals jedoch von Dämonen. Befanden sich Flüche auf dem Grab, so waren sie stets mild und dienten nur dem Zweck, Grabräuber fernzuhalten. Die Inschriften appellierten an den Vorüberziehenden, den Namen des Verstorbenen auszusprechen, um seine Seele wiederaufleben zu lassen. Aber...«, er wies mit der Hand auf das Tagebuch, »das hier...«
Jasmina betrachtete aufmerksam die seltsamen Inschriften und meinte leise: »Es kommt mir fast so vor, als ob... die Amun-Priester weniger die Absicht gehabt hätten, Grabräuber draußen zu halten, als das, was sich in dem Grab befindet, gefangenzuhalten.«
Mark blickte zu ihr auf.
Sie fuhr fort: »Die Amun-Priester müssen in schrecklicher Angst vor Echnatons Geist gelebt haben, denn sie haben seinen Namen nicht auf

den Grabeingang geschrieben. Wenn sein Name aber nirgendwo steht, kennt die Seele ihre Identität nicht und existiert daher nur in einem Dämmerzustand. Ohne den Namen ist der Geist machtlos. Mark...«, ihre Augen waren ganz groß geworden und drückten Ängstlichkeit aus, »warum fürchteten sich die Priester von Amun so sehr vor seiner Seele?«
»Ich habe keine Ahnung.« Er rieb sich zerstreut die Stirn. »Abgesehen davon, daß er seinen Zeitgenossen als Ketzer galt, weil er versuchte, die Vielgötterei abzuschaffen, kennen wir Echnaton eigentlich nur als friedvollen Träumer, als Dichter. Sofern es einen schlimmen Zug in seinem Wesen gegeben hat, ist er uns heute nicht bekannt.«
Mark verzog das Gesicht.
»Stimmt etwas nicht?«
»Ich brauche wohl eine Brille; ich bekomme ständig diese Kopfschmerzen...«
Sie wollte aufstehen, aber er griff nach ihrer Hand und hielt sie zurück. »Machen Sie sich keine Umstände. Aspirin nützt auch nichts. Nichts hilft dagegen. Es kommt und geht ganz plötzlich.« Er zwang sich zu einem Lächeln. »Es wird gleich vorüber sein.«
Jasmina schaute hinunter auf ihre Hand, die in seiner lag. Sie versuchte, ihre Hand wegzuziehen, aber er ließ sie nicht los.
»Jasmina...«
»Nein, Mark. Es geht nicht. Bitte, machen Sie es mir nicht so schwer.«
»Dann fühlen Sie es also auch?«
»Mark, bitte...«
Plötzlich zuckte er zurück, griff sich an den Kopf und verzog vor Schmerz das Gesicht.
Jasmina sprang auf. »Was haben Sie?«
»Diese Schmerzen! O Gott, jetzt geht es schon wieder los...«

Ron hatte so viel Wein getrunken, daß ihm gar nicht auffiel, wie sonderbar kalt die Nachtluft war, als er das Lager durchquerte. Er vernahm auch nicht das eigenartige Zischen, das aus der Finsternis hinter den Zelten kam und sich anhörte wie unter Druck hervorströmender Dampf. Gleich darauf ertönte ein rhythmisches Schnalzen, wie das Züngeln einer Riesenschlange. Doch davon merkte Ron nichts.

Im Zelt angekommen, hängte er das BITTE NICHT STÖREN-Schild vor den Eingang, zog den Reißverschluß zu und ließ das schwarze, lichtundurchlässige Tuch herunter, dessen Enden er am Boden befestigte. Nachdem er den Startknopf an seinem Kassettenrecorder gedrückt hatte, schob er sich durch den Vorhang von Filmstreifen, die an dem quer durch das Zelt verlaufenden Draht hingen, langte unter die Werkbank und zog eine neue Flasche Wein hervor. Pfeifend begleitete er das »Concierto de Aranjuez«, während er einen Pappbecher füllte, und trank rasch einen Schluck.

Erst als er die Flasche wieder unter der Bank verstauen wollte, spürte er die plötzliche Kälte in der Luft. Ron beugte sich vor und warf einen Blick auf das Thermometer über der Werkbank. Es zeigte zwanzig Grad Celsius an. Er zuckte mit den Schultern und machte sich an die Arbeit.

Für das Anrühren der Entwicklerflüssigkeit benutzte Ron nun keimfreies Wasser, denn es hätte ja sein können, daß irgendwelche Verunreinigungen aus dem Nil die Unschärfe der Bilder verursacht hatten. Während er sorgfältig das Wasser abmaß und langsam ein Päckchen Kodak Microdol-X hineinrührte, nahm er hinter sich ein scharrendes Geräusch wahr. Er hielt im Mischen inne und lauschte, aber außer den Klängen der klassischen Gitarre war nichts zu hören.

Nachdem er den Entwickler ins Becken gegossen hatte, griff Mark nach seiner Kamera, die auf dem Regalbrett über der Arbeitsfläche lag. Da spürte er, wie etwas seinen Handrücken streifte.

Rasch zog er die Hand zurück, stellte sich auf die Zehenspitzen und überprüfte das Regal. Dann schaute er auf seine Hand. Nichts.

Ron entfernte die lederne Schutzhülle von der Kamera und legte sie auf den Tisch. Dann knipste er die Glühbirne über seinem Kopf aus – jetzt war es stockdunkel im Zelt.

Rasch öffnete er die Rückseite der Kamera und hob die Filmkassette heraus. Dabei fiel ihm auf, daß seine Finger unbeweglicher waren als sonst, als seien sie durch ungewöhnliche Kälte steif gefroren. Ron tastete nach dem Flaschenöffner, fand ihn auf den Tisch und hebelte damit das Filmmagazin auf. Er hielt den Film an den Rändern, entrollte ihn langsam und löste die Lichthof-Schutzschicht.

Da schlug etwas gegen sein Bein.

Ron zitterten die Hände, als er versuchte, seine Arbeit schnell und geschickt zu Ende zu bringen. Der Film schien sich ihm zu widersetzen.

Er riß die Augen in der Dunkelheit weit auf, konnte aber nichts sehen. In der vollkommenen Finsternis, die ihn umgab, konnte er nur tasten.
Ron merkte, wie kaum merklich auf seinen Rücken getippt wurde. Er zuckte zusammen.
Nun trieb er sich selbst zur Eile, hantierte hastig mit dem Film und ließ ihn beinahe fallen. Er suchte auf der Arbeitsplatte nach der Unterlage, zog sie heran und rollte rasch den Film darauf aus.
In diesem Moment spürte er einen kalten Hauch im Nacken.
Mit zittrigen, nervösen Fingern tastete Ron nach dem Entwicklerbad, verschüttete es fast, warf die Filmrolle hinein und griff nach dem Deckel. Er wollte ihn eben über das Becken legen, als ihn ein kalter, schuppiger Klumpen an der Wange traf.
Ron schrie auf.
Von schierem Grauen gepackt, stolperte er zum Ausgang, riß das lichtundurchlässige Tuch auf und zerrte am Reißverschluß. »Hilfe! Helft mir doch!«
Etwas trommelte auf seine Arme; eisiger Schleim kroch über seine Hände und lähmte sie. Er spürte einen leichten Schlag im Gesicht, und gleich darauf bohrte sich ein kalter Stachel in seine Wange.
»Hilfe! Holt mich hier heraus!«
Ron wurde an den Haaren gepackt und mit solcher Kraft vom Ausgang zurückgerissen, daß er das Gleichgewicht verlor und zu Boden stürzte. Im Kampf gegen den unsichtbaren Angreifer schlug er wild um sich. Er wälzte sich auf dem Boden, schrie, stieß gegen Kisten und zerschlug Flaschen mit Chemikalien. In der Dunkelheit zischte ihn etwas an und ringelte sich um seine Fußgelenke. Obwohl er Blut im Mund schmeckte und sich eine warme Feuchtigkeit über seinen Brustkorb ausbreitete, setzte er sich verzweifelt zur Wehr. Ein klammer Schlangenleib rankte sich um seinen Hals und zog sich mit jedem Aufschrei enger zusammen. Ron versuchte, sich zu befreien, aber seine Hände waren gefesselt.
Als er schließlich wehrlos am Boden lag, hatte er das Gefühl, daß seine Haare zu einem Knoten zusammengedreht und ihm langsam die Kopfhaut abgezogen wurde.
Ron riß den Mund auf und stieß in Todesangst einen langen, markerschütternden Schrei aus.

Wo die Eingangsplane gewesen war, sah er plötzlich Sterne auf und ab tanzen. Er merkte, wie jemand über ihn stieg, und wurde im nächsten Augenblick von einem Lichtstrahl geblendet. Er riß einen Arm hoch, um seine Augen vor der Helligkeit zu schützen, und hörte Mark rufen: »Mein Gott, was ist denn passiert?«
»Mach mich los!« kreischte Ron. »Es hat mich an den Haaren gepackt!«
»He!« Mark fiel auf die Knie und legte die Hände auf Rons Schultern. »Was ist los?«
Ron ließ den Arm sinken und blickte seinen Freund verständnislos an. »Wo ist es? Hast du es gesehen?«
»Was soll ich gesehen haben? Wovon redest du?«
Noch immer am ganzen Leib zitternd, stützte Ron sich auf die Ellbogen und spähte im Zelt umher. Hier herrschte heilloses Durcheinander: verstreutes Fotopapier, verschüttete Flüssigkeiten, zerbrochenes Glas. Dann sah er an sich selbst herab. Sein Hemd war über der Brust aufgerissen, und ein dünner, roter Streifen zeigte sich auf seiner Haut. Hand- und Fußgelenke waren über und über in spiralförmige Filmstreifen verwickelt.
»Was zum Teufel...«
»Das mußte ja eines Tages passieren!« Mark faßte in Rons Haare und zog vorsichtig ein Stück Draht heraus. »Deine Wäscheleine, mein Freund.«
Ron starrte stumm auf den Draht. Wäscheklammern und Heftspangen hingen an seinen Ärmeln und Hosenbeinen, Filmstreifen lagen überall verstreut; die Leine hatte sich um seinen Hals gewickelt und in seinen langen Haaren verfangen. »Nein...« flüsterte er.
Mit ihrer Arzttasche in der Hand erschien Jasmina in der Zeltöffnung. »Was ist passiert?« Hinter ihr kamen, schlaftrunken und verwirrt, Sanford und Alexis. Abdul drängte sich zwischen ihnen hindurch und blickte Mark fragend an.
»Er hat sich im Dunkeln in seiner Wäscheleine verheddert.«
»Nein...«
»Kannst du aufstehen?«
»Ich möchte ihn mir lieber erst mal ansehen«, warf Jasmina ein.
»Nein... mir fehlt nichts...«
Mit Marks Unterstützung kam Ron wieder auf die Beine. Benommen

löste er den Draht von seinem Hals und seinen Armen und starrte verblüfft auf die Filmstreifen.
»Na, komm schon«, meinte Mark freundschaftlich.
Aber Ron wandte sich ärgerlich ab. »He! Es war etwas bei mir hier drinnen! Wenn ich es dir sage! Das Ding war glitschig und schuppig, und es hat mich angegriffen. Es hat mich angegriffen, verdammt noch mal! Es hat versucht, mir die Haare abzureißen!«
Mark packte Ron fest beim Arm. »Du irrst dich. Hier drinnen war absolut nichts. Ich habe den Zeltverschluß selbst geöffnet, und glaube mir, *nichts* kam heraus. Du hast im Dunkeln gearbeitet und dich zufällig in diesem Draht verheddert...« Ron riß seinen Arm los. »Ich schwöre dir, hier drinnen war etwas! Ich habe es atmen hören!«
Jasmina holte eine Spritze aus ihrer Tasche und begann sie aufzuziehen, doch als Ron es bemerkte, wich er zurück.
»Nein, kommt nicht in Frage! Keine Beruhigungsspritze für mich! Verdammt noch mal, warum glaubt ihr mir eigentlich nicht?«
Mark streckte die Hände aus. »Ron, da war nichts...«
Ron machte auf dem Absatz kehrt und stürmte davon.

Mark verausgabte sich bis an den Rand der Erschöpfung. Abduls Warnungen und Jasminas Bitten zum Trotz, arbeitete er bei einer Hitze weiter, die so mörderisch war, daß sogar die Fellachen aufgeben mußten. Abdul stand bei ihm und hielt einen Sonnenschirm über ihn, während er mit seinen Schwämmchen und Pinseln vor der Grabtür kauerte. Mehr als die Hälfte davon war schon ausgegraben, und die Stufen waren fast alle freigelegt. Drei weitere horizontale Hieroglyphenreihen ließen sich allmählich erkennen, und schließlich kamen auch die Siegel der königlichen Totenstadt in Theben zum Vorschein: Jedes von ihnen zeigte einen Hund mit neun Gefangenen. Die Siegel waren nicht erbrochen.
Dann sah Mark etwas, das ihn zum Vergrößerungsglas greifen ließ: In den Fels waren mehrere senkrechte Linien eingeritzt, die bis zu der noch unter dem Sand verborgenen Schwelle zu reichen schienen.

»Was sollen diese Linien bedeuten?«
»Keine Ahnung. Sie beginnen in etwa zwei Metern Höhe und verschwinden unter dem Sand. Sie sehen aus wie Kratzspuren.« Mark

starrte auf Rons Hände, während sein Freund mit einer Lupe hantierte. Seine Handrücken waren blau und schwarz.
»Denkst du, daß wir es morgen geschafft haben?«
»Sieht ganz danach aus.« Mark setzte einen Becher *Wild Turkey* an die Lippen, hielt dann jedoch inne und sah Ron, der im Schneidersitz auf seinem Bett saß und die kaputte Lupe unverwandt zwischen den Fingern drehte, prüfend an.
»Ron?«
»Hm?«
»Ist alles in Ordnung?«
Schmerz und Entrüstung spiegelten sich in Rons blauen Augen.
»Was soll ich dir darauf antworten?«
»Schau, es tut mir leid. Ich habe halt nichts gesehen.«
»Eben.«
»Ach komm, du hast den ganzen Tag über Wein getrunken...«
Ron sprang von seinem Bett auf.
»Wo willst du hin?«
»Ich werde mich vorbereiten. Das nächste Mal, wenn das Ding auf mich losgeht, werde ich ein Foto von ihm machen!«
Während Mark das Knirschen der Schritte seines Freundes verklingen hörte, hatte er auf einmal das Gefühl, daß sich eine kalte Faust um seinen Magen schloß. Er trank einen kräftigen Schluck Bourbon, der ihm in der Kehle brannte, ihn aber nicht wärmte.
Mark fühlte sich plötzlich sehr einsam. Er schaute hinüber zu Nancys Fotografie auf dem Nachttisch und fragte sich einen Augenblick lang, wer sie eigentlich war. Dann griff er spontan zu seiner Jacke, nahm Pfeife und Tabak und verließ beinahe fluchtartig das Zelt.
Etwa dreißig Meter vom Lager entfernt, auf einer Bodenerhebung, die Echnatons Polizei einst als Aussichtspunkt gedient hatte, stand, nur mit einem Morgenrock bekleidet, Alexis Halstead. Mark zog den Reißverschluß seiner Jacke bis zum Hals hoch und näherte sich ihr vorsichtig. Als er auf ein paar Schritte herangekommen war, konnte er erkennen, daß ihre Augen geöffnet waren und ein schwaches Lächeln ihren Mund umspielte, obwohl sie offenkundig schlief.
»Hallo, Davison.«
Es war ihre Stimme, und doch klang sie irgendwie anders. Der Nachtwind wehte ihr das lange Haar von der Schulter und preßte das durch-

sichtige Gewand gegen ihren nackten Körper. Mark blickte sie verwundert an und merkte nicht, daß der kalte Wind durch seine Jacke blies und der Schmerz in seinem Kopf wieder einsetzte.
»Mrs. Halstead?«
»Ja... und nein.«
Ihr Anblick verschwamm vor seinen Augen. Eine Sekunde lang nahm er alles doppelt wahr, als ob er schielte – ein stechender Schmerz schoß ihm durch den Hinterkopf... Und Alexis Halstead sah anders aus.
Es war derselbe Körper, derselbe Morgenrock, und es waren dieselben langen, weißen Gliedmaßen, doch auf dem durchscheinenden Kopf, der wie ein doppelt belichtetes Foto wirkte, trug sie eine schwarze, geflochtene Perücke. Und an ihrem Hals prangte eine schwere, lotosförmige Halskette. Die Sinnestäuschung faszinierte ihn. Wie gebannt beobachtete er, wie sich ihr Anblick verwandelte und die vertraute Gestalt von Alexis Halstead durch ein zartes, unscharfes Ebenbild überblendet wurde.
»Nur so vermag ich mit Euch zu sprechen, Davison, denn wenn ich alleine komme, glaubt Ihr nicht an mich.«
»Nofretete...«
»Euch dünkt, ich sei nicht mehr als ein Traum. Als ich Euch die Wunder meiner Stadt zeigte, wart Ihr verwirrt und ungläubig. Ich muß Euch darum überzeugen, daß es mich wirklich gibt.«
Alexis lächelte ihn einladend an und streckte ihren milchigweißen Arm nach ihm aus. »Ihr werdet auf sie hören, denn sie beherrscht Euch, Davison. Ich weiß nicht, wie; ich weiß nicht, welche Macht diese Rothaarige über Euch ausübt, doch ich kann es in ihren Nachtgedanken lesen. Diese Frau besitzt Macht über Euch. Sie wird mein Werkzeug sein.«
Vorsichtig trat er einen Schritt näher und kniff die Augen zusammen. Deutlich erkannte er die vollendeten Gesichtszüge von Alexis Halstead, die indes mit einem zweiten Antlitz verschmolzen waren: dunkle, mandelförmige Augen, schön geschwungene Lippen, zwinkernde Lider, durch die noch immer eine grüne Iris schimmerte.
»Es wird spät, mein Lieber, wir haben nur noch wenig Zeit. So langwierig waren meine Versuche, Euch mitzuteilen, was getan werden muß. Geht an meiner Seite, Davison.«

Wie verzaubert lief Mark neben ihr her, staunte über das doppelte Gesicht, über die Veränderung in Alexis' Stimme und rief sich ihre früheren Schlafwandelphasen ins Gedächtnis zurück. »Ihr meint, diese Frau sei wahnsinnig und in zwei Persönlichkeiten gespalten. Vielleicht werdet Ihr niemals an mich glauben, Davison, aber zumindest werdet Ihr mich jetzt anhören. Wenn ich durch diesen Mund spreche, werdet Ihr meinem Wunsch nachkommen, so sicher wie Ihr dem ihren Folge leisten müßt.«
Mark vergrub die Hände in den Hosentaschen, während er sie unverwandt ansah.
»Ihr seid beunruhigt, Davison. Es ist wegen der Inschriften auf der Tür zum Grab. Sie verwirren Euch.«
Er blickte sie überrascht an. »Ja, das stimmt. Wie habt Ihr...«
»Ihr meint, die Inschrift gleicht keiner anderen in Ägypten. Ich werde Euch den Grund nennen, Davison. Es ist, weil der Mann, der darinnen liegt, nicht seinesgleichen hat.«
»Er hat keinen Namen, keine Horusaugen, durch die er das Tageslicht sehen kann.«
»Ihr habt recht, Davison. Mein geliebter 'Khnaton ist ein Gefangener in diesem Haus. Er wurde nicht zu seiner eigenen Sicherheit dorthin gebracht, sondern um ihn vor der Welt abzuschirmen. Die Priester des Verborgenen glauben, er könne ihnen gefährlich werden.«
»Warum?«
»Sie halten ihn für einen Verbrecher. Sie denken, er habe großes Unrecht begangen und würde es von seinem Grab aus weiter tun.«
»Haben sie ihn deshalb seines Namens beraubt?«
Die Haarflechten ihrer dicken, schwarzen Perücke hoben sich ein wenig im Wind. »Sie erklärten es zur Ketzerei, seinen Namen auszusprechen, denn sie wollen nicht, daß er erwacht. Er liegt in einem tiefen, traumlosen Schlaf. Er weiß nicht, wer er ist. Er hat kein Bewußtsein. Sie haben ihn für alle Ewigkeit in ein Gefängnis gesperrt.«
»Warum wurde er nicht in dem ursprünglich für ihn vorgesehenen Grab im Wadi bestattet?«
»Die Priester des Verborgenen hatten Angst, daß diejenigen, die 'Khnaton liebten und treu zu ihm standen, in die Grabkammer eindringen und ihn zum Leben erwecken würden. So ließen die Priester

ein neues Haus meißeln, das seinen Leichnam aufnehmen sollte, ein geheimes, das niemand finden würde.«
»Und die sieben Dämonen?«
»Sie wurden dorthin gestellt, um jeden daran zu hindern, 'Khnatons Namen auszusprechen.«
»Ist es denn so einfach, ihn zu wecken? Muß man nur seinen Namen sagen?«
»Nein, dazu bedarf es mehr, mein Lieber, weil 'Khnaton ohne einen Namen auf seinem Körper beerdigt wurde. Sein Leichnam ruht ohne Identität. Niemand hat seinen Namen auf ein Amulett geschrieben und es auf sein Herz gelegt.«
»Wurde er ermordet?«
»Nicht einmal die Priester des Verborgenen würden es wagen, Hand an die heilige Person des Pharaos zu legen. Als 'Khnaton erkannte, daß sein Traum gescheitert war und politische Wirren das Land zerrissen, wurde er von tiefer Schwermut ergriffen und starb. Jetzt regiert sein Bruder Tutanchaton an seiner Statt, und dabei ist er noch ein Kind.«
»Wenn sie Echnaton ein für allemal aus dem Weg schaffen wollten, warum haben sie seinen Körper dann nicht zerstört?«
»Sie befürchteten eine Katastrophe, mein Lieber. Den Leichnam des Pharaos zu schänden ist das abscheulichste Verbrechen, dessen sich jemand schuldig machen kann. Wenn es auch schlechte Männer waren, so wußten sie doch um die Folgen eines solchen Frevels. Aber gleichzeitig scheuten sie davor zurück, ihm das ewige Leben zu ermöglichen, weil sein Geist dann im Land umgehen würde. Die Priester befanden sich in einer verzwickten Lage.«
»Nun, sie haben ja eine Lösung gefunden.«
»Bis jemand das Grab öffnet und meinem Gemahl seine Identität zurückgibt. Dann wird sein Zorn über die Priester kommen.«
»Die Priester sind alle längst tot. Echnaton schläft seit dreitausend Jahren.«
»Ist das wahr? Es kommt mir vor wie ein Augenblick...«
Sie brach jäh ab und faßte sich mit ihrer schmalen Hand an die Wange. Mark wühlte in seiner Tasche nach seinem Feuerzeug, und als er es aufleuchten ließ, sah er im Schein der Flamme Alexis' Gesicht.

»Sie weinen ja...« sagte er sanft und ließ die Flamme ausgehen.
Mit einer anmutigen Handbewegung wischte sie sich die Tränen ab.
»Ich bin diese Jahrtausende hindurch so einsam gewesen, während ich auf meinen Geliebten wartete. Ich kann ohne ihn nicht leben! Er ist meine Seele und mein Odem! Die Einsamkeit, Davison, Ihr macht Euch keinen Begriff von der Einsamkeit, die mich auf meiner Wanderung durch dieses öde Tal begleitete...«
»Aber ich dachte...« begann er zögernd. »Man nimmt an, Ihr hättet Euch von Echnaton getrennt und Euch in einen anderen Palast zurückgezogen. War es nicht so?«
Alexis sah Mark mit großen Augen an. »Es war so, aber aus Gründen, die niemand kennt. In den späteren Jahren wurde 'Khnaton von einer Krankheit befallen, gegen die die Ärzte kein Heilmittel fanden. Seine Persönlichkeit veränderte sich, und er war schließlich nicht mehr er selbst. Sie sagten, er habe die heilige Krankheit. Ich glaube, er war nur müde und vom Leben enttäuscht. 'Khnaton war nicht er selbst, wenn er sich mit mir stritt. In diesen Momenten überfiel ein stechender Schmerz seinen Kopf. Er raufte sich die Haare und schrie Verwünschungen gegen Aton. Er sagte, sein Gott habe ihn im Stich gelassen, Aton habe ihm den Rücken gekehrt. Aber das stimmte nicht. Aton war immer gütig zu seinen Kindern und wachte über sie. Doch in einer Zeit der Heimsuchungen und Prüfungen hatte 'Khnaton nicht die Kraft, bis zum Ende durchzuhalten. Er sprach davon, nach Theben zurückzukehren und den Amun-Kult wiedereinzuführen. Wir stritten uns. Und als ich sah, daß meine Anwesenheit ihm nur noch mehr Verdruß bereitete und seinen Schmerz vergrößerte, daß meine heftige Liebe zu ihm und seinem Gott ihn zum Wahnsinn trieb, da entfernte ich mich von ihm, wohl wissend, daß der Tag käme, in dem er wieder nach mir verlangen würde. Es waren einsame Jahre, in denen ich getrennt von ihm in einem anderen Palast wohnte.«
»Haben Sie sich je... wieder vereint?«
»Mein Geliebter starb, bevor ich ihn wiedersehen konnte. Ich eilte an sein Sterbebett, doch das Leben war schon aus seinem armen, gequälten Körper gewichen. Habt Ihr ihn gekannt, Davison? Habt Ihr seine Güte und sein mitfühlendes Wesen gekannt? Er war ein geplagter Mann, denn er liebte die Welt so sehr, daß er sie am liebsten umarmt hätte. 'Khnatons Herz war zu weich für die Laster der Menschheit. Er

war ein... Unschuldiger, er war naiv; er nannte alle Menschen Brüder und war ihren Verbrechen gegenüber blind. Schließlich war es zu spät. Sie benutzten ihn und stürzten ihn dann ins Verderben. Ernüchterung und Verbitterung waren die Waffen, die ihn töteten.«

»Könnt Ihr ihn nicht zurückbringen? Könnt Ihr nicht seinen Namen aussprechen?«

»Nein, das ist nicht möglich. Dazu bedarf es eines Lebenden. Davison, Ihr werdet es für mich tun.«

»Was tun?«

»Seinen Namen auf ein Amulett schreiben – oder auch nur auf ein Stück Papyrus – und es auf seinen Körper legen. Danach müßt Ihr das Grab wieder versiegeln, so daß er niemals zu Schaden kommen kann. Dann wird 'Khnaton wieder leben, und seine Seele kann ins Westliche Land fliegen und in die ewige Glückseligkeit eingehen.«

»Aber... das kann ich nicht tun!«

»Warum nicht?«

»Weil...« Mark suchte verzweifelt nach Worten. »Ihr wißt nicht, warum ich hier bin, warum ich in dieses Tal gekommen bin...«

»Ihr seid ein Reisender.«

»Ich bin ein Wissenschaftler, ein Gelehrter. Ich bin gekommen, um Eure Lebensweise zu studieren.«

»Dann seid Ihr gewiß aus Babylon, Davison. Ich habe es schon vermutet, als ich Euren Bart sah.«

»Nein, ich...«

Die eisige Luft drang durch seine Jacke. Er zitterte heftig und dachte: Ich bin hergekommen, um das Grab zu öffnen und die Mumie Ihres Mannes wegzubringen! Er wird in ein Museum Hunderte Kilometer von hier entfernt gebracht und dort in einen Glaskasten gelegt, damit Millionen Menschen kommen und ihn bestaunen können...

»Eure Gedanken überschlagen sich, mein Lieber, ich vermag sie nicht zu lesen. Ihr seid in einem Konflikt. Trage ich Schuld daran?«

»Entschuldigung... es ist nur die Kälte.«

»Es ist Sommer.«

»Nun, ich friere trotzdem.«

»Davison...« Alexis streckte ihre schmale Hand nach ihm aus und legte sie sanft auf seinen Arm. Durch den Jackenärmel hindurch spürte Mark ihre Wärme. »Tut, was ich von Euch verlange. Ich bitte Euch... Gebt meinem Geliebten das Leben zurück.«

Zwei Stufen und die letzte Hieroglyphenreihe waren noch freizulegen. Mark und Ron arbeiteten zusammen in der Grube. Sie hoben den Sand vorsichtig mit Schaufeln hoch, siebten ihn, füllten ihn in Eimer und reichten ihn an einen der Arbeiter außerhalb des Grabens weiter. Die Treppe war steil und verlief in einem spitzen Winkel, so daß die beiden Männer im Schatten der durch die Ausgrabung entstandenen Wände arbeiten konnten. Vor ihnen ragte groß und bedrohlich die Tür zum Grab auf.

Sanford Halstead saß oberhalb des Grabens und fächelte sich Luft zu, während Hasim, der sich an diesem Morgen ein wenig besser fühlte und darauf bestanden hatte, mitzukommen, mit Jasmina in einem der Landrover saß. Alexis hockte etwas abseits im Sand und starrte vor sich hin. Mark sah ein- oder zweimal von seiner Arbeit auf, konnte in ihren ausdruckslosen Augen jedoch kein Anzeichen dafür erkennen, daß sie sich an die vergangene Nacht erinnerte. Sie schien die Begegnung vergessen zu haben. Mark hatte danach kein Auge mehr zugetan. Ihr verblüffendes Wissen, die unglaubliche Geschichte, die sie ihm erzählt hatte, die seltsame optische Täuschung, zwei Frauen in einer Gestalt zu sehen... wer oder was auch immer Nofretete war, sie hatte recht: Daß sie durch Alexis Halstead sprach, hatte ihn zuhören lassen. Und deswegen wußte er jetzt auch schon, was ihn hinter der Grabtür erwartete.

»Mark.« Ron zog ihn am Arm. »Hier liegt etwas unter dem Sand.«

Mark zog seine Handschuhe aus und tastete behutsam die Stelle ab, an der Ron gerade gearbeitet hatte. Er fuhr mit den Fingern durch den Sand, bis er an einer Stelle auf etwas Hartes traf. »Stimmt, hier ist etwas. Gib mir mal die Bürste.«

Mark strich vorsichtig mit der Bürste über die Stelle, als entferne er den Staub von zerbrechlichem Porzellan. Zunächst ragte etwas Weißes, wie ein Stück Kalk, aus dem Sand auf. Mark bürstete weiter, während Ron sich immer wieder bückte und den Sand wegschaffte.

Je mehr Sand sie beseitigten, desto größer wurde der Gegenstand. Offenbar reichte er bis zur letzten Stufe hinunter, die noch immer verschüttet war, und befand sich nur Zentimeter vor der Türschwelle.

Plötzlich gab Ron ein zischendes Geräusch von sich und zog ruckartig seine Hände zurück.

»Um Gottes willen!« entfuhr es Mark, der die Bürste fallen ließ und entgeistert auf das starrte, was sie da ausgegraben hatten.

Aus dem Sand reckte sich ihnen das Skelett einer menschlichen Hand entgegen.

Zwanzig

Ron drückte zum letzten Mal auf den Auslöser und meinte: »Das wird genügen.« Seit einer Stunde hatte er ununterbrochen fotografiert und jede Phase der Ausgrabung des Skeletts im Bild festgehalten. Mark hatte eben den letzten Schmutz entfernt, und jetzt lag es offen sichtbar auf der untersten Stufe neben der steinernen Türschwelle. Alle anderen – Abdul, die Halsteads, Jasmina, Hasim und die Fellachen – standen um den Rand der Grube herum und blickten schweigend hinunter. Sie hatten während der letzten Stunde kein Wort gesprochen.

Marks Blick glitt über den erschreckenden Fund, von den Fußknochen, die in Lederstiefeln steckten, über die mit Lumpen verhüllten Beine und das Becken, über den Brustkorb und die Arme, die immer noch durch Knorpelbänder zusammengehalten wurden, bis hinauf zum Schädel, der mit braunen Haarbüscheln bedeckt war. Das Skelett lag auf einem Arm mit angezogenen Knien auf der Seite. Der andere Arm war halb ausgestreckt; die Finger, die durch die Verhärtung von Sehnen und Knorpeln starr geworden waren, deuteten auf die senkrecht verlaufenden Kratzspuren an der Steintür. Diese ganze makabere Situation vor dem Eingang zum Grab bewahrte ein Moment von Überraschung, von Erstarrung im Angesicht des Todes.

Endlich brach jemand das Schweigen. »Das muß ein Mitglied der Ramsgate-Expedition sein.«

»Die Stiefel«, meinte Mark, ohne aufzusehen, »solche Stiefel haben

bestimmt keinem Fellachen gehört. Und die Kleiderfetzen. Das ist kein Stoff, den die Einheimischen hier tragen.«
»Vielleicht Neville Ramsgate selbst«, vermutete Halstead. Ihre Stimmen wurden vom Wind weggetragen. Alle Augen waren wie gebannt auf den Totenkopf gerichtet, der teilweise noch mit teeriger, lederartiger Haut überzogen war. Der Mund war weit aufgerissen wie bei einem Schrei.
»Die Kratzer an der Tür«, bemerkte Ron. »Es sieht so aus, als habe er versucht... ins Grab zu gelangen.«
Mark antwortete nicht. Ein anderer Gedanke schoß ihm plötzlich durch den Kopf, während er unverwandt auf diese Grimasse des Toten starrte; eine grausige Vermutung, die ihm zunächst gar nicht in den Sinn gekommen war.
»Effendi«, rief Abdul, der am Rand des Grabens stand, »sehen Sie dort, Effendi, an der Rückseite des Schädels.« Mark trat etwas zur Seite und hielt den Kopf schräg, um sich die bezeichnete Stelle anzusehen. Dann beugte er sich vor und fuhr mit der Fingerspitze an der Schädeldecke entlang, bis er auf ein kleines, rundes Loch in der Schädelbasis traf. Mark stand auf und richtete den Blick in Augenhöhe auf die Tür. Er überflog die Hieroglyphen und betrachtete die Kratzspuren etwas genauer. Dann zog er ein Messer aus seiner Hemdtasche, beugte sich über das Skelett, stützte sich mit einer Hand an der Tür ab und bohrte die Messerspitze in ein winziges Loch im Stein.
»Was ist das?« fragte Halstead.
Mark brachte einen kleinen Gegenstand aus dem Loch zum Vorschein, untersuchte ihn in der flachen Hand und reichte ihn zu Halstead hinauf.
»*Eine Revolverkugel!*«
»Und ich möchte wetten«, sagte Mark, während er sich wieder neben das Skelett kniete, »ich möchte wetten, daß sie sowohl zu dem Loch im Schädel als auch zu der *Pistole* paßt, die wir gefunden haben.«
»Das begreife ich nicht«, erwiderte Ron. »Wer sollte den Toten erschossen haben?«
Mark betrachtete das Skelett noch einen Moment und versuchte, sich das Geschehen vor Augen zu führen. Dann stand er auf und

klopfte sich die Hände ab. Er drehte sich um, so daß er der steilen Treppe gegenüberstand, und meinte: »Wir können den Tathergang rekonstruieren. Wer immer der Tote war, er rannte diese Treppe hinunter – vielleicht weil er verfolgt wurde –, fiel gegen die Tür, kratzte daran und wurde durch einen Schuß in den Hinterkopf getötet. Dann sank er nieder und blieb an Ort und Stelle liegen.«

»Aber warum?« wunderte sich Halstead. »Wer sollte ihn verfolgt haben? Und warum versuchte er, ins Grab zu gelangen?«

»Ich habe nur gesagt, daß wir das Geschehen rekonstruieren können. Erklären können wir es nicht.«

»Warum würde jemand auf eine so aussichtslose Weise versuchen, ins Grab vorzudringen? Ich meine«, Halsteads Stimme klang fest, »er hat seine Fingernägel in den Stein gekrallt!«

»Da kann ich auch nur raten.«

»Und warum wurde er nicht zusammen mit den anderen verbrannt?« fragte Ron.

»Ich vermute, die Soldaten des Paschas fanden ihn so und begruben ihn, wo er war, weil sie Angst hatten, ihn anzufassen.«

»Aber sie haben die anderen doch auch angefaßt.«

»Ja...« Mark rieb sich den Bart und dachte angestrengt nach.

»Ich kann mir nicht erklären, warum man diesen Toten hier begrub, den Fund der Grabstelle aber niemals meldete«, gab Halstead zu bedenken.

Mark schaute wieder auf das intakte Skelett, die Knochen, die Flechsen und Sehnen, die Pergamenthaut, die verkrümmte Haltung des Körpers, alles noch genauso, wie der Tote vor hundert Jahren zu Boden gefallen war – kein Aasfresser hatten die Leiche angerührt, weder Hunde noch Geier. Nicht einmal Ameisen...

Halstead fuhr fort: »Die Soldaten des Paschas kommen in diesen Cañon, finden ein Camp voller Leichen, verbrennen sie samt ihrer Habe und kommen dann hierher und schaufeln nur die Treppe zu? Ohne diesen Leichnam ebenfalls ins Feuer zu werfen? Ohne den Behörden von dem neuentdeckten Grab Mitteilung zu machen? Das entbehrt jeder Logik! Irgend etwas stimmt hier nicht!«

»Vielleicht«, wandte Ron leise ein, »vielleicht sind sie nie so weit gekommen. Vielleicht hatten sie Angst, bis zu diesem Ende des Cañons vorzudringen.«

»Wovon reden Sie?«
Ron sah mit glasigem Blick zu Halstead auf. »Vielleicht hat ihnen jemand einen Riesenschrecken eingejagt.«
Unvermittelt gab Mark seine Anweisungen: »Laßt uns das Ding hier herausholen. Abdul, du und deine Männer, ihr entfernt es von dieser Stelle, so vorsichtig ihr könnt. Wir werden uns später vielleicht noch damit befassen müssen.« Er schaute auf seine Armbanduhr. »Es ist fast Mittag. Dann machen wir für heute Schluß. Morgen früh werden wir das Grab öffnen.«

Nach dem Mittagessen saßen sie im Gemeinschaftszelt beisammen.
»Wie denken Sie darüber, Hasim?« fragte Mark, der an einem Glas kalten Tee nippte.
Der junge Ägypter blickte von seinem Glas auf und schien Schwierigkeiten zu haben, Mark deutlich zu sehen. »Was meinen Sie?«
»Über dieses Skelett. Werden Sie den Fund melden?«
»Die Behörden werden nicht daran interessiert sein...«
Mark beobachtete, wie ein dünner Schweißfilm auf Hasims fahles Gesicht trat, und bemerkte, daß das Weiße in seinen Augen sich gelb verfärbt hatte. »Geht es Ihnen gut?«
»Ja... es geht mir besser.«
Mark schaute zu Jasmina hinüber, die kaum merklich den Kopf schüttelte, und meinte dann: »Die Entdeckung dieses Skeletts ändert die Sachlage.«
»Inwiefern?« wollte Halstead wissen.
»Diese Totenscheine in der Kartei des Ministeriums. Entweder ist bei einem von ihnen ein Irrtum unterlaufen, oder es handelt sich bei dem Skelett um jemanden, den wir nicht kennen.«
»Alle diese Totenscheine trugen falsche Angaben, das weißt du ganz genau«, entgegnete Ron, während er trübsinnig in seine volle Teetasse starrte.
»Was willst du damit sagen?«
»Ich will damit sagen, daß es hier bekanntlich keine Pocken gab, Mark. Die Ramsgate-Gruppe wurde umgebracht, einer nach dem anderen. Denk an die Leichen, die wir an der Feuerstelle fanden. Sie waren zerstückelt worden, bevor man sie verbrannte.«
»Damit unterstellst du automatisch, daß die Regierungsbeamten des

Paschas die Totenscheine gefälscht haben. Warum hätten sie das tun sollen? Und wenn es hier keine Seuche gab, welchen Grund hätte es dann gegeben, alles zu verbrennen? Warum wurde dieses Gebiet unter Quarantäne gestellt?«

»Vielleicht wurde damit versucht, etwas zu verbergen.«

»Davison«, meldete sich Halstead zu Wort, »ich frage mich immer noch, wer Ramsgate oder Sir Robert am Fuße der Treppe begraben hat, ohne über das Grab Meldung zu machen.«

»Es ist offensichtlich, Mr. Halstead, daß die Grube auf natürliche Weise versandet ist. Wäre der Körper gleich nach seinem Ableben mit Sand bedeckt worden, hätten wir einen noch besser erhaltenen Leichnam vorgefunden. Um es genau zu sagen, eine Mumie. Nach seinem gewaltsamen Tod war die Leiche wohl längere Zeit den Naturkräften ausgesetzt, was die Verwesung beschleunigte, bis Wind und Sand das Grab schließlich zuwehten.«

»Das bedeutet, die Soldaten des Paschas sind nie bis in diesen Teil des Cañons gekommen. Warum?«

»Vielleicht sind sie von etwas abgeschreckt worden.«

Alle sahen Ron an. »Von was zum Beispiel?« fragte Halstead.

»Zum Beispiel das, was Ramsgate zum Fuß dieser Treppe gehetzt haben mag.«

Ein beklemmendes Schweigen senkte sich in dem heißen Zelt auf die Gruppe herab. Alle hingen ihren eigenen Gedanken nach. Schließlich bereitete Halstead der drückenden Stille ein Ende. »Davison, lesen Sie uns die Inschrift auf der Tür vor.«

»Warum?«

»Lesen Sie sie einfach.«

Mark nahm den Schreibblock und blätterte in seinen Aufzeichnungen, bis er zu der Übersetzung kam. »Hüte dich vor den Wächtern des Ketzers, denn sie wachen bis in alle Ewigkeit. Es sind Amun der Verborgene, Am-mut der Gefräßige, Apep der Schlangenartige, Akhekh der Geflügelte, der Aufrechte, die Göttin, die die Toten in Fesseln legt, und Seth, der Mörder von Osiris. Dergestalt ist die Rache der Schrecklichen:

Einer wird Euch in eine Feuersäule verwandeln und Euch vernichten.

Einer wird Euch Euer eigenes Exkrement essen lassen.

Einer wird Euch das Haar vom Kopf reißen und Euch skalpieren.
Einer wird kommen und Euch zerstückeln.
Einer wird als hundert Skorpione kommen.
Einer wird den Stechmücken gebieten, Euch zu verzehren.
Einer wird Euch eine schreckliche Blutung verursachen und Euren Körper austrocknen lassen, bis Ihr sterbet.«
Marks letzte Worte hallten noch lange nach, nachdem er geendet und die Aufzeichnungen weggelegt hatte.
Schließlich meinte Ron: »Sieben Wächtergötter, sieben Zaubersprüche mit entsetzlichen Strafandrohungen.«
»Mir gefällt das nicht, Davison, mir gefällt das überhaupt nicht. Ich will wissen, woran wir sind. Was verbergen Sie vor uns?«
Mark runzelte die Stirn. »Verbergen? Nichts.« Er warf einen verstohlenen Blick auf Alexis.
»Sie können mir nicht weismachen, daß dieser Inschrift nicht etwas Merkwürdiges anhaftet! In den vier Monaten, in denen Sie diese Reise vorbereitet haben, habe ich ziemlich viel über das alte Ägypten gelesen. Dies ist keine gewöhnliche Inschrift, Davison. Diese Flüche, diese Bannsprüche sollen mehr bewirken, als nur Grabräuber in die Flucht zu schlagen. Sie sollen dafür sorgen, daß das Grab niemals geöffnet wird! Warum?« Halstead sprach immer lauter, bis er fast schrie. »Was ist da drin, wovor die Priester sich so sehr fürchteten?«
»Nur ein toter Mann, Halstead, nichts weiter«, antwortete Mark mit matter Stimme. »Die Priester glaubten, Echnaton verkörpere das Böse. Deshalb sperrten sie ihn weg. So einfach ist das.«
»Das meinte die *Sebbacha*, als sie Ramsgate davor warnte, daß er die Dämonen freisetze...« murmelte Jasmina.
»Wir haben es hier mit einem Tausende von Jahren alten, tief verwurzelten Aberglauben zu tun, der von einer Generation zur nächsten weitergegeben wurde.« Mark schüttelte betrübt den Kopf. »Das einzige Böse, was es in diesem Tal gibt, ruht in uns selbst.« Er wandte sich an Abdul. »Bereite deine Männer darauf vor, daß wir morgen das Grab öffnen. Die Tür muß mit äußerster Vorsicht behandelt werden.«
Der wortkarge Ägypter trat hinter dem Herd vor und sah Mark mit

düsterer Miene eindringlich an. »Inzwischen sind auch die noch verbliebenen Männer verschwunden, Effendi.«
»Oh, verdammt noch mal...«
»Das Skelett hat ihnen Angst eingejagt. Sie sagten, sie hätten letzte Nacht Alpträume gehabt. Darin seien sie von Ungeheuern verfolgt worden, die ihnen befohlen hätten, in ihre Dörfer zurückzugehen.«
»Sind überhaupt noch welche übrig?«
»Nur die drei Regierungs-*Ghaffir* und vier Männer aus El Hawata. Ich habe ihnen eine sehr hohe Bezahlung angeboten, Effendi.«
»Sorge dafür, daß sie ihr Lager in den Cañon verlegen, und laß die *Ghaffir* vor dem Grabeingang Wache halten. Wenn Mr. al-Scheichly morgen früh mit Kairo telefoniert, wird er ein anderes Team anfordern, das uns beim Ausräumen des Grabes hilft.« Mark wandte sich an den jungen ägyptischen Beamten. »Oder würden Sie den Anruf lieber schon heute nachmittag tätigen?«
»Nein, nein«, entgegnete Hasim kaum hörbar. »Ich bin immer noch ein wenig schwach. Morgen genügt es. Jetzt muß ich mich ausruhen...«
Alle schickten sich an, aufzustehen, da hörten sie Ron plötzlich vom Eingang her rufen: »Ach du lieber Gott, ich glaube, ich sehe nicht recht!«
Mark fuhr hoch. »Was ist?«
»Da rückt ein ganzer Schwarm an!«
Mark rannte zum Eingang. »Ein Schwarm?«
»Touristen!«
Mark schnappte sich sein Fernglas und stürzte aus dem Zelt. Etwa hundert Meter vom Camp entfernt trotteten in einer Reihe mehrere Esel, von denen jeder einen Reiter trug. Sie bewegten sich auf die Arbeitersiedlung zu.
»Es sind ungefähr dreißig«, stellte Ron fest, der sich zu ihm gesellte.
Jetzt traten auch die anderen blinzelnd ins helle Sonnenlicht hinaus und hielten sich schützend die Hände vor die Augen.
»Sie sind mit einem der Fährboote gekommen, der *Isis* oder der *Osiris*«, sagte Mark, während er die Gruppe durch das Fernglas beobachtete.

»Was haben die hier zu suchen? Touristen machen hier doch nie halt.«
»Ich glaube, ich sehe, warum...« Er reichte Ron das Fernglas.
Rasch überflog Ron die Parade der Esel, auf denen rittlings Touristen in leuchtendbunter Kleidung und mit Sonnenhüten auf dem Kopf saßen. Dann ließ er überrascht das Fernglas sinken. »Ist das nicht Sir John Selfridge aus Oxford?«
»Genau. Er leitet mal wieder eine Studienreise. Das könnte mehr bedeuten als nur einen kurzen Aufenthalt. Tage, vielleicht.«
Mark und Ron standen verdrossen schweigend da und beobachteten, wie die Kette der Reiter ihren Weg über die antiken Erdwälle in den Irrgarten der Schlammziegelmauern nahm. Als die Leute abzusitzen begannen, trottete eines der Tiere weiter. Es steuerte direkt auf das Camp zu. Auf seinem Rücken saß ein Mann in weißen Jeans, weißem Hemd und weißem Panamahut.
Als er näher kam, winkte er und rief: »Hallo!«
»Was hat das zu bedeuten?« fragte Halstead.
»Überlassen Sie das mir. Sagen Sie nichts.«
Der Besucher zügelte sein kleines Lasttier und ließ sich herabgleiten. Der kleine, O-beinige Mann lüftete seinen Hut, fuhr sich mit einem Taschentuch über seine Glatze und ging dann langsam auf die schweigende Gruppe zu. »Hallo! Ich bin's, John Selfridge! Guten Tag!«
Mark drückte die verschwitzte Hand des Engländers. »Hallo, ich bin Mark Davison.«
»Ich weiß, ich weiß! Als wir auf der Fähre erfahren haben, daß hier Grabungsarbeiten im Gange sind und als ich hörte, wer sie leitet, blieb mir die Spucke weg! Ich habe Ihre Bücher gelesen, Dr. Davison. Sehr beeindruckend.«
»Danke. Darf ich vorstellen, Dr. Selfridge, mein Assistent Ron Farmer.«
»Sehr erfreut, sehr erfreut!« Sie schüttelten sich die Hände. »Ich habe Ihre Aufsätze über Mumien gelesen. Hochinteressant! Wie merkwürdig, man hat uns in Kairo gar nichts davon gesagt, daß hier Ausgrabungen stattfinden. Entschuldigen Sie, wenn wir Sie gestört haben.«
»Ganz und gar nicht, Dr. Selfridge.«
Der kleine, rotgesichtige Mann fächelte sich mit seinem Taschentuch

Luft zu und schielte sehnsüchtig zum Speisezelt hinüber. »Sind Sie schon lange hier?«
»Zweieinhalb Wochen.«
»Aha...« Der beleibte Gelehrte aus Oxford musterte die ausdruckslosen Gesichter von Marks Gefährten und warf abermals einen unverhohlenen Blick zum Gemeinschaftszelt hinüber. »Äh... an was für einer Sache arbeiten Sie, wenn ich fragen darf?«
»Wir sind dabei, einen der Grabtempel wiederaufzubauen.«
»Ach ja! Das haben doch meines Wissens bereits Peet und Woolley versucht, und es hat nicht geklappt.«
»Das war vor über vierzig Jahren, Dr. Selfridge. Wir haben heute modernere Techniken.«
»Klingt beeindruckend! Das würde ich liebend gern einmal sehen.«
»Da muß ich Sie leider enttäuschen. Wir sind erst im Planungsstadium, Sie verstehen.«
»Ja, ja, natürlich.« Er wies mit der Hand nach der Arbeitersiedlung. »Werden meine Leute Ihnen im Weg sein?«
»Nicht, wenn es nur für kurze Zeit ist.«
»Eine Stunde höchstens, das versichere ich Ihnen. Mein einheimischer Führer zeigt ihnen gerade die am besten erhaltenen Überreste. Danach werden wir das Wadi hinauffreiten, um das Königsgrab zu besuchen.«
Mark spürte, wie Halstead hinter ihm erstarrte. »Ich fürchte, das wird nicht möglich sein.«
»Warum nicht, Dr. Davison?«
»Es hat einen Felssturz gegeben. Der Eingang zum Wadi ist völlig verschüttet.«
»So ein Pech!«
»Werden Sie die Felsengräber besuchen?« forschte Ron.
John Selfridge leckte sich die Lippen und warf einen letzten ungeduldigen Blick zum Speisezelt hinüber. »Das hatten wir eigentlich vor, aber leider macht die Hitze den meisten Teilnehmern schwer zu schaffen. Wir müssen weiter. Zwei Wochen sind viel zu kurz für das, was es alles zu sehen gibt, Sie verstehen.«
»Werden Sie hier nicht Ihr Nachtlager aufschlagen?«
»Leider nein. Wir müssen morgen früh in Assiut sein. Äh... haben Sie vielleicht etwas kaltes...?«

»Dr. Selfridge, ich bin sicher, Sie werden entschuldigen, wenn wir Sie nicht hereinbitten, aber wir stehen mit unserem Projekt unter Zeitdruck und müssen jede Minute Tageslicht ausnutzen. Wir wollten uns gerade wieder an die Arbeit machen.«
Das liebenswürdige Lächeln verschwand. »Ich verstehe. Nun ja...«
Selfridge lüpfte seinen Hut, fuhr sich abermals mit dem Taschentuch über den glänzenden Schädel und meinte dann: »Es war nett, Sie kennenzulernen, Dr. Davison. Sie alle...«
Ron rief hinter ihm her: »Gute Reise weiterhin!«
Sie blieben schweigend stehen, während sie dem kleinen Mann dabei zusahen, wie er sein Reittier bestieg und langsam davontrottete. »Laß sie nicht aus den Augen«, wies Mark Abdul an. »Und gib mir Bescheid, sobald das Fährboot wieder abgelegt hat.«

Mark saß an seinem kleinen Schreibtisch und war dabei, einen Plan für die Erforschung und die eventuelle systematische Räumung des Grabes aufzustellen. Plötzlich zog Ron die Zeltplane beiseite und blieb lange wortlos am Eingang stehen. Mark drehte sich um und schaute zu ihm auf. »Was ist los?«
»Es passiert in der gleichen Weise wieder.«
»Was?«
Rons Lippen waren blaß, sein Gesicht ernst. »Wir gehen denselben Weg wie die Ramsgate-Expedition. Ein Fluch für jeden von uns.«
Mark legte seinen Kugelschreiber weg. »Ron...«
»Ich möchte dir etwas zeigen.«
»Was ist es?«
Aber Ron gab keine Antwort. Er machte auf dem Absatz kehrt und ging wieder in die Nacht hinaus. Neugierig folgte Mark ihm nach. Sie begaben sich ins Laborzelt, wo Ron etwas unbeholfen Licht machte, bevor sie vollends eintraten. Vor ihnen auf dem Arbeitstisch lag das Skelett.
»Ich will wissen, wie du mir das erklären kannst«, begann Ron förmlich. »Ich will deine wissenschaftliche Erläuterung dazu hören.«
Ron trat an den Tisch und blickte auf das Skelett. Als Mark sich neben ihn stellte, fuhr er leise fort: »Während du am Ausgrabungsplan gearbeitet hast, habe ich es untersucht.«
Die Glühbirne über ihren Köpfen schwang an ihrem Draht hin und

her und warf unheimliche Schatten an die Zeltwände. Als das Wechselspiel von Licht und Schatten über den Kopf des Toten hinweghuschte, schien sich sein Gesichtsausdruck zu verändern.
»Sieh dir zuerst die Hände an«, sagte Ron. »Der Zeigefinger ist länger als der Ringfinger.«
»Ach ja?«
»Schau deine eigene Hand an.«
Mark streckte seine rechte Hand aus; der Zeigefinger war kürzer als der Ringfinger. »Ja, und was soll das...«
»Jetzt achte mal auf den Wulst der Augenbrauen und die Warzenfortsätze der Schläfenbeine.«
Mark mußte sich dicht darüber beugen. Als ihm der Verwesungsgeruch in die Nase stieg, schien das Skelett ihn hämisch anzugrinsen.
»Und schließlich«, sprach Ron weiter, »das Becken. Das allein verrät schon alles.«
»Worauf willst du hinaus?«
»Dieser Körper, Mark, ist nicht der eines Mannes, sondern der einer Frau.«
Mark hob erstaunt die Augenbrauen. »Eine Frau... bist du sicher?«
»Es besteht kein Zweifel. Und ich habe mit einer Lupe die Schambeinfuge untersucht. Danach handelt es sich um eine etwa Vierzigjährige.«
Mark konnte den Blick nicht von dem höhnisch grinsenden Schädel wenden. »Also gut, dann handelt es sich eben um das Skelett von Amanda Ramsgate. Und weiter?«
»Nun, das gibt mir doch zu denken. Es ist nicht ungewöhnlich, daß Eheleute in Streit geraten, und die Vorstellung, daß sie sich gegenseitig umbringen, ist nicht ganz auszuschließen. Aber Amanda? Warum sollte jemand sie erschießen?«
Mark erinnerte sich an die langen, senkrechten Kratzspuren auf der Grabtür, die von den Fingernägeln des Opfers stammten. »Es muß eine Erklärung dafür geben, Ron.«
»Gewiß! Amanda Ramsgate rannte die Stufen hinunter und versuchte, ins Grab einzudringen. Da wurde sie entweder von ihrem Ehemann oder von Sir Robert erschossen. Was könnte einfacher sein?«

»Und was soll der Grund dafür gewesen sein?«
»Ich weiß nicht...« Ron wandte sich ab und lief zum Eingang hinüber. »Womöglich versuchte derjenige, der geschossen hat, etwas anderes zu töten...«
Die beiden Freunde sahen sich lange an. Dann schüttelte Ron den Kopf und stapfte aus dem Zelt heraus.
Mark blickte wieder hinunter auf das Skelett, betrachtete die zerfetzten Kleiderreste, die noch immer an der lederartigen Kopfhaut klebenden Haarbüschel, die krallenartig erstarrten Hände. Schließlich drehte auch er sich um und verließ das Zelt.
Doch Mark kehrte nicht in sein Quartier zurück, sondern ging über den Schotter vom Lager weg. Als er in der Dunkelheit allein war, murmelte er: »Wo sind Sie? Ich muß mit Ihnen reden.«
Ein kalter Wind erhob sich und blähte sein Hemd. Dumpfer Schmerz pochte in seinem Kopf, und dann stand sie vor ihm, schimmernd und durchscheinend. »Hallo, Davison. Jetzt glaubt Ihr an mich.«
»Wir haben die Leiche einer Frau gefunden. Wer ist sie?«
»Gehört sie nicht zu Euch, Davison? Ach nein...« Nofretete zog ihre glatte Stirn in Falten. »Das war ja vor Eurer Zeit. Es gab noch andere... jetzt entsinne ich mich. Ich versuchte, mit ihr zu sprechen, doch vergeblich. In Träumen erzählte ich ihr von 'Khnaton. Als sie in Gefahr war, rannte sie zu ihm.«
»Welcher Art war die Gefahr, vor der sie floh? War es ein Mann mit einem Revolver?«
»Was ist ein Revolver, mein Lieber?«
»Eine Waffe.«
»Sie floh vor dem Aufrechten, der sie jagte. Ein anderer, ihr Ehemann, schleuderte eine Waffe gegen den Dämonen, und es klang wie Donner, aber er tötete damit nur seine Frau. Der Aufrechte kann nicht durch Waffen getötet werden.«
»Donner...« Wie ein Zeitlupenfilm lief das ganze Geschehen vor Marks Augen ab: Der Dämon, der hinter Amanda herjagte, die ihrerseits schreiend auf das Grab zurannte: Ramsgate, der auf das Ungeheuer feuerte; die Kugel, die durch den Dämon hindurchging und Amanda tötete.
Welcher Wahnsinn hatte sie befallen, daß sie alle so schrecklich halluzinierten?

»Ich lese Eure Gedanken, mein Lieber, und Ihr befindet Euch im Irrtum. Die Wächtergötter sind keine Visionen. Es gibt sie wirklich.«
Mark fing an zu zittern. »Das glaube ich nicht!«
»Hunde und Aasgeier haben den Leichnam der Frau nicht angerührt, Davison. Ist Euch das kein Beweis für die Macht der sieben?«
»Es muß eine logische Erklärung dafür geben...«
»Ihr seid ein Narr, Davison!« Nofretetes Aura flackerte auf und blendete ihn. »Ihr bereitet mir unerträglichen Verdruß. Öffnet die sieben Löcher Eures Hauptes, o Mann der Gelehrsamkeit! Wenn Ihr nur das glaubt, was Ihr mit Euren Augen seht und mit Euren Ohren hört, so seid versichert: Ihr werdet die Dämonen sehen.«

Mark spürte in seinem Magen einen so heftigen Schmerz, als habe er ein glühendes Stück Kohle verschluckt. Es brannte so heftig, daß er das Gesicht verzog. Es war die Anspannung des Augenblicks...
»Hast du dich entschieden?« fragte Ron.
Mark streckte zitternd eine Hand aus. »Hier. Wir werden hier ein kleines Loch bohren und mit einem Licht hineinleuchten, um uns Einblick zu verschaffen.«
»Was machen wir, wenn die Tür so dick ist, daß wir sie nicht als Ganzes entfernen können?«
»Dann werden wir sie mit einer Bandsäge zerlegen.« Mark griff nach Hammer und Meißel und warf einen letzten Blick auf seine Gefährten, bevor er mit der Arbeit begann. Sie waren alle um ihn herum in der Grube versammelt, sogar der aschfahle Hasim, der sich auf Jasmina stützte. Mark sagte: »Alles klar, dann mal los.« Er setzte die Spitze des Meißels zwischen zwei Hieroglyphenreihen an, holte tief Luft, hielt den Atem an, hob den Hammer und ließ ihn niedersausen, was einen hohen metallischen Klang verursachte.

Einundzwanzig

Als der letzte Steinbrocken unter dem Meißel nachgab, brauste ein gewaltiger Luftzug durch das Loch nach draußen und pfiff mit solcher Heftigkeit vorbei, daß die Umstehenden erschrocken zurückwichen, da sie fürchteten, die Tür könnte bersten.
»Um Himmels willen!« schrie Ron und brachte sich vor dem übelriechenden Wirbel in Sicherheit.
Sie starrten bestürzt und verwirrt auf das Loch, während sie dem jammernden Sog des Luftzuges lauschten und einen warmen, fauligen Hauch auf ihren Gesichtern spürten. Dann ebbte der Wind allmählich ab, und alles war wieder ruhig.
Mark griff nach seiner Taschenlampe und leuchtete durch die zwölf Zentimeter breite Öffnung, die er in die Felsentür gehauen hatte. Er beugte sich behutsam vor und spähte hinein.
»Was sehen Sie?« fragte Halstead, der sich dicht hinter ihn drängte.
»Ich sehe...«, Mark wich ungläubig zurück, »absolut nichts!«
»Was?« Ron nahm ihm die Taschenlampe aus der Hand und stellte sich vor das Loch. Er ließ den Lichtstrahl nacheinander aus allen Winkeln einfallen, veränderte seine eigene Position, um besser sehen zu können, und mußte schließlich ebenfalls aufgeben. »Du hast recht. Ich kann nicht das geringste sehen.«
»In Ordnung, alle Mann raus aus dem Graben! Wir werden das Ding jetzt aufschneiden.«

Das Kreischen der Bandsäge erfüllte den Cañon mit wütend klingendem Surren. Mit Sonnenbrillen und Mundschutz versehen, rückten Mark und Ron dem Fels zu Leibe, während die anderen gespannt um den Graben herumstanden und beobachteten, wie die Tür in schwere Einzelblöcke zerfiel.
Mark und Ron gingen vorsichtig zu Werke und legten hin und wieder eine Pause ein, um in die größer werdende Öffnung hineinzuleuchten und sich zu vergewissern, daß sie drinnen nichts beschädigten. Doch als das Tageslicht ins Innere strömte, sahen sie lediglich einen langen, schmalen Schacht vor sich, einen dunklen, geheimnisvoll wirkenden

Gang, der unendlich tief in den Abgrund zu führen schien. Sie entfernten den Rest der Tür und schufen damit eine Öffnung, in der man bequem stehen konnte. Dann starrten sie alle sprachlos in den düsteren Abgrund, der sich vor ihnen auftat.
»Gehen wir hinein?« fragte Halstead.
»Es ist besser, wenn ich erst einmal allein hineingehe. Man kann nicht so ohne weiteres in ein Grab eindringen. Einige sind mit Fallen und Schutzvorrichtungen ausgestattet worden«, erklärte Mark.
»Ich komme mit dir«, sagte Ron.
»Gut. Nimm dir eine Taschenlampe. Abdul, du bleibst dicht vor dem Eingang stehen. Vielleicht werden wir schon bald um Hilfe rufen.«
Jasmina streckte die Hand aus und berührte Marks Arm.
»Bitte, geben Sie auf sich acht.«
Mark drückte ihre Hand. »Keine Sorge. Fertig, Ron?«
Sein Freund nickte ernst.
»Na, dann mal los!«
Mark ging voran und ließ den hellen Strahl der Taschenlampe vor sich kreisen. Die Wände standen eng zusammen und waren grob behauen. Die Decke war niedrig. Er und Ron würden leicht vornübergebeugt und hintereinander gehen müssen. Mark zog den Kopf ein und überquerte die Schwelle. Als er vorsichtig weiterging, hörte er, wie Ron hinter ihm eintrat. Mark ließ den Lichtstrahl langsam an den Wänden entlanggleiten, während er behutsam einen Fuß vor den anderen setzte. Der Boden war nicht so uneben wie die Wände, aber er war mit kleinen Steinchen bedeckt, so daß jeder Schritt ein knirschendes Geräusch verursachte. Hin und wieder blieb Mark stehen, um den Strahl der Lampe direkt nach vorne zu richten, doch das Licht wurde von der Dunkelheit geschluckt. Er und Ron bewegten sich im Schneckentempo in einem endlos scheinenden Tunnel entlang.
Einmal schaute Mark über die Schulter zurück und gewahrte hinter Ron den Eingang, ein kleines Rechteck, an dessen Rändern sich neugierige Gesichter gegen das Tageslicht abzeichneten.
»Puh!« murmelte Ron, als sie etwa dreißig Meter gegangen waren.
»Hier riecht es entsetzlich! Mir wird ganz übel davon!«
»Das ist dreitausend Jahre alte Luft. Die letzten, die sie eingeatmet haben, waren die Amun-Priester.«
Ron leuchtete die roh behauenen Wände ab. »Das ist sonderbar,

Mark. Keine Zeichnungen, keine Inschriften, nichts. Was glaubst du, wie weit führt dieser Gang in den Berg hinein?«

Mark antwortete nicht. Er hatte ein flaues Gefühl im Magen. Vor ihm dehnte sich die Dunkelheit.

»He«, witzelte Ron nervös, »kannst du es noch nicht sehen? Wir gehen weiter und weiter, bis wir am anderen Ende zu einer Tür kommen, und wenn wir sie öffnen, blickt uns ein Haufen Chinesen erstaunt an...«

Plötzlich blieb Mark stehen und streckte eine Hand aus, um sich zu stützen.

»Was ist los?«

»Ich glaube, wir haben das Ende erreicht.«

Mark richtete die Taschenlampe nach unten und entdeckte, daß seine Stiefelspitzen über einen Rand hinausragten. Vor ihnen gähnte ein unbestimmbarer Abgrund. »Leuchte über meinen Kopf hinweg«, sagte Mark leise, während er vor Ron in die Hocke ging. »Wir wollen sehen, was da unten ist.«

Zwei Lichtkegel glitten über einen sauberen Steinfußboden, an weißen, glatten Wänden hinauf und an einer grob behauenen Decke entlang. Der dreißig Meter lange Gang war hier zu Ende und mündete in einen kleinen, kahlen Raum, der etwa drei Meter unterhalb des Schachtbodens lag.

»Wie es scheint, werden wir leer ausgehen«, wisperte Ron, der mit zitternder Hand versuchte, den Raum auszuleuchten.

»Vielleicht aber auch nicht. Schau mal dort drüben.«

Auf der gegenüberliegenden Seite der Kammer befand sich, in eine glatt verputzte Wand eingelassen, eine weitere Steintür. Sie schien in aller Eile verschlossen worden zu sein.

»Wir brauchen eine Leiter, Lampen und die Geräte.«

Mark wandte sich seinem Freund zu. »Ich gehe jede Wette ein, daß hinter dieser Tür der Mann liegt, nach dem wir gesucht haben.«

Das Essen blieb unberührt. Niemand verspürte Hunger, und Abduls rasch zubereitetes *Ful* sah nicht gerade verlockend aus.

»So«, begann Mark. »Die endgültige Entscheidung liegt nun bei Ihnen.«

Der Vertreter der staatlichen Behörde für Altertümer, der kreidebleich dasaß und in seine Teetasse starrte, antwortete nicht sofort.

Mark wechselte einen Blick mit Jasmina, die stumm den Kopf schüttelte. Dann fuhr er fort: »Wir sind startklar, Hasim. Die Ausrüstung liegt bereit. Alles, was wir noch brauchen, ist Ihre Genehmigung, diese Tür zu öffnen.«

Hasim al-Scheichly war im letzten Augenblick daran gehindert worden, nach El Till zu fahren, um dort das geplante Telefonat zu führen. Kurz nach der Rückkehr der Gruppe aus dem Cañon war er auf seinem Bett zusammengebrochen, und Jasmina hatte ihm eine Spritze geben müssen, um seine Schmerzen zu lindern. Als er jetzt, eine Stunde später, geschwächt und zitternd im Speisezelt saß und alle Augen auf sich gerichtet sah, wünschte der kränkliche junge Mann nur noch, sich hinlegen und sterben zu können.

»Es ist...« begann er mit schwacher Stimme, »keine leichte Entscheidung. Meine Vorgesetzten sollten jetzt eigentlich hier sein. Sie hätten bereits bei der Öffnung der ersten Tür zugegen sein sollen.«

Mark begriff den Zwiespalt, in dem sich der arme Mann befand: In seiner gegenwärtigen Verfassung würde Hasim abgelöst werden und nicht mehr für diese Ausgrabung zuständig sein. Da er an jedem Tag damit gerechnet hatte, daß es ihm bessergehe, hatte er die Meldung an seine Vorgesetzten immer wieder aufgeschoben. Jetzt blieb die Entscheidung an ihm hängen. Mark sagte: »Lassen Sie uns auf der Stelle nach El Till fahren, und rufen Sie von dort aus an.«

Hasim schüttelte bedächtig den Kopf. »Diese Dorftelefone sind unzuverlässig. Es wird Stunden dauern, bis der Anruf durchkommt. Ich kann nicht... Dr. Davison, ich bin müde, bitte lassen Sie mich schlafen.«

»Hasim, wir brauchen die Genehmigung, um mit der Öffnung des Grabes weitermachen zu können. Sie zögern, uns Ihre Einwilligung zu geben, und sind nicht in der Verfassung, zu einem Telefon zu fahren. Lassen Sie mich nach El Till fahren und den Anruf tätigen.«

»Es kann sein, daß Sie es in El Till stundenlang probieren müssen, bevor Sie durchkommen. Bis dahin wird sich niemand mehr im Amt aufhalten. Lassen Sie uns bis morgen früh warten, bitte... Morgen werde ich mich bestimmt besser fühlen.«

Während Mark diesen Vorschlag noch erwog, mischte sich Alexis plötzlich in die Unterhaltung ein. Sie sprach seltsam abgehackt: »Es ist noch hell genug, um die innere Tür zu öffnen. Es hat doch keinen

Sinn, hier herumzusitzen und zu warten, bis wir grünes Licht für etwas bekommen, was wir früher oder später ohnehin tun werden. Ich dachte, Mr. al-Scheichly hätte hier die Entscheidungsbefugnis. Warum ist er sonst mitgekommen, wenn nicht als Vertreter der Behörden? In meinen Augen hat er die Befugnis, die notwendigen Entscheidungen zu treffen.«

Mark wandte sich al-Scheichly zu und sagte ruhig: »Hasim, wäre es Ihnen lieber, wenn wir Sie nach El Minia ins Krankenhaus bringen?«

»Bloß nicht!« Einen Moment lang blickte er Mark entsetzt an. »Wir sind zu nah dran. Die Entdeckung des Grabes wird mir als Verdienst angerechnet werden. Ich kann jetzt nicht aufgeben.«

»Aber es geht Ihnen nicht gut...«

»Es geht mir gut genug, um eine amtliche Entscheidung zu fällen.«

Hasim atmete mühsam und keuchend. Sein Gesicht glänzte schweißgebadet. »Mrs. Halstead hat recht. Ich bin hierher geschickt worden, um die Regierung dieses Landes zu vertreten. Als Bevollmächtigter übernehme ich die volle Verantwortung... Dr. Davison, Sie können die innere Grabkammer öffnen...«

Alles war vorbereitet. Eine Strickleiter war befestigt, die Kammer hell erleuchtet; Hämmer, Meißel und Sägen lagen an der Tür bereit.

Die sieben kletterten einer nach dem anderen den Schacht hinunter, bis sie alle in dem vier mal vier Meter großen Vorraum standen und zu dem erstaunlichsten Wandgemälde aufblickten, das sie je gesehen hatten.

»Das ist unglaublich!« stieß Halstead hervor. »Das ist einfach...« Seine Stimme erstarb.

An der Wand vor ihm ragten übergroß und bedrohlich sieben furchteinflößende Gestalten zur Decke auf. Es waren Ungeheuer, phantastische Gebilde, halb Mensch, halb Tier. Jede Figur wirkte wie erstarrt, so daß man den Eindruck hatte, sie seien einst lebendig gewesen und wären mitten in der Bewegung überrascht worden: Eine der Gestalten hatte die Hand erhoben, als grüße sie; eine andere hatte beide Arme ausgestreckt, als wolle sie jemanden packen; eine dritte schwang eine Sichel über dem Kopf, bereit, sie niedersausen zu lassen. In Farben, die noch genauso leuchteten wie an dem Tag, als sie aufgetragen worden waren, standen die sieben Wächtergötter wie Zinnsoldaten in einer Reihe. Sie waren in strengem Profil dargestellt, und jeder von ihnen blickte mit einem drohenden Auge herab. Die sieben Dämonen, die das Grab bewachten.

In der Mitte reckte sich ein nackter, muskulöser Mann, dessen eckiger Körper in glänzendem Gold gemalt war und dessen mächtige Arme an der Seite herabhingen. Das war Amun der Verborgene. Zu seiner Rechten stand die Göttin, die die Toten in Fesseln legt, eine feingliedrige, wohlgeformte Frau mit dem Kopf eines Skorpions, die zum Zeichen der Huldigung die Hand erhoben hatte. Daneben der Aufrechte, ein auf den Hinterbeinen stehendes Wildschwein mit menschlichen Armen. Das Ende dieser Reihe bildete ein Untier mit flammend roter Mähne und ebensolchen Augen, das Amun das Gesicht zuwandte und mit seinen vier Beinen zum Sprung anzusetzen schien. Es handelte sich um Seth, den Mörder des Osiris. Auf der anderen Seite von Amun, ebenfalls im Profil und dem Verborgenen zugewandt, stand Am-mut der Gefräßige, ein Scheusal mit den Hinterbeinen eines Nilpferds, den Vorderbeinen eines Löwen und dem Kopf eines Krokodils. Sein höhnisches Grinsen entblößte eine Reihe spitzer, scharfer Zähne. Hinter Am-mut folgte Akhekh der Geflügelte, eine Antilope mit Schwingen und einem Vogelkopf. Und als letzter kam Apep der Schlangenartige, ein sichelschwingender Mann, zwischen dessen Schultern sich anstelle eines Kopfes eine glänzende Kobra ringelte.

Die vier Amerikaner und drei Ägypter starrten sprachlos vor Staunen auf das Wandgemälde, wobei jeder von ihnen den Blick wie gebannt auf das hypnotische Auge eines der Götter richtete. Niemand rührte sich von der Stelle; niemand wagte auch nur mit der Wimper zu zukken. Alle sieben hielten den Atem an.

Halstead starrte mit Schrecken auf Amun, den goldenen Gott in der Mitte, den Dämon, der ihn in seinen Alpträumen heimgesucht hatte.

Hasim, der sich auf Jasmina stützte, konnte die Augen nicht von der skorpionköpfigen Göttin wenden.

Ron stand wie gelähmt vor Am-mut dem Gefräßigen, der ihn mit seinem Krokodilauge wie hypnotisch in Bann schlug. Alexis, die von dem roten, flammenden Haar Seths gefesselt war, flüsterte: »Sie sind so... lebensecht...«

Marks Stimme klang gepreßt, das Sprechen fiel ihm schwer. »Durch die hermetische Versiegelung des Grabes sind die Farben frisch geblieben. Bald werden sie verblassen...«
Niemand rührte sich.
Die sieben Wächtergötter standen majestätisch und grauenerregend vor ihnen, drei Meter groß und bis ins kleinste Detail genau dargestellt – von den Falten der Lendenschurze bis zu den Brustwarzen auf den nackten Oberkörpern. Eines fiel jedoch besonders auf: Nirgends standen auch nur ein Wort oder eine Hieroglyphe geschrieben.
Halsteads Stimme bebte. »Was zum Teufel ist das für ein Bild?«
»Ich weiß nicht«, flüsterte Mark. »Eine solche Wandzeichnung ist mir in meiner ganzen Laufbahn noch nicht untergekommen. Sie steht in völligem Widerspruch zur altägyptischen Religion.«
»Ich verstehe das nicht. Die anderen Wände sind kahl; nur auf die eine hier sind diese greulichen Gestalten gemalt worden! So sehr können sich die Amun-Priester doch gar nicht vor Echnaton gefürchtet haben, oder?«
»Ich weiß nicht.«
»Und wir wissen nicht einmal genau, ob dies hier überhaupt sein Grab ist. Was um alles in der Welt mag sich nur hinter dieser Tür befinden, daß sie uns mit diesen... diesen Monstern vertreiben wollten?«
Mark zwang sich dazu, dem Wandgemälde den Rücken zuzukehren. »Das hier ist Echnatons Grab, Mr. Halstead.«
»Wie können Sie so sicher sein? Vielleicht ist es nicht einmal ein Grab! Vielleicht ist es ein Depot für irgend etwas Schreckliches, dessen Entdeckung die alten Ägypter verhindern wollten!«
»Halstead...«
»Sie sind bis zum Äußersten gegangen, um uns von hier fernzuhalten. Wir sollten besser machen, daß wir hier herauskommen!«
»Sanford!«
Alle sahen Alexis an. Ihre Stimme klang schrill und hysterisch. Sie packte ihren Mann am Arm und rief wütend: »Hör sofort auf damit! Hast du mich verstanden? Niemand verläßt das Grab! Wir werden diese Tür öffnen und nachsehen, was sich dahinter verbirgt!«
Halstead sah sie in heillosem Schrecken an. »Es gefällt mir nicht!« schrie er und fuhr sich mit dem Handrücken über seine blutige Oberlippe. »Ich will nicht sterben...«

»Sie haben ihre Augen auf uns gerichtet«, ließ sich eine ängstliche Stimme vernehmen. Es war Jasmina. »Die Antilope mit dem Vogelkopf. Sie schaut mich direkt an.«
Einen kurzen Augenblick lang starrte Mark sie an, und ihm gefror das Blut in den Adern. Dann klatschte er plötzlich laut in die Hände. »Jetzt aber mal los, wir haben noch jede Menge zu tun!« rief er mit gespielter Munterkeit. »Die Sonne geht bald unter; wir müssen uns beeilen. Ich will die Tür noch vor Anbruch der Dunkelheit aufbekommen!«

Es war ein schlichter Kalksteinblock, der keine andere Markierung trug als die Siegel der Totenstadt Theben. Mark und Ron unterzogen die Tür einer eingehenden Prüfung, beklopften sie an verschiedenen Stellen mit dem Hammer und einigten sich darauf, genau in der Mitte mit der Arbeit zu beginnen.
Mark setzte den Meißel an, hob den Hammer und nahm allen Mut zusammen. Er wußte nicht, was ihn erwartete – vielleicht wieder ein fauliger Luftzug, vielleicht ein Aufheulen des im Schlaf gestörten Toten. Als er den Meißel in den Stein trieb, spannte er jeden Muskel an und machte sich darauf gefaßt, sofort davonzurennen. Die anderen verharrten wie erstarrt am selben Fleck. Sie konzentrierten sich auf die Spitze des Meißels und versuchten, die sieben riesenhaften Gestalten, die von der Wand auf sie herabstarrten, nicht zu beachten.
Die Hammerschläge brachen sich dumpf und mißtönend an den Wänden. Ein ohrenbetäubender Lärm erfüllte die Kammer, drang durch den Gang nach draußen und hallte im Cañon wider. Bei jedem Schlag ging ein Schauer von Splittern und Staub auf die Umstehenden nieder. Alle warteten gespannt.
Mark schlug ein letztes Mal zu, und der Meißel stieß durch die Tür.
Ein Schauer durchfuhr die Gruppe, während sie voll schlimmer Erwartung auf das Loch starrte. Als nichts geschah, atmeten sie erleichtert auf und lösten sich ein wenig aus ihrer Verkrampfung. Mark trat von der Tür zurück und wischte sich mit zitternder Hand übers Gesicht. Sein Bart war schweißgetränkt. Er hob das Werkzeug auf, wappnete sich mit neuem Mut und begann wieder zu hämmern.
Als das Loch groß genug war um hindurchsehen zu können, leuchtete er mit der Taschenlampe in den Raum auf der anderen Seite, konnte aber nichts erkennen.

Als dann mit der Bandsäge der größte Teil der Tür durchschnitten worden war, wurde die Luft in der Kammer so stickig, daß man nur schwer atmen konnte. Doch keiner wollte nach draußen gehen. Langsam, Zentimeter um Zentimeter, tat sich die Grabkammer vor ihnen auf.

Mark setzte die Säge ab, beugte sich mit der Taschenlampe vor und streckte den Kopf durch die aufgesägte Türöffnung.

»Was sehen Sie?« fragte jemand mit einer unnatürlich klingenden Stimme.

»Nun«, Marks Mund war ungewöhnlich trocken, »es ist wirklich eine Grabkammer...«

»Gibt es da drin einen Sarkophag?« wollte Halstead wissen.

Mark holte tief Luft. »Ja...«

Alle wichen zurück und wechselten nervöse Blicke. Mark und Ron drangen mit ihren Taschenlampen in die Grabkammer ein. Nachdem sie rasch die kahlen Wände, den glatten Boden und die rauhe Decke abgeleuchtet hatten, sahen sich die beiden Ägyptologen im schwachen Lichtschein an.

»Das ist alles«, murmelte Mark. »Keine weiteren Räume. Nur das hier. Wir sind am Ende angelangt.«

»Und hier ist nichts.«

»Nein«, bestätigte Mark, »nur diese beiden hier.« Und er richtete den Strahl seiner Taschenlampe auf die beiden massiven Granitsarkophage, die in der Mitte des Raumes standen.

Sie hatten im Grab keine Inschriften entdeckt, die den Namen des Verstorbenen offenbarten, und auch auf den Steinsärgen war nichts vermerkt, was Aufschluß darüber gegeben hätte, wer – oder was – dort drin lag. Mark und Ron waren nicht imstande gewesen, die schweren Sargdeckel alleine zu heben. So waren die sieben in düsterer Stimmung ins Camp zurückgekehrt, und keinem gelang es, den eisigen Schrecken abzuschütteln, der ihnen beim Anblick der Wächtergötter in die Glieder gefahren war. Jetzt, vier Stunden später, lag das Camp dunkel und ruhig da. Hasim dämmerte unruhig vor sich hin, in einem durch Beruhigungsmittel erzeugten Halbschlaf. Halstead stöhnte auf seinem Bett und hielt sich einen Eisbeutel an die Nase. Alexis lag in tiefem, traumlosem Schlummer. Sie atmete kaum, und ihr Gesicht strahlte eine totenähnliche Ruhe aus. Abdul kniete auf dem Gebetsteppich neben seinem Feldbett und richtete einen feierlich-monotonen Sprechgesang gen Mekka. Jasmina lag zusammengekrümmt auf der Seite und blinzelte ins Dunkel. Nur die beiden Ägyptologen waren noch auf den Beinen: Ron in seiner Dunkelkammer, Mark auf einem Spaziergang durch die Sandhügel jenseits des beleuchteten Camps. Er fröstelte und vergrub die Hände in den Taschen seiner Windjacke. In all den Monaten, die er in Ägypten verbracht hatte, war keine Nacht auch nur annähernd so kalt gewesen wie diese. Die Nächte schienen immer kälter geworden zu sein, als habe sich ein Gletscher auf das Land herabgesenkt. Er ließ den Blick über die dunklen, verlassenen Ruinen der Arbeitersiedlung schweifen. Die Fellachen waren alle fort, keiner war geblieben. Mark lenkte seine Gedanken auf die Sarkophage, deren Granitdeckel sich keinen Millimeter bewegt hatten, als er und Ron mit vereinten Kräften dagegendrückten. Man müßte prüfen, welche Werkzeuge zu ihrer Entfernung benötigt wurden. Wenn Hasim am nächsten Morgen mit Kairo telefonierte, würde Mark um ein Hebegerät bitten...

»Davison...«

Er blieb unvermittelt stehen. Nofretete erschien plötzlich vor ihm.

»Ihr habt ihn gefunden«, sagte sie. »Nun müßt Ihr ihm Leben einhauchen.«

»Ich habe zwei Särge gefunden.«

»Ja, mein Lieber.«

»Wer liegt in dem anderen?«

Ihre Augen wurden traurig; sie streckte ihre Hände aus.

»Wißt Ihr das nicht? Ich bin es, Davison. Ich liege in dem anderen Sarg.«

Mark preßte eine Faust an seine pochende Schläfe. »Das ist Wahnsinn!«

»Davison, Ihr müßt mir zuhören! Ich muß es Euch begreiflich machen. Ich bitte Euch, hört mich zu Ende an...«

Er ließ seine Hand sinken und sah sie verwirrt an. »Es gibt keine Kartuschen im Grab, keine Inschriften, keine Kanopen. In den vier Haupthimmelsrichtungen befinden sich keine Amulettziegel. Das verstehe ich nicht.«

»Habt Erbarmen mit uns, Davison! Sucht in Eurem Herzen nach der

Quelle der Barmherzigkeit und des Mitgefühls! Ihr müßt uns befreien!«
»Befreien wovon?«
Sie sprach hastig und flehentlich. »Die Särge sind unsere Gefängnisse. Die Priester bestatteten uns ohne Identität. Sie verurteilten uns zu ewiger Bewußtlosigkeit, zu einem Tod, der kein Tod ist. Wir schlafen beide namenlos, aber ich besitze mein Erinnerungsvermögen, mein Geliebter nicht. Er schlummert in einem Dämmerschlaf, in dem ich ihn nicht erreichen und er mich nicht hören kann. Seht, ich habe in diesen Tausenden von Jahren ständig versucht, ihn zu wecken, doch es kann nicht durch mich geschehen.«
»Wie kommt es, daß Euer Geist frei umherwandert?«
»Ich weiß es nicht, Davison. Ich bin aufgewacht, das ist alles...«
»Dann könnt Ihr doch fortgehen. Ihr könnt diesen Ort verlassen und zur Sonne fliegen...«
»Ich kann nicht!« jammerte sie. »Ich werde meinen Geliebten nicht verlassen. Ja, aus mir unbekannten Gründen bin ich erwacht, und mein Geist lebt. Aber ich will meinen allerliebsten 'Khnaton, meinen Mann, mein ein und alles nicht verlassen! Wie kann ich die Glückseligkeit des Westlichen Landes genießen, wenn ich weiß, daß er noch immer in diesem kalten Grab liegt, ohne Bewußtsein und traumlos? Davison, Ihr seid ein Narr, wie könnte ich meinen Geliebten verlassen?«
Mark kniff die Augen fest zusammen. »Ich werde wahnsinnig...«
»Ihr müßt die Tat rasch vollbringen, Davison, Ihr müßt uns bald befreien, denn die sieben sind aufgebracht. Ihr müßt uns zum Leben erwecken, bevor sie Euch Einhalt gebieten.«
Ihre Worte gingen in ein Wehklagen über. »Ich sehne mich danach, mit meinem Liebsten wieder vereint zu sein! Gebt uns unsere Namen zurück, Davison, sprecht die magischen Auferstehungsformeln. Dann können mein Geliebter und ich diesen Ort verlassen und in die Glückseligkeit des Westlichen Landes eingehen.«
Mark war innerlich aufgewühlt. »Warum gerade ich?«
»Weil Ihr allein meiner Sprache mächtig seid.«
»Dazu bin ich nicht hierhergekommen! Ich habe eine andere Verpflichtung! Ich muß diese Mumien wegbringen und...«
»Ich habe mir so viel Mühe gegeben!« klagte Nofretete. »All diese

langen, trostlosen Jahre! Wie sehr habe ich versucht, mich einer anderen mitzuteilen, und doch hatte ich nicht die Kraft dazu. Diese andere, deren Kopf vom Donner gespalten wurde, war hierhergekommen, und ich versuchte, mich ihrer zu bemächtigen. Doch ich brachte es nicht fertig, denn die Frau war von so unerfüllter Leidenschaft besessen, daß sie zur zügellosen Buhlerin wurde. Ich konnte sie nicht dazu bringen, zu tun, was ich wollte.«

»Amanda Ramsgate...«

»Und die andere mit dem lodernden Haar bekämpft mich. Ihr eigener starker Wille prallt mit meinem zusammen. Wenn meine Liebe für 'Khnaton sie überwältigt, vermag ich sie nicht mehr zu zügeln, wie Ihr gesehen habt. Ihr müßt mein Werkzeug sein, Davison. Ihr kennt unsere Lebensweise und unseren Glauben. Wie lange habe ich darauf gewartet, daß einer wie Ihr in dieses Tal kommt, ein Mann, der mit den alten Sitten vertraut ist. Das Wissen ist in Eurem Kopf bereits vorhanden, Davison. Ihr wißt, daß die Seelen der Toten nicht ohne Identität ins Westliche Land fliegen können. Wenn niemand die gebührenden Formeln und Zaubersprüche rezitiert, ist die Seele auf ewig im Leib gefangen. Und wenn der Leib zerstört wird, wird mit ihm auch die Seele zerstört. Schreibt unsere Namen auf unsere sterblichen Hüllen, Davison, und sprecht die alten Gebete. Dann werden unsere Seelen erlöst, und wir können ein Leben in ewiger Glückseligkeit führen. Aber danach müßt Ihr unsere Mumien schützen und dafür sorgen, daß sie keinen Schaden nehmen, denn wie Ihr wißt, mein Lieber, muß die Seele regelmäßig in den Körper zurückkehren, um zu ruhen...«

Mark hätte schreien mögen. Ja, er wußte es! Er kannte sie nur zu gut, die altägyptischen Vorstellungen vom Leben nach dem Tod. Daß die Seele tagsüber mit der Sonne wanderte und nachts im Körper schlief. Aber die Seele mußte wissen, wo der Körper lag. Was war aus den Seelen der Mumien geworden, die, über die ganze Welt verstreut, in den Glaskästen der Museen lagen? Welches Unheil hatten die Ägyptologen im Namen der Wissenschaft angerichtet? Die Seele würde das Grab bei ihrer Rückkehr leer vorfinden. Wieviel Schmerz und Qual war durch die Wissenschaft verursacht worden! Und er, Mark Davison, war drauf und dran, sich desselben Verbrechens schuldig zu machen – er würde die Leichname weit weg, in eine ferne Stadt nilab-

wärts bringen, so daß die Seelen des Königs und der Königin verwirrt und verloren im Dunkel des Grabes nach ihrer schützenden Hülle suchen würden...
Er blickte sie über den Sand hinweg an, während er mit seinen widersprüchlichen Gefühlen kämpfte.
»Glaubt an die Götter Ägyptens, mein Lieber, denn sie sind Inkarnationen Atons! Sie existieren...«
»Das glaube ich nicht.«
»Beeilt Euch, Davison, bevor es zu spät ist. Ihr werdet Ruhe vor den Dämonen haben, wenn Ihr uns die Freiheit gegeben habt, doch solange wir schlummern, droht Euch ernste Gefahr.«
»Warum lassen Sie mich nicht in Ruhe?«
»Es beginnt, Davison. Da!« Nofretete streckte einen geisterhaften Arm aus und deutete mit dem Finger auf einen Punkt hinter ihm. »Es beginnt...«
Mark drehte sich um und sah, wie die Eingangsplane des Dunkelkammerzelts zur Seite geschoben wurde. Ron trat wankend heraus und sah sich suchend um. Es schien, als wittere er etwas in der Luft. Mark eilte durch das Lager auf ihn zu. »Was ist los, Ron?«
Ron ließ den Blick langsam über das schlafende Camp gleiten und starrte argwöhnisch auf den dunklen Saum, der das erleuchtete Lager begrenzte. »Da kommt etwas«, flüsterte er. »Aus dieser Richtung nähert sich etwas.«
Mark schauderte und begann unwillkürlich zu zittern. »Ich höre nichts.«
»Du kannst es auch nicht hören. Es ist ein Gefühl. Ich stand am Entwicklerbad, als mich plötzlich ein Gefühl äußerster... Hoffnungslosigkeit überkam.« Er blickte Mark direkt ins Gesicht. »Du spürst es auch. Ich sehe es dir an.«
Mark versuchte, nicht das Gesicht zu verziehen, als ihm ein stechender Schmerz in die Schläfen fuhr. Ja, er spürte es, wie er es zuvor schon zweimal gespürt hatte: ein schreckliches Grauen, eine seelische Qual, das plötzliche Bedürfnis, auf die Knie zu fallen und zu weinen.
»Horch!« Ron hob die Hand. »Jetzt kannst du es hören.«
Mark riß die Augen auf und starrte in die Schwärze jenseits des Lichtkegels. Da war es. Aus der Ferne hörte man es durch die pech-

schwarze Nacht näher kommen; zunächst nur ein Flüstern, dann aber immer lauter: Tock–tock, tock–tock... Es klang wie der unregelmäßige Schritt eines Betrunkenen, wie das Pochen eines Herzschlags, tock–tock, tock–tock; als ob jemand halb benommen vorwärts taumelte und sich mit schweren Schritten über den kalten Sand schleppte.

Es rückte immer näher.

Ron öffnete den Mund, als wolle er schreien.

Mark trat einen Schritt zurück, prallte gegen eine Zeltstange und blieb wie versteinert stehen.

Es war den ganzen Weg vom Grab zu Fuß heruntergekommen: durch den langen Schacht, die dreizehn Stufen hinauf, durch den dunklen Cañon, das Wadi hinunter, am Fuße der Felswand entlang bis zu den kleinen weißen Zelten. Langsam und unerbittlich näherten sich die geisterhaften Schritte. Es kam barfuß über den Sand.

Dann sahen sie die Gestalt. Sie wankte aus der Dunkelheit ins Licht: eine hochgewachsene, feingliedrige Frau mit cremefarbener Haut und einem wohlgeformten Körper. Sie hatte lange Arme und Beine, und ihr durchsichtiges Kleid gewährte einen Blick auf kleine, feste Brüste mit rosa Brustwarzen, breite Hüften und einen dreieckigen Schatten zwischen ihren Oberschenkeln.

Über ihren Schultern saßen anstelle eines Kopfes zwei lidlose Augen und die harten Scheren eines Skorpions.

Ron stieß einen hohen, erstickten Schrei aus, der an das klägliche Miauen einer Katze erinnerte.

Am Rand des Lichtkreises hielt das Ungeheuer kurz inne, während sich seine gelben, glänzenden Scheren beständig öffneten und schlossen. Dann setzte die Skorpionfrau mit hängenden Armen taumelnd ihren Weg fort. Am Eingang eines der Zelte blieb sie stehen. Mark versuchte zu schreien, eine Warnung auszustoßen, aber er hatte keine Stimme und keinen Atem mehr. Er war gelähmt wie in einem Traum. Er konnte gerade noch mit Entsetzen beobachten, wie die schlanken Arme sich ausbreiteten, als wollten sie einen Geliebten umarmen, da verschwand die Gestalt im Innern des Zeltes.

Ein markerschütterndes Geheul drang nach draußen. Aus der Erstarrung befreit, fiel Mark auf die Knie. Ein Licht nach dem anderen ging an. Jasmina erschien im Eingang ihres Zelts und verknotete rasch

ihren Morgenmantel. Sanford Halstead stolperte halbnackt und mit verwirrtem Gesichtsausdruck aus seinem Zelt.
Ein zweites Heulen zerriß die Nacht. Dann konnte auch Ron sich bewegen. Er trat von der Zeltwand weg, taumelte über den Sand und schlug die Plane zurück, durch die das Wesen eingedrungen war.
Auf dem Boden kniete mit glasigen Augen Abdul. Er warf den Kopf zurück und heulte ein drittes Mal auf.
Jetzt waren auch die anderen zur Stelle: Jasmina, die ihre Arzttasche umklammert hielt, Halstead, der völlig entgeistert vor sich hinstarrte, Ron, vom Schluchzen geschüttelt, und schließlich Mark, der gegen die Zeltstange fiel und wie betäubt auf den Körper von Hasim al-Scheichly starrte.
Er lag auf dem Rücken, nackt, mit großen, leblosen Augen, und seine Haut wimmelte von gelben, unbehaarten Skorpionen, die immer und immer wieder zustachen.

Zweiundzwanzig

Mark versuchte, das Zittern seiner Hände unter Kontrolle zu halten, aber es wollte ihm nicht gelingen. Als er sich einen Bourbon eingoß, verschüttete er die Hälfte des Whiskys auf dem Fußboden. Die Eingangsplane wurde zurückgeschlagen, und er schrie auf vor Schreck und ließ das Glas fallen. Es war Jasmina.
Sie sah abgespannt und müde aus; ihr Haar war zerzaust. Sie setzte sich Mark gegenüber, auf Rons Feldbett. »Sie schlafen jetzt.«
Mark hob das Glas auf, legte den Hals der Flasche auf den Glasrand und schaffte es so, sich einen Drink einzuschenken. Er stürzte ihn in einem Zug hinunter.
»Kommen Sie, ich gebe Ihnen ein Beruhigungsmittel«, sagte Jasmina.
»Nein, es geht schon wieder. Machen Sie sich keine Sorgen. Ich habe nicht die Absicht, mich zu betrinken.« Er stellte Flasche und Glas auf den Nachttisch und fuhr sich mit den Fingern durch die Haare. »Die anderen haben sich also wieder gefangen?«

»Ich habe Mr. Halstead und Abdul eine Spritze gegeben, damit sie schlafen können. Seltsamerweise ist Mrs. Halstead nicht aufgewacht, als Abdul schrie, und auch jetzt schläft sie tief und fest weiter.«
»Was ist mit Ron?«
»Er ist dabei, um das Camp herum Kameras aufzustellen und Leitungsdrähte zu spannen. Er sagt, wenn so etwas noch mal passiert, will er ein Foto machen.«
Mark lachte auf, war aber alles andere als belustigt. »Typisch Ron!« Dann schlug er die Hände vors Gesicht und schluchzte: »Mein Gott, sie hat mich gewarnt...«
»Mark...« Jasmina versuchte ihn zu trösten.
Er blickte auf.
»Wir müssen von hier weg«, fuhr sie fort.
»Nein«, widersprach er.
»Wir müssen von hier weg, wir alle, und zwar sofort.«
»Das wollen sie ja gerade«, stieß er mit gepreßter Stimme hervor. »Domenikos und der *Umda*. Begreifen Sie das nicht? Sie versuchen, uns zu verjagen. Wir haben für sie das Grab gefunden, und jetzt wollen sie es für sich. Sie können die Mumien für eine Menge Geld verkaufen.«
Jasmina war überhaupt nicht aufgeregt, ihre Stimme klang ruhig und fest. »Mark, das glauben Sie doch selber nicht. Sie haben die Kreatur gesehen, die Hasim tötete. Ron sagt, es ist ein Dämon aus dem Grab, die Göttin, die die Toten in Fesseln legt.«
»Sie werden diesem Unsinn doch keinen Glauben schenken!«
Jasmina betrachtete Mark eingehend. Sein vernunftwidriges Verhalten zeigte sich in fahrigen Handbewegungen, flackerndem Blick und einem Anflug von Hysterie in der Stimme. Er wollte der Wahrheit ganz einfach nicht ins Auge sehen. Aus einem unerfindlichen Grund wollte er unbedingt hierbleiben...
Sie erhob sich von Rons Bett, zog den Gürtel ihres Morgenmantels enger, setzte sich neben Mark und legte ihm eine Hand auf den Arm.
»Lassen Sie mich Ihnen etwas zur Beruhigung geben. Sie sind mit den Nerven völlig am Ende.«
»Nein.« Mark rang angestrengt um Fassung. Er holte mehrmals tief Luft und atmete langsam wieder aus. »Es war nur der erste Schock, als ich Hasim sah... Ich bekomme mich schon wieder in den Griff.« Er

faßte nach ihrer Hand und setzte ein beruhigendes Lächeln auf. »Machen Sie sich keine Sorgen um mich, Jasmina.«
»Das tue ich aber, Mark. Ich kann einfach nicht anders.«
Er schaute in ihre dunklen Augen und wurde zusehends ruhiger, als sie sich an ihn lehnte und er die Wärme ihres Körpers spürte. »Sie sind sehr tapfer«, murmelte er. »Sie sind die einzige von uns, der es gelungen ist, einen kühlen Kopf zu bewahren, während Sie herumrannten, Spritzen austeilten, die Kranken versorgten und die Hysterischen zur Vernunft brachten. Eigentlich hätte es gerade umgekehrt sein müssen. In einer solchen Situation könnte man erwarten, daß Sie völlig durchdrehen und daß ich der Mann mit den stählernen Nerven bin, der Sie beruhigt.«
Er verstummte, und sie sahen einander in die Augen. Schwach drangen die Geräusche, die Ron beim Aufstellen der Stative machte, durch die Zeltwand zu ihnen.
»Wir werden folgendes tun, Jasmina: Morgen früh telefoniere ich mit Kairo. Danach werde ich selbst beim Grab Wache halten. Abdul und ich können das schaffen. Sie und Ron bringen unterdessen die Halsteads und Hasims Leiche nach El Minia.«
Sie schüttelte entschlossen den Kopf. »Nein, Mark. Ich werde Sie nicht im Stich lassen. Und ich glaube auch nicht, daß Regierungsbeamte und Polizei helfen können. Wir haben es hier mit einer übernatürlichen Macht zu tun, der wir ausgeliefert sind.«
Er drückte ihre Hand. »Es tut mir leid, Jasmina, aber ich werde jetzt nicht alles aufgeben und fortgehen.«
»Dann werde ich auch bleiben.«
In der tiefen nächtlichen Stille konnte man das Murmeln und Fluchen von Ron Farmer hören, während er um das Camp herum drei Kameras in schrägem Winkel zueinander auf Stative montierte. An den Verschlußkabeln befestigte er dünne Drähte, die er zwischen den Zelten verlegte. Hin und wieder löste er versehentlich ein Blitzlicht aus und schimpfte leise vor sich hin.
»Wenn Sie solche Angst haben«, fragte Mark, »warum wollen Sie dann bleiben?«
Jasmina öffnete den Mund, wandte dann aber den Kopf ab. Mark streichelte die kleine Hand, die unter seiner lag, und staunte über die Gefühle, die plötzlich in ihm aufwallten. Mit Nancy war es niemals so

gewesen, nicht einmal ganz am Anfang. Nancy war zu einer Zeit in sein Leben getreten, als er niemanden hatte, weder Freunde noch Familie. Damals stand er gerade am Ende seiner Studienjahre, die von Verzicht und Selbstverleugnung geprägt gewesen waren. Da er neben dem Studium Geld verdienen mußte, hatte er für Freizeitaktivitäten, Freundinnen oder auch nur flüchtige Bekanntschaften kaum Zeit gehabt. Erst als er seinen Doktortitel erlangt hatte und ein Angebot erhielt, nach Assuan zu gehen, hatte Mark sich bereit gefühlt, sein Leben mit einer Frau zu teilen. Er fragte sich jetzt, als er über die Anziehungskraft staunte, die diese bemerkenswerte Frau auf ihn ausübte, ob er es damals mit irgendeiner Frau geteilt hätte – wenn nicht mit Nancy, dann mit einer anderen – und ob er es dann ebenfalls Liebe genannt hätte.

»Wissen Sie, Mark«, murmelte sie mit noch immer abgewandtem Blick, »als ich Sie das erste Mal traf, haßte ich Sie. Ich dachte, Sie seien wie all die anderen, die in mein Land kommen, die Fellachen ausbeuten und sie behandeln wie Tiere.« Sie sah ihn an, Tränen standen ihr in den Augen. »Aber Sie waren ganz anders. Sie waren freundlich zu den Arbeitern und behandelten sie wie Menschen. Und dann entdeckte ich, wieviel Liebe Sie der Vergangenheit unseres Landes entgegenbringen, wie sehr Sie unser kulturelles Erbe schätzen und daß Sie nicht an einen wie Domenikos verkaufen würden, was rechtmäßig Ägypten gehört. Mein Haß begann zu schwinden, in Bewunderung umzuschlagen und dann...«

»Und was dann?«

»Ich kann es nicht aussprechen, Mark. Selbst wenn ich es fühle, kann ich es nicht aussprechen.«

Er legte seinen Arm um ihre Schulter und zog sie an sich. »Dann werde ich es Ihnen sagen...«

»Nein, bitte nicht, Mark. Ich bin eine Fellachin! Die Welten, aus denen wir beide kommen, liegen unendlich weit auseinander. Wir unterscheiden uns in Religion und Tradition, in Sitten und Gebräuchen. Sie fragten mich einmal, warum ich mich im Speisezelt weiterhin von den Männern absondere, obwohl ich für die Emanzipation der ägyptischen Frauen kämpfe. Ich kann einfach nicht anders! Obwohl mein Verstand sich nach Gleichberechtigung sehnt, bin ich im Grunde Fellachin geblieben. Ich bin zutiefst von den alten Verhaltensmustern durchdrungen, Mark. Ich bin in Traditionen gefangen!«

Eine Träne rann ihre Wange herab. »Vielleicht werde ich mich nie ändern, Mark, nicht im Herzen, nicht genug, um einen Mann, der für mich so fremdartig ist wie Sie, unbefangen lieben zu können. Ich werde schon genug Schwierigkeiten mit einem Mann aus meiner eigenen Kultur haben. Ich kann nicht gegen althergebrachte Sitten verstoßen!«
Mark sah sie verständnisvoll an. Er wußte nur zu gut, wovon sie sprach. In Kairo hatte er viele ägyptische Freunde, allesamt jung, gebildet und fortschrittlich eingestellt. Doch bei gesellschaftlichen Anlässen zeigte sich, wie tief sie trotz alledem in der Tradition verwurzelt waren, denn wenn die Männer bei ihrem starken Kaffee im Wohnzimmer saßen, zogen sich die Frauen in die Küche zurück. Einmal hatte Mark versucht, die Frauen dazu zu bewegen, sich zu ihnen zu gesellen – Frauen, die an der Kairoer Universität Recht, Medizin oder Wirtschaftswissenschaften studierten –, doch sie hatten seinen Vorschlag entsetzt zurückgewiesen.
Sanft legte er eine Hand auf ihre Wange und schaute ihr in die Augen. »Wir können die alten Sitten ändern, Jasmina.«
»Nein!« schluchzte sie. »Das ist unmöglich! Sie haben gesehen, wie Abdul uns anschaut, wenn wir zusammen sind. Sosehr er Sie auch bewundert, Mark, er mißbilligt jeden Kontakt zwischen uns.«
»Liebst du mich?«
»Ich kann nicht...«
»Liebst du mich?« Er faßte sie an den Schultern. »Sag es mir, Jasmina, sag es mir!«
Tränen traten ihr in die Augen und rannen an ihren Wangen herunter, und sie ließ ihnen freien Lauf. »Mark, ich bin keine Jungfrau mehr! Nicht nach dem Jahr, das ich im Haus des *Mudir* verbracht habe! Kein Moslem wird mich wollen, wie kannst du mich wollen?«
Er nahm sie in die Arme und barg ihr Gesicht an seinem Hals. »Weil ich dich liebe, und weil ich dich will. Und ich möchte dasselbe von dir hören.«
Ihre schmalen Schultern hoben und senkten sich bei ihren ängstlichen Schluchzern. Ihre Worte kamen gedämpft, stockend. »Und wenn ich dich liebte, Mark, wozu sollte das gut sein? Du wirst bald nach Amerika zurückkehren, und wir werden uns nie wiedersehen.«
Er richtete sie auf und legte seine Hände auf ihre Schultern.

»Du kommst mit mir, Jasmina.«
Sie sah ihn aus roten, verschwollenen Augen an. »Ich kann nicht mit dir gehen, Mark. Ich habe es mir zum Ziel gesetzt, mich um die Fellachen zu kümmern. Sie brauchen mich, Mark, sie brauchen jemanden, der für sie da ist! Ich kann niemals von hier weggehen. Sie sind mein Leben.«
»Und was ist mit mir? Was bin ich dann?«
Sie senkte den Kopf und antwortete nicht.
»Also gut. Dann bleibe ich eben in Ägypten. Ich kann für die Regierung arbeiten.«
»Nein, Mark«, widersprach sie. Ihre Stimme war plötzlich ruhig, und ihr Weinen ließ nach. »Du wärst hier nicht glücklich. Eine Zeitlang, vielleicht. Aber Kairo ist so ganz anders als Kalifornien. Wie lange würde es dauern, bis du dich danach sehnst, wieder unter deinesgleichen zu sein, auf Partys zu gehen, wo Männer und Frauen zusammenkommen und Alkohol trinken, und in einer Freiheit zu leben, die wir in Ägypten nicht kennen? Wie lange könntest du es aushalten ohne einen amerikanischen Film, einen Hamburger oder deinen Pazifischen Ozean?«
Ihre Worte trafen ihn ins Herz. Es stimmte, er könnte niemals in Kairo leben, nicht auf unbegrenzte Zeit, nicht für den Rest seines Lebens. Es war ihm zu fremd: die übervölkerten Straßen, der Schmutz, die Armut, die strengen islamischen Gesetze... das alles konnte man für eine Weile ertragen, solange man wußte, daß der Aufenthalt von begrenzter Dauer sein würde.
»Und wie würden wir leben?« fuhr sie leise fort, während sie sich die Tränen von den Wangen wischte. »Ich muß in den Dörfern am Nil arbeiten. Meine Lehr- und Forschungstätigkeit zwingt mich, ständig unterwegs zu sein. Welchen Status hätten unsere Kinder? Mit wem wären wir befreundet? Wir müßten gegen so viele Vorurteile kämpfen. Eine Weile mag das gutgehen, ja, aber wie lange würde unsere Liebe dem standhalten?«
Niedergeschlagen nahm er seine Hände von ihren Schultern.
»Mark«, sie hatte ihre Beherrschung wiedererlangt, »nach dem islamischen Gesetz darf nur der Ehemann einer Frau sie berühren. Und wenn sie unverheiratet ist, darf kein Mann sie berühren, nicht einmal aus Freundschaft.«

Er nickte. Wieder mußte er an seine Freunde in Kairo denken, an die junge Frau, die sieben Jahre lang mit einem Architekten verlobt gewesen war und während dieser ganzen Zeit nicht einmal einen Kuß mit ihm ausgetauscht hatte.
»Aber unsere Arbeit hier ist ohnehin bald beendet, Mark, es ist fast vorbei. Wir werden für immer auseinandergehen und uns vielleicht nie wieder begegnen. Und daher... Wenn es dein Wunsch ist, für diese eine Nacht...«
Er legte einen Finger auf ihre Lippen. »Nein, nicht so.«
»Dann laß mich hier bei dir schlafen, Mark. Halt mich bis zum Sonnenaufgang. Ich fürchte mich so sehr...«
Erschöpft legten sie sich auf das Feldbett. Er schlang seine Arme um sie, und Jasmina ließ ihren Kopf auf seiner Brust ruhen. Sie lauschten auf den Wind, der düster durch das Tal heulte.

Mark schlug die Augen auf. Er blinzelte zur dunklen Decke hinauf. Wie lange hatte er geschlafen? Jasmina, die sich wie ein Kätzchen an ihn schmiegte, schlief noch.
Mark horchte. Er war durch ein Geräusch wach geworden. Da war es wieder: ein langgezogenes, wehmütiges Klagen, Davison... Eine Frauenstimme, verträumt, unheimlich, Davison... Ein trauriger, lockender Ruf.
Und dann der Schmerz.
Er rollte den Kopf auf die Seite und stöhnte.
Jasmina setzte sich auf. »Was ist los?« flüsterte sie.
»Es... es kommt wieder.«
Davison...
Sie blickte über ihre Schulter nach hinten. »Jemand ruft dich, Mark.«
Jasmina stand auf.
»Nein.« Er packte ihren Arm. »Geh nicht da hinaus.«
»Wer ist das, Mark? Wer ruft dich?«
»Es ist nur der Wind.«
Davison...
»Nein... es klingt wie eine Frauenstimme. Wir müssen nachsehen.«
Jasmina ging zum Zelteingang. Er sprang auf, war noch vor Jasmina am Ausgang und zog die Zeltplane beiseite. Draußen stand Alexis Halstead, die in ein schimmerndes, weißes Gewand gehüllt war.

»Davison...«
»Allah«, flüsterte Jasmina. »Das ist nicht ihre Stimme!«
Mark faßte sich an den Kopf und stöhnte auf.
»Was hast du, Mark?«
»Es kommt zurück, kannst du es nicht hören?«
Sie lauschte, und jetzt hörte sie es auch. Aus der Finsternis jenseits des Camps kam ein Zischen...
Etwas wurde hoch in die Luft gehoben und sauste dann mit großer Wucht herab. Eine Axt, ein Schwert...
»Bleib drinnen, Jasmina!«
»Mark...«
Er schob sie ins Zelt zurück und trat schwankend wieder hinaus.
»Welcher ist es?« rief er, während er auf Alexis zutaumelte.
»Es ist der, der für Euch bestimmt ist, Davison. Er kommt zu Euch.«
»Nein!« Er wirbelte im Sand herum und schlug sich gegen die Schläfen. »Das glaube ich nicht! Das ist nicht wahr!«
Ron erschien am Eingang des Dunkelkammerzelts. »Mark, was...«
Er sah Alexis an, und ihm blieb der Mund offenstehen.
»Nehmt Euch in acht, Davison! Bringt Euch in Sicherheit. Lauft zum Grab, denn dort liegt Eure Rettung.«
Ron blickte verständnislos auf Alexis. »Was zum Teufel...«
»Wenn wir wieder zum Leben erweckt sind, Davison, werden die Dämonen ins Reich der Finsternis zurückkehren. Aber Ihr müßt Euch sputen.«
Das Zischen rückte vom Rand des Lagers immer näher.
Im nächsten Moment trat es ins Licht.
Mark erstarrte vor Schreck. Das Wesen hatte die Gestalt eines Mannes, breitschultrig und schmalhüftig, doch wo man Hals und Kopf vermutet hätte, wand sich zwischen den Schultern eine dicke Schlange empor, eine Kobra, die sich angriffsbereit aufgerichtet hatte. Das Ungeheuer zögerte und blieb unsicher schwankend stehen. Im Schein einer Außenlaterne waren seine Umrisse deutlich zu erkennen: die nackte, muskulöse Brust, der faltige Lendenschurz, die sehnigen Arme, der glänzende, schuppige Körper der Schlange, der sich vor- und zurückbewegte, während ihre grünen Augen gefährlich funkelten.

Dann bemerkte Mark, daß das Ungeheuer in einer Hand eine lange, gebogene Sichel trug, die im Licht der Laternen glitzerte. »O Gott!« schrie Ron. »Lauf, Mark! Lauf!« Die grünen Augen der Schlange richteten sich auf Mark, und das Monster bewegte sich auf ihn zu.
Mit langen, entschlossenen Schritten kam das Ungeheuer immer näher, wobei die Kobraaugen Mark in hypnotischer Erstarrung in Bann hielten. Er war sich nicht bewußt, daß Ron und Jasmina hinter ihm vor Entsetzen kreischten. Ihre Schreie verhallten ungehört.
Als das Scheusal nur noch wenige Meter von ihm entfernt war, hob es einen Arm und schwang die große Sichel über dem Schlangenkopf.
Alexis rief: »Rettet Euch, Davison...«
Mark starrte zu den blitzenden Reptilienaugen auf; sie wirkten wie glühende Smaragde. Die schmale, an der Spitze gespaltene Zunge schnellte aus dem Maul des Ungeheuers vor und zurück.
Mit hocherhobener Sichel trat das grauenvolle Untier näher. Mark blickte weiter wie gebannt zu ihm auf und bog den Kopf zurück, als der drei Meter große Dämon nun direkt vor ihm stand. Die Sichel reflektierte das Licht der Laternen und blitzte auf, als der Griff der Dämonenhand sich fester um sie schloß. Im nächsten Augenblick holte das Monster aus, und die Sichel sauste nieder.
Mark hörte: »Effendi!«, und jemand warf sich auf ihn. Die Wucht des Aufpralls streckte ihn zu Boden. Mark schüttelte den Kopf und stützte sich auf die Hände. Er starrte zu dem Ungeheuer auf, das Abdul mit seiner freien Hand den Turban vom Kopf schlug.
Abdul reagierte nicht rechtzeitig, denn schon hatte ihn eine gewaltige Faust an den Haaren gepackt und hochgerissen. Der Ägypter schrie auf. Er wand sich unter dem festen Griff und versuchte sich freizukämpfen, während an einer anderen Stelle ein unsichtbarer Auslöser betätigt wurde. Ein Blitzlicht leuchtete auf, als die Sichel mit sirrendem Ton niederging und Abduls Hals durchtrennte.

Mark mußte sich krampfhaft festhalten, um gegen die plötzlichen Zitteranfälle anzukämpfen, die ihn immer wieder überkamen. Er war allein im Speisezelt.
Er hörte ein Geräusch am Eingang und sprang auf. Doch als er sah, daß es nur Jasmina war, sackte er wieder in sich zusammen. Seine Stimme klang rauh, als er fragte: »Wie geht es ihnen?«

Sie ließ sich auf die Bank ihm gegenüber sinken. »Mr. Halstead hat seine Frau ins Bett gebracht. Er hat die ganze Sache von seinem Zelt aus beobachtet, und als Mrs. Halstead ohnmächtig zu Boden sank, wollte er mich nicht zu ihr lassen. Und er wollte sich auch kein Beruhigungsmittel von mir geben lassen.« Jasmina betrachtete ihre Hände, als wären es fremde Körperteile. »Das Blut von seiner Nase und seinem Mund...«

Mark kniff die Augen zusammen und versuchte, sich die Ereignisse der vergangenen Stunde noch einmal zu vergegenwärtigen: Alexis, die ihn aus dem Schlaf rief; die Erscheinung des Ungeheuers und wie es langsam näher gekommen war; sein völliges Unvermögen, sich zu bewegen oder um Hilfe zu schreien; Abduls Eingreifen, das ihm das Leben rettete; der Anblick von dessen im Sand liegenden Körper mit dem aus dem Halsstumpf strömenden Blut.

Mark vergrub das Gesicht in den Händen und versuchte, dieses letzte, erschreckende Bild zu verdrängen – wie der Dämon über ihm gestanden hatte, mit einer Hand wieder die Sichel hob und mit der anderen Abduls bluttriefenden Kopf emporhielt –, doch es hatte sich in sein Gehirn eingeprägt wie ein Brandmal, und Mark wußte, er würde es nie vergessen können.

Und dann war der Schrecken so schnell zu Ende gewesen, wie er begonnen hatte. Während sie noch alle wie betäubt dastanden und auf die grausige Szene starrten, löste sich der Dämon vor ihren Augen in Luft auf, und Abduls Haupt fiel mit einem gräßlichen, dumpfen Aufschlag in den Sand. Danach hatte sich alles wie im Traum abgespielt. Halstead, der über dem zusammengesunkenen Körper seiner Frau schluchzte. Ron, der verstohlen seine Kamera packte und zurück in die Dunkelkammer lief. Jasmina, die über dem armen Abdul kniete... Ein paar Augenblicke später hatte Mark mit Jasminas Hilfe Abduls sterbliche Überreste ins Arbeitszelt getragen, wo bereits Hasims Leiche lag.

»Mir ist kalt«, flüsterte Mark. »Ich habe noch nie eine Nacht erlebt, die so kalt war wie diese...«

Jasmina ging um den Tisch herum und setzte sich neben ihn. Sie lehnte sich an ihn, nahm eine seiner eisigen Hände und rieb sie zwischen ihren. »Es wird bald hell.«

»Ich weiß nicht, was ich mit... mit seiner Leiche tun soll«, murmelte

Mark und legte seine Wange an ihr Haar. »Am besten, ich fahre zum Haus des '*Umda* und rufe die Polizei.«
»Wie willst du ihnen seinen Tod erklären?«
»Ich weiß nicht...«
»Was wird danach geschehen?«
»Wenn die Sachverständigen von der Behörde für Altertümer erst einmal hier sind, werden wir die Arbeit fortsetzen, denke ich. Die Sarkophagdeckel müssen entfernt und die Mumien untersucht werden...«
Jasmina ließ seine Hand los und zog sich zurück. Sie musterte ihn traurig, beinahe mitleidig.
»Was ist los?«
»Hast du immer noch nicht gemerkt, daß wir die Ruhe dieser Toten nicht stören sollen, Mark? Dies ist der Grund für alles Unheil. Und das zeigte sich schon ganz am Anfang, als der Fellache beim Teezubereiten in den Ruinen einen Herzanfall bekam. Er hat etwas gesehen, Mark, etwas, das ihn zu Tode erschreckt hat.«
Marks Miene wurde düster, er wirkte gehetzt. Jasmina stand auf und zog ihn sanft am Arm. »Komm.«
Sie stapften erschöpft durch das dunkle Camp. Der Himmel über ihnen schien aus klirrendem Eis zu bestehen. Im Osten übertünchte ein blasses Blau die verlöschenden Sterne. In ihrem Zelt knipste Jasmina eine Glühbirne an und ging zum Arbeitstisch. Sie griff nach einem Röhrchen gelber Tabletten und forderte Mark auf: »Hier, nimm.«
»Ich will nicht schlafen. Warum nimmst du sie nicht?«
»Weil ich mir diesen Luxus nicht erlauben kann. Ich habe den Kranken gegenüber eine Verpflichtung. Ich darf sie nicht allein lassen. Mark, geh und leg dich eine Weile hin, bitte.«
Er sah sie hilflos an, seufzte dann tief und verließ das Zelt.

Eine Stunde später wurde er durch ein lautes Motorengeräusch geweckt und wunderte sich mehr über die Tatsache, daß er geschlafen hatte, als darüber, daß jemand einen der Landrover startete.
Aufgeregtes Geschrei ließ ihn aufspringen, und er stolperte noch halb schlaftrunken zur Zeltöffnung. Er blinzelte hinaus in den strahlenden Morgen und sah, wie Ron und Jasmina hinter dem Fahrzeug her-

rannten, das sich mit durchdrehenden Reifen rasch vom Camp entfernte.
»Was ist denn hier los?« fragte er.
»Die Scheißkerle haben unseren Landrover gestohlen, das ist los!« brüllte Ron.
»Wer?«
»Der letzte *Ghaffir* und Abduls Helfer! Sie haben uns im Stich gelassen! Jetzt sind wir mutterseelenallein hier draußen, eine leichte Beute!«
Sanford Halstead trat unrasiert aus seinem Zelt. »Was geht hier vor...?«
Mark drehte sich ruckartig um. »Ich fahre nach El Till.«
Ron folgte ihm in ihr gemeinsames Zelt. »Ich komme mit.«
»Nein.« Mark riß sich eilig das Hemd vom Leib, klatschte sich kaltes Wasser über den Oberkörper und rieb sich dann gründlich trocken. »Du bleibst hier und sorgst dafür, daß hier nichts passiert. Binnen einer Stunde wird die Polizei hier anrücken.«
»Kommt nicht in Frage, mein Lieber! Ich bleibe nicht hier!« Ron zog ebenfalls sein Hemd aus, das mit Chemikalien aus seinem Fotolabor befleckt war, und schlüpfte in ein Greenpeace-T-Shirt. »Wir halten zusammen.«
»Jetzt hör mir gut zu, Ron. Wir können nicht beide gehen. Das würde Domenikos Gelegenheit geben, die Mumien zu stehlen.«
»Himmel noch mal!« schrie Ron. »Glaubst du vielleicht immer noch, daß dies alles das Werk dieses dicken Griechen ist?« Er packte einen Filmstreifen, der auf seinem Bett lag, und warf ihn Mark ins Gesicht. »Schau dir das mal an, und schau es dir genau an!«
Mark sah Abdul aufrecht dastehen, während sein Kopf mit einem vor Entsetzen verzerrten Gesicht einen guten Meter über seinen Schultern schwebte.
Mark wandte sich ab.
»Der verdammte Dämon erscheint nicht auf dem Foto, er ist... ein Geist, Mark! Und du machst immer noch Domenikos für all das verantwortlich! Wir sind in eine tödliche Falle geraten, Mann!«
Mark sagte mit tonloser Stimme: »Ich werde das Telefon des *'Umda* benutzen und dann sofort zurückkommen. Heute mittag wird alles unter Kontrolle sein.« Er ließ sich neben seinem Bett auf die Knie

nieder und langte so weit wie möglich nach hinten. Ächzend zog er eine kleine Kiste hervor, die noch immer versiegelt war.
»Was ist das?«
»Etwas, das ich auf jeder Expedition dabeihabe, das ich bislang aber noch nie benutzen mußte. Es ist nur für den Notfall.« Er brach die Latten auf und enthüllte vier in Stroh eingebettete 38er Smith-and-Wesson-Revolver.
»O nein, Mann...«
Mark nahm eine der Waffen zusammen mit einer Schachtel Patronen heraus. Mit ruhigen, geschickten Handbewegungen drückte er den Knopf auf der rechten Seite des Revolvers, ließ durch einen Ruck die Trommel heraustreten und lud in jede Kammer eine 38-Kaliber-Patrone. Nachdem er sich durch einen prüfenden Blick vergewissert hatte, daß die Patronen mit der Rückseite der Trommel abschlossen, ließ er sie wieder in der Mitte der Waffe einrasten.
»Gegen die Dämonen kannst du damit gar nichts ausrichten!«
»Hör zu, Ron.« Mark stand auf und hielt ihm die Pistole hin. »Du wirst sie brauchen, falls Domenikos oder irgend jemand anderes hier auftauchen sollte.«
»Du armer Irrer...«
Die Eingangsplane wurde angehoben, und Sanford Halstead steckte den Kopf herein. Er hielt sich ein blutiges Taschentuch vor die Nase. »Was machen Sie da drinnen?«
»Wir kommen gleich heraus, Halstead«, gab Mark zur Antwort.
»Moment mal...« Als Halstead den Revolver entdeckte, kam er ins Zelt. »Wozu soll das dienen?«
»Wir müssen uns und das Grab verteidigen.«
»Pistolen werden nicht vonnöten sein, Davison«, entgegnete Halstead grimmig. »Wir verlassen das Camp.«
»Was?«
»Und Sie können uns nicht aufhalten.«
Mark blickte seinen Freund an. »Ron?«
»Wir müssen hier raus, Mark. Wir müssen uns in Sicherheit bringen.«
»Das ist doch wohl nicht dein Ernst! Schau, ich fahre jetzt auf der Stelle nach El Till, und ich verspreche dir, die Polizei wird innerhalb einer Stunde hier sein.«

»Jetzt hören Sie mir mal zu, Davison!« schrie Halstead durch sein blutgetränktes Taschentuch hindurch. »Ich weiß nicht, was das für eine Kreatur war, die den Ägypter erwischt hat, aber ich werde nicht hierbleiben, um abzuwarten, ob sie Lust verspürt, zurückzukommen! Es ist mir scheißegal, wer oder was es war. Ich weiß genau, wann mein Leben in Gefahr ist!«
»Wo wollen Sie denn hin?«
»Wir fahren nach Mellawi. Lassen Sie Leute aus Kairo kommen und die Grabarbeiten beenden. Ich kann darauf verzichten.«
Als Halstead sich zum Gehen wandte, packte Mark ihn am Arm. »Sie können das Camp nicht im Stich lassen! Begreifen Sie nicht? Genau das wollen sie doch!«
»Na und wenn schon? Überlassen Sie ihnen doch das verfluchte Camp! Keine Mumie ist mir so viel wert, daß ich mein Leben dafür riskiere!« Halstead stieß Mark zurück und rauschte aus dem Zelt.
»Ich fasse es nicht!«
»Und ich schließe mich ihm an«, sagte Ron und eilte Halstead nach.
Mark blieb einen Augenblick lang stehen und wog die Waffe in der Hand. Dann schleuderte er sie aufs Bett, griff nach seinem Hemd und rannte ebenfalls hinaus.
Sie saßen bereits in einem Landrover, als Mark sie einholte. Sanford lehnte den Kopf gegen das Fenster; Ron hatte hinter dem Steuer Platz genommen. Jasmina stand händeringend daneben. Als sie Mark kommen sah, rannte sie ihm entgegen. »Ich konnte sie nicht aufhalten! Er darf nicht wegfahren! Er ist zu krank, laß sie nicht fahren, Mark!«
Er schaute auf Halsteads Hemd, das bereits blutbefleckt war. »Seien Sie doch vernünftig. Geben Sie mir nur eine Stunde. Dann werden die Polizei und ein Arzt hier sein...«
Als der Geländewagen anfuhr, schrie Mark sie noch einmal an. Dann wandte er sich zu Jasmina um. »Du bleibst hier bei Mrs. Halstead.« Er stürzte zu dem verbleibenden Landrover.

Fünf Minuten später hielten die Landrover jäh in einer Wolke aus Staub und Sand. Niemand wartete, bis die Sicht wieder klar war. Halstead und Ron sprangen heraus und rannten auf den Fluß zu.
»Wartet doch!« brüllte Mark, der sich ihnen an die Fersen heftete. »Kommt mit mir zum *'Umda*! Dort seid ihr sicher!«

Ron rief über die Schulter zurück: »Komm du mit uns, und mach deinen Anruf von Mellawi aus!«

Mark starrte ihnen nach und ballte die Fäuste. Dann lief er zum Haus des '*Umda*.

Im Dorf war es seltsam still. Die engen Gassen waren wie ausgestorben. Nicht ein einziges Kind spielte im Sand. Die Hauseingänge waren mit Stöcken und Stoffbahnen versperrt. Kein Laut drang aus den dunklen Fensterlöchern. Die Felder waren ebenfalls verwaist, die Pflüge standen herum. Nur der Wind flüsterte durch die Lehmziegelbehausungen.

Als Mark das Haus des '*Umda* erreichte, stellte er fest, daß die Tür verschlossen und die Fenster mit Stroh ausgestopft waren. Mark klopfte zunächst laut und vernehmlich an und versuchte dann, die Tür aufzustoßen. Das Haus war fest verriegelt.

Er wandte sich ab und folgte dem Pfad zum abgelegenen Wohnhaus von Constantin Domenikos. Doch an diesem Morgen spielten keine Kinder im Hof. Fenster und Türen waren zugenagelt.

Mark stemmte die Hände in die Hüften und schaute hinaus auf die verlassenen Felder. Ein einsamer Büffel kaute träge an einem Grasbüschel.

Mark marschierte zurück zu dem weißgetünchten Haus des '*Umda*. Er hämmerte gegen die Tür und schrie: »Kommt schon heraus, ich weiß, daß Ihr da drin seid! Ich werde nicht gehen, bevor ich mit Euch gesprochen habe!«

Er hielt inne und horchte. Der heulende Wind fegte über den winzigen, ausgestorbenen Platz.

»Gott verdammt!« brüllte er. »Ich muß dringend Euer Telefon benutzen! Es handelt sich um eine offizielle Angelegenheit, *Hagg*. Wir müssen dringend die Behörden anrufen und brauchen dazu Euer Telefon!«

Noch immer rührte sich nichts. Ringsumher herrschte eine Totenstille, und ihn überfiel das ungute Gefühl, daß er von hundert unsichtbaren Augen beobachtet wurde.

Dann hörte er, wie jemand durch die engen Gassen, die zum Haus des '*Umda* führten, auf ihn zugerannt kam. Mark fuhr herum und machte sich auf das Schlimmste gefaßt. Einen taumelnden Halstead stützend, erschien Ron Farmer auf dem Platz.

»Was ist passiert?«
»Sie weigern sich, uns überzusetzen«, stieß Ron aufgeregt hervor. »Wir haben ihnen tausend Dollar angeboten, aber sie wollen uns partout nicht auf die andere Seite des Flusses bringen! Sie sagen, daß sie mit uns untergehen würden!«
»Wie viele Männer sind unten am Nilufer?«
»Nur die Eigentümer der Feluken.« Ron sah sich um. »Wo ist der *'Umda*? Wo sind die ganzen Leute?«
»Ich habe keine Ahnung.«
»Oje!« entfuhr es Ron, der über Marks Schulter spähte. Mark drehte sich um und sah sich vier hochgewachsenen Fellachen gegenüber, die langsam auf sie zukamen. In den Händen hielten sie schwere Knüppel.
»Wo ist der *'Umda*?« fragte er auf arabisch.
Die vier Männer blieben vor der Tür zum Haus des *'Umda* stehen.
»Wir bitten darum, das Telefon des *Haggs* benutzen zu dürfen!«
Dann begann einer von ihnen zu sprechen. Er ließ laut und erregt einen beinahe endlosen Wortschwall auf sie niedergehen. Mark unterbrach ihn ärgerlich. Als er ein paar Fragen und Antworten mit ihnen gewechselt hatte, stöhnte Mark auf und ließ ein wenig die Schultern hängen.
Halstead, dem das Blut aus den Mundwinkeln trat, fragte: »Worum geht es hier?«
»Sie sagen, als der letzte *Ghaffir* vor kurzem im Dorf haltmachte, versuchte der *'Umda* den *Ma'mur* zu verständigen.«
»Und?«
»Die Verbindung kam nicht zustande. Die Telefonleitung ist tot.«
»Dann bewegen Sie den Alten dazu, daß er herauskommt! Wir brauchen ein Fährboot!«
»Das ist zwecklos, Halstead, er ist ebenfalls tot. Sie sagen, er starb am Telefon. Er starb, während er mit offenen Augen dastand und auf das Gespräch wartete. Jetzt wollen sie, daß wir von hier verschwinden.«
»Aber dazu müssen wir doch den Fluß überqueren!«
»Halstead, die Fährleute wollen uns nicht in ihren Booten!«
»Dann nehmen wir uns eben die verdammten Boote!« Er wandte

sich an Ron. »Farmer, Sie sind doch ein Segler, können Sie mit einer Feluke umgehen?«
»Ich weiß nicht. Ich segle auf dem Meer, auf Flüssen habe ich keine Erfahrung. Der Nil ist wie der Mississippi, voller versteckter Sandbänke. Da muß man sich ganz genau auskennen. Ich glaube nicht, daß ich das kann.«
»Dann lassen wir es einfach darauf ankommen. Alles ist besser, als hierzubleiben!« Halstead drängte sich an ihnen vorbei und wankte davon. Ron eilte ihm nach.
Als sie die Landungsbrücke erreichten, stellte sich ihnen eine Gruppe Fellachen entgegen, die die Boote mit Mistgabeln bewachten.
Halstead stutzte. »Handeln Sie mit ihnen, Davison. Sagen Sie ihnen, daß sie haben können, was sie wollen. Das Camp, das Grab, was auch immer.«
»Sind Sie verrückt?«
»Sagen Sie es Ihnen!«
Mark versuchte, mit den grimmig dreinblickenden Männern zu sprechen, die wie ein Trupp Soldaten am Ufer Stellung bezogen hatten. Doch als er den Ausdruck in ihren Augen sah, verließ ihn der Mut.
»Es hat keinen Sinn, Halstead. Sie werden nicht auf uns hören.«
»Wir müssen aber hinüber, Davison!«
»Schon gut, schon gut. Bloß keine Panik! Hören Sie, es gibt noch weitere Landungsstege in El Hawata und Hag Qandil. Wir werden mit Tee und Cola zurückkommen und dann...«
»Mark«, murmelte Ron.
Die Fellachen kamen auf sie zu.
»Mark, ich glaube, die machen Ernst!«
»Verdammt noch mal!«
Bevor die Fellachen noch näher kommen konnten, hatten die drei schon auf dem Absatz kehrtgemacht und Reißaus genommen. Hinter sich hörten sie das dumpfe Aufklatschen nackter Füße auf dem Sand.
Halstead stolperte und fiel zweimal hin. Ron und Mark mußten ihn unter den Achseln fassen und hinter sich herziehen. Seine Nase blutete so heftig, daß sie ihm das Hemd ausziehen und es ihm vors Gesicht binden mußten.
Sie erreichten die Landrover und ließen gerade die Motoren an, als die

Fellachen ihre Mistgabeln nach ihnen schleuderten. Sie hagelten auf die Fahrzeuge nieder, gefolgt von wütendem Gebrüll und Verwünschungen. Die Geländewagen flogen buchstäblich über die Erdwälle und Ruinenfelder. Nachdem die drei keuchend und mit zitternden Knien im Camp angekommen waren, japste Halstead: »Die Revolver! Wir können uns den Weg zu den Booten freischießen!«
Mark versuchte ihn festzuhalten, als er vorwärts stolperte. »Halstead, seien Sie kein Narr! Wenn wir jetzt noch mal zurückkehren, werden da hundert auf uns warten! Es würde ein Blutbad geben!«
Als Mark vorstürzen wollte, um Halstead aufzufangen, brach dieser vor Marks Zelt ohnmächtig zusammen.

Mark blickte auf, als Jasmina das Zelt betrat. »Nun?«
»Er ist sehr krank und nicht transportfähig. Er braucht einen Arzt, Mark.«
»Ich werde einen Weg über den Fluß finden müssen, doch bei Tag ist es unmöglich.«
Mark schaute auf die Uhr. »In ein paar Stunden geht die Sonne unter.«
»Wie willst du hinüberkommen?«
»Ich weiß nicht. Vielleicht werde ich ein Boot stehlen. Ich glaube nicht, daß ich imstande bin, die ganze Strecke schwimmend zurückzulegen, aber vielleicht bleibt mir nichts anderes übrig. Jedenfalls...«, er sah Jasmina fest in die Augen, »muß ich es allein tun. Das bedeutet, ihr vier werdet ohne mich hierbleiben. Wirst du damit fertig?«
Sie zögerte. »Ja...«
»Wäre es dir lieber, wenn ich hierbleibe?«
»Du mußt gehen, Mark. Du wirst auch in den anderen Dörfern keine Hilfe finden, und östlich von uns ist nichts als Wüste. Du mußt nach Mellawi durchkommen und dort die Polizei verständigen.«
Das Geräusch einer zuschlagenden Wagentür und eines anspringenden Motors ließ sie herumfahren und auf die Zeltöffnung starren.
»Was hat das schon wieder zu bedeuten?« Mark und Jasmina stürzten hinaus und erwischten gerade noch Ron, der im Begriff war, wegzufahren. Mark brüllte hinter ihm her, und der Landrover bremste.
»Darf man erfahren, was das soll?« fragte Mark keuchend, als er bei seinem Freund anlangte.

»Ich fahre zum Grab.«
»Warum?«
Ron hielt das Lenkrad so fest umklammert, daß seine Fingerknöchel weiß hervortraten. »Ich will nachsehen, was in den Sarkophagen ist.«
»Ron, nicht jetzt...«
»Ich will wissen, wofür wir unser Leben aufs Spiel setzen.«
»Ron, hör zu...«
Ron musterte Mark mit einem vernichtenden Blick. »Es wartet nicht, Mark. Ich muß es wissen. Ich muß sehen, was sich in diesen Särgen befindet. Du kannst machen, was du willst, ich fahre jedenfalls zum Grab.«
Der äußerst gelassene Tonfall in Rons Stimme beunruhigte Mark. »Warte einen Augenblick, ich komme mit.«
Zu Jasmina sagte Mark: »Wirst du hier mit den beiden anderen klarkommen?«
»Sie schlafen jetzt.«
»Komm einen Moment mit mir, Jasmina. Ron, ich bin gleich zurück.«
Mark führte Jasmina zu seinem Zelt. Sobald sie eingetreten waren, drehte er sich zu ihr um und meinte: »Ich kann ihn nicht aufhalten. Ich muß mit ihm fahren. Aber ich verspreche dir, daß ich vor Anbruch der Dunkelheit zurück bin. Hier«, er nahm einen der Revolver vom Bett, »ich möchte, daß du ihn immer bei dir trägst.«
Jasmina starrte auf die Waffe, die er ihr in die Hand drückte.
»Wirst du davon Gebrauch machen, wenn es sein muß?«
»Ja.«
»Wenn die Halsteads aufwachen, bevor ich zurückkomme, sag ihnen, daß ich weggefahren bin, um Hilfe zu holen. Das ist zwar eine Lüge, aber es wird sie beruhigen. Wirst du zurechtkommen?«
»Ja...«
Er faßte sie an den Schultern und küßte sie auf den Mund. Dann eilte er aus dem Zelt.

»Du begehst einen Fehler, Ron.«
»Das ist mir egal.«
»Noch sind die Mumien in Sicherheit. Niemand kommt an sie heran.

Wenn wir aber die Sargdeckel entfernen, haben wir keine Möglichkeit, sie vor Räubern zu schützen.«

»Mir scheint, daß Räuber im Moment unsere geringste Sorge sind.«

Mark schwieg den Rest der Fahrt über, und als sie in den Cañon hineinfuhren, bemerkte er zwei Dinge, die ihn beunruhigten: Der Tag neigte sich dem Ende zu, und der Tankanzeiger des Landrovers stand fast auf »leer«. Als sie am Grabeingang hielten, sprang Ron heraus, rannte zur Rückseite des Fahrzeugs und zerrte eine schwere Rolle Nylonseil heraus. »Hoffentlich ist es lang genug«, stieß er hervor, während er die Stufen hinuntereilte. »Wenn nicht, werde ich die Deckel wegsprengen.«

Ron stürmte durch die Öffnung ins Innere des Grabes, und Mark folgte ihm dicht auf den Fersen. Die beiden hasteten im schwachen Lichtschein ihrer Taschenlampen den dreißig Meter langen Schacht entlang. Eilig kletterten sie die Strickleiter hinunter, stießen mit den Füßen die Ausgrabungswerkzeuge beiseite und traten durch die Tür in die Sargkammer. Dabei entdeckte Mark, daß die von ihnen zurückgelassenen Laternen zerbrochen waren und über den Fußboden verstreut lagen. Die Taschenlampen stellten somit ihre einzige Lichtquelle dar.

Ron und Mark arbeiteten schnell und ohne ein Wort zu sprechen. Sie schlangen das Ende des Seils um einen der Sargdeckel und knoteten es fest. Als Ron anfing, das Seil zu entrollen, und sich langsam in Richtung Ausgang bewegte, hielt Mark ihn zurück und warnte ihn ein letztes Mal: »Das ist ein Fehler, Ron.«

Im matten Schein der Taschenlampen wirkte Rons Gesicht wie das eines Fremden. »Ja, aber es wird nicht unser letzter sein. Wenn du mich hupen hörst, schiebst du das Ding an.«

Mark legte die Taschenlampe auf den Deckel des anderen Sarkophags und stellte sich in Position. Die Grabkammer war schrecklich dunkel, nachdem Ron die zweite Lampe mitgenommen hatte. Mit Ausnahme des kleinen Lichtkegels, der von seiner eigenen Lampe ausging, war der ganze Raum in die furchterregendste Finsternis gehüllt, die Mark je erlebt hatte. Als er Ron durch den Gang davonhasten hörte und er seine Hand auf den kalten Granit legte, schnürte sich ihm vor Angst die Kehle zu.

Es schien eine Ewigkeit zu dauern, bis er endlich den Motor anspringen hörte. Dann kam das Hupsignal. Von draußen vernahm Mark das Knirschen der Räder im Sand, merkte, wie sich das Seil spannte, und einen Augenblick später begann sich der schwere Sarkophagdeckel ächzend zu bewegen.

Kurz darauf erstarb das Motorengeräusch, und Mark hörte Rons Schritte im Gang. Wenige Sekunden später wurde der Strahl einer Taschenlampe sichtbar, und Ron fragte: »Wieviel haben wir geschafft?«

Mark hatte Mühe, seine Stimme wiederzufinden. »Etwa fünfzehn Zentimeter...«

Ron richtete die Taschenlampe auf die Kante des Deckels und stellte fest, daß sich zwischen dem Deckelrand und der dicken Sarkophagwand ein winziger Spalt aufgetan hatte. »In Ordnung, laß es uns noch mal versuchen. Neunzig Zentimeter dürften ausreichen. Mehr brauchen wir nicht, um zu sehen, was da drin ist.«

Mark litt Höllenqualen, als Ron wieder wegging und seine Taschenlampe mitnahm. Er schwitzte jetzt so stark, daß sein Hemd ihm kalt und naß am Körper klebte. Eine unbeschreibliche Furcht lähmte ihn. Er versuchte, die Schreckensbilder zu verdrängen, die sich in seiner Phantasie zusammenbrauten und ihn zu überwältigen drohten. Er zwang sich mit aller Macht, sich auf die bevorstehende Aufgabe zu konzentrieren, die – so versuchte er sich einzureden – doch lediglich darin bestand, einen schweren Stein zu verschieben, nichts weiter.

Doch als der Deckel sich erneut unter seinen Händen zu bewegen begann und die dunkle Öffnung immer weiter und bedrohlicher klaffte, packte Mark das kalte Grauen, und er konnte nur mit Mühe einen Schrei unterdrücken.

Das Kratzen des Deckels übertönte das beruhigende, vertraute Motorengeräusch. Es war wie das Knarren eines rostigen Tors, das den Weg zur Hölle freigab.

Während er schob und ächzte, und der Deckel sich zentimeterweise bewegte, liefen Mark dicke Schweißtropfen über die Stirn. Er beugte sich jetzt schon weit über den offenen Sarg; unter ihm gähnte eine dunkle Höhlung. Er kniff die Augen zusammen und stellte sich vor, wie eine riesenhafte Hand plötzlich vorschnellte und ihn packte...

»Wie sieht es aus?«

Mark schrie auf.
»He!« Ron lief um den Sarkophag herum und rüttelte Mark am Arm. »Ich bin's doch nur! He, nun komm schon!«
Mark wich von dem Sarg zurück und stützte sich keuchend auf Ron.
»Du... hast mich zu Tode erschreckt...«
»Ach was«, Ron legte seinen Arm um Marks Schultern, »du hast dich zu sehr ins Zeug gelegt. Dabei hättest du den Stein nur dirigieren müssen. Der Landrover hat die ganze Arbeit getan. Na los, reiß dich zusammen.«
Mark schöpfte mehrmals tief Luft. Als er schluckte, hatte er einen beißenden, metallischen Geschmack im Rachen. »Geht schon wieder...«
»Bist du sicher?«
»Ja...« Mark hustete und sagte dann mit festerer Stimme: »Es ist wieder alles in Ordnung. Laß uns mal sehen, was wir da haben.«
Die beiden Ägyptologen stellten sich dicht nebeneinander und richteten die Strahlen ihrer Taschenlampen in das schwarze Loch unter dem Sarkophagdeckel. Sie staunten.

Dreiundzwanzig

Eine halbe Stunde später spähten sie auch in den zweiten Sarg.
Ron war zum Landrover zurückgegangen und hatte den ersten Deckel ganz heruntergezogen. Beim Auftreffen auf den Steinboden war er in zwei Hälften zerbrochen. Dann hatten er und Mark den Deckel des zweiten Sarkophags entfernt, der ebenfalls zu Bruch gegangen war. Jetzt konnten sie den Inhalt der Särge vollständig in Augenschein nehmen.
Mark wisperte in verschwörerischem Ton: »Ich habe nie zuvor eine so ausgezeichnete Präparierung gesehen.«
»Sie sind in jeder Hinsicht vollkommen«, pflichtete Ron ihm bei. »Es ist... als hätte man sie eben von der Einbalsamierungsstätte hierhergebracht. Sie weisen überhaupt keine Anzeichen von Verwesung oder Verfall auf!«

Die beiden Ägyptologen standen über den ersten Sarg gebeugt und ließen die Strahlen ihrer Taschenlampen über die Mumie gleiten. Jede Einzelheit der Perfektionsarbeit wurde deutlich sichtbar: die Präzision, mit der der Leichnam gewickelt worden war, das geometrische Muster der Bandagen, das reine Weiß der leinenen Tücher.

Die Sarkophage enthielten zwei kleine Menschen, die beide mit der gleichen Sorgfalt und auf identische Art und Weise gewickelt worden waren. Doch keine Totenmasken bedeckten ihre Gesichter, keine Amulette oder Zaubersprüche waren in die leinenen Verbände eingewoben. Es waren schlichte, ordentlich verschnürte Bündel ohne bestimmte Merkmale, die in Kästen aus kaltem Granit lagen.

»Diese hier ist weiblich«, bemerkte Ron leise. »Sieh dir die Haltung der Arme an.«

Mark hatte es schon bemerkt. Die andere Mumie hatte die Arme über der Brust verschränkt, was darauf hindeutete, daß es sich um den Leichnam eines Königs handelte. Diesem hier, klein und puppenähnlich, hatte man jedoch nur einen Arm über die Brust gelegt und den anderen ausgestreckt, so wie man Königinnen zur letzten Ruhe gebettet hatte.

»Was meinst du, wer ist das?« fragte Ron mit gedämpfter Stimme.

Marks Taschenlampe beleuchtete einen Gegenstand. Ein winziges Stück Papyrus, das zwischen den Bandagen über der Brust der Toten steckte. Er wußte schon, was es war. Behutsam langte er hinunter und zog den Papyrusstreifen mühelos heraus. Er war vergilbt und brüchig, aber noch ausreichend gut erhalten, um die Schriftzeichen darauf erkennen zu können. Mark richtete den Strahl seiner Lampe auf die Hieroglyphen.

Ron beugte sich darüber, so daß sein langes, blondes Haar den Arm der Königin streifte. »Eine priesterliche Handschrift«, murmelte er, »eilig hingekritzelt. Sieht aus, als wäre es nur ein einziges Wort. Ich glaube, ich kann es lesen...« Ron drehte sich um. Er starrte einen Augenblick auf den Papyrus und wich dann langsam zurück. Er blickte Mark über den Sarg hinweg an und flüsterte kaum hörbar: »Nofretete!«

Mark konnte den Blick nicht von der friedlichen, beinahe heiter wirkenden jungen Frau wenden, die da vor ihm lag, und murmelte: »Deshalb kann sie sich frei bewegen. Deshalb erinnert sie sich...«

»Wie bitte?«

Er hob den Kopf. »Ich denke, wir werden nie erfahren, wer das Papyrus da hineingeschoben hat. Vielleicht eine ihrer Töchter, möglicherweise auch der kleine Tutanchamun. Vielleicht auch ein enger Vertrauter, dem es gelang, einen Priester zu bestechen, oder der sich in das Haus einschlich, in dem die Einbalsamierung vorgenommen wurde, und sein Leben riskierte, um das Papyrus unter den Bandagen zu verstecken. Vielleicht«, er blickte über die Schulter, »vielleicht beabsichtigten sie, für Echnaton dasselbe zu tun, wurden aber dabei erwischt...«

»Wovon redest du eigentlich?«

Ein ferner Donnerschlag durchbrach ihr Schweigen. Erschreckt drehten sich die beiden zu der schwarzen Öffnung um, die in die Vorkammer führte. »Regnet es wieder?« wunderte sich Ron und erschauerte, als er sich an das vorige Mal erinnerte. Doch als das zweite Krachen ertönte, stellte Mark fest: »Das ist kein Donner, das sind Schüsse!«

Sie verließen eilends das Grab und traten in einen leuchtenden, glutroten Sonnenuntergang hinaus. Ron löste schnell das Seil von der Anhängerkupplung und schwang sich in den Landrover, als Mark schon losbrauste. Weitere Schüsse hallten von den Felsen wider, während sie holpernd durch die enge Schlucht ins Hauptwadi jagten.

»Los, drück auf die Tube!« brüllte Ron, der bei jedem Ruck vom Sitz hochgeschleudert wurde.

Mark warf einen flüchtigen Blick auf die Tankanzeige und packte das Lenkrad so fest, daß seine Hände schmerzten.

Die Schüsse wurden immer lauter, während Mark und Ron sich mit Vollgas dem Ausgang des Wadis näherten. Vor ihnen lag das gewaltige Ruinenfeld der Arbeitersiedlung im letzten Glühen eines imposanten Sonnenuntergangs. Aber noch bevor sie die Ruinen erreichten, wurde der Landrover langsamer und kam schließlich zum Stehen.

»Warum hast du angehalten?«

Mark sprang mit einem Satz aus dem Wagen. »Kein Benzin mehr! Komm schon!«

Sie legten den Rest des Wegs im Laufschritt zurück, sprinteten durch den Sand, wichen Schotterhügeln aus und sprangen über hüfthohe Mauern. Das Camp, dessen Zelte in der untergehenden Sonne man-

darinenfarben leuchteten, schien weiter weg zu sein als je zuvor. Mark und Ron schnappten keuchend nach Luft, stolperten über Felsbrocken und fluchten bei jedem Knall, der zu ihnen herüberdrang.
Als sie das Camp erreichten und sich erschöpft aneinander lehnten, war die Sonne bereits untergegangen. Sie entdeckten Jasmina, die in der Mitte des Lagers im Sand kniete und mit beiden Händen einen Revolver umklammert hielt. Mit ausgestreckten Armen richtete sie die Waffe auf Ron und Mark.
»He!« schrien sie. »Wir sind's!«
Mark rannte zu ihr, sah sich rasch um und entwand ihr die Waffe. Jasmina rollte wild mit den Augen, ihr Gesicht war verzerrt. »Bestien!« kreischte sie. »Allah! Bestien!«
Mark faßte sie um die Schultern und versuchte ihr auf die Beine zu helfen. Eine schwarze Gestalt rannte im Zickzack durch das Lager. Ron schrie: »Oh, Mist!« und riß den Revolver an sich. Er feuerte blind drauflos.
»Was zum Teufel...«
Bevor Mark reagieren konnte, tauchte eine zweite Kreatur auf, die sich laut kreischend auf ihn stürzen wollte, ein riesiges, häßliches schwarzes Ungetüm. Ron feuerte direkt auf das Tier, doch es rannte weiter.
»Sie sind so groß wie Bernhardiner!« schrie Ron, während er hastig die Patronen aufsammelte, die aus der Schachtel gefallen waren, und in aller Eile versuchte, sie in die Revolvertrommel zu stopfen.
Ein anderes Ungeheuer erschien, dann noch eines. Jasmina hielt sich die Ohren zu und kreischte.
Sie bewegten sich auf den Hinterbeinen eines Nilpferdes und den Vorderbeinen eines Löwen. Ihre Köpfe waren die von Krokodilen, boshaft grinsend und schnappend.
»Ins Zelt!« brüllte Mark. »Los!« Er riß Jasmina am Arm hoch, und als er losrennen wollte, verspürte er einen gewaltigen Schlag gegen seine Beine. Er wurde in die Luft geschleudert und landete flach auf dem Rücken.
Immer mehr von den Bestien tauchten aus dem Nichts auf und flitzten quiekend und grunzend durchs Lager. Mark versuchte sich zu bewegen, aber er hatte keine Kraft mehr. Die Angst schnürte ihm die Kehle zu.

»Sie beißen!« schrie Jasmina. »Sie werden dich zerfetzen!«
Ron, der mittlerweile nachgeladen hatte, feuerte einen donnernden Kugelhagel auf die Monster ab. Sie liefen dauernd um ihn herum, zwickten ihn in die Beine und kreischten dabei, als litten sie Schmerzen. Er versuchte ein letztes Mal zu schießen, aber der Revolver klickte nur noch. Ron sah sich verzweifelt nach weiterer Munition um, doch die Patronen lagen alle im Sand verstreut. Er warf die Waffe weg und packte einen von Marks Füßen. »Nehmen Sie den anderen Fuß!« rief er Jasmina zu.
Ein ganzer Schwarm von den Bestien stürzte geradewegs auf sie zu. Sie hatten ihre häßlichen Lefzen zurückgezogen und scharfe, spitze Zähne entblößt.
»Ziehen Sie!« brüllte Ron.
Jasmina nahm den anderen Fuß, und gemeinsam schleiften sie Mark, der auf dem Rücken lag, in Richtung Speisezelt. Wie ein Schraubstock schloß sich das Maul eines der Tiere um Rons Fußgelenk. Er schrie auf. Jasmina versetzte der Kreatur einen kräftigen Tritt gegen den Kopf, worauf es losließ. Andere kamen angerannt, schnappend und knurrend wie Hunde. Sie erwischten Zipfel von Kleidung und zerrissen sie. Eines schlug seine Zähne in Marks Oberarm. Als Ron das Scheusal verjagt hatte, blieb eine blutige, klaffende Wunde in Marks Arm zurück.
Ron und Jasmina rannten, so schnell sie konnten, während sie Mark hinter sich her zum Zelteingang schleiften und sich die Bestien durch Tritte und Gebrüll vom Leib zu halten versuchten. Hastig öffnete Ron die Plane, bückte sich, faßte Mark um die Taille und schaffte es unter Aufbietung aller Kräfte, ihn ins Zelt zu hieven. Jasmina stürzte nach ihm hinein und ließ sich auf den Boden fallen, während Ron schnell die Reißverschlüsse der Plane zuzog.
Dann trat er keuchend zurück und starrte mit Grauen auf die dunklen Schatten, die sich quiekend gegen die Zeltwand warfen.
Als er ein Stöhnen vernahm, drehte Ron sich um und sah, wie Mark sich auf dem Boden wälzte und sich den Oberarm hielt. Dann bemerkte er etwas, das ihn erstarren ließ. Im spiralförmigen Licht mehrerer Taschenlampen, die im Zelt aufgestellt waren, saßen Sanford und Alexis Halstead. »Ihr Feiglinge!« brüllte er sie an. »Warum habt ihr uns nicht geholfen?«

»Ron...«
Er schaute zu Mark, der immer noch auf dem Boden lag. Jasmina band seinen Arm gerade mit einem Lappen ab. »Ron, nicht doch...«
Ron wandte sich ab, und als er wütend zu den beiden Halsteads hinüberstarrte, merkte er, daß es im Camp mit einem Mal ganz still geworden war.
»Sie sind weg«, stöhnte Mark.
»Ist nicht so schlimm«, beschwichtigte Jasmina ihn und strich ihm über die Stirn. »Du hast nur eine Fleischwunde; zum Glück ist keine Ader verletzt. Die Blutung wird bald aufhören.«
Mark versuchte sich aufzusetzen, aber sie hielt ihn zurück. »Bleib ruhig liegen. Ich gebe dir ein Schmerzmittel. Hier«, sie nahm seine freie Hand und legte sie auf den Verband, »drück fest, und laß nicht los.«
Jasmina richtete sich zitternd auf und sah sich im Zelt nach ihrer Arzttasche um. Sie entdeckte sie und wollte eben darauf zugehen, als sie Ron aufschreien hörte.
»Was ist los?«
»Mein Knöchel... Ich glaube, er ist gebrochen...«
Sie kniete sich neben ihn und zog sein Hosenbein hoch. Im Leder des Stiefels, der den Knöchel geschützt hatte, befanden sich mehrere tiefe Bißmale. Sie schnürte vorsichtig den Stiefel auf, streifte die Seiten herunter und entdeckte blau verfärbte Stellen auf der weißen Haut.
»Bewegen Sie Ihren Fuß auf und ab.«
Sie tastete mit den Fingerspitzen die Knochen ab. »Ich glaube nicht, daß etwas gebrochen ist. Setzen Sie sich, und ich werde Sie verbinden.«
Sie warf noch einen Blick auf Mark und holte dann ihre Arzttasche.

Eine halbe Stunde später saßen sie noch immer schweigend da und lauschten auf das Heulen des eisigen Nachtwindes.
Schließlich sagte Mark, dessen Arm fest verbunden war und der inzwischen Demerol eingenommen hatte: »Wir müssen einen Weg finden, hier herauszukommen, und zwar so schnell wie möglich. Die Generatoren sind zerstört. Wir haben nur noch wenig zu essen. Wir könnten den Landrover nehmen und...«
»Und wohin sollen wir fahren?« fiel ihm Ron ins Wort. »In jedem der

anderen drei Dörfer werden sie uns umbringen, wenn wir uns nähern. Ich bin sicher, daß alle Fähren bewacht werden. Wir können auch nicht den Weg über das Plateau nach Beni Hassan nehmen, weil wir nicht genug Treibstoff haben. Und wenn wir hierbleiben...«
Seine Stimme erstarb. Rons anfängliche Wut gegen die anderen beiden im Zelt hatte sich schnell gelegt, als er bemerkte, in welchem Zustand sie sich befanden. Sanford Halstead, der sich ein blutgetränktes Laken vors Gesicht preßte, hatte beim Aufwachen einen immer größer werdenden Blutfleck auf seiner Hose entdeckt. Alexis befand sich in einem Trancezustand und war nicht ansprechbar.
Ron empfand Mitleid für sie. Jetzt, da sein Knöchel verbunden war, schmerzte er ihn nicht mehr. Mark hatte sich erholt und konnte aufrecht sitzen, und Jasmina hatte ihre Hysterie überwunden. Nun hing die Rettung der Gruppe ganz von ihnen dreien ab.
»Was... waren das für Wesen...?« fragte Halstead mit schwacher Stimme.
Mark vermied es, dem Mann ins Gesicht zu sehen. Wo es nicht mit Blut verschmiert war, war es kreidebleich, und die Augen schienen tief in die Höhlen eingesunken zu sein.
»Ich weiß es nicht«, antwortete er leise und verschloß die Augen vor der Erinnerung. Aber in Wirklichkeit wußte er es: Es waren die Gesandten Am-muts des Gefräßigen, des grauenvollen Ungeheuers, das in der altägyptischen Jenseitsvorstellung neben der Waage der Wahrheit in der Unterwelt saß, bereit, das Herz eines Verstorbenen zu verschlingen, wenn Osiris, der Totenrichter, ihn für einen Lügner hielt. Mark schlug sich die Hände vors Gesicht, als er wieder Abduls an den Haaren baumelnden Kopf vor sich sah. Abdul, der zu ihm gerannt war, als alle anderen die Flucht ergriffen hatten. Abdul, der nun, mit einem Laken bedeckt, im Arbeitszelt lag und dessen Leichnam schon anfing, Verwesungsgeruch zu verbreiten.
»... Exorzismus.«
Mark nahm die Hände herunter. »Was hast du gesagt?«
Ron sprach hastig. »Erinnerst du dich an den Artikel, den ich vor nicht allzu langer Zeit für den *National Enquirer* schrieb? Den über altägyptischen Exorzismus?«
Mark nickte.
»Wenn ich die richtigen Worte noch zusammenbringe...«

»Das ist doch wohl nicht dein Ernst!«
»Warum nicht? Wenn wir uns von diesem dämonischen Ort nicht entfernen können, dann müssen wir versuchen, diese Teufel auf andere Weise loszuwerden!«
»Ron, wir müssen darüber nachdenken, wie wir hier herauskommen können! Wir haben zwei Kranke! Einer von uns muß Hilfe holen!«
»Davison...« bat Halstead mit leiser Stimme. »Tun wir, was Farmer sagt. Es ist unsere einzige Hoffnung...«
»Es ist Zeitverschwendung!«
»Mark, die Dämonen werden uns nicht entkommen lassen.«
Mark sprang auf. »Nun, ich werde es auf jeden Fall versuchen, darauf kannst du Gift nehmen!«
»Was willst du tun?« fragte Jasmina.
»Ich werde den Landrover nehmen und südlich von El Hawata zum Fluß hinunterfahren. Von dort aus werde ich einen Weg finden, wie ich hinüberkomme, ob ich nun für die Überfahrt bezahle oder sie mir durch Waffengewalt erzwinge. Wenn es sein muß, werde ich sogar rüberschwimmen.«
Doch niemand hörte ihm zu. Halstead fragte: »Was müssen wir tun, Farmer?«
»Als erstes brauchen wir einen Altar aus Sand, dann benötigen wir ein Sistrum, ein altägyptisches Rasselinstrument. Lassen Sie mich mal nachsehen.« Er schaute sich im Zelt um. »Was können wir als Sistrum benützen?«
Mark öffnete den Mund, um etwas zu sagen, unterließ es dann aber und stürmte zum Ausgang. Als er den Reißverschluß des Zelts öffnete, hörte er, wie Ron sagte: »Wir müssen die Götter des Lichts um Hilfe anrufen. Dazu müssen wir das Sternbild des Orion anvisieren...«
Mark schlug die Zeltplane zurück und stürzte in die Nacht hinaus. Jasmina rannte ihm nach.
In seinem Zelt nahm Mark einen der Revolver aus der Kiste und lud ihn. »Bitte, geh nicht«, flehte Jasmina. »Du darfst uns jetzt nicht allein lassen!«
»Dann kommt mit mir«, erwiderte er mit ausdrucksloser Stimme und ohne aufzuschauen.
»Ich kann die andern nicht zurücklassen, Mark!«

Als er die Waffe in seinen Gürtel steckte, sah er ihr direkt ins Gesicht und fragte: »Und was ist mit mir?«
Sie zögerte. »Ich...«
Mark packte Jasmina so fest an den Seiten, daß sie zusammenzuckte. »Jetzt hör mir mal zu! Das einzige, wovor wir uns fürchten müssen, ist unser eigener Wahnsinn, und den können wir nur bekämpfen, indem wir hier wieder für Normalität sorgen! Zuerst mußte ich gegen die Beschränktheit der Fellachen anrennen, und jetzt sind wir schon so weit, daß meine eigenen Leute verrückt spielen! Zum letzten Mal, kommst du mit mir?«
»Nein«, flüsterte sie.
Er ließ sie los, wobei er sie leicht zurückstieß, nahm eine Schachtel Patronen und seine Windjacke und rannte aus dem Zelt.
Draußen blieb er unvermittelt stehen, so daß Jasmina, die ihm nachgelaufen war, gegen ihn prallte.
In der Mitte des Lagers häuften Ron und Halstead kniend Sand auf und klopften ihn fest, wie Kinder, die eine Sandburg am Strand bauen. Hinter ihnen, im Eingang des Speisezelts, stand Alexis, die mit großen, ausdruckslosen Augen vor sich hin starrte. Halstead hielt in einer Hand eine Gabel, auf die ein kleines Säckchen mit harten Bohnen gespießt war. Als er es schüttelte, erzeugte es ein ähnliches Geräusch wie eine Babyrassel.
Ungläubig sahen Mark und Jasmina zu, wie Ron nach der Fertigstellung des »Altars« die Hände zum Himmel erhob und ausrief: »Horus, reinige uns von allem Bösen, Seth, gib uns Kraft; Seth, reinige uns von allem Bösen, Horus, gib uns Kraft!«
»Allmächtiger!« flüsterte Mark.
Rons Stimme tönte wie die eines Propheten, schallte zur Hochebene hinauf und stieg zum Himmel empor. »Wir rufen Euch an, o Kinder des Horus! Wir rufen die vier, die in Meskheti wohnen!« Der blonde, langhaarige Ron Farmer, in Jeans und Greenpeace-T-Shirt, rief: »Höre uns, Mestha! Höre uns, Hapi! Höre uns, Tuamutef! Höre uns, Qebhsen-nuf! Die Diener des Lichts bringen Euch Opfergaben dar!«
Mark beobachtete entsetzt, wie Ron feierlich ein neben seinen Knien liegendes Bündel nahm, es aufband und behutsam gefrorene Lammkeulen auf den Sandhügel legte.

Wieder hob er die Arme. »Ihr sollt zerstückelt werden, und Eure Glieder sollen zerhackt werden, und jeder von Euch soll den anderen vernichten!«

Ein Wind kam auf, der von der Hochebene hinunterfegte und durchs Camp pfiff. Rons platinblondes Haar wehte ihm um den Kopf, als er schrie: »So triumphiert Ra über alle seine Feinde, und so triumphiert auch Heru-Behutet, der große Gott, der Beherrscher des Himmels, über seine Feinde!«

Der Wind blies heftiger und erzeugte einen seltsamen Lärm in den Wadis. Es klang wie Stöhnen und Wehklagen von hundert Stimmen. Sand wurde aufgewirbelt, die Zeltwände flatterten. Halsteads Hemd, das mit Blutflecken übersät war, klebte ihm am Leib. Auf seinen nackten Armen, seinen Beinen bildeten sich purpurfarbene Beulen, die aufplatzten und bluteten. Blut quoll ihm auch aus Mund, Nase und Ohren und sammelte sich in einer Lache im Sand um ihn herum.

»Erhört uns, o Götter des Lichts!«

Das Stöhnen wuchs zu einem Gebrüll an; der Boden erzitterte. Jasmina tastete nach Marks Hand, und er zog sie an sich.

Die beiden Männer in der Mitte des Lagers, in ihrer grotesken Pose und in ihrem mitleiderregenden, feierlichen Ernst, sangen zusammen: »Wir rufen Horus an, den Bezwinger Seths! Wir rufen...«

»Mark!« schrie Jasmina und zeigte auf die Erde. In dem tosenden Wind begann eine Art lange, schwarze Ader den Sand zu zerteilen, eine gewundene Linie, die sich vom Rand des Camps auf die beiden knienden Männer zuschlängelte wie ein Riß in der Erdkruste.

Da bemerkte Mark, daß es sich um eine dicke, glänzende Schlange handelte, die aus der Dunkelheit auftauchte und deren teuflische Augen gefährlich leuchteten, als sie auf den Altar zuglitt.

Rons Blick war auf das Sternbild des Orion geheftet, seine Stimme war wegen des heftigen Windes kaum zu hören. »Wir flehen Euch an, Horus, Isis und Osiris! Ihr seid das Licht und die Wiederauferstehung!«

»Ron!« brüllte Mark, doch seine Stimme drang nicht durch.

Der Wind war jetzt so stark, daß man sich kaum mehr auf den Beinen halten konnte. Die riesige Schlange glitt züngelnd auf die beiden nichtsahnenden Männer an dem Sandhaufen zu.

Ein neues Geräusch übertönte sogar den Wind, und Mark beobachtete mit Schrecken, wie eine Wand des Arbeitszeltes aufzureißen begann.

Er versuchte, einen Schritt vorwärts zu tun, wurde jedoch zurückgeworfen. Er legte einen Arm vor die Augen und öffnete den Mund, um zu schreien, aber der Wind nahm ihm den Atem. Die Riesenschlange bewegte sich währenddessen unbeirrt über den Sand auf die beiden am Altar zu. Durch seine Finger, die er schützend vor die Augen gelegt hatte, sah Mark, wie das Speisezelt vom Sturm in die Luft gerissen und weggeweht wurde. Er sah, wie Ron seine Lippen bewegte, konnte ihn aber nicht hören.

Dann spürte er, wie eine Hand gegen seine Brust schlug. Jasmina tastete seinen Oberkörper ab, bis sie die Pistole zu fassen bekam. Sie klammerten sich aneinander, und der wütende Sturm drückte sie gegen Marks Zeltwand wie eine unsichtbare Hand. Jasmina gelang es, die Pistole zentimeterweise aus Marks Gürtel hervorzuziehen.

Jasmina kniff die Augen zu und nahm ihre ganze Kraft zusammen. Mit aller Macht gegen den Sturm ankämpfend, schaffte sie es, den Arm auszustrecken und die Waffe nach vorn zu richten. Sie wackelte hin und her.

Ron und Halstead schienen das Getöse um sie herum gar nicht wahrzunehmen. Ihre Augen waren wie gebannt auf die Sterne gerichtet, während sie laut die Namen altägyptischer Gottheiten rezitierten. Alexis stand starr und unbeweglich da, während das Zelt hinter ihr hochgeblasen wurde und auf die Seite fiel.

Die Schlange hatte den Altar erreicht und hob ihr gräßliches Haupt. Die Spitze ihrer vor- und zurückschnellenden Zunge war nur noch wenige Zentimeter von Ron entfernt.

Jasmina legte den Finger an den Abzugshahn und drückte ihn.

Dann feuerte sie noch einmal. Und noch einmal.

Da flaute der Wind plötzlich ab, und eine unheimliche Stille legte sich über das Camp.

Mark nahm die Hände von den Augen, wischte sich den Sand vom Gesicht und sah dann, wie Ron und Halstead vor dem Altar knieten und mit entsetzten Gesichtern auf das sich windende Reptil starrten.

Mark und Jasmina beobachteten wie versteinert, wie die Schlange sich

durch den Sand ringelte, sich krümmte und sich zusammenzog, bis sie verschwunden war. Dann erst waren sie imstande, sich von der Stelle zu rühren.
Jasmina rannte zu Halstead, der zusammengebrochen war, als der Wind sich gelegt hatte. Sein Körper wurde von Krämpfen geschüttelt. Ein Blutstrom ergoß sich in hohem Bogen aus seinem Mund.
»Mark!« jammerte sie.
Doch Mark blickte wie gebannt auf Alexis, die ihn aus einiger Entfernung anstarrte. Sie hob einen Arm und deutete mit ihrem langen, spitzen Zeigefinger auf ihn. »Rettet Euch...«

»Mark!« schrie Jasmina. »Er stirbt! Hilf mir!«
Alexis' grüne Augen lähmten ihn; ihr flammend rotes Haar hob sich von ihrem bleichen Gesicht ab, und mit verträumter, singender Stimme wiederholte sie: »Ihr seid meine Rettung, Davison. Ihr allein. Geht nun, mein Lieber, und vollbringt das Werk.«
Dann hörte er Ron sagen: »O mein Gott, oh, verdammt...«
Mark drehte sich um und gewahrte Sanford Halstead, der in einer Blutlache lag und sich stöhnend wand wie zuvor die Schlange. Sein Hemd und seine Hose waren mit Blut vollgesogen; die rote Flüssigkeit triefte wie Schweiß aus jeder Pore seines Körpers.
Mark starrte in blindem Schrecken auf das Blut, das in Halsteads verwirrten Augen aufstieg und sich beim Herabtropfen mit dem Blut im Sand mischte. Halsteads Blicke huschten hin und her wie die eines verängstigten Tieres. Er versuchte, seine Hände zu heben, vermochte es aber nicht mehr. Er warf Mark durch einen Schleier von Blut einen letzten vorwurfsvollen Blick zu, dann erfüllte ein Röcheln die Nacht – ein kurzer, gequälter Laut –, und Halstead ergab sich der Barmherzigkeit des Todes.
Einen Augenblick lang rührte sich keiner der verbleibenden vier. Dann sprang Ron auf und blitzte Mark wütend an. »Du blöder Scheißkerl!« brüllte er. »Das ist alles deine Schuld! Deinetwegen ist es so weit gekommen!«
Mark blickte seinen Freund an. »Ron...«
Rons Augen sprühten vor Zorn und Irrsinn. »Ich weiß, was zu tun ist!« schrie er, wobei ihm Speichel von den Lippen sprühte. »Ich werde dafür sorgen, daß das aufhört!«

Er machte kehrt und rannte davon, sprang über den Altar und verschwand im Dunkeln.

»Haltet ihn auf, Davison...« wimmerte Alexis mit schwacher Stimme. Ihr starrer Körper wankte leicht. Das seltsame Licht in ihren Augen flackerte auf. »Er wird uns zerstören. Rettet uns, Davison, ich bitte Euch...«

Hinter dem umgestürzten Arbeitszelt ließ Ron sich auf alle viere nieder und tastete im Dunkeln umher. Er durchwühlte die verstreuten Generatorteile, verwickelte sich in den elektrischen Leitungsdrähten und roch den Gestank der verwesenden Leichname, die vom Sturm auf den Boden geweht worden waren.

Dann stieß er mit den Händen auf das, wonach er suchte. Ein Kanister Dieselöl. Er war unbeschädigt und voll.

Er packte den Kanister mit beiden Händen, erhob sich damit schwankend und schleppte ihn halb stolpernd, halb taumelnd in die Mitte des Camps zurück.

Er hielt inne, als er Alexis Halstead erblickte, die mit ausgestreckten Armen auf ihn zukam.

»Nein!« schrie er, drehte sich um und lief blitzschnell davon.

»He!« rief Mark und schüttelte sich, als wolle er seine Benommenheit loswerden. Sein Freund rannte weiter. Mark spurtete ihm hinterher und holte ihn am Landrover ein. »Ron, laß es sein...«

»Laß mich los, Mann! Es ist der einzige Weg!«

»Tu's nicht, bitte!«

Sie rangen miteinander, wobei der Treibstoffkanister zwischen ihre Füße fiel. »Ich muß es tun, Mann! Ich werde diese Mumien verbrennen! Sie sind die Ursache für alles! Wenn es keine Mumien mehr zu bewachen gibt, werden die Dämonen weggehen! Es ist unsere einzige Chance, Mark!«

»Das darfst du nicht tun! Du darfst sie nicht zerstören!«

Da wurde Ron plötzlich weggerissen. Er flog in hohem Bogen durch die Luft und kreischte vor Entsetzen auf.

Mark war vor Schreck wie erstarrt, als er sah, wie Ron, der wild mit den Armen fuchtelte, auf dem Rücken in die Nacht hinausgeschleift wurde, wobei seine Stiefel zwei tiefe Spuren im Sand hinterließen. Hinter Ron war eine riesenhafte, schwarze Gestalt aufgetaucht, die ihn an den Haaren über den Sand zerrte wie eine wehrlose Puppe.

Mark konnte nicht mehr reagieren; eine unsichtbare Macht hielt ihn in Bann. Er mußte mit ansehen, wie sein Freund, hilflos zappelnd wie ein Fisch am Haken, von Am-mut dem Gefräßigen weggeschleppt wurde und in der Dunkelheit verschwand.

Ein gleißender Lichtstrahl blendete ihn, und ein heftiger Schmerz durchzuckte seinen Kopf. Mark wich zurück und hielt sich schützend einen Arm vors Gesicht. Er hörte Jasminas Stimme: »Wo ist Ron?«

»Was...?«

Sie senkte die Taschenlampe und trat näher zu ihm.

»Mark, wo ist Ron hingegangen?«

»Er... er...«

»Mark!« Sie packte ihn am Oberarm und preßte den feuchten Verband dabei so fest zusammen, daß er vor Schmerz aufschrie. »Er hat recht, Mark! Ron hat recht! Wir müssen die Mumien zerstören!«

Er sah sie erschrocken an. »Nein... nicht auch noch du...«

»Doch, Mark! Sieh mich an! Hör mir zu! Ich bin nicht besessen, ich denke ganz vernünftig! Hör mich an, verdammt noch mal!« Sie schüttelte ihn. »Dein Freund hat recht. Es ist alles wegen der Mumien geschehen! Wir müssen sie vernichten, bevor die Dämonen uns vernichten!«

Hinter ihr stand mit einem Mal Alexis Halstead, stumm und still wie eine antike Statue, noch immer mit ausgestreckten Armen. In seinem Kopf vernahm Mark ein vertrautes Flüstern: »Rettet uns, mein Lieber, rettet uns, rettet uns...«

»Das dürfen wir nicht, Jasmina!« jammerte er. »Ich habe es ihr versprochen!«

»Der Teufel soll dich holen, Mark! Fahr zur Hölle mit deiner Engstirnigkeit! Woher weißt du, daß sie nicht das Böse verkörpert? Wie willst du das wissen?«

Er blickte Jasmina verwirrt an.

»Mark, wie kannst du wissen, daß sie wirklich diejenige ist, für die sie sich ausgibt? Wie kannst du wissen, daß sie nicht eine von ihnen ist? Sie benutzt dich, Mark. Wer immer sie ist, sie hat Mrs. Halstead in ihre Gewalt gebracht. Sie ist eine Zauberin! Sie ist eine böse Gottheit! O Mark, du Narr!«

Er blinzelte zu Alexis auf. »Nein... ich habe recht...«

»Vielleicht hatten die ägyptischen Priester einen guten Grund, dieses Grab hermetisch abzuriegeln! Vielleicht haben sie das Böse darin eingesperrt! Du darfst sie nicht retten! Du wirst damit wieder die alten Greuel über die Welt bringen! Ich weiß, was sie von dir verlangt!«
Doch die innere Stimme flüsterte: »Hört nicht auf sie, mein Lieber. Sie lügt. Ich spreche die Wahrheit. Schreibt unsere Namen auf unsere Leichname, rezitiert die Auferstehungsformeln, aber macht schnell, schnell...«
»Mark, du wirst diesem Ungeheuer seinen Namen geben, und dann wird es die Erde heimsuchen wie vor über dreitausend Jahren! Merkst du es nicht, Mark? Sie hat dich benutzt! Du bist ihr Werkzeug, um die Welt wieder ins Chaos zu stürzen!«
Mark riß den Mund auf und wollte protestieren, doch bevor er dazu kam, gellte ein unheimlicher Schrei durch die Nacht.
»Ron!« flüsterte er. »O mein Gott!«
»Geh nicht...«
»Ron!« Mark riß sich von ihr los.
»Bitte...«
Er drehte sich um und rannte los, immer den Schreien nach.
Mark fand ihn am Rand der Arbeitersiedlung im Sand liegen. Er hielt einen Moment inne, um sich zu wappnen, schluckte seine Angst hinunter und kniete sich dann sanft und liebevoll neben ihn. Als er Ron in die Arme schloß, liefen ihm Tränen über die Wangen.
Ron war skalpiert worden.
Als Mark Ron weinend an sich drückte, regte sich sein sterbender Freund noch einmal und stöhnte auf. Mark wich ein wenig zurück, so daß er Rons Gesicht sehen konnte. Genau über den Augenbrauen klaffte ein langer, gezackter Riß an der Stelle, wo die Kopfhaut und damit die langen blonden Haare weggerissen worden waren.
Ron schlug die Augen auf und bewegte leicht die Lippen. Er versuchte zu sprechen, aber das Blut strömte ihm übers Gesicht.
»Nicht sprechen«, sagte Mark und unterdrückte ein Schluchzen. Behutsam wischte er Ron das Blut aus den Augen.
»Nein«, kam ein heiseres Flüstern, »du hattest recht, Mann. Tut mir leid. Ich wußte am Ende nicht mehr, was ich tat, verstehst du? Es ist nicht deine Schuld. Es mußte so kommen...«

Ron hustete, und Blut spritzte Mark ins Gesicht. Mark strich ihm zärtlich über die Wange und murmelte: »Du mußt nichts sagen.«
»Begreifst du... es mußte so kommen; sie hatten es von Anfang an auf uns abgesehen.« Er röchelte, und es fiel ihm immer schwerer zu sprechen. »Hör zu... du hast eine phantastische Entdeckung gemacht, Mark. Du wirst berühmt werden. Du darfst nicht zulassen, daß die Dämonen dich erwischen. Amerika wird dich wie einen Helden empfangen. Oh, verdammt...«
»Ron?«
»Hör zu, Mann, wirst du dich für mich um die *Tutanchamun* kümmern?«
»Ja«, flüsterte Mark. Dann stieß Ron einen langen, rasselnden Seufzer aus, und Mark mußte mit ansehen, wie das Leben aus den starren Augen wich. Mark bettete seinen Freund behutsam auf den Sand.
Dann sprang er blindlings auf und wankte wie ein Betrunkener ins Camp zurück, wo er sich schluchzend gegen den Landrover warf. Und während er so an dem Fahrzeug lehnte, Rons entstellten Kopf vor sich sah und das bittere Salz der Tränen schmeckte, kochte eine Wut in ihm hoch, die sich in einem markerschütternden Schrei Bahn brach. Er reckte eine Faust und brüllte Alexis an: »Du gottverdammtes Miststück! Du willst, daß ich dich befreie? Da weiß ich etwas viel Besseres! Ich werde das tun, was schon vor dreitausend Jahren hätte geschehen sollen!«
Er packte den Treibstoffkanister und warf ihn in den Landrover.
»Nein, Davison«, heulte Alexis. »Ich bitte Euch!«
»Jasmina hat ganz recht!« schrie er so laut, daß seine Halsschlagadern hervortraten. »Du bist das Böse! Ron hatte recht, ihr müßt zerstört werden!«
»Davison, Davison, Davison...«
Mark zog Jasmina mit sich und stieß sie unsanft in den Landrover.
»Davison! Davison, so wartet doch, wartet, ich bitte Euch, rettet uns, rettet uns...«
Als er den Zündschlüssel umdrehte, trat ein Ausdruck der Überraschung auf Alexis Halsteads Gesicht. Sie schwankte und wich einen Schritt zurück, als habe man ihr einen Schlag versetzt, und stammelte: »Was...«
Im nächsten Augenblick erhellte eine Explosion weißen Lichts die

Nacht. Ihre Glieder flatterten wie die einer Marionette, ihre Haare loderten auf, und Alexis Halstead verwandelte sich in eine Feuersäule.
Mark und Jasmina starrten ungläubig auf das Schauspiel, als Alexis in einem letzten Moment der Klarheit und des Verstehens einen qualvollen Todesschrei ausstieß.
Es war ein langsames, qualvolles Verbrennen. Alexis rührte sich nicht von der Stelle, als sei sie an einen Pfahl gefesselt, und schrie bis zum bitteren Ende. Dann erstarben die Flammen, und ein verkohlter Leichnam fiel auf die Erde.
Jasmina sank in sich zusammen und barg ihr Gesicht auf den Knien.
Mark legte den Gang ein und brauste mit knirschenden Reifen davon.

Vierundzwanzig

Als sie im Landrover über den holprigen Boden der Schlucht rasten, hörten Mark und Jasmina weit hinter sich ein Gewirr unheimlicher Laute. Es war das Grunzen und Quieken der Dämonen, die in das Camp einfielen. Mark wußte, daß es keinen Weg zurück mehr gab.
Im Cañon herrschte ein merkwürdiges grelles Licht, als habe sich ein Blitzstrahl darin verfangen. Es ließ jede Einzelheit hervortreten: die Schichtung des Kalkgesteins, die schwarze Feuerstelle, wo die verkohlten Gebeine der Ramsgate-Expedition gefunden worden waren, die fünf langen Gräben und am hinteren Ende die mit einem Seil abgesperrte Treppe, die zum Grab hinunterführte.
Mark fuhr wie ein Wahnsinniger, jagte in knapper Entfernung an den Gräben vorbei und trat das Gaspedal bis zum Anschlag durch, als wolle er die sieben Dämonen unter seinem Fuß zermalmen.
Er wartete nicht, bis der Landrover völlig zum Stillstand gekommen war, sondern stürzte hinaus, zerrte den Treibstoffkanister hinter sich her und rannte zur Treppe.
Unter ihm gähnte die schwarze Öffnung des Grabes. Die Worte der alten Samira hallten in seinem Kopf wider: »Die schlimmste Strafe

wird Euch treffen, Herr, denn Ihr seid der Anführer. Langsame Zerstückelung...«

Unfähig, das Fahrzeug zu verlassen, beobachtete Jasmina in heillosem Entsetzen, wie Mark langsam die Stufen hinunterstieg. Da brachte ein unheimliches Summen sie wieder zu Bewußtsein.

Auf ihrem nackten Arm saß eine riesige Wespe, die langsam zu ihrer Schulter hinaufkroch.

Vor Angst wie gelähmt, blickte sie auf den Sitz hinunter und sah, daß er von abscheulichen schwarzen Käfern wimmelte. Wie eine lebende Decke breiteten sie sich über Sitz, Boden und Fenster aus.

Sie spürte Hunderte von Insekten, die an ihren Beinen emporkrabbelten, in ihre Stiefel eindrangen und sie mit Stichen traktierten. Dann krochen sie langsam an ihrem Hals aufwärts und befielen ihr Haar.

Durch die mit Käfern bedeckte Windschutzscheibe konnte sie Mark nicht mehr sehen; sie konnte nicht schreien, denn auch ihr Mund war plötzlich voll von wuselndem Getier.

Gräßliche hartschalige Körper und mit Häkchen versehene Beine drangen unter ihre Kleidung, zwischen ihre Schenkel, in ihre Nase und ihre Ohren.

Jasmina verharrte in stummem, unbeweglichem Schrecken. Die Angst schnürte ihr die Kehle zu und ließ sie erzittern.

Schwarzes Geschmeiß saß auf ihren Wangen. Gelbe Leiber huschten über ihre Brüste und tummelten sich in ihren Achselhöhlen. Tausende von Stacheln bohrten sich in ihr Fleisch, und ohrenbetäubendes Gebrumm dröhnte ihr im Kopf, als hätte das Ungeziefer ihr Gehirn befallen.

Im Todeskampf gelang es Jasmina trotz der Heuschrecken, die in ihren Mund schwärmten, ihre Lippen zu bewegen. Während die Insekten ihr schon die Kehle hinunterkrabbelten, flüsterte sie mit erstickter Stimme: »Gelobt sei Allah, der Herr der Welten, der Wohltätige, der Barmherzige...«

Als Mark die zweite Treppenstufe betrat, begann ein Wind durch den Cañon zu heulen, und eine unsichtbare Kraft hob ihn hoch, schleuderte ihn durch die Luft und schmetterte ihn zurück auf den Sand.

Der Dieselkanister wurde ihm aus der Hand gerissen und rollte in den nächsten Graben.

Keuchend und nach Luft ringend, versuchte Mark aufzustehen. Da erhielt er einen Schlag in die Rippen, als hätte ihm jemand in die Seite getreten. Er heulte auf und krümmte sich vor Schmerz.

Als er sich erneut aufrichten wollte, traf ihn ein unsichtbarer Huf im Gesicht. Vor seinen Augen blitzten Sterne auf, und ein stechender Schmerz durchzuckte sein Rückenmark.

Mark schüttelte den Kopf und versuchte abermals aufzustehen, doch statt sich zu erheben, wälzte er sich über den Sand, bis er den Rand der Treppe erreichte. Dann rollte er sich zu einer Kugel zusammen und stürzte sich die Stufen hinunter.

Polternd schlug er auf jeder Stufe auf und verletzte sich dabei Knie, Ellbogen und Steißbein, aber er schützte seinen Kopf mit den Armen, so daß er bei seiner Landung noch immer bei Bewußtsein war und sich bewegen konnte.

Sonderbare Lichter blinkten über dem Cañon auf.

Helleuchtende Streifen schossen von Felswand zu Felswand wie Laserstrahlen. Teuflisches Geschrei erfüllte die Nacht mit einem grauenerregenden Chor.

Mark schaute auf und sah oben an der Treppe einen Riesen stehen, der höhnisch zu ihm heruntergrinste.

Es war Apep, der breitschultrige Mann mit der Schlange als Kopf. Er begann herabzusteigen.

Mark rappelte sich auf, spürte die Erde unter sich schwanken und stürzte abermals. Panik ergriff ihn. Er tastete nach den Wänden, um sich daran hochzuziehen, rutschte an dem rauhen Kalkstein ab und schürfte sich die Haut auf.

Ein einziger Gedanke trieb ihn jetzt noch vorwärts: Er wollte die Mumien zerstören. Hätte er dies hinter sich gebracht, so wußte er, würden die Dämonen weichen, da es nichts mehr zu bewachen gab.

Das schlangenköpfige Monster nahm bedächtig eine Stufe nach der anderen, und Mark hörte es in seinem Innern flüstern: »Das Ende wird für Euch lang und qualvoll sein. Nacheinander werden Euch die Arme, dann die Beine herausgerissen, bis Ihr den Tod herbeisehnt.«

Mark erlangte sein Gleichgewicht wieder, stand auf und war mit einem Satz beim Eingang.

Eine Riesenhand schoß vor und packte seinen Arm. Ein stechender Schmerz fuhr ihm durch die Schulter. Dann ließ die Hand ihn wieder los, und er fiel mit dem Kopf voran in den Schacht. Während er sich kriechend durch den dreißig Meter langen Gang kämpfte und sein durchtrennter Arm gegen die roh behauenen Wände schlug, dachte er: So ist es also, wenn man stirbt...

Dann endete der Gang plötzlich, und er stürzte auf den Grund der Vorkammer. Ächzend und stöhnend lag er da und dachte: Ich werde einfach so liegenbleiben, es wäre so leicht... Aber dann fielen ihm die Mumien wieder ein, und die Rachgier spornte ihn an. Er stellte sich vor, was für ein Gefühl es wäre, die Mumien mit seinen bloßen Händen in Stücke zu reißen...

Mark spürte, daß die Taschenlampe unter ihm lag, er zog sie hervor und knipste sie an. Der Lichtstrahl fiel auf die sieben Gestalten, die an der gegenüberliegenden Wand drohend vor ihm aufragten.

»Ihr Dreckskerle!« stieß er keuchend hervor. »Noch habt ihr nicht gewonnen. Nicht, solange ich noch einen Funken Leben in mir habe. Ich bin noch nicht besiegt...«

Doch der Raum begann vor seinen Augen zu verschwimmen. Mark fiel nach hinten und schlug mit dem Kopf auf den Steinboden. Zuerst sah er nichts als Feuerräder, dann klärte sich sein Blick und richtete sich auf die vier Dämonen, die über ihm standen. Sie waren von der Wand heruntergekommen: Amun der Verborgene, der Aufrechte, Am-mut der Gefräßige und der rothaarige Seth starrten auf ihn herab. Wie auf einen Befehl hin ergriff jeder von ihnen eines seiner Gliedmaßen. Er sah, daß jeder der Dämonen in der anderen Hand eine stumpfe Axt hielt.

»Zuerst Eure Füße«, flüsterte eine innere Stimme, »dann Eure Hände, dann Eure Knie und Ellbogen, wie wenn man einen Baum zu Brennholz zerhackt...«

Mark schloß die Augen. Lähmendes Entsetzen ließ all seine Kräfte erschlaffen. Als er die erste Axt hoch in die Luft schwingen und auf seinen Fuß niedersausen sah, vernahm er eine andere Stimme und erinnerte sich an eine kalte Nacht, als ihm die blendende Gestalt Nofretetes erschienen war: »Glaubt an die Götter Ägyptens, Davison, denn sie sind Inkarnationen Atons...« Dann vollführte sein Geist seltsame Gedankensprünge. Als die erste Axt sein Fußgelenk durchhackte und ein rasender Schmerz ihn fast seiner Sinne beraubte, da erinnerte er sich an etwas, das schon lange zurücklag.

Ein Seminar über ägyptische Gottheiten, das er während seiner Studienzeit besucht hatte – so viele Einzelheiten und scheinbar unwichtige Fakten, die in seinem Gedächtnis verschüttet waren. Bis jetzt. Während er mit geschlossenen Augen dalag und spürte, wie die zweite Axt zum Schlag ausholte, sah Mark die antike Papyrusrolle mit der priesterlichen Handschrift wieder vor sich, die er damals studiert hatte. Er holte tief Luft und rief mit letzter Kraft: »O große Schwestern der Auferstehung, ich bin Euer Sohn, Euer Erbe! Ihr sanften Mütter, ich rufe Euch an. Liebliche Isis, die Ihr Trauer und Schmerz gesehen und Osiris wieder zum Leben erweckt habt, ich bitte Euch demütig...« Ein lähmender Schmerz durchzuckte sein Bein und ließ ihn aufschreien. »Ich flehe Euch an, Isis, große Mutter. Und Euch, holde Nephthys, Mutter des Anubis und Beschützerin derer, die...« Grelle Farben leuchteten vor ihm auf. Seinen Körper durchzuckten Höllenqualen. »Beschützerin derer, die vor Seth fliehen... göttliche Schwester, ich flehe Euch an, eilt Eurem demütigen Diener zu Hilfe. Ich glaube an Euch...«

Als die Axt seine rechte Hand durchtrennte, verwandelte sich der Schmerz in eine läuternde Kraft. Während Mark die Zauberformel wiederholte, kamen mühelos die altägyptischen Worte über seine rissigen Lippen: »*Ii kua xer-ten ter-ten tu ne ari-a ma ennu ari en ten en xu apu amiu ses en enb-sen... Isis, Nephthys...*« Dann wurde es Nacht um ihn, und er machte sich bereit, den Tod zu empfangen.

Als Mark wieder zu sich kam, lag er auf dem Rücken. Die Vorkammer war in sanftes Licht getaucht. Er blieb liegen und starrte an die Decke, während er angestrengt überlegte, was geschehen war. Er hatte einen Traum gehabt. Aber er konnte sich nicht mehr recht daran erinnern. Nur einzelne Bilder waren in seinem Gedächtnis hängengeblieben: zwei schöne, zarte Frauen mit gefiederten Flügeln, die ihre duftenden Körper schützend über ihn beugten.
Im Traum hatte er gespürt, wie eine wundervolle Ruhe sich über ihm ausbreitete. Ein Leuchten hatte ihn umgeben, und er hatte heiteren Gesang vernommen.
Doch an mehr konnte sich Mark nicht erinnern. Er hatte nur ein unbestimmtes Gefühl, als sei er von einer sehr weiten Reise zurückgekommen oder als ob er Jahrhunderte hindurch geschlafen habe.

Er erwachte völlig ausgeruht. Als er sich aufsetzte, fand er seinen Körper unversehrt. Nicht ein Kratzer, nicht eine Prellung waren zurückgeblieben.

Während Mark verwirrt auf seine Hände starrte und seine Finger krümmte, hörte er zunächst die Schritte nicht, die sich durch den Gang näherten.

Dann vernahm er ein Geräusch, und als er sich umdrehte, sah er Jasmina in der Vorkammer stehen.

Sie blickten sich lange an, und während Mark sich langsam erhob, flüsterte er: »Jasmina, ich dachte schon, sie hätten dich erwischt...«

»Das hatten sie auch, Mark, so wie sie dich erwischt haben.«

»Was ist geschehen?«

»Ich weiß es nicht. Ich habe gebetet. Doch hör zu, Mark, was auch immer uns beschützt haben mag, wir haben nicht viel Zeit. Die sieben werden wiederkommen. Mark...« Sie machte einen Schritt auf ihn zu. »Ich verstehe es jetzt. Ich stand auf der Schwelle zum Tod und rief Allah an. Da sah ich plötzlich alles deutlich vor mir. Wir müssen ihre Namen schreiben und die Zauberformeln sprechen. Wir müssen ihnen zurückgeben, was immer sie entbehren, Mark. Wir dürfen sie nicht zerstören.«

Er wich einen Schritt zurück. »Wie kann ich dessen gewiß sein, was ich tun soll?« fragte er mit erstickter Stimme. »Woher will ich überhaupt etwas wissen? Was ist, wenn die Amun-Priester recht hatten?«

Jasmina streckte flehentlich die Hände aus. »Befreie sie, Mark. Gib ihnen, was ihnen zukommt.«

Er wich weiter zurück. »Ich weiß nicht, was ich tun soll!«

»Mark...«

Er drehte sich abrupt um und stolperte in die Sargkammer, die von dem gleichen gespensterhaften Licht durchflutet wurde. Er fiel gegen einen der Sarkophage und spähte hinein. Ein Mann lag dort in seine Bandagen gewickelt, ein Mann, der dort, von aller Welt vergessen, schlief und der ohne seinen Namen keine Macht besaß. Wer war er? Was war er? Der Teufel in Menschengestalt oder der Sohn eines Gottes? Es wäre so leicht, hineinzugreifen, so leicht, diesen brüchigen Körper zu packen und ihn auseinanderzureißen. Dann wäre die Mög-

lichkeit, diesen schlafenden Geist zum Leben zu erwecken, für immer zunichte gemacht...
»Nein!« schrie Jasmina und rannte zu ihm hin. »Laß deine Wut nicht an ihnen aus! Sie sind unschuldig! Gib ihnen die Freiheit! Gib ihnen Ruhe!«
Mark schaute ihr tief in die Augen. Dann sagte er tonlos: »Ich werde tun, was immer du willst.«
»Wir müssen uns beeilen. Die Zeit drängt. Die Dämonen können jeden Augenblick zurückkommen.«
Mark sah sich im Raum nach etwas um, worauf er schreiben könnte, und da er nichts fand, riß er ein Stück von seinem Hemdsärmel ab. Dann hob er einen spitzen Stein vom staub- und schuttbedeckten Boden auf, ritzte sich damit in den Zeigefinger und drückte, bis ein Blutstropfen hervorquoll. Ganz behutsam malte er nun die Hieroglyphen auf den Stoff, die für Echnatons Namen standen.
Als dies geschehen war, beugte er sich über den Sarkophag und zögerte. Er blickte hinunter auf das verbundene Haupt des toten Königs und fragte sich, welches Gesicht sich wohl darunter verbarg. Da spürte er, wie Jasmina ihn sanft drängte, und als er von ferne im Cañon einen Wind aufkommen hörte, langte Mark in den Sarg hinunter und legte der Mumie den Stoffetzen auf die Brust.
Er suchte in seinem Gedächtnis nach längst vergessenen Worten und flüsterte: »Ich gebe Euch, geliebter Ra, den, der Aton wohl gefällt. Was auch immer Euer Leib hervorgebracht hat, dessen Herz wird nicht aufhören zu schlagen. Eure Stimme soll niemals von Euch weichen. Gegrüßet seid Ihr, Echnaton, Eure Lippen sind geöffnet, Euer *Ka* ist befreit. Der Weg zur Sonne steht Euch offen...«
Mark schloß die Augen und sang: »*Rer-k xent-k tu Ra maa-nek rexit neb*...«
Als er den alten Zauberspruch murmelte, spürte Mark, daß sich eine zweite Stimme zu seiner gesellte. Sie war tief und wohlklingend, zunächst leise, schwoll aber mit jedem gesprochenen Wort an. Sie sangen im Einklang miteinander und erfüllten die Sargkammer mit den alten Formeln, die vor Menschengedenken, am Anfang der Zeit geschrieben worden waren.
Eine starke Empfindung überkam Mark, ein erhebendes Glücksgefühl, als löse er sich vom Boden und steige zum Himmel auf.

»*Ta-k-tu er ka-k em Ra uben-k em xut Osiris an 'Khnaton!*« Er wurde von solcher Freude überwältigt, daß er am ganzen Leib bebte. Seine Stimme tönte laut und verband sich mit der anderen zu einer wunderbaren Harmonie.
»*'Khnaton an Osiris maaxeru t'et-f a neb-a sebebi heh unt-f er t'etta ne nebu suten suteniu aphi neter neteru Osiris!*«
Mark wurde von gleißendem Licht geblendet. »*A ta ret per em axex an ten-a a am snef per em nemmat an ari ahnnuit a neb Maat 'Khnaton!*«
Er hielt sich einen Arm vors Gesicht, um seine Augen vor der Helligkeit zu schützen. »*A tennemui per em Osiris! 'Khnaton! 'Khnaton!*«
Er stieß einen letzten Schrei aus und brach über dem Sarkophag zusammen.
Als er benommen und erschöpft den Kopf hob, entdeckte er Jasmina, die eine Hand auf seine Schulter gelegt hatte und ihn ansah. »Es hat gewirkt«, sagte sie. »Es ist vollbracht. Schnell, komm mit in die Vorkammer.«
Mark richtete sich auf und folgte Jasmina in den anderen Raum. Jasmina preßte sich an die eine Wand und hielt den Blick starr auf das gegenüberliegende Wandgemälde gerichtet. Angstvoll beobachteten sie, wie ihre Taschenlampen flackerten und wie Kerzenflammen zu erlöschen drohten. Erschöpft lehnte auch Mark sich an die Wand und beobachtete gebannt das Schauspiel gegenüber.
Eines nach dem anderen verblaßten dort die Bilder der Wächtergötter. Amun, Seth und ihre fünf teuflischen Gefährten zerfielen vor ihren Augen und lösten sich beinahe in nichts auf. Jasmina sank erleichtert an seine Brust. »Es ist vorbei, Mark. Du hast gewonnen.«
Er starrte einen Moment lang ausdruckslos vor sich hin, dann machte er langsam einige Schritte vorwärts und zog Jasmina mit sich. Er blickte verwundert auf die kahle Wand, wo einst die Wächtergötter gestanden hatten. Auf dem Boden lagen sieben kleine Haufen farbigen Staubs.
»Sie sind weg, Mark. Die Dämonen sind weg.«
»Und der König und die Königin?«
Voller Trauer blickte Jasmina ihn an.
Er trat von der Wand weg und lief schwankend in die Sargkammer zurück. In den Särgen ruhten die Mumien.

»Sie war eine wunderbare Frau«, murmelte Mark vor sich hin, als er auf den kleinen, puppenartigen Körper herunterschaute. »Sie hätte schon vor dreitausend Jahren ins Westliche Land gehen und die Glückseligkeit des ewigen Lebens erlangen können. Doch sie zog es vor, hierzubleiben, an diesem scheußlichen Ort, und durchstreifte dieses Tal dreißig Jahrhunderte lang auf der Suche nach jemandem, der ihren Mann erwecken würde. Wie sehr muß sie ihn geliebt haben...«

Jasmina schaute nachdenklich auf den zarten Körper, den kleinen, bandagierten Kopf und überlegte flüchtig, wovon Mark eigentlich sprach. Dann flüsterte sie: »Was hast du mit ihnen vor?«

»Die Behörden müssen eingeschaltet werden. Ich werde für die fünf Todesfälle eine Erklärung finden müssen. Und ich werde nicht umhinkönnen, den Beamten das Grab zu zeigen. Sie werden die Mumien nach Kairo bringen und sie dort ausstellen.«

Er ergriff Jasminas Hand. »Sie hat dreitausend Jahre lang darauf gewartet, wieder mit ihm vereint zu sein. Wenn ihre Seelen hierher zurückkehren, um zu ruhen, werden die Mumien fort sein, und sie werden zugrunde gehen.«

Mark hob den Blick und sah Jasmina an. »Wir haben noch eine letzte Pflicht zu erfüllen.«

Sie blickte ihn fragend an.

»Ich werde sie im Landrover von hier wegbringen. Dieser Cañon ist von tiefen Spalten durchzogen. Ich werde eine finden, die innerhalb von Echnatons heiligem Bezirk liegt. Es wird nicht schwer sein, die Mumien tief im Fels zu bestatten und den Eingang so zu tarnen, daß niemand sie je finden wird. Und dann werde ich ihre Namen in den Felsen meißeln, so daß sie den Ort finden, an dem ihre Körper zur Ruhe gebettet sind. Jasmina, willst du mir helfen?«

»Ja.«

Als er sich über den Sarkophag beugte, um den zerbrechlichen Körper herauszunehmen, fragte Jasmina: »Was hast du damit gemeint, Mark, als du sagtest, sie habe in diesem Tal dreitausend Jahre lang nach jemandem gesucht, der ihren Mann zum Leben erwecken würde? Was bedeutet das?«

»Das ist eine lange Geschichte, Jasmina, und wir haben nicht viel Zeit. Später, wenn wir alles hinter uns gebracht haben, wenn wir sie bestat-

tet und die Gebete gesprochen haben, um ihre Seelen zurückzuführen, wenn wir die Behörden verständigt und mit der Polizei und den Journalisten gesprochen haben, wenn alles vorbei ist...« Mark sah sie durch das Dämmerlicht an.
»Dann werden wir Zeit haben«, flüsterte Jasmina. »Uns gehört die Ewigkeit.«

Barbara Wood

**Bitteres
Geheimnis**
Roman
Band 10623

**Der Fluch
der Schriftrollen**
Roman
Band 15031

**Haus der
Erinnerungen**
Roman
Band 10974

**Das Haus
der Harmonie**
Roman
Band 14783

Herzflimmern
Roman
Band 28368

Himmelsfeuer
Roman
Band 15616

**Lockruf der
Vergangenheit**
Roman
Band 10196

Das Paradies
Roman
Band 15033

Die Prophetin
Roman
Band 15034

**Rote Sonne,
schwarzes Land**
Roman
Band 15035

Seelenfeuer
Roman
Band 15036

**Die sieben
Dämonen**
Roman
Band 12147

**Spiel des
Schicksals**
Roman
Band 12032

Sturmjahre
Roman
Band 28369

Traumzeit
Roman
Band 15037

Barbara Wood/
Gareth Wootton
Nachtzug
Roman
Band 15032

Fischer Taschenbuch Verlag

Barbara Wood
Himmelsfeuer
Roman
Aus dem Amerikanischen von
Veronika Cordes und Susanne Dickerhof-Kranz
Band 15616

In einer Höhle entdeckt die junge Archäologin Erica uralte indianische Wandmalereien und die Mumie einer Frau. Sie will und muss das Geheimnis ihres Volkes entschlüsseln. Aber sie muss um diese Ausgrabung kämpfen: gegen ihren alten Widersacher Jared Black, der die Rechte der Indianer Südkaliforniens vertritt und verlangt, dass die Schätze der Höhle ihren Nachkommen übergeben werden. Doch dann wird ein Anschlag auf Erica verübt, bei dem ausgerechnet Jared sie rettet. Kann sie ihm vertrauen, um die Rätsel der Vergangenheit und der Gegenwart gemeinsam mit ihm zu lösen? Mitreißend verbindet Bestsellerautorin Barbara Wood das Schicksal einer jungen Frau mit der abenteuerlichen Geschichte von Los Angeles – von der Goldgräberzeit bis heute.

»Eine Story voll Liebe, Betrug, Familiendrama und
der ewigen Suche nach dem Glück.«
Journal für die Frau

Fischer Taschenbuch Verlag

Rebecca Ryman
Shalimar
Roman
Aus dem Amerikanischen
von Manfred Ohl und Hans Sartorius
Band 14789

Delhi im Jahre 1889. Als Emma Wyncliffe dreiundzwanzig Jahre alt ist, stirbt ihr geliebter Vater bei einer Expedition im Himalaja. Nun trägt ihre Mutter allein die Sorge, ihre Tochter standesgemäß in der englischen Gesellschaft zu verheiraten. Aber Emma ist an einem Mann gar nicht interessiert. Ihr Ziel ist es, die wissenschaftliche Arbeit ihres Vaters zu vollenden und zu veröffentlichen. Eines Tages tritt unerwartet ein Fremder in Emmas Leben: Damien Granville. Keiner weiß Genaueres über diesen Mann, der angeblich wegen Geschäften aus Kaschmir angereist ist und alle Frauenherzen Delhis höher schlagen lässt. Er wirbt um Emma, doch sie weist ihn schroff zurück. Als ihr Bruder bei einem Glücksspiel das Haus der Familie an Granville verliert, wendet Emma sich an ihn. Damien Granville ist nur unter einer Bedingung bereit, die Spielschuld zu erlassen: Emma soll seine Frau werden. Und so folgt Emma einem Fremden nach Kaschmir. Doch je tiefer Emma in sein Geheimnis eindringt, um so weiter öffnet sich ihr Herz für diesen Mann, der einen gefährlichen Plan verfolgt.

Fischer Taschenbuch Verlag

Penelope Williamson
Wege des Schicksals
Roman
Aus dem Amerikanischen von
Manfred Ohl und Hans Sartorius
Band 14883

Ohne zu zögern hilft Rachel Yoder einem fremden schwerverletzten Mann und pflegt ihn gesund. Sie ahnt noch nicht, dass dies der Beginn einer großen Liebe, aber auch eines gefährlichen Abenteuers ist.

Penelope Williamsons neuer Roman erzählt die Geschichte einer starken Leidenschaft und einer großen Herausforderung an eine außergewöhnliche Frau.

»... nicht nur ein spannender Schmöker ...,
sondern auch ein Buch voller Humor
und Lebensklugheit.«
Margarethe von Schwarzkopf, NDR

Fischer Taschenbuch Verlag